Valentina Fast

Stolen Crown

DIE MAGIE DES DUNKLEN ZWILLINGS

one

Die Bastei Lübbe AG verfolgt eine nachhaltige Buchproduktion. Wir verwenden Papiere aus nachhaltiger Forstwirtschaft und verzichten darauf, Bücher einzeln in Folie zu verpacken. Wir stellen unsere Bücher in Deutschland und Europa (EU) her und arbeiten mit den Druckereien kontinuierlich an einer positiven Ökobilanz.

MIX
Papier | Fördert gute Waldnutzung
FSC® C014496

Originalausgabe

Valentina Fast wird vertreten durch die Agentur Brauer

Textredaktion: Annika Grave
Umschlaggestaltung: Sandra Taufer, München
Satz: 3w+p GmbH, Rimpar
Gesetzt aus der Adobe Caslon
Druck und Einband: GGP Media GmbH, Pößneck

Printed in Germany
ISBN 978-3-8466-0195-2

5 4 3 2 1

Sie finden uns im Internet unter one-verlag.de
Bitte beachten Sie auch luebbe.de

Liebe Leser:innen,
dieses Buch enthält potenziell triggernde Inhalte. Dazu findet ihr genauere Angaben auf S. 618.
ACHTUNG: Sie enthalten Spoiler für das gesamte Buch.
Wir wünschen uns für euch alle das bestmögliche Leseerlebnis.

Euer Team vom ONE-Verlag

Für dich.
Sei immer du selbst, denn so bist du am besten.

Die Auktion

1. Kapitel

Avi

»Als die Welt unterging, war ich sechzehn Jahre alt. Wo sie zuvor bunt gewesen ist, wurde sie schwarz-weiß, und so ist sie bis heute geblieben.«

»Und ihr habt gelernt, dass es nur einen wahren Feind auf dieser Welt gibt. Ich weiß, Nana.« Ich tätschele die angespannten Schultern meiner Großmutter, während sie an ihrem geflochtenen, ergrauten Zopf spielt, der auf ihrer weißen Strickjacke ruht. Sie nähert sich ihrem hundertdreiundsiebzigsten Geburtstag, doch durch die jährliche Gesundheitsinjektion wirkt sie höchstens wie sechzig Jahre.

Nana ist eine kleine Frau, kaum größer als ich, mit schmaler Figur und stechend hellblauen Augen, die erahnen lassen, was für eine Schönheit sie einst gewesen ist.

»Du weißt, was sie dir antun, wenn sie herausfinden, was du bist?« Es ist eine Frage, die sie mir schon mein ganzes Leben lang stellt. Nicht, um mich zu quälen. Nur, um mich daran zu erinnern, dass ich niemals vergessen darf, vorsichtig zu sein.

Mein Lächeln verblasst, und ich unterdrücke den Drang, am Gurt meiner Tasche zu spielen. Dennoch schaffe ich es, ihren eindringlichen Blick ernst zu erwidern. »Sie werden mich töten.«

»Aber das müssen sie nicht«, erwidert Nana.

»Weil ich Aviana Bloom bin. Ein Mensch, Klasse eins, mit der Fähigkeit zu hören.« Ich streiche über den dunkelroten Blazer meiner Schuluniform und hebe mein Kinn leicht.

Nana ist in einer Welt vor dem Nachtkrieg, in den Anfängen der Magie und vor dem Bau der Mauern, die unsere Städte voneinander trennen, aufgewachsen. Sie erzählt uns stets Geschichten von dieser freien Welt, damit wir sie niemals vergessen. Zugleich ermahnt sie uns, in der Gegenwart zu leben, denn diese alte Welt gibt es nicht mehr. Sie ist tot. *Und ich werde es auch sein, wenn irgendwer erfährt, dass ich ein Zwilling bin.*

Meine Großmutter streicht mir sanft über die Wange, und in ihren Augen liegt Zuneigung. Sie hat meine Schwester und mich großgezogen, nachdem unsere Mutter mitten in der Nacht verschwunden ist und damit ihr Leben für meines geopfert hat. Doch das wirft mir niemand vor, auch wenn wir alle wissen, dass sie ohne meine Existenz noch leben würde. »Du solltest dich beeilen.«

Ich nicke und gehe mit leisen Schritten durch unser Reihenhaus in der Marktstraße, die sich inmitten des Fürstentums befindet. Seit Anbeginn unseres Fürstentums bewohnen wir es und führen den darin liegenden Blumenladen mit den schönsten Pflanzen, die in den Randgebieten gezüchtet werden.

Im Erdgeschoss befinden sich ein schmaler Flur, ein WC und ein Büro, das zum daran angeschlossenen Geschäft gehört. Im ersten Stock gibt es das Wohnzimmer, die Küche, Nanas

Schlafzimmer und ein kleines Badezimmer. Das oberste Stockwerk besteht aus vier weiteren Schlafzimmern, von denen ich eines bewohne, und die anderen als Gästezimmer, Wäscheraum und zweites Wohnzimmer dienen. Darüber liegt noch ein Dachboden, der als Rumpelkammer fungiert. Es ist ein Haus von vielen, eines, das auf den ersten Blick unscheinbar wirkt. Niemand würde auch nur erahnen, was für Geheimnisse wir hier verbergen. Und so wird es auch bleiben.

Die Läden meiner Schlafzimmerfenster und meine dunklen Vorhänge sind geschlossen. Dennoch betrachte ich den Stoff noch mal eindringlich, um mich zu versichern, dass wirklich niemand in mein Zimmer schauen kann.

Dann erst betrete ich meinen begehbaren Kleiderschrank. Völlige Dunkelheit umgibt mich, als ich die Schranktür schließe, meine Kleider auseinanderschiebe und nach einem kleinen Riegel taste, der zwischen den an der Wand hängenden Handtaschen versteckt ist.

Gedämpftes Licht empfängt mich, als ich kurz darauf in einem schmalen Tunnel samt Leiter lande. Schnell klettere ich nach oben und erreiche den Teil unseres Dachbodens, den niemals jemand finden darf.

Er ist vielleicht fünf Quadratmeter groß, und es reicht gerade so für ein Bett sowie einen niedrigen Schrank. In dem Bett liegt eine Gestalt und schläft, so wie sie es in den letzten Tagen immer tut. Seit fast zwei Wochen.

Ich muss mich ducken, um unter der Dachschräge entlanglaufen zu können, und mein Herz hämmert so fest in meiner Brust, dass mir schlecht wird.

Die Kammer ist winzig, doch durch einen nachträglich eingebauten Lüftungsschlitz, den man von außen nicht einmal erahnen kann, dringt Luft und ein wenig Tageslicht hinein. Es ist der Ort, an dem ich die Hälfte meines Lebens verbracht habe. Der Ort, an den meine Zwillingsschwester gekettet ist, seit sie vor einigen Wochen erkrankte.

Die Luft hier riecht nach Staub und Schlaf. Das leise Atmen meiner Schwester ist das einzige Geräusch, neben dem meiner Schritte.

Die Angst schnürt mir beinahe meine Kehle zu, während ich ihre eingefallenen Wangen anstarre. Was ist, wenn sie dieses Mal nicht die Augen öffnet? Wir können nicht zu einem Arzt gehen. *Wir können nicht riskieren, dass sie stirbt und damit unsere beiden Leben offiziell beendet.*

Vorsichtig setze ich mich auf den Rand des Bettes. Weder sie noch Nana wissen, dass ich nicht vorhabe, heute zur Schule zu gehen.

Anas Augen flattern plötzlich, und sie lächelt schwach. »Hi.«

Ich zwinge mich, ihr Lächeln zu erwidern und helfe ihr, sich ein wenig aufzurichten. Dann gieße ich ihr Wasser aus der Flasche, die neben dem Bett auf dem Boden steht, in ein Glas und halte es an ihre Lippen, damit sie trinken kann. »Guten Morgen. Wie fühlst du dich?«

»Gut.« Sie kann das Wort kaum aussprechen, bevor sie ein Hustenanfall erschüttert. Er ist trocken und rau, als würde sie von innen heraus verdorren.

Ich zwinge mich, nicht in Tränen auszubrechen, während ich das Glas zurückstelle und versuche, stark zu bleiben, obwohl es sich anfühlt, als hätte ich Glasscherben geschluckt.

»Ich habe geträumt, dass ich zu den Sinnesspielen eingeladen wurde.« Sie rutscht wieder herunter und dreht sich auf die Seite, um ihre Beine anzuziehen. Sofort wirkt sie klein und zerbrechlich.

Die Decke verrutscht, und ich ziehe sie zurecht. »Du wirst bald gesund, und dann wirst du deinen Traum wahr machen.«

Lächelnd schließt sie ihre Augen und drückt die Wange in das Kissen. »Ich werde gewinnen und uns Freiheit schenken. Der König muss dem Sieger jeden Wunsch erfüllen. Wenn er sogar einen Mörder begnadigt, wird er … er wird uns …« Sie atmet tief ein und scheint wieder einzuschlafen. So geht das seit Tagen. Ihre Kraft reicht kaum noch für ein Gespräch.

»Halte durch.« Mein Flüstern ist so leise, dass es auch nur ein Gedanke hätte sein können. Ana hört mich nicht. Sie schläft und wehrt sich gegen eine Krankheit, für die wir keinen Namen haben.

Ihr blondes Haar liegt glanzlos und zerzaust auf dem Kissen, aber ihre Gesichtszüge wirken friedlich. Sie kämpft nicht. Sie leidet nicht. Sie schläft. Und wenn ich nichts unternehme, wird sie daran sterben.

Seit unserer Geburt führen wir ein geteiltes Leben. Wir sind zwei Mädchen. Avi und Ana. Doch die Welt kennt uns als Aviana, eine zurückhaltende Musterschülerin, die niemals jemanden nach Hause einlädt und keine Freunde hat. Die keine haben *darf.*

Ich erhebe mich, und Anas Augen flattern erneut. Ihr Blick ist unfokussiert, bevor sie mich findet. »Tu mir einen Gefallen.«

Ich würde vermutlich alles für sie tun. »Welchen?«

Sie atmet laut ein und aus, während ihre Augen glasig werden. »Beende das mit Henri. Sag ihm … sag ihm, ich brauche eine Pause oder sowas.«

»Aber -«

»Bitte. Wir wissen nicht, wie lange ich …« Sie seufzt

schwer und blinzelt. Dennoch schafft es eine kleine Träne über den Rand ihrer Augenwinkel. »Bitte.«

Ich nicke, und kurz darauf sind ihre Augen wieder geschlossen, während ich nicht aufhören kann, diese Träne anzustarren, die über ihre Wange hinab zu ihrem Ohr läuft, bevor sie sich in ihren Haaren verliert.

Meine Augen brennen, und ich presse meine Fäuste dagegen, um die Fassung nicht zu verlieren.

Ich bin diejenige, die Anas Leben stiehlt. Denn sie ist das Mädchen, der Mensch, Klasse eins, mit der Fähigkeit zu hören. Ich bin nur ihr Zwilling, ein Wesen, dessen Geburt verboten ist und das den Behörden hätte gemeldet werden müssen. Mich hätte es niemals geben dürfen, und doch gab meine Großmutter mir eine Chance, indem sie Anas Leben teilte und uns von klein auf beibrachte, ein und dieselbe Person zu sein.

»Es tut mir leid.« Ein letztes Mal präge ich mir ihre sanften Züge ein, die den meinen wie durch einen Spiegel ähneln.

Ich klettere durch die Leiter zurück in meinen Schrank, schließe sachte die Kammer und eile dann durch mein Zimmer hinaus. Ich wische über meine Augen und vernichte jedes Zeichen der unendlichen Furcht aus meinem Gesicht, bevor ich meiner wartenden Nana einen Kuss gebe. Sie wartet immer auf uns, um uns zu verabschieden oder um uns zu empfangen und sicherzustellen, dass unsere Scharade noch funktioniert.

Heute werde ich nicht zurückkommen. Doch das kann ich ihr nicht verraten, weil sie mich sonst niemals gehen lassen wird.

»Pass auf dich auf.«

»Werde ich«, verspreche ich ihr und schlüpfe in ein Paar schwarze Lackschuhe. Mein schwarzer Rock umspielt meine Knie, und ich werfe noch einen letzten Blick in den Spiegel, um sicherzugehen, dass meine weiß gestärkte Bluse ordentlich unter meinem Blazer sitzt. Mein blondes Haar trage ich zu einem tiefen, unscheinbaren Zopf zurückgebunden, und meine Brille ist die exakte Kopie von Anas, die eine kleine Sehschwäche hat. Eine der wenigen Unterschiede zwischen uns.

Als ich durch unsere Haustür trete, hinaus in die Gasse zwischen den Häusern, die die Marktbesucher nicht sehen, atme ich tief ein und versuche damit, die Beklemmung in meiner Brust zu lösen.

In diesem Teil des Fürstentums drängt sich Haus an Haus, sodass die schönen Giebel, mit denen die Dächer in Richtung Marktplatz verziert sind, von hier aus im Verborgenen bleiben.

Ich grüße eine Nachbarin, als sie aus ihrer Tür tritt und ihr Kind dazu anhält, sich zu beeilen.

Dann biege ich in Richtung Marktplatz ab, der kurz darauf vor mir auftaucht. Die ersten mobilen Verkaufsstände, die das ganze Jahr über hier stehen, öffnen bereits ihre Läden. Sie liegen im Zentrum eines großen Platzes, um den sich kreisförmig die Giebelhäuser drängen. In ihnen befinden sich Geschäfte und Restaurants. Der Marktplatz ist das Herzstück des Fürstentums und so groß, dass man fast drei Tage braucht, um sich alle Verkaufsstände anzuschauen.

Ich laufe mitten hinein, immer in der Hoffnung, dass meine Nana nicht aus dem Fenster sieht. Aber ich bin fast zu spät dran und kann nicht riskieren, noch mehr Zeit zu verlieren.

Zu dieser Tageszeit sind bereits unzählige Leute unterwegs zur Arbeit, Schule oder sonst wohin. Wir sind alle gleich in unserer Eile. Bis auf den feinen Unterschied, dass die Fae spitz zulaufende Ohren haben.

Einst gab es nur Menschen auf der Erde.

Doch dann kam der vierte Weltkrieg und änderte alles. Mit

seinen Chemiewaffen zerstörte er nicht nur fast die ganze Welt, sondern auch einen Teil der menschlichen DNA. Einige wenige schafften es jedoch, sich in Bunkern zu verstecken, und deshalb besaßen sie und ihre Nachfahren auch weiterhin rein menschliche DNA.

Dann gab es jene, die der vergifteten Umwelt vollkommen ausgesetzt waren. Sie veränderten sich mit jeder Generation, entwickelten Kräfte und ähnelten immer mehr den Sagengestalten der alten Welt. Den Fae.

Sie wurden größer, ihre Züge schärfer, schöner und sie entwickelten Kräfte.

Als die Menschen schließlich wieder aus den Bunkern kamen, sahen sie sich einer neuen Umwelt entgegengestellt, und auch sie passten sich mit jeder Generation an. Ihre Sinne verstärkten sich. Mal in diese, mal in jene Richtung, bis sie so ausgeprägt waren, dass sie in den Gefahren der neuen Welt überleben konnten. Sie wurden als Menschen erster Klasse eingestuft, weil sie anders waren als der Rest ihres Volkes, der fortan zur zweiten Klasse gehörte.

Menschen erster Klasse haben es leichter, gute Arbeitsplätze zu bekommen, und werden höher angesehen als jene, die bei ihrer Geburt den Stempel der zweiten Klasse aufgedrückt bekommen.

Ana ist ein Mensch erster Klasse und mit einem ausgeprägten Sinn gesegnet. Wäre ich nicht da, könnte sie ein freies Leben führen, und ihr stünden alle Türen offen.

Doch nun wird ihr selbst unser halbes Leben verwehrt. Und ich bin ihre einzige Chance, das zu ändern.

Ich laufe an einem Stand mit würzig riechendem Käse vorbei und will gerade meine unnütze Brille absetzen, als sich mir plötzlich jemand in den Weg stellt.

Henri.

Mein Atem setzt aus, und ich sehe ihn erst so spät, dass ich voll in ihn hineinrenne.

Er lacht, greift nach meinen Handgelenken, und für einen Moment fühlt es sich an, als würde er mich umarmen wollen. »Du bist ja schnell unterwegs.«

Ich schnappe nach Luft, weil ich es hasse, wie sich bei seinen Worten ein Surren in mir ausbreitet. Mein Körper spannt sich an, und der verräterische Teil von mir will sich an ihn lehnen. Stattdessen trete ich zurück und merke, wie ich rot anlaufe. »Henri. Hi.« Meine Stimme ist dünn, und ich muss mich räuspern.

Er lässt meine Handgelenke nur zögernd los, tritt zurück und streicht sich durch seine dunkelblonden Locken. Seine grauen Augen sind warm auf mich gerichtet, und er schiebt seine Hände in die Hosentaschen. »Aviana. Hi.«

Er macht sich über mich lustig. Ich lächle, obwohl ich weiß, dass es falsch ist. Henri denkt, ich wäre Ana. Aber ich bin es nicht, die er sanft anschauen und berühren will. Das habe ich schon viel zu oft vergessen und mich zu Träumen hinreißen lassen, die nicht falscher sein könnten. Er liebt Ana – und ich bin nichts anderes als ihre Doppelgängerin. Das Mädchen, das die beiden davon abhält, jemals wirklich glücklich zu sein.

Ich räuspere mich und spiele mit den Riemen meiner Tasche, zwinge mich, ihn anzusehen, weil ich nicht wirken will, als hätte ich etwas zu verbergen. »Wie geht es deiner Mutter?«

Seine sonst so fröhliche Miene wird ernst. »Besser. Das Fieber ist gesunken, nachdem sie Medikamente bekommen hat. Ich verstehe wirklich nicht, warum der Arzt das so lange rausgezögert hat.«

Ich zucke mit den Schultern. »Er weiß sicher, was er tut.

Aber es freut mich, dass es ihr besser geht. Was machst du eigentlich so früh hier?«

»Ich hole dich ab.«

Mein verräterisches Herz macht einen Satz, und ich hasse mich für diese Schwärmerei. Er liebt Ana. Nicht mich. Wenn er wüsste, wer ich bin, dass es mich überhaupt gibt, wäre er angewidert. »Das sollst du doch nicht.« Ana und er führen eine heimliche Beziehung unter dem Vorwand, dass Nana es nicht gerne sehen würde. Es war die einzige Lüge, um die Ana mich jemals gebeten hat, und ich hätte sie ihr niemals ausschlagen können. Immerhin log sie ihr ganzes Leben lang schon für mich. Nur hätte ich niemals gedacht, dass es wehtun könnte, wenn ein Junge einem heimliche Blicke über den Schulflur zuwirft oder während einer Projektarbeit hin und wieder meine Hand streift.

»Keine Sorge. Deine Großmutter wird uns schon nicht sehen. Außerdem habe ich Neuigkeiten, die ich unbedingt mit dir teilen muss.« Er stößt mich freundschaftlich mit der Schulter an, und ein kleiner Stromstoß durchfährt mich.

Ich rücke kaum merklich von ihm ab und setze meinen Weg fort. Wenn auch nun in die falsche Richtung. Ich muss ihn dringend loswerden, sonst schaffe ich es niemals. »Ach ja?«

»Sie haben mich genommen.«

Ich brauche einen Moment, um diese vier Worte zu entschlüsseln. Dann fällt meine Maskerade von mir ab, und ehrliche Freude durchzuckt mich. Ich falle ihm um den Hals, und atme seinen herb-frischen Duft ein, bevor mir klar wird, was ich da tue.

Henri reagiert schneller und drückt mich für wenige Sekunden so fest an sich, dass nichts mehr zwischen uns passt. Nicht einmal Reue. Nur Herzklopfen.

Dann lässt er mich los und strahlt über das ganze Gesicht.

Meine Wangen glühen, und ich gehe wieder auf Abstand. »Seit wann weißt du es?«

»Der Brief vom Fürsten kam gestern an. Ich wollte es dir unbedingt als Erste sagen. Ich werde schon nächste Woche dort beginnen.« Henri schaut mich bei diesen Worten nicht an, blickt nur starr geradeaus.

Mein Lächeln fällt in sich zusammen. »Das bedeutet, du beendest jetzt die Schule?«

»Ja. Es war immer eine Option. Je früher sie mich bei den Soldaten aufnehmen, umso besser.« Sein schiefes Grinsen lässt ihn verwegen und süß aussehen.

Ich schaue schnell weg. »Stimmt. Es kommt nur so plötzlich. Aber ich freue mich. Wirklich.« Jetzt erst fallen mir Anas Worte ein. Ihr Wunsch. Und ich hasse mich ein bisschen, weil ich sie für einen Moment vergessen habe.

Es ist besser so. Für uns alle. »Also wirst du ab nächster Woche auch dort wohnen.«

»Richtig. Aber an den Wochenenden kann ich nach Hause. Wir könnten uns -«

»Das geht nicht mehr«, bringe ich irgendwie heraus, und meine Kehle schnürt sich zu. Dennoch zwinge ich mich, stark zu bleiben. Ich stoppe und ziehe uns zwischen zwei Marktstände. »Es tut mir leid. Aber ich denke, wir sollten eine Pause einlegen. Du musst dich auf deine Ausbildung ko-«

Henri lässt mich nicht ausreden. Er tritt zu mir, nimmt meine Schultern und zieht mich an sich.

Er wird mich küssen.

Mein Atem stockt, und eine Sekunde lang überlege ich, es einfach zuzulassen. Nur einmal. Dann drehe ich den Kopf, denn dieser Kuss ist nicht für mich. Er ist für Ana.

Seine Lippen berühren meine Wange, und das Kribbeln in meinem Bauch wird unerträglich.

»Es tut mir leid«, flüstere ich und mache mich von ihm los. »Es ist besser so.« Dann drehe ich mich um und renne. Ich höre nicht, ob er mir folgt, weil mein Herz zu laut klopft. Ich darf mich so nicht fühlen. Nicht, als hätte ich etwas verloren, was mir niemals gehört hat.

Im Rennen remple ich mehrere Personen an und höre ihre wütenden Rufe. Aber ich bleibe erst stehen, als mein Puls mir aus dem Hals zu springen droht und ich kaum noch Luft bekomme.

Ich drehe mich um, doch Henri ist nirgends zu sehen.

Es ist besser so.

Ich reiße mir meine Brille und den Blazer vom Leib und stopfe sie in die nächste Mülltonne. Dann laufe ich weiter.

Hinter dem Markplatz befinden sich breite Wege mit weiteren Geschäften. Genauso wie der Hauptbahnhof, von dem aus man mit den Straßenbahnen alle Ecken des Fürstentums erreichen kann.

Gleis drei.

Der Bahnhof ist ein großer Stahlbau, der die Kriege der alten Welt überdauert hat. Neben all den Steinmauern, mit denen das Fürstentum neu aufgebaut worden ist, wirkt er völlig deplatziert. Aber das tun die alten Gebäude alle.

Ich eile quer durch die Eingangshalle.

Gleis drei.

Seit ich mir den Plan vor einer Woche angeschaut habe, wiederhole ich diese beiden Worte immer wieder in meinem Kopf. Gerade jetzt helfen sie mir, mich von Henri abzulenken. Von dem Kuss, den ich Ana fast gestohlen habe. Von den Schuldgefühlen.

Gleis drei.

Mein Weg führt zu den Toiletten. Die weißen Fliesen blitzen sauber, und ich bin erleichtert, dass niemand hier ist. Schnell gehe ich in eine der Kabinen und ziehe den Rucksack von meinen Schultern.

Gleis drei.

Ich öffne ihn und ziehe erst eine weiße Strumpfhose, dann einen weißen Rock und schließlich einen schwarzen Strickpullover heraus. Den Rock meiner Schuluniform stopfe ich in die Mülltonne neben der Toilette, genauso wie meine schwarze Strumpfhose. Ich ziehe mich so schnell wie möglich um und versuche, nicht in Panik zu geraten.

Jetzt ist es zu spät umzukehren. Ich muss das durchziehen. Für Ana. Und ein bisschen auch für mich. Denn ein Leben ohne sie ist für mich nicht möglich.

Als ich aus der Kabine trete, bin ich ein anderer Mensch.

Gleis drei.

Ich erreiche es, als im selben Moment die grellrot lackierte Straßenbahn einfährt. Mit unzähligen anderen Wartenden steige ich ein und suche mir einen Platz nahe dem Ausgang.

Mit einem lautlosen Seufzen lehne ich mich zurück. Geschafft. Ich sitze drin. Ich kann gar nicht fassen, dass ich es tatsächlich getan habe, doch es gab nie eine Alternative und erst recht kein Zurück. Ich werde das durchziehen. Egal was es mich kostet.

***

Zweistöckige Steinbauten ziehen an mir vorbei. Die Sonne ist noch nicht ganz aufgegangen, und so leuchten noch immer alle Laternen, die, genauso wie die Straßenbahn, mit Pflanzenöl betrieben werden. Wir lassen das geschäftige Treiben des Fürstentums hinter uns. Über all den Häusern mit ihren rauchenden Schornsteinen ragt der Fürstenpalast des Hauses Nevan empor. Es ist der Sitz von Fürst Nevan, einer von zwölf Fae, die vom König persönlich ein eigenes Fürstentum geschenkt bekommen haben, weil sie während des Nachtkriegs besonders viele Nachtfae getötet haben.

Sie bauten mit den Mitteln des Königs riesige Metropolen über ganz Alteuropa hinweg auf, in denen die letzten Menschen und Fae bis heute vor den Monstern beschützt werden, die der Krieg hervorgebracht hat.

Doch die Ehre des Sieges gebührt weiterhin König Arthur, der von der Königsstadt aus ganz Alteuropa regiert und sich schon in wenigen Tagen von all seinen Bürgern erneut feiern lassen wird.

Fürst Nevans Palast ist ein imposanter Steinbau, mit großen Fenstern und vier Türmen, die in den Himmel reichen, verbunden durch Mauern. In der Mitte des Palastes soll es einen zauberhaften Garten geben, doch ich selbst habe ihn noch nie besucht.

Normalerweise wage ich mich nicht einmal in seine Nähe. Immerhin wäre das mein Todesurteil. Doch nun habe ich keine andere Wahl.

Die Sonne überschreitet gerade den Horizont, als ich endlich aussteige. Ich befinde mich nun am Rand des nobelsten Viertels, und der Palast scheint nur einen Steinwurf von hier entfernt zu sein. Dennoch trennen mich noch eine lange Straße und unzählige Häuser von ihm, weshalb ich mich zwinge, tief durchzuatmen und der aufkommenden Panik keinen Raum zu lassen. Ich werde das schaffen. *Ich muss.*

Ich wende mich von dem Palast ab und dem noblen Stadthaus zu, das, genauso wie alle anderen Gebäude in diesem Viertel, in reinem Weiß gestrichen ist. Nur die reichsten Bürger, allesamt Fae, können sich so etwas Überflüssiges leisten.

Das Gebäude ist fast so groß wie der Hauptbahnhof, und als ich eintrete, warten bereits mehrere Menschen in dem hell gefliesten Eingangsbereich. An den Wänden hängen schwarzweiße Gemälde mit abstrakten Mustern, die mir einen Schauder über die Arme jagen.

Ganz vorne gibt es einen Empfang, hinter dem eine hochgewachsene Fae mit schwarzem Anzug steht und erst aufblickt, als ich direkt vor ihr stehen bleibe.

Sie hebt stumm eine Augenbraue, und plötzlich muss ich mich räuspern.

»Ich melde mich zur Auktion«, bringe ich hervor und presse meine Lippen zusammen, weil es viel zu unsicher klingt.

Sie verzieht leicht ihren Mund und schiebt mir ein Klemmbrett samt Stift und Zettel über den Tresen. »Ausfüllen, und dann bekommt Ihr eine Nummer.«

Ich nicke und nehme beides entgegen. Als ich mich umdrehe, bemerke ich, dass alle Sitzplätze belegt sind. Deshalb gehe ich zu einem der Fenster und nutze das Fensterbrett als Ablage. Das gibt mir die Möglichkeit, den anderen den Rücken zuzuwenden und meine zitternden Hände zu verdecken.

Mein Hals ist trocken. Warum habe ich nicht daran gedacht, Wasser einzustecken?

Ich drücke meine Zunge gegen den Gaumen und schlucke meinen Speichel hinunter. Dann balle ich meine Hände zu Fäusten und schaffe es, endlich das Zittern zu unterdrücken.

Ich bin hier. Ich bin tatsächlich hier. Ab jetzt muss ich nur noch überleben.

Die Angaben, die ich auf dem Zettel angeben muss, enthalten nur das Nötigste.

Name. Klassifizierung. Geburtsdatum. Gehaltswunsch.

Aviana Bloom. Mensch erster Klasse. 14. Juli 2362. Zehntausend Goldmünzen.

Wir können von Glück sagen, dass *Aviana* erst kurz nach unserem achtzehnten Geburtstag erkrankt ist. Sonst wäre mir selbst dieser erniedrigende Weg verwehrt gewesen, und ich hätte mich nicht für die Auktion anmelden können.

Ich hätte natürlich versuchen können zu lügen. Doch es wurde so akribisch Buch über alle Bürger geführt, dass es fast unmöglich ist.

Außerdem brauche ich diese echte Identität. Egal wie erlogen sie ist.

Ich reiche der Fae das Klemmbrett zurück. Als sie die Daten überfliegt, bleibt ihr Blick auf dem Gehaltswunsch hängen, und sie hebt eine Augenbraue. Kein Wunder. Es ist das Jahresgehalt eines Durchschnittsbürgers. Es ist der Betrag, den ich dringend brauche.

Ich stelle mich zurück an das Fenster. Nun kann ich nichts anderes tun als zu warten.

Genauso wie die anderen Menschen, die sich hier zur Auktion anbieten. Auch sie sind in Schwarz-Weiß gekleidet. So wie alle Menschen, die sich den Fae für jegliche Arbeiten aller Art anbieten.

Es ist ganz einfach. Man gibt an, wie viele Goldmünzen man braucht, wird ersteigert und arbeitet seinen Lohn ab. Wirklich. Ganz einfach.

Hätte ich nicht schon von den schrecklichsten Dingen gehört, zu denen die Fae ihre Menschen zwingen.

Ich schließe meine Augen und versuche, nicht daran zu denken. Wichtig ist nur, dass ich es schaffe, Aviana zu bleiben.

Ich bin Aviana Bloom aus der Marktstraße. Ich bin ein Mensch erster Klasse mit der Fähigkeit zu hören.

2. Kapitel

Avi

Ich weiß nicht, wie viel Zeit vergangen ist, doch als ich endlich dran bin, werde ich von einer schwarz gekleideten jungen Frau an dem Empfang vorbeigeführt. Wir treten in einen schmalen Gang, passieren eine Tür und steigen schließlich eine kleine Treppe hinauf. Oben angekommen stehen wir vor dicken schweren Vorhängen, die mich von dem Rest des Raumes trennen. Ich höre dahinter unzählige Stimmen, das Klirren von Gläsern und Gelächter. Was auch immer dahinter vorgeht, es klingt wie eine Party.

Die junge Frau bleibt vor mir stehen und senkt ihre Stimme. »Ward Ihr schon mal hier?«

Ich kann nur den Kopf schütteln, so nervös bin ich plötzlich.

Sie senkt ihr Klemmbrett, das sie zuvor gegen ihre Brust gedrückt hat, und deutet auf eine Art Karte. Darauf ist ein Raum voller runder Tische zu sehen, durch den sich eine Art Weg von der einen Seite zur anderen schlängelt. Sie zeigt auf einen

Punkt vorne in der Ecke. »Hier stehen wir. Ihr geht raus, kreuzt den Weg nach rechts, folgt der Biegung und kehrt wieder zurück, sodass Ihr am Ende hier landet.« Sie deutet auf das andere Ende. »Dort steht der Auktionator. Ihr wartet einfach darauf, was passiert.«

»Muss ich irgendwas machen?« Ich lasse meinen Rucksack auf den Boden neben der Wand gleiten.

Nun schüttelt sie den Kopf. »Ihr müsst nur hübsch aussehen und lächeln.«

Ich frage mich ehrlich, was ein hübsches Lächeln bei einer Dienstbotenauktion zu suchen hat – und ob sie das auch den männlichen Bewerbern rät.

Sie schaut erneut auf ihre Unterlagen, blättert darin herum und verzieht spöttisch den Mund. »Vielleicht solltet Ihr besonders nett lächeln.«

In ihrer Stimme schwingt mit, dass sie mich verurteilt. Aber es geht sie nichts an, wofür ich so viel Geld brauche. Das ist allein meine Sache. Und wenn ich mich dafür versklaven lassen muss.

Sie lässt ihren Blick nach oben wandern und lauscht. In diesem Moment ertönt eine tiefe Stimme. Das muss der Auktionator sein. »Als Nächstes sehen wir Aviana Bloom, Mensch erster Klasse, mit der Fähigkeit zu hören, zu einem Preis von-« An dieser Stelle stockt er ein wenig und räuspert sich dann. »Zehntausend Münzen.« Hinter dem Vorhang wird es unruhig, und amüsierte Laute folgen.

Ich schlucke, und Tränen schießen mir in die Augen, als ich meinen obersten Knopf öffne und dann meinen Ärmel leicht hochschiebe. Daran hängt ein weißes Armband.

Die Mitarbeiterin beäugt es und verzieht keine Miene, obwohl wir beide wissen, was es bedeutet.

Ich biete hier nicht nur meine Kraft als Dienstbotin an, sondern das Wertvollste, was ich besitze. Das Einzige, was jemals wirklich mir gehören wird. Meinen Körper, der noch nie zuvor von einer anderen Person berührt wurde.

Es ist ein Preis, den ich herzugeben bereit bin. Für mich ist es sowieso unmöglich, jemals jemanden zu lieben. Wirklich zu lieben. Anas Leben ist dazu verdammt, dass sie ihres mit mir teilt, und wegen mir wird sie alles aufgeben müssen, was sie so sehr verdient. Eine Familie. Enge Freunde. Kinder.

Mein Hals wird eng, und ich schlucke. Einen Moment lang droht mich dieser Gedanke zu ersticken.

Aber ich darf jetzt nicht darüber nachdenken. Nicht hier.

»Viel Erfolg.« Die Mitarbeiterin öffnet den Vorhang ein wenig, und ich trete hinaus auf eine Bühne. Licht blendet mich, und ich brauche einen Moment, um mich zu orientieren. Quer durch den Raum, vorbei an vollbesetzten Tischen, führt ein Laufsteg in Form einer Schlaufe.

Ich atme tief ein, und dann gehe ich langsam los. Es wird still um mich herum.

Meine Beine fühlen sich an, als hätten sie vergessen, wie man sie bewegt. Mein Vorsatz, die Hüften zu wiegen und einen leicht belustigten Gesichtsausdruck aufzusetzen, verschwindet, weil ich plötzlich wie im Tunnel bin. Ich kann nur noch den Steg vor mir sehen und hoffe, dass ich nicht stolpere und nach unten in den Zuschauerraum falle.

Blicke fahren über meine Haut, und mir wird übel bei dem Gedanken, wie die Leute dort unten meinen Wert messen und sich vorstellen, was sie mit mir machen könnten.

Nein. Ich darf nicht daran denken. Ich bin wegen des Geldes hier. Und ich benötige es so schnell wie möglich.

Ich werde Ana retten. Egal zu welchem Preis.

Sie teilt ihr Leben mit mir. Es ist das Mindeste, was ich für sie tun kann.

Alles um mich herum verschwimmt, und ich höre das Gemurmel wie aus weiter Ferne. Irgendwie schaffe ich es, nicht zu stolpern, bis ich das Ende des Weges erreiche, zurück auf die Bühne trete und neben dem Auktionator stehen bleibe.

Er beachtet mich kaum, und kurz frage ich mich, ob er mich überhaupt wahrgenommen hat.

Sein Blick wandert zu einer Stelle im Publikum, und ich folge ihm, dorthin, wo zwei Fae sitzen und ihm Zeichen geben, worauf er kaum merklich nickt und sich dann räuspert.

Der Saal ist voller Anspannung und Geflüster. Doch beides verstummt, als der Auktionator seine Stimme erhebt. »Das war Aviana Bloom. Die Fähigkeit zu hören muss gerade so für die Klassifizierung gereicht haben und ist ansonsten unzureichend.«

Gelächter hallt durch den Raum. Hitze breitet sich über mein Dekolleté und meinen Hals bis zu meinem Gesicht aus. Ich zwinge mich, still stehen zu bleiben, während ich einerseits beschämt bin und zugleich erleichtert, weil mir diese Einschätzung nur in die Karten spielt.

»Dennoch ist da viel Potenzial. Insgesamt überwiegen ihre Körperbeherrschung und Symmetrie der Muskeln. Die Einstufung liegt bei sieben von zehn.«

Ich versteife mich, weil ich keine Ahnung habe, was diese Zahl bedeutet und ob sie gut oder schlecht ist. Er hat kein Wort zu meinem Armband gesagt, und ich bin versucht, meinen Ärmel darüberzuschieben und es zu verstecken. Mein Herz pocht so laut in meinen Ohren, dass ich Angst habe, etwas zu verpassen. Soweit ich weiß, kommt jetzt der Teil, in dem um den Zeitraum für meine Arbeit geboten wird.

»Zweitausend Münzen für fünf Jahre.«

Ich zucke zusammen, weil es der längste Zeitraum ist, für den man sich ersteigern lassen kann. Zweitausend Münzen sind viel, aber sie sind keine fünf Jahre wert.

Noch immer blenden mich die Scheinwerfer, doch ich erkenne, wie mehrere weiße Schilder hochgehalten werden. Einen Moment lang ist es still. Dann geht es los.

»Dreitausend Münzen für viereinhalb Jahre.«

»Viertausend für vier Jahre und drei Monate.«

»Fünftausend für vier Jahre.«

»Sechstausend für vier Jahre.«

Mit jedem weiteren Gebot werde ich nervöser. Mein Hals fühlt sich trocken an. Das Band um mein Handgelenk schnürt mir das Blut ab. Meine Haut fängt an zu jucken, und ich will am liebsten die Arme vor der Brust verschränken.

Stattdessen bleibe ich kerzengerade stehen, während um jeden einzelnen Monat gefeilscht wird.

Die Zeit dehnt sich aus, und Schweiß rinnt meinen Rücken hinab.

»Siebentausend Münzen für zwei Jahre und vier Monate.«

Die Gebote hören nicht auf, und ich sollte mich freuen, weil sie meine Arbeitsdauer immer weiter herunterhandeln. Stattdessen ist mir schlecht, weil ich genau weiß, was der Höchstbietende am Ende von mir fordern wird.

Das, was ich angeboten habe, und nicht weniger.

Mit einem Mal knallt eine ungeduldige Stimme durch den Raum. »Zehntausend Münzen für zehn Tage.«

Mein Atem stockt, als ich die Stimme höre. Dunkel und volltönend. Eine Stimme, die es gewohnt ist, Befehle zu erteilen und keine Widerworte zu hören. Ich kenne diese Stimme irgendwoher. Aber das kann nicht sein. Oder?

Es wird schlagartig still im Raum. Stühle rücken, weil alle zu erkennen versuchen, wer dieses ungeheuerliche Gebot macht.

Der Auktionator wartet ab, doch niemand verbessert sein Gebot. »Dann geht Aviana Bloom für zehntausend Münzen und zehn Tage an den Bieter mit der Nummer siebenundzwanzig.«

Es wird geklatscht.

Meine Beine sind mit einem Mal so wackelig, dass ich es kaum schaffe, mich auf ihnen zu halten.

Ich versuche hinter den blendenden Lichtstrahl zu sehen und zu erkennen, wer mich ersteigert hat. Doch ich kann nur bis zur ersten Reihe Gesichter erkennen.

Aber *er* kann es nicht sein. Nicht *er*.

Der Auktionator nutzt den Applaus und beugt sich leicht zu mir. »Ihr müsst jetzt die Bühne verlassen.«

Ich drehe mich um und schaffe es zurück hinter den Vorhang. Dort erwartet mich eine andere Mitarbeiterin. Sie ist etwas älter, und ihr missbilligender Blick streift sofort mein weißes Band.

Angewidert von mir selbst, schiebe ich den Ärmel darüber. Sie kann mich verurteilen, so viel sie will. Niemand ekelt sich so sehr vor mir wie ich selbst. Doch am Ende zählt nichts anderes, als dass ich das Geld habe.

Entschlossen greife ich nach meinem Rucksack und schultere ihn.

Sie schnalzt mit der Zunge und führt mich dann den Flur hinunter, sodass wir auf der anderen Seite des Raumes herauskommen. Hinter einer weiteren Tür folgt ein langgezogener Raum mit Bänken, auf denen noch diejenigen warten, die kurz vor mir dran gewesen sind.

Keiner schaut auf oder interessiert sich für mich.

»Ihr werdet aufgerufen«, informiert mich die Mitarbeiterin mit einem letzten abschätzigen Blick, bevor sie wieder geht.

Mein ganzer Körper zittert, als ich auf einen Platz mit viel Abstand zu den anderen sinke. Meine Hände sind eiskalt, und Übelkeit steigt in mir hoch.

Ich habe es getan.

Mir wird noch schlechter.

Die Stimme des Bieters hallt wieder und wieder in meinem Kopf nach, und ich bohre die Finger in meine Oberschenkel, weil das alles nicht sein kann.

Er kann es einfach nicht sein. Das wäre mein Todesurteil.

Sicher habe ich mich geirrt.

Es sind schließlich nur fünf Worte gesprochen worden.

Ich entkrampfe meine Finger und streiche fahrig über meinen Rock.

Nana wird mich umbringen, sobald ich zu ihr zurückkehre, aber selbst sie wird am Ende einsehen, dass es unsere einzige Möglichkeit ist.

Als ich endlich aufgerufen werde, sind längst weitere Leute nachgekommen. Ich stehe auf und gehe zu dem Tresen, so wie es auch die Personen vor mir getan haben.

Der dahinter sitzende Mann presst die Lippen aufeinander, während er die Unterlagen betrachtet. Dann erst schaut er mich an. »Euer Bieter verlangt, dass Ihr gleich mit ihm reist.«

Schockiert öffne ich meinen Mund, doch kein Ton kommt heraus.

Der Mann nimmt das wohl als Zustimmung, denn er beginnt seelenruhig, Münzen und Scheine abzuzählen und sie in einen Beutel zu stecken.

Nein. Nein. Nein!

Irgendwie schaffe ich es, mich zu räuspern, doch meine Stimme klingt dünn. »Aber ich dachte, ich kann das Geld sofort zu meiner Familie bringen.«

Er zuckt mit den Schultern, als ginge ihn das alles gar nichts an. »Vielleicht macht er für Euch einen Umweg, aber ich würde nicht darauf hoffen.«

In meinem Körper wird alles zu Eis. Zehn Tage sind nicht viel, doch in Anas Zustand sind sie eine Ewigkeit. Was ist, wenn es dann für eine Behandlung schon zu spät ist?

Ich möchte den Mann vor mir schütteln, obwohl ich weiß, dass er keine Schuld trägt.

Er überreicht mir den schweren Beutel, und das Geklimper lässt einige der Wartenden aufschauen. Ich stopfe ihn sofort in meinen Rucksack, doch trotzdem sehe ich die neugierigen Blicke.

»Bitte wartet, bis Ihr abgeholt werdet.« Er deutet zurück auf die Bänke und ruft dann den nächsten Namen auf. Ich bin längst vergessen.

Das Geld in meinem Rucksack fühlt sich viel zu schwer an. Es ist, als hätte ich gewonnen und gleichzeitig alles verloren. Dabei habe ich noch nicht einmal den richtigen Preis gezahlt.

Ana ist jetzt schon kaum stark genug, um sich alleine in ihrem Bett aufzusetzen. Was bedeutet, dass sich ihr Zustand nur verschlechtern wird. Ohne das Geld kann Nana niemanden für die Behandlung bezahlen, der zwei Augen zudrückt. Niemanden, dessen Schweigen teuer ist.

Ich setze mich auf die Bank und starre auf die karierten Bodenfliesen, während ich mir immer wieder sage, dass ich einen Weg finden werde.

Vielleicht kann ich jemanden bestechen. Oder mich selbst in der Nacht rausschleichen.

Kurz darauf öffnet sich die Tür, die sonst als Ausgang fungiert.

Ich blicke auf, und alles in mir gefriert zu Eis, als ich den Mann sehe, der eingetreten ist.

Ich starre auf die kurzen dunklen Haare, das markante Kinn, die gerade Nase und die dunklen Augen.

Ich starre auf die Uniform, die mit silbernen Schulterkappen und Schnallen verziert ist. Auf sein silbernes Schwert, das an seinem Gürtel hängt.

Ich starre auf den Mann, der mir vor zehn Jahren das Leben gerettet hat. Den Mann, der damals gesehen hat, was ich wirklich bin.

Mein Atem stockt, und ich bin sicher, dass mein Herz mindestens drei Schläge lang aussetzt, während ich den ersten Soldaten des Fürsten anstarre. *Ren Taman.*

Meine Kehle schnürt sich zu, und ich fühle mich wie damals, als ich in den Fluss fiel, die Strömung mich mit sich riss und Wasser meine Lunge flutete. Ich sterbe ein zweites Mal genau in diesem Moment, kurz bevor er vor mir auftaucht und mich aus den Fluten zieht. Ein Schlag auf meine Brust, und all das Wasser schießt aus meiner Lunge. Damals habe ich nicht realisiert, dass ich beinahe gestorben bin. Sehr wohl aber, dass dieser Mann mein Todesurteil sein könnte.

Noch bevor einer von uns verstand, was wirklich passierte, bin ich losgerannt. Ich rannte und rannte. So lange, bis meine Beine mich nicht mehr trugen und ich in irgendeiner Gasse zusammenbrach. Als ich irgendwann wieder zu mir kam, schleppte ich mich nach Hause. Zu Nana. Sie sah mich, und ihre einzige Frage war: »Brauchen wir den Notfallkoffer?« Er war unsere einzige Möglichkeit, das Fürstentum zu verlassen und zu versuchen, in der fürchterlichen Welt außerhalb der Mauern zu überleben.

Doch ich schüttelte den Kopf, und sie nahm mich in ihre Arme. Das war der Tag, an dem ich zweimal überlebte.

Mein Atem stockt, als der Mann hinter dem Tresen zu mir deutet und der Soldat sich daraufhin zu mir umdreht. Seine dunklen Augen fixieren mich, und ich halte die Luft an, während ich darauf warte, dass er die Hand hebt, auf mich zeigt und nach der Garde ruft. Darauf, dass er seine Faekräfte nutzt und mich eigenhändig umbringt. Darauf, dass irgendetwas passiert.

Doch er schaut mich nur an, als würde er mich das erste Mal sehen, und tritt auf mich zu. »Aviana Bloom, Ihr kommt mit mir.« Er dreht sich um, als gäbe es nichts Weiteres zu sagen, und geht wieder in Richtung Tür.

Einen Moment lang starre ich ihm hinterher und möchte vor Erleichterung weinen. Er hat mich nicht erkannt. Natürlich hat er mich nicht erkannt. In seinem langen Faeleben hat er schon unzählige Menschen gesehen. Ich war damals ein Kind, kaum mehr als acht Jahre.

Ich atme aus und folge ihm, als er schon fast die Tür erreicht hat.

Wir erreichen den Parkplatz hinter dem Gebäude, auf dem diverse Kutschen mit prächtigen Pferden stehen. Etwas, das sich nur die reichsten Bürger leisten können. Fast ausschließlich Fae.

Wir normalen Menschen gehen zu Fuß, fahren mit dem Fahrrad oder nehmen die Straßenbahn.

Der Soldat läuft voraus, als hätte er keine Zeit, auf mich zu warten, und erst recht nicht die Geduld. Ich muss fast rennen, um ihn einzuholen, und komme gleichzeitig mit ihm vor einer prächtigen schwarzen Kutsche zum Stehen. Darauf ist das Wappen des Fürsten zu sehen. Es ist golden und umrahmt einen Falken mit ausgebreiteten Flügeln. Meine Kehle verengt sich, als sich mir plötzlich die Frage aufdrängt, ob er im Auftrag des Fürsten hier ist oder privat.

Der Kutscher, ein Mann mit schwarz-roter Livree, springt vom Kutschbock und öffnet die Tür.

Der Soldat hält mir seine Hand entgegen, und ich starre sie einen Moment lang an. Er ist so viele Ränge über mir und reicht mir wirklich seine Hand?

Ich zögere nicht, weil es unhöflich wäre, und ergreife sie, während ich den ersten Schritt auf den Tritt mache. Als ich ihn berühre, spüre ich, wie etwas in mir ausbrechen will. Dunkel und gewaltig. Es kribbelt durch meinen Körper, und bevor es meine Fingerspitzen erreichen kann, reiße ich meine Hand zurück und springe fast in die Kutsche.

Mein Blick ist auf meine Finger gerichtet, doch nichts ist zu sehen. Mein Herz rast, und ich bin dankbar, dass ich Ren Taman den Rücken zugedreht habe.

Was war das? Ich habe es noch nie so plötzlich gespürt. Wieso ist es nun fast ausgebrochen?

Ich atme lautlos durch. Ich muss mich beruhigen. Sicher ist es nur die Aufregung, und wenn ich mich nicht zusammenreiße, werde ich schneller sterben, als ich mir eine Lüge einfallen lassen kann.

Im Inneren der Kutsche sind die Wände schwarz und die Sitze mit rotem Samt bezogen.

Ich ziehe meinen Rucksack auf den Schoß und versuche, den Soldaten nicht anzustarren.

Dies ist definitiv die Kutsche des Fürsten. Jegliche Hoffnung, dass ich Nana das Geld irgendwie zukommen lassen kann, stirbt in diesem Moment. Ich kann mich weder einfach aus dem Fürstenpalast schleichen noch hoffen, jemanden zu bestechen, mir zu helfen.

Als mir das bewusst wird, straffe ich meine Schultern und hebe den Kopf.

Ren Taman schaut mich im selben Moment an, und seine Miene ist ausdruckslos. Er ist ein unnatürlich schöner Mann mit scharfen Zügen, schwarzem Haar, gerader Nase und Augen, die mich anblicken, als würden sie jede Lüge durchschauen.

Meine Kehle ist eng, und doch zwinge ich mich, mit fester Stimme zu sprechen. »Ich muss darum bitten, dass man mich nach Hause bringt und ich das Geld meiner Familie überreichen kann.«

Der Soldat hebt eine Augenbraue und scheint überrascht von meiner Forderung, dann klopft er aber an das Dach der Kutsche.

Im selben Moment geht hinter mir ein Fenster in Richtung des Kutschers auf. »Sie wünschen?«, ertönt dessen Stimme, und das Klappern der Hufe wird lauter.

»Dreht um. Wir müssen noch einen Abstecher machen.« Ren Tamans Stimme ist dunkel und völlig frei jeglicher Emotion. Alles an ihm ist kalt, genauso wie sein Ruf, der tödlichste Soldat des Fürsten zu sein. Er neigt auffordernd den Kopf.

»Zum Marktplatz«, vervollständige ich.

»Alles klar«, kommt es vom Kutscher, bevor er das Fenster wieder schließt.

»Danke«, bringe ich raus und lächle den Soldaten vorsichtig an. Er müsste das nicht tun, nicht für eine Dienstbotin und nicht für einen Menschen. Aber er tut es, und das bedeutet mir viel.

Er nickt nur knapp.

Ich schaue nach draußen, während wir durch die Straßen des Fürstentums fahren. Die Vorhänge lassen einen Blick nach draußen zu, doch ich bin mir fast sicher, dass niemand uns sehen kann.

Neugierige Blicke folgen uns, und sie werden mehr, je näher wir dem Marktplatz kommen.

Der Kutscher fährt weiter, bis er zu einer Parkmöglichkeit kommt, die sich ganz in der Nähe unseres Hauses befindet.

Erneut klopft Ren Taman an das Dach, und wieder öffnet sich das Fenster. »Welche Hausnummer ist es?«

»Fünfzehn«, bringe ich heraus und begreife erst jetzt, dass er mich selbst nicht gehen lassen wird.

Ren Taman nickt und instruiert weiter den Kutscher. »Bringt der Familie den Rucksack, und lasst Euch Kleidung für das Mädchen geben, die für zehn Tage reicht.«

»Wird gemacht.« Kurz darauf schließt sich das Fenster wieder, und ich höre, wie der Kutscher vom Kutschbock springt.

Schnell öffne ich meinen Rucksack und ziehe einen Zettel sowie einen Stift hervor. Ich habe für den Notfall einen Brief deponiert, aber den wird Nana nicht einfach so finden.

Also kritzle ich schnell eine Nachricht.

Liebe Nana, entschuldige, dass ich dir vorher nichts gesagt habe. Ich bin in zehn Tagen zurück. Vielleicht wird dich bis dahin mein Lieblingsbuch ablenken.
In Liebe, Aviana

Ich behalte die Nachricht in der Hand, weil ich unter keinen Umständen verdächtig wirken will, und presse die Lippen zu einem nervösen Lächeln, als der Kutscher die Tür öffnet.

Ich reiche ihm erst den Rucksack und dann die Nachricht. »Könntet Ihr das bitte meiner Großmutter geben?«

Er nimmt beides an sich und überfliegt die Nachricht, genauso, wie ich es mir gedacht habe.

Sein Blick fliegt kurz zum Soldaten, und er nickt kaum merklich, woraufhin der Kutscher leicht den Kopf neigt. »Natürlich.«

Ren Taman steht gleichzeitig auf. »Wartet hier. Ich habe noch etwas zu erledigen.«

Plötzlich sitze ich alleine in der Kutsche des Fürsten und traue mich kaum zu atmen. Ren Taman hat mich ersteigert, der Fae, der mein Untergang sein wird, sollte er sich jemals an das achtjährige Mädchen erinnern, das er damals aus den Fluten gezogen hat.

3. Kapitel

Avi

Als der Kutscher zurückkehrt, fühlt es sich an, als wäre ein halber Tag vergangen, obwohl es kaum mehr als eine Viertelstunde gewesen sein kann. Er richtet mir nur Grüße von meiner Großmutter aus und deponiert einen ihrer Koffer unter meinem Sitz.

Ich will ihn fragen, ob sie sehr sauer gewirkt hat, traue mich aber nicht. In wenigen Tagen werde ich es selbst herausfinden.

Zehn Tage.

Auch Ren Taman kommt kurz darauf wieder, und als er einsteigt, klopft er nur einmal an das Wagendach, um dem Kutscher zu signalisieren, dass er losfahren kann.

Er spricht nicht mit mir, und während ich mich zwinge, aus dem Fenster zu schauen, habe ich das Gefühl, sein Blick liegt auf mir.

Er hat mich ersteigert. Zehntausend Münzen für zehn Tage. Ich spüre das weiße Armband, wie es in meine Haut schneidet, und werde mir mit einem Mal überdeutlich bewusst, was der Preis ist.

Ich versuche an Ana zu denken. Daran, dass der Arzt, den Nana bereits kontaktiert hat, zu teuer gewesen ist, sie nun jedoch retten können wird.

Aber es funktioniert nicht. Ich denke daran, was heute Nacht passieren wird. Oder nach unserer Ankunft. Ich habe keine Ahnung, wie es ablaufen wird, und mit einem Mal wird mir heiß.

Ich starre aus dem Fenster, ohne wirklich etwas wahrzunehmen, und zucke erschrocken zusammen, als die Kutsche hält.

Wir befinden uns vor dem Palast. Soldaten überprüfen die Kutsche und öffnen die Tür. Als sie Ren Taman entdecken, verbeugen sie sich und treten zurück.

Dieser hat jedoch seine Augen unverwandt auf mich gerichtet. Nachdenklich, distanziert, abwartend.

Mit einem Mal wird mir klar, dass er sich fragen könnte, wofür ich so viel Geld brauche. Lügen schießen durch meinen Kopf.

Eine Reparatur im Laden? Nein, das würde sich zu leicht nachvollziehen lassen.

Vielleicht Geld für eine Reise für meine Großmutter? Sie wollte schon immer alle Fürstentümer sehen.

Ich merke, dass ich meine Hände zu Fäusten geballt habe, und zwinge mich, wieder zu entspannen.

Die Stille in der Kutsche wird mich noch wahnsinnig machen. Der Drang sie zu füllen, wird immer stärker. Doch sobald ich rede, werde ich irgendwas sagen, was mich verrät. Also schweige ich, obwohl es sich anfühlt, als würden unzählige Worte gegen meine zusammengepressten Lippen drängen.

»Ihr seid sehr nachdenklich, Miss Aviana.« Ren Tamans

Stimme durchbricht das Schweigen so plötzlich, dass ich ihn kurz nur anstarren kann.

Dann reiße ich mich wieder zusammen und zwinge mich zu einem schüchternen Lächeln. Ich muss unschuldig aussehen, einfach die Aviana sein, die ich seit Jahren der Welt vorgaukle. »Ich bin ein wenig nervös.«

»Sicher habt Ihr den Fürstenpalast bei einem Schulausflug bereits gesehen«, erwidert er und betrachtet mich genau.

Eine Falle. Es ist eine Falle. *Nein.* Er kann nicht wissen, dass Ana immer all diese Ausflüge mitgemacht hat, die so selbstverständlich für die Oberstufenschüler sind. »Natürlich. Es war nur so überwältigend, dass ich mich kaum an etwas erinnere.«

Er nickt ganz langsam, und in seinen Augen blitzt es, während der Rest seiner Miene regungslos bleibt. »Dann könnt Ihr Euch dieses Mal mehr Zeit nehmen.«

»Das wäre schön.« Ich schlucke und betrachte die Soldaten, die draußen ein Tor aufschieben. Der Kutscher manövriert uns langsam durch den dahinterliegenden Tunnel, der uns direkt in den Innenhof des Palastes bringt. Mein Herz hüpft einmal fest in meiner Brust bei dem Anblick, und ich zwinge mich zu einer unbewegten Miene. Der Innenhof ist noch größer, als er von außen vermuten lässt. Darin liegt ein Park mit einem eigenen kleinen See, geschwungenen Kieswegen und wunderschönen Rosenbüschen. Eine riesige Trauerweide steht direkt am Wasser, und seine Spitzen streifen die Oberfläche.

Die vier Türme ragen in den Himmel wie Speerspitzen, und dazwischen befinden sich Mauern voller Fenster, durch die man in den Innenhof schauen kann.

Die Kutsche fährt weiter, bis sie kurz vor einem großen Eingang zum Stehen kommt. Der Kutscher springt ab und öffnet uns die Tür. Als Erster steigt der Soldat aus und wartet nicht, ob ich ihm folge. Der Kutscher reicht mir seine Hand, und ich nehme sie nach kurzem Zögern. Nichts.

Puh. Es war die Aufregung. Mehr nicht.

Ich lächle ihn an und möchte meinen Koffer unter dem Sitz herausziehen, doch er verneint. »Der wird auf Eure Gemächer gebracht.«

»Danke«, sage ich erneut und drehe mich zu dem Eingang um, in dem Ren Taman bereits verschwunden ist. Die Türen stehen nun offen, und zwei Soldaten warten rechts und links.

Zögernd trete ich ein, und sie schließen die Türen wieder hinter mir. Ich befinde mich in einer Eingangshalle. Von hier aus führt eine breite Treppe nach oben und teilt sich dann zu beiden Seiten. Der Boden ist aus schwarzem Marmor, der hin und wieder glitzert, als wären Diamantensplitter in ihn eingearbeitet worden. Die Wände sind dunkelrot gestrichen, und an goldenen Kronleuchtern hängen unzählige Kerzen, die beinahe ausgleichen, dass es hier keine Fenster gibt.

Fürst Nevans Soldat steht am Fuß der Treppe und schaut mich auffordernd an. »Ich bringe Euch zu Euren Gemächern.« Seine Stimme duldet kein Trödeln, und ich beeile mich, ihm zu folgen.

Wir gehen die Treppe nach rechts hoch, und dann durchqueren wir einige schmale Flure mit rotem Teppichboden und cremefarbenen Wänden. Auch hier gibt es keine Fenster, jedoch Gaslampen, die alles in sanftes Licht tauchen. Wir kommen an unzähligen verschlossenen Türen vorbei, begegnen jedoch keinen weiteren Personen.

Eine Ewigkeit später erreichen wir schließlich eine weitere, schmale Treppe, die Ren Taman ohne große Umschweife betritt und mit der wir letztlich in die oberste Etage gelangen.

Ich bin schon ein wenig aus der Puste, schaffe es aber, mir nichts anmerken zu lassen. Dafür wächst meine Nervosität ins Unermessliche. Bisher sind wir kaum einer anderen Person begegnet. Was seltsam ist. Sicher leben hier unzählige Bedienstete und Dauergäste des Fürsten. Ich habe gehört, er feiert hier ständig rauschende Feste und bewirtet stets gerne Fae aus anderen Fürstentümern. Mir kommt es hier jedoch ziemlich verweist vor.

Irgendwann halten wir vor einer schlicht aussehenden Tür, und Ren öffnet sie und bedeutet mir einzutreten. »Euer Gemach für die nächsten Tage.«

Mein Atem stockt, als ich eintrete und erkenne, dass ich mich in einem der Türme befinde. Der Raum ist rund, die Wände aus rohem Stein und die Möbel aus edlem Holz. Ein weicher dunkelroter Teppich bedeckt den Hauptteil des Bodens, und schmale, hohe Fenster lassen Tageslicht hinein. Ein Teil des Raumes ist abgetrennt, aber ich erkenne von hier aus einen Badebereich.

Wieso bringt er mich in einen Turm? Ich dachte, sie wären nur für den Adel bestimmt.

Mein Mund wird trocken.

Und für Kurtisanen.

Mein Blick verschließt sich, und ich schaffe es kaum zu lächeln, als ich mich zu ihm umdrehe. »Es ist sehr schön. Danke.«

»Ihr könnt Euch frisch machen. Euer Essen wird gleich gebracht. Ich komme zurück, sobald die Sonne am höchsten steht.« Und dann ist er weg.

Ich schlucke und starre die nun geschlossene Tür an.

Höchster Sonnenstand. Das ist also meine Ablaufzeit.

Ich darf nicht darüber nachdenken. Ich muss *es* einfach hinter mich bringen.

Langsam gehe ich zu den Fenstern und schaue hinaus auf das Fürstentum, das sich bis weit hinter den Horizont erstreckt. Irgendwo dahinter liegen die Grenzmauern. Und solange ich mein Spiel gut spiele, werde ich niemals gezwungen sein, dorthin zu fliehen.

So schrecklich mein Leben auch ist. Ich fürchte nichts mehr als das Unbekannte dort draußen. Die Tote Zone, jener Teil der Welt, den man nicht mehr lebend verlässt, wenn man ihn einmal betritt.

***

Als das Essen von einer Dienerin gebracht wird, ist offensichtlich, dass ich nicht denselben Status trage wie sie. Auf dem Tablett befinden sich edle Speisen, wie gebratenes Geflügel, perfekt gegartes Gemüse und Reis, der so reinweiß ist, dass er nur aus dem fernen Altasien kommen kann.

Nach dem Krieg veränderte sich nicht nur die Menschheit, sondern auch die ganze Welt. Tiere wurden zu gefährlichen Bestien und Pflanzen zu einer nicht zu unterschätzenden Gefahr. Es veränderte die Art, wie die Menschen lebten. Was zuvor so normal gewesen war, wie Waren aus fernen Ländern und Köstlichkeiten aus aller Welt zu importieren, war fortan nur unter extremen Bedingungen möglich.

Und nun sitze ich hier und starre auf einen Teller, der voll ist mit exotischem Gemüse, und der daneben liegenden Schale voller Früchte, die ich noch nie gesehen habe. Nichts könnte deutlicher machen, dass ich eine Kurtisane bin. Ich muss genau den Preis zahlen, den ich ihnen geboten habe.

Eigentlich hätte ich Angst haben müssen.

Stattdessen legt sich eine sonderbare Ruhe über mich, während ich esse und dieses Geschenk zu genießen versuche. Vermutlich werde ich nie wieder so süße Früchte essen. Dennoch kann ich sie nicht so wertschätzen, wie ich es müsste. Dafür bin ich viel zu aufgeregt.

Meine Gedanken wandern zu meiner Schwester, und die Möglichkeit, dass Ana bei meiner Rückkehr wieder gesund sein wird, hebt meine Laune.

Dienerinnen kommen und füllen die Badewanne mit dampfendem Wasser, und ich sinke seufzend hinein, nachdem sie gegangen sind.

Gedanklich versuche ich mich auf das Unvermeidliche vorzubereiten. Natürlich weiß ich, wie *der Akt* an sich funktioniert. In der Schule wurden wir aufgeklärt, und mit der Gesundheitsinjektion erhalten junge Menschen Hormone, die ungewollten Schwangerschaften entgegenwirken. Nur, dass ich nie eine Gesundheitsinjektion bekommen habe.

Als meine Mutter Zwillinge geboren hat, machte sie sich auf den Weg, um unser Blut zu prüfen. Sie hatte damals einen Kontakt im Labor, der einen Test machte.

Wir wissen nicht, was dann passiert ist. Sie schaffte es noch, uns eine Nachricht mit dem Ergebnis zukommen zu lassen, und ist dann nie wieder aufgetaucht.

Kurz darauf kamen die Soldaten des Fürsten und durchsuchten das ganze Haus. Doch Nana war vorbereitet und hatte mich versteckt.

Ihr wurde mitgeteilt, dass unsere Mutter gemeinsam mit einer Gruppe von Menschen gefasst worden sei, die mit dem Feind sympathisierten. Unsere Großmutter konnte glaubhaft machen, dass nur ein Kind in jener Nacht geboren wurde und sie keine Ahnung von dem hatte, was ihre Tochter da getrieben hat.

Die Soldaten ließen uns in Frieden, und seitdem spielen wir unser Versteckspiel.

Meine Mutter ist gestorben, weil sie mich retten wollte. Daran gibt es nichts schönzureden. Erst sehr viel später erfuhren Ana und ich, dass in jener Nacht dreißig Menschen gestorben waren.

Und egal wie oft die Schuld mein Herz zu erdrücken versuchte, es überwiegt das Wissen, dass meine Mutter mich unglaublich geliebt hat.

Viele Jahre später sitze ich nun im Palast des Fürsten, ersteigert von seinem ersten Soldaten. Dem Mann, von dem ich mindestens hundert Schritt entfernt bleiben sollte. Dem Mann, der zu jenen gehörte, die meine Mutter …

Ich kneife die Augen zusammen und stehe ruckartig aus dem kalt gewordenen Wasser auf.

Es bringt nichts, darüber nachzudenken. Meine Mutter ist tot, und nichts wird sich daran ändern. Alles, was ich tue, ist für meine Familie. Für Ana.

***

Als die Sonne ihren Höchststand erreicht, sitze ich auf dem Rand meines Bettes und sehe zu, wie sich die Tür öffnet. Ren Taman tritt ein und stockt, als er mich sieht. Sein Blick wandert über meinen Morgenmantel, der aus heller, fließender Seide gefertigt ist. Um mir Mut zu machen, habe ich ein wenig Schminke aufgelegt, und mein vom Feuer getrocknetes Haar liegt in langen Wellen auf meinem Rücken.

Der Soldat hält noch immer die Türklinke fest, während

sein Blick über meinen Körper wandert und nichts preisgibt. »Braucht Ihr noch etwas Zeit?«

Ich schlucke und schüttele den Kopf. Mehr Zeit würde bedeuten, dass ich mir nur noch mehr Gedanken machen kann. Ich will es endlich hinter mich bringen.

Meine Gedanken schwenken zu dem skandalösen Roman, den Ana und ich heimlich gelesen haben, und zu dieser einen Szene, in der die Frau dem Mann mitteilte, dass sie ihn will. Als ich sie las, bin ich von oben bis unten rot geworden, aber Ana sagte hinterher nur, dass sie es genauso machen würde. Sie ist schon immer ein wenig mutiger als ich gewesen. Vielleicht muss ich es heute auch einmal sein.

Also straffe ich meine Schultern. »Möchtet Ihr reinkommen?« Es wundert mich selbst, wie fest meine Stimme klingt, während ich mich erhebe.

Noch immer trägt Ren Taman eine Uniform, mit silbernen Schulterklappen, den Schnallen und unzähligen Knöpfen. Er sieht aus, als würde er in eine Schlacht ziehen, und vielleicht muss ich das genauso sehen.

»Was genau ist hier los?« Die Stirn des Soldaten legt sich in Falten, und es ist seine erste emotionale Reaktion.

Muss er es mir so schwer machen?

Aber vielleicht muss ich nur mutig genug sein, um den ersten Schritt zu machen. Das habe ich aus all den skandalösen Büchern gelernt. Die Frau macht den ersten Schritt, und der Mann macht den Rest. »Ich möchte meinen Preis bezahlen.«

Ren Tamans Augen folgen mir blitzend, als ich nach dem Gürtel meines Mantels greife und die Schlaufe langsam öffne.

Er stößt einen erstickten Laut aus und ist in wenigen Schritten bei mir, packt meinen Seidenmantel, nur um ihn wieder fest um meinen Körper zu wickeln. Seine Hände sind nur durch den dünnen Stoff von meiner Haut getrennt, und ich atme keuchend ein, während ich hoch in sein Gesicht starre.

Seine Augen sind geweitet, und wo zuvor Eis gewesen ist, brennt nun ein Feuer, das er mit einem einzigen Blinzeln wieder erstickt. »Was soll das?«

Der Geruch von Leder und Lavendel steigt mir in die Nase. »Ich …« Meine Stimme versagt, weil ich nicht weiß, was ich falsch gemacht habe. »Ich wollte den Preis bezahlen.«

»Welchen Preis?«

Mein Körper kribbelt überall, weil ich mir plötzlich seiner Nähe so überdeutlich bewusst bin. Ich spüre das Kratzen von Dunkelheit in mir, und in meinem Augenwinkel sehe ich Schwärze, die sich von den Wänden löst und auf uns zuschlängelt. Mein Atem wird hektisch, weil er es nicht bemerken darf. Ich muss etwas tun!

»Ich habe ein weißes Armband getragen.« Meine Scham hindert mich daran, weiterzusprechen.

Sein Stirnrunzeln vertieft sich, bevor sich langsam Erkenntnis auf seinen Augen ausbreitet. Sein Mundwinkel hebt sich, und es ist, als würde dieser Anblick sein gesamtes Gesicht verändern. Es ist kein freundliches Lächeln. Ich weiß nicht einmal, ob er überhaupt dazu fähig wäre. Es ist eines von der Sorte, die verspotten und den Gegenüber in die Knie zwingen können. »Ihr wärt bereit, diesen Preis zu zahlen? Für läppische zehntausend Münzen?«

Wut wallt in mir auf, weil er so tut, als wäre das alles ein Spiel.

Ich hebe trotzig mein Kinn und trete von ihm zurück. Seine Hände lösen sich vom Stoff, und ich schließe fest den Gürtel meines Mantels. Die Dunkelheit verpufft. »Ja. Es war der Preis, und ich bin bereit, ihn zu zahlen.«

Er senkt den Kopf, sodass wir uns wieder ein wenig näher sind, und seine Augen blitzen, als würde er sich tatsächlich amüsieren. »Keine Sorge. Wir haben Euch nicht dafür hergebracht. Ihr werdet Euren Preis schon noch begleichen.« Sein Blick wandert über den Ausschnitt meines Mantels, als wäre er sich dessen nicht einmal bewusst, bevor er mir wieder in die Augen sieht. »Aber nicht auf diese Weise.«

Ich erschaudere am ganzen Körper. »Auf welche Weise dann?«

Einer seiner Mundwinkel hebt sich, und plötzlich sieht er noch viel gefährlicher aus. »Zieht Euch um und folgt mir. Dann findet Ihr es heraus.« Mit diesen Worten dreht er sich um und schlendert aus dem Zimmer.

4. Kapitel

Avi

Meine Wangen brennen, als ich wenige Minuten später in Lederhose und weißem Hemd gekleidet aus meinem Zimmer trete.

Bei meinem Aufzug hebt Ren Taman eine Augenbraue und stößt sich von der Wand, an der er lehnt. »Interessante Kleiderwahl.«

Nervös und noch immer absolut beschämt wegen des Missverständnisses streiche ich mir über die Hose. »Meine Großmutter hat wohl versäumt, mir Kleider einzupacken.« Offenbar ist sie davon ausgegangen, dass ich praktische Kleidung zum Kämpfen oder zum Fliehen brauchen werde.

Er nickt und geht voraus den Flur hinunter. »Das ist kein Problem.«

Ich folge ihm schnell und kaue auf meiner Unterlippe herum. »Mr Taman«, setze ich an und versuche mit ihm Schritt zu halten.

»Nennt mich einfach Soldat Ren«, unterbricht er mich, ohne sich nach mir umzudrehen.

»Okay. Soldat Ren«, bringe ich heraus. »Was genau wird meine Aufgabe sein?«

»Das wird der Fürst Euch gleich mitteilen.«

Ich werde langsamer, und meine Augen weiten sich, während ich auf Soldat Rens breiten Rücken starre. »Der Fürst?«

»Er war damit einverstanden, Euch herzubringen.«

»Mich?« Meine Stimme wird schrill, und ich presse die Lippen zusammen, bevor ich mich beeile, wieder zu ihm aufzuschließen. Was kann der Fürst schon von mir wollen? *Außer, er kennt mein Geheimnis.*

Mit einem Mal wird mir schlecht, und mein Essen droht mir wieder hochzukommen. Weil Ren nichts weiter von sich gibt, bin ich gezwungen, mich mit der Angst in meinem Kopf auseinanderzusetzen.

Er wird mich töten …

Er wird mich töten.

Er wird mich töten!

Irgendwann gelangen wir in einen Flur, der so breit und pompös ist, dass ich mir sicher bin, er wird für offizielle Zwecke genutzt. Auch hier ist der Boden schwarz glitzernd, und goldene Kronleuchter hängen von der Decke, doch es gibt auch unzählige Bilderrahmen mit Portraits von Personen, die mir alle vage bekannt vorkommen. Kriegshelden. Fae, die im Dienste des Königs gestorben waren. Ihre Namen wurden im Geschichtsunterricht genannt, doch ich kann mich an keinen einzigen erinnern.

Vor einer großen, aufwendig geschnitzten Tür stehen zwei Soldaten, deren Uniformen der von Soldat Ren ähneln, aber weniger Schnallen und Knöpfe besitzen. Ihre Haltung ist gerade, und doch scheinen sie sich noch ein wenig mehr aufzurichten, als wir näher kommen. Sie öffnen uns wortlos die Tür, und wir können einfach so hindurchtreten.

Dahinter befindet sich der Thronsaal, und ich muss mich zwingen, meinen Mund nicht aufklappen zu lassen, weil er so imposant ist. Riesengroß ist gar kein Ausdruck für seine Maße. Zwei Fensterfronten zeigen in den Innenhof, eine weitere ist vollständig mit Spiegeln versehen, und vor Kopf ist ein Podest, auf dem ein schwarzer Thron steht. Er sieht aus, als wäre er aus Obsidian gefertigt worden, und schwarzer Samt überzieht die Lehnen und das Sitzpolster.

Dann fällt mein Blick auf Fürst Nevan.

Seine schiere Macht erdrückt mich, obwohl ich am anderen Ende des Raumes stehe. Sofort bleibe ich stehen und verneige mich, so tief wie ich kann. Vor mir befindet sich der mächtigste Mann des gesamten Fürstentums.

Ich zittere, als mir klar wird, wie dumm ich gewesen bin. Er wird mich sofort enttarnen. Ein so mächtiger Fae wie er kann spüren, wenn der Feind in der Nähe ist.

Und nichts anderes bin ich. Ich bin das, was er und die anderen Fürsten in dem Nachtkrieg vor hunderten Jahren bekämpft und angeblich ausgelöscht haben.

Mein Hals verengt sich, weil die Erkenntnis mir tief ins Fleisch schneidet und ich nur hoffen kann, dass Nana und Ana fliehen können, sobald sie von meinem Todesurteil erfahren.

»Erhebt Euch.« Die Stimme des Fürsten ist beinahe genauso dunkel wie die seines ersten Soldaten, und er muss sie nicht einmal erheben, damit sie mich am anderen Ende des Saales erreicht.

Ich tue sofort, was er verlangt.

Langsam gehen wir auf den Fürsten zu, und seine Macht

scheint immer weiter zuzunehmen. Ich fühle sie auf meiner Haut, als wäre seine Magie ein eigenständiges Wesen, das mich erkundet und jedes meiner Geheimnisse offenlegen möchte. Mir ist heiß und kalt zugleich, und meine Kehle verengt sich immer mehr. Jeden Moment wird er mich enttarnen. Mein Herz rast vor Angst.

Wir bleiben vor dem Thron stehen, und ich unterdrücke den Drang, mich erneut zu verneigen.

Fürst Nevan sieht genauso aus wie auf allen Gemälden, die im Fürstentum verteilt sind. Unter seiner schwarzen Krone leuchtet sein helles Haar regelrecht, und seine grünen Augen betrachten mich mit einem Hauch von Vergnügen. Seine schmalen Lippen sind zu einem Lächeln verzogen, und seine helle Haut ist so charakteristisch für die mächtigen Fae. Obwohl er sitzt, erkenne ich mit Leichtigkeit, dass er groß gebaut ist, und trotz seiner etwas schmaleren Schultern bin ich mir sicher, dass er unfassbar stark ist. Er ist der schönste Mann, den ich jemals gesehen habe, und ich kann fühlen, dass es keine Illusion ist, mit der er sich schmückt.

»Ihr müsst Euch nicht fürchten.« Der Klang seiner Stimme ist melodisch, und ich spüre bis in die Tiefen meiner Knochen, dass er mich damit beeinflussen will. Ich sehe die weißen Fäden, die sich wie der Rauch einer ausgepusteten Kerze in meine Richtung bewegen, und fühle seine Magie auf meiner Haut. Etwas, das ich – ein Mensch – nicht können sollte. In den Ecken zucken die Pflanzen, als er durch seine Magie Energie und Licht erzeugt.

»Es ist der Respekt vor Ihnen, mein Fürst.« Meine Stimme ist fest, und ich bin ein bisschen stolz auf mich, weil ich mir einbilde, dass ich meine Angst gut verbergen kann.

Ich bin für Ana hier.

Der Fürst wirkt auf meine Antwort hin belustigt, und mit einem Mal fällt mir wieder ein, dass sie eine bestimmte Aufgabe für mich haben.

Vielleicht war es gar kein Pech, sondern alles geplant.

»Ihr fragt Euch sicher, warum Ihr hier seid.«

Ich kann nur nicken.

Er legt seinen rechten Knöchel auf das linke Knie ab und sieht so entspannt aus, wie es ein Mann mit Macht und Reichtum nur kann. »Ihr sollt einen Auftrag für mich erfüllen. Gemeinsam mit Ren werdet Ihr zwei Personen für mich festnehmen.«

Ich blinzle. Ich soll was genau für ihn tun? In mir steigt Hitze hoch, und ich brauche einen langen Moment, bis ich etwas antworten kann. »Es ehrt mich, dass Ihr mich für diese Aufgabe als würdig erachtet. Jedoch befürchte ich, dass ich nicht die richtigen Fähigkeiten dafür mitbringe.« Ich bin weder besonders stark noch groß noch ehrfurchterbietend.

Fürst Nevan macht eine auffordernde Handbewegung, worauf Soldat Ren mir zwei Karten reicht. Auf jeder Karte ist ein Bild von einem Menschen zu sehen, und auf der Rückseite stehen knappe Notizen zu der Person.

Es sind eine Frau und ein Mann.

Inara Wellread. Eine Studentin mit Brille und braunem Haar, die ganz und gar gewöhnlich wirkt.

Marlon Destroyer. Ein Arbeiter, der aussieht, als könnte er mich mit einem Faustschlag in den Boden stampfen.

Die beiden haben auf den ersten Blick nichts miteinander gemeinsam, und zu meiner Furcht gesellt sich nun auch Irritation. »Wie genau soll ich das anstellen?«

Fürst Nevan lächelt nun, und mit einem Mal ist es, als würde die Sonne das Firmament erhellen. Dieser Mann, dieser

Fae, ist von solch einer Schönheit, dass mein Herz ein wenig schneller schlägt, weil sein Lächeln nur mir gilt. Dabei ist es weder freundlich noch aufmunternd. Es ist ein Lächeln, das Menschen in den Tod reißen kann.

»Ihr und Soldat Ren werdet einen Weg finden.«

Wie auf Kommando tritt Ren nun neben mich, und ich begreife, dass wir entlassen sind.

Ich folge ihm wieder aus dem Thronsaal hinaus und spüre meine Furcht wie einen brodelnden Vulkan in mir. Die Dunkelheit tanzt in meinen Augenwinkeln, und ich kneife einmal fest die Augen zusammen, um mich zu beruhigen.

Als ich sie wieder öffne, ist sie fort. Ich verstehe nicht, warum sie sich so oft zeigt. Gerade jetzt und hier. Aber ich muss das unter Kontrolle bekommen. Ich muss *mich* unter Kontrolle bekommen.

Ich atme dreimal tief durch und entspanne meine Finger, die die Karten fest umklammert halten. Erst jetzt merke ich, dass wir eine andere Richtung eingeschlagen haben als auf dem Hinweg. Dieser Palast fühlt sich wirklich wie ein riesiger Irrgarten an. Ich muss mich Räuspern, damit meine Stimme nicht belegt klingt. »Wohin gehen wir?«

Soldat Ren geht einen Schritt vor mir, den Blick immer nach vorne gerichtet. »Wir gehen auf unsere Mission.«

Mein Herz setzt einen Schlag aus. »Jetzt?«

Er nickt, ohne mich anzusehen. »Dieser Zeitpunkt ist genauso gut wie jeder andere.«

Ich werde schneller, damit ich neben ihm aufschließen kann, und schaue ihn von der Seite her an. »Brauchen wir nicht einen Plan?«

»Ich habe bereits einen Plan.« Es klingt endgültig, als wäre alles gesagt.

Und mit einem Mal muss ich die Augen verdrehen, obwohl ich neben einem der gefährlichsten Männer des Fürstentums laufe. Weil es genauso selbstverliebt klingt wie bei jedem anderen Mann auch.

»Wie sieht dieser Plan aus?« Immerhin sollen wir zusammenarbeiten, da ist es sicher nicht schlecht zu wissen, wie ich helfen soll.

»Wir erledigen unseren Job.« Soldat Ren führt mich durch den Palast bis zu den Kutschen. Die, in die wir einsteigen, ist unscheinbarer als jene, mit der ich zum Palast gebracht worden bin. Sie ist völlig schwarz und so schlicht in ihrer Form, dass niemand sie dem Fürsten zuschreiben würde.

Auch innen ist die Kutsche dunkel ausgekleidet, wodurch mein weißes Hemd geradezu leuchtet.

Als ich mich setze, weicht meine Anspannung ein wenig, weil ich *lebe*. Weder der Fürst noch der Soldat haben mich bisher enttarnt und erkannt, was ich bin. Vielleicht schaffe ich es doch, die nächsten neuneinhalb Tage zu überleben.

Soldat Ren setzt sich mir gegenüber, nachdem er den Kutscher instruiert hat, und klopft gegen das Wagendach. Daraufhin fahren wir mit einem Ruck los.

Ich beobachte, wie wir vom Palastgelände runter und auf die Straße fahren. Mittlerweile ist es schon Nachmittag, und die Sonne hat ihren höchsten Stand überschritten. Dann fällt mein Blick zurück auf die Karten in meiner Hand. Wer sie wohl erstellt hat? Ich schaue zu Soldat Ren. »Wen besuchen wir zuerst?«

Seine Augen treffen auf meine. »Das Mädchen.«

Ich schiebe ihre Karte nach vorne und betrachte die Achtzehnjährige mit Brille und schmaler Statur. Auf dem Bild trägt sie einen langen Rock sowie einen Pullover, der aussieht, als würde sie versuchen wollen, so viel wie möglich von sich zu verstecken. Ihr Blick ist nach vorne gerichtet, aber nicht in die Kamera. Irgendwer hat das Foto gemacht, ohne dass sie es bemerkte. Laut der Beschreibung ist sie ein Mensch zweiter Klasse und studiert Physik. Bisher war sie in allen Fächern die Beste. Das sind alles Informationen, die man nur dank gründlicher Recherche herausfinden kann.

»Warum nehmen wir sie fest?«

»Erfüllt Eure Aufgabe, und Ihr werdet Eure Antwort bekommen.« Seine Miene bleibt ernst, doch es scheint mir, als würde er sich über irgendetwas amüsieren.

In meiner Brust pocht es einmal fest vor Angst.

Er ist ein Mann, den man fürchten sollte. Ein Soldat, der bereits Kriege bestritten und gewonnen hat, ein Fae, der zu den skrupellosesten des neuen Europas gehört.

Und ich sitze alleine mit ihm in einer Kutsche und soll irgendwelche Leute für ihn festnehmen.

Was zum Henker passiert hier?

5. Kapitel

Avi

Die Lund-Universität kommt gerade in Sicht, als ich es schaffe, mich von seinem Anblick loszureißen. Sie ist neben dem Palast eines der größten Gebäude des Fürstentums. Es gibt noch weitere Universitäten, aber hier werden die wichtigsten Fächer unterrichtet.

Unzählige Menschen und Fae des Fürstentums werden hier ausgebildet, und wer hier einen Abschluss erhält, geht in den Dienst des Fürstentums über.

Ana hat immer heimlich davon geträumt, hier zu studieren, wie sie mir einmal nach einem Glas Apfelwein zu viel gestanden hat.

Es ist ein Traum, der niemals wahr werden kann, weil sie ihn mit mir teilen müsste, und das Risiko, enttarnt zu warden, einfach zu hoch ist.

Wahrscheinlich ist das der Grund, warum sie so unbedingt an den Sinnesspielen teilnehmen will. Sie will den König darum bitten, ihr einen Wunsch zu erfüllen, wie er es bisher bei jedem Sieger der Spiele tat.

Vor einem Jahrzehnt hat er einen verurteilten Mörder begnadigt, und seitdem hegt Ana die Hoffnung, er würde uns die Freiheit schenken, wenn sie dort gewinnt.

Es ist ein Traum, den sie nur leben kann, weil ich jetzt hier bin. Und ich werde alles tun, um alles zu überstehen, damit ich Ana bei ihrem Traum zusehen kann. Ich glaube nicht, dass der König mich jemals begnadigen würde. Aber ich habe nie auf ein Leben gehofft und nie darauf vertraut, dass irgendwann alles gut werden wird. Ich lebe mit dem ständigen Wissen, dass jeder falsche Schritt mein Todesurteil sein kann.

Es reicht mir zu wissen, dass ich ein bisheriges Leben hatte, indem es Menschen gab, die mich lieben.

Als die Kutsche genau vor dem Universitätsgebäude hält, verscheuche ich diesen Gedanken.

Soldat Ren steigt als Erster aus und hält mir die Hand hin, damit ich ihm folgen kann. Die Erinnerung daran, wie meine Dunkelheit aufgewallt ist, als ich ihn das letzte Mal berührt habe, lässt mich zögern. Ich darf kein Risiko eingehen. Also ziehe ich die Hand zurück und tue so, als habe ich seine nicht gesehen.

»Wartet hier.« Er klettert zurück in die Kutsche und lässt mich auf dem Gehweg vor dem Universitätsgelände stehen.

Eine breite Rasenfläche erstreckt sich vor mir, auf der immer wieder alte Bäume in die Höhe ragen, unter denen sich Gruppen von Studierenden versammeln. Gepflasterte Wege führen bis in die Mitte, wo sich ein Springbrunnen befindet.

Dahinter ragt die Lund-Universität empor, die ihren Namen seit ihrer Erbauung trägt. Ein weiß gestrichenes Gebäude, das alle Kriege überstanden hat und im romantischen Stil des

19. Jahrhunderts erbaut wurde. Es ist so gut erhalten, dass der Anblick sich anfühlt wie eine Zeitreise. Von diesem Blickwinkel sieht man all die Anbauten nicht, die im Laufe der Jahrhunderte angefügt wurden.

Einen kurzen Moment lang fühle ich mich, als würde ich hierhergehören. Als wäre ich eine von den Studierenden, die an mir vorbeilaufen und sich angeregt über ihre Studienfächer unterhalten. Als hätte ich die Freiheit, solch ein Leben zu führen.

Hinter mir höre ich, wie sich die Kutschentür öffnet und der Tagtraum verpufft.

Ich wende mich Soldat Ren zu, und jeglicher Gedanke verflüchtigt sich bei seinem Anblick.

Er trägt nun ein schwarzes Hemd sowie eine graue Hose, die seine trainierten Beine umschmiegt.

»Wie ist das?«, fragt er und deutet auf seine Kleidung. »So dürfte ich nicht auffallen, oder?«

Er würde so was von auffallen.

Weil er verboten gut aussieht.

»Das passt schon«, bringe ich raus und drehe mich von ihm weg, als sich Hitze von meinem Dekolleté bis in mein Gesicht ausbreitet.

»Dann lasst uns gehen. Laut Stundenplan müsste sich die Zielperson gleich auf dem Weg zu einem der Nebengebäude befinden, und wir können sie abpassen.«

Ich frage mich, woher er den Stundenplan der Studentin hat, ebenso wie die anderen Informationen, komme aber nicht dazu nachzufragen, weil er schon mit langen Schritten losläuft.

Kaum jemand nimmt Notiz von uns, außer einer Gruppe von Studentinnen, die auf meinen Begleiter aufmerksam geworden sind. Sie sehen immer wieder zu ihm und kichern.

Ein Stich trifft mich in der Brust, und ich verdränge das

aufkommende Gefühl von Bedauern. Weil ich niemals so sein werde wie sie.

Entschieden schiebe ich kurz darauf diese Empfindung von mir, weil ich sie nicht verdient habe.

Ich bin ein Monster und sollte für das dankbar sein, was ich habe.

Wir bleiben auf den Wegen, passieren den Springbrunnen und gehen dann am Hauptgebäude entlang. Es muss frisch gestrichen sein, denn es strahlt in einem reinen Weiß, das mich blendet. Als wir um die Ecke biegen, sehe ich die nachträglich erbauten Nebengebäude, die sich perfekt in das Bild des künstlich angelegten Parks einfügen.

Da wir bereits Nachmittag haben, ist es nicht mehr ganz so voll, und nur noch vereinzelte Gruppen sind hier unterwegs.

Es dauert eine Weile, bevor Soldat Ren ein wenig langsamer wird und schließlich auf eine Bank am Wegesrand deutet. Von hier aus führt der Weg laut der Beschilderung zum Physikgebäude.

»Setzt Euch«, fordert Soldat Ren und wartet, bis ich seiner Anweisung folge, bevor er ebenfalls Platz nimmt.

Die Bank ist nicht breit genug, um meinen persönlichen Abstand einhalten zu können, weshalb wir so nah nebeneinandersitzen, dass ich seine Körperwärme spüren kann. Ein Schauder überkommt mich, und ich fühle meine Dunkelheit und wie sie sich ihm entgegenlehnt. Wenn ich mich nicht schleunigst zusammenreiße, schaffe ich es nicht einmal bis zum Ende des Tages, mein Geheimnis zu bewahren.

»Wie genau sieht der Plan aus?« Immerhin können wir schlecht das Mädchen einfach überwältigen, wenn es mit einer Gruppe anderer Studenten aus dem Gebäude tritt.

»Ihr werdet sie ansprechen und so tun, als wärt Ihr alte Bekannte. Im besten Fall können wir sie so von ihren Kommilitonen lösen.«

»Und im schlechtesten Fall?« Ich überschlage ein Bein und sehe seinen Blick, der kurz an meiner Hose hängen bleibt.

Er wendet sich ab und beobachtet die Umgebung mit geraden Schultern, als wäre er es gewöhnt, immer wachsam zu sein. »Dann werden wir sie auf dem Heimweg überwältigen und entführen müssen.«

Meine Augen weiten sich, und ich frage mich, warum ich etwas anderes erwartet habe. Ich meine, sie wollen sie festnehmen, aber offiziell klingt das nicht. »Was hat sie verbrochen?«

Ein Lächeln huscht über seine Lippen. »Vermutlich genauso viel wie Ihr.«

Plötzlich kriege ich keine Luft, weil Panik sich in mir ausbreitet. Hat er mich doch enttarnt?

In diesem Moment ertönt Gelächter, und eine Gruppe von Studierenden kommt aus dem Gebäude am Ende des Weges.

Plötzlich will ich nichts lieber, als von hier abzuhauen und so lange zu rennen, bis ich vor ihm in Sicherheit bin. Aber ich muss diese Aufgabe erfüllen. Immerhin weiß ich nicht, ob sie mir das Geld wieder abnehmen können, falls ich nicht tue, was sie sagen. Das ist etwas, was ich nicht riskieren kann. Ana braucht die Behandlung.

Mit gestrafften Schultern laufe ich der Gruppe entgegen, ohne auf den Soldaten zu warten.

Inara nehme ich schon von Weitem wahr. Wie auf dem Bild trägt sie einen weiten Pullover und einen langen Rock, der ihre Statur verhüllt. Sie hat eine Brille auf ihrer Nase, und ein tiefsitzender Dutt hält ihr braunes Haar zusammen.

Sie läuft neben der Gruppe, als wäre sie ein Teil davon, aber zugleich auch nicht.

Ich halte direkt auf sie zu und setze ein Lächeln auf. Dennoch klopft mein Herz mir bis zum Hals.

Sie bemerkt mich erst, als ich fast schon direkt vor ihr stehe. Mein Lächeln wird so breit, dass es in den Wangen schmerzt. »Inara, wie schön, dich wiederzusehen!«

Sie bleibt stehen und starrt mich mit geweiteten Augen an, während der Rest der Gruppe einfach weitergeht.

Es ist Pech und Glück zugleich für sie. Pech, weil sich niemand genug für sie zu interessieren scheint, um stehen zu bleiben. Glück, weil wir ihr nicht auf dem Nachhauseweg auflauern müssen. Doch was jetzt? Sie öffnet ihren Mund und braucht mehrere Anläufe, bevor sie mir antworten kann. »Wer seid Ihr?«

Weiter reicht mein Plan nicht, und ich atme auf, als Soldat Ren in diesem Moment neben mich tritt.

Statt Entzücken sehe ich pures Entsetzen. Sie weiß genau, wer da vor ihr steht.

Es ist jene Art von Entsetzen, die ich verspürt habe, als ich ihn das erste Mal vor mir sah. Es ist ein Entsetzen, das durch Mark und Bein geht und Todesangst hervorruft.

»Wir müssen Euch bitten, uns unauffällig zu begleiten.«

Der Soldat spricht mit einer Ernsthaftigkeit in seiner Stimme, die niemanden daran zweifeln lässt, dass er sie notfalls zwingen wird, seiner Anweisung Folge zu leisten.

Inaras Augen huschen von einer zu anderen Seite, und sie sieht aus wie ein verschrecktes Tier, das ihre Fluchtmöglichkeiten abwägt.

Der Soldat tritt vor und schneidet ihr den Weg ab.

Ihre Schultern heben sich leicht, und zugleich beginnen ihre Augen vor Wut zu funkeln. »Nein.« Mit einem Mal fährt sie herum und rennt los.

Ich starre ihr hinterher.

»Folgt ihr«, befiehlt Soldat Ren und nickt in ihre Richtung.

Ich fluche und renne los.

Inara verschwindet bereits zwischen den Bäumen hinter dem Gebäude. Hier verdichten sie sich beinahe zu einer Art Wald, und es ist kaum zu erkennen, dass wir uns noch auf einem Universitätsgelände befinden.

Inara schlägt einen Haken und verschwindet zwischen dem Geäst, sodass ich sie zwischendurch aus den Augen verliere. Meine Lunge brennt, weil ich noch einmal versuche, schneller zu werden und dabei Ren verfluche. Wieso jage ich ihr überhaupt hinterher? Wozu soll das gut sein?

Meine Schritte lassen das Unterholz knacken, und immer wieder schlagen mir Äste ins Gesicht.

Ich fluche laut, bis ich plötzlich Inara wiederentdecke, die erneut einen Haken geschlagen hat und nun ganz in meiner Nähe ist.

Ich werde noch schneller, strecke mich, springe und bekomme sie tatsächlich an der Hand zu packen.

Wir fallen, und dann passiert alles ganz schnell. Noch während sie schreit, stoßen Schatten aus unseren Händen und schlagen aneinander. Dunkelheit umhüllt uns wie eine Rauchschwade.

Ich lande rücklings auf dem Boden und robbe von ihr weg. Sie imitiert meine Bewegung, und wir prallen fast gleichzeitig gegen einen Baumstamm, während wir uns mit aufgerissenen Augen anstarren.

Die Schatten sind aus ihrer und meiner Hand gekommen. *Ihrer und meiner!* Mein Atem geht stoßweise, und mir wird sofort klar, was das zu bedeuten hat.

Inara ist so wie ich …

Inara. Ist. So. Wie. Ich!

Der Gedanke brüllt wieder und wieder in meinem Kopf, und ich atme nun so laut, dass ich kaum noch etwas anderes wahrnehme.

Im selben Moment tauchen dunkle Stiefel in meinem Blickfeld auf, und ich stoße einen leisen Schrei aus, weil ich nicht mit dem Soldaten gerechnet habe.

Wie ist das möglich? Wir sind eine halbe Ewigkeit gerannt – wie kann er jetzt hier neben uns stehen?

Ich schaue zu Inara, die ihre Augen schließt, den Kopf in den Nacken legt und ihn gegen den Baumstamm lehnt. Sie sieht aus, als hätte sie die Schlacht verloren. Als hätte sie alles verloren.

Ich schlucke immer wieder, bevor ich es wage, nach oben zu blicken.

Soldat Rens Gesichtsausdruck ist eisern, obwohl er die Dunkelheit gesehen haben muss, so schnell, wie er neben uns aufgetaucht ist.

Mein Blick zuckt zu Inara, und kurz überlege ich, ihre Hand zu packen und zu fliehen. Doch sie sieht mich nicht an, hat die Augen weiterhin geschlossen und den Kiefer vor Wut zusammengepresst.

Da wird es mir schlagartig klar.

Der Fürst und der Soldat wissen, *was* ich bin.

Sie müssen es wissen.

Das ist der Grund, warum sie meinesgleichen festnehmen lassen?

Damit ich sie nur durch meine Berührung überführe?

Ich sehe die Hand des Soldaten, die er mir reichen will, und ignoriere sie. Stattdessen rapple ich mich auf und klopfe Reste von Holz und Blättern von meiner Kleidung.

Meine Kehle ist wie zugeschnürt, und nun brennen auch meine Augen.

»Inara Wellread, bitte begleitet uns. Es wird einfacher für uns alle, wenn Ihr Euch nicht wehrt.«

Sie öffnet die Augen, voller Hass und in der Erkenntnis, dass es zu spät ist.

Mit gestrafften Schultern erhebt sie sich und streicht fahrig über die Rückseite ihres Rocks, bevor sie ihren Rucksack schultert, der bei unserem Fall zu Boden gegangen ist. »Mein Vater hat es nicht gewusst. Ich habe es vor ihm versteckt.«

Anerkennung flackert in mir auf. Für sie und ihren Mut. Ich sollte dasselbe tun wie sie und behaupten, dass Nana nichts von meiner wahren Natur weiß. Aber ich bringe kein Wort über meine Lippen.

Soldat Ren schnaubt und nickt in meine Richtung. »Geht voraus. Die Kutsche wartet, und ich möchte noch vor dem Abendessen zu Hause sein.«

Ich kann nicht fassen, dass er das sagt. Die Gleichmütigkeit in seiner Stimme schneidet mir bis ins Fleisch, und ich kann ihn nicht einmal ansehen, so wütend bin ich.

Auf ihn. Aber vor allem auf mich selbst.

Wie habe ich jemals glauben können, dass ich ihn und den Fürsten täuschen könne?

6. Kapitel

Avi

Inara und ich gehen nebeneinander durch den Wald, zurück auf das Universitätsgelände und zur Kutsche. Dabei achten wir penibel darauf, dass wir stets Abstand zueinander halten, damit unsere Dunkelheit sich nicht wieder zeigt.

Ich will nicht darüber nachdenken, was als Nächstes kommt, doch als ich in die Kutsche steige, fällt mein Blick auf die Karten von vorhin.

Inara bemerkt sie ebenfalls und stößt ein leises Geräusch aus, das Ärger, aber auch Überraschung bedeuten kann. Sie nimmt ihre Karte an sich und betrachtet sie mit gerunzelter Stirn, während ich die von Marlon umklammere.

Soldat Ren steigt als Letzter ein und klopft dann an das Wagendach. Ruckartig fahren wir los, Inara und ich auf der einen Bank und mit so viel Abstand zueinander, dass jeweils unsere Schultern an die Seite des Wagens drücken, während der Soldat in der Mitte auf der gegenüberliegenden Bank sitzt.

»Was machen wir jetzt?« Ich bringe die Frage nur heraus, weil mich die Unwissenheit sonst wahnsinnig machen würde.

Soldat Ren lehnt sich zurück und verschränkt die Arme vor der Brust. Es ist eine lässige Haltung, die einem im Glauben lassen könnte, er wäre ungefährlich. Doch selbst in seiner unscheinbaren Bekleidung sind es seine wachsamen Augen, die den Schein widerlegen. »Wir fahren in das Arbeitsviertel.«

Ich nicke und lehne mich trotz meiner Anspannung in der Kutsche zurück.

Das Arbeitsviertel liegt im Süden der Stadt.

Je weiter wir vom Zentrum des Fürstentums wegfahren, umso einfacher sehen die Häuser aus. Die Giebel sind nicht mehr so aufwendig verziert, und die Gebäude wirken weniger farbenfroh.

Obwohl sich hier die Fabriken nach oben strecken und weiße Rauchwolken in den Himmel steigen, weiß ich, dass sich dahinter die Felder befinden. Sie bilden den äußersten Ring unseres Fürstentums, bevor weiter hinten die Grenzmauer beginnt. Dort ist der Ort, an dem die meisten Fae arbeiten. Ihre Magie erzeugt Energie und Leben. Dann beginnt alles um sie herum zu wachsen, während sie selbst Energie speichern und für ihre Zwecke nutzen können. Zum Kämpfen oder um Illusionen zu erzeugen zum Beispiel. Sobald die Energie verbraucht ist, muss ein Fae erneut Magie wirken, wobei er automatisch neues Leben zum Wachsen bringt. Das ist der Grund, weshalb die meisten Fae über die Felder flanieren, während die Menschen, vorrangig jene aus Klasse zwei, die Feldarbeit machen.

Unser Weg dorthin dauert sicher bereits mehrere Stunden, und als mein Magen zu knurren beginnt, lässt der Soldat den Kutscher in einer Gastwirtschaft Brote holen.

Während ich hineinbeiße, betrachte ich den Soldaten, der sich zurücklehnt und die Augen geschlossen hat. Es vermittelt eine trügerische Sicherheit, aber seine Körperhaltung ist angespannt, und ich sehe, dass er bereit ist zu handeln, sobald eine von uns auch nur den falschen Laut von sich gibt.

Fürst Nevan ist so schön wie eine Rose. Trügerisch und mit Dornen, die man allzu leicht vergisst.

Soldat Ren hingegen ist ein Krieger, strahlend vor Stärke und mit einem Antlitz, der mir den Atem raubt.

All die Jahre habe ich ihn beobachtet, aus der Ferne und immer mit dem Gedanken im Hinterkopf, dass er derjenige gewesen ist, der mich damals rettete. Hätte er gewusst, was ich bin, hätte er mich sicher damals in den Fluten ertrinken lassen.

Ich wende den Blick ab und schaue wieder nach draußen, wo nun nur noch rohe Wände und schmale Fenster zu sehen sind, die etwas Sonnenlicht in die Fabriken lassen. Auf den Straßen laufen Männer und Frauen in grober, zweckmäßiger Kleidung, die nichts mit den reich verzierten Seidenkleidern zu tun hat, die im Palastviertel so gerne getragen werden.

Ein leises Geräusch neben mir ertönt, als die Kutsche schließlich zum Stehen kommt. Inara hat die Karte mit ihrem Bild darauf zerknickt, und ihre Lippen sind zu einem festen Strich zusammengepresst. Sie hebt ihr Kinn. »Ich will einen Deal.«

Soldat Ren schlägt die Augen auf und setzt sich ein wenig aufrechter hin. »Einen Deal?«

Inara nickt knapp in meine Richtung, ohne mich anzusehen. »Sie muss einen haben, also will ich ihn auch.«

»Ach ja?« Ich meine ein leichtes Amüsement aus dieser Antwort zu hören, auch wenn der Soldat keine Miene verzieht. »Ich bin ganz Ohr.«

»Freiheit für meinen Vater, und dafür fange ich Euch den anderen Kerl.« Sie streckt ihre Hand aus und reißt mir die Karte von Marlon Destroyer aus der Hand. »Ich werde ihn enttarnen, und dafür werdet Ihr meinen Vater in Ruhe lassen.«

Ich öffne meinen Mund, um zu protestieren.

Doch Soldat Ren hebt eine Hand in meine Richtung und nickt ihr zu. »Na gut. Enttarnt ihn, und Ihr habt den Deal.«

Sie nickt trotzig und steigt aus der Kutsche.

Der Blick des Soldaten folgt ihr nach draußen. »Keine Angst. Euch nimmt niemand etwas weg.«

Das klingt so kindisch. Und doch ist es genau die Sorge, die ich habe. Ich will nicht, dass Inaras Einmischung nun dazu führt, dass mir mein Lohn gestrichen wird. Das kann ich mir nicht leisten. Aber ich muss mich wohl auf das Wort des Soldaten verlassen. Also nicke ich knapp. »Gut.«

»Kommt. Sie wird sicher Hilfe gebrauchen.« Er klettert hinaus, ohne meine Antwort abzuwarten.

Ich starre seinen Rücken an und versuche ihn einzuschätzen. Wieso bietet er uns diese Möglichkeit? Er zuckt nicht einmal mit der Wimper, obwohl er weiß, was wir sind. Er weiß, wozu wir fähig sind und fährt einfach so in einer Kutsche mit uns herum. *Er ist sicherlich nicht allein.* Bestimmt verfolgen uns bereits Soldaten, die uns festnehmen werden, sobald wir Marlon ebenfalls als einen von uns enttarnt haben.

Als ich aus der Kutsche steige, schaue ich mich nach allen Seiten um und versuche mögliche Komplizen von Soldat Ren zu entdecken. Doch ich sehe nur Fabrikarbeiter, die uns mit nur mäßigem Interesse beobachten. Unsere Kutsche ist unscheinbar, und obwohl die wenigsten von ihnen sich eine solche leisten können, werden auch in diesem Viertel Fabrikbesitzer und Fae damit unterwegs sein.

Auf der Straße höre ich den Lärm von Maschinen, die Tag und Nacht laufen.

Inara steht in dem Eingang einer Konservenfabrik, in der das überschüssige Gemüse in Dosen abgefüllt wird. Die Stahltür steht weit offen, und man hört das rhythmische Rattern eines Fließbandes.

Sie zögert sichtlich, doch als sie einen Blick zurückwirft und uns näher kommen sieht, strafft sie die Schultern.

Ich bemerke, dass Soldat Ren jemandem zunickt, kann aber nicht erkennen wem.

Will sie ihn etwa wirklich da drin konfrontieren?

Mein Herz poltert, und Schweiß bildet sich zwischen meinen zu Fäusten geballten Händen. Was, wenn dort drinnen jemand ihre Dunkelheit entdeckt? Panik würde ausbrechen.

In diesem Moment sehe ich einen großen Mann mit beängstigend breiten Schultern aus der Fabrik stürmen. Sein Haar ist so kurz, dass man eine Narbe auf seiner Kopfhaut sehen kann. Ein Bartschatten betont seinen markanten Kiefer, und seine Oberarme sind so breit, dass sein graues Oberteil sich spannt, als würde es jeden Moment reißen. *Marlon Destroyer.* Er sieht in echt noch furchterregender aus.

»O Mann«, entfährt es mir leise.

Soldat Ren macht ein Geräusch neben mir. Eine Mischung aus Schnauben und Lachen. Doch als ich zu ihm herüberschaue, wirkt seine Miene unbeeindruckt, während er Marlon beobachtet, der in einer Gasse zwischen zwei Fabriken verschwindet.

Erst jetzt bemerke ich die Frau in dem langen Mantel, die ihm folgt. Und auch Inara hat sich an ihre Fersen geheftet. Ihre Augenbrauen sind entschlossen zusammengezogen, auch wenn Irritation ihre Stirn furcht.

»Hat die Frau in dem Mantel ihn aus der Fabrik gelockt?«, frage ich, ohne weiter darüber nachzudenken, dass ich mich dem Soldaten gegenüber mehr zurücknehmen sollte. Doch es ist zu spät, und die Frage schwebt zwischen uns, während wir ebenfalls auf die Gasse zugehen.

Es ist mitten am Tag, doch die meisten Leute eilen an uns vorbei und sind auf dem Weg zu ihrer nächsten Schicht.

»Hat sie.« Soldat Rens Antwort lässt mich überrascht den Kopf drehen. Er sieht mich nicht an, als er weiterspricht. »Wir möchten doch keine Aufmerksamkeit auf uns ziehen.«

Vielleicht ist die Frau in dem Mantel eine Soldatin. Vielleicht werden sie uns jetzt festnehmen.

Hoffentlich hat Nana die Zeit genutzt und einen Arzt geholt. Ana muss dringend wieder zu Kräften kommen, für den Fall, dass sie fliehen müssen.

Ich schaue mich unauffällig um. Sollte ich fliehen? Eine bessere Chance als jetzt habe ich nicht. Ich könnte losrennen und Nana warnen, noch bevor die Soldaten Zu Hause ankommen. Doch dafür brauche ich eine Kutsche. Möglicherweise könnte ich -

»Denkt nicht einmal daran.«

Mein Kopf ruckt herum, und obwohl er mich nicht ansieht, bin eindeutig ich gemeint. »Ich wollte nur -« Meine Stimme versagt, weil mir keine Lüge einfällt.

»Eurer Familie wird es besser gehen, wenn Ihr keine überstürzten Entscheidungen fällt.« Trotz seiner nüchternen Stimme schwingt die Drohung in seinen Worten deutlich mit.

Ich nicke, und gemeinsam treten wir endgültig in die Gasse, in der Inara und die Frau in dem grauen Mantel Marlon gegenüberstehen. »Was soll das?« Seine Stimme ist ein Brummen aus Wut und Irritation, und als er Soldat Ren und mich entdeckt, verdüstert sich sein Gesichtsausdruck noch einmal mehr. »So ist das also.«

Im nächsten Moment ballt er seine Hände zu Fäusten, und Dunkelheit schießt aus ihnen hervor.

Inara stößt einen spitzen Schrei aus, während die Mantelfrau und Soldat Ren nicht einmal mit der Wimper zucken. Sie haben genau damit gerechnet.

Soldat Ren verschränkt die Arme vor der Brust und lehnt sich an eine Hauswand. Offenbar will er den Kampf uns überlassen.

Inara ist wie festgefroren. Sie zuckt zurück, als Marlon einen warnenden Schritt nach vorne macht. »Holt mich, wenn Ihr Euch traut.«

»Verdammt«, stoße ich aus, als mir klar wird, dass die anderen nichts machen werden.

Für Ana.

Ich mache einen Schritt vor und wünschte, ich könnte genauso leicht meine Dunkelheit hervorholen. Meine Hände ballen sich zu Fäusten, und ich stelle mich ihm entgegen. »Wir wollen Euch nicht wehtun.«

Marlon lächelt höhnisch, als sein Blick über meinen Körper fliegt. Er beobachtet mich mit der Abschätzigkeit eines Gegners. »An Eurer Stelle würde ich mich nicht um *mich* sorgen.« Seine Hand ruckt vor, und ein neuer Schwall aus Dunkelheit schießt auf mich zu.

Jemand flucht, und ich werde zur Seite geschubst, woraufhin ich unsanft in einer Pfütze lande. Im nächsten Moment springt die Mantelfrau hinter Marlon und schlägt ihn mit einem einzigen Fausthieb bewusstlos.

Inara flucht, und ich rapple mich auf, drehe mich zu Soldat

Ren, der mich zur Seite gestoßen hat, und balle meine Hände zu Fäusten. »Was sollte das? Ich hatte alles im Griff.«

Er hebt eine Augenbraue. »Entweder seid Ihr unfassbar naiv oder gefährlich schlau. Ich muss noch entscheiden, was auf Euch zutrifft.« Damit dreht er sich um und verschwindet aus der Gasse.

Ich starre ihm mit offenem Mund hinterher. Mein ganzer Körper bebt vor Adrenalin, angesichts dessen, dass er mich gerettet und direkt danach beleidigt hat.

Zugleich kann ich den Funken Dankbarkeit in meiner Brust nicht leugnen. Immerhin hat er mich vor einem Schwall Dunkelheit gerettet, und obwohl ich sie selbst in mir trage, habe ich keine Ahnung, was passiert wäre, hätte Marlon mich getroffen.

7. Kapitel

Avi

In der Kutsche herrscht eine beinahe greifbare Anspannung, und die Stille zwischen uns ist so präsent, dass sie in meinen Ohren dröhnt. Eine Lampe von der Deckenmitte spendet warmes Licht und taucht unsere Gesichter zugleich in lange Schatten.

Marlon liegt noch immer ohnmächtig neben Inara, die den Kopf an die Kutschwand gelehnt hat, während wir über das Kopfsteinpflaster fahren. Sie starrt aus dem Fenster und hat die Lippen aufeinandergepresst. Und ich sitze ihnen schweigend gegenüber, während ich mich frage, warum der Soldat nicht mit uns fährt.

»Wieso hast du das getan?« Inaras gebrochene Stimme durchschneidet die Stille, und sie wendet mir ihr blasses Gesicht zu. Ihr zuvor perfekt sitzender Zopf hat sich gelöst, und Strähnen streifen ihre Wangen. »Wieso hast du mir das angetan?«

Schuld verengt meine Kehle. Ihre Worte treffen mich durch

die persönliche Anrede nur noch mehr. Sie erzeugen eine Vertrautheit, ein zusätzliches Band, das uns aneinanderkettet. So wie unsere Dunkelheit. »Ich hatte keine Ahnung. Wenn mir bewusst gewesen wäre, dass du -« Ich weiß nicht, was ich noch sagen soll.

»Dass ich was? So bin wie du?«, fährt sie mich an, und rote Flecken breiten sich auf ihren Wangen aus. »Was hättest du dann gemacht?«

»Keine Ahnung. Ich wusste nicht, dass es noch andere gibt.« Woher auch? Nana sagt immer, dass es so gut wie unmöglich ist, Kinder wie mich zu verstecken.

Inaras Miene ist unergründlich, und ich weiß nicht, ob sie mich für dumm oder naiv hält. Vielleicht für beides. Damit hat sie womöglich nicht ganz unrecht.

»Es tut mir leid. Sie haben mir gesagt, wir nehmen Leute fest. Ich habe nur getan, was ich tun muss. Für meine Familie.« *Für Ana.* Aber das sage ich nicht laut. Der Fürst scheint schon zu viel über mich zu wissen. Dieses letzte Geheimnis muss ich um jeden Preis für mich behalten.

Sie wendet den Kopf ab und schließt die Augen. »Jetzt ist es sowieso egal. Sie werden uns hinrichten.«

Ihre Worte jagen mir einen Schauder über den Rücken, obwohl ich genau weiß, wie recht sie hat.

Sie werden uns hinrichten.

Weil wir der Feind sind.

Weil wir Nachtfae sind.

Jene Fae, die im Nachtkrieg alle hätten sterben sollen.

»Hast du … einen Zwilling?« Meine Stimme ist leise, und doch scheint es mir, als hätte ich geschrien. »Ich meine, ich habe gehört, dass -«

Ihre erhobenen Augenbrauen lassen mich stocken. Sie

durchschaut mich. Ich kann nur hoffen, dass das Hufgetrampel draußen laut genug ist, um unsere Stimmen zu überdecken. »Ich wurde meinem Vater vor die Tür gelegt, nachdem er eine Affäre hatte. Ich weiß nichts über meine Geburt.«

»Aber die Gesundheitsinjektion. Wie konntest du all die Jahre unbemerkt bleiben?« Die Gesundheitsinjektion schadet mir, wie meine Mutter in ihrer letzten Tat beim Labor herausfinden konnte. Deshalb bekommt Ana sie immer.

»Wir kennen jemanden«, antwortet sie nur und verstummt, weil ihr offenbar bewusst wird, dass auch sie zu viel sagt.

Mit einem Mal wird mir klar, dass ich jemanden vor mir habe, der genauso ist wie ich. Jemand mit Dunkelheit im Blut und ohne spitze Ohren. Jemanden, der geboren wurde, obwohl es nicht hätte sein dürfen. Wir sind gleich.

Und doch verachtet sie mich, weil ich sie in eine Falle gelockt habe.

Als hätten wir denselben Gedanken gehabt, wenden wir gleichzeitig den Kopf ab.

In diesem Moment bleibt die Kutsche stehen, und ich ziehe den Vorhang ein wenig zur Seite. Wir befinden uns bereits vor dem Tor des Palastes. Dieses Mal darf die Kutsche einfahren, ohne dass sie vorab überprüft wird.

Als wir kurz darauf im Innenhof des Palastes anhalten, ist es nicht Soldat Ren, der uns die Tür öffnet, sondern die Frau in dem langen grauen Mantel. Die Kapuze hängt ihr so tief im Gesicht, dass man es nicht erkennen kann. Lediglich der vage Schatten ihrer Lippen blitzt hervor und verzieht sich zu einem höhnischen Lächeln. »Folgt mir.«

Ihre raue Stimme jagt mir eine Gänsehaut ein, und Inara rutscht ein Stück tiefer in ihre Sitzbank.

Nachdem Inara und ich aus der Kutsche geklettert sind,

beugt sich die Frau in das Kutscheninnere und verpasst dem noch immer bewusstlosen Marlon eine schallende Ohrfeige.

Ich zucke zusammen angesichts des Knalls, und Marlon fährt mit leuchtend roter Wange hoch. Seine Augen sind wild, und ich sehe seine Dunkelheit in ihnen zucken.

Wir keuchen und halten gleichzeitig die Luft an, doch die Mantelfrau scheint unbeeindruckt. »Aussteigen! Wer leben will, folgt mir jetzt.«

Marlon runzelt die Stirn, und seine Dunkelheit zieht sich zurück. Er setzt sich auf und entdeckt dann auch Inara und mich. Wut züngelt über sein Gesicht, und ich bin froh, hinter der Mantelfrau zu stehen, weil er so aussieht, als würde er sich sonst direkt auf mich stürzen.

Die Mantelfrau zuckt nicht einmal mit der Wimper. »Ihr werdet Euch jetzt präsentabel machen, und dann werden wir sehen, ob Fürst Nevan Euch gebrauchen kann.«

Ihre Worte lösen schockiertes Schweigen aus, bevor sie uns auf unsere Zimmer geleitet.

8. Kapitel

Ren

Keiner der drei ist geflohen, obwohl sie alle seit ihrer Ankunft unbewacht waren. Entweder sind sie neugierig, oder sie haben Angst.

Nevan bedeutet ihnen sich zu setzen, als sie sich vor ihm verneigt und dann im opulenten Raum umgesehen haben. Ich lebe hier schon viel zu lange, sodass mir die goldene Tapete, der schwarze Boden und der lange schwarze Tisch kaum mehr ins Auge fallen. Für sie muss es überwältigend sein. Allein der Anblick des Kronleuchters lässt Avianas Augen groß werden. Ich starre sie viel zu lange an. Das ist mir bewusst. Doch ich muss herausfinden, was sie an sich hat, das mich veranlasste, mich zwischen sie und Marlon zu stellen. Es war nicht mein Kampf, und doch war es wie ein innerer Impuls.

Aviana dreht den Kopf, nachdem sie sich setzt, und unsere Blicke treffen sich. Ihre blauen Augen scheinen sich im Kerzenschein zu verflüssigen und nehmen einen silbernen Schimmer an. Ihr helles Haar ist beinahe golden, und in ihrem frischen Kleid, gesponnen aus feinster Seide, sieht sie aus wie eine Lady.

Sie ist gefährlich.

In vielerlei Hinsicht.

Und ich sollte mich nicht ständig dazu hinreißen lassen, ihr die Hand zu reichen. Diese unkontrollierbare Dunkelheit wird sonst noch alles zunichtemachen.

Auch Inara und Marlon haben sich umgezogen und frisch gemacht. Er sieht in seinem feinen Mantel und dem sauber gewaschenen Gesicht noch immer wie ein Mann aus, dem man nicht bei Nacht begegnen will.

Inara hingegen versucht tapfer, das Kinn oben zu halten und eine unbeteiligte Miene aufzusetzen. Es ist ihr Überlebenswille, der ihren Rücken strafft, und das ist bewundernswert. Sie ist anders, als es auf den ersten Blick scheint, und vielleicht war es auch ihre Intention, ungefährlich zu wirken.

»Ihr fragt Euch sicher bereits, warum Ihr hier seid.« Nevan ergreift das Wort und winkt den Dienern zu, damit diese die Gläser auffüllen. Dunkler, schwerer Wein wird in die Gläser gegossen, und Nevan wartet, bis alle Diener den Raum verlassen und die Türen geschlossen haben, bevor er weiterspricht. »Ihr seid Nachtfae, geboren aufgrund einer Laune der Natur, und habt es geschafft, bis in dieses hohe Alter zu überleben.« Er hebt das Glas, als wolle er ihnen zuprosten, während sie alle erstarren.

Nevan schmunzelt und nippt an seinem Glas.

Ich beobachte sie unterdessen genau. Zuerst ist da Schock, der sie blass werden lässt. Dann bringt Panik ihre Augen dazu, hektisch zu den Türen zu blicken.

Aviana strafft zuerst ihre Schultern und greift furchtlos nach dem Weinglas. Sie nimmt einen großen Schluck, als wäre die

Möglichkeit, vergiftet zu werden, genauso gut wie jede andere. »Was wollt Ihr uns sagen, mein Fürst?«

Mein Mundwinkel zuckt, und ich greife nun ebenfalls nach meinem Glas, um langsam zu trinken. Ich werde nicht schlau aus ihr. Sie hat Angst, doch zugleich scheint sie furchtlos.

»Ich möchte die Karten auf den Tisch legen. Ich weiß, wer Ihr seid. Ich weiß, was Ihr verbergt.«

Inara und Marlon schweigen weiterhin. Marlon sieht aus wie ein Tier, das jeden Moment aus seinem Käfig auszubrechen droht. Ihn müssen wir im Auge behalten. Er fühlt sich in die Ecke gedrängt und sollte seine Furcht aus ihm herausbrechen, könnte es ungemütlich werden.

Inara hingegen drückt sich in ihren Stuhl und starrt zwischen dem Fürsten und Aviana hin und her, gebannt von der Unterhaltung.

»Wieso leben wir dann noch?«, fragt Aviana mutig und umfasst das Glas fester. »Warum sind wir hier? Warum gerade wir? Warum lasst Ihr uns nicht töten, so wie Ihr es mit meiner Mutter gemacht habt?« Bei den letzten Worten zittert ihre Stimme leicht.

»Weil Ihr widerstandsfähig seid. Weil ich Eure Hilfe brauche. Weil Ihr die letzten Überlebenden seid. Weil Ihr Euch nicht habt erwischen lassen.« Nevan beantwortet jede der Fragen mit stoischer Ruhe und einem feinen Lächeln auf den Lippen. Er wirkt, als würde ihn nichts aus dem Konzept bringen können, als hätte er immer alles im Griff. Er ist genau das, was das Volk von seinem Fürsten erwartet. »Es tut mir leid, das sagen zu müssen, doch Eure Mutter war leider zur falschen Zeit am falschen Ort. Ich hätte sie nicht retten können, selbst wenn ich es gewollt hätte. Aber vielleicht ist es Euch ein Trost, dass sie nicht wie die anderen in die Kerker des Königs verschleppt wurde. Sie starb während des Kampfes und war sofort tot.«

Aviana wird blass. »Die Kerker des Königs?«

Nevan schnaubt leise. »Die Zeit um Eure Geburt war schwer für uns alle. Der König hatte ein paar Spione in unseren Reihen und ließ jeden zu sich bringen, der auch nur den Hauch eines Vergehens begangen hat. Glücklicherweise konnten wir diesen Zustand in den letzten Jahren ändern.«

Ich unterdrücke ein Knurren, als ich an all die Unschuldigen denke, die der König auf dem Gewissen hat.

»Was?«, bricht es nun aus Marlon heraus, und er räuspert sich, bevor er seine Ellenbogen auf den Tisch stemmt, die Augen zusammenkneift und uns beide fixiert. »Was meint Ihr mit letzte Überlebende?«

»Die Letzten natürlich geborenen Nachtfae, die sich vor mir in meinem Reich verstecken.« Nevan hebt das Glas, als würde er erneut anstoßen wollen. »Fantastische Arbeit übrigens.«

»Wozu braucht Ihr uns?« Marlon scheint seine Furcht abzulegen, und kurz zuckt sein Blick zu Aviana, als würde er ihre Rolle in diesem Spiel noch nicht durchschauen.

»Alles zu seiner Zeit. Ich möchte Eure Versicherung, dass Ihr mir treu ergeben seid. Dafür schenke ich Euch die Freiheit.« Nevan blickt zu Aviana. »Eine eigene Identität.«

Aviana presst ihre Lippen aufeinander.

»Falsche Dosen der Gesundheitsinjektion, sodass niemand sie mehr für euch einnehmen muss.« Damit richtet er sich an Marlon, dessen Nackenmuskeln sich sichtlich anspannen.

Schlussendlich wendet er sich an Inara, deren Augen sich weiten. »Oder bestochen werden muss.«

Völlige Stille beherrscht den Raum, bevor Aviana sie mit fester Stimme durchbricht. »Was ist die Alternative?«

»Ihr lebt Euer Leben wie bisher und hofft, dass niemandem etwas auffällt. Keine Angst. Ihr seid nicht hier, um hingerichtet zu werden. Ich möchte Euch nur ein Geschäft vorschlagen.«

»Bin dabei«, kommt es von Marlon, der nun auch nach dem Wein greift und daraus trinkt, bevor er weiterspricht. »Alles ist besser als das jetzt.«

»Wie hoch ist die Gefahr, dass wir bei diesem Geschäft sterben?« Inara setzt eine stoische, nachdenkliche Miene auf. »Ich meine, werden wir unsere Familien jemals wiedersehen können?«

»Im besten Fall«, antwortet Nevan ehrlich, denn es nützt uns nichts, wenn wir lügen. »Es wird gefährlich, aber mit entsprechender Ausbildung solltet Ihr alle überleben. Ihr habt eine Nacht, um darüber nachzudenken.« Ohne eine weitere Frage abzuwarten, erhebt er sich. »Wir sehen uns beim Frühstück wieder.«

Ich tue es ihm gleich und folge ihm aus dem Raum hinaus. Als die Tür sich hinter uns schließt, höre ich die Diener, die genau nach Anweisung eintreten und den dreien ein opulentes Abendessen servieren.

»Werden sie anbeißen?«, fragt Nevan, als wir uns ein wenig von ihnen entfernt haben.

»Aviana und Marlon werden es vermutlich. Bei Inara bin ich mir nicht sicher. Ihr Leben war recht komfortabel, im Gegensatz zu dem der anderen.« Immerhin hat sie keinen Zwilling, der die Gesundheitsinjektion für sie annehmen muss, oder einen Junkie, der alles für Geld tun würde.

»Brauchen wir sie?«

»Wir brauchen sie alle, wenn wir auf die andere Seite kommen wollen.« *So viele Soldaten sind bereits gestorben.*

»Sollten wir einen zusätzlichen Anreiz schaffen?« Nevan

schreitet lässig neben mir her, genau wie der Herrscher, der er ist. Er ist nicht mehr der gleiche Fae, der er damals im Krieg war, und zugleich scheint er sich mir gegenüber kaum verändert zu haben.

Er ist mein Fürst, und ich sein erster Soldat.

Zugleich sind wir Freunde, und es gibt niemanden, dem ich mehr vertraue.

»Was schwebt dir vor? Wir können Inaras Vater schlecht bedrohen, wenn wir gerade noch behauptet haben, dass wir ihnen nur ein Geschäft anbieten wollen.« Unser Wort wäre nichts wert. Nicht, dass es eine Rolle spielt. Wenn sie tun, was wir von ihnen verlangen, wird sich alles verändern. Für immer. Mehr noch, als wir ihnen offenbart haben.

Nevan zieht einen Flutsch, weil er weiß, dass ich recht habe. »Hast du eine bessere Idee?«

»Möglicherweise.« Sie kommt mir genau in diesem Moment, und vermutlich ist sie dumm, weil es beinhaltet, dass ich Aviana erneut aufsuchen muss. Doch sie ist wie ein Magnet, zu dem es mich immer wieder hinzieht. Das sollte mich beunruhigen, denn seit Jahrhunderten habe ich nicht mehr so empfunden.

Und doch kann ich es einfach nicht lassen.

»Mir ist alles Recht. Tu, was du für nötig hältst. Wir haben nicht mehr viel Zeit, bevor auffällt, dass der Kontakt zu den anderen Fürstentümern und der Königsstadt unterbrochen ist.« Er lässt ungesagt, was dann passieren wird.

Das Fieber, das jetzt schon so viele aus unserem Volk dahingerafft hat, wird nicht mehr aufzuhalten sein. Noch kann vertuscht werden, wie schlimm die Lage wirklich ist, doch es wird nicht mehr lange dauern, bis auffällt, dass wir nur noch geringe Mengen des Medikaments haben. Zuerst wird es Unruhen geben. Dann Panik. Und was dann folgt, wollen wir uns nicht ausmalen.

Ob es mir passt oder nicht.

Wir brauchen diese drei Nachtfae. Sie sind unsere letzte Chance.

9. Kapitel

Avi

Es klopft an meiner Tür, gerade als ich dabei bin, die aufwendige Kleidung zu bewundern, die der Fürst auf mein Zimmer hat bringen lassen. Es ist ein Kampfanzug ganz in Schwarz und der Uniform ähnlich, die die fürstlichen Soldaten immer tragen. In meinem Kopf spiele ich immer wieder das vorherige Gespräch mit dem Fürsten durch. *Meine Mutter war sofort tot.* Es klingt grotesk, aber es zu Wissen, ist tröstlich. Vor allem weil alle anderen offenbar verschleppt wurden. Ich drehe mich um und starre die Tür an, doch nichts passiert. »Herein?«

Es ist Soldat Ren, der sie öffnet, und sofort füllt er mit seinem Körper den gesamten Rahmen aus. Sein dunkler Blick findet mich sofort, und ich muss mich zwingen, nicht zurückzuweichen. »War das eine Frage?«

Ich schlucke, weil sich meine Kehle plötzlich ganz eng anfühlt, und lasse den Saum der Jacke los. »Nein. Natürlich könnt Ihr hereinkommen.«

Er schlendert in den Raum hinein und sieht sich um, obwohl sich seit gestern nichts hier verändert hat. »Ich benötige Eure Hilfe.«

Mein Herz schlägt schneller. »Ja?«

»Ja.« Er kommt noch näher, und ich zwinge mich stehen zu bleiben. »Wir brauchen Euch. Alle drei. Und wir wollen einen zusätzlichen Anreiz schaffen, damit Ihr Euch für eine Mitarbeit entscheidet.«

Ich blinzele verwirrt. »Ich hatte nie das Gefühl, eine Wahl zu haben.« Sofort presse ich die Lippen aufeinander, weil ich nicht so eine freche Antwort geben wollte.

Soldat Rens Mundwinkel zuckt kaum merklich, und endlich bleibt er stehen. Nur wenige Schritte vor mir. Ich spüre die Dunkelheit am Rande meines Sichtfeldes und versteife mich, obwohl ich weiß, dass er sie bereits kennt. »Was würde Euch dazu bringen mitzuarbeiten?«

»Ich würde gerne meine Familie besuchen, bevor wir tun müssen, was Ihr von uns erwartet. Nur kurz.« Dann könnte ich mich vergewissern, ob Nana den Arzt zur Mitarbeit überreden konnte und es Ana schon wieder besser geht.

»Nun gut.« Sein Blick ist undurchdringlich, als er nach diesen beiden Worten schweigt.

Ich sollte mich vermutlich klein und gefangen fühlen. Doch da ist etwas in seinen Augen, das ich nicht fassen kann. Als wäre ich für ihn ein Rätsel, das es zu lösen gilt. »Kann ich noch etwas für Euch tun, Soldat Ren?«

Wieder zuckt sein Mundwinkel. Seine Lider senken sich, und es hat beinahe etwas Sinnliches. Sein Anblick ist rau und zugleich schön. Wie eine Statue, die den Elementen ausgesetzt wurde. »Ich denke nicht.«

Mein Herz klopft noch immer schnell, und ich fühle mich

wie ein Kaninchen, das von einem Fuchs durch das Unterholz gejagt wird.

»Danke für Eure Zeit.« Er neigt leicht den Kopf. Dann tritt er zurück, und die Dunkelheit in meinen Augenwinkeln verflüchtigt sich.

Ich atme hörbar und zittrig aus, als er die Tür hinter sich schließt.

***

Was auch immer Inara und Marlon angeboten wurde, sie tauchen beide am nächsten Morgen beim Frühstück auf.

Fürst Nevan thront vor Kopf, so wie schon am gestrigen Abend, und ein zufriedenes Lächeln umspielt seine Lippen. Soldat Ren sitzt neben ihm, und nichts erinnert an seinen zuckenden Mundwinkel von gestern Nacht.

Ich versuche, ihn nicht allzu sehr anzustarren.

Der Tisch ist reich beladen mit köstlich duftendem Gebäck, diversen Aufstrichen und Marmeladen. Käse türmt sich auf einer Platte, und sogar echte Wurst steht auf dem Tisch. Zumindest gehe ich davon aus, dass es nicht die pflanzliche ist, die es in den Läden für Menschen zu kaufen gibt.

Mir fällt auf, dass Fürst Nevan erst das Wort ergreift, als wir Getränke vor uns stehen haben und die Diener sich aus dem Raum zurückziehen. »Es freut mich, Euch alle heute wiederzusehen. Wie gestern Abend bereits erwähnt, benötige ich Eure Hilfe. Und natürlich Eure Verschwiegenheit. Doch das sollte angesichts der im Raum stehenden Geheimnisse selbstverständlich sein.« Er sieht uns nacheinander an und wartet, bis wir zustimmend nicken, wobei sich sein Mundwinkel spöttisch hebt. »Ich mache es kurz: Der Kontakt zur Königsstadt ist abgebrochen und der Verbindungstunnel zerstört.«

Er verstummt und lässt die Worte im Raum stehen wie Sprengsätze, die kurz vor der Detonation stehen.

Marlon fängt sich als Erster wieder. »Der Tunnel ist zerstört? Wie ist das möglich? Er wurde für die Ewigkeit gebaut.«

»So ist es. Unser Tunnel, so wie auch die anderen, die die Königsstadt mit den Fürstentümern verbinden, wurden gebaut, um alles zu überdauern. Doch nun ist unserer zerstört. Unzählige Soldaten haben ihr Leben gelassen, um herauszufinden, was die Ursache sein könnte, doch alle sind gescheitert.«

»Wieso sollten gerade wir es dann herausfinden können?« Alle Augen richten sich auf Inara, und sie schiebt ihre Brille hoch. »Ich meine, was macht uns erfahrener als Eure Soldaten?«

»Eure Kräfte.« Es ist Soldat Ren, der ihr antwortet. »Nur Ihr seid in der Lage, die Tote Zone zu durchqueren.«

Inara schnappt nach Luft, und ich schlage mir erschrocken eine Hand vor den Mund.

Nur Marlon scheint stoisch ruhig, während er ein Brötchen zu schmieren beginnt. »Ihr wollt damit sagen, dass wir drei aufgrund unserer Geburt dazu in der Lage sind, die Tote Zone zu durchqueren? Warum?«

Fürst Nevan nickt hoheitsvoll und schwenkt seinen Tee, als wäre es Wein. »So ist es. Nur Nachtfae können die Tote Zone durchqueren, ohne an den Gefahren zu sterben. Keiner unserer Soldaten ist zurückgekehrt. Weder Mensch noch Fae. Den Nebelgeistern, die sich dort befinden, können nur die Nachtfae trotzen.«

Ich umklammere die Serviette auf meinem Schoß. Gänsehaut überzieht meine Arme, während ich an all die Schauergeschichten denke, die ich über die im Nebel hausenden Wesen kenne. Nebelgeister. Monster, die aus dem Nachtkrieg heraus entstanden sind und so blutrünstig sein sollen, dass die Fürstentümer unüberwindbare Mauern bauen mussten, um ihr Volk vor ihnen zu schützen.

Einst sollen sie Tiere gewesen sein, die mit Magiesplittern der Fae und Nachtfae in Berührung kamen und sich zu etwas Schrecklichem wandelten.

Das Schwenken hört auf. »Mit ihnen werdet Ihr fertig. Sobald Ihr Eure Kräfte unter Kontrolle habt und sie gezielt heraufbeschwören könnt.«

»Und wer soll uns das beibringen? Oder habt Ihr zufällig einen Nachtfae hier herumlaufen?« Hohn schwingt in Marlons Stimme mit, doch er wirkt angespannt, während wir alle auf eine Antwort warten.

Soldat Ren schnaubt leise. »Eure Kräfte unterscheiden sich in ihren Grundformen nicht von denen der Fae. Ich werde Euch trainieren und Euch das Wichtigste beibringen.«

»Und dann? Wir gehen in den Nebel, schaffen es irgendwie zur Königsstadt – wobei wir irgendwie noch die nördliche See durchqueren müssen, und was dann?«, frage ich, weil ich das Ganze noch immer nicht verstehe. *Hören sie denn selbst nicht, wie unsinnig das Ganze klingt?*

»Wir begleiten Euch.« Fürst Nevans Worte bringen mich zum Schweigen, weil sie keinen Sinn für mich ergeben.

Inara versteht hingegen sofort. »Ihr braucht uns, um selbst sicher in die Königsstadt und zurückzugelangen, weil Ihr kein Nachtfae seid.«

Der Fürst neigt respektvoll den Kopf und betrachtet uns nacheinander. »So ist es. Ich benötige Euer Geleit, um unser Fürstentum zu retten. Wie Ihr bestimmt wisst, greift das Fieber weiter um sich, und es wird nicht mehr lange dauern, bis die Medikamente aufgebraucht sind. Was dann folgt, könnt Ihr Euch sicher vorstellen.«

»Aber das Fieber ist doch nur ein saisonales Problem«, erwidert Marlon irritiert und fasst damit die Informationen zusammen, die wir aus den Zeitungen kennen.

»Es ist ein Problem, das wir zu vertuschen versuchen. Eines, das unzählige Leben fordern wird, sollten wir nichts unternehmen.«

Schweigen folgt, denn wir alle wissen, was das bedeutet. Meine Gedanken schweifen zu Ana. Sollte sie jetzt auch noch mit dem Fieber in Berührung kommen, würde sie es nicht schaffen. Es würde sie umbringen.

»Wie genau soll das funktionieren? Der Weg dorthin wird Wochen dauern, falls wir es denn schaffen, das Meer zu überqueren«, erinnert Inara und greift nach einem süßen Zimtgebäck, als müsste sie sich von der ungeteilten Aufmerksamkeit aller ablenken. »Könnt Ihr überhaupt so lange fort sein?«

Der Fürst nickt langsam angesichts dieser berechtigten Frage. »Es gibt schnelle Wege, die Distanz zu überbrücken. Wir werden nur wenige Tage bis zur Königsstadt brauchen und genauso schnell wieder zurück sein, sobald wir herausgefunden haben, was den Tunnel zerstört hat.«

Inara runzelt die Stirn, wirkt aber ein wenig beruhigter. Doch für mich gilt dies nicht. Noch immer spuken Fratzen von grässlichen Monstern in meinem Kopf herum, und doch gibt es keine Alternative für mich, weil der Gewinn zu hoch ist.

Ein eigenes Leben.

Eine eigene Identität.

Es ist, als würde ich bei diesem Gedanken nach den Sternen

greifen. Nicht in meinen kühnsten Träumen hätte ich mir das für mich gewünscht, weil es schlichtweg unmöglich war.

Doch nun ist es plötzlich zum Greifen nah. Ich muss nur überleben.

Also dränge ich alle Angst zurück. »Wann geht es los?«

Soldat Ren schaut zu mir, und kurz fühlt es sich an, als hätte er die ganze Zeit nichts anderes getan. »Morgen Abend brechen wir auf. Nach dem Höhepunkt der Siegesfeier zu Ehren des Königs.«

Die Siegesfeier habe ich völlig vergessen. Und mit einem Mal fühlt sich eine Parade zu Ehren eines Königs, der alle jene ausgelöscht hat, deren Kräfte wir nun in uns tragen, furchtbar lächerlich an.

»Morgen Abend?«, wiederholt Marlon ungläubig und lässt sein fast aufgegessenes Brötchen fallen. »Wie sollen wir bis dahin irgendwas trainieren? Ist Euch bewusst, dass wir alle unsere Kräfte bis heute immer unterdrücken mussten?«

Er nennt es Kraft, für mich ist es ein Fluch. Die Dunkelheit ist eine Bürde, mit der ich zu leben gelernt habe. Wenn ich könnte, würde ich sie sofort loswerden.

»Die Dunkelheit ist da, und sie ist stark. Ihr müsst wissen, wie Ihr Euch verteidigt und angreift. Den Rest werdet Ihr spüren, wenn Ihr Eure Kräfte öfter einsetzt.« Soldat Rens Lippen verziehen sich leicht, und ich kann nicht sagen, ob er amüsiert oder verstimmt ist. »Das wird zwangsläufig in den nächsten Tagen passieren.«

»Zudem wird es nicht auffallen, wenn ich mich direkt nach den Feierlichkeiten für ein paar Tage zurückziehe«, fügt Fürst Nevan hinzu und lächelt grimmig, was seiner Schönheit etwas Gefährliches verleiht.

Ein Schauder überläuft meine Arme.

Ich fürchte mich, wie noch nie zuvor. Doch ich werde alles tun, um diesen Funken Hoffnung wahr werden zu lassen, der mit einem Mal in meiner Brust lodert. Die Hoffnung auf ein eigenes Leben.

10. Kapitel

Avi

Das Training beginnt direkt nach dem Frühstück. Ich bin froh, nicht so viel gegessen zu haben, denn mit einem Mal ist mir schlecht.

Ich stehe mit etwas Abstand neben Marlon und Inara in einem Trainingsraum, der an Boden und Wänden mit moosgrünen Matten ausgelegt ist. Hier gibt es keine Fenster, nur Öllampen, die von der Decke hängen.

Uns gegenüber steht Soldat Ren. Er trägt ausnahmsweise keine Uniform, sondern eine schwarze Hose, sowie ein gleichfarbiges Hemd, dessen oberster Knopf offen steht. »Ihr werdet Euch nun einander gegenüberstellen. Wie Ihr unlängst bemerkt habt, offenbart sich Eure Dunkelheit, wenn Ihr auf andere Nachtfae trefft.«

»Nennt uns bitte nicht so«, wirft Inara ein und schiebt ihre Brille erneut hoch.

Der Soldat hebt eine Augenbraue. »Wie? Nachtfae? Das ist es, was Ihr seid. Egal wie sehr Ihr Euch etwas anderes einreden wollt. Freundet Euch mit dem Wort an, auch wenn Ihr es niemals laut aussprechen solltet. Die Klarheit zu wissen, was man ist, macht es einem leichter zu überleben.«

»Bisher haben wir auch überlebt«, antwortet sie, wenn nun auch etwas kleinlaut.

»Das war nichts als Glück. Unsere Späher hatten Euch immer im Blick, und es gab unzählige Situationen, in denen jeder von Euch beinahe enttarnt worden wäre.«

»Wenn Ihr so viel über uns wisst, dann könnt Ihr mir sicher sagen, was mit meinem Zwilling ist«, stößt Inara plötzlich mit gerunzelter Stirn aus.

Der Fürst legt den Kopf schief. »Allerdings. Sie starb während der Geburt, und Eure Mutter hat Euch vor der Tür Eures Vaters ausgesetzt. Der Arzt hat mich darüber informiert, falls Ihr Euch fragt, so wie es ihnen verpflichtet ist.«

»Danke«, sagt Inara leise und räuspert sich.

»Wir wurden beobachtet?«, fragt Marlon mit grollender Stimme, und ihm scheint hörbar zu missfallen, dass ihm dies nie aufgefallen ist. Auch mir stockt der Atem, weil sich mit einem Mal dieses ganze Versteckspiel nahezu bedeutungslos anfühlt, auch wenn ich weiß, dass das nicht wahr ist.

Fürst Nevan hat selbst gesagt, dass er uns nicht helfen kann, wenn irgendwer anders uns enttarnt. »Macht Euch nichts draus. Die Späher hätten ihren Namen nicht verdient, wenn Ihr sie entdeckt hättet. Und jetzt stellt Euch voreinander auf.«

Inara und Marlon wenden sich einander zu. *Na toll. Und nun? Soll ich mich dazustellen?*

Doch da macht Soldat Ren einen Schritt auf mich zu. Also wird *er* mein Trainingspartner? Als wir kaum mehr als drei Schritte voneinander entfernt sind, macht sich meine Dunkelheit erneut bemerkbar. Sie zuckt unruhig, als würde die Anwesenheit des Soldaten sie nervös machen.

Es sollte eine Erleichterung sein, dass ich mich vor ihm nicht mehr wie ein Mensch verhalten muss. Stattdessen macht es mir Angst, weil ich meine Dunkelheit in den letzten Jahren noch nie so häufig gesehen habe wie in seiner Nähe. Das muss an ihm liegen.

Der Soldat beachtet mich nicht, sondern leitet Inara und Marlon an. »Nehmt Euch an den Händen. Wie Ihr bereits bemerkt habt, zeigt sich Eure Dunkelheit besonders in der Nähe Euresgleichen. Also haltet Euch an Euren Partner. Ihr seid noch nicht ausgebildet genug, um Eure Kräfte einfach so abzurufen. Doch in der Toten Zone ist es egal, wie Ihr sie beschwört. Wichtig ist nur, dass sie da ist.« Er schaut uns nach der Reihe herausfordernd an. Also ist er wohl wirklich mein Partner. Mein Körper kribbelt, und ich hoffe, dass mir nicht anzusehen ist, wie sehr mich dieser Gedanke beunruhigt.

Inara hebt ihre Hände und streckt sie Marlon entgegen. Ohne zu zögern, ergreift er sie, und Dunkelheit schießt aus ihrer Verbindung hervor. Sie ist wie schwarzer Rauch, der sich deutlich von der Helligkeit der Umgebung abzeichnet. Wie eine Art von Magie, der nichts Gutes innewohnt.

Ich schaue mich um, doch es gibt kein Leben hier, von der sie zehren kann, und ich brauche einen Moment, um zu sehen, woher die Dunkelheit ihre Energie nimmt. Inara wird ein wenig blasser, und dunkle Ringe erscheinen unter Marlons Gesicht. *Es zehrt von ihnen beiden.*

Das ist der Grund, weshalb uns die Fae und die Menschen auslöschten. Im Gegensatz zu den Fae erschaffen Nachtfae kein Leben. Sie zehren davon, um ihre Magie wirken zu können.

»Spürt Eure Kräfte, wie sie voneinander nehmen und daraus etwas Neues schaffen wollen. Spürt, dass Ihr das überstehen könnt. Egal wie sehr Ihr in den letzten Jahren versucht habt, Eure Kräfte zu unterdrücken, sie sind da. Sie sind stark. Sie wollen eingesetzt werden.« Seine Stimme wird immer eindringlicher, und Inara und Marlon richten sich unter seinen Worten auf und spannen ihre Schultern an. Es ist, als würden sie einen Tanz aufführen, der ihnen zwar unbekannt ist, den sie jedoch trotzdem beherrschen.

»Spürt die Kraft in Eurer Mitte, und konzentriert sie zu einem Ball«, fordert Soldat Ren. »Versucht, Eure Dunkelheit zu einer Kugel zu formen, mit der Ihr mich angreifen könnt. Konzentriert Euch auf diesen Wunsch, und lasst ihn wachsen.«

Schweiß erscheint auf ihren Gesichtern, und die Anstrengung lässt ihre Muskeln zittern, doch sie lassen einander nicht los.

»Konzentriert Euch auf Eure Wut. Auf Eure Angst. Auf das, was Ihr unter allen Umständen beschützen müsst. Euch selbst und Eure Familie. Vergesst, wie sehr Ihr Eure Kräfte fürchtet, und konzentriert Euch darauf, dass nur sie Euch retten können. Nichts anderes wird Euch helfen.«

Die beiden atmen nun sichtlich schneller, die Augen konzentriert auf ihre Hände gerichtet, die sie fest ineinander verschränkt haben. Inara keucht plötzlich, und im selben Moment bildet sich eine Kugel aus Dunkelheit, die sich zu einem tornadoartigen Wirbel zusammenzieht und immer weiterwächst. Marlon jauchzt leise, und nach einem kurzen Blickwechsel nicken sie sich entschlossen zu. Im nächsten Moment schießt die Kugel auf den Soldaten zu, der gekonnt zur Seite weicht und mich mit sich zieht. Seine Finger berühren meine Haut nur für einen Sekundenbruchteil, doch ich spüre die Dunkelheit so stark, dass ich zurückzucke. Er ignoriert meine Reaktion, sondern betrachtet nur mit stoischer Miene die Kugel, die an der Wand hinter uns zu tausenden schwarzen Funken verpufft. »Sehr gut.«

»Was ist, wenn unser Ziel genauso ausweicht?«, fragt Marlon, hat Inara aber noch nicht losgelassen, als wäre er längst bereit für die nächste Runde.

»Ihr schießt so lange, bis Ihr trefft. Es macht nichts, dass ich jetzt ausgewichen bin. Wichtig ist nur, dass Ihr es geschafft habt anzugreifen. Denn nur so habt ihr eine Chance, im Ernstfall zu fliehen. Euer Ziel ist es, zu überleben.«

Die anderen beiden nicken, und auch ich verinnerliche seine Worte, weil sie tröstlich sind und zugleich Kraft schenken. Nur überleben. *Wenn es sonst nichts weiter ist.*

Er wendet sich mir zu, und mein gesamter Körper spannt sich erwartungsvoll an. Ich mache mich innerlich bereit, dass er nach meinen Händen greift, stattdessen nickt er in Richtung Ausgang. »Wir trainieren getrennt, um uns gegenseitig nicht abzulenken.«

Irritiert schaue ich zu den anderen, doch weder Inara noch Marlon scheinen dies seltsam zu finden, denn sie widmen sich sofort wieder dem Üben.

Ich zögere und verstehe selbst nicht weshalb. Dann nicke ich und folge ihm hinaus, bis zum nächsten Raum, der dem vorigen ähnelt. Hier hingegen sind die Matten dunkelrot, und das Licht flackert bei unserem Eintreten.

Mein ganzer Körper vibriert, als ich tiefer in den Raum hineingehe, in der Mitte stehen bleibe und mich zu ihm umdrehe. Ich war noch nie mit einem Mann alleine, und als er jetzt die Distanz zwischen uns überbrückt und sich direkt vor mir aufstellt, fühlt sich das plötzlich unglaublich intim an.

Wir sehen einander an, und die Welt scheint sich auszudehnen, bevor sie in sich zusammenschrumpft und nur noch wir übrig bleiben, schweigend und einander zugewandt.

Er ist zu nah.

Er weiß zu viel.

Er ist gefährlich.

Und doch kann ich keinen Schritt zurück machen.

Ich will herausfinden, was er mir beibringen kann.

Ich will wissen, warum meine Dunkelheit in seiner Nähe so verrücktspielt.

Ich will wissen, ob er sich an das Mädchen erinnert, das er vor Jahren aus dem Fluss gefischt hat und dessen Dunkelheit uns umschlungen hat, als würden sie uns umarmen und nie wieder loslassen wollen.

In seinem Gesicht ist keine Regung zu erkennen, und doch liegt in seinen Augen eine Art Ermutigung. Als würde er wollen, dass ich alles gebe, was ich bisher zurückgehalten habe. Ich strecke ihm meine Hände entgegen.

Ohne den Blickkontakt zu lösen, ergreift er sie, und im selben Moment schießt Dunkelheit zwischen uns empor.

Sie ist anders als die von Inara und Marlon. Sie ist dunkler und so intensiv, dass ich keuche und einen Schritt zurück gemacht hätte, wenn Soldat Rens Finger sich nicht ein wenig fester um meine gelegt hätten.

Ich spüre die Kraft so sehr, dass ich die Luft anhalte, als sie meinen gesamten Körper zu beherrschen droht. Einen Moment lang fühlt es sich an, als würde sie mich überwältigen, doch ich bleibe stark, halte mich an Soldat Rens Blick fest und versuche sie anzunehmen und mich nicht vor ihr zu fürchten.

Die Dunkelheit ist überall. Und es ist fast, als stünden wir in tiefster Nacht beieinander. Langsam reguliert sich meine

Atmung, und meine Augen gewöhnen sich an die Schwärze. »Warum ist das so?«

Soldat Ren schaut sich um, als wäre auch er einen Moment lang überwältigt von der Intensität meiner Kraft. »Unsere Kräfte spiegeln auch unsere Gefühle wider.«

Vor Scham wäre ich am liebsten im Boden versunken. Wie konnte ich auch nur einen Moment lang glauben, ich könnte meine Unsicherheit und meine Angst verbergen? »Oh.« Mehr bringe ich nicht heraus. Meine Wangen brennen, und die Dunkelheit tanzt um uns herum, als würde sie über mich lachen. Ich spüre sie kaum, und für einen Moment fürchte ich, dass sie die Kontrolle übernimmt. Doch dann zieht sie sich ein wenig zurück.

»Das ist nichts Schlimmes«, erklärt er langsam, und sein Daumen streicht sanft über meinen Handrücken, als würde er absichtlich etwas in mir auslösen wollen. Als würde er spüren, wie nervös seine Gegenwart mich macht. Weil er trotz allem noch immer ein Feind ist. Jemand, der die Macht hat, mich zu zerstören.

Ein Schauder tanzt über meinen Brustkorb, und ich halte die Luft an, bevor ich sie ausstoße. »Emotionalität ist gefährlich.«

»Allerdings«, antwortet er langsam und gedehnt, während ein Schmunzeln über seine Lippen zuckt, so schnell, dass es sofort wieder verschwindet.

»Schadet meine Kraft Euch nicht?« Seinem Gesicht ist nicht anzumerken, dass ich ihm Kraft entziehe. Ich kann spüren, dass meine Dunkelheit sich nährt, doch das Gefühl ist noch diffus, unfokussiert, als würde ich durch trübes Wasser tauchen.

»Unsere Kräfte ergänzen sich. Sorgt Euch nicht um mich.«

Er nickt und deutet so auf unsere Hände. »Nun konzentriert Euch auf Eure Kraft. Stellt Euch vor, Ihr möchtet aus ihr eine Waffe machen.«

Ich schließe die Augen. Noch immer spüre ich meine Hände in seinen, doch dieses Mal fühle ich auch die Dunkelheit, die aus mir herausbricht, als hätte sie viel zu lange darauf gewartet. Ich forme sie in meinen Gedanken, mache aus ihnen eine Kugel. Eine Waffe.

»Sehr gut.«

Soldat Rens Stimme lässt mich die Augen wieder öffnen, und tatsächlich schwebt zwischen uns nun eine Kugel.

»Werft sie.«

Ich zögere nicht, packe die Kugel gedanklich und schleudere sie gegen die Wand. Sie zerschellt, wird zu schwarzen Funken und verpufft dann einfach, als hätte es sie nie gegeben. Mir entfährt ein Jubellaut, und ich drehe mich Soldat Ren zu, der mich bereits intensiv anstarrt. Ein Knistern erfüllt die Luft. Bedrohlich. Angespannt.

»War das richtig?«, fragte ich, weil ich einfach irgendetwas sagen muss, da mich sonst die Energie zwischen uns in die Knie zwingt.

»Fantastisch«, erwidert er leise.

Mein ganzer Körper kribbelt, und mit einem Mal will ich alles rauslassen, was ich all die Jahre zurückgehalten habe. »Noch mal?«

Er nickt, und ich zögere nicht einen Moment, bevor ich den Raum in Dunkelheit tauche.

***

Am nächsten Tag dürfen wir ausschlafen. Weil wir nicht an

den Feierlichkeiten zu Ehren des Königs teilnehmen, müssen wir im Palast bleiben. Zumindest so lange, bis mich eine Späherin aus meinem Zimmer abholt und mir sagt, dass ich meine Familie besuchen darf. Ich werfe mir einen Mantel über und folge ihr dann zu den Kutschen.

Wir fahren bis zum Marktplatz. Von dort aus eile ich mit der Kapuze über meinem Kopf weiter bis zu unserem Haus. Die Späherin folgt mir auffällig und wartet, bis ich in dem Blumengeschäft meiner Familie verschwinde. Glücklicherweise ist gerade keine Kundschaft da.

Es ist ein kleiner Laden mit einer breiten Fensterfront, der voller Dekoartikel und diversen Blumenarrangements steht. In der Mitte befindet sich ein Tisch mit großen Vasen voller Schnittblumen, aus denen man sich Sträuße binden lassen kann, und an den Wänden sind Topfpflanzen auf schmalen Wandregalen drapiert.

Nana steht hinter dem Tresen und notiert gerade etwas auf einem Zettel. »Willkommen, was kann ich für Euch tun?« Sie schaut nicht auf, als sie das sagt.

Tränen brennen in meinen Augen, als ich ihre Stimme höre. »Eine Umarmung wäre nett.«

Nana reißt den Kopf hoch, und ihr Mund öffnet sich vor Erstaunen, als sie mich entdeckt. »Aviana«, stößt sie aus und umrundet den Tresen, bevor sie mich fest an sich zieht. Sie ist kleiner als ich, doch ihre Umarmung ist so fest, dass ich ein leises Keuchen ausstoße. »Ich sollte dir den Hintern versohlen, weil du mir so einen Schrecken eingejagt hast.«

Ich lache erstickt und sauge tief den Geruch von Lilien ein, der an ihr haftet, als hätte sie gerade eben erst einen Strauß damit gebunden. »Und ich hätte es verdient. Aber ich habe nicht viel Zeit.«

Sie versteift sich und lässt mich wieder los, bevor sie von mir abrückt und mich mit gerunzelter Stirn ansieht. »Was meinst du damit?«

Die Schuldgefühle verknoten meinen Magen, aber ich muss ihr die Wahrheit sagen. »Können wir hinten sprechen? Geht es …« Ich verstumme und schaue nach draußen.

Sie nickt, eilt zur Ladentür und schließt sie ab, bevor sie mich in den hinteren Teil des Gebäudes zieht. Als sie die Tür zum Büro hinter uns geschlossen hat, wendet sie sich mir mit ernstem Gesichtsausdruck zu. »Was ist passiert?«

Ich schaue mich in dem kleinen, ordentlichen Raum um und widerstehe dem Drang, nach einem der Stifte auf dem Schreibtisch zu greifen, nur um meine Hände zu beschäftigen. »Der Fürst weiß, was ich bin. Er wusste es immer.«

Nana wird blass, taumelt gegen den Schreibtisch und lässt sich auf den Rand sinken. »Was?«

»Es gibt noch andere wie mich, und er hat uns ein Geschäft vorgeschlagen.«

Sie schüttelt schockiert den Kopf. »Ein Geschäft? Bist du wahnsinnig?«

Ich presse kurz die Lippen zusammen, denn mit so einer Reaktion habe ich bereits gerechnet. »Wir sollen ihn durch die Tote Zone geleiten, und ich erhalte dafür eine eigene Identität.«

Nana öffnet den Mund, schließt ihn wieder und öffnet ihn. »Fürst Nevan … er weiß es, *und du lebst?*«

»Ja. Ich muss dorthin zurück. Jetzt gleich schon. Aber ich wollte vorher sichergehen, dass es dir gut geht.« Fragend verziehe ich den Mund. »Geht es euch allen gut?«

Nana geht gar nicht auf meine Frage ein und blinzelt mich

überwältigt an. Es dauert ein wenig, bis sie weiterspricht. »Also müssen wir uns nicht mehr verstecken?«

»Doch. Sollte irgendwer anders von uns erfahren, kann der Fürst uns nicht retten. Aber sobald ich eine eigene Identität habe, kann ich mich als Cousine ausgeben. Ich könnte … frei sein. Ana könnte frei sein.« Ich greife nach Nanas Händen. »Darf ich nach ihr sehen?«

Sie nickt, und ich glaube, ich habe sie in all den Jahren noch nie so überfordert gesehen. Nana hat immer alles im Griff. Sie so sprachlos zu sehen wäre beunruhigend, wenn es mir nicht an ihrer Stelle genauso gehen würde.

Ich gebe ihr einen schnellen Kuss auf die Wange und eile dann durch das Haus nach oben. Als ich durch den Kleiderschrank gehe und die Leiter hochklettere, schlägt mein Herz so schnell, dass ich bewusst langsamer atme. Doch es hilft nur wenig. *Ich habe Angst.* Unbeschreibliche Angst, dass Ana noch immer im Bett liegt und schläft. Doch als ich oben ankomme, höre ich Schritte und werde beinahe umgeworfen.

Arme schlingen sich um mich, und ich stoße ein erleichtertes Lachen aus, weil es Ana ist, die mich fest an sich drückt. »Du bist wach. Und so stark!«

»Dank dir. Du törichtes Mädchen.« Sie lacht und zieht sich ein wenig von mir zurück. Ihre Augen weiten sich, und sie greift in mein Haar. »Was hast du gemacht?«

Ich fühle auf meinem Kopf, kann aber nichts Ungewöhnliches ertasten. »Wovon redest du?«

Sie schweigt und holt einen Taschenspiegel von dem Nachttisch, den sie mir reicht. Als ich in mein Spiegelbild blicke, erkenne ich zunächst nicht, was sie meint. Bis ich meinen Haaransatz sehe, der sich von meinem sonst so hellen Haar abhebt. Er ist dunkel. Nur wenige Millimeter, aber dort ist ein deutlicher dunkler Streifen zu sehen. Fassungslos fahre ich ihn mit den Fingerspitzen nach. »Ich habe keine Ahnung, was das ist.«

»Dann werden wir es später herausfinden. Du musst mir alles erzählen. Wie ist es im Palast? Wie ist der Fürst?« Ihre Augen leuchten, und sie zieht mich zum Bett, damit ich mich neben sie setze.

»Ich kann dir nicht viel berichten. Ich muss gleich los, damit wir vor dem Gedränge zu Beginn der Feierlichkeiten zurück sind. Aber ich wollte mich vergewissern, dass es dir besser geht.« Dieses kurze Treffen ist das Einzige, was mir gewährt werden konnte, ohne dass meine Abmachung platzt. Dieses Risiko möchte ich unter keinen Umständen eingehen.

Anas Enttäuschung lässt das Leuchten in ihrem Gesicht verblassen. »Du musst wieder zurück? Ich dachte, du wärst nur wenige Tage fort.«

»Es hat sich etwas ergeben.« Ich atme tief durch und schaue mich in dem kleinen, gedrungenen Raum um, in dem ich mein halbes Leben gewohnt habe. »Wenn ich alles richtig mache, wird keine von uns sich jemals wieder verstecken müssen.« Ich erkläre ihr in knappen Worten, was für eine Aufgabe vor mir liegt.

Ana starrt mich einen Moment lang an. »Du gehst in die Tote Zone?«

»Ich muss das tun«, sage ich langsam, weil es niemanden gibt, der mein Drängen besser verstehen könnte als sie. »Du könntest Ana sein und ich Avi. Wir könnten neu anfangen. Irgendwo anders, wo uns niemand kennt. Oder nur ich gehe fort, und du besuchst mich.«

»Du willst gehen?« Ihre Augen weiten sich, und Schmerz schwingt in ihrer Stimme mit.

»Nein«, versichere ich ihr und greife nach ihren Händen. »Dieses Leben gehört dir. Du könntest es endlich in vollen Zügen genießen.« *Und ich könnte mir eines aufbauen, das sich nicht anfühlt, als hätte ich es gestohlen.*

Sie nickt langsam, nicht überzeugt, und blinzelt dann. »Darüber reden wir später. Erst einmal musst du zurückkehren. Aber ...« Sie beißt sich auf die Unterlippe. »Die Tote Zone? Wie kann der Fürst sicher sein, dass ihr diesen Weg schafft?«

»Er ist zumindest so sicher, dass er sich von uns begleiten lässt. Und wenn er es ist, bin ich es ebenfalls.«

Gegen dieses Argument kann sie nichts einwenden. Wieso sollte der Fürst sich in solch eine Gefahr begeben, wenn er Angst um sein Leben hätte? Außer natürlich er wäre wahnsinnig, aber das lasse ich unausgesprochen.

»Ich muss jetzt gehen.«

Ana umarmt mich noch einmal fest.

»Wenn ich in zehn Tagen nicht zurück bin, dann gehört dieses Leben dir«, raune ich ihr zu.

Sie umarmt mich noch fester. »Verlange das nicht von mir, solange noch Hoffnung besteht.«

»Ich hab dich lieb«, sage ich nur und löse mich dann aus der Umarmung, bevor ich das Gefühl bekomme, meine Schwester nie wieder loslassen zu können.

»Ich dich auch.« Ihre Stimme ist dünn, und ihr Lächeln ebenfalls. Doch darauf kann ich keine Rücksicht nehmen. Es geht ihr gut. Das ist das Wichtigste. Sie öffnet den Mund, als wolle sie noch etwas sagen, doch zieht mich stattdessen erneut in ihre Arme. »Komm bitte zurück. Du musst mir doch berichten, wie der Fürst ist.«

Ich lache und nicke, während wir uns aneinander festklammern und dann ein letztes Mal ansehen, bevor ich ihr den Rücken kehre.

Die Tote Zone

11. Kapitel

Avi

Wir brauchen für den Rückweg länger, weil die Straßen bereits voll sind und die Menschen in ihrer Hochstimmung die Wege verstopfen. Die Siegesfeier ist das größte Ereignis des Jahres und endet mit einem spektakulären Feuerwerk um Mitternacht.

Als wir schließlich zurück sind, lässt mich die Späherin bei den Kutschen stehen und verschwindet einfach, als hätte sie endlich eine lästige Aufgabe hinter sich gebracht.

Ich bleibe noch einen Moment im Innenhof und setze mich auf eine Bank, weil die Ruhe um mich herum so guttut. Nana geht es gut. Ana ist wach und stark. Und ich kann das erste Mal in meinem Leben nur an mich denken.

Das ist ein gutes Gefühl.

Als Kälte durch meinen dünnen Mantel kriecht, stehe ich auf, um in mein Zimmer zu gehen. Ob ich dieses Mal einen anderen Weg wählen soll? Der Palast ist riesig, es gibt so viel zu erkunden, und ich habe noch ein wenig Zeit rumzukriegen, bis wir heute Nacht aufbrechen.

Ich verliere schon nach kurzer Zeit fast die Orientierung. Nur der Blick aus dem Fenster und auf den Innenhof hilft mir, mich nicht vollends zu verlaufen. Der Fürstenpalast ist imposant, voller steinerner Mauern, und überall hängen goldene Kronleuchter. Doch von anderen Besuchern ist immer noch nichts zu sehen. Seltsam.

Vielleicht hat er sie fortgeschickt, als er plante, uns herzubringen?

Irgendwann nehme ich eine Treppe runter. Die Böden und Wände sind hier rauer und die Leuchter weniger prunkvoll.

Ich höre ein leises, sinnliches Lachen und bleibe stehen. Was mache ich jetzt? Zurückzugehen wäre ein Umweg. Kurzerhand schaue ich vorsichtig um die Ecke und erstarre in meiner Bewegung.

An einer der Wände lehnt Soldat Ren. Er lächelt und schaut auf die Späherin herunter, die ihm so nahe ist, dass ich sicher bin, sie müssen sich berühren.

Das ist also sein echtes Lächeln.

Es ist anders als das, was er mir vorhin geschenkt hat. Intimer. Ehrlicher.

Ihre Hand streift über seine Brust, und wieder lacht sie, worauf er mit einstimmt.

Ich höre die Schritte hinter mir viel zu spät. »Aviana?«

Erschrocken stolpere ich zurück, drehe mich um und starre direkt in Henris Gesicht. Er wirkt verwirrt und zugleich erfreut. »Was machst du denn hier?«

Meine Wangen glühen, und ich hoffe, dass Soldat Ren und die Späherin ihn nicht hören. Deshalb dränge ich ihn zurück, weg von ihnen. »Henri. Ich … arbeite nun hier. Und du?«

Mein Blick fährt über seinen Aufzug aus schwarzer Hose und Jacke, die denen des Soldaten ähneln. Da wird es mir klar. »Deine Ausbildung. Die machst du *hier?*«

Henri strahlt, während er nickt. »Genau. Dass wir uns hier wiedersehen. Das ist ja fantastisch.« Der Ausdruck in seinen Augen verändert sich, und er greift nach meiner Hand, die auf seiner Brust liegt, weil ich versuche ihn wegzuschieben.

Mein Herz poltert, als er mich fest an sich zieht und, ohne zu zögern, seine Lippen auf meine legt. Hitze kribbelt überall auf meinem Körper, und ich weiß nicht wohin mit meinen Händen, wohin mit mir, weil ich es mir schon so oft ausgemalt habe. Heimlich. Für *mich.*

Weil er Anas Freund ist.

Der Gedanke durchzuckt mich, und ich trete zurück. Meine Lippen sind heiß von diesem ersten Kuss, den er mir gestohlen hat.

Henri runzelt die Stirn, und Verwirrung zeichnet sich auf seinen Zügen ab, während er mir über meine Wange streicht und mich ansieht, als würde er in meinem Gesicht nach etwas suchen. »Ich habe dich vermisst.« Er lächelt, die Stirn noch immer gefurcht, und seine Daumen fahren über meine Augenwinkel. »Was ist mit deiner Brille?«

»Ich habe sie verloren.« Die Lüge kommt wie von selbst über meine Lippen, ganz automatisch und ohne zu zögern.

»Solltet Ihr Euch nicht in der Ausbildungshalle befinden, Rekrut?« Soldat Rens Stimme schneidet eiskalt durch die Luft.

Henri zieht die Hand zurück, und sofort wird seine Miene ernst, während er über mich hinwegsieht und den Kopf neigt. »Sehr wohl, Sir.« Er schaut ein letztes Mal zu mir, zwinkert und verschwindet dann.

Soldat Rens Anwesenheit prickelt in meinem Nacken, und

ich wage nicht, mich umzudrehen, weshalb ich Henri hinterhersehe, obwohl er längst um die Ecke verschwunden ist.

Ich höre, wie er näher kommt, und das Prickeln weitet sich aus. »Ihr solltet auf Euer Zimmer gehen. Die Reise wird anstrengend.« Er steht so nah neben mir, dass ich mich einfach umdrehen muss. Seine Augen sind kühl, und mir läuft es kalt den Rücken runter. Dunkelheit tanzt um uns herum, und ich bin froh, dass Henri weg ist, weil ich sie nicht mehr kontrollieren kann. Ich spüre sie nicht einmal mehr. »Wieso seid Ihr so verärgert?«

Seine Miene verändert sich kaum, doch in seinen Augen blitzt es. »Es ist mir egal, wen Ihr in Eurer Freizeit küsst, solange Ihr Euch auf den Auftrag konzentriert. Und nun geht.«

Ich weiche zurück. Meine Wangen glühen vor Verlegenheit. »Zu Befehl«, murmle ich und verschwinde, so schnell ich kann.

Fort ist der Fae, der beinahe stolz auf meine ersten wackligen Versuche im Umgang mit meinen Kräften gewesen ist. Das eben war Ren Taman, erster Soldat von Fürst Nevan, und er ist wütend.

Dabei hat er kein Recht dazu. Immerhin hat er mit der Späherin einen ebenso innigen Moment genossen.

Nur, dass er sie nicht geküsst hat und so tat, als wäre er jemand anderes.

Ich hätte Henri wegschubsen sollen. Doch das habe ich nicht. Ein kleiner Teil von mir hat den Kuss genossen. *Was bin ich nur für eine furchtbare Schwester?*

***

Während ein prächtiges Feuerwerk am Himmel über dem

Hause Nevan glitzert, verlassen Marlon, Inara und ich mit der Späherin in einer Kutsche heimlich den Fürstenpalast. Wir alle tragen schwarze Uniformen aus robustem Leder, mit Schutzpanzern an Schultern, Knien und Ellenbogen. Ich habe meine Haare zu einem straffen Zopf geflochten, der so fest ist, dass er an meiner Kopfhaut zieht.

Ich weiß nicht, wo sich Soldat Ren und der Fürst befinden, gehe aber davon aus, dass sie nachkommen.

»So eine Scheiße«, stößt Marlon leise aus und linst zwischen den Vorhängen nach draußen. »Ich hoffe wirklich, dass wir dieses Selbstmordkommando überleben.«

»Hättest dich ja nicht freiwillig melden müssen«, erwidert Inara und hat die Arme vor der Brust verschränkt, während sie mit geschlossenen Augen zurückgelehnt dasitzt. In ihrer Kampfkleidung, die meiner gleicht, sieht sie ganz anders aus. Gefährlicher. Größer. Wie eine Gegnerin und nicht wie eine Studentin. Nur ihre Brille erinnert noch an die Frau, die ich gestern kennengelernt und in eine Falle gelockt habe.

»Genau«, erwidert Marlon gedehnt, der in seiner schwarzen Kleidung noch bedrohlicher aussieht als vorher. »Als hättest du ablehnen können.«

»Habe ich offensichtlich nicht.«

»Bist du immer so zickig?«

Inara reißt die Augen auf und verzieht verächtlich den Mund. »Zickig? Nur weil wir Partner sind, heißt das noch lange nicht, dass ich so mit mir reden lasse. Ich will das hier überleben und dann keinen von euch je wiedersehen.«

Ich ziehe angesichts ihrer deutlichen Worte die Augenbrauen hoch.

»Verdammt, ich möchte mich um eine andere Partnerin bewerben.« Marlon nickt mir mit seinem Kinn zu. »Wobei du auch nicht viel besser bist. Soldat Ren die Partnerin auszuspannen ist sicher auch eine beschissene Idee. Der Kerl ist echt gruselig.«

»Findest du?« Ich grinse, obwohl ich ihm insgeheim Recht gebe. Er *ist* gruselig. Aber nicht auf eine verstörende Art, eher, als würde man in seiner Nähe immer auf der Hut sein müssen, weil er sonst all unsere Geheimnisse gegen uns verwendet.

Marlon lässt seine Fingerknöchel knacken. »Ernsthaft. Der Kerl sieht aus, als könnte er einem die Seele aus dem Leib saugen, wenn er einen nur anstarrt. Ich würde nicht mit dem zusammenarbeiten wollen.«

»Zum Glück musst du das nicht«, wirft Inara hörbar genervt ein. »Könntet ihr jetzt leise sein? Ich brauche echt eine Portion Schlaf, bevor die Tote Zone uns zerkaut und nur unsere Knochen wieder ausspuckt.«

»Eine wahre Optimistin«, grummelt Marlon, rutscht dann aber ebenfalls tiefer in seinen Sitz und lehnt den Kopf an die Kutschwand. »Wenigstens brauchst du mich, sonst wäre ich mir sicher, du würdest mich bei erster Gelegenheit zurücklassen.«

Inara brummt etwas, das sich verdächtig nach »Da wäre ich mir nicht so sicher« anhört.

Marlon schaut grimmig zu ihr herüber, und ich beiße mir auf die Unterlippe, um nicht loszulachen.

Irgendwann müssen auch mir die Augen zugefallen sein, denn als wir das nächste Mal anhalten, ruckt mein Kopf gegen die Kutschwand, und ich werde schlagartig wach.

Ein Blick hinaus verrät, dass wir die Grenzmauer erreicht haben.

»Wo ist Fürst Nevan?«, fragt Marlon misstrauisch, als wir aussteigen und keine weitere Kutsche zu sehen ist.

»Er sollte jeden Moment kommen«, erwidert die Späherin gelangweilt und unterhält sich dann leise weiter mit dem Kutscher. Wie auch sie trägt er einen langen Mantel und eine Kapuze, die sein Gesicht verdeckt. Vielleicht ist auch er ein Späher, was durchaus Sinn ergeben würde. Immerhin darf niemand wissen, dass wir gemeinsam mit dem Fürsten und seinem ersten Soldaten das Fürstentum verlassen.

Die Augenblicke vergehen, und irgendwann verschwindet der Kutscher in der Dunkelheit und lässt uns an der Mauer zurück.

Ich wende mich an die Späherin. Plötzlich habe ich das Bild von ihr und Soldat Ren vor Augen, doch blinzle es schnell weg. Es sollte mir egal sein, dass die beiden offenbar ein Verhältnis miteinander haben. Doch seltsamerweise lässt gerade das Soldat Ren irgendwie … nahbarer erscheinen. »Werdet Ihr uns begleiten?«

»Nein, auch wenn ich keinem von Euch zutraue, den Fürsten zu beschützen.« Ihr Tonfall ist herablassend.

»Es ist ja nicht so, als wäre einer von uns dafür ausgebildet worden. Wir tun das nur, weil wir keine Wahl haben«, erwidere ich und verschränke die Arme vor der Brust.

Die Späherin schnaubt. »Jeder hat eine Wahl.«

»Stimmt, aber die Alternative ist nicht gerade das, was man ein Leben nennen kann«, fügt nun Inara hinzu.

»Das ist nicht mein Problem.« Sie wendet sich von uns ab, und ich presse die Lippen zusammen, um eine unwirsche Erwiderung zu unterdrücken. Sie hat keine Ahnung, was für ein Leben wir drei bisher geführt haben, mit welchen Ängsten und Entbehrungen wir kämpfen mussten.

»Ignorier sie.« Marlon tritt zu mir und wirft der Späherin einen finsteren Blick zu.

Überrascht hebe ich den Kopf und schaue zu ihm hoch. Er sieht im Mondlicht weiterhin beängstigend aus, aber solange er den Rücken der Späherin so wütend anschaut und nicht mich, macht es mir nichts aus. »Ist nicht so leicht.«

Er grunzt bestätigend. »Also, was ist das mit dir und dem ersten Soldaten?«

»Äh«, bringe ich nur raus, weil mich diese Frage unvorbereitet trifft. »Was soll da sein?«

»Na ja«, mischt sich nun auch Inara ein und kommt zu meiner anderen Seite. »Immerhin arbeitest du für ihn.«

»Ich arbeite nicht für ihn, sondern habe genauso eine Abmachung mit ihm wie ihr. Soldat Ren hat mich einfach nur als Erste erwischt.« *Einer seiner Späher musste ihn über meine Teilnahme an der Auktion in Kenntnis gesetzt haben.* Mir wird ein bisschen schlecht, und ich schlucke, als mir noch etwas anderes bewusst wird. »Sind wir wirklich die Einzigen, die überlebt haben?«

»Ich frage mich immer noch, woher sie von uns wussten«, murmelt Inara und verschränkt die Arme vor der Brust. »Immerhin ist das Fürstentum riesig, und unsere Familien haben sich viel Mühe gegeben, die Schande unserer Geburt zu verstecken.«

»Schande?« Marlon lacht grollend. »Eine Schande ist es, dass wir unsere Kräfte verstecken müssen. Wir sind nicht böse. Und unsere Fähigkeiten sind es auch nicht.«

»Aber die Geschichte hat gezeigt, dass … *Nachtfae*«, haucht sie ganz leise und schaut sich besorgt um, »ihre Kräfte für das Böse benutzt haben. Außerdem ist es gefährlich.«

»Unsere Kräfte sind nur gefährlich, wenn man nicht mit ihnen umgehen kann«, erwidert Marlon gelassen und verschränkt ebenfalls die Arme vor der Brust.

»Sie sind gefährlich, weil sie der Umgebung Leben entziehen. Selbst wenn die Nachtfae es nicht wollten, haben sie andere Fae und Menschen verletzt oder gar getötet.«

»Das ist das, was uns immer wieder eingetrichtert wird«, erwidert Marlon nun etwas gereizter.

»Wir kennen die Wahrheit nicht«, sage ich schnell, als Inara zu einer weiteren Erwiderung ansetzt, und hebe beruhigend die Hände. »Und wir haben uns nicht ausgesucht, als was wir geboren wurden. Aber ich denke, wir sind uns einig, dass wir gemeinsam die Chance haben, unser Leben zu verändern. Wenn wir diese Reise überleben, sind wir frei.«

Die beiden anderen schweigen, und Stille breitet sich zwischen uns aus, bis aus der Ferne Hufgetrappel ertönt.

Wir schauen der sich uns nähernden Kutsche entgegen, bis sie vor uns und der Späherin zum Stehen kommt. Zuerst steigt Soldat Ren aus, sieht sich um und gibt dann ein Handzeichen, worauf Fürst Nevan erscheint. Beide sind genauso dunkel gekleidet wie wir, und während Fürst Nevans Haare im Mondlicht silbern erscheinen, wirken Soldat Rens wie flüssige Tinte.

»Viel Erfolg.« Die Späherin verneigt sich vor dem Fürsten, bevor sie neben dem Kutscher Platz nimmt und sie sich kurz darauf in Bewegung setzen. Nun sind wir fünf allein.

»Lasst uns keine Zeit verlieren.« Soldat Ren geht voraus zur Mauer, und für eine gefühlte Ewigkeit laufen wir an dem massiven Stein entlang. Aus der Ferne ertönt ein Geräusch, ein Pfeifen, das zu dunkel ist, um von einem Vogel zu stammen. Ich spanne mich an, doch weder der Fürst noch Soldat Ren stocken in ihrer Bewegung.

Dann öffnet sich plötzlich eine Tür, wo zuvor nur Stein gewesen ist. Zwei Männer in Uniformen begrüßen uns und sind kein bisschen überrascht von unserem Auftauchen. Schweigend bringen sie uns durch mehrere Sicherheitsschleusen, dann einen schmalen Flur entlang und danach wieder durch drei weitere Sicherheitstüren, für die sie immer einen extra Schlüssel brauchen. Jede von ihnen müssen wir nacheinander und einzeln passieren, als würde man absolut sicherstellen wollen, dass niemand einfach so unbefugt hinausgelangen kann. *Oder hinein.*

Dann endlich sind wir auf der anderen Seite.

Ich habe unzählige Stunden damit verbracht, mir die andere Seite der Mauer vorzustellen. Ich habe Berichte durchgelesen, alte Weltatlasse und Geschichtsbücher durchforstet sowie frühere Satellitenaufnahmen studiert. Die Welt hinter der Mauer hat mich immer fasziniert.

Und deshalb war ich mir auch sicher, dass ich eine verwilderte Landschaft vorfinden würde.

Stattdessen starre ich nun auf knapp zehn Meter gepflasterte Fläche, die sich vor uns erstreckt, bevor sie steil abfällt und in einen breiten Fluss mündet.

Sein Tosen ist so laut, dass ich irritiert bin, ihn nicht vorher gehört zu haben. Sein Anblick trifft mich völlig unvorbereitet. Die Mauer hinter uns ist auf dieser Seite hell erleuchtet, und das Licht reicht bis zur Mitte des Flusses. Darüber hinaus befindet sich Schwärze, die ich wegen der blendenden Scheinwerfer selbst durch das Zusammenkneifen meiner Augen nicht durchdringen kann.

»Was ist das für ein Fluss?«, fragt Inara hörbar betroffen. Ich bin mir sicher, dass auch sie sich schon tausend Fluchtmöglichkeiten überlegt hat, falls wir entdeckt werden sollten. Doch mit einem derart reißenden Fluss hat offenbar auch sie nicht gerechnet.

»Das ist unser Weg zum König.« Soldat Ren übernimmt wieder die Führung und geht ganz selbstverständlich auf das Wasser zu.

Fürst Nevans Gesicht ist eine undurchdringliche Maske, und ich kann nicht sagen, ob er sich vor dem Bevorstehenden wappnet oder schlichtweg keine Angst verspürt.

Ich bin mir fast sicher, dass es nichts gibt, was der Fürst und Soldat Ren fürchten. Und doch sind wir hier und sollen sie auf dieser Reise beschützen.

Angesichts dieses Gedankens werde ich langsamer, weil mit einem Mal all meine Alarmglocken schrillen.

»Verdammt«, stößt Marlon plötzlich aus und lacht etwas atemlos. »Ich habe echt gedacht, dass Ihr uns zum Schwimmen zwingt.«

Ich starre das Boot an, dass am Rand des Flusses schaukelt.

Es hat einen schwarzen Körper, der im Wasser versinkt, und ein weißes Deck. Große Segelmasten schieben sich hoch in den Himmel, wobei die Segel sich so fest an die Masten schmiegen, dass ich sie im ersten Moment nicht wahrgenommen habe. Das Boot ist so groß, dass wir alle für ein oder zwei Tage Platz darauf haben werden, doch ich sehe außer dem Führerhaus keine Möglichkeit, in den Körper des Wasserfahrzeuges zu steigen. Es ist wie eine Nussschale mit Masten und Tüchern, die uns niemals vor unserem sicheren Tod retten können.

Mir wird eiskalt.

Wir werden auf dieses Boot steigen, das im Wasser hin und her schaukelt. Wasser, dessen Grund wir nicht sehen können. Wasser, das mich bereits einmal fast getötet hätte.

Ich atme schneller und balle meine Hände zu Fäusten, versuche mich zu beruhigen und die Erinnerungen zu verdrängen.

Doch es nützt nichts. Mit einem Mal bin ich wieder acht

Jahre alt und laufe am Rand eines Baches entlang. *Der Regen ist in diesem Frühling so stark, dass die kleinsten Strömungen zu reißenden Flüssen werden. Das Kopfsteinpflaster ist glitschig, und ich klammere mich an meinen Rucksackschnallen fest, während ich versuche nicht auszurutschen. Plötzlich zuckt ein Blitz durch den fast nachtdunklen Tag. Ich fahre herum und schrecke gleichzeitig zusammen. Dabei verliere ich den Halt und rutsche ab. Das Wasser reißt mich mit sich, bevor ich realisiere, dass ich hineingefallen bin. Meine Hände strecken sich aus, wollen nach etwas greifen, doch die glitschigen Steine machen es mir unmöglich, Halt zu finden. Ich schlucke Wasser, werde durch die Wellen hochgedrückt und dann wieder nach unten gezogen. Mir wird schwarz vor Augen, mein Körper knallt gegen Stein, und mein Kopf dröhnt. Ich versuche meine Augen zu öffnen, und obwohl das Wasser schlammig ist, sehe ich Blut. Ich weiß nicht mehr, wo oben ist. Wo unten ist. Ich will nur noch atmen.*

Das Herz zerspringt mir fast in der Brust, während ich auf die Wellen starre und versuche die Erinnerung abzuschütteln. Doch es geht einfach nicht, und sie hält mich so fest, dass ich die Augen schließen muss.

Die Welt um mich herum wird schwarz, und erst denke ich, dass ich das Bewusstsein verloren habe, bis ich spüre, wie mich jemand aus dem Wasser zerrt.

Ich kriege keine Luft mehr.

Ich muss atmen, doch es geht einfach nicht.

Jemand schlägt mir so fest auf die Brust, dass ich Wasser spucke. Ich reiße die Augen auf, und plötzlich steht er vor mir.

Der Soldat des Fürsten, dessen Gesicht ich schon so oft gesehen habe, wenn auch nur aus der Ferne. Um mich herum tanzt Dunkelheit. So intensiv, dass die Nacht hereingebrochen zu sein scheint. Wir starren einander an, und den Bruchteil einer Sekunde bin ich sicher, dass er mich hier und jetzt töten wird. Er weiß es. Er weiß, was für eine Abscheulichkeit ich bin.

Doch dann zieht er sich zurück, und ich nutze meine Chance loszurennen. Schwer atmend und völlig verwirrt breche ich in einer Gasse zusammen, und die ganze Zeit über stelle ich mir eine Frage. Wieso hat er mich gehen lassen?

Ich scheuche die Erinnerung von mir, presse meine Faust auf die Brust, weil es so wehtut, als wäre ich gerade wieder aus den Fluten gezerrt worden.

Ich stehe hier am Ufer eines Flusses und schmecke schlammiges Wasser aus der Vergangenheit in meinem Mund.

Ich muss auf dieses Boot.

Aber ich kann nicht.

Ich kann nicht.

Ich kann nicht.

Ich kann nicht.

Inara hat die Arme um ihren Oberkörper geschlungen und verzieht abschätzig den Mund, als würde sie davon ausgehen, das Boot könne jeden Moment sinken. Marlon stemmt seine Fäuste in die Seiten, und Fürst Nevan strahlt eine eiskalte Überlegenheit aus, während er Soldat Ren zuschaut, der gerade das Ufer hinunter zum Boot geht.

Ohne zu zögern, springt der Fürst kurz darauf als Erster auf das Boot. Er streckt seine Hand aus und schaut Inara an. Sie zögert kurz, ergreift sie dann und lässt sich auf das Boot helfen.

Meine Beine sind wie festgewachsen. Ich kann mich nicht bewegen.

Fürst Nevan hält nun mir auffordernd die Hand hin. Seine Augenbraue hebt sich.

Ich kann das nicht.

Das Wasser wird mich verschlucken.

Ich kann das nicht.

Dieses Mal wird mich niemand retten.

Ich weiche zurück.

Doch dann spüre ich, wie mir jemand einen Stoß nach vorn und in Richtung Wasser versetzt.

Ein lautloser Schrei entkommt meinen Lippen, und ich drohe vor Angst zu ersticken.

Fürst Nevan greift nach meiner Hand, packt sie fest und zieht mich mit einem Ruck auf das Boot.

Ich schnappe gierig nach Luft. Meine Augen brennen, und ich zwinge mich, nicht durchzudrehen, während ich mich an das Führerhaus drücke.

Marlon folgt uns, und ich werfe ihm einen bösen Blick zu, den er mit einem schiefen Grinsen und Augenzwinkern erwidert. Dieser Mistkerl.

Routiniert geht der Fürst nach vorne zum Führerhaus und startet den Motor des Bootes, während Marlon und Soldat Ren die Taue lösen. Spuckende und würgende Laute ertönen, bevor ein mechanisches Schnurren ertönt.

Zu guter Letzt springt auch Soldat Ren auf das Schiff, und das alles sieht so mühelos aus, als hätte er das schon tausende Male gemacht.

Dann holt er einen langen Stab, der an der Reling des Bootes befestigt gewesen ist, und stößt uns damit vom Ufer ab.

Fürst Nevan steuert das Boot souverän in die Mitte des Flusses, und plötzlich schwimmen wir. Einfach so.

Es dauert nur wenige Minuten, bevor sich Inara über die Reling des Schiffes übergibt und damit das motorische Surren und das bedrohliche Rauschen das Wassers unterbricht. Ich würde sie trösten, wenn ich nur fähig wäre, mich zu bewegen. Stattdessen presse ich mich noch immer fest an die Wand hinter mir, als könnte ich damit verschmelzen. Mein Atem schafft es einfach nicht, sich zu beruhigen.

Immer wieder sehe ich die Wellen über mir zusammenbrechen, fühle den Strom an mir zerren, schmecke das Wasser in meiner Lunge.

Ich weiß, dass es nicht so ist, aber die Angst hat mich fest im Griff.

Als Inara sich ein wenig beruhigt hat, schleppt sie sich zu mir und lässt sich auf den Boden sinken, zieht die Beine an und kauert zu meinen Füßen. »Verdammte Scheiße«, knurrt sie und klingt dabei elendig.

Marlon stellt sich ebenfalls neben uns, die Beine fest in den Boden gestemmt und die Arme verschränkt, als könne ihn nichts aus dem Gleichgewicht bringen. Ein verwegenes Lächeln liegt auf seinen Lippen, und er sieht aus wie ein Pirat aus alten Geschichten. »Der Teil gefällt mir.«

Inara und ich starren zu ihm hoch, doch er ist zu beschäftigt, mit einem siegreichen Grinsen auf den nachtschwarzen Fluss hinauszuschauen.

Eine ganze Zeit lang ist es still um uns herum, auch wenn mein Körper mir etwas anderes weismachen will.

Doch plötzlich erfüllt ein Kreischen die Luft. Unsere Köpfe rucken gleichzeitig herum, auf die andere Seite des Führerhauses, weg von den Scheinwerfern der Mauer, an der sich der Fluss entlangschlängelt.

Dort ist alles in Dunkelheit gehüllt. Baumkronen rascheln im Wind, und obwohl ich nichts sehen kann, spüre ich, dass wir beobachtet werden. Irgendjemand oder irgendetwas ist da draußen.

»Was war das?«, stößt Inara aus, und ich spüre, dass sie näher an mich heranrückt.

»Nebelgeister.« Soldat Ren tritt zu uns und blickt mit scheinbar stoisch gelangweilter Miene zur anderen Seite des Flusses.

»Sind wir hier sicher vor ihnen?« Marlon wirft ihm einen nervösen Blick zu und kneift dann die Augen zusammen in Richtung Dunkelheit, als könnte er so besser sehen.

Wieder ertönt ein Kreischen. Dieses Mal weiter weg.

»Sie meiden Gewässer. Deswegen wurden die Fürstentümer und die Königsstadt mit künstlichen Flüssen ummantelt. So können wir uns im Notfall auch ohne die Verbindungstunnel erreichen. Solange wir uns hier auf dem Wasser befinden, sind wir sicher.«

Meine Angst wird von Verwirrung verdrängt, und ich runzle die Stirn. »Wozu braucht Ihr dann uns? Wenn überall Flüsse sind, solltet Ihr doch sicher und ohne unser Geleit zur Königsstadt kommen können.«

Soldat Ren schnaubt. »Seht Euch dieses Boot an. Wir hatten einst zwei Dutzend davon. Unsere Soldaten, die wir damit losgeschickt haben, sind nicht mehr zurückgekehrt. Was bedeutet, dass sie irgendetwas aufgehalten haben muss. Wir sind hier, um herauszufinden, was das gewesen sein könnte und warum der Kontakt zum Königshaus abgebrochen ist und unsere Tunnelverbindung eingestürzt ist.«

Das Kreischen wird wieder lauter und erinnert mich an das Heulen von wilden Tieren, die einander auf uns aufmerksam machen wollen.

Ich atme weiter flach durch die Nase ein und durch den Mund wieder aus. Meine Haare peitschen mir immer wieder ins Gesicht, so stark wird der Fahrtwind, je schneller der Fürst das Boot über den Fluss führt. Es hüpft nur so über die Wellen, bis schließlich auch die anderen sich irgendwo Halt suchen müssen.

Irgendwann sind wir so schnell, dass uns selbst die gruseligen Geräusche nur noch gedämpft erreichen. Ein Scheinwerfer leuchtet voraus und erhellt den Weg, sodass wir alles sehen können. Hin und wieder meine ich das Aufblitzen von Schatten zu sehen, doch sie verschwinden so schnell, dass es genauso gut ein Teil des Geästs sein könnte, das vom Ufer aus über den Fluss ragt. Doch da ist immer noch der dichte Nebel, der sich nur bis zu den Ausläufern der Wellen wagt und offenbart, wie nah die Nebelgeister uns wirklich sind.

Irgendwann beginnt sich die Dunkelheit am Himmel zu lichten und macht Platz für den Sonnenaufgang.

Mein Mund klappt auf, und ich kriege keine Luft mehr, weil überall nur noch Wasser ist. Mit einem Mal ist das Land verschwunden, und ich sehe nur noch eine glänzende Oberfläche, die nur darauf wartet, dass unser Boot kentert. Wir haben die nördliche See erreicht. Und sie ist unendlich groß.

Ich schließe meine Augen, lege meinen Kopf in den Nacken und zwinge mich zu atmen.

Ausatmen.

Einatmen.

Ausatmen.

Ich atme langsam und tief, auch wenn mir immer wieder die Galle hochkommt, mein Herz rast und meine Muskeln so sehr zittern, dass ich am liebsten in die Knie gehen will.

Wasser.

Es ist überall, und ich kann ihm nicht entkommen.

»Alles okay?« Marlons Stimme durchdringt meine Panik, und als ich nicht reagiere, spüre ich seine Finger an meiner Schulter.

Ich bin nur fähig zu nicken, weil alles andere zu anstrengend wäre, doch das scheint Marlon nicht auszureichen. »Hey, was ist los mit dir? Drehst du jetzt durch?«

Wenn ich gekonnt hätte, hätte ich ihn vor Wut angeschrien. Stattdessen presse ich meine Augen fester zusammen, und mein Atem geht stoßweise, weil meine Konzentration nachlässt und die Panik wieder die Oberhand gewinnen will.

»Lasst sie in Ruhe.« Soldat Rens Stimme schafft Marlons Hand von meiner Schulter.

»Aber -«, versucht dieser es, der Tonfall nun verunsichert von Soldat Rens Unerbittlichkeit.

»Die Segel gehen nicht von alleine auf.«

Marlon brummt etwas, doch ich höre seine Schritte, als er sich von uns entfernt.

»Kümmert Euch um sie.«

Inara macht einen zustimmenden Laut. Dann spüre ich, wie sie sich dicht an mich presst und schweigt.

Ich höre auch, als Soldat Ren geht. Dennoch ist es, als würde ich seinen Blick weiter auf mir spüren.

Ich wage es nicht, die Augen zu öffnen.

Einatmen.

Ausatmen.

12. Kapitel

Ren

Ich wusste, dass sie so reagieren würde. Dass es mich so hart treffen würde, erwischt mich jedoch kalt.

Ihr Gesicht ist kreidebleich, der Atem flach, und sie presst sich so fest gegen das Führerhaus, als würde sie damit eins werden wollen. Inara sitzt dicht neben ihr, und trotz ihrer grünlichen Gesichtsfarbe hält sie sich aufrecht.

Ich wende mich von ihnen ab, denn Mitleid wird uns nicht auf die andere Seite bringen.

Mit Marlon richte ich die Segel auf, und dann stelle ich mich an den Bug des Bootes, um mein Gesicht dem Wind entgegenzuhalten. Die Sonne erhellt den östlichen Horizont, und die Wellen scheinen uns heute wohlgesonnen.

Die Welt hat sich verändert, und zugleich ist sie noch genauso gnadenlos wie früher.

Das ist der Grund, weshalb wir die drei brauchen.

Ohne sie würde man uns erschießen, noch bevor wir in die Nähe der Königsstadt kämen.

Der salzige Geruch des Meeres umgibt mich, und der Wind zerrt an meinen Haaren. Verdammt, es ist so lange her. Ich kann mich nicht daran erinnern, wann ich mich das letzte Mal so frei fühlte.

Es ist erschreckend, wie schnell man sich an all seine Geheimnisse gewöhnt. Wie normal es wird zu lügen, bis man seinen eigenen Worten glaubt.

Und wie leicht ein anderes Geschöpf die Mauern durchbrechen kann, hinter denen man sich selbst all die Jahre versteckt hat.

Ich spüre sie hinter mir.

Ich höre die Angst in ihrem Atem.

Ich fühle ihre Dunkelheit.

All das löst etwas in mir aus. Ein Gefühl, das es nicht mehr geben dürfte. Das ich nach all dem Tod und Leid, das ich mitansehen und selbst anrichten musste, nicht mehr verdiene.

Und doch ist es da.

Es ist nicht derselbe unergründliche Wunsch, sie zu retten. Nicht wie damals, vor zehn Jahren, als mir im ersten Augenblick klar geworden ist, dass etwas an ihr anders ist.

Er ist tiefer, reifer. Er brennt konstant unter meiner Haut, und wenn ich ihm nachgebe, wird es uns alle in den Untergang reißen.

Sie mit diesem Soldatenanwärter zu sehen, hätte sich nicht so anfühlen dürfen. Nicht, als hätte sie mir ihre Faust ins Gesicht gerammt. Und doch war es genau das, was ich brauchte, um wieder klar zu denken. Avi liebt diesen Soldaten, diesen einfachen Mann, dessen Leben so flüchtig ist.

Sie hingegen ist kein Flügelschlag im Wind. Sie wird ewig leben. Sie wird noch da sein, wenn der Soldat längst tot ist.

Genauso wie ich.

Alles, was dazwischenkommt, könnte im Krieg münden.

Ich darf mich nicht von ihr ablenken lassen. Ich muss meine Sache gut machen.

Aber warum fühlt es sich so anders an, wenn sie nur in meiner Nähe ist? Vielleicht liegt es an ihren Augen. Sie ist blind für das, was vor ihr liegt. Nicht weil sie es nicht sehen kann, sondern weil sie es nicht sehen *will.*

Und es sind genau diese Augen, die mein Untergang sein werden und die nach und nach meine Mauern niederreißen.

Sie sind grün, wie die Welt. Grün, wie die Weiten des Meeres. Grün, wie die Freiheit.

Grün. Und doch sind sie durchtränkt mit schwarzen Diamanten, die meine Seele hätten sein können. Schwarz, wie die Dunkelheit, die unsere beiden Leben umgibt.

13. Kapitel

Avi

Wir erreichen das Festland noch vor der Mittagszeit. Meine Muskeln sind steif und schmerzen, doch ich halte mich noch immer aufrecht, als Inara mich antippt. »Schau, da vorne liegt die Küste.«

Meine Augenlider tun weh, als ich mich zwinge, sie zu öffnen. Mir entfährt ein Laut zwischen Lachen und Weinen, als ich den alten Hafen sehe, der sich zwischen den Strandabschnitten abhebt und an denen Bäume sich dicht an dicht aneinanderdrängen.

Das Gerippe des Hafens steht noch, als wir durch die Flussmündung fahren und tiefer in das Land eindringen, das einst voller Leben gewesen ist. Rechts und links ragen alte Gebäude auf, die der Krieg, die Zeit und die Natur nicht zerfressen haben. Stille liegt über uns, nur durchbrochen von dem Zwitschern der Vögel, die mir beweisen, dass das Land näher ist als das Meer.

Meine Kleidung klebt an mir, und ich bewege mich leicht,

um sie von meiner Haut zu lösen. Mein Hals ist rau, und ich strecke meine Finger vorsichtig, die sich anfühlen, als wären sie eingeschlafen.

Je länger wir über den Fluss fahren, desto ruhiger wird mein Atmen. Als wir einen riesigen See erreichen, weiche ich erneut zurück, doch Fürst Nevan führt uns dicht an der Küste entlang und folgt einem unsichtbaren Pfad, der uns direkt in einen schmaleren Fluss fahren lässt.

»Wie oft habt Ihr das Fürstentum verlassen, um Euch die Wege so genau merken zu können?«, fragt Marlon und durchbricht schließlich das Schweigen. Er steht einen Schritt hinter Soldat Ren, der sich vorne am Boot befindet und unentwegt auf das Wasser hinausblickt. Er sieht aus wie ein unbezwingbarer Fels, dem nichts und niemand etwas anhaben kann.

»Als das Fürstentum erbaut wurde, mussten wir oft diese Route nehmen«, antwortet er. Seine Stimme ist rau und schwer, als hängen unzählige Erinnerungen daran. Mit einem Mal dreht er sich um. »Nehmt Euch etwas vom Proviant. Wir werden noch einige Stunden unterwegs sein.«

»Wann genau erreichen wir die Königsstadt wohl?« Inara, die sich während der gesamten Fahrt nicht eine Handbreit von mir wegbewegt hat, streckt sich unauffällig.

Soldat Ren geht zum Führerhaus und holt eine kleine Tasche heraus, während Fürst Nevan weiter stur geradeaus blickt und seinem unsichtbaren Kurs folgt. Er sieht so schön aus, dass es wehtut, ihn anzusehen. Sein Haar wirkt golden in der Morgensonne, und seine Haut hat einen bronzefarbenen Ton angenommen. Alles an ihm strahlt vor Macht und Entschlossenheit.

Ich blinzle und bemerke, dass Soldat Ren mich mit undurchdringlicher Miene beobachtet. »Bei normalen Bedingungen würden wir die Königsstadt gegen Mittag erreichen.«

»Praha«, murmelt Inara den Namen der Stadt, die der König zu einer Festung, seiner Königsstadt, machte, nachdem der Nachtkrieg gewonnen war.

Soldat Ren nickt und öffnet die Tasche, bevor er Dosen herausholt und uns jeweils eine davon sowie einen Löffel überreicht. »Esst. Da die Bedingungen nicht normal sind, werden wir sicher länger brauchen, und Nahrung gibt Eurem Körper Kraft.«

Als sich unsere Finger berühren, durchzuckt es meinen Körper wie ein Stromstoß. »Danke«, bringe ich heraus, obwohl ich nicht sicher bin, ob ich überhaupt etwas auf diesem Boot herunterbekommen werde. Marlon hat seine Dose bereits aufgezogen und isst, während Inara mit dem Verschluss kämpft. Auf dem Etikett kann ich eine Art Nudelgericht erkennen, geriffelt in der Form.

»Es gibt hier Rucksäcke, und jeder von Euch wird einen nehmen, sobald wir auf das Festland wechseln müssen.« Er stellt den Korb zurück und holt einen davon aus dem Führerhaus. Er ist schwarz, das Material scheint aus Leder zu sein und wirkt auf den ersten Moment robust. »Darin sind ein Wasserfilter, mit dem Ihr Flusswasser vor den gröbsten Verunreinigungen befreien könnt. Meidet jedoch stehende Gewässer. Ein Messer, das reicht, um jemanden zu verletzen oder Euch eine Mahlzeit zu fangen. Ein Feuerzeug. Eine Kletterausrüstung. Eine Decke, die Euch vor dem schlimmsten Frost schützen sollte, und ein Zelt für zwei Personen. Sollten wir getrennt werden, merkt Euch, dass die Nebelgeister überall sein können. Sie machen nicht vor Zeltwänden halt, und Feuer lockt sie an.«

Ich erschaudere und umklammere meine Dose fester, während Inara und Marlon innehalten. »Wozu benötigen wir dann die Sachen?«

Sein dunkler Blick fängt meinen, und ich vergesse kurz, wie man atmet, weil ich mir einbilde, darin grauenvolle Erinnerungen vorbeiziehen zu sehen. »Wenn Ihr es schafft, Euch irgendwo zu verschanzen, seid Ihr sicher.«

»In einem Gebäude, oder wo? Sind die nicht alle längst zerfallen?«, fragt Marlon mit vollem Mund und nimmt Inara die Dose ab, um sie ungefragt für sie zu öffnen.

Sie lächelt ihn an, wenn auch schmallippig. »Danke. Das war nicht nötig.«

Marlon winkt ab und konzentriert sich auf den Soldaten.

»Es gibt noch einige intakte Bauten, die ihr notfalls als Zuflucht nehmen könnt. Merkt euch nur, dass ihr den Nebel meiden müsst.«

Wir alle nicken gleichzeitig.

Im Nebel wohnen die Nebelgeister. Die Nachtfae erschufen sie im Nachtkrieg, um ihre Feinde zu verwirren. Abertausende Unschuldige verloren ihr Leben in den letzten Zügen dieses Krieges, bevor die Nachtfae schließlich als ausgerottet galten.

Soldat Ren kommt auf mich zu und bleibt dicht vor mir stehen. Mein Herz stolpert, und ich schaue zu ihm hoch. Sein Kinn wird von einem Bartschatten umspielt, sein dunkles Haar ist zerzaust vom Wind, und seine Augen sind hart.

Er nimmt mir die Dose ab und öffnet sie, bevor er sie mir wieder in die Hand drückt. »Esst.«

Ich will den Mund öffnen und ihm sagen, dass ich es nicht kann. Dass die Wellenbewegungen und meine Angst alles wieder hochkommen lassen werden. Ich will ihm sagen, dass sich der Horror jenes Tages bis in meine Poren gefressen hat und ich nur noch von diesem Boot runterwill.

Stattdessen nicke ich, denn das wird ihn nicht interessieren. Er ist ein Soldat, der die Nachtfae besiegt und mit unserem Fürsten ein neues Reich im Norden Alteuropas aufgebaut hat.

Ich wende den Blick ab, weil es mir zu viel wird, weil *er* zu viel wird, und rühre mit dem Löffel in den Nudeln, die in roter Soße schwimmen. Sie geben ein schmatzendes Geräusch von sich, als ich mechanisch darauf herumkaue. Mein Magen krampft sich zusammen, weil ich so hungrig bin, und ich halte die Luft an, in der Hoffnung, so das aufsteigende Würgen unterdrücken zu können.

Soldat Ren wendet sich ab und geht wieder zur Frontseite des Schiffes, um auf das Wasser hinauszuschauen. Der Fluss wird rechts und links von Bäumen und Büschen gesäumt, die sich in den letzten hundert Jahren ihren Platz am Wasser erkämpft haben. Dicke Blüten in allen Farben strahlen um die Wette und zeigen auch hier, dass der Frühsommer die Welt in seinen Händen hat.

Ich zwinge mich zu essen und setze mich neben Inara auf den Boden, die Sicherheit des Führerhauses im Rücken. Es ist seltsam, wie friedlich von hier aus alles scheint. Ich habe immer geglaubt, der Rest der Welt läge in Schutt und Asche. Doch er blüht und zeigt sich von seiner schönsten Seite.

***

Als die Sonne an ihrem Zenit steht und wir vor Hitze beinahe zerfließen, schlägt Soldat Ren mit einem Mal Alarm. »Hindernis voraus!«

Plötzlich sind wir hellwach, und während die anderen zum Soldaten rennen und das Boot langsamer wird, bin ich schon wieder wie festgefroren vor Angst.

Mitten im Wasser ragt eine riesige Metallsäule mit diversen Querstreben empor. Es sieht aus wie eine Treppe, die aus dem Wasser in den Himmel führen will.

»Das ist ein Strommast!«, ruft Inara, und ich habe keine Ahnung, was sie meint, sondern starre auf die Boote an den Ufern rechts und links. Es sind Dutzende. Sie schaukeln in den sanften Wellen hin und her, als würden sie auf die Rückkehr der Soldaten warten, die hier angelegt haben. Doch sie alle sind verschwunden und nie zurückgekehrt. Und es ist unsere Aufgabe herauszufinden, was passiert sein könnte. Dieser Strommast, wie Inara ihn genannt hat, wird ein Grund dafür gewesen sein. Genauso wie die Gefahren, die sich jenseits des Wassers befinden.

Auch den anderen sind sie aufgefallen, und eine gespenstische Stille legt sich über uns. Links am Ufer wabern Nebelschwaden zwischen den Bäumen, und es knackt bedrohlich.

Fürst Nevan führt das Boot langsam zum rechten Ufer. »Wir müssen anlegen. Ab hier geht es nicht weiter«, ruft er aus dem Führerhaus, und darauf folgt ein Schwall von Befehlen, die mir nichts sagen. Doch Soldat Ren macht sich sofort an die Arbeit, und auch Marlon weiß schnell, wie er ihnen helfen kann. Nur Inara und ich stehen da und haben keine Ahnung, was wir tun sollen.

Es geht so schnell, dass wir innerhalb weniger Minuten am Ufer sind und Fürst Nevan bereits den Motor ausstellt. Er drückt uns jeweils einen Rucksack in die Hand und befiehlt uns, ihm zu folgen.

All das lasse ich wie mechanisch über mich ergehen, bis er mich plötzlich an der Taille packt und über den schmalen Streifen Wasser auf feste Erde hebt.

Ich wanke und halte mich an einem Baumstamm fest, während ich zusehe, wie Marlon samt Rucksack vom Boot springt und dann Inara, der Fürst und schlussendlich Soldat Ren folgen.

»Ab jetzt müsst Ihr immer bei Eurem Partner bleiben«, weist Soldat Ren uns ein, den Blick nacheinander auf jeden von uns gerichtet. »Aviana und ich bilden die Front. In der Mitte folgt Fürst Nevan, und den Schluss bilden Inara und Marlon. Haltet Euch bereit. Achtet auf jedes Zeichen von Nebel, und seid so leise, wie es Euch möglich ist.«

Wir nicken alle gleichzeitig, auch wenn plötzlich alles viel zu schnell geht.

»Wir haben schon andere Monster besiegt und werden auch das hier schaffen.« Fürst Nevan lächelt grimmig. Sollen seine Worte eine Aufmunterung sein? Ist ihm bewusst, dass er ein Massenmörder ist und unzählige Nachtfae – unsere Vorfahren – getötet hat?

Doch jetzt ist wohl kaum die Zeit, ihn darauf anzusprechen, also versuche ich ein bisschen von seinem Vertrauen in mir aufzunehmen.

Soldat Ren öffnet seinen Rucksack und holt aus der vorderen Tasche eine kleine goldene Taschenuhr hervor. Auf ihrer Front ist das Wappen des Königs zu sehen. Seine ineinander verschlungenen Initialen in Form eines A und eines D, die für König Arthur Domberg stehen, und darüber eine Krone. »Damit wird uns der Weg zum Palast gezeigt. Er führt uns zu einem Magneten, den der König eigens an den Grenzen der Königsstadt in die Mauer hat einbauen lassen.« Er lässt die Uhr aufschnappen, nur dass sich darin keine Uhr befindet, sondern ein Kompass. Er dreht sich wie verrückt, als wäre sein Ziel immer in Bewegung.

»Das wird das Problem sein. Die Soldaten konnten von hier

aus den Palast gar nicht finden«, brummt Fürst Nevan und reibt sich das Kinn, während er aus seinem eigenen Rucksack einen identischen Kompass herausholt.

»Haben wir dann überhaupt eine Chance, den Weg zu finden?«, fragt Inara und holt ebenfalls ihren Kompass heraus, um ihn zu überprüfen, so wie wir anderen auch.

»Natürlich.« Soldat Ren holt drei weitere aus seiner Jackentasche und überreicht einen davon dem Fürsten und den anderen Inara. »Wir haben eigene Kompasse, mit denen wir den Weg finden sollten.«

»Wohin führen sie?«, frage ich und betrachte das unscheinbare Gold, auf dem ein Sternenbild zu sehen ist, das ich jedoch nicht kenne. Im Inneren befindet sich eine Nadel, die vom Fluss wegführt.

»Zu einem Punkt in der Nähe des Palastes«, antwortet mir der Fürst.

»Für den Fall, dass wir getrennt werden, folgt Ihr immer dieser Nadel. Selbst wenn Ihr aus irgendeinem Grund vom Weg abkommt, wird sie Euch wieder auf den richtigen führen.« Soldat Rens eindringlicher Blick trifft mich, und ich höre die Nachricht zwischen all den Worten. Der Grund für ein Abkommen vom Weg wären Nebelgeister, oder was auch immer sonst noch dort draußen auf uns lauert.

»Die Nebelgeister sind nicht die einzige Gefahr hier«, fügt Fürst Nevan dann hinzu und bestätigt damit meine Vermutung. »Die meisten wilden Tiere werden einen Bogen um uns machen. Doch es kann sein, dass wir welchen begegnen. Eure Kräfte werden nichts gegen sie ausrichten können, ebenso wenig wie meine. Doch damit sollten wir sie uns vom Hals halten können.« Er deutet auf die Schwerter, die an Marlons, Soldat

Rens und seinem Gurt hingen. Offenbar haben sie Marlon während der Bootsfahrt eines gegeben.

»Ihr teilt Euch auf. Einer aus den Teams übernimmt die Führung, der andere die Sicherheit.« Er deutet bei dem ersten Teil auf Inara und mich, bevor er auf den Soldaten und Marlon zeigt. Das war also der Grund. Na schön.

»Ernsthaft?«, stoße ich heraus und nehme Soldat Ren den Kompass ab. »Die Damen werden für die Navigation und die Männer für den Kampf eingeteilt?«

Soldat Rens rechte Augenbraue hebt sich. »Könnt Ihr denn mit einem Schwert kämpfen?«

»Nein«, erwidere ich langgezogen. »Aber wir wurden ja nicht mal gefragt.«

»Genau«, fügt Inara hinzu und verschränkt mit kämpferischem Gesichtsausdruck die Arme vor der Brust.

Marlon schnalzt mit der Zunge und verdreht die Augen. »Ich habe um das Schwert gebeten, als Soldat Ren mir die Taktik erklärte … Ich bin außerdem kein guter Navigator«, fügt er dann etwas kleinlaut hinzu, bevor er die Schultern strafft.

Soldat Ren atmet tief ein und hörbar durch die Nase aus, während er mich weiterhin anblickt. »Also gut, ich frage Euch: Wollt Ihr das Schwert führen?« »Auf keinen Fall«, erwidere ich mit einem Grinsen und betrachte den Kompass, auf dessen Deckel ein Sternenbild geprägt ist. Als ich ihn aufschnappen lasse, zittert die Nadel, doch hält ihren Kurs.

»Wir bleiben zusammen«, erinnert Soldat Ren uns. »Doch sollten wir getrennt werden, folgt Ihr dem Kompass. Oberste Priorität ist die Sicherheit des Fürsten.«

Dieser schnaubt, und ein belustigtes Zucken umspielt seine Mundwinkel. Er steht lässig in seiner Uniform da und sieht mehr aus wie ein Prinz als ein Krieger. Dennoch liegt in seinen Augen ein Funkeln, dem man sofort abnimmt, dass er tödlich sein kann. »Keine Sorge, ich kann mich verteidigen.«

Das bezweifelte ich keine Sekunde lang. Er ist ein Kriegsheld, wenn es nach dem König geht. Ein Mörder, der eine Medaille bekommen hat, würde man die Toten fragen. Aber er ist auch mein Fürst und sichert das Fürstentum, das mein Zuhause ist. Anas Zuhause. Nanas Zuhause. Die Steuern sind seit Jahrzehnten nicht gestiegen, wie man es gerüchteweise aus anderen Fürstentümern gehört hat. Es gibt kaum Armut, und alle Anwohner haben einen gewissen Wohlstand, selbst wenn sie in den Fabriken des Arbeiterviertels arbeiten.

Fürst Nevan ist ein guter Fürst. Zumindest ist es das, was ich mein Leben lang glaubte und auch jetzt noch tue. Er kümmert sich um uns. Und jetzt begibt er sich für die Sicherheit seines Fürstentums in Gefahr.

»Lasst uns gehen. Wir werden sicher bis heute Abend brauchen. Das Gelände ist unwegsam, und sollten wir es nicht vor Einbruch der Nacht schaffen, die Königsstadt zu erreichen, werden wir uns einen sicheren Unterschlupf suchen müssen.« Soldat Ren nickt in Richtung Gestrüpp und zieht sein Schwert, bevor er uns einen Weg durch das dichte Grün schlägt.

Ich umfasse den Kompass fester und folge ihm.

Trockenes Holz knirscht unter meinen Stiefeln, in denen meine Füße sich unnatürlich heiß anfühlen.

Zunächst durchqueren wir einen schier endlosen Wald. Baum reiht sich an Baum, und jeder freie Fleck ist von Gestrüpp überwuchert. Soldat Ren schlägt eine Schneise durch das dichte Geäst, und wir folgen ihm, wobei ich versuche, nicht über Wurzeln zu stolpern, die den Boden wie einen Teppich bedecken. Ich weiß nicht, wie viel Zeit verstrichen ist, als sich mit einem Mal der Wald lichtet und wir auf Betonboden stehen. Er ist überall aufgerissen und von Unkraut überwuchert, doch trotzt der Natur, als könne ihm keine Zeit der Welt etwas anhaben. Vor uns bauen sich große zerfallene Fabrikhallen auf, die aussehen, als hätten Titanen auf sie eingeschlagen. Klaffende Mäuler sind dort, wo man Fensterfronten nur erahnen kann. Dichte Ranken haben sich ihren Weg auf die Dächer gebahnt.

Es ist gespenstisch still um uns herum, und mit einem Mal wird mir bewusst, dass selbst das Zwitschern der Vögel aufgehört hat. Sofort schaue ich zum Soldaten, der die Augenbrauen zusammengezogen und die Stirn gefurcht hat, während sein Blick wachsam über das Gelände fliegt.

Seine Hand liegt am Schwert und umklammert den Schaft, jederzeit bereit, es aus der Scheide zu ziehen.

Fürst Nevans Hände spannen sich an, während sanftes Licht nebelartig aus seinen Handflächen steigt. Um uns herum wächst das Unkraut an, bis es uns fast bis zu den Knien reicht.

Das ist der Unterschied, zwischen uns und ihm. Zwischen uns und allen anderen. Während die Fae Leben geben, entziehen die Nachtfae es, um ihre Kräfte zu nutzen.

»Wir sollten von diesem Präsentierteller weg«, brummt Soldat Ren und gibt uns das Zeichen, ihm zu folgen, bevor er in die Schatten der Gebäude eilt. Unsere Schritte verursachen knirschende Geräusche auf dem rauen Beton, auf dem die Hitze flirrt. Sie sammelt sich hier wie in einer Schale, umgeben von Steinwänden, die die Wärme der Sonne zu vertausendfachen scheinen.

Wir drücken uns an die Hausmauern, und es ist so surreal,

dass sich hier, mitten am Tag und in glühender Hitze, Nebelgeister zeigen könnten.

In diesem Moment höre ich ein Scharren. Es ist nur leise, und es klingt, als würden Krallen über Boden gleiten.

Gänsehaut schießt über meinen Nacken, und meine Muskeln spannen sich an, während ich mich zwinge, den Kopf zu heben und zu dem verdreckten Glas zu schauen, das mich von dem Inneren der Halle neben mir trennt.

»Lauft«, stößt der Fürst aus, als im selben Moment die Glasscheiben neben uns zerbersten. Scherben rieseln wie Schnee auf uns nieder. Meine Stiefel zertreten sie, rutschen zugleich darüber wie auf Murmeln.

Fürst Nevan und Soldat Ren überholen uns und führen uns in schnellem Tempo durch das Labyrinth aus Wegen und Gassen. Meine Lunge brennt, und in meiner Seite setzt ein schmerzhaftes Stechen ein.

Wir rennen, bis sich plötzlich vor uns ein Berg herabgefallener Steine auftürmt, wo einst einmal eine Mauer gewesen sein muss.

Davor ist der Boden dunkel. Braun. Und drei Männer liegen am Fuße des Steinberges. Ihre Körper sind blutig, mit entsetzt geweiteten Augen und Mündern. Sie tragen die Uniformen des Fürsten.

Mir wird schlecht.

Der Fürst brüllt so laut, als wäre er selbst ein Tier, das bereit ist zu töten. Er fährt herum, lässt uns drei vorbeiziehen und stemmt die Beine in den Boden. Ich stoppe, weil ich nicht in das getrocknete Blut der Soldaten treten will, und drehe mich zum Fürsten um, neben dem sich bereits der Soldat aufgebaut und sein Schwert gezückt hat.

Aus den Händen des Fürsten tritt seine Magie in Nebelschwaden heraus, weiß und bedrohlich knisternd. Die Ranken an den Wänden rechts und links winden sich ihm entgegen, und Unkraut bricht durch den Boden wie geschmiedeter Stahl.

Ich stoße einen erstickten Schrei aus, als ich an ihm vorbei zum Anfang der Gasse starre. Dort haben sich drei Monster aufgebaut, die aussehen wie Bären, mit nachtschwarzem Fell und Tatzen, so groß wie der Kopf eines Mannes. Riesige, messerscharfe Zähne blitzen aus ihren Mäulern, die denen von Krokodilen ähneln. Ihre Augen funkeln wie schwarze Diamanten, und Narben durchziehen ihr Fell wie ein entstelltes Gemälde.

Sie sehen aus wie die Bären von vor dem Krieg, bevor sich alles Leben auf der Welt verändert hat, und zugleich sind sie hundert Mal bedrohlicher.

Ihre Reflexe und ihre Wahrnehmung sind besser. Sie können sich anschleichen wie Wölfe, und blitzschnell zuschnappen wie Schlangen. Doch das wirklich Gefährliche an ihnen ist ihre Brutalität.

Einst jagten Tiere, um zu überleben.

Jetzt jagen sie aus Blutdurst.

Und wir sind ihre Beute.

14. Kapitel

Avi

Fürst Nevan brüllt erneut. Es ist ein unmenschlicher Laut, der mir durch Mark und Bein geht. Es ist ein Geräusch voll von Schmerz, als würde er den Tod jedes einzelnen Soldaten fühlen, der hier sein Leben gelassen hat.

Er hebt seine Arme zum Angriff, und weißer Rauch schießt auf die Bären zu, die sich auf ihre Vorderpranken werfen, bevor sie auf uns zupreschen. Sie sind so schnell, dass ich zurückzucke und gegen Inara pralle.

Wir drängen uns aneinander wie Schwächlinge. Ich hasse mich dafür. Doch genau jetzt hat mich nur die Angst im Griff – und ich habe kein Schwert, um mich zu verteidigen.

Wir alle kennen die Geschichten über die Monster. Die wenigen Augenzeugenberichte, die schon so alt sind, dass sie sich wie Märchen anhören. Doch die Bestien vor mir zu sehen, lähmt mich geradezu.

Fürst Nevans Magie trifft sie mit voller Wucht. Zwei von ihnen werden nach hinten geworfen und prallen gegen die

Wände, die daraufhin erzittern. Kleine Steine prasseln auf uns nieder, und ich weiche zur Seite, für den Fall, dass auch diese Mauern einstürzen.

Der dritte Bär schafft es jedoch auszuweichen und rennt weiter in vollem Tempo auf uns zu. In diesem Moment tritt Soldat Ren vor den Fürsten, zieht sein Schwert und stellt sich der Bestie entgegen. Das Metall blitzt im Sonnenlicht, bevor es sich in den Leib des Tieres bohrt.

Ein markerschütterndes Grölen ertönt, bevor das Vieh zusammenbricht – und den Soldaten unter sich begräbt.

»Nein!« Das Wort schnürt mir die Kehle zu, und ich schnappe panisch nach Luft. Meine Dunkelheit wallt auf wie wütende Flammen und schießt auf den Bären zu, um seinen Leib von Soldat Ren zu stoßen. Und zu meiner Überraschung funktioniert es.

Es passiert alles so schnell, dass ich es erst realisiere, als ich schon vor dem Soldaten knie und mit der Hand nach seinem Puls taste.

Meine Finger fahren über seine Haut, während schwarze Schatten uns umgeben und eine undurchdringliche Mauer erzeugen. Hier sind nur noch er und ich und meine Panik. Wieso kann ich seinen Puls nicht fühlen?

Plötzlich reißt er die Augen auf und ringt nach Luft, als wäre er zu lange unter Wasser gewesen. Sein Blick findet meinen und wird so schwarz wie die Dunkelheit um uns herum.

Wir starren einander an, und mein Kopf ist wie leergefegt. Noch immer liegen meine Hände an seiner Kehle, und mit einem Ruck ziehe ich sie zurück. »Ich weiß nicht, wie ich sie zurückhole«, stoße ich abgehackt aus, und deute um uns herum. Meine Wangen werden heiß, und ich will hier weg, doch meine Knie sind so weich, dass an Aufstehen nicht zu denken ist.

Bei meinen Worten verschwindet das Dunkel in seinen Augen und wird zu dem vertrauten Braun. Sein Blick ist beinahe weich, und sein Lächeln, zögerlich und verwirrt, überrumpelt mich. »Danke.«

»Bitte«, sagte ich atemlos und räuspere mich.

Er setzt sich auf und streckt mir seine Hand entgegen, weil ich noch immer auf dem harten Beton knie. Keiner von uns weicht zurück, als wir schließlich voreinanderstehen und uns die schwarzen Schatten weiterhin umschlingen wie ein lebender Sturm.

Soldat Ren hebt seine Hand und legt sie zögerlich auf mein Dekolleté, dorthin, wo mein Herz wie verrückt schlägt. »Alles ist gut. Ich …« Ein Ausdruck des Erstaunens legt sich über seine Züge. »Ich lebe.«

Ich nicke und fühle mich dumm und zugleich erleichtert. Wieso fühlt es sich so an, als würde sich mein Herzschlag durch seine Berührung verlangsamen? Da bemerke ich, dass sich auch die Schatten um uns herum langsam auflösen, und kurz bevor sie alle verschwunden sind, tritt er zurück und löst sich von mir. »Danke.«

Erneut nicke ich und traue mich kaum, mich zu den anderen umzusehen. Es ist mir peinlich, wie impulsiv ich gehandelt habe.

Doch das Gefühl verflüchtigt sich, als mir klar wird, dass wir alleine in der Gasse sind.

Fürst Nevan, Inara und Marlon sind nirgends zu sehen.

Mein Begleiter stößt einen missmutigen Laut aus und geht vor dem toten Bären in die Hocke, in dessen Blut Spuren von Schuhen und Tatzen kleben. Sie führen von uns weg und über den Berg aus Steinen hinweg.

Ich schlinge meine Arme um mich und betrachte die Gasse,

die außer dem toten Tier leer ist. »Meint Ihr, die Bären sind wieder aufgestanden und den anderen gefolgt?«

»Davon ist auszugehen.« Er erhebt sich, und seine Nasenflügel blähen sich auf, als würde er die Witterung aufnehmen wollen. Vielleicht kann er das auch. Zwar sind die Sinne eines Fae nicht alle so scharf wie die eines Menschen erster Klasse, aber dennoch gut genug. »Sie werden klarkommen. Die beiden Bären sind geschwächt, und Nevan weiß mit ihnen umzugehen.« Dann dreht er sich zurück in Richtung Gasse und geht los.

»Wollen wir ihnen nicht helfen?« Unsicher bleibe ich am Fuße des Steinberges stehen und schaue zu ihm hinauf, folge den blutigen Spuren bis zu seiner Kuppe, bevor sie sich verlieren.

»Nein. Das würde uns alle nur aufhalten. Wir haben alle dasselbe Ziel und werden es auch erreichen.«

Er klingt so endgültig und sicher, dass mir nichts anderes übrigbleibt, als ihm zu folgen. »Wieso haben sie uns nicht angegriffen?«

»Eure Dunkelheit hat es den Bestien unmöglich gemacht. Für einen Augenblick waren wir geschützt, und das war vermutlich unsere Rettung.« Seine Stimme ist frei von jeglichen Emotionen. Er ist wieder der Soldat, der Kriege bestreitet, und nicht mehr der Mann, der mich vor Dankbarkeit angelächelt hat.

Ich schweige, weil es nichts mehr zu sagen gibt, und hole den Kompass aus meiner Jackentasche.

Soldat Ren wirft nur einen kurzen Blick darauf, gerade als wir die Gasse verlassen, und geht dann in die Richtung, in die der Kompass uns führt.

Einige Stunden später durchzieht ein Heulen die Stille. Wir sind ununterbrochen gelaufen und haben nur kurz angehalten, um uns Wasser aus einem Fluss zu filtern und ein paar Beeren zu pflücken, von denen Soldat Ren sicher war, dass man sie bedenkenlos essen kann. Die Pflanzen dieser neuen Welt sind zwar nicht so bedrohlich wie die Tiere, aber größtenteils giftig. Das, was die Menschen früher konsumierten, könnte uns heute innerhalb von Sekunden töten.

Sobald irgendwo Nebel auftaucht, umrunden wir ihn weiträumig. Hin und wieder raschelt es im Geäst, doch bis auf einige kleinere Tiere entdecke ich nichts, und auch Soldat Ren scheint keine größere Gefahr zu spüren.

Meine Füße brennen, und die Sonne senkt sich langsam dem Horizont entgegen. Ich habe keine Ahnung, wie weit wir noch gehen müssen, und immer, wenn ich eine Frage stellen will, hebt der Soldat eine Hand, um mir zu bedeuten, still zu sein.

Das Heulen schwillt weiter an, und wir beschleunigen unsere Schritte.

Ich lasse den Kompass erneut aufschnappen, um mich zu vergewissern, dass wir noch auf dem richtigen Weg sind.

Wir bewegen uns am Rande einer verwaisten Stadt entlang, meiden die großen Gebäude und auch den angrenzenden, unbezwingbaren Wald. Dann ertönt Soldat Rens Stimme. »Wir müssen uns einen Unterschlupf suchen.«

Ich schaue zum Himmel hoch, wo die Sonne im tiefroten Himmel hängt. Bis es wirklich dunkel wird, haben wir noch ein wenig Zeit. »Wieso jetzt schon?«

»Das Heulen kommt von den Nebelgeistern. Sie haben unsere Verfolgung aufgenommen.«

Meine Augen weiten sich, und ich drehe panisch den Kopf

zu allen Seiten. Mit einem Mal scheinen überall gruselige Schatten zu sein, auch wenn ich keinen Nebel sehen kann. »Woher wisst Ihr das?«

»Ist nicht meine erste Begegnung«, stößt er leise aus und deutet in Richtung der Häuser. Seine Stirn ist gefurcht. Vielleicht aus Konzentration, vielleicht aus Anspannung. »Folgt mir.«

Ich zögere nicht. Natürlich nicht. Immerhin ist er meine einzige Möglichkeit, diese Reise zu überleben.

Wir halten uns in den Schatten der Gebäude, zerfallene Ruinen, die größtenteils eingestürzt sind. Irgendwann erreichen wir einen Teil der Stadt, in denen sich alte Hochhäuser aneinanderdrängen. Das Heulen wird immer lauter, und ich schlucke gegen die Enge in meiner Kehle an, als ich ihm in den dunklen Schlund eines Hauseingangs folge.

Mit schnellen Schritten steigt er die Steintreppe empor, und ich habe Schwierigkeiten, sein Tempo zu halten.

Und dann sehe ich den Nebel. Er gleitet langsam zwischen den Ruinen hindurch und überflutet die Straßen wie Wasser. Die Nacht bricht herein. Ich werde schneller.

Endlich erreichen wir das oberste Stockwerk. Es gleicht einem Labyrinth aus verzweigten Fluren, mit unzähligen Wohnungseingängen, die nur teilweise noch Türen besitzen.

Wind schießt durch die zerborstenen Fensterscheiben und lässt mich frösteln.

Die Schritte des Soldaten sind fast lautlos, als er eine Wohnung ansteuert, die keine Tür besitzt. Sie besteht aus einem großen Raum mit intakten Fensterscheiben und einer dicken Staubschicht, die über allem liegt und auf denen wir unsere Fußabdrücke hinterlassen. Möbel stehen an den Wänden, halb verrottet, aber noch da. Eine Kiste mit Glasflaschen steht unter einem Tisch, der aussieht, als würde er jeden Moment zusammenbrechen. Alte Elektrogeräte befinden sich in einer vergilbten Küche. Es sieht aus, als wäre die Zeit hier stehen geblieben, während der Rest der Welt weitergemacht hat.

»Schließt die Tür«, weist Soldat Ren mich an, als wir den Wohnbereich erreichen, und geht zu den Fenstern, um die Lage zu prüfen.

Ich tue, was er verlangt, und trete dann zu ihm. Wir sind so weit oben, dass mir schwindelig wird. Doch das ist es nicht, was mir eine Gänsehaut über den Körper gleiten lässt. Es ist der dichte Nebel, der inzwischen den gesamten Boden bedeckt. »Werden sie hier hochkommen?«

»Wenn sie unsere Spur aufgenommen haben, dann ja.«

Kann er nicht lügen? Oder die Wahrheit wenigstens ein bisschen abmildern? Sein Gesicht ist stur auf den Nebel unter uns gerichtet. Konzentriert und nachdenklich. Nein. Er wird mich nicht schonen, solange es um unser Überleben geht. »Was ist der Plan?«

Er dreht sich zu mir um, seine Augen dunkel und unheilvoll. »Wir verstecken uns in Euren Schatten. Wenn wir uns darin befinden, können sie uns nicht sehen. Solange sie uns nicht sehen können, werden wir nicht kämpfen müssen, und unsere Chancen zu überleben steigen.«

»Wie machen wir das? Wie vorhin?« *Nicht, dass ich wüsste, wie ich das angestellt habe.* Als ich gesehen habe, wie der Körper des Bären Soldat Ren erschlagen hat, ist es einfach passiert. Meine Wangen werden warm, weil ich ihm ansehen kann, dass er dasselbe denkt.

Sein Kopf schnellt herum, in Richtung Tür, und ich weiß instinktiv, dass es für weitere Erklärungen zu spät ist. Er streckt seine Hand aus und zieht mich an sich. Die Dunkelheit explodiert, und Schatten umschwirren uns wie ein Schwarm wütender Motten. Im selben Moment höre ich, wie die Tür aufbricht. Ich erschaudere, während Soldat Ren mich fest an sich presst, doch ich kann nichts durch meine Dunkelheit sehen, die sich eng um uns windet. Kurz darauf ertönt ein Knurren, wie aus tausend Kehlen, und dann streift mich etwas an meiner Seite. Meine Schatten und ich verlieren die Fassung.

Ein erschrockener Schrei entfährt mir. Soldat Ren flucht und wirbelt mich herum, als im selben Moment meine Dunkelheit in sich zusammenfällt.

Da sehe ich sie zum ersten Mal in meinem Leben. Die Nebelgeister. Wir stehen inmitten weißen Nebels, und vor uns zucken weiße Schatten, wie lebendige Wesen, mit grauen löchrigen Augenhöhlen und den Konturen eines Menschen. Es sind unzählige. Sie reißen ihre Köpfe in unsere Richtung und fauchen, als sie uns entdecken.

Ich schreie so laut, dass es in meinen Ohren klingelt.

»Verdammt!« Soldat Ren packt mich und zerrt mich direkt in den Nebel hinein. Meine Dunkelheit züngelt auf, und ich denke an unseren Unterricht. *Du musst dich konzentrieren, Avi.* Ich nehme all meinen Mut zusammen, und kurz darauf erscheint tatsächlich ein schwarzer Ball aus Rauch und Schatten vor mir. Ich packe ihn mit einer Hand und schleudere ihn in Richtung der Nebelgeister, während wir versuchen zu fliehen. Ein Fauchen ertönt hinter mir, und ich erzeuge den nächsten Schattenball, kämpfe um unser Leben, während Soldat Ren uns blind durch den Nebel führt. Er scheint einen anderen Weg einzuschlagen, denn wir erreichen keine Treppe, obwohl sie längst irgendwo hätte sein müssen.

Stattdessen reißt er eine weitere Tür auf, und das letzte Licht des Tages strömt zu uns in den Flur. *Das Dach!*

Klauen greifen nach mir, und ich feuere wie blind Dunkelheit ab, weil ich keine Ahnung habe, was ich da tue.

Wir rennen auf das Dach des Hochhauses hinaus, direkt auf den Abgrund zu. »Springt!«, brüllt Soldat Ren und lässt mich keinen Augenblick lang los. Ich nächsten Moment stoßen wir uns vom Rand des Gebäudes ab.

Einen Moment lang scheint es, als würden wir über diese völlig zerfallene Stadt fliegen, dessen Namen ich niemals kennen werde.

Dann komme ich hart auf dem Dach eines Nachbargebäudes auf. Ich keuche, als mir beim Aufprall die Luft aus der Lunge gepresst wird. Meine Knie knicken weg, und ich will zusammenbrechen, doch Soldat Ren hält meine Hand noch immer eisern fest und zieht mich mit sich. »Schneller!«

Mein gesamter Körper brennt. Jeder Atemzug lodert in meiner Lunge, und doch renne ich weiter.

Irgendwann lichtet sich der Nebel ein wenig, doch wieder greifen Klauen nach mir und reißen an meiner Uniform, schneiden in meine Haut. Ich versuche einen weiteren Schattenball zu erzeugen, doch ich merke, wie mich die Kraft verlässt.

»Springt!«

Wieder tue ich, was Soldat Ren mir sagt, und wieder lande ich auf hartem Beton des nächsten Daches.

Auf diesem Dach ist kein Nebel. Das Heulen hinter uns nimmt zu, doch ich schaue nicht zurück.

Wir rennen auf eine Tür zu, durch die wir in das Innere des Hauses kommen. Wir eilen durch die Flure, eine Treppe hinunter und dann wieder in eine Wohnung hinein.

Der Soldat verbarrikadiert den Eingang, während ich versuche, meinen schmerzenden Atem zu beruhigen. »Was sollen wir jetzt tun?«

Er dreht sich zu mir um, und seine Entschlossenheit hat etwas Wildes bekommen. Mit langen Schritten kommt er auf mich zu und umfasst meine Schultern. »Ihr werdet uns jetzt verstecken. Wir werden nicht mehr fliehen können und müssen warten, bis sie weitergezogen sind.«

Mir wird eiskalt. »Es hat gerade schon nicht funktioniert.«

»Weil Ihr nicht vorbereitet wart. Ihr werdet die Nebelgeister spüren, aber solange wir in Eurer Dunkelheit sind, werden sie uns nicht sehen können.«

»Warum?«, hauche ich, weil es keinen Sinn ergibt.

»Weil Eure Dunkelheit Ihnen zu ähnlich ist«, antwortet er knapp und schaut mit angespannter Miene an mir vorbei zur Tür. »Sie werden gleich da sein. Nur Ihr könnt uns jetzt retten.«

Seine Worte klingeln in meinen Ohren. »Sagt das nicht.«

Er lacht, und es ist ein tonloser, fast erschöpfter Laut. »Wir werden das gemeinsam schaffen.« Sein Griff um meine Schultern wird fester, und er schiebt mich in eine Ecke des Raumes, wo er sich zu Boden setzt. Dann zieht er mich auf seinen Schoß. Ich versteife mich, doch dann bricht meine Dunkelheit aus mir heraus, ohne dass ich sie kontrollieren könnte.

Soldat Ren zieht mich an sich, und während meine Beine um seinen Körper geschlungen sind, hat er die Arme um mich gelegt und sein Kinn auf meinem Kopf gebettet. Mein Herz rast, und mein gesamter Körper kribbelt. Durch mich rasen Empfindungen, die ich bisher nur in Henris Nähe hatte, und sie fühlen sich falsch und zugleich so vollkommen an. Sie sind nicht echt, diese Gefühle, die aus reiner Panik entspringen. Dessen bin ich mir sicher.

Dann zerbirst die Tür zu unserer Wohnung, und Rens Arme schließen sich enger um mich. Seine Lippen sinken auf meine Stirn, und sein Atem ist warm auf meiner Haut. »Solange Eure Dunkelheit uns versteckt, sind wir sicher. Sie beschützt uns. Ihr müsst es nur zulassen.«

Ich schließe meine Augen, weil er etwas Unmögliches von mir verlangt. Mein ganzes Leben lang habe ich meine Dunkelheit versteckt. Ich habe sie tief in mir vergraben und versucht sie zu vergessen, weil sie etwas ist, das mich mein Leben kosten kann.

Wie soll sie mich jetzt retten, wenn sie sonst immer mein Todesurteil war?

Ich versuche mich auf das Hier und Jetzt zu konzentrieren. Es gibt nur noch mich und ihn und unsere Herzen, die fest gegeneinanderschlagen.

Nebelgeister streifen meine Dunkelheit. Doch dieses Mal schreie ich nicht. Ich bleibe sitzen, dicht an den Soldaten gedrängt, und lasse zu, dass sie uns umspielen und von der Welt abschotten.

Weil er bei mir ist.

Weil er mir hilft, meine Ängste zu bezwingen.

Weil ich mich plötzlich sicher bei ihm fühle.

15. Kapitel

Ren

Ihr Körper ist zart, doch er wirkt nur so zerbrechlich. Denn in ihr herrscht eine ungeheure Kraft, die sie erst noch begreifen muss.

Ich sollte ihr nicht so nahekommen, und doch ist es das Einzige, das sie von ihrer Angst ablenken kann. Aviana wird mein Untergang sein, und schon bald wird sie mich für das hassen, was wir ihr und den anderen antun werden.

Doch für eine Nacht gestatte ich es mir, sie zu halten. Sie ist warm in meinen Armen, und ihr Haar riecht nach Blumen. Ihre Haut schmeckt nach Salz und Sünde, und ich bereue es, dass ich sie gekostet habe, denn nun werde ich diesen Geschmack nie wieder vergessen können.

Sie sollte nicht mehr als eine Waffe sein. Nicht mehr als Mittel zum Zweck.

Doch dann rettete sie mich. Ohne zu zögern. Sie hat mich gerettet, und etwas ist mit mir passiert.

Ich will nicht darüber nachdenken, weil ich mir keine Ablenkung leisten kann.

Und trotzdem fühlt sich plötzlich alles anders an.

Ewige Stunden später bricht der Tag an. Und mit ihm verschwinden der Nebel und die Nebelgeister. Sie sind geschwächt, benötigen die Sonne des Tages, um wieder Kraft zu tanken. Es ist möglich, ihnen aus dem Weg zu gehen, wenn man weiß wie.

Als ich sicher bin, dass auch die letzten Nebelgeister verschwunden sind, lasse ich Aviana los.

Sie blickt zu mir auf, fragend und mit diesen wunderschönen grünen Augen. »Sind sie fort?« Ihre Stimme ist rau, und sie befeuchtet die Lippen.

Ich starre sie an, weil mich plötzlich dieser völlig unsinnige Impuls überkommt, sie küssen zu wollen. Verflucht, das ist auf so vielen Ebenen falsch. Weil sie einen anderen Mann liebt. Weil ich sie nicht wollen darf. Weil es alles zerstören könnte, wofür ich seit Jahrhunderten arbeite.

Dieser Gedanke reicht, um mich wieder auf die Spur zu bringen. »Ja. Wir sollten weitergehen.«

Sie nickt und klettert von meinem Schoß herunter. Ihre Bewegungen sind anmutiger als noch vor ein paar Tagen. Sie beginnt sich zu verändern, auch wenn ihr dies noch nicht bewusst ist. Sie war schon schön, als sie sich mit trotzig erhobenem Kinn bei der Auktion angeboten hat. Doch nun ist das Ausmaß ihrer Schönheit, die sie ihr Leben lang unterdrückt hat, bereits zu erahnen.

Als sie sich zu mir umdreht, stehe ich auf und schaue aus dem Fenster, damit sie mich nicht beim Starren erwischt. Ich konzentriere mich auf den Horizont, an dem die Natur die Welt in seinen Fängen hält. Hinter den Häusern befindet sich unendlicher Wald. Doch ich bin mir sicher, dass wir es nicht mehr weit haben. »Wir sollten von hier aus höchstens noch eine halbe Tagesreise vor uns haben, wenn nicht sogar weniger.«

»Gut.« Ihre Stimme ist belegt, und ich drehe mich zu ihr um, bemüht, mir nicht anmerken zu lassen, wie verdammt betörend sie mit ihren geröteten Wangen aussieht.

Konzentrier dich, Ren.

Heute müssen wir lebend in der Königsstadt ankommen und dann bestenfalls nicht direkt von den Soldaten des Königs erschossen werden. »Brechen wir auf.«

Sie nickt, und ihr Blick wandert zu den Holzmöbeln, die nun alle schwarz sind, als hätte ein Feuer gewütet und jegliches Leben aus ihnen gezerrt. Wir wissen beide, dass sie es war, die diese Spuren auf dem Material hinterlassen hat. Sie schaut zuerst weg und schluckt sichtlich, als könnte sie allein den Gedanken daran nicht ertragen. Doch sie muss annehmen, was sie ist. Sie muss ihre Kräfte und dessen Preis akzeptieren, sonst wird sie in dieser Welt sterben.

16. Kapitel

Avi

Die Sonne scheint warm auf uns herunter, als wir aus dem Haus treten. Obwohl wir uns zuvor schon vergewissert haben, dass hier kein Nebel in der Nähe ist, streift mein Blick wachsam umher.

Offenbar nicht unauffällig genug für Soldat Ren, der neben mir herläuft. »Wir sind sicher.«

»Gut.« Ich atme hörbar aus. »Danke, übrigens. Dass Ihr mir gestern Nacht geholfen habt. Ich war …« Es gibt keine Worte für das, was ich fühle. Für die Verbundenheit, die plötzlich zwischen uns ist, obwohl sich nichts verändert hat. Er hat mich gerettet. Erneut. Vielleicht liegt es daran.

Oder ich fühle mich so, weil er mich die ganze Nacht festgehalten hat. Etwas, das noch nie zuvor jemand anderes als meine Nana und meine Schwester getan haben. Ich habe mich noch nie zuvor so sicher gefühlt. So … angenommen. Er hat mich gehalten, obwohl wir von meiner Dunkelheit umgeben waren, und ist nicht einmal zurückgezuckt. Er hat weniger Angst vor mir und meinen Kräften als ich selbst.

»Ihr seid ihnen noch nie zuvor begegnet. Es ist natürlich, sich zu fürchten. Wir haben die Nacht überlebt, und das ist das Wichtigste.«

Zustimmend nicke ich und laufe neben ihm her, durch eine fremde Stadt, die einst voller Menschen gewesen ist und nun nur noch aus überwucherten Ruinen besteht. Ich ziehe den Kompass heraus und deute in die Richtung, die wir einschlagen müssen, während die Bilder der gestrigen Nacht mich nicht mehr loslassen. »Warum sind sie weiß?«

»Was?«, fragt er abgelenkt und schaut sich mit zusammengekniffenen Augen um.

»Die Nebelgeister. Wieso sind sie weiß? Die Kräfte der Nachtfae erzeugen Dunkelheit. Ihr sagtet, sie würden uns nicht sehen, weil unsere Schatten sich so ähneln. Aber sie waren weiß.«

Soldat Ren runzelt die Stirn und schenkt mir nur einen flüchtigen Blick, während er ein wenig schneller wird. »Weil sie nie ein Konstrukt der Nachtfae gewesen sind. Sie wurden von den Fae erschaffen.«

Ich bin so überrascht, dass ich gar nicht anders kann, als die Augen aufzureißen. Im selben Moment legt Soldat Ren seinen Zeigefinger an seine Lippen und bedeutet mir, zu einer Stahltreppe zur laufen, die an der Wand eines Gebäudes angebracht ist und deren unteres Ende abgerissen aussieht und oben in einem Podest mündet.

»Haltet Euch fest«, fordert er, als wir sie erreichen.

»Wa-« Weiter komme ich nicht, denn er hebt mich mit einem Ruck in die Luft, sodass ich nach dem unteren Ende der

Stahlleiter greifen kann. Meine Arme brennen, doch als ich ein Knurren höre, ziehe ich mich mit all meiner Kraft hoch.

Gerade als ich den Podest erreiche, springt Soldat Ren mit einem Satz hoch und landet direkt neben mir. Meine Augen weiten sich vor Erstaunen, doch er legt seine Hand auf meinen Mund und drängt mich gegen die Steinwand. Sein Kopf nickt einmal nach unten, in Richtung Boden.

Ich nicke, als Zeichen, dass ich verstanden habe, und seine Hand zieht sich zurück, während unsere Körper sich so dicht es geht an die Wand pressen.

Ich wage es nicht, mich zu bewegen. Ich sollte runterblicken, sollte prüfen, wovor wir uns verstecken. Stattdessen starre ich den Soldaten an. Seine braunen Augen sind im Sonnenlicht bernsteinfarben und mir so nah, dass ich goldene Sprenkel darin sehen kann. Sein warmer Atem streift über meine Haut und meine Lippen.

Dunkelheit wallt zwischen uns auf, doch ich nehme sie kaum wahr. Sein warmer Körper drängt seitlich gegen meinen, r m und obwohl wir fest gegen die Steinwand gepresst sind, ist da nur Wärme und Sicherheit.

»Sie müssten weg sein.« Die Worte kitzeln auf meinen Lippen. Seine Augen verdunkeln sich, und einen Moment lang fühlt es sich an, als würde sich sein Griff um meine Taille verstärken. Mir entfährt ein leises Keuchen.

Der Mundwinkel des Soldaten zuckt, und in seinen Augen liegt eine Sinnlichkeit, die mich erschaudern lässt. Dann lässt er mich los und tritt mit einem Räuspern zur Seite. »Wir sollten weitergehen.«

»Das sollten wir.« Ich schaue nach unten, doch was auch immer uns da begegnet wäre, ist nicht mehr da. Stattdessen scheint mein ganzer Körper zu pochen und sich zu wünschen, er hätte mich nicht so schnell losgelassen. Was absolut unpassend ist.

Der Soldat wendet sich ab und klettert die Treppe runter, bevor er abspringt. »Folgt mir einfach.«

Ich starre zu ihm herunter und lache dann. »Auf keinen Fall.«

»Ich werde Euch fangen.« Er breitet seine Arme aus, und mit einem Mal lächelt er. Jungenhaft und verwegen. »Vertraut mir.«

Vertrauen? Er verlangt von mir, drei Meter in die Tiefe zu springen. Ist er verrückt?

Der Horror, der in meinem Gesicht zu sehen sein muss, scheint ihn jedoch überhaupt nicht zu kümmern, denn er wackelt nur auffordernd mit den Fingern. »Kommt schon. Ich schwöre Euch, ich werde Euch fangen.«

Er wird nicht lockerlassen. Und ich will nicht feige sein. Also klettere ich bis zur letzten Sprosse und denke nicht nach. Ich springe einfach.

Soldat Ren fängt mich tatsächlich. Der Aufprall ist so hart, dass er wankt und mich zugleich fest an sich presst, während wir uns um die eigene Achse drehen. Einen Moment lang starren wir einander an. Wieder ist da diese Hitze zwischen uns, und mit einem Mal weiß ich, was das ist, was ich empfinde, wenn er bei mir ist. *Lust.* Aus irgendeinem Grund findet mein Körper ihn unfassbar anziehend und lässt mich das bei jeder Gelegenheit spüren. *Das* muss der Grund sein, warum ich meine Dunkelheit in seiner Nähe nicht kontrollieren kann.

»Was geht Euch durch den Kopf?«, fragt er leise, und sein Lächeln wird breiter, als wüsste er genau, in welche Richtung meine Gedanken wandern. Verflucht, dieses Lächeln. Es könnte ganze Nationen in den Krieg führen, wenn er es öfter einsetzen würde.

»Vieles«, antworte ich mit einem schiefen Lächeln und voller Erleichterung, weil ich endlich eine Antwort auf meine Gefühle habe. »Aber nichts, was für Eure Ohren bestimmt ist.« Mein Gesicht wird warm, als mir klar wird, dass ich mit ihm flirte.

Doch er lacht. Laut und volltönend. »Ihr seid faszinierend, wisst Ihr das?«

»Wie ist das gemeint?« Ich will mehr hören. Alles.

Stattdessen lässt er mich runter. »Ihr kommt einfach besser mit allem zurecht, als ich erwartet hätte.«

Offenbar war seine Messlatte für mich extrem niedrig, aber ich nehme sein Kompliment an, während wir uns wieder auf den Weg machen. »Ihr sagtet vorhin, dass die Nebelgeister von Fae erschaffen wurden?«

Sein verwegenes Lächeln verschwindet, und kurz wünsche ich, ich hätte das Thema nicht angeschnitten. Zugleich hänge ich an seinen Lippen. »So ist es. Nur ganz wenige wissen davon. Der König und seine Fürsten erschufen sie, um die Nachtfae zu bekämpfen. Leider ging etwas schief, und all die Toten wurden den Nachtfae zugeschrieben. So oder so, der König hatte seinen Feind.« Leise Bitterkeit schwingt in seinen Worten mit. »Sie haben mit den Nachtfae experimentiert und die Nebelgeister auf ihre Dunkelheit fixiert. Aber das hat nur dazu geführt, dass die Nachtfae sich vor den Nebelgeistern verstecken konnten. Es war wohl der größte Fehler des Königs.«

»Danke«, sage ich leise und noch immer überfordert von dieser neuen Information, die alles verändert und zugleich nichts. Die Nachtfae sind noch immer die Bösen. Doch für mich ist es nun anders, weil es sie ein bisschen weniger böse macht, als ich immer glauben wollte.

»Keine Ursache.« Er nickt auf meinen Rucksack. »Habt Ihr noch Proviant?«

»Habt Ihr Hunger auf ...« Ich schiebe einen Gurt von meiner Schulter und öffne den Rucksack im Laufen. Dann ziehe ich meine letzte Dose heraus und kneife meine Augen zusammen, um das verblichene Bild darauf erkennen zu können. »Pfirsiche?«

Sein Lächeln ist so strahlend wie die Sonne, und er öffnet seinen eigenen Rucksack, um ebenfalls eine Dose rauszuholen. »Vielleicht könnten wir das als Nachtisch zu unseren ... Hmm.« Er streckt mir die Dose entgegen. »Was könnte das sein?«

»Ein Reisgericht, würde ich sagen.«

»Dann haben wir eine vollständige Mahlzeit. Haltet Ihr noch ein wenig durch?«

»Aber nur noch ein klein wenig.« Wir packen unsere Dosen wieder weg und gehen unserem Ziel entgegen.

Mit einem Mal ist eine Leichtigkeit zwischen uns, die den Weg plötzlich gar nicht mehr so schwer wirken lässt.

***

Zuerst scheint der Tag genauso sonnig zu werden wie der gestrige. Doch während Soldat Ren und ich uns durch die Wildnis inmitten zerfallener Städte schlagen, ziehen dunkle Wolken auf. Schwer und tief drängen sie sich über uns zusammen. Die Luft flirrt, und kalter Wind lässt mich die Hitze des gestrigen Tages völlig vergessen.

Ich ziehe den Kompass aus meiner Jackentasche und überprüfe, ob wir noch richtig sind. Der Pfeil zeigt voraus, genau in die Richtung, in die wir unterwegs sind.

Als wir uns am Rande einer weiteren Stadt befinden, legen wir schließlich eine Pause ein. Wir suchen uns Plätze auf einem Dach, um möglichst die Umgebung im Blick behalten zu können, und teilen unsere Dosen auf. Es ist ein leichtes Essen, ohne viele Worte. Dann treten wir in einen Wald über, lassen die letzten Ausläufer einer längst verstorbenen Zivilisation hinter uns, und mit jedem Knacken im Unterholz, jedem Rascheln und jedem kleinen Geräusch spanne ich mich mehr an. Ich weiß nicht, wie es Inara und Marlon geht, oder dem Fürsten, und ich hoffe, dass sie die Nacht ebenfalls unbeschadet überstanden haben. Irgendwann stolpere ich und lande mit dem Rücken im Matsch. Es verklebt meine Kleidung und mein Haar, und ich wische mir beschämt den größten Dreck aus dem Gesicht. Soldat Ren reicht mir stumm seine Hand und zieht mich wortlos hoch.

»Es müsste hier irgendwo sein«, murmelt er dann. »Könntet Ihr mir den Kompass zeigen?«

Ich hole ihn erneut heraus und stelle verblüfft fest, dass die Nadel nun zur Seite deutet. »Gerade zeigte sie noch nach vorne. Wir müssen vom Weg abgekommen sein.«

»Nein. Das ist es nicht.« Er schlägt sich mit seinem Schwert durch das Gebüsch. Ich folge ihm verwirrt, denn obwohl die Bäume dicht beieinanderstehen, kann ich durch deren Stämme nichts sehen, was darauf hindeutet, dass wir uns in der Nähe der Königsstadt befinden.

Zielstrebig geht er weiter und wirft immer wieder einen Blick auf den Kompass, ohne ihn mir abzunehmen, wobei er hin und wieder unsere Richtung korrigiert.

Bis er plötzlich stehen bleibt. Vor uns erhebt sich ein Baum.

Er sieht genauso aus wie alle anderen Bäume, mit dickem Stamm, tiefhängenden Ästen, mit großen dunkelgrünen Blättern.

Doch als ich ihn umrunde, dreht sich die Kompassnadel fortwährend in seine Richtung.

»Von hier aus ist es nicht mehr weit.« Auch mein Begleiter umrundet den Baum, bis er plötzlich stehen bleibt und auf eine unscheinbare Linie in der Rinde hindeutet. Sie sieht aus, als hätte jemand mit einem Schwert hineingeschlagen, auch wenn dies schon eine Ewigkeit her sein muss. Ich trete näher und sehe, dass es sich dabei um einen schmalen Pfeil handelt, der zielstrebig in Richtung Wald zeigt.

»Wir haben uns damals den Weg von hier aus markiert, sollte irgendwann mal etwas schiefgehen.« In seinen Worten schwingt so viel mehr mit, doch ich weiß, dass ich von ihm keine Erklärung bekommen werde.

Mir bleibt nichts anderes übrig, als ihm zu folgen. In diesem Teil des Waldes stehen die Bäume so dicht beieinander, dass die Baumkronen ineinander übergehen, und es ist immer noch so dunkel, als würde es gleich regnen, doch die Tropfen bleiben aus.

Ein Schauder jagt mir über den Rücken, und mit einem Mal fühle ich mich beobachtet. Unauffällig drehe ich meinen Kopf von rechts nach links, nach oben und zurück, doch kann nichts entdecken. Dennoch bin ich mir sicher, dass sich irgendwas verändert hat. Auch Soldat Rens Schultern spannen sich an. Ganz langsam lässt er eine Hand zu seinem Schwert wandern und umgreift es, als wäre er bereit, jeden Moment zuzuschlagen.

Dann ist da ein neues Geräusch.

Es dringt mir durch Mark und Bein, obwohl es nur so leise ist wie ein Flüstern.

Das Heulen eines Nebelgeists. Direkt vor uns bricht mit einem Mal Nebel zwischen den Bäumen hervor. Zunächst bleibt er am Boden, wie frühmorgendlicher Dunst, doch dann erhebt er sich, bis er uns bis über die Köpfe reicht.

»Bleibt dicht bei mir. Wir können sie nicht umrunden, weil sie direkt vor der Mauer der Königsstadt sein müssen.«

Bei seinen Worten läuft es mir kalt den Rücken runter, und mit einem Mal scheint das Schweigen der Königsstadt ungeahnte Dimensionen anzunehmen. Was ist, wenn sie gar nicht antworten *konnten?*

Wir gehen weiter, doch ich bin dem Soldaten nun so nahe, dass wir uns berühren. Mein Arm kribbelt, doch ich versuche das Gefühl abzuschütteln. Gegen die aufwallende Dunkelheit kann ich hingegen nichts tun. Sie umgibt uns wie ein lebendiges Wesen, auch wenn ich versuche sie in Schach zu halten und nicht allzu groß werden zu lassen.

Mitten im Nebel, durch den wir nur wenige Schritte weit sehen können, wirkt jedes Geräusch doppelt so laut. Ich setze meine Füße so vorsichtig wie möglich voreinander, dennoch schallt das Knacken von Ästen durch den Wald.

Ansonsten ist es totenstill. Keine kleinen Tiere im Unterholz, keine Vogellaute aus den Baumkronen. Nur meine viel zu lauten Schritte.

Soldat Ren hingegen schafft es, so leise zu sein, als wäre er gar nicht da. Dennoch wirft er mir weder einen warnenden Blick zu, noch ermahnt er mich. Sein Blick ist konzentriert und der Kopf leicht geneigt, als würde er in die Stille hineinhorchen.

Da ertönt das Heulen erneut. Zunächst ist es leise und nur

vereinzelt. Doch dann vermehrt es sich zu einem Legato des Grauens.

Soldat Ren nickt mir schweigend zu, und wir werden schneller. »Sie haben unsere Witterung aufgenommen.«

»Und hier können wir ihnen nicht entkommen? Könnten wir nicht dasselbe tun wie gestern Nacht?« Meine Stimme ist abgehackt vom Rennen.

»Nein. Es müssen Unzählige sein, und ich befürchte, dass sie sich hier schon länger aufhalten.«

Ich folge seinem Blick und sehe aus dem Nebel einen einzelnen Stiefel aufragen. Es gibt keine Spur von seinem Träger, doch an dem daran glänzenden, goldenen Wappen erkennt man sofort seine Zugehörigkeit zu Fürst Nevan.

Entsetzt schlage ich mir die Hand vor den Mund, um den aufkommenden Schrei zu unterdrücken, und wende den Kopf ab. Man sieht kein Blut, keine Leiche, nichts. Doch der Anblick dieses Stiefels reicht, um mir das schlimmste Grauen auszumalen.

Das Heulen kommt näher, und mit ihm wird der Nebel noch dichter. Baumstämme erscheinen mit einem Mal mitten aus dem Nichts, und ich kann ihnen erst in letzter Sekunde ausweichen. Mein Begleiter hat diese Probleme nicht. Vielleicht haben Fae noch mal andere Reflexe als … *wir*.

Und dann sind sie plötzlich direkt vor uns. Graue Gestalten in weißem Nebel, mit dunklen Löchern als Augen und aufgerissenen Mäulern. Ihr Heulen klingelt in meinen Ohren, und ich will die Hände über sie legen, um mich zu schützen, greife jedoch nach Soldat Rens Hand und lasse meine eigene Dunkelheit aufwallen wie ein Monster. Sie schießt hervor, wie schwarze Sternschnuppen auf weißem Himmel.

Die Nebelgeister brüllen auf, was sie zu etwas noch viel

Schrecklicherem macht. Zu Wesen mit einem Bewusstsein. Wesen, die Schmerzen empfinden können. Wesen, die bewusst angreifen und töten wollen.

Soldat Ren zieht mich voran, während ich Ball für Ball von mir schleudere und versuche die Nebelgeister so weit wie möglich zurückzudrängen.

Ich kämpfe und kämpfe, doch sie kommen immer wieder zurück und scheinen jedes Mal stärker zu werden. Meine Muskeln hingegen zittern, und meine Arme brennen.

»Macht weiter«, drängt der Soldat und umfasst meine Hand nur noch fester. »Wir müssten gleich da sein!«

Noch einmal greife ich an, doch ich habe das Gefühl, dass meine Dunkelheit träger wird. Schwächer. Schweiß rennt mir über Schläfen und den Nacken. Meine Beine zittern. Mein Atem geht abgehackt und rau. Alles brennt.

Plötzlich kann ich mich nicht mehr auf den Beinen halten. Die nächste Wurzel packt mein Bein, und ich falle. Soldat Ren versucht mich zu halten, doch ich kann nicht mehr.

In diesem Moment greifen die Nebelgeister an und zerfetzen mit ihren Klauen meinen Rücken. Krallen bohren sich tief in mein Fleisch, und ich schreie auf vor Schmerzen. Soldat Rens Gesicht ist direkt vor mir, und seine Augen weiten sich vor Entsetzen. Er packt meine Schultern und zieht mich zu sich hoch. »Kämpft dagegen an! Ihr seid stärker als das!«

Doch ich schüttele den Kopf, weil er Unrecht hat. Ich bin schwach, und nichts als ein stummer Laut dringt über meine Lippen.

Warme Hände umfassen mein Gesicht, und der Soldat zwingt mich ihn anzusehen, obwohl ich nichts anderes will, als aufzugeben. Wieder greifen die Nebelgeister an. Sie umzingeln uns. Ich spüre ihre Krallen, sehe sie hinter dem Soldaten, doch er verzieht keine Miene.

Stattdessen schaut er mich an und hält mein Gesicht so nah an seinem, dass wir dieselbe Luft atmen. »Kämpft dagegen an. Zwingt Eure Dunkelheit dazu, das Gift zu bezwingen. Es ist in Euch.«

Ich schluchze und will den Kopf schütteln, doch er lässt es nicht zu.

»Kämpft!« Und mit einem Mal lässt er mich los und tritt rückwärts in den Nebel. Das Letzte, was ich sehe, ist sein unfassbar schönes Lächeln. Die Nebelgeister verschlingen ihn, und ich höre seinen gequälten Laut, während sich Dutzende graue Leiber auf ihn stürzen.

Er kann doch nicht –

Er kann nicht so wahnsinnig sein!

»Nein! Ren!« Ich kreische, und mit einem Mal schießt meine Dunkelheit aus mir empor wie ein Feuerwerk in der Nacht. Sie jagt über meinen Körper, direkt auf den Soldaten zu, und ich spüre, wie sie ihn umschließt, bevor sie um ihn herum explodiert und die Welt zerfetzt.

Ich werde nach hinten geschleudert und lande mit einem Keuchen auf dem Boden.

***

Soldat Ren kniet mitten im Wald, und der Nebel um uns herum ist verschwunden.

Ich atme so laut, dass es zwischen den Bäumen widerhallt. Zitternd rapple ich mich auf und stolpere auf ihn zu. Er ist blutüberströmt und atmet genauso laut wie ich. Seine Augen glänzen schwarz, während er mich anstarrt, als wäre ich nicht von dieser Welt.

Ich werde langsamer, bis ich nur noch einige Schritte von ihm entfernt bin.

Jetzt ist der Moment gekommen. Er findet mich und die Dunkelheit abstoßend. Wie könnte es auch anders sein?

Ich trete zurück und beiße mir auf die Unterlippe. Mein Blick geht an ihm vorbei, und mit einem Mal bekomme ich keine Luft. Im Umkreis von mehreren Schritten um uns herum ist der Boden schwarz und verkohlt. Bäume sind angesengt, und jegliches Leben, das hier zuvor gewesen ist, sieht aus, als wäre es einem allesverzehrenden Feuer zum Opfer gefallen.

Mir zum Opfer gefallen.

Galle steigt mir auf, und ich stolpere zurück, schlinge meine Arme um mich und übergebe mich.

Erst als ich mich ein wenig beruhigt habe, hebe ich erneut den Kopf – und was ich nun sehe, lässt mich meine Augen aufreißen.

Weit hinter Soldat Ren, zwischen den Bäumen, ist eine Mauer. *Ist das eine Mauer der Königsstadt?*

Vor ihr erscheinen nun Soldaten in blauen Rüstungen und mit roten Federn auf dem Kopf. Sie sitzen auf weißen Pferden und kommen direkt auf uns zu.

Soldat Ren folgt meinem Blick und richtet sich mit sichtlich zitternden Gliedern auf.

Sein Kinn hebt sich, und er sieht den Soldaten entgegen wie ein Krieger, der genau weiß, was jetzt kommt.

Dem König sei Dank. Wir sind gerettet.

Die Pferde werden schneller, bis sie direkt vor uns sind. Einer von ihnen springt vom Pferd, das Gesicht durch seinen blau blitzenden Helm versteckt. »Im Namen des Königs nehmen wir Euch fest. Jeglicher Widerstand wird als Angriff gewertet und endet mit dem Tod.«

Mein Blut gefriert zu Eis, und ich blicke zu Soldat Ren. Doch statt sich zu wehren, streckt er ihm seine Hände entgegen und lässt sich mit eisernen Fesseln gefangen nehmen.

Verdammt.

Sie wissen, was ich bin.

Sie müssen es gesehen haben!

Ich mache einen Schritt zurück, und der ursprüngliche Teil in mir will fliehen.

Sie wissen, was ich bin!

Doch dann schaut Soldat Ren zu mir herüber, und eine Warnung steht in seinen Augen. Zugleich schimmert Zuversicht darin, und es ist absolut dumm, aber ich bleibe stehen und lasse zu, dass der fremde Soldat mich ebenfalls festnimmt.

17. Kapitel

Avi

Ich fühle mich wie gelähmt, als die Soldaten uns zur Mauer eskortieren, durch diverse Sicherheitsschleusen führen und dann in einen Kerker bringen. Die ganze Zeit über will ich schreien und Soldat Ren schütteln und von ihm wissen, wie er das zulassen kann, wenn er doch genau weiß, was ich bin und was jetzt auf mich zukommen wird.

Der Kerker ist ein langer Keller, ohne Fenster, mit muffiger Luft und feuchten Wänden. Gitterstäbe trennen die einzelnen Zellen voneinander und geben den Blick frei auf abgemagerte Insassen, die vor sich hin brabbeln und in die Ecken drängen. Wir werden einen schier endlosen Gang entlanggescheucht, bis einer der vermummten Soldaten eine Zellentür öffnet.

Ich werde hineingeschoben, doch Soldat Ren bleibt stehen, was die anderen Soldaten dazu veranlasst, ihre Schwerter zu ziehen. Sein gleichmütiger Blick fällt über sie, als er sein Kinn hebt. Alles an ihm strahlt Überlegenheit und Stärke aus. »Fürst

Nevan wird wissen wollen, dass wir bereits hier sind. Sobald er eintrifft, solltet Ihr ihn darüber informieren.«

Die Soldaten reagieren nicht, und mit ihren Visieren ist es kaum möglich, eine Regung aus ihren Gesichtern zu entnehmen. Offenbar braucht Soldat Ren diese nicht, denn der tritt erhobenen Hauptes zu mir in die Zelle.

Das folgende Klicken fühlt sich endgültig an, und mein Hals verengt sich. *Wir sind in der Königsstadt. Ich habe vor den Soldaten des Königs meine Dunkelheit offenbart. Die Fähigkeit einer Nachtfae, die der König gejagt und ausgerottet hat. Einem König, der keine Gnade walten lassen wird.*

Soldat Ren hebt eine Augenbraue und wirft mir einen vielsagenden Blick zu. »Reißt Euch zusammen. Es wird Euch nicht retten, wenn Ihr jetzt ausflippt.«

Ich taumle von ihm weg, und meine Unterlippe bebt. Ich kann nicht fassen, mit welcher Härte er mich nun ansieht. Mit welchem ... Ekel.

Schauspielert er das nur? Oder meint er seine Worte ernst?

Mein Blick fliegt zu dem einzigen königlichen Soldaten, der zurückgeblieben ist und vor unserer Zelle Wache hält. Etwas, das es vor keiner anderen Zelle gibt und beweist, für wie gefährlich wir gehalten werden. Für wie gefährlich *ich* gehalten werde.

Nichts in Soldat Rens Gesicht deutet darauf hin, dass er nur so tut, als würde allein meine Nähe ihn anwidern.

Dabei habe ich es gewusst. Die ganze Zeit. Ich bin, was ich bin, und er ist, was er ist. Nichts wird etwas daran ändern, dass wir einander hassen sollten.

Zugleich flüstert eine leise Stimme in mir, dass er es nicht so meinen kann. Nicht, nachdem wir uns gegenseitig das Leben gerettet haben. Nicht, nachdem er meine Dunkelheit als

Schutzschild angenommen und zu etwas beinahe Gutem hat werden lassen.

Der Verrat brennt in meiner Kehle wie scharfe Splitter. Doch noch schmerzhafter ist die Erkenntnis über meine Dummheit. Offenbar habe ich auf dem Weg hierher begonnen, ihn zu mögen.

Gekränkt schlinge ich die Arme um mich und mache einen Schritt von ihm weg, so weit, dass ich noch genug Abstand zu der anderen Zelle habe, in der eine bemitleidenswerte Gestalt vor sich hin murmelt. Seine Kleidung ist zerlumpt, und er sitzt in den Schatten, doch seine Augen funkeln gefährlich, weshalb ich mich von ihm abwende.

Die Situation ist ausweglos, und in mir wirbeln so viele Gefühle, dass ich nicht weiß, wohin mit mir.

Soldat Ren steht mitten in der Zelle, die Hände hinter dem Rücken verschränkt, die Mine ausdruckslos wie eine Statue.

Noch immer ist er voller Blut, und an den Stellen, wo die Krallen seinen Anzug durchbohrt haben, sehe ich große Wunden aufklaffen.

Nicht, dass ich mich um ihn sorgen würde, denn er ist ein Fae und heilt damit bedeutend schneller als ein Mensch. Vermutlich wird morgen schon nicht einmal mehr eine Narbe zu sehen sein.

Mein Körper schmerzt, die Wunden pochen, und ich spüre, wie etwas in mir gegen das Gift der Nebelgeister ankämpft. *Meine Dunkelheit*, wenn ich Soldat Ren richtig verstanden habe.

Ich atme tief durch und versuche die Wut, die sich in meiner Brust breitmacht, nicht noch weiter anzufachen. Es gibt sicher eine Erklärung für sein seltsames Verhalten. Die muss es einfach geben.

Es dauert Stunden, bis sich etwas tut. Wir bekommen weder Essen noch Trinken, und mein Magen knurrt elendig, doch ich lasse mir ansonsten nichts anmerken.

Dann plötzlich ertönen Schritte, und wütende Flüche hallen durch den langen Flur des Kerkers.

Marlon! Ich erkenne seine Stimme sofort und stoße erleichtert den Atem aus. Er lebt, und offensichtlich geht es ihm gut.

Und dann sind sie da. Marlon wehrt sich gegen den Soldaten, der ihn vor sich herschiebt, und stolpert mehr, als dass er geht. Dahinter ist Inara, die mit stechend nervösem Blick hin und her schaut und ebenfalls von einem Soldaten eskortiert wird.

Von Fürst Nevan ist nichts zu sehen.

Oh nein.

Soldat Ren versteift sich neben mir, und ich zwinge mich, nicht zu ihm herüberzusehen.

Stattdessen warte ich, bis die Soldaten Marlon und Inara in die benachbarte Zelle schubsen und diese dann verriegeln.

Dann stellt sich einer der Soldaten vor unsere Zelle und nimmt Soldat Ren ins Visier. »Ihr kommt mit uns.«

Soldat Ren regt sich zunächst nicht, sondern wartet nur stumm ab, bis die Zellentür geöffnet wird, und schreitet dann erhobenen Hauptes heraus. Ohne einen Blick zurückzuwerfen.

Er und die Soldaten verschwinden, wobei nur je ein Wächter vor unseren Zellen zurückbleibt. Statuen in blauer Uniform und roter Feder. Gesichtslos und sicher bereit, sofort zuzuschlagen, sollten wir auch nur ein falsches Wort sagen.

Ich eile zu den Gitterstäben, die mich von Inara und Marlon trennen. »Alles okay bei euch?«

Marlon fletscht die Zähne und sieht so bedrohlich aus wie die Bestien, die uns erst Tage zuvor angegriffen haben. »*Alles gut?* Wir sind in einem beschissenen Kerker, und der verdammte Fürst hat uns hintergangen!«

Ich schüttle den Kopf, weil seine Worte keinen Sinn ergeben, und sehe Inara an, die angespannt und nervös umherblickt. »Was ist passiert?« Ich wispere, auch wenn ich weiß, dass die Soldaten vor unseren Zellen jedes Wort mitanhören können.

»Wir haben seinen verdammten Arsch gerettet, und dafür hat er den Soldaten des Königs erzählt, dass wir nichts anderes waren als ein Freifahrtschein durch die Tote Zone.« Marlon spuckt die Worte von sich und tigert durch die Zelle.

»Hat er das gesagt?«

»Ja. Das waren seine Worte. Dann hat er uns vor einer Horde Schaulustiger gegeneinander geschubst, und als die unsere Kräfte gesehen haben, war natürlich die Hölle los. Dieser miese Bastard musste uns auch noch zur Schau stellen!« Er ballt die Hände zu Fäusten, und Inara reibt sich das Gesicht.

Mir wird ganz schlecht, doch Marlon redet einfach weiter. »Dann hat er nach Soldat Ren schicken lassen und nicht einmal mit der Wimper gezuckt, als wir abgeführt wurden.«

»Es ist wahr.« Inara zieht die Schultern hoch. Ihr Gesicht sieht geisterhaft aus, und in ihren Augen liegt noch der Schrecken der Reise.

Das kann ich nicht glauben. Ich will es nicht. Denn das würde bedeuten, dass wir in diesem Kerker sterben werden. Würde Soldat Ren das wirklich zulassen? Oder bin ich ihm gegenüber zu naiv gewesen?

Um Marlon nicht noch wütender zu machen, lasse ich das Thema ruhen. »Als wir uns aus dem Nebel befreien konnten, wart ihr weg. Wie konntet ihr den Bären entkommen?«

»Wir sind so gut es ging gerannt und haben dann angegriffen«, antwortet mir Marlon und macht eine Handbewegung, als wäre das das Leichteste an dieser Reise gewesen. Vermutlich war es das auch. Schließlich schnauft er erschöpft und beruhigt sich in seiner Rage langsam.

»Und dann mussten wir die ganze Nacht auf einem verdammten Dach ausharren«, stößt Inara aus und wirft Marlon einen bösen Blick zu. »Und sein Schnarchen hat uns irgendwelche riesigen Vögel auf den Hals gehetzt.«

Marlon verdreht die Augen. »Ich brauche eben meine Ruhe.«

»Wir wären fast draufgegangen«, erwidert Inara und ballt ihre Hände zu Fäusten, bevor sie sich zu mir umdreht. »Ich wette, Soldat Ren hat einfach alles plattgemacht, was sich euch in den Weg gestellt hat.«

»Die Nebelgeister haben unsere Witterung aufgenommen und uns verfolgt.«

Inaras Augen weiten sich. »Wie habt ihr das überlebt? Wir haben den Angriff vorhin nur ganz knapp überlebt, und wir waren zwei Nachtfae.«

Ich versuche nicht rot anzulaufen, während ich an die letzte Nacht denke, an Soldat Rens Arme um meinen Körper, an unsere Nähe, an das Herzklopfen. »Ich habe uns in meiner Dunkelheit versteckt.«

»Die ganze Nacht?«, fragt Inara leise, und als ich den Kopf hebe, sehe ich etwas in ihren Augen blitzen.

Ich kann nur nicken.

»Scheiße«, stößt Marlon aus.

»Ja«, stimme ich ihm leise zu und lehne mich gegen die Gitterstäbe, weil meine Beine langsam wirklich wehtun.

***

Die Zeit verfliegt, und irgendwann sitzen wir alle auf dem Boden, die Rücken zueinander an den Gitterstäben, und verzehren die einzige Mahlzeit, die uns vergönnt wurde – ein undefinierbarer Eintopf und ein Stück Brot. Beides ist noch warm und genießbar – und das musste etwas Gutes bedeuten, oder?

Als sie reingebracht wurde, flippten die anderen Insassen aus. Sie schlugen gegen ihre Gitterstäbe, schrien und erzeugten Geräusche wie Tiere, die schon viel zu lange ausgehungert wurden.

Ich esse dennoch. Egal wie schlecht ich mich ihnen gegenüber fühle. Am Ende siegt wohl immer der eigene Überlebenstrieb.

»Glaubt ihr, es ist ein gutes Zeichen, dass sie uns Essen bringen?«, fragt Inara mit rauer Stimme, und ich spüre ihre Wärme hinter mir durch die Gitterstäbe. »Könnte es, oder?«

Marlon schnaubt. Die Wut in ihm ist noch immer nicht ganz verraucht.

»Könnte es, ja«, stimme ich ihr zu und esse weiter, während ich zu Boden schaue, um nicht den Insassen ansehen zu müssen, der sich gegen die Gitter zu meiner Zelle drängt und mich und das Essen anstarrt, als könne er sich nicht entscheiden, wen von uns beiden er im Zweifelsfall eher verspeisen würde.

Die Zeit danach vergeht wie in einer Art Blase. Es könnten Stunden, aber auch Tage sein, in denen ich immer wieder vor Erschöpfung in einen Halbschlaf sinke, weil ich nicht mehr gegen die Müdigkeit anblinzeln kann.

Wir reden kaum miteinander, schon gar nicht über irgendwelche wichtigen Dinge, weil wir die ganze Zeit über überwacht werden. Unsere Wunden heilen von alleine und so schnell, dass es keinen Zweifel mehr gibt, dass wir nicht menschlich sind.

Dann endlich regt sich etwas. Ein weiterer Soldat erscheint und sagt, dass wir mitkommen sollen. Marlon springt auf, während Inara und ich bedeutend langsamer sind. Sie, weil sie ihr Misstrauen kaum verbergen kann. Ich, weil ich Angst habe, dass dies der Weg zu unserer Hinrichtung ist.

Ich versuche mir nicht anmerken zu lassen, wie sehr ich mich fürchte, als ich aus der Zelle hinaustrete und gemeinsam mit Marlon und Inara den Soldaten folge.

Wir werden durch unscheinbare weiße Gänge geführt, die sich labyrinthartig hinziehen und in denen es nicht ein einziges Fenster gibt. Irgendwann müssen wir durch eine Sicherheitsschleuse, werden über eine Treppe nach oben geführt, und plötzlich scheint es, als wären wir in einer völlig anderen Welt. Wir befinden uns in einem prunkvollen Flur. Der Boden ist aus hellem Marmor, die Wände strahlend weiß, und goldene Kronleuchter hängen von der Decke. Ein roter Teppich führt in der Mitte entlang, und die königlichen Soldaten bedeuten uns, bloß nicht auf ihn draufzutreten.

So gehen wir wie Gefangene diesen prachtvollen Teppich entlang, direkt auf eine goldene Tür zu. Sie ist so fein verziert und wunderschön gearbeitet, dass sie ein Relikt aus einem anderen Palast sein muss. Einem aus alten Zeiten, als es noch keine Magie gegeben hat. Einer Zeit, in der Metalle noch abgebaut wurden.

Zu beiden Seiten wird die Tür von Soldaten flankiert. Auch sie tragen blaue Uniformen, doch diese sind mit goldenen Manschetten und einer goldenen Feder auf dem Kopf ausgestattet. Als wären sie wichtiger als die mit der roten Feder.

Auch ihre Gesichter sind nicht zu sehen, und ich frage mich, was das soll. Will man damit Menschen einschüchtern, weil sie ihrem Feind nicht ins Auge blicken können?

Ich ahne schon, was uns hinter dieser Tür erwartet und fühle mich in den Moment zurückversetzt, als ich Fürst Nevan das erste Mal gegenüberstand. Nur, dass es jetzt um König Arthur geht.

Die Soldaten betrachten uns eingehend, und ein leises Ratschen ertönt, als sie hinter uns ihre Waffen ziehen. Ich fahre herum und sehe ihre gezückten Schwerter, die sie auf uns richten. »Was soll das?«

»Sie haben Angst vor uns«, erklärt Marlon mit selbstgefälligem Tonfall. »Vermutlich wollen sie ihren König vor uns beschützen.«

Sie erwidern nichts, sondern drängen uns nur langsam vorwärts, während die Türen geöffnet werden.

Inara schnappt nach Luft, und ich zwinge mich, den Blick von den Schwertern zu nehmen. Vor uns eröffnet sich ein riesiger Saal, so groß, dass man sicher eine Ewigkeit braucht, um ihn zu durchschreiten. Rechts und links drängen sich modisch gekleidete Höflinge aneinander und werden von Soldaten zur Seite gedrängt, sodass ein Mittelgang entsteht.

Am Ende ragt ein goldener Thron auf, und auf ihm sitzt der König. Auch wenn er aus der Entfernung wie ein alter Mann wirkt, spüre ich dennoch eine pulsierende Macht von ihm ausgehen.

Wir werden mitten in das aufgeregte Gemurmel geführt, das vor Furcht bebt. Die Blicke der Schaulustigen kleben an meiner Haut, und mir wird erst jetzt bewusst, wie schäbig ich aussehe. Meine Kleidung hängt in Fetzen und ist verschmutzt. Ich habe seit Tagen in keinen Spiegel mehr geblickt, und vermutlich ist es um mein Gesicht nicht besser bestellt. Doch statt Scham zu empfinden, recke ich trotzig das Kinn. Wir haben ganz andere Gefahren überwunden. Dann werden wir diese Demütigung ebenfalls überstehen.

Erst als wir den Thron fast erreicht haben, entdecke ich Fürst Nevan rechts vom Thron. Mit ihm befinden sich noch sieben andere Fae dort vorne, umringt von weiteren Soldaten. Unter ihnen ist auch Ren, seine Miene ist hart und ausdruckslos.

Mein Herz rutscht mir in die Kniekehlen. Der König hat die Fürsten zusammengetrommelt. Deshalb mussten wir so lange im Kerker ausharren. Das kann nichts Gutes bedeuten.

Ich betrachte ihre Gesichter, alle unsterblich und jung, wunderschön und mächtig. Trotz unterschiedlicher Haut- und Haarfarben haben sie doch alle etwas gemeinsam: die stechenden, hypnotischen Augen. Sie alle erwiesen dem König einst große Dienste während des Nachtkriegs. *Doch was tun sie hier?* Ich sehe die Ablehnung in ihren Gesichtern, auch wenn Fürst Nevans Mundwinkel zuckt. Als würde er sich prächtig amüsieren.

Ich kenne ihn nicht gut genug, um sagen zu können, ob dies ein gutes oder ein schlechtes Zeichen ist.

König Arthurs Macht wird spürbarer, je näher wir kommen. Er hat langes weißes Haar, ein hageres Gesicht und trägt eine goldene Krone auf dem Kopf, die mit Rubinen bestückt ist. Sein roter Mantel ist mit blauen Bordüren verziert und reicht ihm bis zu seinen dunkelblauen Stiefeln. Seine Hände liegen auf den Lehnen seines Thrones, und an seinen Fingern blitzen unzählige goldene Ringe.

Links von ihm sitzt, auf einem bedeutend kleineren Thron, die schönste Fae, die ich jemals gesehen habe.

Das muss Prinzessin Juliette sein. Sie trägt ein rotes Kleid mit goldenen Details, die zu dem goldenen Diadem in ihrem hochgesteckten Haar passen. Sie hat große Augen, volle Lippen und eine gerade Nase. Ihr Gesicht ist vollkommen symmetrisch und ausdruckslos, während sie uns mustert.

Schließlich bleiben wir stehen. Inara und ich sinken in einen tiefen Knicks, während Marlon sich verneigt. Gespenstische Stille setzt ein, und es fühlt sich einen Moment lang so an, als wären wir allein mit dem König und den Fürsten in dem Saal.

»Das sind sie also«, murmelt König Arthur mit tiefer, gebieterischer Stimme, die vor Ablehnung nur so trieft. Er sagt mit keinem Wort, dass wir uns erheben dürfen, weshalb wir in unseren Positionen verharren. »Fürst Nevan. Tretet vor und erklärt uns, warum wir Euch nicht auf der Stelle hinrichten lassen sollten.«

Die Schritte des Fürsten klackern auf dem Marmor, und ich kann ihn im Augenwinkel nach vorne gehen sehen. Hinter mir ertönen leise Seufzer der Entzückung aus den Zuschauerreihen.

»Ich habe die Geburt der Zwillinge über Jahre streng überwacht und notfalls eingegriffen, wie Ihr es uns aufgetragen habt. Doch einige wenige dieser Kinder habe ich für Notfälle leben lassen. Diese drei sind die Letzten ihrer Art.«

»Was für Notfälle?«, knurrt der König hörbar verärgert. »Ihr hattet einen Auftrag. Zwillinge sind die Ausgeburt des Teufels, und ihre Geburt muss um jeden Preis verhindert werden. Woher soll ich wissen, dass Ihr sie nicht für Eure eigenen Zwecke am Leben gelassen habt und es nicht noch viel mehr von ihnen gibt?«

»Nun, mein König, das könnt Ihr nur durch Vertrauen wissen. Was würden mir schon ein paar unwichtige Nachtfae-Bastarde nützen? Zudem haben sie uns sicheres Geleit in die Königsstadt ermöglicht, wo alle anderen Wege doch urplötzlich nicht mehr passierbar waren.« Bei den letzten Worten hebt er fragend seine Stimme.

Das nimmt auch der König wahr, und ihm entfährt ein Grollen, das die Wände beben lässt. »Was wollt Ihr damit andeuten?«

»Ich weiß, dass dies ein Test Eurerseits war, und ich bin deshalb bereit, Euch meine kleinen Laborratten zur Verfügung zu stellen.«

Ich schnappe nach Luft und wäre beinahe in meinem Knicks zusammengesackt. Das kann er nicht gesagt haben! Inara wankt neben mir, während Marlon seine Hände so fest zu Fäusten ballt, dass ich dunkle Schwaden darum wabern sehen kann.

»Reiß dich zusammen«, zischt Inara ihm zu. »Sie warten nur auf einen weiteren Grund, uns zu töten.«

Marlon atmet hörbar ein, und die Dunkelheit verschwindet.

»Was soll mir das bringen?«, entgegnet der König.

»Wie ich mitbekommen habe, herrscht ein reges öffentliches Interesse an ihnen, nachdem sie bei ihrer Ankunft ihre Kräfte demonstriert haben«, erwidert Fürst Nevan in seinem bekannten, gelangweilten Tonfall. »Ihr könntet Euch dies zunutze machen.«

Die Temperatur scheint sich um mehrere Grad abzukühlen, als er diesen Vorschlag macht. Sicher hat jeder in diesem Raum mit unserer sofortigen Hinrichtung gerechnet – einschließlich mir.

Inara macht ein Geräusch, als würde sie alle Puzzleteile zusammenführen, und mit einem Mal wird es mir ebenfalls klar. Der Zusammenstoß bei der Festnahme wurde von Fürst Nevan inszeniert. *Doch warum?*

»Wofür sollen sie schon von Nutzen sein? Was sollte mich daran hindern, diesen Abschaum hier und jetzt hinzurichten?«

»Nun«, wirft ein Fürst mit melodischem Klang ein. »Ich muss Fürst Nevan recht geben. Trotz unserer Vorsicht ist der Umgang mit vorgeburtlichen Zwillingen bemerkt worden. In meinem und in anderen Fürstentümern. Stimmen sind bereits laut geworden, und nachdem Bilder in Umlauf gebracht wurden, in denen zwei der …« Er zögert, als könne er sich nur mit Mühe überwinden, das Wort auszusprechen, »Nachtfae zu sehen sind, kam es zu Protesten.«

»Was für Proteste?« Die Frage des Königs knallt nur so durch den Raum, und ich höre hinter mir, wie einige der Höflinge zurückweichen. Ich selbst zwinge mich noch immer, in meinem Knicks zu verharren, auch wenn meine Beine brennen und ich nicht sicher bin, wie lange ich das noch aushalte.

»Nun«, fügt ein weiterer Fürst mit dunklerer Stimme hinzu. »Diese Wesen sehen aus wie Menschen, und sie verhalten sich wie Menschen. Das wirft bei vielen Bürgern die Frage auf, ob sie dann nicht auch menschliche Züge haben könnten.«

»Wir sollten das Pack hinrichten lassen, bevor noch mehr Fragen laut werden«, sagt ein anderer, und ich verkrampfe mich.

»Das könnten wir. Doch das wird die Frage nach dem Warum nicht klären. Unsere Bürger wollen wissen, warum Schwangerschaften mit Zwillingen unterbrochen werden. Sie wollen Antworten, und ich befürchte, dass ihr Unmut zunehmen könnte«, wirft ein anderer ein.

»Genau das ist es, was Nachtfae machen! Unruhe stiften und das Volk aufhetzen!«

»Wir sollten den Menschen diese Nachtfae präsentieren. Sie

werden selbst entscheiden, ob sie Angst vor ihnen haben sollten oder nicht.«

»Was für ein Schwachsinn!«

Es bricht eine Diskussion über das Für und Wider unseres Lebens auf, und nur langsam sickern die neuen Informationen in mein Bewusstsein. Sie lassen Zwillinge nicht einmal mehr im Mutterleib wachsen. Sie töten sie, weil sie nicht wissen, welcher von ihnen der Böse sein könnte.

Und der ganze Hofstaat weiß es. Deshalb nimmt niemand vor den Höflingen ein Blatt vor den Mund. Es ist ein offenes, grausames Geheimnis.

»Ruhe!«, durchbricht der König die Diskussion, und augenblicklich kehrt Stille ein. »Nun gut. Wir werden wählen. Fair und gerecht. Wer ist dafür, dass diese drei Wesen dem Volke präsentiert werden?«

Ich kann nicht sehen, was passiert, aber die Unruhe der Höflinge springt auf mich über und lässt mein Herz flattern.

»Und wer ist für ihren sofortigen Tod?«

Am liebsten hätte ich aufgesehen, aber ich wage nicht, mich zu rühren.

»Dann ist es entschieden«, sagt der König nach einem langen Moment. »Sie werden sich dem Volk präsentieren, und am Ende wird dieses darüber urteilen, was mit ihnen geschieht. Doch Fürst Nevan, vergesst nicht, dass ich Euch das Verschweigen dieses *Experimentes* nicht vergessen werde.« Die Drohung hinter seinen Worten ist unüberhörbar, und ich schlucke angesichts des Zorns in seiner Stimme.

Fürst Nevans Tonlage hingegen bleibt gelassen. »Ich werde alles tun, um meine Verfehlungen zu büßen, mein König.«

»So sei es. Bringt sie fort und lasst sie vorbereiten. Die Sinnesspiele sind optimal, um ganz Alteuropa miterleben zu lassen, was es bedeutet, wenn Nachtfae unter uns leben.«

Jemand packt mich am Arm, und ich werde fortgezerrt, bevor ich mich noch einmal erheben kann.

Die Sinnesspiele. Er wird uns zu den Sinnesspielen schicken.

Ich habe keine Ahnung, ob dies unser Todesurteil oder unsere letzte Chance ist.

18. Kapitel

Avi

Keiner von uns sagt etwas, als die Soldaten uns durch die Gänge des Palastes scheuchen, die alle gleich aussehen. Wie ein Labyrinth aus Marmor, weißen Wänden und edlem rotem Teppich. Keine Fenster zeigen nach draußen. Vermutlich sind sie den anderen Räumen vorbehalten.

Irgendwann werden die Flure schlichter, bis wir schließlich vor einer der Stahltüren stehen bleiben, die hier die Wände säumen. »Das ist Eure Unterkunft. Euch ist nicht gestattet, diese Räumlichkeiten eigenhändig zu verlassen«, unterrichtet uns einer der Soldaten, während ein anderer die Tür aufschließt. »Seid Euch sicher, dass jeder von uns die Berechtigung hat, Euch zu töten, sollten wir eine Gefahr in Euch erkennen.«

Ich verkneife mir einen Kommentar und trete in das Zimmer, in dessen Mitte sich ein abgenutztes Sofa befindet und von dem mehrere Türen wegführen.

Als auch Inara und Marlon im Raum sind, knallt die Tür hinter uns zu.

»Nett«, murmle ich und streiche mir über das Gesicht, während die Anspannung schlagartig nachlässt. »Was ist das wohl für eine Gemach?« Für königliche Gäste ist es sicher nicht gedacht.

»Es wirkt wie eine Soldatenunterkunft«, sagt Marlon und tritt vor mich auf das Sofa zu.

Wir befinden uns offenbar in einem Aufenthaltsraum. In der Ecke steht eine kleine Kochnische mit grauen Fronten und allerlei Küchengeräten, die zwar alt, aber funktional wirken. Unter dem Sofa liegt ein abgetretener grauer Teppich, der fast den gesamten weißen Fliesenboden bedeckt.

Und in der Ecke neben den Fenstern steht ein schwarzer Apparat. Er ist schmal und rechteckig und steht auf einem Schrank.

»Ist das ein Fernseher?«, frage ich verblüfft und sehe zu, wie Marlon nach einem länglichen schwarzen Gerät mit Knöpfen greift und darauf herumdrückt. Im nächsten Moment springt der Fernseher an. »Wie ist das möglich?« Solche Geräte gibt es nicht mehr. Sie sind ein Relikt alter Tage. Ich habe mal einen in einem Museum gesehen, aber ansonsten sind sie nicht mehr existent. *Dachte ich.*

»Schaut her!«, ruft Inara und hat die grauen Vorhänge einen Spalt breit aufgezogen. Ihre Augen sind geweitet, und sie umklammert den dicken Stoff zwischen ihren Fingern so fest, dass die Ösen an der Schiene unter der Decke quietschen.

Marlon springt auf und nimmt ihr den Vorhang ab, um ihn ganz aufzureißen.

Ich stoße einen erschrockenen Laut aus und weiche zurück, als grelle Farben und Lichter auf mich niederprasseln. Unsere

Unterkunft muss sich relativ weit oben befinden. Wir können auf die Stadt niederblicken, die sich unendlich weit vor uns erstreckt. Überall richten sich gläserne Hochhäuser mit mindestens zehn Stockwerken in den Himmel und scheinen kurz davor zu sein, die über ihnen hängenden Wolken zu berühren. Über ihre Glasfronten huschen Bilder mit Menschen und Dingen, die ich noch nie zuvor gesehen habe.

Ich trete mit bebenden Knien an die Scheibe und schaue hinunter. Unter uns sehe ich Soldaten vor einer Mauer patrouillieren und brauche einen Moment, um zu realisieren, dass diese Mauer uns von dem Rest der Stadt trennt.

Eine Stadt, die ein Durcheinander aus Straßen und Personen zu sein scheint. Bunt, grell und ganz anders als unser Fürstentum.

»Wusstet ihr das?«, frage ich leise und vollkommen überwältigt von diesem Anblick.

Inara schüttelt neben mir ihren Kopf. »Ich habe gehört, dass die Fürstentümer sich voneinander unterscheiden, aber nicht so sehr.«

»Es gab Gerüchte«, sagt Marlon neben mir. »Davon, dass der König fasziniert von Technik ist. Er liebt die Annehmlichkeiten, die sie ihm bietet. Aber das hier? Wie kann es sein, dass keine Händler oder Besucher aus anderen Fürstentümern davon berichtet haben?«

Inara und ich schütteln gleichzeitig unsere Köpfe, denn wir sind ebenso ratlos. Ein solches Maß an Geheimhaltung sollte unmöglich sein. Dennoch stehen wir hier und blicken auf eine Stadt, die es angeblich vor dem ersten Krieg das letzte Mal gegeben hat. Bevor die Menschen sich in Bunkern oder Kellern versteckten. Bevor alles zusammenbrach.

Ich reiße mich von dem Fenster los, weil es mich verwirrt

und zugleich wütend macht. *Lügen.* Überall sind Lügen. Und wir sind die allergrößte davon.

Ich gehe die anderen Türen entlang und öffne sie nacheinander. Es kommen drei kleine Schlafzimmer zum Vorschein, in denen gerade so ein Bett sowie ein Schrank passen und die mich stark an mein Versteck auf dem Dachboden meines Zuhauses erinnern. Ich denke an Ana und hoffe es geht ihr gut. Wenn sie nur wüsste!

Die letzte Tür führt in ein Badezimmer. Es ist bis unter die Decke weiß gefliest und besitzt neben einer Toilette und einem Waschbecken sogar eine Dusche. In der Ecke steht ein offenes Holzregal, in dem sich Handtücher stapeln. Es gibt hier kein Fenster, aber ich höre einen Abzug, als ich das Licht anmache.

»Ich dusche zuerst!«, rufe ich und schließe mich im Badezimmer ein, ohne auf die Antwort der anderen zu warten.

Meine zerrissenen und verdreckten Kleidungsstücke landen in einem Haufen auf dem Boden, und ich drehe das Wasser der Dusche auf. Ich steige darunter, noch bevor das Wasser warm geworden ist, und erschaudere, während ich mir mit einer in der Dusche liegenden Seife Schlamm, Blätter und Staub von der Reise aus Körper und Haaren wasche.

Wir werden zu den Sinnesspielen antreten, in der Königsstadt, die ganz anders ist, als Ana und ich sie uns je ausgemalt haben. Wieso ist unser Fürstentum so anders? Oder geht es allen Fürstentümern so?

Zwillinge sind die Ausgeburt des Teufels, und ihre Geburt muss um jeden Preis verhindert werden.

Meine Hände verkrampfen sich in meinen Haaren, und Hass brodelt so heftig in meinem Magen, dass mir schlecht wird. König Arthur ist ein Mörder, und ich zweifle nicht eine

Sekunde lang, dass er uns alle umbringen lassen wird, sobald er die Gelegenheit dazu erhält.

Wir leben einzig und allein deshalb, weil die Bürger der Fürstentümer Fragen stellen und aufgrund der unzureichenden Antworten unruhig werden.

Soldat Rens Gesicht taucht vor meinen Augen auf, und ich kneife sie wütend zusammen, weil er ebenfalls nicht in meine Gedanken gehört. Er wusste die ganze Zeit, dass wir hier ausgeliefert werden sollten.

Er wollte nur, dass ich auf dem Hinweg überlebe. Deshalb hat er sich beinahe freundlich mir gegenüber verhalten. Wir haben einander gerettet. Er mich, weil er mich ausliefern wollte. Ich ihn, weil ich offenbar keinerlei Menschenkenntnis besitze.

Genervt spüle ich den Rest der Seife aus und trete aus der Dusche. Mir ist sofort kalt, und ich greife mir ein Handtuch aus dem Regal, um mich damit abzutrocknen. Der Spiegel ist beschlagen, und von draußen höre ich bereits das wütende Knurren Marlons, der es sicher nicht gut findet, dass ich mich bei der Dusche vorgedrängelt habe.

Weil ich unter keinen Umständen meine dreckige und verschlissene Kleidung anziehen kann, schlinge ich das Handtuch fester um mich und lasse meine Haare in nassen Wellen über meine Schultern fallen. Dann schließe ich die Tür auf und trete zurück in den Wohnbereich – direkt in das Blickfeld von Soldat Ren.

Ich erstarre.

Seine Augen weiten sich für den Bruchteil einer Sekunde, bevor er wieder eine unbewegte Miene aufsetzt.

Schnell umklammere ich mein Handtuch fester und trete halb wieder ins Badezimmer. »Was tut Ihr hier?«

»Keine Sorge. Wir wollen nicht lange stören«, antwortet anstatt seiner Fürst Nevan, und ich entdecke ihn auf dem Sofa sitzend. Er trägt frische Kleidung aus feinstem schwarzem Samt, geschmückt mit goldenen Details, und hat einen Fuß lässig auf dem anderen Knie abgelegt. Selbst seine neuen Schuhe sehen aus, als würden sie ein Vermögen kosten.

Marlon und Inara lehnen mit verschränkten Armen an der Küchenzeile und starren mich an, als wäre ich ein Geist, doch Fürst Nevan zieht ihre Aufmerksamkeit wieder auf sich.

»Ihr seid sicher wütend – verständlicherweise«, fügt dieser mit einem entschuldigenden Grinsen hinzu. »Jedoch sind die kommenden Spiele für Euch eine echte Chance. Ich konnte verhandeln, dass der Gewinner weiterhin – selbst wenn es einer von Euch ist – einen Wunsch vom König erfüllt bekommt.«

»Und was soll mit dem Rest passieren?«, frage ich bissig, weil ich es jetzt einfach nicht mehr zurückhalten kann. »Der König will uns tot sehen. Er wird nicht zulassen, dass einer von uns gewinnt, falls er uns überhaupt am Leben lässt.«

Als würde ich nicht über unseren Tod reden, winkt der Fürst lässig ab. »Das könnt Ihr meine Sorge sein lassen.«

Ich möchte ihn schütteln. »Wie sollen wir überhaupt gewinnen? Diese Spiele sind für Menschen erster Klasse gedacht. Fae sind nicht zugelassen.«

Fürst Nevan lehnt sich nun vor, die Ellenbogen auf die Knie gestützt. »Durch Eure Geburt seid Ihr ebenfalls halbe Menschen, was man nicht vergessen darf. Ihr werdet in diesen Spielen Eure Menschlichkeit unter Beweis stellen. Ihr werdet verletzlich sein und sympathisch. Das wird Euch retten.«

»Wie genau soll das funktionieren?« Marlon schnaubt und stößt sich von der Arbeitsplatte ab. Als er neben mich tritt, rieche ich den Schweiß der letzten Tage und frage mich, ob ich genauso gerochen habe. »Nichts als leere Versprechen sind das hier. Wir sind so gut wie tot. Sobald nur einmal unsere Schatten ausbrechen, ist nichts mehr an uns sympathisch, egal wie heuchlerisch wir den Zuschauern zuwinken.«

»Ihr spielt natürlich ein Liebespaar.« Fürst Nevan winkt in seine und Inaras Richtung. Dann schaut er mich an. »Genauso wie wir, nur ein wenig subtiler natürlich, weil unsere Liebe verboten wäre.« Er spricht das Wort langsam und sinnlich aus, und meine Haut prickelt.

»Im Leben nicht«, knurrt Inara.

»Darauf wird niemand reinfallen.«

Fürst Nevans Mundwinkel hebt sich leicht, und er steht auf, um mir entgegenzuschlendern. Er ist so groß, dass ich zu ihm aufblicken muss, als er direkt vor mir stehen bleibt. Das Lächeln, das er mir schenkt, lässt meinen Puls schneller werden. »Genau *so*«, murmelt er und legt eine Hand an meine Wange. »Es wird leicht sein. Und wenn ein Fürst eine halbe Nachtfae begehren kann, werden es auch andere können.«

Ich trete von ihm weg, raus aus dem Badezimmer und näher an Marlon und Inara heran, wobei mir auffällt, wie irritiert sie mich anstarren. Meine Wangen sind warm, doch ich tue unbeteiligt. »Wieso solltet Ihr das wollen? Wieso solltet Ihr uns helfen?«

»Weil Ihr Bürger meines Reiches seid. Weil es Unrecht ist, jene zu bestrafen, die nichts für ihre Geburt können. Weil es an der Zeit ist, etwas zu ändern.«

Seine Worte lassen eine Woge aus Erleichterung über mir zusammenbrechen, und ich lächle, ganz wenig nur, aber ich kann es nicht verhindern.

»Das ist der Blick, mit dem Ihr mich ansehen werdet. Als würdet Ihr mich wahrhaftig schätzen. Und ich werde Euch anschmachten, wenn auch viel subtiler, weil alles andere unrealistisch wäre.« Er zwinkert mir zu und dreht sich zu Inara und Marlon. »Seid Ihr dabei?«

»Das wird uns niemand abkaufen.« Marlon schnaubt und deutet mit dem Daumen auf Inara. »Sie hasst mich, und ich finde sie auch nicht gerade nett.«

»Reißt Euch zusammen, wenn Ihr überleben wollt«, erwidert der Fürst unbeeindruckt.

Ich schaue zu Soldat Ren, dessen Blick fest auf den Fürsten gerichtet ist, als wäre ich gar nicht anwesend.

Möglicherweise bin ich das für ihn auch nicht. Vielleicht war das alles von Anfang an der Plan, und das ist auch der Grund, weshalb er mich die ganze Zeit auf Abstand hält.

Der König will uns tot sehen. Doch wir werden bis zum Schluss kämpfen.

»Wir haben Euch Kleidung gebracht. Sie ist praktikabel und ehrlich gesagt mehr, als ich erwartet habe.« Fürst Nevan blickt wieder zu mir, und mit einem Mal runzelt er die Stirn. »Euer Haar …«

Ich greife an meine nassen Haarspitzen. Habe ich etwa ein Blatt vergessen?

Er tritt wieder zu mir und streicht mir die Haare nach hinten, sodass meine Ohren freigelegt werden. Seine Augenbrauen heben sich, und er grinst schief, bevor er zu seinem ersten Soldaten blickt. »Ist unter dem ganzen Dreck wohl verborgen geblieben.«

Verwirrt greife ich an meine Ohren und stoße ein leises Keuchen aus, denn sie fühlen sich nach oben hin schmal und spitz an. *Wie kann das sein?* Ich laufe schnell ins Bad und wische mit der Hand über den beschlagenen Spiegel, wo ich direkt in meine geweiteten Augen starre.

Doch sind das wirklich meine Augen? Das sanfte Grün ist

regelrecht leuchtend, und mein Haar ist vom Ansatz bis zu meinen spitzen Ohren dunkel, fast schwarz, obwohl es normalerweise hellblond ist.

Hinter mir sehe ich Fürst Nevan im Türrahmen lehnen. »Was passiert mit mir?«

»Offenbar verändert Euch das Nutzen Eurer Kräfte. Es fördert zutage, was Ihr all die Jahre verborgen habt.«

Meine Unterlippe bebt, denn mit einem Mal bin ich eine andere Person. Ich kann so nicht mehr Aviana sein. Nicht mehr Teil einer Lüge, die mir all die Jahre das Leben gerettet hat. Ich bin etwas anderes. Etwas Neues. Und ich weiß nicht, ob es mir gefällt.

»Wird das auch mit uns passieren?«, höre ich Inara fragen und drehe mich zur Tür um, wo Marlon und sie neugierig an dem Fürsten vorbeispähen.

Dieser wiegt den Kopf hin und her. »Auf die ein oder andere Weise vermutlich. Euer Selbst wird mit jeder weiteren Nutzung Eurer Kräfte ein Stückchen mehr hervorgeholt. Wobei Avianas Veränderung vermutlich am weitreichendsten ist, weil sie ihre Kräfte all die Jahre unwissentlich dazu benutzt hat, wie jemand anderes auszusehen.«

Ich habe was? Heißt das, ich habe mich selbst zu einem Schatten meiner Schwester gemacht?

»Wieso?«, fragt Inara, doch der Fürst schüttelt den Kopf. »Eure Geschichten zu erzählen steht mir nicht zu. Wir müssen nun gehen. Essen könnt Ihr Euch selbst kochen. Kleidung liegt in den Zimmern bereit. Nicht mehr lang, dann gehen die Sinnesspiele los, und dann habt Ihr nur wenige Tage Zeit, um Euer Leben zu retten. Bis dahin – sammelt Eure Kräfte.« Sein Tonfall klingt ein wenig belustigt, obwohl er keine Miene verzieht. Dann neigt er leicht den Kopf, bevor er sich umdreht und geht.

Soldat Ren folgt ihm, doch wirft mir im letzten Moment noch einen Blick zu. Er ist nichtssagend, dennoch zieht sich mein Herz zusammen, als würde es sich einbilden, sein Desinteresse wäre ein Lächeln. Eine Entschuldigung. Eine Beteuerung dafür, dass er uns nicht nur benutzt hat.

Wie naiv von mir.

»Ich gehe jetzt duschen.« Inara schlüpft an mir vorbei ins Badezimmer. Ich nehme die verdreckte Kleidung an mich, trete hinaus und höre, wie sie hinter mir abschließt.

Marlon knirscht mit den Zähnen und setzt sich auf das Sofa, während er auf die Tür zu seiner Rechten deutet. »Das ist dein Raum.«

»Danke«, murmle ich, auch wenn er es nicht hört, weil er den Fernseher gerade wieder anschaltet. Unbekannte Stimmen erfüllen den Wohnraum, und ich fliehe vor ihnen, weil sie sich fremd anfühlen.

In meinem Zimmer entdecke ich auf dem Bett einen Stapel akkurat gefalteter Kleidung.

Es sind zwei schwarze, schlichte Kleider dabei, drei Hosen, vier Oberteile und mehrere Sets aus Unterwäsche. Alle Kleidungsstücke sind schwarz, als würde jemand Wert darauf legen, dass wir unsere Dunkelheit besonders hervortun.

Nachdem ich mir Hose und Langarmshirt angezogen habe, hänge ich den Rest der Kleidung in den leeren Schrank. Von draußen höre ich die Geräusche des Fernsehers. Die Vorhänge hier drin sind noch geschlossen, und nur die Lampe an der Decke spendet kaltes Licht.

Langsam hebe ich meine Hände und streiche mir die Haare

nach hinten. Meine Finger zittern, als ich über meine Ohren fahre, bis hoch zu den Spitzen. Ohren einer Fae.

Ich bin kein Mensch mehr.

Eigentlich bin ich nie ein ganzer Mensch gewesen, doch jetzt könnten es auch andere sehen. Meine Familie. Menschen, die glaubten, ich wäre Ana.

Ich kann nie wieder nach Hause.

Der Gedanke lässt mich wanken, und ich sinke auf die harte Matratze des Bettes, die leise unter meinem Gewicht quietscht.

Der König will uns tot sehen. Das Volk fürchtet sich vor uns. Wir sollen bei einem Spiel mitspielen, das nicht für uns gedacht ist. Es kann sich nur um eine Falle des Königs handeln. Er wird uns bei der ersten Gelegenheit töten.

Und Fürst Nevan hat einen Plan, von dem ich sicher bin, dass er nicht aufgehen wird. Wieso sollte jemand glauben, er könne romantische Gefühle für mich entwickeln? Ich bin ein abscheuliches Wesen, dessen Kräfte Leben entziehen. Das wird niemals jemand vergessen. Selbst wenn ich noch so hart versuche zu beweisen, dass ein Teil von mir menschlich ist.

Wieder erscheint das Bild des verkohlten Waldes vor mir, den meine Dunkelheit hinterlassen hat.

Da fällt mir auf, dass der Fernseher verstummt ist. Ich stehe auf und schiebe all die schmerzhaften Gedanken von mir, weil sie mir jetzt nichts nützen. Sie lenken mich nur davon ab, was wirklich wichtig ist. Unser Überleben.

Als ich wieder aus meinem Zimmer trete, sitzt Inara vor dem bodentiefen Fenster auf den kalten Fliesen, die Arme um ihre Beine geschlungen und das Kinn auf ihren Knien abgelegt.

Ihr Blick ist abwägend, während sie alles vor sich einzusaugen scheint.

Ich überlege kurz, sie alleine zu lassen und nicht zu stören.

Doch gerade jetzt sitzen wir im selben Boot, und ich kann mich einfach nicht überwinden, ihr den Rücken zuzuwenden.

Sie schaut nicht auf, als ich mich zu ihr auf den kalten Boden setze. Auch sie trägt schwarze Kleidung, und ihre Ohren laufen ebenfalls spitz zu, was mir unter ihrem zuvor offenen Haar nicht aufgefallen ist. »Was hältst du von alldem?«

Ihr Blick bleibt aus dem Fenster gerichtet. »Keine Ahnung, ehrlich gesagt. Ich habe dem Fürsten die ganze Zeit geglaubt, dass es nur darum geht, ihn sicher hierherzubringen. Doch jetzt hat er uns ausgeliefert und diesen hirnrissigen Plan präsentiert. Ich weiß wirklich nicht, was ich glauben soll. Will er uns opfern? Oder will er uns retten? Ich meine, die Leute haben uns doch längst als Feinde abgestempelt. Was soll da eine gespielte Liebesbeziehung helfen? Niemand wird mit uns mitfühlen.« Sie schnaubt abfällig. »Geschweige denn glauben. Ich könnte Marlon nicht einmal mit einer Kneifzange anfassen, wenn mein Leben davon abhinge.«

»Dein Leben hängt davon ab«, erinnere ich sie, was sie nur mit einem erneuten Schnauben quittiert. »Hast du nicht die anderen Fürsten gehört? Ihre Bürger stellen Fragen, und sie bekommen keine Antworten. Ihre Kinder werden getötet.« Bei den letzten Worten bricht meine Stimme, und mein Herz verkrampft sich, während ich die Hände zu Fäusten balle, um die aufwallende Wut zurückzudrängen. »Wir sind der Beweis dafür, was passiert, wenn Zwillinge überleben. Wir können zeigen, dass wir zur Hälfte menschlich sind. Dass wir nichts Böses sind, egal was unsere Kräfte sagen. Jeder von uns würde diese Seite von sich am liebsten abgeben, aber sie gehört zu uns. Wir können jedoch versuchen, das Gute in uns hervorzuheben.«

Inara atmet hörbar durch die Nase ein und blinzelt die

Fensterscheibe an. Die Sonne geht langsam unter, und ein pastellfarbener Himmel spiegelt sich in ihrem Gesicht, zeichnet ihre Konturen weicher und hebt ihre mit einem Mal strahlend braunen Augen hervor.

Marlon öffnet hinter uns die Tür des Badezimmers. Ich drehe mich zu ihm um und sehe nun, da der Schmutz und Dreck verschwunden sind, dass auch er sich verändert hat. Sein zuvor kantiges Gesicht hat noch schärfere Züge bekommen, seine Ohren sind nicht ganz so spitz wie unsere, aber seine blauen Augen funkeln wie Sterne bei Nacht.

Er hebt die Augenbrauen, als er uns sieht, und schlendert auf uns zu. »Also, wie sieht unser Fluchtplan aus?«

Inara schnalzt mit der Zunge. »Fliehen? Hast du den Soldaten nicht gehört? Sie werden uns umbringen, wenn wir auch nur einen falschen Piep machen. Wir sollten nachdenken, bevor wir handeln.«

Marlon lässt sich auf das Sofa plumpsen, das unter seinem Gewicht ächzt, und streckt die Arme rechts und links auf den Lehnen aus. »Also wollt ihr diesen Schwachsinn mitmachen? Sagt mir nicht, dass ihr dem Fürsten diesen Unsinn abkauft. Er belügt uns. Das hat er von Anfang an.« Er hebt abfällig die Augenbrauen und richtet seinen stechenden Blick auf mich. »Oder konnte er dir den Kopf verdrehen?«

Seine provokante Wut trifft mich, und am liebsten würde ich aufspringen und ihm etwas entgegenschleudern. Stattdessen wird mir klar, dass seine Art nichts anderes ist als Selbstschutz. Er zettelt lieber einen Streit an, als seine Angst zuzugeben. Ich sehe sie in seinen Augen und in der betont lässigen Haltung. Er hat genauso Angst wie wir.

Ich erhebe mich von dem Boden, dessen Kälte sich durch meine Hose frisst, und schlendere zur Küche. »Der Fürst hat uns in eine Ecke gedrängt, genauso wie der König. Wir haben nicht viele Wahlmöglichkeiten. Natürlich können wir versuchen zu fliehen oder sie angreifen, aber ich bin mir ziemlich sicher, dass das mit unserem Tod enden wird.«

»Also ist dein Vorschlag, dass wir dieses Spiel mitspielen? Alles, worauf es der König abgesehen hat, ist das hier.« Er deutet erst auf seinen Kopf und dann auf unsere.

Ich öffne nacheinander die Küchenschränke und stelle erfreut fest, dass die wichtigsten Lebensmittel enthalten sind. Reis, Nudeln und diverse Dosen mit abgekochtem Gemüse. Nacheinander hole ich alles heraus. »Ich weiß noch nicht, was ich tun will«, gebe ich zu und mache mich auf die Suche nach einem Topf und einer Pfanne. »Mir ist jedoch klar geworden, dass die Fürsten offenbar die Reaktion ihrer Bürger fürchten. Sie wollen Antworten, und wir sind diejenigen, die sie ihnen liefern können. Vielleicht können wir ihnen beweisen, dass wir etwas Menschliches in uns tragen. Dass der König Zwillinge zu Unrecht vor ihrer Geburt sterben lässt und dass alle alten Vorurteile überdacht werden müssen. Der Krieg ist bereits ein Jahrhundert her, und möglicherweise ist es Zeit für eine Veränderung.«

Marlon erhebt sich vom Sofa und kommt auf mich zu. Er baut sich direkt neben mir in der Küche auf, als würde er mir drohen oder einfach nur einen Standpunkt klarmachen wollen. »Und dennoch tragen wir die Dunkelheit in uns. Ich weiß ja nicht, wie es bei dir war, aber wir haben eine Schneise der Verwüstung hinterlassen, als wir in der Toten Zone um unser Leben gekämpft haben. Natürlich können wir so tun, als wären wir genauso wie alle anderen. Doch irgendwann passiert etwas, das unsere Kräfte hervorholt, und *zack* erinnern sie sich daran, dass wir Monster sind.«

Ich lasse mich nicht von ihm beeindrucken. Lasse nicht zu, dass seine Wut mich verunsichert, sondern drehe stattdessen den Wasserhahn auf. Wasser fließt in den Topf und kräuselt sich an der Oberfläche. »Was ist dein Vorschlag? Ich werde nicht kopflos fliehen, und ehrlich gesagt will ich nicht bestraft werden, solltest du etwas Dummes tun.«

Marlon knurrt, und nun erhebt sich auch Inara und kommt zu uns in den schmalen Küchenbereich. »Sie hat recht. Ich will nicht sterben.« Sie wendet sich mir zu. »Was schlägst du vor?«

»Wir spielen mit. Vorerst. Aber wir müssen vorsichtig sein«, füge ich hinzu, als Marlons Zähneknirschen noch lauter wird und mir Gänsehaut verursacht. Ich stelle den Wasserhahn wieder aus und den Topf auf die Kochstelle. »Der König und sicher noch viele andere werden uns tot sehen wollen. Wir dürfen uns keine Fehler erlauben, und wir sollten uns einen Fluchtplan überlegen, falls es hart auf hart kommt.«

Marlons Augen verengen sich, und er verschränkt die Arme vor der Brust. »Jetzt doch?«

Ich grinse schief und hoffe, dass ihn das ein wenig besänftigt. »Kann nicht schaden. Ich würde mir wünschen, dass unsere Teilnahme an den Sinnesspielen etwas ändert. Aber ehrlich gesagt glaube ich, dass es eine Falle des Königs ist. Wie du schon sagtest, irgendwann wird sich unsere Dunkelheit zeigen, und dann müssen die Menschen und Fae entscheiden, was ihnen wichtiger ist – ihre vermeintliche Sicherheit oder das Leben Unschuldiger.«

Schweigen setzt ein, und während ich koche, schauen die beiden mir zu. Es hat etwas Tröstliches, eine so banale Aufgabe auszuführen, doch sie hilft mir, mich zu erden. Ich versuche nicht in Richtung Fenster zu sehen, wo die Welt so ganz anders ist, als ich sie kenne, und schneide das Gemüse klein, bevor ich es anbrate.

Wir werden einen Schritt nach dem anderen machen, und dann werden wir von diesem Ort verschwinden. Über das, was danach folgen wird, denke ich jetzt noch nicht nach.

Zuerst müssen wir überleben.

19. Kapitel

Ren

»Ihr bewegt Euch auf dünnem Eis«, knurrt der König in seinem gewohnt gebieterischen Tonfall. Er war schon immer ein Mann mit wenig Geduld und einem zu großen Ego. Beides entspringt der Tatsache, dass er so viel Macht wie Reichtum besitzt. Mit seinem Feldzug gegen die Nachtfae, den er wie manisch durchgezogen hat, wuchs auch sein Ansehen. Sicher wäre dies anders gewesen, hätte sein Krieg keinen Erfolg gehabt. Doch mit jedem toten Menschen und Fae auf seiner Seite gewann er mehr an Zustimmung.

Ich zweifle nicht eine Sekunde lang, dass er sich nicht von Nevan auf der Nase herumtanzen lassen wird, egal für wie brillant mein Freund seinen Plan hält.

Nevans Haltung wirkt wie gewohnt unbeteiligt, doch ich sehe die Anspannung in seinen Bewegungen, während er in dem Sessel gegenüber dem König sitzt. Gerade findet eine private Audienz mit allen Fürsten statt, die in einem von hunderten Räumen des Königspalastes durchgeführt wird. Es ist ein prunkvoller Raum, mit dicken roten Teppichen, dunkelgrünen Wänden und einer Fensterfront, bei dessen Ausblick einem schwindelig wird. Wir befinden uns weit oben im Gebäude, und ich versuche nicht allzu oft nach draußen zu schauen. Ich hasse solche Höhen, daran wird sich wohl nie etwas ändern.

Genauso wie die anderen ersten Soldaten stehe ich an der Wand hinter meinem Fürsten, die im Halbkreis gegenüber dem König auf protzigen, golden verzierten Stühlen Platz genommen haben. Doch nichts geht über den goldenen Thron, auf dem unser Herrscher sitzt. Zwar ist er nicht so verschwenderisch gestaltet wie jener im Thronsaal, doch er macht deutlich, wem dieser Platz gehört.

König Artur sitzt mit geradem Rücken da, und seine Haltung wirkt, als wäre er über alles und jeden erhaben. Seine Augen blitzen vor Zorn, auch wenn sein Gesicht wie in Stein gemeißelt wirkt.

»Wie gesagt, habe ich ein paar meiner Zwillinge leben und überwachen lassen, um etwaige Untergrundsysteme enttarnen zu können. Es bleibt nicht aus, dass sich im Laufe der Zeit ein Schwarzmarkt bildet, genauso wie Untergrundorganisationen. Ich wollte prüfen, ob es diese auch in meinem Fürstentum gibt. Dem ist jedoch nicht so.« Nevan lächelt selbstgefällig, und würde ich ihn nicht so gut kennen, hätte ich es ihm abgekauft. »Sie konnten nur mit viel Glück überleben, und ohne meine Spione wären sie schon unzählige Male aufgeflogen.«

König Arthur schnalzt mit der Zunge. »Ihr hättet sie töten sollen. Sie sind eine Gefahr für deine Bevölkerung. Für uns alle.«

»Sie sind das, was die Natur hervorgebracht hat«, erwidert Nevan, und ich spüre förmlich, wie sich die Temperatur im Raum absenkt. Natürlich hat er recht, aber das ist etwas, das der König nicht hören will. Schon vor einigen Jahrzehnten nicht, als die ersten Zwillinge mit besonderen Genen geboren wurden, und sicher auch nicht heute, da er es so lange geschafft hat, ihre Geburt durch die Gesundheitsinjektion nahezu unmöglich zu machen. Meine Hände ballen sich hinter meinem Rücken zu Fäusten, doch ich entspanne sie schnell, weil meine Wut sinnlos ist. Ich kämpfe an einer Front, die siegen wird. Unkontrollierte Wut wird uns nur scheitern lassen, und das können wir uns nicht leisten.

»Sie sind ein natürlicher Fehler, den wir beseitigen müssen«, entgegnet König Arthur kalt und betrachtet Nevan mit bewegungsloser und eiskalter Miene. »Sagt mir, Fürst Nevan, was hindert mich daran, Euch wegen Zuwiderhandlung gegen unsere Gesetze öffentlich hinrichten zu lassen?«

Ich spanne mich an, und mein Blick fliegt zu den beiden ersten Soldaten des Königs, die ihn flankieren und deren Gesichter aufgrund ihrer lächerlichen Helme nicht zu sehen sind. Doch ich zweifle nicht daran, dass sie jede unserer Regungen genaustens beobachten. Es sind zwei widerliche Sadisten, die der König aufgrund ihrer Grausamkeit im Krieg als seine Lakaien erwählt hat. *Soldat Alden und Soldatin Veda.*

Ich hätte sie umbringen sollen, als ich im Krieg noch die Gelegenheit dazu hatte.

»Nichts, mein König. Ihr könntet mich hinrichten lassen und die drei Nachtfae töten lassen. Doch das wird nicht die Stimmen verstummen lassen, die offenbar auch in den anderen Fürstentümern laut geworden sind.« Nevan macht eine Geste, die die anderen Fürsten miteinschließt. »Ihr habt sie gehört. Offenbar werden auch dort Fragen gestellt.«

Der König kneift die Augen zusammen und lehnt sich ein wenig vor. »Was soll Eurer Meinung nach die Lösung sein?

Wir lassen diesen Abschaum an den Spielen teilnehmen. Und dann? Sollen wir sie gewinnen lassen? Soll die Bevölkerung glauben, dass sie genauso sind wie sie?«

»Nein«, erwidert Nevan, streckt seine Beine aus und überschlägt seine Knöchel. »Es ist jedoch eine Möglichkeit, dem Volk zu zeigen, was Nachtfae in unserer Mitte bedeuten können. Nach über einem Jahrhundert ohne sie lässt die Furcht vor ihnen langsam nach.« Ich höre die Boshaftigkeit in seinen Worten, auch ohne sein Gesicht sehen zu können. »Sie sind mein Geschenk an Euch, um diese kleine Unstimmigkeit auszumerzen. Im Gegenzug dafür wünsche ich, dass unsere Grenzen wieder geöffnet werden.«

»Das war also von Anfang an der Plan?« Der König zieht eine Augenbraue hoch, und mein Magen verkrampft sich, weil es immer ein schlechtes Zeichen ist, wenn er mehr als überlegene Starre zur Schau trägt.

Ich will nicht darüber nachdenken, was es bedeuten würde, wenn er unser *Geschenk* ausschlägt. Das wäre Avianas, Inaras und Marlons Todesurteil.

Aviana, die mein Leben rettete, weil sie glaubte, ich würde sterben. Meine Kehle verengt sich, weil ich wieder ihre entsetzt geweiteten Augen vor mir sehe, kurz bevor die Nebelgeister mich verschlungen haben. Sie hat mich, ohne zu zögern, gerettet. Erneut. Und sie hat keine Ahnung, dass sie damit unser Schicksal besiegelt hat.

»Zunächst war es eine Spielerei. Eine Abwechslung zur Langeweile nach einem Jahrhundert des Friedens. Dann wurden unsere Zugänge zur Königsstadt gesprengt, und ich habe die Chance genutzt, die Gunst meines Königs zurückzugewinnen, nachdem ich sie offenbar irgendwie verloren habe. Habe ich vergessen, die Steuern pünktlich zu begleichen? Sagt mir bitte, mein König, was hat unser Fürstentum verbrochen, dass es von der lebenswichtigen Versorgung des Herzens Alteuropas getrennt wird?«

Unter den anderen Fürsten macht sich lautlose Anspannung breit, denn auch ihnen könnte dieses Schicksal blühen, sobald sie die Gunst des Königs verlieren.

»Ich hatte Grund zur Annahme, dass meine Gesetze nicht eingehalten wurden. Natürlich musste ich handeln und, oh Wunder«, sagt er tödlich langsam. »Ich hatte recht.«

»Ihr glaubt offenbar, ich würde Euch hintergehen wollen. Wäre dem so, wäre ich dann diesen offensichtlichen Weg gegangen und hätte Euch mein Projekt als Geschenk dargelegt? Sie sind nichts als eine Spielerei, kaum der Rede wert.« Nevan macht eine wegwerfende Geste. »Tötet sie, wenn Ihr keine Verwendung für sie habt.«

König Arthur schweigt und hat seinen Blick unverwandt auf Nevan gerichtet. Dieser lässt sich keine Schwäche anmerken, dessen bin ich mir sicher. Er hat für den König gekämpft, und wie jeder der anderen hier hat er dem König mindestens einmal im Krieg das Leben gerettet. Nevan und die anderen Fürsten haben mehr als einmal deutlich ihre Ergebenheit gegenüber ihm bewiesen, und einst waren sie alle Kameraden – gemeinsam mit dem König, der selbst am erbittertsten gekämpft hat.

König Arthur sieht die anderen Fürsten an. »Was ist Eure Meinung?«

»Mir gefällt die Idee, das Volk an die Gefahr der Nachtfae zu erinnern«, sagt Fürst Hasan aus dem Süden als Erster. Sein Fürstentum gehört zu dem mit dem wärmsten Klima, und jedes Mal, wenn ich ihn sehe, spüre ich das Flirren von heißer Luft auf meiner Haut. »Die Aufständischen mehren sich in meinem Fürstentum, und es würde sie ein für alle Mal zum Schweigen bringen.«

»Dann müssen wir dafür sorgen, dass diese Mischlinge sich von ihrer schrecklichsten Seite präsentieren«, wirft Fürst Sohan aus dem Osten ein, dessen Fürstentum sich auf die Herstellung von Medikamenten spezialisiert hat. »Es muss klar ersichtlich sein, dass ein Leben mit ihnen unmöglich ist.«

»Wie sollen wir das tun, ohne dass es auffällt und die Meinung des Volkes uns gegenüber belastet wird?«, fragt Fürst Daman, dessen Fürstentum nur wenig fortschrittlicher ist als unseres. Bei unserem letzten Besuch dort fühlte es sich fast wie zu Hause an – hätten die Menschen nicht ständig ihre Telefone mitgeschleppt und überall damit herumhantiert.

Der technische Fortschritt ist Fluch und Segen zugleich, und so lässt der König jedem Fürstentum die Wahl, wie weit sie ihn nutzen wollen. Etwas, das uns nur in die Karten spielt.

»Wir sollten nicht so zimperlich sein«, ertönt es da aus Fürst Aleks Richtung, der schon immer einer der größten Befürworter des Königs gewesen ist.

Eine Diskussion über das beste Vorgehen bricht aus, doch ich beobachte König Arthur weiterhin. Ganz langsam zucken seine Mundwinkel.

Wir haben es geschafft.

Zumindest vorerst.

Die Sinnesspiele

20. Kapitel

Avi

Als ich am nächsten Morgen aufwache, erwarte ich fast, dass Soldaten uns abholen. Stattdessen sitzt Inara wie gestern vor dem bodentiefen Fenster und starrt hinaus, während ein kräftiges Schnarchen aus Marlons Zimmer dröhnt.

Ich gehe zur Küche und nehme mir ein Glas Wasser, bevor ich mich auf das Sofa hinter ihr setze. »Wirst du des Anblicks nicht überdrüssig?«

»Nein«, antwortet sie und dreht sich halb zu mir um, während sie ihre Brille über ihren Nasenrücken nach oben schiebt. Ihre Haare liegen so, dass sie ihre neuerdings spitzen Ohren wieder verdecken. »Es ist faszinierend.«

»Was genau?«

»Dass wir nichts davon wissen, und ich überlege die ganze Zeit, wie das sein kann. Entweder hat Fürst Nevan jeden bestochen, der in unser Fürstentum gekommen ist, oder …« Sie runzelt ihre Stirn und schüttelt ihren Kopf.

»Oder es hat nie jemand in unser Fürstentum geschafft«,

vervollständige ich ihren Satz und nippe an meinem Wasser. »Als ich in unserem Fürstenpalast war, kam es mir komisch vor, dass sich dort keinerlei Besucher aufgehalten haben. Vielleicht liegt das jedoch auch an dem fehlenden Tunnelzugang.«

Inara nickt, als hätte sie das auch bereits bedacht. »Ich habe gehört, dass die Fürstentümer alle gänzlich unterschiedlich sind und der König der Technik sehr zugetan ist, aber dieser Unterschied ist … überwältigend.«

»Du klingst, als würdest du am liebsten dort rausgehen und alles genau studieren wollen.«

Sie schmunzelt und erhebt sich vom Boden, während sie zur Küchenzeile geht. »Nur, dass sie uns nicht rauslassen werden.«

»Wohl wahr.« Ich nehme einen großen Schluck und schaue auch nach draußen, wo bunte Bilder über die gläsernen Hochhausfassaden flimmern. Gesichter von Fremden preisen Parfüms und allerlei andere Dinge an, was grotesk ist. Wie soll so ein Bild vermitteln, wie etwas duftet?

»Frühstück?«

»Gerne. Solange wir Zeit dazu haben.« Ich gehe zu Inara herüber, die in der Küche bereits nach geeigneten Lebensmitteln sucht. »Darf ich dich etwas fragen?«

Sie nickt und holt alle Zutaten für einen Teig heraus. »Sicher.«

»Was genau hat Soldat Ren dir geboten, damit du mitmachst?« Inaras Augenbrauen ziehen sich zusammen, während sie den Teig knetet. Ich gebe mir einen Ruck und öffne mich ihr zuerst. »Ich habe mir ein letztes Treffen mit meiner Familie gewünscht.«

»Ich mir auch«, gibt sie zu und lächelt leicht. »Mein Vater und ich haben uns im Palast getroffen. Er war, gelinde gesagt, entsetzt über mein Vorhaben. Aber Fürst Nevans Angebot war zu verlockend. Ich meine, keine falsche Gesundheitsinjektion mehr? Nie wieder lügen? Das ist das Mindeste, was ich für meinen Vater tun kann.«

Ich frage nicht nach, sondern lehne mich an die Arbeitsplatte und warte, bis sie weiterspricht.

»Als er herausfand, was ich bin, hat er nicht gezögert. Er hat sofort all seine Kontakte genutzt und die schlimmsten Geheimnisse unseres Kontrolleurs ausgegraben. Damit erpresst er ihn.« Sie zieht ihre Nase kraus und wird ein bisschen rot. »Es ist der einzige Weg für uns, aber ich befürchte, dass wir nicht ewig so weitermachen können. Der Mann ist alt, und irgendwann wird jemand Neues seine Stelle übernehmen.«

»Verstehe.«

Sie schaut auf und lächelt mich an. »Und du hast einen Zwilling?«

Zuerst erstarre ich. Dann nicke ich zögernd. »Ja.«

»Wie macht ihr das?«

»Wir teilen uns ein Leben. *Ihr* Leben. Und mir hat der Fürst ein eigenes Leben angeboten. Eine eigene Identität.«

»Wow … das ist … wie macht ihr das?« Sie unterbricht ihre Tätigkeit und starrt mich an. »Das muss unfassbar hart sein.«

»Ist es. Wir wechseln uns täglich ab und müssen uns alles bis ins kleinste Detail erzählen.«

»Ich verstehe, wenn Mitschülern das nicht auffällt. Aber was ist mit Freunden?«

Meine Augenbrauen springen hoch. »Wie viele Freunde hast du denn?«

Sie lacht und knetet weiter. »Auch wahr. Aber … was ist mit Jungs?«

Henris Gesicht taucht vor meinen Augen auf, und ich muss den Kopf abwenden. Sie wird mich für erbärmlich halten, wenn sie erfährt, dass ein Teil von mir für den Freund meiner Schwester schwärmt.

»Verstehe.«

Als ich sie ansehe, liegt keine Verurteilung in ihrem Blick, nur Verständnis. »Ana, meine Schwester, hat einen Freund.«

»Moment. Ana? Von Aviana? Und du bist dann Avi?« Sie lacht, und es klingt rauer als erwartet. »Großartig. Und ernsthaft – ich verurteile dich nicht, falls du das glaubst. Ich traue mich nicht mal in die Nähe eines Mannes, weil ich Angst habe, meine Gefühle könnten meine Dunkelheit hervorholen und mich damit verraten.«

»Damit hatte ich bisher noch nie Probleme.«

»Bisher?«

Ich presse die Lippen aufeinander. Und doch fühlt es sich unfassbar gut an, mit jemandem so offen sprechen zu können. »Bei Soldat Ren ist es irgendwie anders. Ich verstehe nicht weshalb, aber in seiner Nähe habe ich meine Dunkelheit nicht mehr unter Kontrolle.«

»Das ist beängstigend, oder?«

»Sehr.« Ich stoße die Luft aus und drehe mich zu Marlons Tür, die sich gerade öffnet.

Sein Haar ist zerzaust, und er trägt nur Boxershorts und ein Shirt. »Morgen.« Er gähnt laut und schlurft in Richtung Bad.

Als ich Inara beim Starren erwische, grinse ich sie an. »Also … ihr zwei sollt also ein Paar mimen?«

Sie presst die Lippen zusammen. »Und du mit dem Fürsten?«

Ich stöhne. »Keine Ahnung, wie er sich das vorstellt. Wer soll uns das schon abnehmen? Ein Fae-Fürst und eine Nachtfae? Das ist zwar eine nette Geschichte, aber selbst wenn uns das Volk das abnimmt, wissen wir nicht, ob sie uns den Hals retten wird.«

»Wohl war«, murmelt Inara, und wir schweigen. Sie fettet mit Butter eine Form und gibt den Teig hinein. »Ich hoffe, du magst Frühstückskuchen mit Marmelade?«

»Hmm, ich kann mir nichts Besseres vorstellen«, seufze ich, was sie zum Lachen bringt. »Tut mir übrigens leid, dass ich dir hinterhergerannt bin und dich enttarnt habe.«

»Schon okay. Ich hätte dasselbe getan. Auch wenn Marlon mir dann doch ein wenig zu beängstigend war.«

Ich mache ein nachdenkliches Geräusch. »Hmm, was glaubst du, warum unsere Dunkelheit damals aufgetaucht ist? Jetzt tut sie es nicht mehr, obwohl wir uns nahe sind.«

»Mir ist dasselbe aufgefallen, und Soldat Ren hat mir vor unserem Aufbruch erklärt, dass es daran liegt, dass wir unterbewusst in einer Art Angriffs- und Verteidigungsmodus waren. Sobald wir uns in ernsthafter Gefahr befinden, kommt unsere Dunkelheit raus.«

»Und das haben wir, weil wir immer Angst hatten, enttarnt zu werden«, schlussfolgere ich.

»Genau. Nun wird uns das angeblich nicht mehr passieren, und weil wir unsere Kräfte trainiert haben, fällt es uns Leichter, sie selbst abzurufen, wenn wir uns in Gefahr befinden.«

»Nun, *abrufen* würde ich das nicht nennen. Ich habe einfach kopflos drauflosgeschossen, als die Nebelgeister uns angegriffen haben.«

Wir lachen laut los, und kurz darauf öffnet sich erneut die Badezimmertür. »Gibt es hier etwa was zu lachen?«, fragt Marlon neugierig und will auf uns zugehen.

»Bedecke dich! Nur weil wir vertraulich miteinander sprechen, heißt es nicht, dass ich deine entblößten Beine sehen will!«, rufe ich ihm zu und deute auf seine Tür.

Er schnalzt mit der Zunge, verdreht die Augen und wechselt die Richtung.

»Oder wolltest du mehr davon sehen?«, necke ich Inara, die ihm eindeutig auf den Hintern gestarrt hat, bis er die Tür hinter sich zugezogen hat.

Sie wirft mit einem Handtuch nach mir, und ich lache so laut, dass sich ihre Lippen automatisch zu einem Grinsen verziehen. »Du bist fürchterlich!«

Marlon kommt heraus, gerade als ich den kleinen Tisch decke, und läuft schnuppernd zum Backofen, um durch die Glastür zu schauen. Er hält sein Gesicht so nah an die Scheibe, dass ich mich nicht wundern würde, gleich einen Abdruck seiner Nase darauf zu entdecken. »Was ist da drin?«

»Pass auf!«, rufe ich ihm zu und deute auf seinen Mundwinkel. »Da ist ein bisschen Sabber zu sehen.«

Sofort verfinstert sich sein Blick, bevor er leicht grinst. »Was ist hier los?«

»Wir freunden uns gerade an. Offenbar sitzen wir im selben Boot und kämpfen gegen denselben Strick. Da kann man Freunde gebrauchen.« Inaras Worte klingen ganz pragmatisch. »Auch wenn ich mir dich nicht unbedingt freiwillig als Freund ausgesucht hätte.«

Marlon verdreht die Augen. »Entzückend, wie immer.«

Inara ignoriert seinen Tonfall. »Vorher verrätst du uns aber, was der Fürst dir geboten hat, damit du mitkommst.«

Marlons Gesicht verschließt sich, und er atmet tief durch.

»Ich durfte meine Großmutter sehen. Und meine Zwillingsschwester«, fange ich an. »Wir tun so, als wären wir ein und dieselbe Person.«

»Verdammt«, stößt er aus und starrt mich an, als wäre mir ein zweiter Kopf gewachsen.

»Ich durfte meinen Vater treffen, und wir bekommen ab jetzt falsche Gesundheitsinjektionen, damit wir den Mann, der mir meine verabreicht, nicht mehr mit seinen schmutzigen Geheimnissen bestechen müssen.«

Inara bekommt nun denselben Blick von Marlon wie ich zuvor. »Okay. Wow.«

»Jetzt bist du dran«, fordert sie und schaut in den Backofen.

»Ich …« Ungewohnt schüchtern reibt er sich über den Nacken. »Ich habe Ärmere dafür bezahlt, dass sie meine Dosis nehmen. Es gibt immer jemanden, der es tut. Also bekomme ich ab jetzt auch eine falsche Injektion.« Er schaut zum Fenster. »Eine Familie habe ich nicht mehr. Mein Zwilling wurde vor ein paar Jahren schwer krank, und als dies aufgeflogen ist, hat er den Soldaten gesagt, es käme von der Injektion. Er hat sich geopfert. Ich bin geflohen und habe am anderen Ende des Fürstentums eine andere Identität angekommen.«

»Wie?«, fragt Inara sanft.

»Ich habe den Namen eines Toten angenommen. Er starb bei einem Unfall, und ich habe eine Menge Geld bezahlt, um seinen Namen annehmen zu können. Es war … ein schmutziges Geschäft.«

Inaras Gesicht ist zum ersten Mal in seiner Anwesenheit sanft. »Und wie ist dein richtiger Name?«

»Kai.«

»Der Name bedeutet Krieger.« Beide sehen mich überrascht an, und ich zucke mit den Schultern. »Ein Junge aus meiner Schule hat damit angegeben, als sich mal jemand über seinen Namen lustig gemacht hat.«

Inara lächelt und wendet sich Marlon zu. »Tja, Krieger, dann hast du ab jetzt wohl einen Spitznamen.«

»Nicht nötig. Ich habe mich daran gewöhnt, Marlon zu sein. Der Name passt irgendwie zu mir.«

Er verzieht den Mund und betrachtet uns nacheinander. »Wir sitzen wohl ganz schön in der Scheiße.«

»So würde ich es jetzt nicht ausdrücken, aber ja«, stimmt Inara ihm zu, während ich nicke.

»Wir haben nur noch uns. Was auch immer jetzt passiert, lasst uns das nicht vergessen«, sagt er und deutet auf den Backofen. »Aber jetzt mal im Ernst, wann ist der Kuchen fertig?«

Erneut erfüllt Lachen die Wohnung, und einen kleinen Moment lang bin ich froh, hier zu sein. Mit den wohl ersten Personen Alteuropas, die ich als meine Freunde bezeichnen würde.

***

Es vergehen mehrere Tage, bis das nächste Mal die Tür zu unserer Wohnung geöffnet wird, Soldaten uns abholen und uns in das Untergeschoss des Gebäudes bringen. Dort steigen wir in einen unterirdischen Zug und werden wegtransportiert. All unsere Fragen werden ignoriert, und als wir nach fünf Minuten in einem anderen unterirdischen Bahnhof ankommen, geben wir auf, Antworten zu erwarten.

Wir werden durch Gänge und über Treppen durch ein Labyrinth geführt, bei dem ich nach diversen Abbiegungen bereits die Orientierung verloren habe.

Erst sind die Wände, der Boden und die Decke grau. Dann wird alles heller und wärmer, und wir kommen an den ersten Türen vorbei.

Da wir den Palast mit dem Zug verlassen haben und wir nicht in einen Kerker gebracht wurden, gehe ich davon aus, dass wir uns an dem Ort befinden, wo auch die Sinnesspiele ausgetragen werden.

Schließlich gehen wir auf eine Tür zu, auf der mit großen Lettern GARDEROBE steht.

Inara wirft mir einen ebenso verwirrten Blick zu wie ich ihr. Was sollen wir in einer Garderobe?

Der vorauslaufende Soldat klopft einmal fest dagegen, und kurz darauf wird sie von innen aufgezogen. Er geht voraus, und wir werden in den großen Raum gedrängt, in dem sich rechts eine riesige Wand mit Kleiderstangen befindet. An ihr hängen unzählige Kleidungsstücke in allen Farben und Formen sowie allerlei Accessoires, von Schuhen und Kopfschmuck bis zu Bändern. Auf der linken Seite sind zehn Stühle aufgereiht, die vor Kosmetiktischen mit riesigen Spiegeln stehen. Hinter drei von diesen Stühlen stehen Männer in bunter Kleidung und mit starrem Blick. Sie bohren ihre Finger in die Rückenlehnen der Stühle und beobachten uns genau.

Einen Moment lang verstehe ich nicht wieso. Doch dann begreife ich es.

Für sie sind wir Feinde, die jeden Moment angreifen können, und ich will gar nicht wissen, was der Rest des Königreichs von uns denkt.

In diesem Moment rauscht ein kleiner Mann an uns vorbei, dessen langes Haar ihm bis auf den Rücken hinabfällt. Es glitzert in allen Farben des Regenbogens. Er ist ein Mensch, wie man zweifelsfrei an seinen Ohren erkennen kann. Er trägt schillernde Kleidung, in Form eines silbern glitzernden Jacketts und einer türkisfarbenen Hose, die schimmert, wenn er sich bewegt. Seine Schuhe sind im feinsten Zuckerwatterosa gefärbt und passen perfekt zu dem Lippenstift. Er lächelt so breit, als würde er sich ein wenig zu sehr freuen, uns zu sehen. Wie ein Fuchs, der kurz davor ist, sich auf seine Beute zu stürzen.

»Willkommen bei den Sinnesspielen. Wir freuen uns schon sehr, Euch gleich dem Publikum vorstellen zu dürfen. Dafür müsst Ihr Euch jedoch ein wenig verändern.« Er zeigt an mir hoch und runter, als würde er etwas deutlich machen wollen, bevor er hinter sich deutet. »Jeder von Euch hat einen Stylisten, der Euch für den Rest Eures Weges hier begleiten wird. Er wird dafür sorgen, dass Ihr glänzt, und ich will keine Beschwerden hören, denn meine Männer sind die Besten.« Sein Blick fällt auf die goldene Uhr an seinem Handgelenk, bevor er in seine Hände klatscht. »Auf, auf, die Show beginnt bereits in einer Stunde, und es gibt viel zu tun.«

Ich öffne schon meinen Mund, um ihn zu fragen, wer er überhaupt ist, da verzieht sich sein Mund zu einem nahezu raubtierhaften Grinsen. »Ich bin übrigens Spencer Halo und der Spielleiter. Ich bin Eure Stimme nach draußen und derjenige, der dafür sorgen kann, dass die ganze Welt Euch entweder liebt oder Euch hasst. Also verscherzt es Euch nicht mit mir.« Dann rauscht er davon und lässt uns mit den Soldaten und unseren Stylisten zurück. Großartig.

Wir müssen nur mitspielen, wenn wir überleben wollen. Einfach mitspielen.

Ich sage mir diese Worte immer wieder gedanklich und trete auf einen Stylisten zu, der den Stuhl vor sich so dreht, dass ich mich setzen kann. Im Augenwinkel sehe ich, dass Marlon und Inara meinem Beispiel folgen.

»Was jetzt?«, fragt Inara geradeheraus.

Zögern.

Stille.

Wollen Sie nicht mit uns reden oder dürfen sie nicht?

Ihr Stylist, ein großer, schlanker Mann mit strohgelbem Haar und harten Gesichtszügen ist der Erste, der das Schweigen bricht. »Ihr werdet hergerichtet und dann dem Publikum präsentiert.«

»Okay.«

Die Stylisten verharren und sehen aus, als würden sie noch etwas von uns erwarten. Wieder dehnt sich ein Schweigen aus. Schwer und bitter.

Dann schließlich beginnen sie mit ihrer Arbeit. Sie wissen genau, was sie tun, als wären sie zuvor instruiert worden. Sie greifen zu Tiegeln und Töpfchen, zu allerlei Puder und Farbpaletten. Ich lasse zu, dass mein Stylist an meinen Haaren herumzerrt, und beschwere mich nicht, auch wenn es sich anfühlt, als würde er sie mir büschelweise ausreißen. Dabei beiße ich die Zähne zusammen und mache nur einmal den Fehler, ihm in die Augen zu sehen, worauf er sofort in Verteidigungsposition geht. Nicht auffällig, aber ich kann ihm ansehen, dass er die Bürste in seiner Hand notfalls auch als Schlagstock benutzen würde.

Er ist ein durchschnittlich großer Mann mit kaffeebraunem Haar und einem jungenhaften Gesicht, das es mir unmöglich macht, sein Alter zu schätzen. Mit seiner verkniffenen Miene sieht er so aus, als wäre er am liebsten überall, nur nicht hier. Alles an seiner Haltung gibt mir das Gefühl, ich wäre eine tickende Bombe, die kurz davor ist loszugehen. Vielleicht bin ich das auch für ihn. Vielleicht sind wir das alle. Und es liegt an uns, sie vom Gegenteil zu überzeugen.

Deshalb starre ich in den Spiegel und schaue zu, wie ich mich immer mehr verändere. Der schwarze Ansatz in meinem Haar hat sich die letzten Tage ausgeweitet und bedeckt nun meinen gesamten Haarschopf. Der Stylist färbt sie mir unaufgefordert, sodass es am Ende von dunklem Schwarz, über ein schattiges Grau, zu dem hellen Blond übergeht, das ich schon mein Leben lang trage. Meine schärferen Gesichtszüge betont er zusätzlich, und meine Augen, die nun intensiver leuchten, umrahmt er mit Schwarz und Silber. Er holt aus mir heraus, was ich bin, und führt mir noch einmal vor Augen, was ich verloren habe. Ich bin zugleich wunderschön, aber auch furchterregend.

Meine Haare zu verändern hat so lange gedauert, dass Marlon und Inara bereits dabei sind, sich umzuziehen, als mein Stylist sich von mir abwendet und zielsicher auf die Garderobe zugeht.

Wir alle sehen ziemlich ähnlich zurechtgemacht aus. Auch Inaras und Marlons Augen sind dunkel betont, und alles Weiche wurde uns genommen. Marlon trägt nun ein Jackett mit silbernen Knöpfen, eine schwarze Hose, die silbern schimmert, und schwarze Lackschuhe.

Inara wird gerade ein schwarzes Kleid angelegt, das jegliche Farbe zu schlucken scheint. Bänder schlingen sich um ihre Arme, ihre Schultern und ihren gesamten Oberkörper, und es wirkt, als würde nur eine Handbewegung reichen und das ganze Gebilde würde in sich zusammenfallen und sie nackt dastehen lassen. Die Outfits müssen ein Vermögen gekostet haben.

Als mein Stylist zu mir zurückkommt, erhebe ich mich ebenfalls. Offenbar wird von uns erwartet, keinerlei Scham zu besitzen, denn wir müssen uns voreinander umziehen, und ich gebe mir nicht die Blöße, mich zu beschweren. Marlon hat sich demonstrativ von Inara weggedreht, und ich muss einfach drauf hoffen, dass er dies auch für mich tut. Mir wird ebenfalls ein schwarzes Kleid gereicht, in das ich schnell schlüpfe. Es ist bedeutend schlichter als Inaras. Es schmiegt sich um meine Figur und wird erst an meinen Knien etwas breiter, sodass ich mich noch darin bewegen kann. Doch dann reicht mein Stylist mir eine Art Rüstung und hilft mir, sie auf die Schultern zu legen. Mit Ketten wird sie vor dem Dekolleté zusammengehalten. Das Material ist kalt auf meiner Haut und so schwer, dass ich zunächst wanke, bevor ich das Gleichgewicht wiederfinde.

Da sehe ich, das Inara Armmanschetten und etwas angelegt bekommt, das einer Halskrause ähnelt, nur dass es aus Metall ist und ziemlich ungemütlich aussieht. Marlon erhält passende Ringe, die sich zu bedrohlichen Waffen an seinen Händen zusammenreihen.

Marlon, Inara und ich sehen so aus, als würden wir in den Krieg ziehen. Wie drei Krieger, in schwarz-silberner Rüstung und allzeit bereit zu kämpfen. Fehlt nur noch, dass sie uns mit Schwertern ausstatten, und wir würden wie die affektierte Variante der Fürstengarde aussehen. Wollen sie uns damit etwa furchteinflößender wirken lassen?

»Folgt mir«, befiehlt nun einer der Soldaten in einem herablassenden Ton.

Ich lasse die Wut nicht zu, die in meinem Bauch brodelt, und ich hasse jetzt schon jede Sekunde hier, weil ich genau weiß, dass es ab jetzt nur noch schlimmer werden wird. Also dränge ich meine Gefühle zurück und zwinge mich, meine Finger zu entspannen, während ich im letzten Moment in ein Paar schwarzer Pumps schlüpfe.

Unser nächster Halt ist ein weiterer Raum voller Stühle und einem an der Wand aufgebauten Büffet. Marlon will es schon ansteuern, doch einer der Soldaten hebt die Hand und bringt ihn damit zum Stoppen. »Davon ist nichts für Euch. Bildet Euch nicht ein, dass Ihr Euch hier frei bewegen dürft.«

Marlon knirscht so laut mit den Zähnen, dass ich zusammenzucke. Schwarze Dunkelheit umspielt seine Fingerspitzen, und mir stockt der Atem, während mein Blick zu den Soldaten zuckt.

Inara tritt im selben Moment vor und gibt Marlon einen Stoß in die Seite, ohne ein Wort, nur mit stummem, eindringlichem Blick. Marlon atmet tief ein, und er zwingt seine Kräfte zurück.

»Setzen.« Die Stimme des anführenden Soldaten ist so laut, dass wir sofort tun, was er verlangt. Nur Sekunden später betritt eine junge Frau den Raum. Sie ist komplett lila angezogen, mit hohem blondem Zopf, einer Stupsnase, großen Augen und Klemmbrett unter ihrem Arm. Sie trägt ein Headset, betrachtet uns nacheinander und drückt dann auf einen Knopf an ihrem Ohr. »Sie sind bereit.« Dann macht sie einen Schritt auf uns zu. »Ich bin Pearl, Spielassistentin. Ich bin Eure Kontaktperson hinter den Kulissen. Bei Fragen könnt Ihr Euch an mich wenden.«

Ich habe unendlich viele Fragen, aber beschränke mich auf die wichtigste. »Wie genau laufen diese Spiele ab?«

Pearl legt den Kopf schief und kneift die Augen leicht zusammen, als sei sie nicht sicher, ob ich die Frage ernst meine. Doch dann lacht sie. »Ach, stimmt, Ihr kommt aus dem Hause Nevan.« Sie schaut auf ihr Klemmbrett herunter und schüttelt den Kopf, als könnte sie es nicht fassen. »Das wird eine wirklich interessante Show.« Sie murmelt die Worte mehr zu sich selbst als zu uns, bevor sie das Klemmbrett wieder an ihre Brust drückt und uns ansieht. »Heute werdet Ihr dem Publikum präsentiert und lernt die anderen Kandidaten und Kandidatinnen kennen. Danach bezieht Ihr das Haus, das Ihr bewohnen werdet, bevor morgen das erste Spiel losgeht. Was genau Ihr tun müsst, erfahrt Ihr dann kurz vorher.« Mit einem Mal runzelt Pearl die Stirn und drückt ihr Headset etwas näher an ihr Ohr, wobei sie kaum merklich nickt. »Okay, in zwei Minuten geht es los.« Sie deutet mit einem wedelnden Finger auf uns und dann zur Tür. »Kommt bitte mit. Ihr werdet Euch hinter der Bühne platzieren, und sobald ich Euch ein Zeichen gebe, geht Ihr nacheinander nach vorne und setzt Euch auf die schwarzen Sessel«, erklärt sie, als wir ihr folgen. Vor uns erhebt sich eine große weiße Wand. Rechts und links befinden sich Ausgänge. Pearl drückt einen Finger auf ihre Lippen und bedeutet uns damit, leise zu sein.

Da ertönt die Stimme des Spielleiters. *Spencer.* »Dieses Jahr stehen die Sinnesspiele unter einem besonderen Stern, und es gibt gleich zwei Premieren. Diese Spiele können alles verändern, was wir für richtig oder falsch gehalten haben, denn dieses Jahr werden drei Nachtfae den Spielen beiwohnen. Sie sind die Ersten ihrer Art in der Geschichte der Sinnesspiele und gehören zudem noch als erste Teilnehmer überhaupt dem Hause Nevan an. Richtig gehört – sie stammen alle aus dem Hause Nevan, das sich durch seine geschlossenen Grenzen als wohl mysteriösestes Fürstentum überhaupt auszeichnet. Sie werden uns zeigen, was sie draufhaben und wie gefährlich sie wirklich sind. Einige Fragen haben uns erreicht, seit wir diese Neuigkeiten enthüllt haben. Ich habe gerade die Information bekommen, dass uns Millionen Zuschauer aus allen Teilen Alteuropas zusehen und heute die ersten Nachtfae seit Generationen mit mir gemeinsam begrüßen wollen. Habt keine Angst, die Sicherheitsvorkehrungen sind ausgesprochen hoch, und sie sind ihrer Aussage nach nur hier, weil sie ihren Wert beweisen wollen. Lassen wir uns überraschen, und glaubt mir, ich bin genauso aufgeregt, wie Ihr es seid, mein wertes Publikum.«

Spencers Stimme vibriert vor Aufregung, und kalter Schweiß bricht mir aus. Da trifft mein Blick den von Pearl. Sie deutet mit einer knappen Bewegung ihres Fingers auf ihr Kinn und hebt zeitgleich ihren Kopf. Sie hat recht. Ich darf nicht sofort einknicken. Ich straffe meine Schultern mit der darauf liegenden Rüstung und atme tief ein, bevor ich das Kinn trotzig hervorstrecke.

Wir müssen überleben, bis wir einen Weg hier rausfinden. Dieses Volk muss uns für menschlich halten, und das sollte gar nicht so schwer sein, oder? Ich war mein Leben lang ein Mensch. Weder spitze Ohren noch dieses Outfit werden etwas daran ändern. Ich bin wie sie, egal wie viel tödliche Geschichte ich in mir trage.

»Einen heftigen Applaus für die Nachtfae!« Spencers Stimme donnert durch den Raum, und ich höre den Applaus von hunderten Menschen. Ich habe keine Möglichkeit, mir darüber Gedanken zu machen, woher all diese klatschenden Hände kommen könnten, als Pearl uns das Zeichen gibt. Ich bin die Erste, also mache ich einen Schritt nach vorn. Dann noch einen und noch einen.

Ich bin Aviana und genauso wertvoll wie jede andere Person dieses Landes.

Ich bin Aviana.

Ich bin wertvoll.

Mit diesen Gedanken mache ich den letzten Schritt an der Wand vorbei, hinaus auf die Bühne, hinein in gleißend helles Licht. Die gesamte Bühne ist weiß, so rein wie Schnee, und in der Mitte prangt das übergroße Wappen des Königs.

Eine vierblättrige Blume voller Diamanten, mit einem schimmernden Zentrum darin.

Spencer sitzt auf einem grünen Sessel, der einem Thron ähnelt, rechts von ihm drei weiße Sessel und links von ihm drei schwarze. Und direkt vor ihm, nur ein paar Schritte weiter, befindet sich das Ende der Bühne. Zuschauerbänke reihen sich dicht aneinander und erheben sich wie eine Welle, die kurz davor ist, über uns zu brechen. Mir stockt der Atem, als ich diese schiere Masse an Personen sehe, dessen Gesichter ich durch die Scheinwerfer kaum erkennen kann. Sie applaudieren nicht mehr, sie geben keinen Laut von sich und starren mich nur an. Ich fühle ihre Blicke auf mir, auf jedem Zentimeter meiner Haut, und mit einem Mal weiß ich nicht mehr, wie ich mich bewegen muss, wie das mit dem Atmen noch mal geht, wie ich nicht zusammenbrechen soll.

Hinter mir treten Marlon und Inara hinaus auf die Bühne, und ich spüre ihre sanften Berührungen an meinen Ellenbogen, die mich antreiben und dazu bringen, einen Schritt nach dem anderen zu machen. Nur dank ihnen schaffe ich es, bis zu den Sesseln zu gehen und auf dem mittleren Platz zu nehmen.

»Willkommen, Nachtfae aus dem Fürstentum Nevans.« Spencer lächelt uns breit an. Seine Haltung ist lässig. Die Knöchel übereinandergeschlagen, ein Unterarm liegt auf der Armlehne, und die Finger sind ineinander verschränkt. »Es ist mir eine Freude, Euch hier begrüßen zu dürfen. Und ich verstehe, dass dies hier sehr beeindruckend für Euch sein muss. Im Hause Nevan wird Technik nicht so großgeschrieben wie in den übrigen Teilen Alteuropas, weshalb ich Eure Überwältigung verstehen kann.« Er grinst, und vereinzeltes Lachen aus dem Publikum dringt zu uns herüber, auch wenn die meisten noch immer wie zu Eis erstarrt scheinen und ich ihre Blicke überall an mir kleben spüre. »Normalerweise bitten wir an dieser Stelle die Kandidaten, sich selber vorzustellen, um sich dem Publikum bestmöglich zu präsentieren. Doch da sicher keiner von

Euch Bühnenerfahrung hat, werde ich dies nur zu gerne für Euch übernehmen.« Er deutet zunächst auf Inara und wendet sich dem Publikum zu. »Das ist Inara Wellread aus dem Hause Nevan. Bevor sie als Nachtfae enttarnt wurde, war sie als Mensch zweiter Klasse eingestuft. Sie ist die Tochter eines Gelehrten und Studentin an einer Universität.«

Vereinzeltes Keuchen dringt aus der Menge, als würde diese Kleinigkeit reichen, um Wellen des Entsetzens zu schlagen. Ja, sie hat unter Menschen gelebt und sich als einer ausgegeben. Sie hat ein Leben geführt wie jeder andere. Vermutlich stellt dies das Weltbild vieler Anwesender hier gerade ziemlich auf den Kopf, auch wenn ich kaum in der Lage bin, Mitleid für sie zu empfinden.

»Sie hat keine besonderen Hobbys.« Spencers Lächeln wird ein wenig weicher, als er sich an sie wendet. »Und sie wurde als Zwilling geboren. Wie alle anderen hier auch. Nun sagt mir, Inara, wie geht Euer Zwilling damit um, dass Ihr eine Nachtfae seid?«

Inara starrt ihn an und schluckt mehrmals, bevor sie antworten kann. »Ich habe keine Ahnung. Ich wurde als Baby von meiner Mutter ausgesetzt.«

»Oh!«, ruft Spencer in gespieltem Mitgefühl. »Das ist natürlich hart. Und wie ist es für deinen Vater gewesen? Wie konntet ihr die Gesundheitsinjektionen umgehen?«

Sie umklammert die Sessellehnen so fest, dass ihre Finger ganz weiß werden, bevor sie sich offenbar zwingt, keine Schwäche zu zeigen, und ein Lächeln aufsetzt. »Mein Vater liebt mich, und wir haben getan, was wir tun mussten«, antwortet sie langsam und bedächtig.

Spencer nickt und beugt sich dann vor. »Nun sagt uns, was

würdet Ihr Euch wünschen, wenn Ihr die Spiele gewinnen solltet.«

»Freiheit.« Sie zögert nicht einmal und strafft ihre Schultern. »Ich würde mir ein freies Leben wünschen«, wiederholt sie nun noch ein wenig fester.

»Natürlich.« Spencer schmunzelt und deutet schließlich auf mich. »Das ist Aviana Bloom, ebenfalls aus dem Hause Nevan. Vor ihrer Enttarnung galt sie als Mensch erster Klasse, mit der Fähigkeit zu hören. Sie ist Schülerin der Abschlussklasse, mit herausragenden Noten und einem großen Freundeskreis. Außer dass sie im Familienbetrieb mithilft, hat auch sie keine weiteren Hobbys.«

Wieder Keuchen um uns herum, und das Gemurmel der Menge wird langsam lauter. Währenddessen starre ich den Spielleiter einfach nur an. *Woher hat er nur all diese Informationen über uns?* Vermutlich von Fürst Nevan. Wieso fühlt es sich schon wieder nach einem Verrat seinerseits an?

Dann redet Spencer weiter. »Sagt mir, Aviana, wie sieht es mit Eurem Zwilling aus, und wie konntet Ihr die jährliche Gesundheitsinjektion umgehen?«

»Meine Schwester ist gestorben«, antworte ich leise und starre kurz auf meine Finger in meinem Schoß, in der Hoffnung, betroffen zu wirken. »Und auch ich habe getan, was ich tun musste.«

Spencer hebt einen Mundwinkel. »Was würdet Ihr Euch wünschen, wenn Ihr die Spiele gewinnt?«

»Freiheit«, antworte auch ich und schaue zu Inara, die mich anlächelt.

Der Spielleiter nickt und deutet nun auf Marlon. »Das, wertes Publikum, ist Marlon Destroyer und wie die beiden Damen ebenfalls aus dem Hause Nevan. Er war als Mensch zweiter

Klasse eingestuft und ist als Fabrikarbeiter tätig. Sein Hobby sind Untergrundkämpfe, mit denen er sein Gehalt aufbessert.«

Marlon starrt ihn an, und obwohl er sich bemüht, es zurückzuhalten, sehe ich die Überraschung in seinen Augen aufblitzen. Auch das ist eine Information, die eigentlich niemand haben dürfte, und nun wurde sie vor ganz Alteuropa herausposaunt.

»Sagt mir, Marlon, wie sieht es mit Eurem Zwilling aus? Wie Ihr die Gesundheitsinjektion umgehen konntet, werden wir vermutlich nicht mehr herausfinden.« Spencer lacht in Richtung Publikum, doch das ist viel zu gebannt, um darauf einzugehen.

»Ich wurde ausgesetzt und mir selbst überlassen.« Marlon bleckt seine Zähne und sieht noch gefährlicher aus als sonst, was Spencer aber nicht beeindruckt. »Was ist Euer sehnlichster Wunsch, den der König Euch im Falle eines Sieges erfüllen soll?«

Marlons Blick fliegt zu uns, und sein Mundwinkel zuckt, während er sich entspannt. »Freiheit.«

Spencer zieht mit gespielter Überraschung die Mundwinkel nach unten, obwohl er weiterhin lächelt. »Wertes Publikum, unsere Nachtfae scheinen sehr genügsam zu sein. Wie überaus überraschend! Nun kommen wir zu unseren anderen Kandidaten. Sie haben eine kurze, spontane Reise hinter sich und werden noch etwas Würze in dieses Spiel bringen. Glaubt mir, wir haben keine Kosten und Mühen gescheut, um dieses Jahr zu einem besonderen zu machen. Denn die anderen Teilnehmer und Teilnehmerinnen sind nicht irgendwelche. Es sind Menschen. Sie sind aus der ersten Klasse. Und jeder von ihnen wird die Wahrheit über unsere aktuellen Kandidaten aufdecken.«

Ich runzle automatisch die Stirn. *Was meint er damit?*

Spencer deutet hinter uns, und wir alle starren zu der anderen Seite der Wand. »Einen herzlichen Applaus, bitte!«

Dieses Mal hielt das Publikum sich nicht zurück. Es wird gejohlt und applaudiert, als würde es uns mit ihrem Lärm niederstampfen wollen.

Und dann kommen sie.

Drei Menschen.

Und mir stockt der Atem.

Denn der Erste ist Henri.

Anas Henri. Der Henri, an den ich schon vor Jahren mein Herz verloren habe. Henri, der nicht hier sein dürfte.

Er findet meinen Blick, und darin liegen Verwirrung und Wut. Er weiß es. *Henri weiß, was ich bin.*

Ich schlucke und schaffe es dennoch nicht, den Blick von ihm zu nehmen, als er sich mir gegenüber auf den weißen Sessel in der Mitte setzt.

Neben mir keucht Inara leise, als eine junge Frau neben ihm Platz nimmt, und ich sehe auf der anderen Seite Marlons Hände, die sich kurz um die Armlehnen seines Sessels verkrampfen, als eine weitere Frau sich auf Henris andere Seite setzt.

Ich zweifle keine Sekunde daran, dass sie alle aus dem Hause Nevan kommen und irgendwelche Verbindungen zu uns haben. Aber wie ist das möglich? Wie können sie so schnell hier sein? Es sind kaum mehr als ein paar Tage seit unserer Festnahme vergangen.

Bittere Galle steigt in mir auf, und ich zwinge mich zu atmen, auch wenn ich lieber schreien will.

Henri dürfte nicht hier sein. Er sollte zuhause sein und noch ein paar Tage länger die Lüge glauben, die wir ihm aufgetischt haben. Doch nun sitzt er mir schräg gegenüber, und sein Blick bohrt sich in mich, bis tief hinein in meine Brust, wo all der Schmerz lodert, den ich seit Jahren vor ihm verstecke.

Er weiß, was ich bin, und nun hasst er mich.

Nichts anderes habe ich verdient, doch ich hätte nicht geglaubt, dass es so wehtun würde.

21. Kapitel

Avi

Die Luft scheint zu vibrieren, so sehr steigt die Anspannung im Saal, und selbst das Publikum ist wieder vollkommen still geworden.

Spencer stellt nun beide Füße nebeneinander auf, hält die Hände jedoch ineinander verschränkt und drückt seine Daumen gegeneinander, während er das Publikum anstrahlt. »Es ist ungewöhnlich, dass alle Kandidaten aus demselben Haus kommen. Doch besondere Spiele erfordern besondere Maßnahmen. Niemand aus dem Hause Nevan hat je an den Spielen teilgenommen, und so ist es doch entzückend, die diesjährigen Spiele ganz unter dessen Wappen stattfinden zu lassen.« Seine Mundwinkel zucken kurz, und etwas Boshaftes blitzt in seinen Augen auf. Als wäre das hier mehr als nur eine langgezogene Hinrichtung. Als wäre es eine ganz besondere Strafe.

Für Fürst Nevan.

Spencer wendet sich an eine junge und wunderschöne Frau. »Willkommen, Nesrin Gold.« Mit einem Lächeln wendet er sich an das Publikum. »Nesrin Gold aus dem Hause Nevan ist Tochter eines Unternehmerpaares, Älteste von drei Geschwistern und studiert an derselben Universität wie Inara Wellread. Sie ist Mannschaftskapitänin des Volleyballclubs an ihrer Universität und hat einen großen Freundeskreis. Zudem ist sie Mensch erster Klasse, mit der Fähigkeit zu fühlen.«

Er sieht die neue Kandidatin an, und obwohl sein Lächeln freundlich ist, erreicht es seine Augen nicht. »Erzählt mir, wie ist Euch Inara Wellread bekannt, und was ist Euer Wunsch, solltet Ihr die Sinnesspiele gewinnen?«

Die junge Frau sitzt mit straffen Schultern und erhobenem Kinn da und lächelt, als hätte sie bereits gewonnen. Sie, Henri und die andere Kandidatin sitzen in weiß-goldener Kleidung da, wie eine geschlossene Wand, gegen die wir antreten müssen. Ihr weißes Kleid ist ausladend, und ihr halber Oberkörper ist mit einer goldenen Rüstung verkleidet. Ihr goldblondes Haar ist hochgesteckt worden, und einzelne Locken kringeln sich um ihre Wangen, als wollte man den Vergleich zu einem Engel hervorlocken. »Inara gehörte immer schon zu der stillen Sorte.« Ihre Mundwinkel verziehen sich, als würde ihr das Folgende leidtun. »Ich habe sie stets als etwas seltsam empfunden. Andersartig. Aber wie sehr sie sich von uns unterscheidet, das hätte ich mir nicht einmal in meinen schlimmsten Albträumen vorstellen können.« Ihre Stimme zittert ein wenig, und sie schluckt, während sie einen Moment wartet, um sich wieder zu sammeln. Entweder sie ist wirklich entsetzt oder das größte Miststück auf dieser Erde. »Es gibt nicht viel, was ich mir wünschen möchte, denn ich führe ein gutes Leben. Fürst Nevan sorgt gut für mich und meine Familie, und unser Unternehmen gibt ebenso viel zurück. Ich habe wundervolle Freunde an meiner Seite, mit denen ich alles meistern kann. Was ich mir wünsche, ist Sicherheit.« Ihr Blick zuckt zu Inara, und etwas Kaltes blitzt darin auf, bevor sie blinzelt und es schnell wieder versteckt. »Diese Spiele werden zeigen, wie gefährlich sie und ihresgleichen sind. Und mein einziger Wunsch ist, dass unsere Welt sicher ist.«

Es dauert kaum eine Sekunde, bevor das Publikum in Jubel ausbricht. Nesin lächelt mit gespitzten Lippen, als wäre ihr die Aufmerksamkeit unangenehm, und sie neigt den Kopf hoheitsvoll in Richtung Bühnenrand.

Spencer wartet ab, bis der Jubel ein wenig verklungen ist, bevor er nachhakt. »Welche Form von Sicherheit schwebt Euch denn vor?«

Nesin hebt die Schultern. »Das kommt auf den Ausgang der Spiele an.«

Spencer nickt ausladend, als wäre die Antwort ausreichend.

Ich hasse sie. Sie gehört zu der Oberschicht unseres Fürstentums, die sowieso schon alles hat, und jetzt versucht sie uns, aber vor allem Inara, in einem schlechten Licht dastehen zu lassen. Die Frage ist nur, wieso. Ich wage nicht, zu Inara herüberzusehen und ihre Reaktion zu betrachten, sondern konzentriere mich weiterhin auf Spencer. Das hier ist ein Spiel, und wir müssen mitspielen und so tun, als würden wir gewinnen.

Der Spielleiter wendet sich an die andere Frau, die nur wenig älter als Inara scheint. Ihre Züge sind hart und ein wenig grob, doch die Schminke holt ihre Schönheit hervor. Sie trägt einen weißen Overall, der sich um ihre Hüften schmiegt. Um ihre Taille liegt ein goldener Gürtel, und an ihren Handgelenken sind goldene Manschetten, während auf ihrem Kopf ein halber goldener Helm liegt. Ihr dunkles Haar fällt lang und glatt über ihre Schultern. »Willkommen, Evette Worka.«

Spencer wendet sich zum Publikum, als sie leicht nickt. »Evette Worka ist Fabrikarbeiterin im Hause Nevan. Sie ist die Jüngste von zwei Geschwistern, und auch ihre Eltern sind schon Fabrikarbeiter gewesen. Sie hat ihrer Aussage nach eine Beziehung zu unserem Kandidaten Marlon Destroyer geführt, die jedoch aufgrund seiner Geheimnisse zerbrochen ist. Und sie ist ein Mensch erster Klasse, mit der Fähigkeit zu sehen.«

Gemurmel erbebt wellenartig, doch Evette verzieht keine Miene. Stattdessen betrachtet sie Marlon ausdruckslos.

»Sagt mir, Evette Worka, bereut Ihr Eure Beziehung mit Marlon Destroyer nun, da Ihr die Wahrheit kennt? Und was ist Euer Wunsch, solltet Ihr die Sinnesspiele gewinnen?«

Das Gemurmel ebbt nicht ab. Evette befeuchtet ihre Lippen. »Ich bereue diese Beziehung keineswegs. Vielmehr kann ich nachvollziehen, woher seine Vorsicht kommt. Ich hatte nie Angst vor ihm, falls das irgendwer andeuten möchte. Er war gut zu mir, aber ich habe stets eine Distanz zwischen uns gespürt. Was auch immer hier ans Licht kommt, ich werde ihm weiterhin nur das Beste wünschen.«

Neben mir höre ich Marlon leise Luft holen.

»Und hat dies auch etwas mit Eurem Wunsch nach einem möglichen Sieg in den Sinnesspielen zu tun?«, bohrt Spencer nach.

Evette schmunzelt. »Nein. Wenn ich gewinne, wünsche ich mir Wohlstand für meine Familie und mich. Ich wünsche mir, dass die Generationen nach mir keine Fabrikarbeiter mehr sein müssen und wir im System aufsteigen. Das Hause Nevan gibt uns alles, was wir brauchen, doch ich wünsche mir mehr für meine Blutlinie.«

Das Publikum klatscht laut, und auch Spencer lächelt zufrieden, bevor er sich an Henri wendet. »Willkommen, Henri Sword.«

Dieser neigt den Kopf zur Begrüßung, und unser Spielleiter wendet sich erneut an das Publikum. »Henri Sword ist seit kurzem Soldat in Ausbildung im Hause Nevan. Er hat herausragende schulische Leistungen erbracht, und schon jetzt loben seine Ausbilder sein außerordentliches Talent. Henri Sword möchte dem Fürstentum und somit auch dem Königreich dienen, was ich persönlich für sehr ehrenhaft halte.« Spencer schmunzelt und wendet sich wieder an Henri, der mit vermeintlich entspannter Pose auf seinem Stuhl sitzt und die Arme auf beiden Armlehnen liegen hat, als würde er noch ein wenig mehr Raum beanspruchen wollen. Sein Gesichtsausdruck ist ernst, und das Herz in meiner Brust flattert ganz kurz, als sich unsere Blicke streifen, bevor wir uns beide wieder auf den Spielleiter konzentrieren. »Henri Sword, sagt uns, woher kennt Ihr Aviana Bloom, und was ist Euer Wunsch, solltet Ihr die Sinnesspiele gewinnen?«

Henri behält seine entspannte Pose bei, doch nun lächelt er, und dieses Lächeln gilt mir. Das Flattern in meiner Brust verstärkt sich, und ich kann nichts dagegen tun, als meine Mundwinkel leicht zucken.

»Aviana Bloom ist meine Mitschülerin gewesen, bis ich vor Kurzem zur Soldatenausbildung gewechselt habe. Sie gehört zu den ehrbarsten und freundlichsten Personen, die ich bisher kennenlernen durfte, und natürlich bin ich überrascht von den neuen Informationen. Jedoch erklären sie auch einige Fragen, die ich mir manchmal gestellt habe.«

Spencers Augenbrauen hüpfen. »Was für Fragen wären dies?«

»Wieso sie immer so vorsichtig war und einem scheinbar

nie wirklich vertraut hat.« Henris Miene ist weich, während er mich ansieht. »Jetzt verstehe ich es.«

»Das muss Euch furchtbar wütend machen«, lockt Spencer und beugt sich ein wenig vor.

Im Publikum ist es so still, dass Gänsehaut über meine Arme wandert.

»Nein«, antwortet Henri gelassen. »Wenn auf meine Geheimnisse der Tod stünde, würde ich sie auch mit niemandem teilen.«

Meine Augen weiten sich, und das Publikum scheint gleichzeitig um Luft zu ringen.

Selbst Spencer ist einen Moment lang sprachlos, bevor er sich fängt und ein Schmunzeln auf seine Lippen tackert. »Ihr scheint einander zugetan zu sein?«

»Mein Wunsch, sollte ich die Sinnesspiele gewinnen, ist«, beginnt Henri und übergeht diese Frage einfach, »dass Aviana in mein Eigentum übergeht.«

Mein Mund öffnet sich, und meine Fassade zerspringt. »*Was?*« Das Wort ist nur ein Hauch und geht in der Unruhe des Publikums unter.

»Wie bitte?« Spencer lacht. »Könntet Ihr dies etwas weiter ausführen?«

Henri nickt und bleibt weiterhin gelassen. Alles an ihm strahlt Ruhe aus, und noch nie habe ich ihn so sehr bewundert wie in diesem Moment. »Als königlicher Soldat in Ausbildung und Bürger Alteuropas bin ich mit unserer Geschichte bestens vertraut. Kurz bevor im Jahr 2225 der Nachtkrieg ausbrach, wurde den Nachtfae der Status als Bürger entzogen. Sie wurden zu Ausgestoßenen, die nur noch eine Anstellung fanden, wenn sie sich offiziell als Leibeigene eines Bürgers eintragen ließen. Da dieser Punkt in unserer Satzung bisher nicht verändert wurde, ist es mein Wunsch, Aviana Bloom nach meinem Gewinn der Sinnesspiele in meinen Besitz zu bringen.«

Das Publikum flippt aus. Empörte Rufe werden von Beifall durchbrochen, und selbst Spencers Miene ist für einen langen Moment vollkommen ausdruckslos, bevor er es schafft, sich zu fangen. »Was für ein spezieller Wunsch.«

Henri lächelt schief, wie ein Mann, der weiß, was er will und wie er es bekommt. In diesem Moment zweifelt niemand daran, dass er sich holen wird, was er verlangt. *Mich.*

Mein Herz explodiert fast, und ich klammere mich an den Lehnen meines Stuhles fest. Ich weiß, dass nicht ich es bin, die er will. Er will Ana. Und doch sitzen wir einander gegenüber, und er sieht mich an, als würde er alles tun, um mich zu bekommen. *Mich, die Nachtfae.*

In Spencers Augen liegt ein gieriger Glanz, als er sich erhebt, die Arme in die Luft hebt und auf das Publikum zugeht. »Wir sehen also, der Beginn der diesjährigen Sinnesspiele könnte nicht epischer sein. Auf der einen Seite stehen Menschen erster Klasse und auf der anderen Seite Nachtfae, die wir seit Jahrhunderten ausgestorben glaubten. Ich verspreche Ihnen, mein wertes Publikum, wir werden in den nächsten Tagen all Ihre Fragen beantworten, genauso, wie wir all die dunklen Geheimnisse aufdecken werden, die bisher so gut verborgen wurden. Und jetzt bitte ich zunächst um einen donnernden Applaus für unsere sechs Teilnehmer, die jetzt gleich in ihr Haus einziehen werden. Vergessen Sie nicht, mit Hilfe von Dutzenden Kamers ist es uns möglich, sie rund um die Uhr zu beobachten, also denken Sie daran, Ihren Fernseher anzuschalten.«

Die Stimmung explodiert. Jubel donnert über uns hinweg und droht uns zu verschlingen.

Nesrin erhebt sich und verneigt sich leicht, worauf auch wir anderen Kandidaten uns von unseren Plätzen erheben und uns dem Publikum zuwenden. Ich weiß, dass keiner von ihnen für uns klatscht und alle hoffen, dass einer der Menschen gewinnt. Dennoch ist es überwältigend, vor so einer Masse an Menschen zu stehen, deren Euphorie mir bis unter die Haut geht. Es ist beängstigend und aufregend zugleich.

Spencer badet in der Aufmerksamkeit, während ich mir nichts sehnlicher wünsche, als zu verschwinden. Irgendwann nehme ich im Augenwinkel eine Bewegung wahr und sehe Pearl, die uns zu sich winkt. Ich folge ihrer Anweisung, genauso wie Inara und Marlon. Als wir sie erreichen, fällt mir hingegen auf, dass die anderen drei Kandidaten auf der anderen Seite der Bühne verschwunden sind. Als wollte man deutlich machen, dass wir in zwei verschiedene Lager gehören.

»Ihr habt das fantastisch gemacht«, stößt Pearl aus, und man versteht sie kaum unter dem Jubel, der immer noch nicht nachgelassen hat. Ihre Wangen sind gerötet, als sie uns bedeutet, ihr zu folgen, wobei ihr Zopf hin und her wippt. »Einfach großartig. Die Einschaltquoten gehen gerade durch die Decke. Ich weiß, Euch sagt das überhaupt nichts, aber glaubt mir, Ihr seid jetzt schon so berühmt wie der König selbst.« Sie führt uns zurück in den Warteraum, und ich frage mich, wohin die anderen gegangen sind, wenn wir doch dasselbe Ziel haben.

Als wir den Bühnenbereich verlassen, sind die Soldaten bereits zur Stelle und eskortieren uns. Pearl redet in einer Tour weiter, während wir ihr wieder durch abgehängte Bereiche folgen.

»Entschuldigt«, unterbreche ich ihren Redefluss, weil ich es einfach nicht mehr aushalte. »Wie sind die anderen drei hier hingekommen? Wir sind nur wenige Tage hier, und angeblich sind sämtliche Zugänge zum Königreich zerstört worden.«

Pearl wird still, und als ich zu ihr aufhole, bemerke ich, dass sie auf ihrer Unterlippe herumkaut. »Diese Information kann ich Euch leider nicht geben. Die anderen Kandidaten wurden recht kurzfristig eingebunden. Aber das werdet Ihr vermutlich sowieso bald erfahren, also -« Sie zuckt mit den Schultern und schenkt mir ein gepresstes Lächeln.

Ich werde Henri fragen müssen. Doch wie soll ich das tun, wenn dort überall Kameras sind? Moment. Überall? »Zeigen sie uns auch im Badezimmer?«, bringe ich heraus, was Pearl zum Lachen bringt. »Ja, aber wir werden alle pikanten Stellen verpixeln, also keine Sorge.«

Meine Stirn furcht sich, denn ich weiß nicht, was sie mit *verpixeln* meint, als Inara laut stöhnt. »Bedeutet das nicht, dass wir nur unscharf zu sehen sind, man aber alles erahnen kann?« Bei den letzten Worten hebt sich ihre Stimmlage, und sie klingt, als würde sie jeden Moment hyperventilieren.

Neben mir winkt Pearl ab, als sei dies nichts Besonderes. »Macht Euch keine Gedanken, es ist nichts, was die Welt nicht schon gesehen hätte.«

»Aber es ist alles, was noch nie jemand von mir gesehen hat«, stoße ich voller Entsetzen aus, und mein Gesicht wird unerträglich heiß bei der Vorstellung, wie viele Menschen eine Ahnung von meinem Körper bekommen könnten. Es ist mir egal, wie viele andere Leute sich bereits so gezeigt haben. Es ist mir egal, ob der Rest des Königreichs es nicht für wichtig erachtet. Aber es ist mir nicht egal, wenn ich ohne meine Zustimmung meinen Körper präsentieren soll.

»Wie viele Kameras sind auf die Dusche gerichtet?«, fragt

Marlon von hinten betont gelassen, und dennoch höre ich die Anspannung in seiner Stimme.

Pearl tippt sich im Gehen auf die Unterlippe. »Nur eine, und auf die Toilette ist ebenfalls nur eine gerichtet. Man sieht euch nur aus einer Position.«

Gänsehaut rennt über meinen Körper, und mein Magen verkrampft sich vor Übelkeit. Das kann nicht deren Ernst sein. »Ich will das nicht.«

Pearl wirft mir einen mitleidigen Blick zu und erinnert mich daran, dass ich hier nicht nach meiner Meinung gefragt werde. Es geht ums Überleben. Nicht um irgendwelche Befindlichkeiten.

Ich schlucke und atme betont langsam ein und aus. Für den Rest des Weges sind wir still. Ebenso wie Pearl.

22. Kapitel

Avi

Irgendwann treten wir durch eine Glastür nach draußen. Wir sind in einem riesigen Garten, der zu den Seiten von Laubbäumen gesäumt ist. Dahinter befinden sich weitere Teile des Geländes, und weit hinten ist alles von hohen Mauern umgeben. Hinter den Mauern kann ich keine Hochhäuser sehen, was bedeutet, dass der Zug uns etwas weiter von dem Palast weggebracht haben muss. Überall wachsen Rosen. Es gibt mehrere Pavillons und Springbrunnen sowie Bänke, die am Rande von gepflasterten Wegen stehen.

Über sie gelangen wir zu einem Gebäude aus Stahlträgern. »Gleich erreichen wir den Produktionsbereich«, informiert uns Pearl.

Wir erreichen eine Glastür, betreten das Ungetüm aus Stahl und laufen einen Flur entlang, vorbei an mehreren geschlossenen Türen. Das Licht aus den Strahlern über uns ist bläulich, die Wände weiß und der Boden grau. Es erinnert mich an ein

Krankenhaus, auch wenn es hier ganz anders riecht. Nach Parfüm und seltsamerweise auch nach Gebäck.

Nachdem wir einige Male abgebogen sind, treffen wir in einem Gang, der mit blauem Brokat ausgelegt ist, auf die anderen Kandidaten.

Ich spüre Henris Blick auf mir und muss mich zusammenreißen, um ihn nicht anzustarren, weil ich es immer noch nicht fassen kann. Wie haben er und die anderen beiden es nur in so kurzer Zeit hierhergeschafft?

Pearl stoppt und dreht sich mit einem strahlenden Lächeln zu uns um. »Ab hier seid Ihr auf Euch allein gestellt. Ihr werdet während der Sinnesspiele hier wohnen und dürft das Anwesen nur während der Prüfungen verlassen.«

Wir nicken gleichzeitig, und sie lächelt ein wenig breiter, bevor sie zur Seite tritt. »Wir sehen uns dann morgen zur ersten Prüfung.«

Eine kurze Treppe führt hoch zu der Empore, neben der Spencer steht und bereits auf uns wartet.

Unser Spielleiter wendet sich zu einer Kamera, die zwischen den dicht beieinanderstehenden Pflanzen versteckt ist. »Nun sind die Kandidaten eingetroffen, und wir alle sind vermutlich aufs Äußerste gespannt, wie die erste Nacht im Anwesen verlaufen wird. Keine Sorge, auch hier sind die Sicherheitsmaßnahmen verschärft worden, und zum ersten Mal seit der Geschichte der Sinnesspiele werden sich Soldaten dort aufhalten. Sie werden jedoch nur eingreifen, wenn es wirklich nötig sein sollte.« Er lächelt noch ein wenig breiter, als wir zu ihm treten, und ich würde ihn am liebsten anfunkeln, weil er unnötige Ängste schürt. Dann zieht er einen goldenen Schlüssel aus seiner Jackentasche und hält sie demonstrativ in die Kamera. »Und jetzt präsentieren wir Ihnen das diesjährige Anwesen.«

Spencer wendet sich zu der großen Tür auf der Empore und steckt den Schlüssel mit einer übertriebenen Geste in das Schlüsselloch. Dann öffnet er sie, und eine Kamera kommt mit einem elektrischen Arm durch die Tür geschwenkt.

Spencer wendet sich an uns alle. »Jetzt wird eine Zusammenfassung aus vorherigen Drehs gezeigt, in denen wir das Anwesen vorstellen. Ihr könnt gleich reingehen. In der Eingangshalle stehen Koffer mit Euren Namen, die Ihr mit nach oben nehmt. Dort sucht Ihr Euch ein Zimmer aus.«

»Müssen wir sonst noch irgendwas tun?«, fragt Nesrin und legt ihre Hände königlich zusammen.

Spencer schüttelt den Kopf. »Bleibt authentisch und versucht einander kennenzulernen, damit auch das Publikum mehr über Euch herausfinden kann.« Ein Grinsen zupft an seinen Mundwinkeln. »Es wird sicher genug Stoff für Unterhaltungen geben.« Er wirft einen Blick auf seine goldene Armbanduhr. »Gleich ist es so weit. Und vergesst nicht: Ihr könnt nur gewinnen, indem Ihr an den Spielen teilnehmt, die Aufgaben erfüllt und so viele Punkte wie möglich von den Zuschauern erhaltet.«

»Wie genau machen wir das?«, fragt Evette und strafft ihre Schultern, als der elektrische Arm mit der Kamera langsam wieder aus der Tür gezogen wird.

»Das könnt Ihr nicht beeinflussen. Seid sympathisch. Macht Drama. Spielt eine Rolle. Bleibt, wie Ihr seid. Wir werden Euch ein erstes Feedback geben, sobald wir die Zuschauerdaten ausgewertet haben.« Dann stockt er und hebt drei Finger. »Drei. Zwei. Eins.« Sein strahlendes Kameralächeln ist zurück, bevor er uns durch die offene Tür scheucht.

Wir treten nacheinander in eine große, mit hellem Holzboden ausgelegte Eingangshalle. Von hier aus sieht man eine offene Küche in Hochglanzweiß, einen langen, dunklen Holztisch und einen Wohnbereich mit einem Sofa, das so groß ist, dass sicher ein Dutzend Personen darauf Platz findet. Zwei Türen sind geschlossen, doch Evette und Nesrin eilen einfach daran vorbei zu den Koffern, die in der Eingangshalle stehen. Darauf stehen tatsächlich unsere Namen. Sie nehmen sich ihre und steuern zielsicher die Treppe an.

Henri hat kaum zwei Schritte in das Haus reingemacht, als er sich auch schon zu mir umdreht. Seine Augen finden meine, und ein unerträgliches Kribbeln breitet sich in mir aus. Obwohl er versucht, ernst zu bleiben, kann er sich das Lächeln nur schwer verkneifen. Eines von jenen, die er mir während des Unterrichts geschenkt und die mir immer Herzrasen beschert haben. »Hi.«

Natürlich sehe ich, wie Inara und Marlon Blicke wechseln und uns dann überholen. Natürlich bemerke ich auch, dass Evette und Nesrin sich an den oberen Stufen der Treppe zu uns umdrehen. Doch alles rückt in den Hintergrund, während ich erröte und zu Henri blicke. Es kommt mir vor, als wäre seit unserer letzten Begegnung ein ganzes Leben vergangen. Seit dem Moment, als er mich einfach geküsst hat, bevor wir in der folgenden Nacht aufgebrochen sind und alles auseinanderbrach. Es ist unfassbar, dass er jetzt hier vor mir steht. Hier. In der Königsstadt. Mitten am Set der Sinnesspiele. *Verdammt.* Die Kameras. Ich räuspere mich und mache einen Schritt von ihm weg, in Richtung der Koffer. »Hi.« Ich habe so unendlich viele Fragen an ihn. Aber keine davon kommt über meine Lippen. »Wir sollten wohl unsere Zimmer beziehen.«

Er nickt, und ich gehe in die Mitte der Eingangshalle, in der nur noch zwei Koffer stehen. Ein schwarzer und ein weißer. Es ist unschwer zu erraten, auf welchem mein Name steht.

Ich greife nach dem schwarzen Koffer, doch Henri nimmt ihn mir ab. »Lass mich ihn tragen.«

»Das solltest du nicht tun«, sage ich leise und lasse dennoch zu, dass er mit zwei Koffern in den Händen auf die Treppe zugeht. Henri war schon immer eher der ritterliche Typ, weshalb es ihn wahnsinnig gemacht hat, die Beziehung zu Ana geheim halten zu müssen. Er ist der Junge, der seiner Freundin die Bücher durch die Schule trägt, ihr den Stuhl zurechtrückt und ihr demonstrativ in der Cafeteria den Arm um die Schultern legt. Nichts davon durfte er tun, weil die Gefahr aufzufliegen, zu groß gewesen ist.

Er grinst mich nur an. Wie früher. Als wäre das Teil unseres Geheimnisses, das ich gestohlen habe.

Er. Ist. Anas. Freund. Verdammt.

Ich hätte mit ihm Schluss machen sollen. Ich hätte mir irgendeine bescheuerte Lüge ausdenken müssen, aufgrund derer er mich nicht mehr würde ansehen wollen. Stattdessen lächelt er mich auf eine Weise an, die schon früher meine Knie hat weich werden lassen. Und das obwohl er weiß, was ich bin.

Ich gehe die Stufen hinter ihm hoch, und mein Herz explodiert fast.

Er. Weiß. Was. Ich. Bin. Und dennoch lächelt er mich an.

Das ist nicht fair.

Ich lasse diesen flüchtigen Gedanken nur ein einziges Mal zu, bevor ich ihn ganz weit wegsperre. Nichts ist fair. Vor allem nicht, dass ich mich in den Freund meiner Schwester verliebt habe, die vermutlich nichts von meinen Gefühlen ahnt. Ich bin eine schreckliche Person.

Oben nehme ich ihm den Koffer ab und ignoriere das Kribbeln in meinen Fingern, als sich unsere Hände berühren. Ich konzentriere mich bewusst auf den langen, schmalen Flur und die davon abgehenden Türen. Sie stehen offen, und ich sehe, dass Evette und Nesrin sich bereits in hellen, luftigen Räumen einrichten. Auch Inara und Marlon haben ihre Zimmer gewählt, und übrig bleiben die beiden am Ende des Gangs.

Henri wird direkt neben mir wohnen. *Natürlich.*

Ich werfe ihm einen kurzen Seitenblick zu, und er zwinkert, bevor er mir die Wahl lässt. Ich sehe die Räume kaum und gehe einfach in den ersten freien hinein. Er ist größer als der Blumenladen meiner Familie. Auf der linken Seite steht ein Doppelbett mit hohem Kopfteil aus Holz und weißer Bettwäsche. Rechts an der Wand ragt ein Holzschrank auf, und vor Kopf befindet sich eine Wand aus Glas, die den Blick auf einen weitläufigen Garten freigibt. Direkt davor stehen zwei Sessel sowie ein Beistelltisch. Ich trete vor und betrachte die große Terrasse zu meinen Füßen, den Pool und den Rosengarten, der sich bis zu einer Mauer aus Tannen erstreckt, die das gesamte Grundstück einzuzäunen scheint.

Hier werden wir also wohnen. Ich höre ein leises Surren und hebe den Kopf. Nur um direkt in das rot blinkende Lämpchen einer Kamera zu starren. Mein Herzschlag setzt aus, nur um danach noch einmal doppelt so schnell weiterzumachen. Fast hätte ich die Kameras vergessen. Ich schaue mich um und entdecke auf Anhieb drei weitere. Und das allein in meinem Schlafzimmer.

Das ist widerlich. Gibt es wirklich Personen, die sich das hier anschauen wollen? Mich, wie ich am Fenster stehe und nach draußen blicke? Oder schlafe? Oder dusche? Ich erschaudere und lasse meinen Koffer stehen. Es interessiert mich nicht, was sich darin befindet. Ich will einfach nur raus hier.

Vom Flur aus sehe ich, wie die anderen ihre Koffer auspacken und ihre Sachen in den Schränken verteilen. Nur Marlon steht in der Tür seines Zimmers und starrt mit finsterem Blick und verschränkten Armen hinein.

»Wir sollten uns was zu essen machen«, schlage ich ihm vor, als ich an ihm vorbeigehe, und er nickt, bevor er Inara Bescheid sagt. Sie hört sofort auf auszupacken und schließt sich uns an.

Wir laufen die Treppe hinunter und dann in die Küche. Dort durchwühlen wir zunächst die Schränke nach Zutaten, die es hier zuhauf gibt. »Nudeln mit Soße?« Ich halte eine Packung davon hoch, und die beiden nicken. Dann gebe ich ihnen Gemüse zum Kleinschneiden. Wir tragen dabei noch immer unsere feine Kleidung. Keiner von uns sagt ein Wort, und die Stille ist erdrückend, auch wenn wir uns alle die größte Mühe geben, gelassen zu wirken. Doch wie sollen wir das auch mit dem Wissen, dass unzählige Kameras auf uns gerichtet sind?

Irgendwann strömt der Geruch frisch gekochten Essens durch das ganze Haus, und als wir gerade dabei sind, den Tisch zu decken, kommen Nesrin und Evette nach unten. Beide tragen legere Kleidung, die in hellen Pastelltönen gehalten ist. Sie sehen das Essen, und während Evette zögert, schnalzt Nesrin mit der Zunge. »Glaubt ja nicht, ich würde dieses Essen anrühren.«

»Gut, dass dich keiner eingeladen hat«, entgegnet Marlon überraschend gelassen und stellt Teller vor Inara und mich, bevor er sich ans Kopfende des Tisches setzt.

»Ich verbitte mir diesen vertrauten Ton.« Nesrin funkelt ihn an und öffnet die Kühlschranktür. Evette bleibt bei ihr stehen.

Henri kommt herunter. Seine Haare sind nass und nach hinten gestrichen. Auch er trägt legere Kleidung. Offenbar hat keiner von ihnen ein Problem damit, sich vor den Kameras umzuziehen.

»Was gibt es?« Er zögert nicht, als er sich neben mich setzt und nach einem der Teller greift, die wir in der Mitte des Tisches aufgestellt haben. Sein Knie streift meins, und ich gebe mir Mühe, nicht zusammenzuzucken.

»Nudeln mit einer Gemüse-Tomatensauce«, bringe ich heraus und schiebe mir schnell eine Gabel voll davon in den Mund.

Henri lächelt, als wüsste er genau, was er mit mir macht, bevor er sich den Teller volllädt.

»Wie bist du hergekommen?« Die Frage platzt aus mir heraus, noch während er sich Nudeln nimmt. »Ich meine, wie ist das möglich?«

Kurz verdüstert sich sein Gesicht. Darf er vielleicht nichts sagen? Doch dann verschwindet der Ausdruck, und er gießt scheinbar entspannt Soße über seine Nudeln. »Es sind Soldaten des Königs aufgetaucht, die euer Haus durchsucht und alle möglichen Leute zu euch befragt haben.«

Mein Herz bleibt stehen. »Nana.« Das Wort ist kaum mehr als ein Hauch auf meinen unbewegten Lippen. Ein Druck baut sich so fest in meiner Brust auf, dass ich nicht mehr atmen kann. Sie haben unser Haus durchsucht. Was ist, wenn sie Ana gefunden haben? Fürst Nevan sagte uns, dass er uns nicht retten kann, wenn jemand anderes als Er von unserer Existenz erfährt.

Verdammt. Verdammt. Verdammt.

Ich spüre die Kameras auf mir und weiß, dass mein Gesicht wie versteinert wirkt. Mein Kopf senkt sich in Richtung meines Tellers, und ich blinzle mehrmals, um die aufkommenden Tränen zu unterdrücken. Sie dürfen meinen Schmerz nicht sehen.

»Der Blumenladen sah ein wenig verwüstet aus«, berichtet

Henri weiter, und ich bin nicht sicher, ob er mich gehört hat. »Aber offenbar ist deine Großmutter momentan auf einer Reise, wie die Nachbarn berichtet haben.«

Der Druck auf meiner Brust löst sich, und ich zwinge mich zu essen. »Hätte ich denen auch sagen können.«

Henris Augen funkeln, während er die Augenbrauen zusammenzieht und mit geschlossenem Mund lächelt. »Wow, das ist echt gut.«

»Danke.« Ich räuspere mich und sehe Inaras panisch aufgerissene Augen, weil sie sicher gerade an ihren Vater denkt. Marlon streift unauffällig mit seiner Hand über ihre, während er sich Nachschlag nimmt.

»Und wie seid ihr dann hergekommen?«, frage ich schnell, um von ihnen abzulenken. Unsere Familien sind in Gefahr gewesen ab dem Moment, wo wir als Nachtfae enttarnt wurden. Ich kann nur von Glück sagen, dass meine Nana und Ana rechtzeitig untergetaucht sind. Hoffentlich war auch Inaras Vater so vorausschauend.

»Durch den Tunnel.« Er zuckt mit den Schultern, als wäre es offensichtlich.

Inara, Marlon und ich sehen uns an. Laut Fürst Nevan ist der Tunnel zur Königsstadt zerstört. Offenbar entspricht dies nicht der Wahrheit. Die Frage ist nur, ob er uns belogen oder der König uns allen eine Falle gestellt hat.

»Wieso? Wie seid ihr denn hergekommen?«

Erneut schaue ich zu meinen Freunden, während ich die Blicke der beiden anderen Kandidatinnen auf uns spüre. Sie tun zwar so, als würden sie sich ein Abendessen zubereiten, doch ich weiß, dass sie jedes Wort in sich aufsaugen. Marlon zuckt mit den Schultern, und Inara verzieht etwas hilflos das

Gesicht. Aber sagte Spencer nicht, dass wir Fragen beantworten sollen? Vermutlich ist das eine davon.

»Wir sind durch die Tote Zone hergekommen.«

Stille. Henris Gabel erstarrt auf halbem Weg zu seinem Mund. Evettes und Nesrins Münder öffnen sich zeitgleich und voller Entsetzen.

Dann klirrt es laut, als Evette einen Löffel in die Salatschüssel fallen lässt, in der sie gerade gerührt hat. »Das ist ein Scherz. Wie seid ihr denn lebend aus der Toten Zone herausgekommen, und was hat euch geritten, euch da mittenrein zu begeben?«

Marlon schnaubt und wirft seiner Exfreundin einen höhnischen Blick zu. »Denkst du, wir hatten eine Wahl?«

Wir *hatten* eine Wahl. Eine, bei der wir glaubten, sie würde uns ein besseres Leben verschaffen. Stattdessen hat sie uns mitten in die Hölle gebracht. Mitten in die Arme des Königs.

Evette setzt zu einer Erwiderung an, doch offenbar hat es ihr die Sprache verschlagen. »Das ist Wahnsinn«, murmelt sie dann und nimmt das Salatbesteck wieder in die Hand.

»Und ihr seid gemeinsam mit Fürst Nevan hergekommen?«, fragt nun Nesrin und versucht nicht mal, ihren Argwohn zu verbergen. »Wieso sollte er das tun? Woher weiß er überhaupt von euch?« Bei dem letzten Wort verzieht sie angewidert ihren Mund.

»Wir waren sein Schutzschild«, antwortet Marlon, während er Nudeln auf seine Gabel häuft. »Offenbar hat er uns nur für den Notfall am Leben gelassen.« Er schiebt sich die Gabel in den Mund und lächelt humorlos. »Als Kanonenfutter. Deshalb sind wir hier.«

Ich versuche nicht unter seinen zynischen Worten zusammenzuzucken, auch wenn sie der Wahrheit entsprechen. Es ist das, was er vor dem König erklärt hat, und wir werden uns an diese offizielle Aussage halten müssen.

»Ich weiß nicht, ob ich das dumm oder intelligent finden soll«, stößt Nesrin verächtlich hervor und kommt an den langen Tisch, wobei sie sich demonstrativ an das andere Ende sinken lässt. Als sie einen Teller mit Broten hinstellt, scheppert das Porzellan auf dem Holz. »Fürst Nevan hätte wissen müssen, was er für Empörung mit seinem Verhalten auslöst. Er hätte euch nicht am Leben lassen dürfen.«

Wir starren sie alle an.

»Du bist so ein Miststück«, entfährt es Inara nun, und rote Flecken haben sich von ihren Wangen zu ihrem Dekolleté ausgebreitet. Sie schiebt ihre Brille zurecht, weicht Nesrin aber nicht eine Sekunde lang aus. »Du hast keine Ahnung von uns. Dich interessiert es nicht einmal, dass wir genauso sind wie alle anderen. Du hast schon immer gerne allen Stempel aufgedrückt und sie niedergemacht. Denkst du wirklich, dass du an der Universität beliebt warst? Die anderen haben sich vor deinen Gemeinheiten gefürchtet und haben dir deshalb nie die Stirn geboten.« Inaras Stimme schwillt an vor Wut, und ich spüre eine Schwingung im Raum, die vorher nicht da gewesen ist. *Dunkelheit.*

Nesrin bekommt davon nichts mit, als sie mit hochmütiger Gelassenheit nach einem Brot greift und Inara nicht einmal anschaut. »Du warst schon immer neidisch auf alle, die Freunde haben und sich nicht den ganzen Tag in der Bibliothek verstecken müssen. Ich frage mich, was dein Vater gerade so treibt. Ob er wohl schon festgenommen wurde? Immerhin wirst du dein schmutziges kleines Geheimnis nicht vor ihm versteckt haben können.«

Die Dunkelheit zieht sich um uns herum zusammen, und

noch bevor sie den Raum einnehmen kann, rücke ich den Stuhl geräuschvoll zurück. Alle Blicke fahren zu mir, doch ich fixiere Nesrin. »Was bist du doch für ein netter Mensch! Wünschst anderen den Tod aufgrund ihrer Geburt. Großartig. Ich denke, alle Zuschauer, die für dich ihre Stimme abgeben, wissen genau, wofür sie wählen. Für den Tod von Unschuldigen. Von Babys, bei denen man noch nicht weiß, welcher von ihnen ein Nachtfae sein könnte.«

Henri und Evette saugen scharf Luft ein, doch ich sehe weiterhin Nesrin an, die ihre Fassade aufrechterhält, aber mir entgeht nicht, wie sie schluckt. »Unsere einzige Schuld besteht darin, überlebt zu haben.«

Sie schweigt einen Augenblick, bevor sie ihr Kinn leicht hebt. »Und was ist mit euren Zwillingen? Was habt ihr mit ihnen gemacht, um leben zu können?«

»Sind gestorben, oder wir haben sie nie getroffen«, erwidere ich, ohne zu zögern, und gehe zur Küche, um mir ein Glas mit Wasser zu holen. »Nicht, dass dich das wirklich interessiert. Du möchtest der Welt nur beweisen, dass wir das Böse sind. Da muss ich dich aber enttäuschen.« Ich nehme mir ein Glas aus dem Schrank und eine Wasserflasche, bevor ich mir eingieße. »Wir sind Bürger Alteuropas, ob es dir passt oder nicht.«

Sie schnalzt mit der Zunge und macht deutlich, wie wenig sie meine kleine Rede interessiert hat. »Wir werden schon sehen, ob Alteuropa das genauso sieht.« Damit beißt sie in ihr belegtes Brot und hebt die Augenbraue auf eine Weise, als wäre sie sicher, den Sieg davonzutragen.

Ich wünschte, ich wäre genauso sicher, dass es nicht so sein wird. Doch leider bin ich das nicht. Ganz und gar nicht.

23. Kapitel

Avi

Am nächsten Morgen werden wir früh von einem Gong geweckt, der durch das gesamte Haus hallt. Ich sitze augenblicklich senkrecht im Bett, und mein Herz rast, während ich einen langen Moment brauche, um mich zu orientieren. Die Königsstadt. Die Spiele. Henri.

Mit einem leisen Stöhnen streiche ich mir über das Gesicht. Henri hat gestern Abend noch versucht, ein Gespräch mit mir anzufangen, doch ich habe Müdigkeit vorgetäuscht und bin früh ins Bett gegangen. Beim Kameraproblem haben Inara und ich uns mit Bettdecken geholfen, die wir als Vorhänge genutzt haben, während die andere sich dahinter schnell umgezogen hat. Das funktioniert auch ganz wundervoll auf der Toilette und unter der Dusche. Obwohl einem irgendwann die Arme wehtun.

Ich trage einen schwarzen Schlafanzug, weil – oh Wunder – meine gesamte Garderobe, die sich im Koffer befunden hat, ausschließlich schwarze Kleidungsstücke beinhaltet.

Weil ich nicht weiß, wie viel Zeit mir nach dem Gong bleibt, beeile ich mich damit, mich fertigzumachen, bevor ich mit einem Stapel Kleidung unter dem Arm über den Flur husche und an Inaras Tür klopfe. Sie braucht nur ein paar Sekunden, um mir zu öffnen, und als ich die Kleidung in ihrer Hand sehe, muss ich lächeln.

»Komm rein.« Sie tritt zurück und lässt mich eintreten. Ihr Zimmer sieht genauso aus wie meins, mit denselben Möbeln und derselben Aussicht. Doch ihr Bett ist deutlich akkurater gemacht. Ganz selbstverständlich legt sie ihre Kleidung ab und schnappt sich ihre Decke, bevor sie sich mit einem Schmunzeln zu mir umdreht. »Hast du dir für heute etwas Besonderes ausgesucht?«

Ich schüttle den Kopf und schlüpfe hinter den behelfsmäßigen Vorhang, als sie sich in der Ecke des Raumes aufstellt. »Nein. Ich wüsste nicht einmal, was für die Spiele angebracht wäre.«

»Auch wahr«, stimmt sie mir zu, während ich bereits den Schlafanzug auf den Boden fallen lasse und in eine schwarze Hose sowie einen schwarzen Pullover schlüpfe. »Sicher werden uns auch wieder die Stylisten herrichten.«

»Stimmt.« Ich streiche meine Haare glatt, die von der Wolle elektrisiert sind, und trete hinter der Bettdecke hervor. Inara lässt sie mit einem *Uff* sinken, und ich nehme sie ihr ab. »Geht's dir gut?«

»Mhm«, macht sie nur, und ich höre am Klang ihrer Stimme, dass es ihr ganz und gar nicht gut geht.

Wir haben beide Angst um unsere Familien. Doch sie noch mehr als ich, weil Henri mir wenigstens sagen konnte, dass von meiner niemand verhaftet wurde.

Schweigend zieht sie sich hinter dem Vorhang um, und ich

widerstehe dem Drang, mich ständig zu den Kameras im Raum umzusehen, die sich in meinem Rücken befinden.

Nach einem schnellen Frühstück, das wir in unangenehmem Schweigen verbracht haben, taucht Pearl auf, um uns abzuholen. Natürlich werden wir von Soldaten begleitet. Ihre Anwesenheit im Haus fällt bisher überraschenderweise kaum auf.

Pearl bringt uns zur Garderobe, und wir werden von unseren Stylisten hergerichtet und geschminkt. Es wundert mich nicht, dass die anderen drei in Weiß und Gold eingekleidet werden, während wir wieder Schwarz und Silber tragen. Dieses Mal trage ich einen schwarzen Overall mit kurzen Ärmeln, einen silbernen Gürtel, silberne Gelenkmanschetten und passenden klobigen Schmuck. Auch meine Schminke ist dunkel und düster.

»Wann erfahren wir, worum es in der ersten Prüfung geht?«, frage ich, als Pearl eine Atempause einlegt, weil sie die ganze Zeit davon redet, dass uns allein gestern Nacht eine unvorstellbare Menge an Zuschauern beim Abendessen zugesehen haben und wie wundervoll das sei. Eher abschreckend, würde ich sagen.

Sie stockt und lächelt nachsichtig. »Das erfahrt ihr erst kurz vor Beginn der Prüfung.«

Was für eine unzufriedenstellende Antwort.

Sobald wir fertig sind, verschwinden die Stylisten, und zurück bleiben nur die Soldaten und Pearl. Diese nimmt nun Henri mit, der der erste Kandidat während der Prüfungen ist.

Als Nächste ist Inara an der Reihe. Danach werden Evette, Marlon und Nesrin nacheinander abgeholt, bis ich als Letzte zurückbleibe.

Es fühlt sich so an, als würden Inara und Marlon länger geprüft als die anderen. Großartig. Offenbar unterscheiden sich die Prüfungen voneinander.

Dann öffnet sich die Tür erneut. Ich erhebe mich von meinem Platz am Spiegel, schaue auf – und wäre beinahe wieder zurückgetaumelt. In der Tür steht Soldat Ren in seiner schwarzen Uniform und mit einer Miene, die jeden Gegner in die Flucht schlagen könnte.

Einen Moment lang überwältigt mich seine schiere Präsenz, mit der er den Raum füllt. In meiner Brust flattert es, weil sich die Erinnerungen in meine Gedanken schieben. *Ren und ich alleine in der Toten Zone. Ich an seine Brust gedrückt, inmitten von Nebelgeistern. Er, wie er sich blutend in sie hineinwirft und meine Dunkelheit damit dazu bringt, alles um uns herum zu zerstören.*

Ich, die er an die Wand drückt. Sein warmer Atem auf meinen Lippen.

Er, der zulässt, dass wir festgenommen werden.

Ich schlucke, als sich ein harter Kloß in meinem Hals bildet, und der bittere Geschmack seines Verrats breitet sich in meinem Mund aus. »Ihr?«

Er nickt knapp, ganz der Soldat, der er ist, und sein Blick streift die Garde hinter mir, ohne eine Miene zu verziehen. »Ich bringe Euch zum Set.« Bei ihm klingt das Wort so normal, nicht wie ein Fremdwort aus einer längst ausgestorbenen Zeit. Andererseits kannte er die ganze Zeit die Wahrheit über Alteuropa und seinen Fortschritt, der seltsamerweise vor unserem Fürstentum Halt gemacht hat.

Ich streiche den Stoff an meiner Hose glatt und gehe auf ihn zu. Meine Schultern ziehen sich zurück, und ich unterdrücke den Drang, meine plötzlich klammen Hände an meinem Oberteil abzuwischen. »Gut.«

Er lässt mich an sich vorbeigehen, hält mir aber die Tür auf und folgt mir in den leeren Flur. Obwohl auch er Soldat ist, fühlt es sich an, als könne ich zum ersten Mal seit Tagen aufatmen, weil ich nicht ständig verfolgt werde. Dennoch brodelt es in mir. Er hat uns verraten. Er hat uns hergebracht, obwohl er wusste, was uns blühen würde. Und doch hat er mich gehalten, als ich es am dringendsten brauchte.

Andererseits ist er der erste Soldat des Fürsten. Er hat im Krieg gekämpft und getötet. Mir hätte klar sein sollen, dass er zu allem fähig ist.

Im Gang ist es still, und ich schaffe es kaum drei Schritte, bevor ich mich zu ihm umdrehe und ihn einfach ansehen muss. Sein Anblick löst erneut eine Welle aus Emotionen in mir aus, die ich kaum greifen kann. Doch allen voran ist da Wut. »Wieso?« Ich kann nicht aufhören, ihn anzusehen und etwas in seinen Augen zu suchen, was nicht da ist.

Er hebt eine Augenbraue und wirkt so unnahbar wie immer. »Wieso was?«

»Wieso habt Ihr uns ausgeliefert?« *Wieso habt Ihr mich gehalten, obwohl Ihr wusstet, dass Ihr mich zum Sterben ausliefern werdet?* Der Gedanke zuckt so unvermittelt durch meinen Kopf, dass ich kurz die Augen schließe, um mich zu sammeln.

Als ich sie wieder öffne, trifft sein Blick meinen, und ich halte in meiner Bewegung inne. »Weil das immer Teil des Plans war.«

»Wir waren immer nur Bauernopfer.« Ich flüstere. Mein Hals verengt sich, und plötzlich fühlt sich sein Verrat noch so viel schwerer an. Ich habe es gewusst. Natürlich habe ich es gewusst. *Wieso tut es dann jetzt so weh?*

Wir bedeuten ihm nichts. All die Worte von Veränderung waren nichts anderes als eine Lüge.

Er bleibt still, und das ist Antwort genug. Dennoch bewegt auch er sich nicht. Hier, in diesem Gang ohne Kameras, in dem sich die Welt ein klein wenig normal anfühlt. Wir sehen einander an. Stumm und mit so vielen ungesagten Worten zwischen uns. Nicht, dass ihn irgendeines von meinen interessieren würde. »Der Fürst hat seine Strategie noch einmal überdacht.« Sein Kehlkopf hebt sich, als er schluckt, obwohl der Rest seines Gesichts unbewegt bleibt.

Ich runzle die Stirn. Wegen seiner Worte. Wegen dem, was dazwischen liegt. »Inwiefern?«

»Sein Interesse an Euch zu heucheln, wird den König nur noch mehr gegen ihn aufbringen. Stattdessen möchte er, dass Ihr eine Liebschaft mit dem Kandidaten Henri anfangt.« Sein Kiefer zuckt, als er kurz die Zähne aufeinanderpresst. Eine Regung, die so viel unterdrückte Wut enthält.

»Wieso?«

»Wenn ein so ehrenhafter Mensch wie er eine Nachtfae lieben kann – wieso sollte sie dann nicht leben dürfen?« Er bricht den Blickkontakt ab und macht Anstalten vorauszugehen.

Ich blinzle und mache einen Schritt zur Seite, stelle mich ihm in den Weg. Sofort stoppt er. Uns trennen nur wenige Handbreit, und plötzlich liegt ein Flimmern in der Luft. »Also soll ich so tun, als würde ich ihn mögen?«

»Sollte nicht so schwer sein, oder?« Er klingt so hart wie immer, und doch meine ich, einen Hauch von Bitterkeit wahrzunehmen. Ich bedeute ihm nichts. *Wieso wirkt es dann so, als würde ihm das etwas ausmachen?* Und wieso flattert es bei diesem Gedanken in meiner Brust? Er hat mich ausgeliefert und blickt nicht zurück. Wieso kann ich das nicht auch tun?

»Stimmt«, erwidere ich, und mir ist, als würde sich sein Gesicht verschließen.

Er sieht mich noch einen langen Moment an, bevor er sich abwendet und losgeht. »Folgt mir. Eure Prüfung beginnt jeden Augenblick.«

Ich könnte ihn so viel fragen. Ob er weiß, was jetzt auf mich zukommt. Ob er einen Tipp für mich hat. Ob er die Fallen kennt, die sie uns stellen werden. Stattdessen schweige ich, weil ich keine Ahnung habe, wie ich ihm jetzt noch irgendeines seiner Worte glauben soll.

Viel zu schnell durchqueren wir die leeren Flure, bis wir wieder in einen hübsch hergerichteten Bereich kommen, bei dem ich sicher bin, dass es hier Kameras gibt. Automatisch spannen sich meine Muskeln an, und ich unterdrücke den Drang, näher an Ren heranzutreten. Nicht, dass er mich beschützen würde. Es passiert ganz instinktiv, als hätte mein Körper noch nicht begriffen, was meinem Verstand längst klar ist: Es war von Anfang an ihr Plan, uns auszuliefern. Sie wollten uns opfern, um ihr eigenes Leben zu retten.

Immerhin ist das hier Soldat Ren. Der erste Soldat des Fürsten. Ein Fae, der bereits in Kriegen gekämpft hat und seine Position sicher nicht innehat, weil er so mitfühlend ist.

Wir sind nichts anderes als Schachfiguren in einem Spiel, dessen Regeln wir nicht kennen. Doch nun wird sich das ändern, und dann werden wir auf unsere eigene Weise gewinnen. Egal, was wir dafür tun müssen.

»Wie lange gehen die Sinnesspiele?« Ich kann nicht verhindern, dass meine Stimme angespannt klingt.

»Fünf Tage. Ab jetzt finden täglich die Spiele statt, und am Ende wird der Sieger von den Zuschauern gewählt.«

Mir entfährt ein Schnauben, so leise, dass es hoffentlich niemand von unseren stummen Beobachtern mitbekommen hat.

»Ich weiß«, murmelt er, und ich meine fast, mich verhört zu haben, weil sein Gesichtsausdruck natürlich weiterhin regungslos ist. Aber ich bin sicher, dass er mir zugestimmt hat. Ein Schmunzeln kitzelt meinen Mundwinkel, doch ich zwinge mich, die Fassade aufrechtzuerhalten.

Viel zu schnell erreichen wir eine Tür, über der ein rotes Licht leuchtet.

»Hier müsst Ihr warten«, informiert er mich und stellt sich aufrecht und mit hinter dem Rücken verschränkten Händen auf. Als wäre er nichts weiter als ein Soldat, der mich begleiten und auf mich aufpassen muss.

Ich höre ein leises Surren, und als ich meinen Kopf hebe, blicke ich direkt in das Auge einer Kamera. Es kostet mich all meine Selbstbeherrschung, nicht sofort wegzuschauen, als wäre ich bei irgendwas ertappt worden.

Irgendwann taucht Pearl auf. Heute ist sie ausschließlich in Grün gekleidet und trägt ihr Klemmbrett bei sich wie einen dritten Arm. »Es sollte jeden Moment losgehen«, informiert sie mich mit vor Aufregung geröteten Wangen. »Ihr könnt Euch nicht vorstellen, wie viele Zuschauer wir haben, und alle sind sich sicher, dass die Zahlen mit jeder Prüfung steigen werden.«

»Allerdings, das kann ich mir nicht vorstellen«, stimme ich ihr zu und widerstehe dem Drang, zu Soldat Ren zu blicken.

Pearls Lächeln verrutscht nicht einmal. Stattdessen lacht sie voller Euphorie. »Perfekt. Bleibt genauso gelassen, dann werdet Ihr sie alle um den Finger wickeln. Ihr habt jetzt schon den Ruf als unnahbare Kriegerin. Das sollten wir ausbauen.«

»Ist das nicht eher schlecht?« Das klingt auf jeden Fall so.

»Aktuell habt Ihr alle drei keinen sonderlich guten Ruf. Die Zuschauer haben Angst vor Euch.« Sie sagt es, als wäre das völlig natürlich, und ich kann ihr dies nicht einmal verdenken. Ein weiterer Grund für mich, unsere Kräfte zurückzuhalten. Angst kann lähmen. Sie kann die Leute dazu bringen, unsere Köpfe zu fordern. Sie kann uns alle töten. »Dennoch ist es immer gut, ein Image zu haben«, fährt Pearl unbeirrt fort. »Ihr wirkt jetzt schon ganz geheimnisvoll und zugleich mutig. Das gestern beim Abendessen, das war toll. So beherrscht und dennoch voller Gefühl.«

Bei ihr klingt es ganz normal, uns durch Kameras zu beobachten, und vielleicht ist es das sogar für sie. »Okay.« Ich ziehe das Wort lang, weil mir nichts anderes einfällt. Sie hört sich an, als meine sie jedes Wort ernst. Doch mir ist auch klar, dass der König uns fallen sehen will. »Und die Prüfungen sind für alle gleich schwierig?«

Das Lächeln auf ihren Lippen verblasst nicht, doch ihre Augen verraten sie. Der Glanz verschwindet, und zurück bleibt unerschütterlicher Optimismus. »Keine Angst. Wir vom Sender wollen die beste Unterhaltung für unsere Zuschauer. Euer Image könnt Ihr Euch selbst erarbeiten. Bleibt authentisch. Das wird Euch helfen.«

Wir wissen beide, dass dies keine Antwort auf meine Frage ist, und zugleich sagt sie damit so viel. Die Prüfungen sind nicht gleich schwierig, aber dennoch haben wir eine Chance. Egal wie klein sie ist.

Pearl drückt auf ihr Headset am Ohr und schaut in die Ferne, während sie nickt, bevor sie mich fixiert. »Es geht gleich los.«

Aufregung hüpft durch meine Nervenbahnen.

Sie deutet auf die rot leuchtende Lampe über der Tür, während sie ihre Hand in meinen Rücken legt und mich nach vorne schiebt. »Ihr schafft das.«

Mein Mund öffnet sich, und mit einem Mal will ich sie tausend Sachen fragen.

Da erlischt das rote Licht.

Pearl öffnet die Tür und schiebt mich einfach hindurch in einen Raum, von dem fünf schwarze Türen abgehen.

Der Boden ist mit schwarz-weißen Fliesen ausgelegt, dessen Ursprung spiralförmig aus der Mitte des Raumes hervorgeht und von dort zu den einzelnen Türen führt. In der Mitte steht Spencer und strahlt mich mit einem gewinnenden Lächeln an. Seine Haare leuchten in einem unnatürlichen Kanariengelb, und sein Anzug ist voller roter Pailletten. »Aviana Bloom, unsere letzte Kandidatin des Tages!«

Ich trete zu ihm, in das Herz der Spirale, und lächle angestrengt. Die Hitze der Strahler brennt auf meiner Haut, und ich sehe im Augenwinkel, wie sich Kameras an der Decke bewegen.

»Willkommen, Aviana. Ihr seid sicher aufgeregt. Besonders als letzte Kandidatin muss Euch das Warten unendlich lange vorgekommen sein.« Er sieht mich an und erwartet offenbar eine Antwort von mir.

»Ja.« Was will er noch hören? Mir kommt nichts mehr über die Lippen, als hätte ich alle Worte vergessen.

Spencer lacht. »Eine Kandidatin, die auf den Punkt kommt. Dann will ich Euch nicht weiter auf die Folter spannen. Für die folgende Prüfung müsst Ihr durch diese Tür gehen.« Mit einer ausschweifenden Geste dreht er sich nach rechts und deutet auf eine der schwarzen Türen. »Findet heraus, was für eine Sinnesprüfung dies ist, besteht die Aufgaben und sammelt zwei wertvolle Geschenke, während Ihr enthüllt, was Eure wahre Sehnsucht ist.«

Ich starre ihn an und habe absolut keine Ahnung, was das für eine Anweisung sein soll. Kann er noch kryptischer reden?

Musik setzt ein, und Spencer strahlt noch ein wenig mehr. Das ist wohl mein Zeichen.

Ich wende mich der Tür zu und folge den Fliesen, die direkt darauf zuführen. Im Augenwinkel kann ich die Kameras sehen, die mir folgen. Als ich meine Hand auf die weiße Klinke lege, droht mir mein Herz vor Aufregung aus der Brust zu springen. Doch ich zwinge mich durchzuatmen, während ich sie herunterdrücke. Was auch immer sich auf der anderen Seite befindet – ich muss unbedingt meine Dunkelheit zurückhalten. Nichts auf der anderen Seite wird so tödlich sein wie das Schwert des Königs, dessen Klinge ich beinahe körperlich an meinem Hals spüre. Er wartet nur darauf, dass wir einen Fehler machen, und ich werde ihm nicht die Genugtuung geben, jetzt zu scheitern.

24. Kapitel

Avi

Ich schiebe die Tür auf, und meine Augen weiten sich, als sich vor mir ein Wald auftut. Der Boden ist mit Moos überzogen, und dicke Stämme ragen in den Himmel, wo Baumwipfel sich in einem sanften Wind wiegen. Das einzige Licht kommt aus dem Raum hinter mir, und mein langer Schatten liegt auf dem mit Holzplanken versehenen Weg zu meinen Füßen.

Ich trete einen Schritt vor, und das Holz ächzt unter meinem Gewicht, während hinter mir die Tür zufällt. Schwärze umschließt mich, und ich blinzle so lange, bis sich meine Augen daran gewöhnt haben und ich nach und nach wieder die Umrisse der Bäume erkennen kann. Mein Herz schlägt unregelmäßig, und ich meine das Surren unzähliger Kameras hören zu können. Ich habe keine Ahnung, wie sie mich hier erkennen wollen, aber sicher gibt es auch dafür irgendeine Technik.

Okay, denk nach, Avi. Das hier sind die Sinnesspiele. Welchen Sinn werden sie hier prüfen?

Sehen? Das wäre naheliegend. Aber irgendwas sagt mir,

dass es hier nicht um meine Sehkraft geht. Fühlen und Schmecken scheinen ebenso wenig passend. Also bleiben noch Hören und Riechen.

Ich stehe noch immer vor der Tür, am Anfang des Plankenweges und schließe meine Augen, während ich einen tiefen Atemzug nehme. Es riecht nach Holz und irgendwie feucht. Ansonsten fällt mir nichts auf.

Doch dann höre ich sie. Stimmen. Sie sind so leise, dass ich sie zunächst kaum wahrnehme. Ich kneife die Augen ein wenig fester zusammen, und die Stimmen werden lauter.

Eine davon ist heller und hebt sich von den anderen ab. »*Erreiche das Ende des Weges.*«

Das ist doch recht eindeutig. Es geht ums Hören, auch wenn ich keine Ahnung habe, wie das meine größte Sehnsucht enthüllen soll.

Freiheit. Das ist es, was ich mir am meisten wünsche. Eine eigene Identität. Ein eigenes Leben.

Ich öffne meine Augen und mache ein paar vorsichtige Schritte über den Weg, die von einem Knarzen begleitet werden, als würde das Holz jeden Augenblick unter mir brechen. Aber er hält, und ich zwinge mich, ein wenig schneller zu gehen.

»*Gefahr.*«

»*Flieht!*«

»*Es ist nicht sicher hier.*«

Mit jedem Schritt werden die anderen Stimmen lauter. Die helle Stimme verschwindet, doch ich bin mir sicher, dass sie diejenige ist, die die Anweisungen gibt. Ich muss also das Ende des Weges erreichen.

Gänsehaut kriecht mir über die Arme, und ich bleibe stehen. Kurz weiß ich nicht weshalb, bis ich ein weiteres Knacken höre – direkt hinter mir – und mich langsam umdrehe. Ich bin bereits so weit gegangen, dass ich die Tür nicht mehr sehen kann. Dafür erkenne ich deutlich einen Schatten, der sich zwischen den Bäumen abhebt.

Oh nein.

Vielleicht wollen die Stimmen mich wirklich warnen.

Ich fahre herum und beschleunige meine Schritte.

Das Knarzen hinter mir wird zu einem regelrechten Donnern auf dem Holz.

Jetzt renne ich.

Die Stimmen um mich herum schwellen an und sind nun so laut, dass sie in meinen Ohren brennen.

»*Bleibt auf dem Weg.*« Nur vage nehme ich die helle Stimme unter all den anderen wahr. Ich keuche, und mein Atem verschluckt ihre folgenden Worte, sodass ich nur das Wort »*Aufgabe*« hören kann.

Ich strauchle und werde kurz langsamer, in der Hoffnung, dass sie sich wiederholt, doch stattdessen werden die anderen lauter.

»*Kämpf!*«

»*Du wirst verlieren.*«

»*Flieh!*«

Was für eine Aufgabe? Ich wage nicht, die Frage laut zu stellen, aus Angst, dass ich die Stimme wieder überhören könnte, und renne weiter.

Noch immer werde ich von etwas verfolgt. Panik bricht in mir aus. Mir ist eiskalt, obwohl ich schwitze. Ich werfe einen Blick zurück und sehe einen schwarzen Schatten direkt hinter mir. Er hat die Statur eines Mannes, und ich sehe trotz der Düsternis seine Augen blitzen. Es muss ein Mensch sein. Oder ein Fae. Warum verfolgt er mich?

»*Bringt ihn zu Fall.*« Die Anweisung kommt so eindeutig von der hellen Stimme, dass ich ruckartig anhalte.

Der Schatten rennt auf mich zu. Mein Atem stockt, und ich bleibe stehen. Im letzten Moment weiche ich aus. Der Schatten strauchelt und stolpert von dem Weg. Im nächsten Moment verschwindet er.

Ich keuche. Wie kann das sein? *Eine Illusion.* Er war nichts anderes als eine Illusion.

Statt eines Körpers, liegt in dem Moos etwas kleines Goldenes. Es schimmert, und ich habe keine Ahnung, was es ist, aber das muss sicher das Geschenk sein, von dem Spencer gesprochen hat.

Ich trete von dem Holz weg und bücke mich danach. Dann erst erkenne ich, dass es ein Blütenblatt ist. Doch es hat nichts Zartes an sich, nur scharfe Kanten. Und ich habe damit eine von zwei Aufgaben bestanden.

Mit einem Mal bewegt sich der Boden unter mir. Ich verliere die Orientierung. Er wirbelt mich herum und bleibt so ruckartig stehen, dass ich auf die Knie falle. Keuchend rapple ich mich wieder auf, und plötzlich wird mir klar, dass die Stimmen fort sind. Und der Weg ebenfalls.

»Oh nein …« Ich versuche mich zu orientieren, doch plötzlich sehen alle Bäume gleich aus.

Dann laufe ich los. Erst in die eine, dann in die andere Richtung. Doch nichts passiert. Egal wie weit ich gehe. Ich spüre weder Holz unter meinen Schuhen, noch höre ich die Stimmen.

Hitze und Kälte wechseln sich ab, während mir klar wird, dass ich in der Falle sitze. Der Wald um mich herum erstreckt sich unendlich weit, auch wenn ich sicher bin, dass dies so nicht sein kann. Es muss ein Ende geben. *Aber wo?*

Meine Füße sinken auf dem weichen Boden ein, während ich versuche, nach den Stimmen zu horchen, und immer weiterlaufe.

Ein Knirschen ertönt. Irgendwo von rechts. Ich wende mich um, und etwas zischt an mir vorbei – und bleibt im Stamm des Baumes neben mir stecken.

Erschrocken sauge ich Luft ein. Ein Pfeil. *Irgendjemand schießt auf mich! Und das ist keine verdammte Illusion!*

Mein Kopf fährt herum, und das Zischen eines weiteren Pfeils durchzuckt die Stille. Ich stolpere zurück und strauchle, packe einen Baumstamm und verstecke mich dahinter. Der Aufprall des Pfeils in das Holz lässt mich zusammenzucken.

Und dann renne ich los.

Weitere Pfeile schießen an mir vorbei, so nah, dass ich nach kurzer Zeit spüre, wie mein Overall überall dort, wo er nicht eng anliegt, durchlöchert ist. Sie bohren sich in den Boden und in die Baumstämme, und ich schaffe es nur knapp, ihnen auszuweichen, bis mich plötzlich etwas in der Schulter trifft.

Ich schreie und stolpere. Blut rinnt über meinen Rücken. Ich spüre es wie warmer Regen auf eiskalter Haut.

Der Schmerz breitet sich wellenartig durch meinen Körper aus. Ich beiße die Zähne zusammen und renne weiter. Weg hier. Nur weg hier.

Etwas trifft mich in der Wade. Ich stolpere erneut. Zuerst verstehe ich nicht, was passiert ist. Dann spüre ich den Schmerz.

Ich keuche, beiße die Zähne zusammen, wanke, klammere mich an einen Baum und sehe runter. Ein Pfeil steckt in meinem Bein. Die Spitze bohrt sich in meinen Muskel, als würde er ihn auseinanderreißen wollen.

Ein weiterer Pfeil zischt an mir vorbei, nur ganz knapp an

meiner Wange entlang, und hinterlässt ein Brennen auf meiner Haut.

Tränen schießen mir in die Augen, und ich beiße die Zähne so fest aufeinander, dass mein Kiefer wehtut.

Dann zwinge ich mich, einen weiteren Schritt zu machen. Mein Bein knickt unter mir weg, und ein frustrierter Schrei entfährt mir. Doch ich zwinge mich weiterzulaufen. Ich muss einfach.

Wer auch immer auf mich schießt, wird nicht aufhören, bis ich am Boden liege.

Das hier ist kein Spiel mehr. Es ist eine Jagd. Auf mich.

Ich stolpere von Baum zu Baum, mein verletztes Bein knickt immer wieder unter mir weg, und mir wird schwindelig vom Blutverlust.

»*Gib auf*«, ertönt mit einem Mal eine Stimme, und ich keuche vor Erleichterung. Zwei Tränen laufen über meine Wangen, und ich wische sie wütend fort. Der Weg ist hier irgendwo.

Mein Blut rauscht in meinen Ohren, als ich versuche mich zu konzentrieren.

Ein weiterer Pfeil trifft mich, und ich stöhne vor Schmerz, worauf mit einem Mal Dunkelheit in meinen Augenwinkeln auftaucht.

»Nein. Nein. Nein«, murmle ich und kneife die Augen fest zusammen, während ich weitertaumle.

Dann sind da wieder die Stimmen.

»*Du wirst sterben.*«

»*Deine Sehnsucht ist nicht stark genug.*«

»*Du wirst verlieren.*«

Mein Mund öffnet sich voller Entsetzen, als mir klar wird, dass das hier ein Test ist. Ein grausamer Test und nichts anderes. Es interessiert niemanden, was meine *wahre* Sehnsucht ist. Es muss nur die *Richtige* sein.

»Ich will gewinnen«, stoße ich aus, und im nächsten Moment taucht nur wenige Schritte vor mir der Weg auf.

Der Pfeilregen wird intensiver. Wie Hagelkörner schießen sie an mir vorbei und hinterlassen ein Feld aus Pfeilspitzen.

Ich stolpere weiter, versuche den Schmerz zu ignorieren, und dann endlich erreiche ich die Holzplanken. Der Pfeilregen hört genauso schnell auf, wie er angefangen hat. Ich breche schwer atmend auf dem Holz zusammen.

Sie wollten mich töten.

Doch ich lebe.

Das Lachen auf meinen Lippen klingt wahnsinnig und bizarr. Doch es perlt aus mir heraus, und ich bin zu schwach, um mich dagegen zu wehren. Die Stimmen versuchen sich nun gegenseitig zu übertönen, und ich bin dankbar, dass ich nicht mehr die tödliche Stille höre.

»Finde den richtigen Stein.« Ich hebe den Kopf, als ich die helle Stimme wiedererkenne.

Die Bäume sind hier anders. Ihre Äste hängen tief wie Trauerweiden und glitzern.

Ich rapple mich auf und wimmere leise, weil mir einfach alles wehtut. Ich wage nicht, die Pfeile anzusehen, weil ich keine Ahnung habe, was ich tun soll. Immer bedacht darauf, auf dem Weg zu bleiben, trete ich in die herunterhängenden Äste einer Trauerweide, die sich wie unzählige Vorhänge über den Weg spannen. Das Glitzern nimmt zu, und ich kneife die Augen zusammen, während ich die Blüten genauer betrachte.

Sind das Edelsteine?

Vorsichtig hebe ich eine Hand und streiche über einen der Steine, der sofort verpufft. Eine weitere Illusion.

»*Weiß.*«

»*Blau.*«

»*Violett.*«

»*Schwarz.*«

Die Stimmen rufen mehrere Farben durcheinander, werden immer lauter und versuchen sich gegenseitig zu übertönen. Doch die helle Stimme bleibt stumm.

Ich beiße mir auf die Unterlippe und gehe einfach weiter, in der Hoffnung, dass sie sich meldet.

Humpelnd gehe ich den Weg entlang, und je länger es dauert, umso nervöser werde ich.

»*Gelb.*«

»*Rosa.*«

»*Braun.*«

Die Stimmen lassen nicht nach, doch ich stocke, als mir ein Rubin auffällt. *Rot.*

Diese Farbe wurde nicht genannt. Oder? Ich verharre und starre den Edelstein an, der so weit über mir hängt, dass ich mit ausgestreckter Hand nicht drankommen würde.

Er muss es einfach sein.

Ich reiße an einem Ast, dessen Holz jedoch so weich ist, dass es immer wieder wegknickt.

Im Augenwinkel bemerke ich den Pfeil in meiner Schulter. *Moment mal. Das müsste klappen, oder?* Ich wimmere leise und kneife die Augen fest zusammen, bevor ich nach dem Pfeil greife und ihn aus meiner Schulter ziehe.

Vor Schmerzen schreie ich, und mir wird kurz schwarz vor Augen, doch ich zwinge mich, sie wieder zu öffnen und nach oben zu schauen. Mit der blutigen Pfeilspitze schlage ich nach dem Rubin, der sich aus der Blüte löst und mit einem Klackern auf dem Boden aufschlägt. Direkt neben dem Weg.

Ich starre ihn an und weiß einen langen Moment nicht, was ich tun soll. Dann knie ich mich auf das Holz, schiebe meine Finger in eine Lücke zwischen den Holzplanken und umklammere es so fest, dass es sich leicht biegt.

Dann lasse ich meine Hand nach vorne schnellen und greife nach dem Edelstein.

Im selben Moment durchbohrt eine Pfeilspitze meine Hand. Obwohl niemand vor mir ist.

Ich schreie und ziehe sie zurück. Zitternd umklammere ich den Rubin und zwinge mich aufzustehen.

Dann wanke ich mit letzter Kraft durch die tiefhängenden Äste, als plötzlich hinter einem von ihnen eine Tür auftaucht.

Der Schmerz lässt nicht zu, dass ich Erleichterung empfinde. Da ist nur Furcht vor einer weiteren Falle.

Mit meiner unversehrten Hand greife ich nach der Klinke, die sich kalt anfühlt, und drücke sie herunter.

Gleißendes Licht lässt mich blinzeln, und ich gehe mit einem erleichterten Keuchen in die Knie, als ich Spencer auf einem roten Sofa sitzen sehe. In meinen Ohren rauscht es, und ich brauche einen langen Moment, bis mir bewusst wird, dass darunter auch Applaus ist.

Ich drehe meinen Kopf und blicke in die Gesichter unzähliger Zuschauer, die im Halbkreis um die Bühne sitzen. Es sind so viele, dass ich das Ende der Halle nicht einmal sehen kann.

Mein Atem wird lauter, und mit meiner unverletzten Hand klammere ich mich an den Türrahmen.

Spencer ruft etwas, als Unruhe ausbricht, und im nächsten Moment tauchen zwei Soldaten auf, packen mich unter den Armen und bringen mich weg.

Es ist mir egal wohin. Ich will nur noch, dass der Schmerz aufhört.

Sie schleifen mich aus dem Rampenlicht heraus, in einen schmalen Gang, und ich bin kaum noch in der Lage zu gehen. Mein Blut hinterlässt Spuren auf dem Boden, und ich umklammere den Edelstein in meiner Hand, so fest ich kann. Blinzelnd betrachte ich die Blutstropfen und kneife immer wieder die Augen zusammen, weil mich der Schwindel zu übermannen droht.

Eine weitere Stimme ruft etwas, und mit einem Mal liege ich auf einer Pritsche. Eine Spritze wird mir in den Oberschenkel gerammt, und ich bäume mich auf, doch die Soldaten drücken mich runter.

Dann fühlt sich alles plötzlich taub an.

Ich bekomme alles mit. Wie sie die Pfeile aus mir herausziehen. Wie sie meine Kleidung zerreißen. Wie sie mich nähen. Doch es tut nicht weh.

Immer wieder döse ich weg und nehme nur am Rande wahr, wie mir eine weitere Spritze verabreicht wird.

***

Ich weiß nicht, wie viel Zeit verstrichen ist, doch plötzlich bin ich wieder hellwach. Mein Körper wird mit Adrenalin geflutet, und ich setze mich so schwer atmend auf, als wäre ich gerade einen Marathon gelaufen. Mein Overall hängt in Fetzen an mir, und ich starre die Ärztin an, die mich ernst betrachtet. Hinter ihr stehen drei blaue Soldaten. Und Soldat Ren.

Ich sehe ihn an, und obwohl sein Gesicht unbewegt erscheinen will, bemerke ich sein Aufatmen. »Was ist hier los?«

»Ihr müsst wieder auf die Bühne«, stößt die Ärztin aus, und die Hand, in der sie die Spritze hält, zittert.

Die andere streckt sich mir entgegen. Sie hat den Rubin.

Ich habe nicht einmal gemerkt, dass sie ihn mir abgenommen hat.

»Danke«, murmle ich und lächle sie an, während ich die Hand ausstrecke.

Sie lässt den Stein fallen, als würde sie unter allen Umständen verhindern wollen, dass wir uns berühren.

Ich schlucke und schaue zu Boden, damit sie nicht merkt, wie sehr mir ihre Reaktion etwas ausmacht. Dann räuspere ich mich. »Bekomme ich andere Kleidung, oder …«

»Ihr werdet so gehen müssen.« Sie macht einen Schritt von mir weg. »Soldat Ren wird Euch nach der Show Schmerzmittel geben. Die müsst Ihr zur Nacht einnehmen. Die Wunden werden schnell heilen.« Dann verschwindet sie aus dem Raum, als würde es sie schon fertigmachen, dass wir dieselbe Luft atmen.

Rens Blick streift meinen, und überraschenderweise liegt Wärme darin, auch wenn er keine Miene verzieht. »Kommt. Ihr müsst auf die Bühne.«

Überwältigt von dieser neuen Gefühlsregung bei ihm, kann ich ihn einen Moment lang nur anstarren.

Er hebt eine Augenbraue, und ich nicke schnell und bin zugleich verwundert, wie gut ich mich fühle, obwohl ich die Verbände an meiner Wade, meiner Schulter und meiner Hand spüre. Nachdem ich von der Pritsche geglitten bin, ziehe ich die Belohnung aus der ersten Aufgabe aus meinem Ausschnitt. »Eine vergoldete Blüte.«

Ren reagiert nicht, und als ich aufsehe, bemerke ich seinen Blick, der auf meinen Ausschnitt gerichtet ist. Ich räuspere mich und hebe eine Augenbraue.

Er schluckt sichtlich und dreht sich ruckartig zur Tür, nur um sie mir demonstrativ aufzuhalten. Wie seltsam. Man könnte fast meinen … *dass ich ihn gar nicht so kalt lasse, wie er den Anschein macht.*

Ich gehe an ihm vorbei, und unsere Blicke verweben sich erneut. »Gut gemacht«, raunt er, und ich bilde mir ein, dass er heiser klingt.

Gänsehaut kitzelt über meine Arme, und ich lächle, weil sein Kompliment sich gut anfühlt. Es ist echt und bedeutet, dass das alles hier ihm sehr wohl etwas ausmacht. Er will, dass ich gut bin. Er will, dass ich überlebe. Ich weiß nur noch nicht weshalb, nachdem er uns einfach dem König überlassen hat.

Der Weg zur Bühne ist nicht weit. Nur zwei Biegungen, und schon treten wir durch eine Tür, hinter der ich sofort von Pearl weiter in Richtung Bühne geschoben werde. Mir entgeht nicht die Sorge in ihrem Blick, als sie meine Verbände sieht, auch wenn sie tapfer lächelt.

Und dann bin ich plötzlich auf der Bühne. Ich zwinge mich, nicht zu den Zuschauern zu sehen, sondern auf Spencer, der von dem roten Sofa aufsteht und auf mich zugeht. Erst jetzt fällt mir auf, dass das Sofa riesig ist und U-förmig. Auf der einen Seite sitzen Marlon und Inara, auf der anderen sitzen Henri, Evette und Nesrin.

Marlon und Inara sehen ähnlich derangiert aus wie ich. *Mist.* Was ist, wenn ihre Dunkelheit sich gezeigt hat? Was ist, wenn etwas schiefgelaufen ist?

Marlon nickt mir kaum merklich zu, während Inara lächelt. Meine Sorgen verpuffen, und ich konzentriere mich auf Spencer, der eine Hand auf meine unversehrte Schulter legt und mich zum Sofa führt. »Was für ein spektakuläres Finale! Ich bitte um einen ordentlichen Applaus für all unsere Kandidaten!«

Das Klatschen der Zuschauer begleitet mich, bis ich neben

Marlon Platz nehme und Spencer sich mittig zwischen mir und Henri positioniert.

Dieser fixiert mich so intensiv, dass ich ihm ein knappes Lächeln zuwerfen muss. Die Besorgnis ist ihm ins Gesicht geschrieben, und er wirkt, als könne er sich nur mit Mühe davon abhalten, zu mir zu kommen.

Der Applaus flacht ab, und Spencer nutzt dies, um sich mir zuzuwenden. »Das war phänomenal. Ich hätte nicht gedacht, dass Ihr diesem Pfeilregen entkommen würdet, und ich glaube, alle Bürger Alteuropas, die jetzt vor dem Fernseher sitzen, haben Blut und Wasser geschwitzt.« Er strahlt mich an, und ich öffne entsetzt meinen Mund, als mir klar wird, dass für ihn das alles nur ein Spiel ist.

»Ich hätte auch nicht gedacht, dass ich da noch lebend rauskomme«, erwidere ich trocken.

Spencer lacht auf, als hätte ich gescherzt. »Wie schwer war es, Eure Nachtfaekräfte zurückzuhalten?«

War ja klar. Wut steigt in mir auf, und ich kann sie nur schwer unterdrücken. »Keine Ahnung. Ist es für einen Fae schwer, seine Kräfte zurückzuhalten, wenn er beschossen wird?«

Wieder dieses blöde Lachen, und selbst aus dem Publikum kommt es. »Fantastisch. Nun zeigt doch mal, was Ihr uns mitgebracht habt.«

Ich öffne meine Faust, in der das vergoldete Blütenblatt und der Rubin liegen.

Der Spielleiter nickt zufrieden. »Wunderbar. Dies ist der erste Teil eines Gebildes, und egal, ob Ihr die nächsten Aufgaben schafft oder nicht, ihr werdet es behalten dürfen. Es ist ein großzügiges Geschenk des Königshauses.«

Das mir nichts nützt, falls ich nach den Spielen im Kerker lan-

de. Doch ich nicke nur und lächle leicht, weil es mir sicher keine Sympathien bringt, wenn ich diesen Gedanken laut ausspreche. »Danke.«

Das Publikum lacht, obwohl ich nicht verstehe weshalb, aber vielleicht hatten sie auch schon so eine Überlegung.

Wenn ich Henri, Evette und Nesrin anschaue, ist ihre Prüfung etwas anders verlaufen als unsere, und ich kann mir nur schwer verkneifen, dies anzusprechen. Ich werde Henri später einfach fragen, ob er weiß, warum wir drei aussehen, als hätten wir um unser Überleben gekämpft, während ihre Outfits noch immer reinweiß sind.

Spencer singt noch ein Loblied auf diese tolle erste Runde, und dann stehen wir alle mit einem Mal auf und verbeugen uns. Auch wenn ich den anderen nur alles nachmache und erst wieder richtig atmen kann, als wir von der Bühne runter sind.

»Das war großartig!«, ruft Pearl und empfängt uns. Erneut wurden wir von den anderen getrennt, was total lächerlich und mir zugleich auch irgendwie egal ist. Es nützt nichts, mir darüber Gedanken zu machen.

»Das war fürchterlich«, erwidere ich hart und nicht gewillt, so zu tun, als hätte ich Spaß daran, mich von Pfeilen durchbohren zu lassen. Dabei hebe ich meine bandagierte Hand. »Ist es das, was uns jetzt erwartet? Werden wir bei jeder Runde um unser Überleben kämpfen müssen?«

Sie presst ihre Lippen zusammen und schaut weg, bevor sie die Schultern strafft. »Ich … es tut mir leid«, flüstert sie und sieht uns nacheinander in die Augen. »Ich wünschte, es wäre anders.«

Ich wünschte, sie hätte uns gewarnt. Zugleich ist mir bewusst, dass sie das letzte Bindeglied in einer langen Kette von Entscheidungen ist und nichts dafür kann.

Also nicke ich nur und gehe an ihr vorbei. »Könnt Ihr uns ins Haus bringen? Ich will nur noch schlafen.«

Sie zögert, dann geht sie voraus.

Erst als ich wieder in meinem Zimmer bin und mich umziehe, wird mir klar, dass Ren mir keine Schmerzmittel gegeben hat. Er hat sie stattdessen herbringen lassen. Die Verpackung liegt auf dem Nachttisch, neben einer kleinen Wasserflasche, und ich frage mich, ob er sie mir nicht persönlich geben konnte. Oder ob er es nicht wollte.

25. Kapitel

Avi

Nachdem ich, trotz Schmerzmittel, mitten in der Nacht aufgewacht bin und mich lange Zeit unruhig hin und her wälze, bin ich am nächsten Morgen entsprechend gerädert. Meine Wunden pochen noch immer, aber tun dank der Medikamente zumindest nicht mehr ganz so stark weh. Dafür fühle ich mich, als hätte mich gestern ein Pferd zertrampelt. Gähnend trete ich aus meinem Zimmer und zucke zusammen, als ich laute Stimmen von unten höre. Wütende Stimmen.

Eine davon ist Marlons.

Oh nein.

Ich werde schneller. Unten steht Marlon in der Küche und schmiert sich ein Brot. Nesrin und Evette sitzen am Tisch. Inara hat sich mit einem Buch auf das Sofa zurückgezogen, und Henri ist nirgends zu sehen. »Was ist hier los?«

»Nichts. Nur die Tatsache, dass Nesrin behauptet, wir hätten alle dieselben Chancen auf einen Sieg.« Marlon schnaubt, und ich lache trocken, während ich zu ihm in die Küche gehe.

»Ja, klar.« Mein Lachen klingt hohl. »Rede dir das nur weiter ein.«

»Wir sind immer noch Menschen«, erwidert sie. »Es wäre unfair, uns zu denselben Bedingungen zu prüfen. Ihr seid Nachtfae. Eure Sinne sind von Natur aus etwas ausgeprägter.«

»Stimmt, die Pfeile habe ich mit meinem sechsten Sinn kommen sehen.« Ich schnalze mit der Zunge und stelle mich neben Marlon, um mir ebenfalls ein Brot zu schmieren.

Nesrin verdreht die Augen, erwidert aber nichts darauf.

Evette sitzt neben ihr und trinkt einen Kaffee, sieht aber nicht in unsere Richtung. »Lass es gut sein.«

»Ich kann echt nicht fassen, dass du nicht bemerkt hast, dass dein Ex ein Nachtfae ist«, sagt in diesem Moment Nesrin zu Evette und stößt dabei ein falsches Lachen aus.

Evette versteift sich und atmet sichtlich ein. »Was soll ich dazu sagen?«

»Du musst ja nicht gleich beleidigt sein.« Nesrin lächelt sie an. »Ich kann es mir einfach nur nicht vorstellen. Sollte kein Angriff auf dich sein.«

Jeder von uns weiß, dass es einer ist. Denkt sie, wir wären dumm? »Was soll es denn dann sein?«, frage ich und setze eine Unschuldsmiene auf. »Was genau denkst du denn, ist an uns so anders?«

»Keine Ahnung«, erwidert sie in hochnäsiger Ruhe, während sie das Brot in ihren Fingern dreht. »Vielleicht braucht ihr Kinderblut, um zu überleben.«

»Das ist ekelhaft.« Ich schüttle den Kopf über so viel Dummheit und schmiere weiter mein Brot. Marlon ist neben mir ganz still geworden, und ich fühle, dass er sich zurückhalten muss. »Weißt du, was ich glaube? Du willst uns absichtlich schlecht dastehen lassen. Obwohl wir dir nichts getan haben.«

»Ich will nur sichergehen, dass ich keine Angst haben muss, wenn ihr frei herumlauft.«

»Warst du vorher etwa nicht sicher?«

»Keine Ahnung. Ich weiß doch vorher auch nicht, ob ein Mörder oder Vergewaltiger in meiner Nähe ist, bis der Ernstfall eintrifft.«

Ich will sie erwürgen. Stattdessen beiße ich seelenruhig in mein Brot, kaue und starre sie an.

Sie erwidert das Starren, und in ihren Augen liegt Eiseskälte. »Wir wissen alle, dass ich recht habe. Man sieht die Gefahr nicht, bis sie direkt vor einem steht. Die Nachtfae wurden nicht umsonst vor Jahrhunderten ausgelöscht.«

»Wie kann es richtig sein, Kinder zu töten?«, frage ich sie und schüttle den Kopf. »Wir sind eine andere Generation als damals.« Nicht, dass ich diesen Genozid gutheißen will. »Vielleicht ist es an der Zeit, dass die Welt sich verändert.«

»Vielleicht seid ihr auch nur der Beweis dafür, dass die Welt unvorsichtig geworden ist.« Sie isst weiter, als würde sie nicht gerade für unseren Tod argumentieren.

»Wer ist unvorsichtig?« Henri erscheint am Treppenabsatz und kommt auf uns zu. Ganz selbstverständlich stellt er sich zu Marlon und mir und nimmt sich eine Scheibe aus dem Brotkorb. »Guten Morgen.«

»Nesrin ist der Ansicht, wir sollten besser tot sein, als dass die alten Ansichten einmal überdacht werden sollten«, fasse ich zusammen und beiße erneut ab.

Henri hebt die Augenbrauen und wirft ihr dann einen skeptischen Blick zu. »Wow. Das ist ziemlich drastisch. Ich verstehe gar nicht, warum alle so eine Angst vor euch haben. Ehrlich gesagt würde ich lieber wissen, was ihr so draufhabt.«

Er meint es sicher nur gut. Davon bin ich überzeugt. Aber

als alle uns erwartungsvoll ansehen, wird ihm wohl bewusst, wie absolut unpassend dieser Kommentar ist. »Oh. Also. Ich -«

»Es ist nicht so, als würden wir unsere Kräfte ständig benutzen«, versuche ich die Situation abzumildern und hoffe, dass ich es nicht schlimmer mache.

»Richtig«, stimmt Marlon mir zu. »Sie sind Teil von uns, aber wir können entscheiden, ob wir sie nutzen wollen oder nicht.«

»Und wir wollen es nicht«, mischt Inara sich ein und erhebt sich vom Sofa. Sie hat ein blaues Auge. *Das ist mir gestern gar nicht aufgefallen.* »Wir wollen einfach normal sein.«

»Genau«, wirft Nesrin ungefragt ein. »Ihr *wollt* normal sein. Das bedeutet, dass ihr es nicht seid.«

Würde es wohl sehr negativ auffallen, wenn ich ihr einen Teller an den Kopf werfe? »Natürlich sind wir das nicht. Auf unsere Existenz steht der Tod. Wie sollen wir da jemals normal sein?«

Sie schnalzt mit der Zunge, weil sie genau weiß, dass ich recht habe.

»Die Prüfung gestern«, beginnt Henri und schaut mich besorgt an. Seine warmen Augen ruhen auf mir und fühlen sich an, als würde er mich in eine feste, tröstende Umarmung ziehen. »Ihr habt euch gut geschlagen.« Sorge verdüstert sein Gesicht, und ich weiß, er hätte an meiner Stelle gekämpft, wenn er gekonnt hätte. Er würde alles für die Frau tun, die er liebt. *Für Ana.*

»Danke.« Ich lächle und merke zugleich, dass sein Kompliment sich anders anfühlt als das von Ren. *Weil er nicht weiß, dass ich eine andere bin als die, in die er sich verliebt hat. Weil er das Ausmaß meiner Lüge nicht kennt.*

»Ich bin gespannt, was sie sich heute einfallen lassen«, murmelt Inara mit hörbar genervtem Unterton und stemmt die

Hände in die Hüften. Weitere Blutergüsse sind auf ihren Armen zu sehen, als die Ärmel ihres Pullovers hochrutschen. Offenbar war ihre Prüfung noch einmal ein wenig anders als meine. Doch sie sieht nicht aus, als würde sie darüber sprechen wollen, und ehrlich gesagt, geht es mir ähnlich.

Marlon beißt herzhaft in sein Brot, bevor er damit vor ihr herumwedelt. »Vielleicht müssen wir ja gegen wilde Tiere kämpfen. Haben wir ja bereits Übung drin.«

»Erinnere mich nicht daran.« Inara verzieht angewidert den Mund. »Ich habe für den Rest meines Lebens genug Monster gesehen.«

»In der Toten Zone?«, hakt Henri nach und lehnt sich mit der Hüfte gegen die Arbeitsplatte. »Wie war es dort?«

Inara schaut zu mir herüber, und ich nicke. Es kann sicher nicht schaden, darüber zu sprechen. »Gruselig. All die zerfallenen Gebäude, die blutrünstigen Tiere und gefährlichen Pflanzen. Ganz zu schweigen von den Nebelgeistern.«

»Dass ihr das überlebt habt«, murmelt Henri, und sein besorgter Blick streift mich erneut, bevor er sich wieder auf Inara konzentriert. »Wie seid ihr über das Wasser gekommen?«

»Mit einem Boot.« Marlon grinst mich an, und ich funkle zurück, als Zeichen, dass er bloß nicht herausposaunen soll, wie gelähmt ich auf diesem Ding gewesen bin. Doch er zwinkert mir zu. »War aufregend.«

»Du bist so ein Arsch!«, stößt Inara aus. »Wir hätten dich über Bord werfen sollen, damit du prüfen kannst, ob die Unterwasserwelt genauso blutrünstig ist.«

Seine Augenbrauen wackeln. »Konntest du das etwa nicht selbst sehen, als du dich mit grünem Gesicht über die Reling gebeugt hast?«

Inara wirft eine Serviette nach ihm. »Ich hätte dich zurücklassen sollen, als ich die Chance dazu hatte.«

Marlon lacht laut und volltönend.

Ich lächle und bemerke, dass Henri mich besorgt beobachtet, und wechsle das Thema. »Also werden wir später schon zur nächsten Prüfung abgeholt?« Ein Schauder jagt mir über den Rücken, weil ich mir wirklich Besseres vorstellen kann, als mich erneut als Zielscheibe missbrauchen zu lassen.

»Es geht wieder gegen Mittag los. Bis dahin haben wir Freizeit.«

»Die ich definitiv nicht hier mit euch verbringen werde«, flötet Nesrin und erhebt sich grazil von ihrem Stuhl, während sie Evette auffordernd ansieht. »Sollen wir eine Runde im Pool schwimmen gehen?«

Evette zuckt mit den Schultern, als könnte ihr nichts egaler sein, und dann verschwinden die beiden.

»Ich werde im Fitnessstudio trainieren. Vielleicht kann ich die nächste Gefahr ja einfach zusammenschlagen.« Marlon verzieht seine Lippen zu einem bösen Lächeln und lässt seine Oberarmmuskeln hüpfen.

»Du bist so ein Spinner«, erwidert Inara, worauf ein erneuter Schlagabtausch zwischen den beiden beginnt.

»Sollen wir den Garten erkunden?«, fragt mich Henri.

Ich zögere. Lieber würde ich noch eine Runde schlafen. Außerdem kommt es mir irgendwie blöd vor, etwas mit ihm alleine zu machen, während er denkt, ich wäre Ana. Solche Momente habe ich in der Vergangenheit immer möglichst vermieden. Andererseits soll ich Sympathien sammeln, indem ich eine beginnende Romanze mit Henri vorspiele. Nicht, dass ich das vorhabe. Aber ich könnte sie eventuell andeuten. Es wäre ganz unverfänglich.

Henris Augen liegen warm und wunderschön auf mir. »Ich habe da ein paar Sonnenliegen entdeckt, die sich perfekt für eine entspannte Runde Faulenzen eignen.«

Ich zögere kurz, doch dann nicke ich. Weil ich an mein Überleben denken muss. Und weil ich noch nie Nein zu ihm sagen konnte. »Gerne.«

Er strahlt noch ein wenig mehr, und mein Magen zieht sich zusammen. Es fühlt sich anders als sonst an. Weil es nicht echt ist. Weil ich Henri benutzen werde. Weil er das einfach nicht verdient hat.

Ich werde so was von in die Hölle kommen. *Wenn ich es denn schaffe, aus dieser hier zu entkommen.*

Eine Stunde später flanieren wir durch den Garten der Villa, der von hohen Bäumen umgeben ist und über dem die Sonne strahlt. Überall sind kleine Kameras installiert und folgen unseren Bewegungen.

Wir sind bereits am Pool vorbeigekommen, wo Nesrin sich in einem knappen Bikini geräkelt hat, während Evette es sich mit einem Buch auf einer Liege gemütlich gemacht hat.

Dadurch, dass durch die Bäume kaum ein Luftzug dringt, fühlt es sich an, als würden wir uns in einer großen Wanne befinden. Mein schwarzes, knielanges Kleid lässt mich schon nach wenigen Minuten schwitzen, und ich muss mich daran hindern, es von meiner Haut zu zupfen.

Wir laufen an Rosensträuchern entlang, an denen eine perfekte Rose nach der anderen blüht. Nicht ein zu langer Ast oder ein verirrtes Blatt hängt an den akkurat gestutzten Bäumen. Dafür blitzen dazwischen Kameras hervor. Rechts von uns sehe ich einen Pavillon unter üppig blühendem Blauregen. Links liegt ein künstlich angelegtes Labyrinth aus verschiedenen Heckenpflanzen. Überall hört man das Zwitschern von Vögeln und das Summen von Bienen.

Ich schaue zu Henri rüber, der die Hände lässig in den Hosentaschen seiner hellen Hose vergraben hat. Er hält sein Gesicht der Sonne entgegen, wie er es immer schon getan hat, und lächelt selig. Dabei bemerke ich, wie sein Blick suchend hin und her wandert. Scheinbar ziellos, aber ich kenne ihn gut genug, um zu wissen, dass er die Umgebung analysiert. Wie ein angehender Soldat. »Es ist schön hier, oder?«

Klar. Wenn man davon absieht, dass wir uns in einer höchst feindlichen Umgebung für mich befinden. Ich zucke mit den Schultern. »Es ist schwer zu vergessen, dass das alles nicht echt ist.«

Er hebt fragend die Augenbrauen und schaut kurz zu mir herüber, während er weiter alles genau betrachtet.

»Na ja.« Ich mache eine Geste, die die Rosensträucher am Wegesrand und das gesamte Gelände miteinschließt. »Das alles wurde für die Show angelegt. Es gibt keine Ecke, die nicht perfekt geplant wurde und von der aus man uns nicht beobachten könnte. Es ist alles so falsch.«

Es vergehen ein paar Schritte unter Vogelgezwitscher. »Da hast du wohl recht.« Ich höre das Stirnrunzeln zwischen den Worten. »Irgendwie müssen wir versuchen, etwas Positives zu finden.«

Es ist ein Satz, den meine Schwester immer gesagt hat. So was wie ihr Lebensmotto. Doch gerade heute kann ich dem nicht viel abgewinnen. Die Schmerzmittel lassen langsam nach. Und ich mache mir die ganze Zeit Sorgen, was in der nächsten Prüfung auf uns zukommt.

Henri schaut erwartungsvoll zu mir herüber, und ich weiß, was er sucht. Er sucht die Aviana, die er so liebt. Die unerschütterlich fröhliche Aviana, die immer nur das Schöne in der Welt sehen will. Ana und ich sind uns sehr ähnlich, doch diese Eigenschaft haben wir nie geteilt. Weil ich ständig darum fürchte, dass wir aufgrund meiner Existenz hingerichtet werden.

Und es hört damit nicht auf. Die Gefahr ist hier noch deutlicher als zuhause, und es frisst mich innerlich auf, nicht zu wissen, was die nächsten Schritte sein werden.

»Das sollten wir«, stimme ich ihm widerwillig zu und schweige, weil ich keine Ahnung habe, was ich noch sagen soll.

Henri lacht leise, und plötzlich greift seine Hand nach meiner. Er zieht mich unter einen Baum, schiebt mich ein wenig zur Seite und verdeckt meinen Körper mit seinem. Wir sind uns wieder so nahe, wie kurz vor unserem Aufbruch, und alles in mir zieht sich zusammen.

»Wir werden eine Lösung finden«, flüstert er, und sein Gesicht ist gefährlich nah an meinem. Dieses Mal lächelt er nicht, und mir wird klar, dass alles vorher nur eine Show war. Seine Hand wandert an meine Wange und streicht federzart darüber. Ein Teil von mir will sich in seine Berührung lehnen, annehmen, was er mir gibt. Doch etwas in mir sträubt sich, fühlt die Falschheit in diesem Moment und verharrt abwartend.

»Ich werde nicht zulassen, dass sie dich umbringen.« Seine Stimme zittert leicht, auch wenn er mich mit unerschütterlicher Zuversicht anschaut.

Ich will zurücktreten und mich gleichzeitig näher an ihn schieben. Ich hasse es, dass seine Gefühle nicht echt sind. Nicht für mich. Dennoch bleibe ich stehen, im Schatten des Baumes, verdeckt von der Welt, und schaue zu ihm hoch. »Du wirst mich nicht beschützen können. Nicht hier.«

Ärger huscht über seine Züge. Ärger und Frustration. Ana

war immer viel zugänglicher, schätze ich. »Aber ich kann es versuchen.«

Mir entfährt ein Lachen. »Aber wie? Du wirst nicht in meine Prüfungen eingreifen können, weil das sicher gegen die Regeln verstößt, und danach …« Ich schlucke. »Keine Ahnung, was danach passiert. Wir können nur hoffen, dass das Volk uns nicht mehr als Monster sieht.«

»Du bist kein Monster«, erwidert er eindringlich, und seine Hand gleitet in meinen Nacken, zu meinen Haaren, und Gänsehaut streicht über meinen Rücken. Ich spüre die Rinde des Baumes hinter mir plötzlich ganz deutlich. »Du bist das wundervollste Geschöpf auf dieser Erde. Sanft und gut. Als was du geboren wurdest, spielt keine Rolle. Es macht dich nicht aus, woher du deine Magie beziehst. Erst recht nicht, wenn du sie sowieso nie einsetzt.«

Er hat keine Ahnung, wie viel es von mir ausmacht. Ärger steigt in mir hoch, und ich presse die Lippen zusammen, weil ich nicht wütend auf ihn sein will. Vielleicht macht es ihm wirklich nichts aus, dass ich eine Nachtfae bin. Aber es ändert nichts daran, zu was ich fähig bin und was mich ausmacht. Ich bin eine Nachtfae, auch wenn er es nicht sehen will und ich es am liebsten leugnen würde. Nichts kann jemals etwas daran ändern.

»Und was ist, wenn ich sie einmal einsetze? Würdest du mich fürchten?« Die Worte schmecken spröde auf meinen Lippen.

»Wie könnte ich das?« Er lächelt sanft und warm und zieht mich so fest an sich, dass wir uns überall berühren. Und plötzlich sehe ich die nächsten Worte in seinen Augen. Sehe, was er sagen will und weiß, dass es danach nie wieder so sein wird wie zuvor. Ich will diese Worte nicht aus seinem Mund hören. Ich will mir nicht einbilden, dass sie für mich sind, nicht, solange er nicht die Wahrheit über mich kennt. »Ich li-«

Ich unterbreche seine Worte mit einem Kuss. Er soll kurz und ablenkend sein, doch Henri nutzt den Moment und zieht mich ganz fest an sich. Seine Lippen liegen auf meinen, und es liegt so viel Zärtlichkeit in seinem Kuss, dass mir Tränen in die Augen steigen.

Mein Körper will sich ihm entgegendrängen. In meinem Hals ist ein entzückter Laut, weil alles in mir danach schreit, diesen Kuss mit allem zu erwidern, was ich für ihn empfinde.

Nein.

Ich kann das nicht mehr. Ich hasse mich dafür, dass ich das jemals gewollt habe.

Meine Hand wandert an seine Brust, und es braucht nur einen kurzen Druck, worauf er mich sofort loslässt. Sein Lächeln ist voller Liebe, und der Kloß in meinem Hals schwillt so sehr an, dass ich kaum atmen kann. Zugleich liegt etwas in seinen Augen. Eine Frage. Doch wie auch immer sie lautet, ich will sie nicht hören.

Ich kann das nicht mehr, und ich hasse mich in diesem Moment so sehr.

Mit einer kleinen Bewegung drehe ich mich aus seiner Umarmung und gehe zurück zum Weg. Mein Gesicht brennt vor Scham. In meinen Augen stehen ungeweinte Tränen. Wie kann ich Ana das nur antun? Sie macht sich gerade vermutlich schreckliche Sorgen und befindet sich sonst wo – und ich? Ich küsse ihren Freund.

»Was denkst du, welcher Sinn als Nächstes geprüft wird?«, bringe ich hervor, nur um das Thema zu wechseln und weil ich die Stille zwischen uns mit einem Mal nicht mehr ertragen kann.

Henri grinst ein wenig und scheint meine Scham und meine stockende Stimme fehlzuinterpretieren. Vielleicht als Schüchternheit. »Ich wünschte, ich könnte es dir sagen.« Er würde alles für mich tun. *Für Ana.* Ich höre es zwischen seinen Worten, und mit einem Mal will ich nur noch rennen. Weg von ihm. Weg von diesem falschen Ort, an dem die Schönheit der Natur künstlich perfektioniert wurde.

Ich schlinge die Arme um mich und drehe mich zurück in Richtung Haus. Es ist ein moderner Bau, dessen Glasfassade in Richtung Garten angelegt ist. Von hier unten sieht man nicht einmal, dass sich irgendwo dahinter die Zuschauerhalle und die Prüfungsräume befinden.

»Möchtest du zurück? Brauchst du Schmerzmittel? Entschuldige, ich habe nicht darüber nachgedacht, dass du dich vielleicht besser ausruhen solltest, bevor wir zur nächsten Prüfung aufbrechen.«

Ich schmunzle müde über seine Sorge, weil es so sehr nach dem Henri klingt, an den ich mein Herz verloren habe. Und zugleich stört mich etwas daran. Er will mein Ritter sein. Mein Beschützer. Dabei kann er mich nicht retten, egal wie sehr er sich das wünscht. Und ich weiß nicht, ob ich mir das noch wünsche. »Ich möchte mich tatsächlich noch ein wenig hinlegen.«

Er bringt mich ohne Umschweife zurück zum Haus, vorbei an Evette und Nesrin, die noch immer am Pool liegen, durch die Flure und bis vor meine Tür, als hätte er mit einem Mal Sorge, ich könnte zusammenbrechen. Süß, aber völlig unnötig.

Ich öffne die Tür und drehe mich zu ihm um, zwinge mich zu lächeln. »Bis später.«

Besorgt nickt er. »Wenn du etwas brauchst, zögere nicht, mich zu rufen.«

»Danke«, sage ich, auch wenn ich weiß, dass ich es nicht tun werde. Dann gehe ich zurück in mein Zimmer und atme einmal ganz tief durch.

Er liebt mich nicht. Er liebt die Aviana, die er in unserem Fürstentum kennengelernt hat. Eine Aviana, die ich nie gewesen bin. Es ist alles immer nur eine Rolle gewesen, und mit einem Mal spüre ich, wie müde es mich macht, diese Rolle zu spielen. Ich mag Henri. Aber ist das wirklich Liebe, was ich für ihn empfinde? Oder wollte ich nur immer einen Helden in meiner Geschichte, der mich rettet?

Vielleicht wird es Zeit einzusehen, dass ich keinen Ritter in goldener Rüstung brauche. Ich muss mich selbst retten, wenn ich überleben will. So oder so, ich weiß nicht, wie lange ich ihm noch etwas vorspielen kann.

Ich höre das Surren einer Kamera und erstarre einen Augenblick, weil ich sie einfach vergessen habe. *Die Show. Die Kameras. All die Zuschauer.*

Wie viel haben sie wohl gesehen? Henri hat auf die Umgebung geachtet. Aber was ist, wenn er eine Kamera übersehen hat? Mir wird schlecht. Henri wird als Sympathisant gelten. Als jemand, den man im Auge behalten muss, sobald unser Status offenbart wird.

Er ist so verdammt dumm!

Und ich bin es auch. Denn ich habe zugelassen, dass er mich an diesen Baum drückt. Ich habe ihn geküsst. Ich habe das Spiel mitgespielt, das Fürst Nevan sich für uns ausgedacht hat.

Und Soldat Ren.

Ich schlucke, und Scham steigt in mir auf, obwohl es keinen Sinn ergibt. Was auch immer er und ich sind, was auch immer für eine unerklärliche Anziehung zwischen uns liegt – ihm ist egal, wen ich küsste.

Wieso denke ich überhaupt an ihn?

Ich stoße mich von der Tür ab und gehe zum Bett. Daneben liegen die Schmerzmittel auf dem Nachttisch, und ich verbiete mir den Gedanken daran, dass Soldat Ren sie mir hat herbringen lassen. Stattdessen schlucke ich eine Ration, trinke die Wasserflasche leer und lege mich vollständig bekleidet ins Bett.

Doch egal wie sehr ich den Schlaf auch vortäusche, er will nicht kommen und mich von dem Gedankenkarussell in meinem Kopf erlösen.

26. Kapitel

Avi

Pearl läuft um uns herum, während die Stylisten uns am späten Nachmittag herrichten. Ich vermeide es, in Henris Richtung zu schauen, und knibble vor Anspannung an meinen Nägeln herum. »Eure Werte wachsen unaufhörlich. Die Zuschauer sind begeistert, und ich hätte niemals gedacht, dass es solch ein Kopf-an-Kopf-Rennen wird.«

»Was ist damit gemeint?«, fragt Nesrin in vorgespielter Ruhe irgendwo rechts von mir. Ich bewege mich nicht, weil mein Stylist gerade dabei, ist meine Haare zu einer aufwendigen Hochsteckfrisur aufzutürmen.

»Dass Ihr alle sehr hoch angesehen werdet.« Pearl quiekt.

»Soll das heißen, wir sind auf derselben Beliebtheitsstufe wie die Nachtfae?« Nesrins Stimme wird vor Entsetzen unnatürlich hoch.

»Ja!«, stößt Pearl aus und lacht. Im Hintergrund sehe ich sie an uns vorbeigehen, während sie mit geröteten Wangen und heute in einem pinken Outfit unser Aussehen prüft. Dabei nickt sie immer wieder begeistert. »Das ist großartig. So was passiert nur selten. Glaubt mir.«

»Das ist unmöglich«, erwidert Nesrin, hörbar zornig. »Wir sind normal und diese … diese -«

»Pass bloß auf, was du sagst«, knurrt Marlon bedrohlich, und ich sehe aus dem Augenwinkel, wie sein Stylist in der Arbeit stockt, bevor er weitermachen kann.

Mir wird flau im Magen. Die Zuschauer sehen uns als Attraktion und haben keine Ahnung, wie sie selbst in unserer Nähe reagieren würden. Vielleicht lieben sie es, uns zuzusehen. Doch würden sie es hassen, wenn wir frei durch ihre Straßen laufen?

»Fertig.« Mein Stylist tritt zurück, und ich betrachte mein dunkel geschminktes Gesicht und die Frisur. Das Schwarz am Ansatz ist nicht weitergegangen, und dennoch stören mich mit einem Mal die blonden Locken an den Spitzen. »Könnten wir die Haare ganz hochbinden?«, frage ich und beiße mir kurz in die Innenseite meiner Wange. »Sie könnten im Weg sein, wenn ich -«, *fliehen oder kämpfen muss.*

Ich muss es nicht laut sagen, denn mein Stylist weiß sofort, was ich meine. Er zögert. Sein Blick fliegt zu meiner Schulter, wo die Bandage unter dem Ausschnitt meines Oberteils hervorlugt. Dann zu meiner Hand, die ruhig auf meinem Schoß liegt. Ich spüre die Schmerzen nicht, weil mir vorhin noch eine Spritze von der Ärztin verabreicht wurde, die aussah, als würde sie lieber einen tollwütigen Hund behandeln.

Der Stylist nickt stumm, ohne mich anzusehen, aber ich sehe eindeutig etwas über sein Gesicht huschen. *Mitleid.* Dann macht er sich erneut ans Werk.

Als er fertig ist, ziehen Henri und Marlon sich bereits um. Es wurden mobile Wände aufgestellt, sodass wir sie dabei nicht mehr sehen können, und ich bin sicher, die haben sie nicht für uns besorgt.

Mir wird eine enganliegende Hose voller schwarzer Pailletten gegeben, über die eine lockere Bluse kommt, die so zugeknöpft ist, dass man kein Stück meines Verbands sieht. Für meine Hände erhalte ich Handschuhe, bei denen die Fingerspitzen abgetrennt wurden. Dazu bekomme ich hohe Schuhe mit dicken Absätzen und ein Stirnband mit schwarzen Pailletten.

Dann werden wir wieder nacheinander aufgerufen, und spätestens als Marlon rausgeht, ist offensichtlich, dass es dieselbe Reihenfolge sein wird wie gestern.

Ich versuche nicht auf meiner Unterlippe herumzukauen, weil es den dunklen Lippenstift verwischen könnte.

Er wird sicher nicht kommen. Nicht nach gestern. Oder doch?

Dann öffnet sich die Tür mit einem Mal.

Ich halte die Luft an.

Soldat Ren.

Er trägt seine schwarze Uniform und sieht mich gelangweilt an, nickt stumm und wartet nicht, als er wieder geht.

Ich versuche nicht zu rennen, als ich ihm folge, und weiß selbst nicht, warum ich mit einem Mal so aufgeregt bin.

Ich folge ihm mit einigem Abstand, und das Schweigen zwischen uns fühlt sich schwer an. Vielleicht liegt es aber auch an mir. Weil ich mit ihm nicht schweigen will.

»Fürst Nevan ist sehr zufrieden.« Seine Stimme ist kalt, teilnahmslos.

Ich hole auf, damit ich sein Gesicht sehen kann. »Ist das so?«

»Der Kuss mit … Henri, heute.« Mir entgeht nicht die kurze Pause, und in meiner Brust zieht sich etwas zusammen. »Eure Beliebtheitswerte sind offenbar danach in die Höhe geschossen.«

»Das war der Plan«, murmle ich und hasse mich so sehr, weil ich selbst weiß, wie falsch dieser Kuss war. Aber ich wollte und konnte seine Worte nicht hören. Henri liebt Ana. Ich will nicht, dass er diese Worte zu mir sagt.

»Stimmt.«

»Eigentlich wollte ich ihn nur unterbrechen«, gestehe ich dann leise und weiß nicht, wieso es mir so wichtig ist, dass er es weiß. »Ich wollte nicht, dass er weiterspricht.«

»Wieso nicht? Eine verbotene Liebe ist doch genau das, was die Zuschauer sehen wollen«, entgegnet er hart und ein bisschen zu abweisend. Seine Schritte werden schneller. Aber ich will das nicht. Ich will nicht so schnell zurück in diese Welt, die mich umbringen möchte. Ich will – ich weiß nicht, was ich will.

»Ist es das, was mich vor dem Galgen bewahrt?«, erwidere ich und greife nach seinem Arm, um ihn aufzuhalten.

Schatten züngeln hoch, und die Dunkelheit umgibt uns so plötzlich, dass ich keuche.

Soldat Ren fährt herum und starrt mich an. Seine Brust hebt und senkt sich sichtbar, und in seinen Augen tobt ein Sturm. »Was soll das werden?«

Ich zucke angesichts seines Tonfalls zurück und versuche mich zusammenzureißen, versuche die Dunkelheit zurückzurufen, doch sie gehorcht mir nicht. Sein Gesicht ist in Stein gemeißelt. Wie die Statue eines Gottes. *So. Unfassbar. Schön.* Sein dunkles Haar sieht so perfekt aus, dass ich hineingreifen will, um es durcheinanderzubringen. »Ich kann sie nicht kontrollieren, wenn Ihr in meiner Nähe seid.«

Seine Miene verändert sich. Wird weicher, obwohl ich sehe, wie er mit sich ringt. »Dann sollte ich mich besser fernhalten.«

»Nein!« Mein Protest kommt zu plötzlich. Zu laut. Überraschend. Mein Herz hämmert mit einem Mal. Ich weiß nicht, ob es die Spiele sind, oder dieses Schauspiel mit Henri, aber etwas ist anders. Ich fühle mich anders. Vielleicht, weil Soldat Ren einer der wenigen hier ist, der die ganze Wahrheit über mich kennt und dem ich nichts mehr vorspielen muss.

Sein Mundwinkel zuckt. Dann tritt er zurück, weg von mir, und die Dunkelheit verschwindet. Sein Blick zuckt umher, doch noch immer sind wir alleine in dem langen Flur. »Erzählt Henri mehr von Euch. Macht genauso weiter. Es ist tatsächlich Eure größte Chance, dem Todesurteil zu entkommen.«

Seine Worte sind wie eine Eisdusche.

»Und es macht Euch nichts aus?« Meine Kehle wird eng, angesichts meines plötzlichen Mutes und dieser Worte, die so viel mehr bedeuten. Jetzt sind sie raus, und ich kann sie nicht mehr zurücknehmen. Ich kann nichts anderes tun, als Soldat Ren anzustarren und auf seine Antwort zu warten.

Er sieht mich lange schweigend an. Seine Augen wandern über mein Gesicht. Meine Stirn, meine Augen, meine Wangen, meine Lippen. Verweilen länger auf meinen Lippen als auf dem Rest. »Es geht nicht darum, was ich will. Nur darum, dass Ihr überlebt.«

Er hat recht. Mit jedem einzelnen Wort.

Dennoch will ich … mehr. Ich weiß nur nicht von was.

Soldat Ren sieht mich an, als könne er meine Gedanken lesen. Und meine Unentschlossenheit. Dann wendet er sich ab. »Lasst uns gehen, bevor sie nach uns sehen.«

Ich folge ihm, doch das Kribbeln unter meiner Haut lässt nicht nach, bis er mich abgeliefert hat.

Die Abfolge danach ist dieselbe wie gestern. Pearl empfängt uns, versucht sich an aufmunternden Worten, die jedoch an mir abprallen, und kurz darauf gehe ich in den Raum mit den schwarz-weißen Fliesen.

Spencer begrüßt mich mit einem strahlenden Lächeln, das ich nicht erwidern kann. Heute sind seine Haare grün, genauso wie seine Hose, während sein Hemd und seine Schuhe in reinstem Weiß erstrahlen. Durch die gelbe Krawatte sieht er aus wie eine Margarite. »Aviana Bloom! Wie schön, Euch zu sehen!«

Das kann ich so nicht zurückgeben, also presse ich meine Lippen zu einem unverbindlichen Irgendwas zusammen.

»An diesem glorreichen zweiten Tag, an dem wir schon ein paar spannende Runden gesehen haben, bildet Ihr mal wieder das Finale. Freut Ihr Euch schon?«

Ich hebe die Augenbrauen. »Wird das von mir erwartet?«

Er lacht. Natürlich tut er das. Er muss die Show durchziehen. »Wir jedenfalls sind schon sehr gespannt auf Eure Leistung in der kommenden Prüfung. Wie gestern müsst Ihr zunächst erraten, um welchen Sinn es sich handelt. Und auch heute müsst Ihr die Prüfungsarena durchqueren und zwei Schätze finden. Der Clou ist allerdings, dass Euch nur zehn Minuten zur Verfügung stehen. Also wählt Euren Weg weise. Enthüllt uns Eure tiefste Angst, und Ihr werdet ihn finden.« Sein Grinsen ist breit und verrutscht auch nicht, als ich nicht wie erhofft reagiere. Stattdessen deutet er auf die Tür hinter mich. »Tretet hindurch, und lasst Euch bloß nicht blenden. Viel Erfolg.«

»Danke«, erwidere ich trocken und wende mich der Tür zu. Es hat keinen Sinn zu zögern, weil ich keine andere Wahl habe, als das Spiel mitzuspielen.

Als ich sie öffne, bin ich einen Moment lang irritiert, weil ich mich selbst sehe. Kurz glaube ich sogar, Ana vor mir zu sehen, und mir wird regelrecht schlecht bei dem Gedanken, sie könnten sie gefunden haben.

Doch dann verblasst das Bild, wird dunkler und düsterer, wird zu mir, zu *meinem* Spiegelbild.

Ein Ticken ertönt, und dann läutet ein Gong die Runde ein.

Ich trete tiefer in den Raum hinein, und die Tür fällt hinter mir ins Schloss. Um mich herum sind überall Spiegel, und ich brauche viel zu lange, um den Beginn des Weges auszumachen. Wie soll ich hier nur den Ausgang finden?

Ich mache einen Schritt nach vorn und knalle mit voller Wucht gegen eine Glaswand. »Großartig«, murmle ich und reibe mir das Gesicht. Als wäre es nicht schon schwer genug, gibt es hier also zusätzlich auch noch Glaswände.

Ich taste mich vorwärts, und das Ticken um mich herum bleibt beständig laut.

Was genau ist das für eine Prüfung?

Hören fällt schon mal weg.

Schmecken ergibt keinen Sinn.

Ich nehme einen tiefen Atemzug, kann aber nichts Ungewöhnliches riechen, weshalb das ebenfalls ausscheidet.

Also bleiben nur noch Fühlen und Sehen. Beides könnte passen.

Aber was hat das mit meiner größten Angst zu tun?

Mit einem Mal verändern sich die Spiegelbilder, verzerren sich zu langen Fratzen und breiten Mäulern. Sie verändern mich zu etwas Schrecklichem, zu einem Monster.

Ich schlucke, gehe weiter, taste mich vorwärts, vorbei an meinem grässlichen Spiegelbild und an Wänden aus Glas.

Konzentrier dich, Avi. Diese Bilder sollen mich ablenken, und genau das schaffen sie. Aber ich muss die zwei Schätze finden, sonst verliere ich diese Runde, egal ob ich auf die andere Seite komme oder nicht.

Ich schaue auf den Boden, der so schwarz ist, dass er meine Füße verschluckt. Fast so, als würde ich über das Nichts laufen.

Das Ticken scheint immer lauter zu werden.

Was ist meine größte Angst? Wovor fürchte ich mich am meisten?

Sofort muss ich an Ana und Nana denken. Daran, wie sie wegen mir sterben, wegen meiner Existenz.

Das ist meine größte Angst. Der Tod meiner Familie, nur weil sie mir geholfen haben zu leben.

Meine Kehle wird eng, und ich schlucke, um den Kloß loszuwerden.

Meine Finger tasten sich an Glas entlang, und mit der Schulter knalle ich gegen den Rahmen eines Spiegels, als es blitzt.

Moment mal. Da war etwas im Spiegel. Ich drehe mich um und versuche zu erkennen, was ich in der Spiegelung gesehen habe, doch es ist verschwunden.

Ich blicke zurück in den Spiegel, und wieder. Ein Blitzen, direkt hinter meiner Reflektion, die zu langen, unheimlichen Linien verzerrt ist.

Mit den Fingerspitzen will ich über den Spiegel streifen, doch sie gleiten einfach hindurch. Das Bild zuckt, als wäre es eine Projektion. Ich halte die Luft an, ziehe meine Hand ruckartig zurück und stelle mich genau vor den Spiegel. Dann versuche ich es erneut, und mir entfährt ein atemloses Lachen.

Ich bücke mich, greife ganz hindurch und taste nach dem schimmernden Objekt. Es fühlt sich kalt und hart unter meinen Fingern an, und als ich meine Hand zurückziehe, liegt darin ein tiefblauer Saphir.

Einen Moment lang betrachte ich ihn, sehe meine Spiegelung darin und fahre seine scharfen Kanten nach. Er ist wunderschön und viel zu perfekt.

Das Ticken wird lauter. Mir rennt die Zeit davon.

Als ich weitergehe, weiß ich, worauf ich achten muss. Vermutlich werde ich wieder eine vergoldete Blüte finden müssen, und ich bin mir sicher, dass ich auch sie hinter einer Spiegelillusion finden werde. *Fühlen.* Darum geht es hier. Ich muss die richtigen Spiegel erfühlen.

Während ich suche, spüre ich, wie sich etwas verändert. Die Luft scheint dichter zu werden, und das stetige Ticken der Uhr wird noch ein wenig lauter, als würde sie irgendwas überdecken wollen.

Ich taste mich weiter durch das Halbdunkel aus den sich spiegelnden Fratzen und komme einfach nicht drauf. Was hat sich verändert?

Gänsehaut kitzelt in meinem Nacken, und mit einem Mal fühle ich mich beobachtet. Es sind nicht die Kameras über mir. Es ist etwas anderes.

Oder jemand.

Irgendwer ist hier mit im Raum.

Ich schlucke und balle die Hände zu Fäusten, zwinge mich jedoch, sie direkt wieder zu entspannen. Mit einem Mal wird jede Spiegelung zu einer bedrohlichen Gefahr. Schweiß rinnt über meinen Rücken, weil mir ganz heiß wird.

Was nun?

Die plötzliche Anspannung lässt meine Muskeln zittern. Doch ich zwinge mich, weiterhin in die Spiegel zu sehen, die ich nicht berühren kann. Hinter einem von ihnen versteckt sich ein Blütenblatt. Wenn ich es finde, kann ich endlich den Ausgang suchen.

Ich taste weiter, und plötzlich sinken meine Finger ein. Ich kneife meine Augen zusammen, und da ist es! Das Schimmern einer weiteren goldenen Blüte.

Triumph durchfährt mich.

Ich strecke meine Hand aus und will danach greifen.

Doch als meine Finger das kühle Metall umschließen, schießen Hände direkt aus dem Spiegel gegen meine Brust. Der Stoß ist so hart, dass mir die Luft aus der Lunge gedrückt wird.

Die Blüte rutscht mir aus der Hand, und ich knalle mit voller Wucht gegen einen der Spiegel hinter mir, der dabei zerbricht. Glas bohrt sich in meine Haut und hinterlässt brennende Spuren.

Jemand packt mich und drückt mich runter. Ich reiße die Augen auf. Direkt über mir ist eine Gestalt, ganz in Schwarz gehüllt, von Kopf bis Fuß. Ich würge, als sie ihre Hände an meinen Hals legt. Meine Augen weiten sich und suchen nach einer Waffe, irgendwas, womit ich mich wehren kann. Doch außer Schwärze und dem leichten Schimmer der Blüte gibt es hier nichts Meine Lunge brennt wie Feuer. *Luft. Ich brauche Luft!*

Ich strample hilflos mit den Beinen, und meine Hände fahren suchend über den Boden, bis ich eine größere Scherbe zu greifen bekomme. Ohne weiter nachzudenken, reiße ich den Arm hoch, direkt in den Körper meines Angreifers. Die Gestalt keucht und weicht zurück.

Ich rutsche über den Boden nach hinten und greife nach der Blüte und rapple mich auf, so schnell ich kann. Dann renne ich. Meine blutigen Hände hinterlassen Spuren auf dem Glas und den Spiegeln, und panische Gesichter schreien mir verzerrt entgegen.

Wo ist der verdammte Ausgang?

Ich drehe mich immer wieder um, kann aber in meiner Panik nichts erkennen.

Überall sind nur Fratzen und verzerrte Bilder meiner selbst.

Ich sehe aus wie ein Monster. Der Gedanke bringt mich zum Straucheln, und dann wird es mir klar. Ich sehe mich in unendlich vielen Varianten, und doch bin ich jedes Mal ein Monster. So, wie die Welt mich sieht.

Sie halten mir einen Spiegel vor. Und mit einem Mal weiß ich, wonach ich Ausschau halten muss. Ich laufe und laufe und blicke nicht mehr zurück, als endlich vor mir ein Spiegel auftaucht, der mich nicht verzerrt zeigt. Dort sehe ich mich selbst mit geweiteten Augen, blassen Wangen und gerötetem Hals.

Das bin ich. Ein Monster in Gestalt einer jungen Frau.

»Meine größte Angst bin ich selbst«, sage ich leise, und der Rahmen um den Spiegel beginnt zu leuchten.

Ohne zu zögern, trete ich hindurch und lande in einem weiteren schwarzen Raum. Am anderen Ende kann ich klar die Umrisse einer Tür sehen.

Schwer atmend stoße ich sie auf und finde mich am Rande einer Bühne wieder. Es ist dieselbe wie gestern, und auch heute werde ich von Applaus begrüßt.

Mit einer Hand umklammere ich noch immer die Türklinke und spüre erst jetzt, wie sich die scharfen Kanten des vergoldeten Blütenblattes in meine andere Handfläche bohren. Blut tropft von meinen Händen auf den Boden, und ich starre es an, während sich nacheinander all die Schnitte auf meiner Haut bemerkbar machen. Es ist, als würde flüssige Lava über meinen Körper rinnen.

Als ich meinen Kopf hebe, entdecke ich Spencer, der nur einen kurzen Blick auf mich wirft, bevor er sich in Richtung Zuschauer wendet. »Und wieder ein spektakulärer Auftritt unserer letzten Kandidatin.« Er lacht schallend, und das Publikum tut es ihm nach. »Geben wir ihr einen Moment, um sich frisch zu machen.« Noch lautere Lacher folgen.

Ein Zischen dringt an mein Ohr, und ich wende den Kopf, entdecke Pearl, die mich zu sich winkt, und gehe auf sie zu. Sie gibt sich nicht einmal mehr Mühe zu lächeln, betrachtet mich besorgt und nickt in Richtung Krankenzimmer, das sich direkt um die Ecke befindet.

Die Ärztin und einige Soldaten warten auf mich, und ich lasse widerstandslos zu, dass sie meine Schnitte behandelt, während ich wie gelähmt dasitze.

Wut pulsiert heiß und brennend in meinen Venen.

Auf denjenigen, der mich angegriffen hat.

Auf den, der ihn angeheuert hat.

Auf den König.

Auf diese ganze verfluchte Welt.

Die Ärztin zittert, als sie mir die letzten Pflaster aufklebt, als würde sie das dunkle Wogen unter meiner Haut spüren.

Die Tür fliegt auf, und Soldat Ren kommt herein. Seine Augen suchen und finden mich sofort. »Alle raus«, befiehlt er mit der tödlichen Ruhe eines Kommandanten.

Die Soldaten zögern, während die Ärztin sofort verschwindet.

»Ich sagte, alle raus!«

Ich erschaudere unter seinem tödlichen Tonfall, und die Soldaten gehen, auch wenn es höchst widerwillig aussieht.

Und ich? Ich kann nicht aufhören, ihn anzustarren, während die Wut schwarze Ränder in meinem Sichtfeld heraufbeschwört. Wie sie sich alles von mir nehmen will, bis ich diese ganze verfluchte Stadt in Schutt und Asche gelegt habe.

27. Kapitel

Ren

Ich erkenne einen Soldaten, wenn er kurz davor ist, die Kontrolle über sich zu verlieren. Es gab unzählige im Laufe meines Lebens.

Und Aviana ist eine davon. Sie ist eine Kriegerin, die gerade erst das Ausmaß ihrer Kräfte zu begreifen lernt. Sie hat keine Ahnung, was sie anrichten kann, wenn sie es wirklich will.

Ich sehe die Zerstörung in ihren Augen. Ihre Hände umklammern den Rand der Pritsche, und ich schmecke ihre Dunkelheit auf meiner Zunge. Sie ist herb und bittersüß.

Endlich sind wir allein im Raum, und ich werfe die Tür hinter den Soldaten zu, bevor ich mit langen Schritten auf sie zugehe. »Du bist stärker als deine Dunkelheit.« Es kostet mich all meine Kraft, ruhig zu sprechen. Zugleich fährt ein Schauder über meinen Körper, als mir auffällt, wie vertraulich ich mit ihr spreche. Es ist, als würde ich eine weitere von vielen Grenzen sprengen. Eine, die dazu gedacht ist, uns alle am Leben zu erhalten.

Ihre Dunkelheit ist so nah, dass ich sie auf meiner Haut prickeln spüre. Wie die süße Umarmung einer Geliebten streift sie mich. Meine Nasenflügel blähen sich, als ich ihren Duft einatme.

Verdammt. Es darf sich nicht so anfühlen. Nicht jetzt und nicht hier.

Wir sind nur eine Tür davon getrennt, entdeckt zu werden, und sollte jemand mitbekommen, dass ihr die Kontrolle entgleitet, wird sie schneller hingerichtet, als Nevan einschreiten könnte.

»Bin ich nicht«, erwidert sie, und ihre Stimme ist tiefer als sonst. Sie dringt mir bis unter die Haut.

»Doch, das bist du.« Ich trete so nahe an sie heran, wie ich es wage, ohne dass alles außer Kontrolle gerät.

Sie schüttelt den Kopf, und ihre Augen fixieren mich. *Wie flüssiges Obsidian.* »Sie wollen uns umbringen. Mit allen Mitteln.«

»Das werden sie aber nicht«, erwidere ich eindringlich. »Weil du stärker bist als sie. Stärker als das, wozu sie dich machen wollen.«

Die Dunkelheit in ihren Augen klärt sich mit jedem Blinzeln, doch noch immer bohren sich ihre Finger in den roten Plastikbezug der Pritsche. Sie sitzt völlig steif da, als würde sie all ihre Kraft aufwenden, und verdammt, ich habe noch nie jemanden so Schönes gesehen. Jemand so Kraftvolles.

»Ich bin so wütend.« Sie haucht die Worte, und doch dringen sie mir bis in die Brust. Ihr Hass lodert so hoch, dass er mich beinahe blendet. Doch sie darf sich unter keinen Umständen davon überwältigen lassen.

»Ich weiß«, sage ich langsam und hoffentlich beruhigend. »Ich auch.«

»Du weißt nicht, wie es ist.«

Die Vertraulichkeit, die in ihren Worten liegt, ihre Verletzlichkeit, fährt wie ein Orkan über meinen Körper und hinterlässt überall auf mir Gänsehaut. »Und es tut mir leid, dass du es weißt. Aber das hilft dir nicht. Du musst stark bleiben«, entgegne ich sanft und zugleich unerbittlich. »Für deine Familie.«

Sie blinzelt und verkrampft sich. »Was ist mit meiner Familie?«

»Sie ist in Sicherheit. Unsere Späher haben eure Familien weggebracht, bevor die Soldaten mit den Durchsuchungen begonnen haben.«

»Wirklich? Auch von Inara?«

Ich spüre, wie die Dunkelheit nun vollkommen verschwindet, und muss lächeln, als mir klar wird, was ihr Anker ist. Was sie wieder zurückbringt, wenn die Dunkelheit sie zu überrollen droht. Diejenigen, die sie liebt. »Das waren wir euch schuldig.«

Bisher war es immer Nevan, dem ich zu tiefer Schuld verpflichtet war. Doch in dem Moment, als wir die drei dem König ausgehändigt haben, fielen auch ihre Leben in meine Schuld. Und ich werde alles dafür tun, dass ich diese Schuld niemals begleichen muss.

Aviana stößt ein Lachen aus. Erleichtert. Erschöpft. Wunderschön. Alle Anspannung, die zuvor im Raum war, ist verschwunden.

Im selben Moment wird hinter uns die Tür aufgerissen.

Soldat Alden, einer der beiden ersten Soldaten des Königs, schlendert herein. Er klappt das Visier seines blauen Helmes auf, der, genauso wie seine Uniform, vermutlich schon seit einem Jahrhundert keinen richtigen Kampf mehr gesehen hat.

Sein tödlicher Blick landet zuerst auf Aviana, dann auf mir. »Wer gibt dir das Recht, meine Soldaten wegzuschicken?«

Ich sehe sie hinter ihm stehen. Natürlich würden sie ihm Bericht erstatten. Was mich wundert, ist jedoch, dass er tatsächlich extra hergekommen ist. »Müsstest du nicht beim König sein und sein Leben beschützen?«

»Ich beschütze es auch, indem ich nachforsche, warum du offenbar mit dieser Kreatur alleine sein willst.« Die lächerliche goldene Feder auf seinem Helm zuckt hin und her, als er mit dem Kinn in Avianas Richtung deutet. Diese ist völlig still, beobachtet und wartet ab.

Meine Lippen verziehen sich spöttisch. »Warum sollte ich das wollen? Sie ist eine Nachtfae. Niemand mit Verstand würde sich ihr freiwillig nähern.«

Aviana zuckt nicht einmal mit der Wimper, als ich diese bitter schmeckenden Worte ausspreche. Sicher ahnt sie bereits, dass Soldat Alden niemand ist, mit dem man spaßt. Oder den man gar unterschätzen sollte.

»Warum hast du meine Soldaten dann rausgeschickt? Sie fühlten sich bedroht.«

»Ist es mein Fehler, dass deine Soldaten mich als Bedrohung sehen?« Jedes meiner Worte trieft vor Hohn. »Die Ärztin hat sich beinahe in die Hose gemacht, als sie die Wunden versorgt hat, und deine Soldaten wirkten ebenfalls, als würden sie jeden Moment wie Jungfrauen in Ohnmacht fallen. Solche Männer können wir hier drin nicht gebrauchen«, füge ich mit der Härte eines Kriegers hinzu, der schon zu viele Kämpfe gewonnen hat.

Soldat Aldens Kiefer mahlt. »Du unterstellst mir eine schlechte Ausbildung?«

»Ich bin nicht derjenige, der mit Unterstellungen um sich

wirft. Und jetzt geh zur Seite. Außer natürlich du willst, dass die Show wegen dir unterbrochen werden muss. Erkläre du das dem König.«

Er presst die Lippen so fest aufeinander, dass sie weiß anlaufen. Sein Hass auf mich war schon immer grenzenlos, aber jetzt sehe ich ihm an, wie viel Kraft es ihn kostet, sich nicht auf mich zu stürzen. Leider ist er dafür zu erfahren und zu gut ausgebildet. Das ist etwas, das nur Jünglinge tun würden. Er macht zwei große Schritte und packt Avianas Arm. Dann reißt er sie von der Pritsche und schubst sie in Richtung Tür. »Los!«

Aviana funkelt ihn an, und ihr Blick streift mich nicht einmal, als sie wortlos davonmarschiert und zur Bühne geht. Kurz darauf ertönt tosender Applaus.

Ich schnaube. »Fühlst du dich jetzt besser?«

Er verzieht angewidert den Mund und kommt auf mich zu, doch hält Abstand, weil er mich nicht gut genug kennt, um meine Kräfte einschätzen zu können. »Wir behalten euch im Auge. Dich und den Fürsten. Und solltet ihr auch nur einen falschen Atemzug machen -«

»Spar dir das. Die Rede hat der König uns schon gehalten, und es gibt absolut nichts, was wir uns vorwerfen können«, unterbreche ich ihn und verlasse den Raum. Ich habe es nicht nötig, mir irgendetwas von diesem Einfaltspinsel in Uniform sagen zu lassen.

Hinter mir höre ich, wie er seine Soldaten zusammenstaucht. Doch das ist für mich nicht von Bedeutung. Ich denke an Avianas Wunden. An die Würgemale an ihrem Hals. An ihre Stärke.

Sie. Immer nur sie.

28. Kapitel

Avi

Spencer hat es so dargestellt, als wäre ich durch einen Spiegel gefallen und hätte mir die Schnittwunden selbst zugefügt. Und ich habe nichts dagegen gesagt, weil ich noch zu erschüttert von dem war, was zuvor im Krankenzimmer passiert ist.

Ich bin so verflucht kurz davor gewesen, die Kontrolle über meine Dunkelheit zu verlieren. Wäre Soldat Ren nicht gewesen, hätte ich es nicht geschafft.

Ich kann nicht aufhören, darüber nachzudenken, und lasse jeden dummen Kommentar Spencers über mich ergehen.

Als wir endlich fertig sind, greife ich nach Inaras Hand und ziehe sie fest an mich, sobald wir in einen der Gänge ohne Kameras gelangen. »Unsere Familien wurden von Fürst Nevans Spähern gerettet und sind untergetaucht.« Ich wage nicht, lauter zu sprechen als ein Flüstern.

Doch Inara hört mich trotzdem. Ihre Lippen teilen sich, und Tränen schimmern in ihren Augen, die sie schnell wegblinzelt.

»Eure Werte sind übrigens weiter in die Höhe geschossen«, ergreift Pearl nun das Wort. »Das Publikum liebt euch alle. Es ist weiterhin ein Kopf-an-Kopf-Rennen. Macht unbedingt weiter so. Die Diskussionen in den Medien gehen durch die Decke. Die Leute lieben euch.«

Ich starre sie verständnislos an, weil ich keine Ahnung habe, wovon sie spricht.

Marlon lacht trocken, und irgendwie klingt es bedrohlich. »Sie lieben die Show, die wir ihnen bieten.«

Pearl zieht die Nase kraus, kann das aber nicht dementieren.

»Ich befürchte dennoch, dass sie uns trotzdem nicht auf der Straße begegnen wollen«, fügt Inara hinzu und presst die Lippen aufeinander, während sie stur geradeaus schaut. »Sie lieben es, uns aus der Ferne zu sehen. Aber ich bezweifle, dass sie uns vor der Hinrichtung beschützen werden.«

Pearl schluckt sichtlich und öffnet immer wieder den Mund, doch offenbar fällt ihr kein Gegenargument ein. Sie sieht die Show. Wir den Preis.

Ich will nur noch schlafen.

Doch sobald ich durch die Tür komme, steht Henri vor mir. Das Entsetzen in seinem Gesicht macht es mir nicht leichter, und ich wünsche mir, er würde mich einen Moment lang in Ruhe lassen. »Was ist passiert?«

»Was wohl?« Marlon schnaubt und geht an uns vorbei in Richtung Küche. Das scheint sein favorisierter Ort in diesem Haus zu sein, denn immer, wenn ich ihn sehe, befindet er sich hier und isst etwas.

»Die Prüfung«, präzisiert Inara und folgt ihm, wobei sie nach meiner Hand greift und mich hinter sich herzieht. Wie eine Einheit, die unter keinen Umständen getrennt werden darf.

»Was war das da drin?« Evette folgt Nesrin, die in Richtung Treppe geht.

»Ich weiß nicht, wovon du sprichst.« Hohn schwingt in ihrer Stimme mit, genauso wie betonte Gleichgültigkeit.

»Die Prüfung. Wie kann es sein, dass du innerhalb von zwei Minuten durch warst, während jeder von uns mindestens fünfzehn gebraucht hat?« Evette stellt sich ihr in den Weg und verschränkt die Arme vor der Brust. Noch immer trägt sie ihr weißes Prüfungsoutfit, das aus einem weißen Rock mit hohem Schlitz und goldenem Netzoberteil besteht. »Und jetzt sag mir nicht, dass das was mit deiner Fähigkeit zu tun hat.«

Nesrin verdreht die Augen und versucht an Evette vorbei zur Treppe zu kommen, doch Evette gibt nicht nach. »Was soll der Neid? Natürlich hat es damit zu tun, dass ich die Fähigkeit des Fühlens habe und diese Prüfung darauf ausgerichtet war.«

»Das ist Unsinn. Selbst dann hättest du niemals so schnell sein können.« Evette kneift die Augen zu Schlitzen. »Du hast irgendwie geschummelt.«

Mittlerweile sind wir alle still geworden.

Nesrin schnappt nach Luft und stößt Evette mit einer festen Handbewegung zur Seite. »So einen Unsinn muss ich mir nicht anhören.«

Evette geht zur Seite, auch wenn der Schubser nicht stark genug war, um sie ernsthaft zu verletzen. Sie schnalzt mit der Zunge und schaut ihr wütend hinterher, während Nesrin die Treppe hochstürmt. Dann wendet sie sich zu uns um. »Sie hat eindeutig betrogen. Das Spiegellabyrinth hätte sie niemals innerhalb von zwei Minuten durchschauen können.«

»Glaubst du das wirklich?«, fragt Inara, die neben Marlon an der Küchentheke steht.

Evette zögert mit einer Antwort, als wäre sie nicht sicher, ob es schlau ist, mit Inara, *einer von uns*, zu sprechen. »Ja. Irgendwie muss sie gewusst haben, wo sie langgehen muss. Die Frage ist nur, wer ihr die Information gegeben hat.«

Schweigen.

»Dieses Spiel ist eine Farce«, stößt Henri aus und wendet sich mit besorgtem Blick mir zu. Seine Augen streifen über meinen Hals, und ich frage mich, wie schlimm es wohl aussieht. »Was soll das hier überhaupt alles?«

»Wir sollen uns beweisen«, erwidere ich leise. »Vielleicht sollen wir auch einfach währenddessen sterben.« Mein Blick gleitet in die Ferne, und ich sehe wieder Soldat Ren vor mir, der mit beruhigender Ernsthaftigkeit auf mich einredet und mich aus der Dunkelheit holt. Allein der Gedanke reicht aus, um die aufkommende Kälte zu vertreiben.

»Das können sie nicht machen.« Henri greift nach meiner Hand und verschränkt unsere Finger ineinander.

Ich starre sie an. Seine groß. Meine klein. Ich fühle nichts, bis mir klar wird, was er da tut. Schnell entziehe ich mich ihm. »Du solltest das nicht tun«, flüstere ich und hoffe, meine Stimme ist leise genug. Ich starre zu Boden, höre, wie Marlon mit Evette spricht und hoffe, die Kameras sind von ihnen abgelenkt. »Man könnte das gegen dich verwenden.«

»Das ist mir egal«, erwidert er mit fester Stimme und legt seine Hand unter mein Kinn, damit ich ihn ansehen muss. »Ich werde mich nicht von dir abwenden. Nicht jetzt. Niemals.«

Mein Herz stolpert leicht, und ich schließe die Augen, weil ich weiß, dass diese Worte nicht für mich bestimmt sind. Ich kann das nicht mehr. Nicht so.

Deshalb trete ich zurück und schüttle leicht den Kopf. »Beschwören wir nicht das Unglück herauf.«

Henri wirkt, als würde er mir widersprechen wollen. Doch wir wissen beide, dass ich recht habe. Dann lächelt er sanft und so süß, dass ich früher vor Glück geschmolzen wäre. Doch jetzt habe ich Angst. Davor, was ihn dieses Lächeln kosten wird.

»Ich lege mich hin«, sage ich in die Runde und gehe dann die Treppe hoch. Draußen ist es bereits dunkel, und mein Hals tut so weh, dass ich nicht einmal wage, einen Schluck Wasser zu trinken.

Als ich im Bett liege, fühlt es sich so an, als würden sich unsichtbare Hände um meinen Hals schlingen, und ich drücke mein Gesicht in das Kissen, um meine Tränen zu verbergen. Zwei Prüfungen, in denen ich knapp dem Tod entkommen bin. Wie soll ich noch drei weitere Prüfungen überstehen, ohne die Kontrolle zu verlieren? Es war bereits heute so knapp, dass nur Soldat Rens Anwesenheit mir helfen konnte. Doch was ist, wenn er beim nächsten Mal nicht da ist?

Er war da. Bei mir. Er hat mich gerettet, als ich kurz davor war, mich in meiner Wut und meiner Dunkelheit zu verlieren.

Wieso tut er das alles?

Und wieso kann ich es mit einem Mal kaum abwarten, ihn möglichst schnell wiederzusehen?

Er war mein Feind, dann ein Verbündeter, dann ein Verräter. Und nun?

29. Kapitel

Avi

»Warum trage ich ein Ballkleid?«, frage ich Soldat Ren, als er mich zur dritten Prüfung abholt. Wie auch die anderen vor mir wurde ich in feinste Kleider gehüllt, die einer Prinzessin würdig wären.

Mein Kleid ist, wer hätte es gedacht, wieder tiefschwarz, aus unzähligen Schichten feinstem Chiffon, verziert mit hunderten schwarzen Diamanten. Mein Haar ist hochgesteckt, und ich trage wunderschönen Schmuck.

Was auch immer das jetzt für eine Prüfung ist, ich habe definitiv nicht vor, in dieser Kleidung zu sterben. Vorsichtig ziehe ich den Rock hoch, um zu probieren, ob ich mich dann besser bewegen kann. Aber es hilft nur mäßig.

»Leider kann ich nichts verraten.« Soldat Ren sieht mich nicht einmal an, und ich hasse es. Die ganze letzte Nacht habe ich mich hin und her geworfen und daran gedacht, wie er mich davor bewahrt hat, mein eigenes Todesurteil zu unterschreiben.

»Danke, übrigens«, füge ich etwas leiser hinzu und beobachte, wie seine harte Fassade für einen Moment bröckelt. Doch noch immer ist sein Blick nach vorne auf den Weg gerichtet. »Für die Hilfe beim letzten Mal.«

Er nickt knapp, und mein Mut verlässt mich. Habe ich mir das alles nur eingebildet? Empfindet er wirklich nur Pflichtbewusstsein mir gegenüber? Oder ist das alles nur Tarnung, weil momentan jedes falsche Wort uns an den Galgen bringen kann? Frust breitet sich in mir aus.

Ich hasse es, dass er mich nicht einmal anschaut und so tut, als wäre ich Luft. Ich kann einfach nicht anders. Mit zwei Schritten habe ich die Distanz überbrückt und packe ihn am Arm. Ich weiß selbst nicht, woher ich den Mut nehme. Doch als er stehen bleibt und ruckartig zu mir herumfährt, fühlt es sich an, als würde mein Herzschlag einen Moment lang aussetzen. In seinen Augen tobt ein Sturm aus Wut und Frustration. »Was?«

»Habe ich irgendwas getan?«

Dunkelheit wallt um uns herum auf, und ich zucke zurück, weil sie so mächtig ist, dass es mich selbst erschreckt.

Er öffnet den Mund, doch kein Wort dringt über seine Lippen, bevor er sich wieder abwendet und weitergehen will.

Oh nein. Er wird mich jetzt nicht einfach hier stehen lassen. »Rede mit mir! Wieso kannst du mich nicht einmal ansehen?« Mein Herz pocht fest gegen meine Rippen, als ich ihn so direkt und vertraut anspreche. Weil es alles mit einem Mal verändert. Mir ist bewusst, dass die Situation gestern aus der Not heraus geboren war, dass ich nicht klar denken konnte. Doch das ist heute anders.

Er fährt herum, und ich wage es nicht, mich zu bewegen. »Weil du mich an eine Zeit erinnerst, die längst vergangen ist. Weil du mich an Personen erinnerst, die schon lange tot sind.

Weil du viel zu schön in diesem verdammten Kleid aussiehst!« Er ballt die Hände zu Fäusten und ist mir nun so nah, dass ich meine Dunkelheit nicht mehr kontrollieren kann. Sie umschließt uns wie ein Tornado, und würde irgendwer in diesem Moment vorbeikommen, wäre das unser Todesurteil. Doch ich kann nichts anderes tun, als ihn anzustarren, während seine Worte tief in meine Seele dringen und ich kaum noch Luft bekomme.

Er findet mich schön?

Er findet mich schön …

Er findet mich schön.

»Ich kann dich nicht ansehen, weil alles außer Kontrolle gerät, wenn ich dir zu nahekomme«, fügt er mit leiser und rauer Stimme hinzu, während er sichtlich schluckt und sein Blick langsam und wie eine Liebkosung über mich wandert. Von meinen herauslugenden Schuhspitzen über den zarten Stoff meines Kleides an meinem Ausschnitt entlang über meinen Hals und dann zu meinem Gesicht. Seine Augen verharren auf meinen Lippen, die mit einem Mal pochen, als hätte er sie berührt. »Ich schaue dich nicht an, weil wir es uns nicht leisten können, die Kontrolle zu verlieren.«

Mein Atem ist zittrig. All meine Glieder fühlen sich schwer an. Ich stehe einfach nur da und schaue zu ihm auf und wünsche mir, er würde seine Kontrolle verlieren.

Meine Zunge fährt über meine ausgetrockneten Lippen, und der herbe Geschmack meines Lippenstiftes breitet sich in meinem Mund aus.

Seine Augen werden dunkler, und mit einem Mal sieht er aus wie ein Raubtier, das kurz davor ist, seine Beute zu erlegen. Hitze ballt sich im Zentrum meines Körpers, während ich nach Luft schnappe und meine Finger in meine Handflächen grabe, nur um mich daran zu hindern, nicht nach ihm zu greifen. *Was ist das hier? Was macht er nur mit mir?* In seiner Nähe spüre ich alles doppelt so intensiv. Ich fühle mich roh und empfindlich, und alles in mir drängt danach, ihm nahe zu sein.

»Aviana …« Mein Name liegt auf seinen Lippen wie eine heisere Versuchung. Seine Hand hebt sich, verharrt nur wenige Zentimeter neben meiner Wange, während wir einander ansehen und alles andere in Unwichtigkeit versinkt. Ich spüre die Wärme seiner Hand, obwohl ich nicht sicher bin, ob er mich überhaupt berührt, und mir entfährt ein leises Luftschnappen.

Er schließt die Augen, atmet tief ein und macht schließlich einen Schritt zurück. »Wir müssen gehen.«

Die Spiele rücken mit voller Wucht zurück in meine Gedanken. Für einen kurzen Moment konnte ich sie völlig vergessen, so wie alles anderes um mich herum. Doch dieser Moment ist jetzt vorbei.

Ich mache ebenfalls einen Schritt von ihm weg, woraufhin eine schmerzhafte Lehre in meiner Brust zurückbleibt. Ich kann nicht mehr leugnen, dass da etwas zwischen uns ist. Etwas, das uns körperlich zueinander hinzieht und bei dem es mit jeder Begegnung schwerer wird, ihm zu entkommen.

Ren wendet sich von mir ab und geht weiter den Flur entlang, wobei seine Bewegungen etwas gezwungener als sonst wirken. »Du musst dich in Acht nehmen. Sie werden mit jeder Prüfung brutaler.«

Mein Körper prickelt bei seinen Worten. »Ich weiß.« Der dünne Stoff auf meiner Haut verhüllt zwar meine Wunden, doch ich spüre sie noch immer schmerzhaft pochen. »Wir müssen hier weg.«

Rens Gesicht wird zu einer steinharten Maske. »Ich arbeite daran.«

»Gut.« Zurück bleibt eine Anspannung zwischen uns, die man mit den Händen greifen kann. Eine Anspannung, von der ich nicht weiß, ob wir sie jemals lockern können. In Rens Nähe ist alles anders, selbst meine Angst verschwindet für einen kleinen Moment, und es fühlt sich an, als wäre ich mit ihm mächtiger. Ich habe keine Ahnung, woher dieses Gefühl kommt, und wünsche mir, ich könnte es festhalten. Für das, was jetzt folgt.

Ich schaue ihn ein letztes Mal an, bevor ich zu Pearl trete, und mir wird bewusst, dass er mich nicht als Avi kennt. Für ihn bin ich Aviana, und ein Teil von mir möchte dieses Versäumnis nachholen. Doch nun ist es zu spät.

Pearl begrüßt uns, als wir vor dem Spielraum ankommen und lächelt, auch wenn es ein wenig gezwungen wirkt. »Wunderschönes Outfit«, sagt sie leise, als wäre sie unsicher, ob sie es laut aussprechen sollte, und schaut auf ihr Klemmbrett. »Für morgen steht ein Mittagessen mit dem König an. Das Publikum liebt Euch. Ihr seid aktuell auf dem ersten Platz.«

Verständnislos blinzle ich sie an. »Was bedeutet das für mich?«

Pearl grinst, und dieses Mal ist es echt. »Es bedeutet, dass Ihr eine reale Chance auf den Sieg habt, solange Ihr Euch weiterhin in den Prüfungen so gut schlagt.«

Ich schaue zu Ren, dessen Gesicht jedoch keine Regung zeigt, und frage mich, ob Pearl das wirklich denkt. Glaubt sie ernsthaft, dass Inara, Marlon oder ich hier gewinnen können? Nach allem, was in den letzten Prüfungen passiert ist, sollte doch klar sein, dass man uns aus dem Weg schaffen will.

Der König wird uns nicht gewinnen lassen. Niemals.

Pearls Grinsen fällt in sich zusammen, weil ich offenbar nicht die gewünschte Reaktion zeige, und sie räuspert sich, während sie nach oben zu der roten Lampe schaut. »Es müsste jeden Moment losgehen.«

Ich nicke und streiche über den Rock meines Kleides, während ich mich ein wenig aufrechter hinstelle.

Dann erlischt das Lämpchen, und mein Hals verengt sich.

»Ihr könnt gehen«, sagt Pearl, als ich zögere. Am liebsten wäre ich umgedreht und weggerannt. Stattdessen wende ich mich zu Ren, der kaum merklich nickt, und schöpfe Kraft aus seiner unerschütterlichen Ruhe. Er glaubt daran, dass ich überleben kann. Der Gedanke zuckt durch mich hindurch, und ein Schmunzeln tritt auf meine Lippen, während ich die Tür öffne und in den Spielraum gehe.

Spencer wartet schon auf mich. »Aviana Bloom! Unsere Favoritin in einem fantastischen Kleid.« Er kommt auf mich zu und nimmt meine Hand, damit ich mich wie ein Kind unter seiner Hand drehe. Dennoch lächle ich, weil ich weiß, dass er das von mir erwartet. *Favoritin.* Was für ein lächerliches Wort. Und doch … es fühlt sich ein bisschen gut an. Als würden die Menschen da draußen vielleicht doch langsam daran glauben, dass wir keine Bedrohung sind. Vielleicht kann uns das helfen. Egal wie sehr der König versucht, uns aus dem Weg zu räumen. Möglicherweise können wir nach den Spielen auf die Hilfe des Volkes hoffen. Falls wir es nicht vorher schaffen zu fliehen. Wir müssen nur dafür sorgen, dass unsere Kräfte nicht ausbrechen.

Ren hat recht. Es ist zu gefährlich für mich, in seiner Nähe zu sein. Die Dunkelheit wird unkontrollierbar, und das können wir uns nicht leisten.

Spencer lässt mich los und führt mich zu dem Tisch, der heute in der Mitte des Raumes steht. »Wir haben gerade erfahren, dass die Zuschauer Euch als ihre Favoritin sehen«, enthüllt

Spencer und lächelt mich verschwörerisch an. »Was ist es für ein Gefühl zu wissen, dass so viele Leute mit dir mitfiebern und dir den Sieg wünschen?«

»Überraschend«, bringe ich heraus und spüre, wie ich rot werde, weil das Wort so rau klingt. »Und schön.«

Spencer lacht laut, und dabei wippen seine hochgegelten blauen Haare, die zu seinem weiß-blauen Anzug passen. »Natürlich ist das schön! Jetzt müsst Ihr Euch nur weiterhin so gut schlagen. Vor allem jetzt, bei der nächsten Prüfung, in der es darum geht, dass Ihr Euer wahres Selbst enthüllt.« Er wackelt mit den Augenbrauen, nimmt erneut meine Hand und führt mich in eine weitere Drehung. »Und das tanzend und alle gemeinsam!«

»Tanzend?«, wiederhole ich und atme hörbar aus. »Daher das Kleid und die kurze Wartezeit?«

Er zwinkert mir zu und lässt mich los. »Ihr seid gerissen. Genau. Daher das Kleid. Die anderen Kandidaten sind bereits im Raum und warten nur darauf, dass Ihr eintretet und die Tänze losgehen können. Aber seid gewarnt.« Er hebt mahnend einen Finger. »Ihr habt nur drei Tänze und müsst weise wählen. Ihr braucht zwei Geschenke, die Ihr von Eurem Tanzpartner bekommt, also könnt Ihr Euch nur einen Fehltritt erlauben. Doch wir geben Euch dieses Mal etwas mehr Zeit, um Euch zu entscheiden, damit Ihr Euch im Ballsaal umsehen könnt.«

Ich nicke verstehend, auch wenn ich eigentlich nichts verstehe. »Warum ist es eine gemeinsame Prüfung? Werden die nächsten genauso sein?« Mir ist bereits aufgefallen, dass Soldat Ren mich nur wenige Minuten nach den anderen abgeholt hat, aber irgendwie bin ich davon ausgegangen, dass dies einfach eine schnellere Prüfung ist.

»Nein. Es ist eine besondere Prüfung, weil sie den Höhepunkt der Spiele darstellt. Natürlich neben dem Essen, das Ihr gemeinsam mit dem König und den Fürsten einnehmen dürft.«

»Den Fürsten?« Meine Stimme wird höher vor Überraschung. »Sie sind noch hier?«

»Man könnte meinen, Ihr findet die Anwesenheit der Fürsten aufregender als die des Königs.« Tadel und Amüsement schwingen in Spencers Stimme mit, während er anklagend seine Augenbrauen hebt.

»Nein, das nicht. Ich bin nur überrascht. Den König zu sehen, ist schon sehr überwältigend. Aber alle Fürsten gemeinsam an einem Tisch? Ich hätte nicht geglaubt, dass dies möglich sei. Sie sind sicher vielbeschäftigt und bereits seit unserer Ankunft in der Königsstadt hier. Mich wundert nur, dass sie ihren Fürstentümern so lange fernbleiben können.«

»Da gebe ich Euch recht. Ein solches Zusammentreffen kommt nur äußerst selten vor. Doch im Hinblick auf die aktuellen Entwicklungen, die es seit dem großen Krieg nicht mehr gegeben hat, ist es wohl unumgänglich.«

»Weil es uns eigentlich nicht geben dürfte«, fülle ich die Lücken in seiner Antwort. »Weil wir einst der Feind waren und die Fürsten uns besiegten, um den Frieden über Alteuropa zu bringen?«

Das Lächeln auf Spencers Lippen wird verschlagen. »So ist es. Was haltet Ihr davon?«

»Ich hoffe, ich kann ihre Meinung über uns ändern. Wir sind nicht gefährlich. Wir wollen nur ein Leben haben. Ein freies.«

»So wie das Volk die Gewissheit haben will, dass Euer Auftauchen keine negativen Veränderungen auf ihr Leben hat«, erwidert Spencer.

Ich nicke langsam, weil ich Verständnis zeigen will, auch wenn ihre Angst kaum mit unserer eigenen vergleichbar ist. Doch das ist nicht das, was das Volk hören will. »Natürlich. Wir alle wollen Frieden.«

Der Spielleiter lächelt und deutet mit ausgestrecktem Arm auf die Tür links von sich. »Dann zeigt uns Euer wahres Selbst und findet heraus, um was für eine Prüfung es sich handelt. Die Zuschauer und ich wünschen Euch viel Erfolg.«

»Vielen Dank.« Ich fasse meinen Rock und sinke in einen leichten Knicks, weil es sich mit diesem Kleid angemessen anfühlt, bevor ich mit erhobenem Kopf zur Tür gehe.

Als ich sie öffne, empfangen mich leise Musik sowie das Summen unzähliger Flüsterstimmen. Vor mir tut sich ein großer Ballsaal auf, in dem sich unfassbar viele Paare in einer Erstarrung gegenüberstehen. Sie werden leiser, als ich eintrete und die Tür hinter mir schließe. Der Boden ist aus goldenen Fliesen. Riesige Kronleuchter hängen über der gigantischen Tanzfläche, und die Wände sind mit Spiegeln verkleidet, wodurch alles noch viel größer wirkt.

Als ich den Blick zur Seite wende, entdecke ich rechts von mir Inara und Marlon an der Wand stehen. Links von mir stehen Henri, Evette und Nesrin.

Henri lächelt mich sanft an, und sein Blick wandert über mein Kleid, während seine Augen noch ein wenig mehr strahlen. Es fühlt sich ganz anders als bei Ren an, wenn er mich so ansieht. Bei Henri flattert es zart in meinem Bauch, während Ren mich beinahe in Brand gesteckt hätte.

Ich schlucke die Schuldgefühle herunter und trete an Marlons und Inaras Seite. Sie alle sehen wunderschön aus. »Schon was herausgefunden?«, raune ich leise, als die Musik mit einem Mal anschwillt und die Paare sich zu ihrem ersten Tanz zusammenfinden. Jetzt erst fallen mir ihre aufwendigen Masken in Form von Tiergesichtern auf. Es gibt sie in allen Farben, doch der Grundton der Masken ist immer weiß und schwarz.

»Noch nicht. Aber ich denke, wir müssen uns eine dunkle Maske aussuchen«, sagt Inara, und ihr analytischer Blick wandert über die Ballgesellschaft. »Ich verstehe die Aufgabe nur nicht. Ich fühle mich nicht wie ein Adler oder eine Schlange.« Sie nickt auf das Paar, das genau vor uns in eine Drehung wandert und entsprechende Tiermasken trägt.

Marlon schnaubt. »Bestimmt ist das eine Metapher. Keine der Prüfungen hatte wirklich etwas mit uns zu tun, sondern mit dem, was sie aus uns machen wollen.«

»Stimmt.« Inaras Blick zuckt beeindruckt zu ihm, doch Marlon starrt weiterhin die Menge an.

Ich bemerke im Augenwinkel, wie Nesrin auf die Tanzenden zugeht und in der Menge verschwindet. Hat sie etwa schon eine mögliche Maske gefunden? Nein. Sie wandert einfach mitten über die Tanzfläche und schaut sich um. »Wir sollten ihrem Beispiel folgen.«

Inara und Marlon nicken, und wir gehen gemeinsam los. Die Tänzer halten so viel Abstand zueinander, dass wir mühelos an ihnen vorbeigehen können. Doch plötzlich löst sich eine Frau und hält direkt auf Marlon zu. Ihre Maske ist weiß und voller funkelnder Diamanten, während auf ihrer Nase der schwarz-orangene Schnabel eines Schwans liegt. Sie hält ihm auffordernd die Hand hin und drückt dabei ihren Ausschnitt raus, der so tief sitzt, als würde er jeden Moment noch mehr enthüllen.

»Ähm«, macht Marlon und zögert.

Inara schnaubt und schiebt ihn weiter. »Das ist eine Falle, du Dummkopf.« Ihre Stimme trieft vor Ärger. »Denk nach, bevor du handelst.«

»Sicher.« Marlon räuspert sich und schaut noch ein letztes Mal zu der Tänzerin, die sich wieder ihrem Partner zugewandt hat.

»Außerdem solltest du nach einer Maske Ausschau halten, die dir passen könnte. Ein glitzernder Schwan passt wohl nicht gerade«, fügt Inara hinzu und schaut dabei stur geradeaus.

»Richtig.« Marlon lacht. »Mann, ohne dich wäre ich sofort in die erste Falle gerannt.«

Inara quittiert das mit einem Augenrollen.

Mein Blick gleitet über die Menge, wo Henri gerade die Hand einer jungen Frau ergreift. Sein Lächeln ist unfassbar strahlend, während sie ihn anhimmelt und ihren zarten Körper an ihn drückt.

Unbehagen wallt in mir auf. Er ist mit Ana zusammen. Wie kann er dann so mit einer anderen Frau tanzen?

Ich runzle die Stirn.

Ana.

Ich bin wegen Ana wütend. Nicht, weil es mir etwas ausmacht. Interessant.

Henri lächelt weiterhin strahlend, und ich wende mich von ihnen ab, um weiterzusuchen. Irgendwann verliere ich Inara und Marlon in der Menge, bis ich von Tänzern eingeschlossen bin. Immer wieder werden mir Hände entgegengestreckt, doch ich ignoriere sie.

Was ist das hier für eine Prüfung? Fühlen und Hören haben wir bereits hinter uns. Es bleiben noch Schmecken, Sehen und Riechen.

Ich atme tief ein, kann aber bis auf den Geruch von

Schweiß und Parfüm nichts Auffälliges entdecken. Schmecken wird es wohl auch nicht sein. Außer es wird von uns erwartet, unsere Tanzpartner zu küssen, aber das hätten sie sicher erwähnt.

Dann wird es das Sehen sein. Doch wie soll ich mein wahres Selbst *sehen?*

Ich seufze und bleibe einen Moment lang stehen, um mich zu orientieren. Ich befinde mich in der Mitte des Raumes. Alle Wände sind ungefähr gleich weit weg, und von überall sind Kameras auf mich gerichtet. Sie sind golden bemalt, sodass man sie nur schwer von der Deckenbeleuchtung ausmachen kann, aber ihr leises Hin- und Herschwenken ist wie ein Wespenschwarm, der einem immer wieder um die Nase fliegt.

Mein wahres Selbst.

Ich betrachte die Masken. Alles Tiere in verschiedenen grotesken Versionen.

Schwein. Hase. Adler. Maikäfer. Schlange.

Ich stocke, als mir eine Maske auffällt, die auf den ersten Blick das Gesicht eines Tieres zeigt. Aber irgendwas daran ist falsch.

Ich trete näher, vorbei an den Tänzern und lege den Kopf schief, während ich den Mann betrachte, dessen Maske sich je nach Blickwinkel fratzenhaft verzieht. Wie ein Monster.

Mein Hals verengt sich. Es kann nicht so einfach sein. Nicht so offensichtlich.

Und doch habe ich einen Fehlerversuch, um es zu testen.

Das Lied endet, die Tänzer verneigen sich voreinander, und ich schiebe mich vor eine von ihnen. »Entschuldigt, ich würde mir gerne einmal Euren Partner ausleihen.«

Sie macht einen stummen Knicks und verschwindet in der Menge, während ich mich dem Mann zuwende. Auf den ersten Blick wirkt seine Maske wie die eines Bären. Doch ich bin mir sicher, dass ich etwas Bestimmtes im Profil gesehen habe. Scharfe Zähne. Wütende Augen.

Er neigt seinen Kopf und streckt seine Hand nach mir aus, woraufhin ich sie ergreife. Immer wieder führt er mich in eine plötzliche Drehung, die mich straucheln lässt, und macht unnötige Schritte, bei denen ich stolpere.

Dieser Mistkerl versucht mich als schlechte Tänzerin dastehen zu lassen.

Ich trete ihm so fest auf den Fuß, wie ich kann, und er beißt die Zähne zusammen. »Entschuldigt«, füge ich süßlich hinzu. »Eure Tänze unterscheiden sich wohl von unseren.«

Der Tanz ist ein Kampf. Doch als er endet und wir uns leicht voreinander verneigen, reicht er mir einen kleinen gelben Citrin. Der Edelstein schimmert golden in der Umgebung, und ich lächle stolz, während ich von ihm zurücktrete und er die Tanzfläche daraufhin verlässt.

Mein Kleid besitzt eine unsichtbare Rocktasche, in die ich den Stein schiebe, bevor ich weitergehe. Ich muss dringend Inara und Marlon von meiner Beobachtung erzählen!

Die Musik schwillt an, als ich durch den Ballsaal laufe, Tanzenden ausweiche und nach meinen Freunden Ausschau halte. Durch die Musik höre ich Nesrins glockenhelles Lachen, und ich meine auch Evettes Gesicht einmal aufblitzen zu sehen, bevor sie wieder von der Menge verschluckt wird.

Dann entdecke ich Marlon, der gerade eine Tanzpartnerin sucht, und stelle mich neben ihn. »Du musst nach den Masken Ausschau halten, die besonders schrecklich aussehen. Sie wirken auf den ersten Blick normal, doch sobald sie sich bewegen, werden sie zu Monstern.«

Marlon hebt die Augenbrauen. »Ernsthaft?«

»Ich weiß. Unglaublich subtil.«

Er seufzt und schüttelt den Kopf. »Wir müssen Inara Bescheid geben.«

Und in dem Moment, als ich mich umschaue, entdecke ich sie. Inara tanzt mit einem hochgewachsenen Mann, der die Maske eines Fuchses trägt, die sich unheimlich verzieht, sobald er den Kopf wendet.

Offenbar hat Inara keine Hilfe beim Enträtseln gebraucht. Genau das will ich gerade zu Marlon sagen, bis ich plötzlich ein Aufblitzen sehe.

Ich greife nach seiner Hand, die sich gleichzeitig hebt, als eine Tänzerin an Inara vorbeiwirbelt und ihr ein Messer in die Seite rammt. Mit der anderen Hand schlage ich mir vor den Mund und halte gleichzeitig Marlon zurück, als dieser ein wütendes Brüllen ausstößt.

Inara strauchelt, weicht vor ihrem Tanzpartner zurück und greift schockiert an ihre Seite, aus der Blut strömt. Ich fühle sie, noch bevor ich die Dunkelheit sehe. Sie breitet sich aus ihr in alle Richtungen aus. Die Tänzer schreien und weichen vor ihr zurück.

Marlon will auf sie zustürmen, doch ich grabe meine Finger in seinen Arm und halte ihn zurück. »Nicht. Du wirst es noch schlimmer machen.«

Sein Gesicht verzieht sich unter Qual, weil er genau weiß, dass ich recht habe. Dennoch lasse ich ihn nicht los, während wir unsere Freundin ansehen und absolut nichts machen können. Inara wankt und streckt die Arme aus, als bräuchte sie irgendwas, um sich festhalten zu können.

»Unsere Kräfte wirkten aufeinander, und sobald sie einmal losgelassen wurden, werden wir sie nicht mehr zurückdrängen können, sondern sie nur stärker machen.«

Inara starrt in unsere Richtung. Ihre Augen sind geweitet, genauso wie ihr Mund, bevor Entschlossenheit in ihr Gesicht tritt und sie die Augen schließt. Während sie zur Seite kippt, zieht die Dunkelheit sich wieder zurück.

Es bleibt nur ein Kreis aus tuschelnden Tänzern, und niemand scheint auch im Entferntesten daran zu denken, ihr zu helfen.

Als die Dunkelheit weg ist, stürmen Marlon und ich gleichzeitig auf sie zu. Während ich meine Hand auf ihre blutende Wunde presse, versucht Marlon sie zu wecken, indem er sie sanft schüttelt. »Mach keinen Scheiß, Inara. Lass uns nicht in dieser Grube zurück.«

Mein Herz hämmert, und ich drücke fester auf ihre Wunde, während ihr Blut warm zwischen meinen Fingern hindurchrinnt. Inaras Gesicht ist blass, die Lippen sind geöffnet, und ich habe keine Ahnung, ob sie überhaupt noch atmet.

Tränen schießen in meine Augen, und ich kneife die Lider zusammen, um sie nicht rauszulassen. Dann spüre ich plötzlich, wie der Blutstrom langsam unter meinen Fingern versiegt. Ich fühle die Dunkelheit in ihr, wie sie unter meinen Fingern kribbelt und die Wunde verschließt, bis die Blutung beinahe nachlässt.

Ich warte ab. Zögere. Dann ziehe ich meine Hände zurück. Sie sind mit leuchtendem hellrotem Blut überzogen. Ich knie auf dem goldenen Boden und robbe zu ihrem Gesicht herüber. »Wach auf.«

Marlon flucht und fährt sich immer wieder durch sein perfekt frisiertes Haar. »Was sollen wir tun?«

Ich ignoriere ihn und packe Inara bei den Schultern. »Wach auf!«

Ihre Augen schlagen auf, und sie atmet so schnell, als wäre

sie gerannt. Mit unstetem Blick schaut sie sich um, bis sie sich auf uns fokussiert und laut ausatmet.

Sie versucht sich aufzusetzen, doch zuckt unter Schmerzen zusammen.

Ich ziehe meine Hände von ihren Schultern und hinterlasse blutige Abdrücke auf ihrer Haut.

Galle steigt in mir auf, und ich blicke schnell weg. Um uns herum, mit viel Abstand, steht die Ballgesellschaft. Trotz ihrer maskierten Gesichter sehe ich das Entsetzen darin.

Diese verdammten Heuchler. Das ist es, wovor sie Angst haben? Nicht, dass hier ein Messer gezückt wurde? Nicht, dass hier gerade jemand beinahe gestorben wäre?

Wut pulsiert durch meine Adern, und Marlon packt mich plötzlich so fest an den Schultern, dass ich beinahe gekeucht hätte. Doch der Schmerz ist gut. Der Schmerz lenkt mich davon ab, ihnen allen hier zu zeigen, was ihnen wirklich Angst machen sollte.

Ich schaue auf, direkt in Marlons Gesicht, der sich mit einem Mal mehr unter Kontrolle hat als ich.

Dann nicke ich und erhebe mich vorsichtig, während Marlon Inara aufhilft.

Da noch niemand aufgetaucht ist, gehe ich davon aus, dass das Spiel noch nicht vorbei ist. Sie wollen ein Spiel sehen? Dann bekommen sie es.

Mit entschlossenen Schritten gehe ich an den Tanzenden entlang, während ich sie nacheinander genau mustere.

Ich entdecke die monsterhafte Fratze eines Geiers und deute auf den Mann. »Vortreten!« Dann gehe ich weiter und entdeckte das unheimliche Gesicht einer Ratte und dann das eines verzerrten Frettchens. Auch sie lasse ich vortreten.

Sie zögern nur kurz, bevor sie sich aus der Menge hinauswagen und in den leeren Tanzkreis treten.

Mit entschlossen vorgeschobenem Kinn schaue ich direkt in eine der Kameras. »Spielt die Musik.«

Sie beginnt sofort, und ich ergreife die Hand des Mannes, der als Erstes vorgetreten ist, während auch Marlon und Inara an die ausgewählten Tanzpartner herantreten.

Außer der Musik ist es völlig still um uns herum, und niemand wagt es, sich zu bewegen, während wir den letzten Tanz vollführen. Im Augenwinkel entdecke ich die anderen Kandidaten, die nun ebenfalls mit Partnern vortreten und sich auf der freien Fläche zu bewegen beginnen.

Als das Lied endet, verneigen wir uns alle gleichzeitig und erhalten unser zweites Geschenk.

Inara kann sich kaum auf den Beinen halten, und Marlon ist in wenigen Schritten bei ihr. Wieder ist es völlig still, als wir durch den großen Raum gehen und durch eine unscheinbare Tür treten. Und dann, dann landen wir natürlich wieder auf einer Bühne.

Natürlich.

Die Show muss weitergehen.

30. Kapitel

Avi

Inara wird weggebracht, und ich frage mich, ob sie auch Marlon und mich angegriffen hätten, wenn Inaras Attacke nicht derart aus dem Ruder gelaufen wäre.

Spencer kommt uns mit ausgebreiteten Armen entgegen, als wir auf die Bühne treten. Es wird laut applaudiert, und das Geräusch hört sich falsch und verzerrt in meinen Ohren an. Wir gehen auf die Sofas in der Mitte der Bühne zu, doch ich kann nicht aufhören, Spencers Grinsen anzuschauen. Es ist voller ekstatischer Freude. Als wäre etwas besonders Tolles passiert.

Und dann wird es mir mit einem Mal klar.

Sie wollten uns nie töten.

Wir heilen genauso schnell wie normale Fae, und es bedarf einer viel größeren Wunde, um uns wirklich umzubringen.

Sie wollten nur, dass wir die Kontrolle verlieren.

Und jetzt haben sie es geschafft.

Ich sinke kraftlos neben Marlon auf das Sofa und starre in die Menge, die klatscht und zugleich unter meinem Blick zusammensinkt. Natürlich. Weil ich jetzt nicht mehr gefeiert werde, sondern zu den Bösen gehöre.

Mein Mund ist wie ausgetrocknet, und ich greife nach Marlons Hand, weil ich mich festhalten muss.

Was passiert jetzt? Mit Inara? Mit uns?

»Was für ein aufregendes Spiel«, beginnt Spencer und setzt sich in unsere Mitte, während er sich in die Richtung des weißen Sofas wendet. »Erzählt uns mal, war es schwer, euer wahres Selbst zu finden?«

Kein Wort zu Inara oder meinen blutigen Händen, die sich total verkrampft anfühlen. Er tut so, als wäre es gar nicht passiert.

Innerlich will ich schreien, doch ich schaffe es, mich zurückzuhalten.

Henri betrachtet mich besorgt und sieht aus, als würde er jeden Moment zu mir kommen wollen. Doch ich schüttle leicht meinen Kopf. Er sollte sich nicht noch mehr in das Schussfeld begeben.

Evette sitzt blass und mit unnatürlich geraden Schultern neben ihm.

Nesrin richtet sich ein wenig mehr auf und sieht in ihrem weißen Kleid aus wie eine wunderschöne Braut. »Es war nicht so schwer. Ich musste mir nur überlegen, welche tierischen Eigenschaften wohl am besten zu mir passen.«

»Du hast dich für einen Pfau und einen Delfin entschieden. Wieso?«, hakt Spencer nach.

»Weil der Pfau für Schönheit steht, während der Delfin durch seine Intelligenz besticht.« Sie lächelt selbstgefällig und holt den gelben Edelstein sowie das vergoldete Blütenblatt hervor. »Und wie man sieht, lag ich damit gar nicht so falsch.«

Ich will sie auslachen, zwinge mich aber zu schweigen.

Spencer lacht und wendet sich Henri und dann Evette zu. Auch sie haben beide Geschenke erhalten, was mich nicht wundert.

Bitterkeit durchflutet mich, weil ich befürchte, dass Evette recht hat. Die Veranstalter werden dafür sorgen, dass die drei auf jeden Fall bestehen. Anders als wir.

Mitten im Interview mit Evette taucht Inara auf. Sie setzt sich auf den Platz neben Marlon und nickt uns tapfer zu, während wir sie besorgt betrachten.

Spencer tut so, als würde er sie nicht beachten, bis er sich schließlich unserer Seite zuwendet.

Sein Lächeln hat etwas Verschlagenes, als er mir die erste Frage stellt. »Deine Wahl für die Masken war äußerst aufschlussreich. Erzähl mir, warum hast du einen Bären und einen Geier ausgewählt?«

»Weil sie die hässlichsten Masken hatten«, antworte ich trocken.

»Und du empfindest dich selbst als hässlich?«

»Nein. Schönheit liegt im Auge des Betrachters. Und ich sehe mich sicher nicht als Bären oder als Geier. Doch offenbar tun die Spielmacher es.«

Spencer belächelt meine Antwort. »Das denkst du wirklich?«

»Ich habe mir die Masken nicht ausgesucht«, erwidere ich ruhig. »Deshalb würde ich gerne wissen, warum ich gerade bei diesen beiden Masken meine Geschenke erhalten habe.«

»Nun«, beginnt Spencer und schaut auf die Karten in seiner Hand, als würde sich die Antwort auf meine Frage darauf befinden. »Weil du die Willensstärke eines Bären und das Durchhaltevermögen eines Geiers besitzt.« Er hat sich die Antwort gerade ausgedacht. Das sehe ich ihm deutlich an.

Aber wie soll ich ihm das vorwerfen? Sicher wird er dann behaupten, ich wäre eine schlechte Gewinnerin oder was auch immer.

Spencer wendet sich derweil an Marlon und stellt ihm dieselben Fragen, bevor er schlussendlich Inara anschaut. Sein Lächeln verschwindet, und er wird ernst. »Nun. Dein Spiel war wohl etwas unerfreulich.«

»Ich hatte ein Messer in der Seite stecken und wäre fast verblutet«, erwidert sie gefasst, und doch zittern die Hände in ihrem Schoß. »Das könnte man unerfreulich nennen, ja.«

»Eine der Tänzerinnen hat dich leider mit ihrem Armband erwischt. Offenbar neigst du zu starken Blutungen. Aber sag mir, wie konnte passieren, dass du derart die Kontrolle verloren hast? Passiert das öfter? Und wieso haben deine Kräfte versucht, die Umstehenden anzugreifen? Wollten sie von ihnen zehren?«

Er versucht heute dasselbe bei ihr wie bei mir gestern. Er dreht alles so, dass es für ihn passt.

Inara wird ein wenig blasser. »So war es nicht.«

»Das ist das, was wir gesehen haben.« Spencer beugt sich mit beunruhigt verzogener Miene vor. »Erkläre uns gerne, wenn es anders gewesen ist.«

Inara hebt grimmig ihr Kinn. »Ich wurde angegriffen. Ein Armband kann nicht solch eine Blutung hervorrufen. Und meine Dunkelheit hat sich gezeigt, genauso wie es die Kräfte eines Fae hätten. Nur dass sie niemanden angegriffen und ich sie wieder zurückgezogen habe.«

»Natürlich hast du das.« Spencer lächelt sie nachsichtig an und wendet sich den Zuschauern zu. »Wieder geht eine aufregende Runde zu Ende. Morgen dürfen wir die Kandidaten bei einem Mittagessen mit dem König und den Fürsten begleiten, bevor es in die vorletzte Runde geht!«

Die Zuschauer klatschen, und das Geräusch ist blanker Hohn in meinen Ohren.

Was heute passiert ist, wird uns etwas kosten. Und es wird teuer werden. Da bin ich mir sicher.

***

Henri versucht den ganzen nächsten Vormittag mit mir zu sprechen, doch ich bleibe mit Inara auf ihrem Zimmer, und wir lenken uns damit ab, dass wir uns gegenseitig dumme Witze erzählen.

Wir sitzen auf ihrem Bett, und die Sonne scheint strahlend durch die große Fensterfront. Marlon ist vor einer Stunde gegangen, um ein wenig im Kraftraum zu trainieren.

»Der Letzte«, verspricht Inara, als mein Bauch schon vom vielen Lachen wehtut. »Was hat vier Beine und kann fliegen?«

Ich pruste los und schüttle meinen Kopf. »Keine Ahnung.«

»Zwei Vögel!«, ruft sie und lächelt nur halb, so wie sie es schon den ganzen Vormittag tut.

Ich lache viel zu laut und wische mir über die Augen. »Der war so schrecklich.«

»Mein Vater liebt es, damit die Stimmung aufzuheitern«, sagt sie leise und blickt aus dem Fenster auf den pompösen Garten. »Wir haben uns ständig über mathematische Formeln unterhalten – weil er eben Wissenschaftler ist. Er hatte nicht viele Verabredungen, und nachdem ihm eine Frau einmal vorwarf, zu steif zu sein, begann er, Witze zu erzählen. Sie waren fürchterlich, aber …« Sie zuckt mit den Schultern und lächelt sanft bei der Erinnerung. »Na ja.«

»War es schwer für dich an der Universität?« Ich ziehe die Beine an und lege das Kinn auf meinen Knien ab. »Mit deinen Kommilitonen?«

»Vermutlich war es genauso schwer wie für dich mit deinen Mitschülern. Es ist eine Gratwanderung. Zwischen dem, was man sein darf, und dem, wer man ist.« Sie seufzt und wendet sich mir zu. »Die Welt will uns nicht sehen. Sie wollen uns in eine Schublade stecken, und momentan ist diese voll von toten Nachtfae, gegen die vor hunderten Jahren Krieg geführt wurde.«

Ihre Offenheit überrascht mich, doch ich lasse es mir nicht anmerken. Stattdessen überlege ich, ob es nicht besser wäre, das Thema zu wechseln. Inaras Niedergeschlagenheit könnte sonst noch in Wut wechseln, was wir nach dem gestrigen Tag nicht gebrauchen können. »Was ist da eigentlich zwischen Marlon und dir? Er wäre gestern beinahe ausgeflippt, als er deine Verletzung gesehen hat.«

Sie zieht die Nase kraus und zwirbelt an einem Faden, der lose an ihrer dunklen Hose hängt. »Nichts.«

»Ist das so?«, frage ich neckend.

Sie fixiert mich. »Und was ist mit dir und unserem Soldaten?«

Gut. Sie lässt sich auf das Spiel ein. »Ich weiß nicht, wovon du sprichst.«

»Ich wusste von Anfang an, dass da etwas ist. Aber jetzt … wenn er dich ansieht …« Sie lächelt in die Luft und seufzt übertrieben.

Ich bin nicht sicher, ob sie von Henri oder Ren spricht. Ren lässt sich nicht so schnell in die Karten schauen, und deshalb meint sie möglicherweise Henri. »Es ist schwer, in seiner Nähe zu sein. Weil es so schön ist.«

»Und gefährlich zugleich.«

Ich nicke langsam. »Aber wenn wir zusammen sind … es ist, als würde mich ständig etwas zu ihm ziehen. Und ich kann nicht aufhören, daran zu denken, was wäre, wenn alles anders sein könnte.«

Inara nimmt meine Hand. »Und er sieht dich an, als würde er dasselbe empfinden.«

Mir entfährt beinahe ein Schnauben, bevor ich mich dann doch zurückhalten kann. Immerhin soll es so wirken, als würde ich über Henri sprechen. Und Henri gibt alles. Er ist wundervoll. Er ist perfekt. Und er ist in höchster Gefahr, wenn er sich zu stark zu mir bekennt.

Doch im Grunde geht es mir um Ren. Immer nur Ren. Ich kann einfach nicht aufhören, an ihn zu denken. Daran, wie es sich gestern zwischen uns angefühlt hat. Inmitten meiner Dunkelheit, die er so gar nicht zu fürchten scheint. Dabei sollte er Angst haben. So wie alle anderen auch.

»Was glaubst du, wie der König wohl sein wird?« Inaras Frage lässt mich blinzeln. Immerhin haben wir den König bereits getroffen. Damals, als er entschied, dass wir an den Spielen teilnehmen sollen.

Dann wird mir klar, dass sie eine Rolle spielt, und ich zucke mit den Schultern, während ich die Kamera höre, wie sie ein Surren von sich gibt. »Ich habe keine Ahnung. Er soll großartig sein, und ich fürchte mich ein wenig davor, seinen Erwartungen nicht zu entsprechen.«

»Geht mir auch so. Ich hoffe, er kann meinen Fehltritt gestern verzeihen.«

»Wie auch nicht? Du hast deine Dunkelheit zurückgezogen, bevor die Ohnmacht dich überkommen hat. Das ist es doch, was wichtig ist. Du wolltest niemanden verletzen, und das hast du auch nicht.«

Sie verzieht zweifelnd ihren Mund. »Darüber bin ich froh.«

»Ich hätte nichts anderes erwartet. Wir haben unsere Kräfte unser Leben lang versteckt. Dass sie in Gefahrensituationen ausbrechen, ist völlig normal. Das geht einem Fae doch genauso. Sollte ein Körper zu sterben drohen, würden seine Kräfte eingreifen.«

»Nur, dass seine Kräfte Blumen wachsen lassen«, wirft Inara mit leiser Bitterkeit in ihrer Stimme ein.

»Wir haben es uns nicht ausgesucht«, erinnere ich sie und stehe auf, weil meine Glieder sich steif anfühlen. »Wir wurden so geboren, und ist es nicht wichtig, dass wir alles dafür tun, um gut zu sein?« Nicht, dass ich uns als böse ansehen würde. Doch das tun alle anderen, und ich will, dass sie begreifen, wie falsch sie damit liegen.

Inara nickt und lächelt mich an. Dann wandert ihr Blick zu der Uhr an der Wand, und sie zieht die Nase kraus. »Wir müssen gleich los. Die Stylisten wollen uns eine Stunde vor dem Essen sehen.«

Gerade als ich die Tür öffnen will, ertönt von außen ein Klopfen.

Inara runzelt die Stirn, geht an mir vorbei und zieht die Tür auf.

Mein Atem setzt einen Augenblick lang aus.

Vor uns steht Prinzessin Juliette, die Tochter des Königs.

Sie ist kaum größer als wir, dennoch habe ich das Gefühl, zu ihr aufschauen zu müssen. Sofort knicksen wir, während sie sich an uns vorbeischiebt und in Inaras Zimmer tritt. Ihre Präsenz erfüllt den gesamten Raum, voller Macht und Anmut.

»Guten Tag. Ich wollte unseren Kandidaten einen Besuch abstatten.«

»Guten Tag, Eure Hoheit«, murmeln wir und werfen uns einen fragenden Blick zu.

Währenddessen durchschreitet die Prinzessin den Raum und betrachtet Inaras Ordnung. »Ich muss gestehen, ich finde Eure Art faszinierend.«

»Art?«, frage ich verwirrt und wünsche mir sogleich, ich hätte es gelassen.

Prinzessin Juliette schmunzelt, während sie sich zu uns umdreht. Die Tür hinter uns steht offen, und ich spüre die Blicke der Soldaten auf uns. »Richtig. Das sind wahrhaft die interessantesten Spiele seit Langem. Wisst Ihr, ich habe noch nie einen Nachtfae getroffen, und meine Neugier ist unstillbar.«

Sie hebt eine Hand, und Magie erfüllt schwallartig den Raum, fährt über meine Haut und bis über meine Haarspitzen. Die Pflanze in der Ecke regt sich neugierig, während ich spüre, wie ihre Kraft mich mit Energie erfüllt. Mein Herz schlägt schneller, bis es plötzlich rast. Ich taumle zurück, will ihr entkommen und beiße die Zähne zusammen.

Inara keucht, und im selben Moment strömt Dunkelheit aus ihren Händen. Ihr Schrei durchzuckt den Raum, als die Dunkelheit auf die Prinzessin zurast. Doch diese hebt eine Hand, erzeugt einen Lichtblitz, und im nächsten Moment verpufft Inaras Kraft. Zitternd sinkt sie in die Knie und japst nach Luft.

Die Augen der Prinzessin verengen sich. »Interessant.«

»Wieso habt Ihr das getan?«, stoße ich aus und stelle mich neben Inara, während diese keuchend die Finger in dem Teppich unter ihr vergräbt. »Ihr wisst, dass wir ungelernt sind.«

»Das macht Euch so gefährlich«, erwidert sie und wirkt kein

bisschen verängstigt. Stattdessen blitzt Neugier in ihren Augen. Hinter uns drängen die Soldaten näher, doch sie hebt eine Hand und bringt sie zum Stoppen. »Wobei das hier der beste Beweis ist, dass nicht alle von Euch sich so unter Kontrolle haben, wie Ihr behauptet.«

»Was wollt Ihr?«, bringe ich heraus und wage nicht, mich zu den Soldaten hinter mir umzudrehen. Sie werden uns festnehmen. Sie müssen. Nun, da sie einen erneuten Beweis haben, wie böse wir scheinbar sind. Zugleich zuckt mein Blick hoch zu der Kamera.

»Keine Angst, die habe ich ausschalten lassen. Ich habe mir so etwas bereits gedacht.«

Die Prinzessin steht da und legt ihren Kopf mit einem kleinen Lächeln schief. »Es gibt keine Beweise, und meine Soldaten schweigen, wenn ich es verlange.«

»Was wollt Ihr?«, wiederhole ich und spüre meine eigene Dunkelheit unter meiner Haut brodeln.

»Einen Gefallen. Solltet Ihr diese Spiele überstehen, wäre es sicher nicht schlecht, wenn mir ein Nachtfae etwas schuldet. Eure Kräfte sind *interessant.*« Sie zieht das letzte Wort in die Länge, und etwas an ihrem Tonfall lässt mich erschaudern. Ich will gar nicht wissen, wofür sie einen Gefallen gebrauchen könnte.

»Ich mache es«, stößt Inara aus und richtet sich neben mir auf. Ihr Kinn ist erhoben, auch wenn ihre Augen gerötet sind.

Doch die Prinzessin schüttelt amüsiert den Kopf. »Nein. Ich will sie.«

Als sie auf mich deutet, schnappt Inara nach Luft. »Warum? Sie hat den Fehler nicht begangen.«

»Genau. Ich liebe Kontrolle«, erwidert die Prinzessin und

kommt auf mich zu. Ihre Augen blitzen, und sie streckt mir ihre Hand entgegen.

Hinter uns werden die Soldaten unruhig, doch nur ein Blick von ihr reicht, um sie zum Stillhalten zu bringen.

Sie greift nach meiner Hand, und ich spüre ihre Macht auf meiner Haut kribbeln, genauso wie meine Dunkelheit darunter. Als würde sie dasselbe wahrnehmen, lächelt sie halb. »Haben wir ein Geschäft? Ein Gefallen für das Leben Eurer Freundin. Glaubt mir, meine Soldaten sind ganz begierig darauf, sie meinem Vater zu übergeben.«

Ich kann nicht zulassen, dass sie Inara mitnimmt. Nicht wegen eines Fehlers, der nicht ihre Schuld ist. Also drücke ich ihre Hand fester. »Wir sind im Geschäft.«

»Großartig.« Sie zieht mit ihrer anderen Hand eine Nadel aus ihren Haaren und rammt sie mir zwei Mal in den Handrücken. Ich keuche vor Schmerz und Entsetzen und will mich losmachen, doch sie hält mich fester. »Schwört es mit Eurem Blut. Ein Gefallen gegen einen anderen.« Dabei stößt sie sich selbst zwei Mal die Nadel in den Handrücken, und ein Tropfen Blut quillt hervor.

»Ich schwöre«, stoße ich aus, während ich wahrnehme, wie Inara neben mir die Hand vor den Mund schlägt.

Die Prinzessin lächelt und drückt unsere Handrücken aneinander. »Dieser Blutschwur bindet Euch an Euer Versprechen. Kraft gegen Kraft. Blut gegen Blut. Ein Kreislauf des Lebens.« Ihre Magie scheint direkt durch meine Hand hindurchzufahren, und meine Dunkelheit brüllt vor Wut und zuckt über meine Hand auf ihre.

Die Prinzessin lächelt. »Eure Magie fühlt sich berauschend an.« Dann lässt sie mich los, und dort, wo zuvor noch Blutstropfen gewesen sind, schimmern nur noch zwei kleine rote

Flecken. »Solltet Ihr mir den Gefallen verwehren, wird sich der Teil meiner Magie, der nun in Euch ist, bemerkbar machen. Und es wird wehtun.«

»Ich trage Eure Magie in mir?«, frage ich leise und versuche sie wahrzunehmen, doch da ist nur Verwirrung.

»So wie ich Eure Magie in mir trage«, erwidert sie und lächelt selig, während sie eine Handbewegung macht und Inara und ich automatisch auseinanderrücken. »Keine Sorge, das hier bleibt unser kleines Geheimnis.« Sie zwinkert mir zu, und dann lässt sie uns zurück.

Inara krallt ihre Finger in meinen Arm, als die Tür hinter der Prinzessin zufällt. »Es tut mir so leid.« Ihre Stimme zittert vor Entsetzen.

»Muss es nicht«, erwidere ich automatisch und fahre über die roten Flecken auf meinem Handrücken, die langsam verblassen und den Muttermalen ähneln, die ich auf der anderen Hand trage. »Es ist nur ein Gefallen. Was kann sie schon von mir verlangen?«

Inara schaut mich an, als wäre ich völlig wahnsinnig, doch ich kann jetzt nicht darüber nachdenken, was dieser Handel für mich bedeutet. Stattdessen lächle ich sie an. »Bringen wir die Spiele hinter uns, und dann sehen wir weiter.«

Ihre Unterlippe bebt, doch dann nickt sie langsam. »Danke.«

»Du bist meine Freundin«, spreche ich laut aus, was ich zuvor schon empfunden habe. »Wir haben nur uns an diesem schrecklichen Ort.«

»Ich hätte dasselbe für dich getan.«

Das lässt mich lächeln, weil ich weiß, dass es stimmt. »Ich weiß. Und jetzt lass uns gehen, wir müssen für das kommende Essen mit dem König zurechtgemacht werden.«

Als wir nach unten kommen, steht Henri sofort von seinem Platz auf dem Sofa auf. Evettes Blick folgt seiner Bewegung, und als sie uns entdeckt, runzelt sie die Stirn und blickt schnell wieder auf das Buch in ihrer Hand.

Inara geht zur Küche, und ich bleibe stehen, weil Henri mir den Weg versperrt. »Alles okay bei ihr? Hat die Prinzessin euch besucht?«

»Wie man es nimmt«, antworte ich ausweichend und kann nicht anders, als mich in seiner Nähe geborgen zu fühlen. Das hier ist Henri. Der Henri, der immer noch zu mir hält, obwohl er weiß, dass ich eine Nachtfae bin. »Aber es geht ihr gut, und ja, die Prinzessin war da.«

»Und wie geht es dir?«

Ich lächle, weil er nicht lockerlässt. Zugleich muss ich den Drang unterdrücken, über die Stelle auf meinem Handrücken zu fahren. Ich sollte Ren bei Gelegenheit davon erzählen. Vielleicht kann er mir etwas über diesen Blutschwur erzählen. »Fürchtest du dich gar nicht vor mir?«

Er erwidert das Lächeln, und mir wird ganz warm. »Wieso sollte ich? Du bist immer noch meine Aviana. Ich könnte dich niemals fürchten. Weil du gut bist.«

»Danke«, antworte ich leise und lasse zu, dass er mich in eine feste Umarmung zieht. Ich lehne mich an seine Brust und schließe nur für einen Moment lang die Augen. Es fühlt sich gut an, dass er mich hält, und zugleich kann ich nicht aufhören, an Ren zu denken.

An Ren, bei dem ich immer die Kontrolle verliere. An Ren, der meine Gefühle derart durcheinanderbringt, dass ich kaum klar denken kann.

Verdammt. Das ist fürchterlich.

Ich ziehe mich zurück, weil es nicht fair Henri gegenüber ist.

Nesrin rauscht in dem Moment die Treppe herunter, als Pearl in der Tür auftaucht und uns zusammentrommelt. Marlons Haare sind nass von der Dusche, als er ebenfalls runterkommt, und das Lächeln, das er Inara schenkt, ist absolut zauberhaft. Ich weiß nicht einmal, ob es ihm bewusst ist, wie er sich beschützend neben sie stellt und ein bisschen größer zu werden scheint.

Inara schnalzt mit der Zunge und verdreht die Augen, was eine ganz automatische Geste zu sein scheint, sobald er in der Nähe ist.

Pearl bringt uns gemeinsam zu den Stylisten, wo wir zurechtgemacht und umgezogen werden. Am Ende sind wir wieder in unseren jeweiligen Farben gekleidet, und es fühlt sich an wie eine Mischung aus aufwendig und modern.

Die Kleider und Anzüge sind recht schlicht und traditionell, doch die Accessoires machen es besonders. Ich trage zu meinem schwarzen Kleid eine silberne Rüstung, die sich um meinen Hals und vorderen Oberkörper schmiegt, bevor sie an meiner Taille schmaler wird und herzförmig an meinem Steißbein endet. Mein gesamter Rücken ist frei. Um meine Knöchel werden mir ebenfalls Teile der Rüstung angelegt, die sich anfühlen wie Fesseln.

Inaras Kleid ist ebenso schlicht, doch die Rüstung legt sich wie eine Korsage auf ihren Bauch und drückt ihre Brüste hoch. Sie beugt sich gerade vor den Spiegel, um Kontaktlinsen einzusetzen, und ich erwische Marlon, der schwer schluckt und sichtlich Mühe hat, sie nicht anzustarren.

»Wieso ziehen die sie so an?«, bringt er mit rauer Stimme heraus, als ich mich neben ihn stelle. Seine Rüstung umschmiegt seine breiten Schultern und lässt ihn noch ein wenig größer wirken.

»Vermutlich, um ihre Vorzüge hervorzuheben.«

»An ihr muss nichts hervorgehoben werden.« Er grollt und wendet sich ab, als Inara uns durch den Spiegel hindurch fragend ansieht.

»Du darfst ihr ruhig sagen, dass sie gut aussieht«, ziehe ich ihn auf.

Er fixiert mich, und würde ich ihn nicht mittlerweile kennen, wäre ich unter diesem Blick zusammengeschrumpft. »Mach dich nicht lächerlich.«

»Wie du meinst.«

Seine Nasenflügel blähen sich auf, und er geht zur Tür, wo bereits Evette darauf wartet, dass es endlich losgeht.

Inara kommt zu mir herüber. »Alles in Ordnung?«

»Dein Ausschnitt macht ihm zu schaffen«, antworte ich ehrlich.

»Ernsthaft?«, fragt sie genervt und kneift ihre Augen zusammen. »Dem werde ich was erzählen, dass der mir in den Ausschnitt gafft.«

Sie rückt demonstrativ ihre silbern gerahmte Brille zurecht. »Lass uns gehen. Der König erwartet uns.« Zeitgleich spannen sich ihre Schultern an, und sie atmet hörbar ein. Der König. Ich kann gerne auf seine Meinung verzichten.

31. Kapitel

Avi

Pearl führt uns dieses Mal andere Gänge entlang, bis wir schließlich an einer Tür enden, vor der mehrere Soldaten in blauer Uniform und mit roter Feder auf dem Kopf patrouillieren.

Sie öffnen uns die Tür, und wir kommen in einen Speisesaal, der offenbar eigens für diesen Zweck aufgebaut wurde. Ein langer Echtholztisch steht in seiner Mitte, ein goldener Thron vor Kopf, und eine kleinere Imitation dessen rechts davon. Dann folgen zwölf schwarze Throne, zwischen die sechs unscheinbarere Stühle geschoben wurden. Wir werden mitten unter den Fürsten sitzen, und ich würde am liebsten sofort wieder umdrehen.

An den mit gold-rot-gemusterter Tapete beklebten Wänden stehen weitere Soldaten. Der Boden ist aus hellem Holz, und neben den Kronleuchtern hängen überall Kameras.

»Ihr positioniert Euch bitte hinter den Stühlen. Gleich kommen die Fürsten, und dann folgt der König. Bei den Fürsten reicht ein kleiner Knicks sowie eine Verneigung, beim König bitte so tief wie möglich und so lange wie nötig«, weist Pearl uns ein und deutet abwechselnd auf einen von uns und dann auf die uns zugewiesenen Plätze. Auf ihrem Hals sind hektische Flecken zu sehen, und sie scheint erst ein wenig ruhiger zu werden, als wir uns hinter den unscheinbaren Stühlen aufgestellt haben. »Fantastisch. Vergesst nicht zu strahlen und Euch von Eurer besten Seite zu zeigen.«

»Kein Problem. Zumindest für einige von uns.« Nesrin, die zwei Plätze weiter vor mir steht, wirft ihr gelocktes Haar in den Nacken und sieht so selbstgefällig aus wie immer.

Inara, die schräg gegenüber vor mir steht, schnalzt abschätzig mit der Zunge.

»Ich an deiner Stelle würde mich zurückhalten«, giftet Nesrin sie an.

»Für deine große Klappe bist du aber nicht sonderlich beliebt«, erwidere ich ohne Häme in meiner Stimme, und natürlich habe ich keine Ahnung, an welcher Stelle sie steht, aber dafür weiß ich, dass es nicht an der ersten ist.

Sie schenkt mir kaum mehr als einen überheblichen Blick. »Keine Sorge, dich schubse ich auch noch von deinem Thron. Nach Inaras Auftritt wissen alle, was für Monster ihr wirklich seid. Da werden hübsche Kleider und nette Reden euch auch nicht mehr retten.«

Ich setze schon zu einer Erwiderung an, doch da öffnet sich die Tür, und die Fürsten treten ein.

Sofort scheint der Raum unter ihrer Kraft zu schrumpfen. Es fühlt sich an, als würde ihre schiere Anwesenheit die Luft aus dem Raum saugen.

Ich spanne mich an und sinke in einen Knicks, als alle zwölf

Fürsten nacheinander durch den Raum schreiten und sich in scheinbarer Formation an den Tisch stellen.

Als ich wieder aufblicke, bin ich zwischen ihnen eingekeilt. Ihre messerscharfen Blicke bohren sich in meine Haut, als sie uns eingehend mustern.

Ihre Kräfte kitzeln auf meinem Körper, als würden sie testen, wie weit sie damit gehen können.

Doch bevor ich weiter darüber nachdenken kann, kommen die ersten Soldaten des Königs herein, und ihnen folgt der König selbst.

Sofort sinke ich in einen so tiefen Knicks, dass ein Knie den Boden berührt.

Ich kann ihn fühlen, als er an mir vorbeigeht. Seine Präsenz raubt mir schier den Atem, und ich presse die Lippen aufeinander, während ich den Boden anstarre und darauf warte, mich endlich wieder erheben zu können.

Meine Beine zittern. Schweiß kitzelt in meinem Nacken.

»Erhebt Euch und nehmt Platz.« König Arthurs erlösende Worte lassen mich lautlos Luft holen, und ich trete vor meinen Stuhl, um mich gemeinsam mit den Fürsten und den anderen Kandidaten zu setzen.

Dann erst wage ich es, mich umzusehen. Fürst Nevan sitzt etwas weiter vorne und trägt wie immer eine Lässigkeit zur Schau, die er damit untermalt, dass er seine Ellenbogen auf beide Armlehnen seines schwarzen Thrones ablegt.

Mein Blick wandert weiter, nach ganz vorne zu König Arthur. Er trägt wie auch bei unserer letzten Begegnung seine goldene Krone mit den Rubinen sowie einen roten Mantel, der mit blauen Bordüren verziert ist. Um sein hageres Gesicht spielt sein langes weißes Haar, und er trommelt ungeduldig mit den beringten Fingern auf der Armlehne seines goldenen Thrones.

Und direkt neben ihm sitzt Prinzessin Juliette mit einem dunkelblauen Kleid voller goldener Details, die zu dem goldenen Diadem in ihrem offenen Haar passen. Alles an ihrer Haltung strahlt Stärke aus, und ich kann nicht aufhören, sie anzustarren, während sie uns ohne Eile einen nach dem anderen mustert. In ihrem Blick liegt keine Verachtung, keine Verurteilung, nur Interesse.

Da sie eine Fae ist, kann ich unmöglich sagen, wie alt sie wirklich ist. Doch ich kenne die Gerüchte, die besagen, dass sie mehr als bereit ist, den Platz ihres Vaters einzunehmen. Angeblich weigert sie sich zu heiraten, da ein Partner ihre Macht einschränken könnte. Dennoch soll sie bereits mehrere Nachkommen haben, die sie jedoch von der Öffentlichkeit verborgen hält, bis sie selbst den Thron besteigt. Sie hatte einst vier Geschwister, doch sie alle starben. Im Krieg oder aufgrund von Krankheit oder bei Unfällen. Nun ist sie die letzte Thronerbin ihrer Generation.

Das alles weiß ich, obwohl unser Fürstentum sich offenbar von allen anderen abgeschottet hat. Weil derartige Gerüchte und Informationen einfach immer ihren Weg finden.

Als ihr Blick auf mir landet, verweilt er einen Moment länger. Ihre Macht ist mit der ihres Vaters zu vergleichen. Ich spüre, wie sie mir einen Energieschub gibt, der mich umbringen könnte. Es fühlt sich an, als würden die roten Punkte auf meinem Handrücken pochen, und ich senke schnell den Kopf.

Diener eilen wie Schatten durch den Raum und füllen unsere Gläser mit rotem Wein.

Als sie fort sind, erhebt König Arthur sein Glas. »Willkommen zu unserem heutigen Festmahl, um den Höhepunkt der Spiele zu feiern.«

Alle greifen gleichzeitig zu ihren kelchförmigen Gläsern und heben sie einmal in die Luft. Ich nehme einen kleinen Schluck, der sich herb und warm über meinen Mund und bis in meine Kehle ausbreitet.

Dabei schaue ich mich um und bemerke, dass Prinzessin Juliette mich noch immer ansieht. Sie verzieht keine Miene, und doch habe ich den Eindruck, sie würde sich köstlich amüsieren.

Ich stelle mein Glas vor mir ab und konzentriere mich auf den König.

»Ihr alle seid hier, um Euren sehnlichsten Wunsch erfüllen zu lassen, und mit jeder weiteren Prüfung kommt Ihr Eurem Traum ein wenig näher.«

Jedes Wort klingt, als hätte er es schon hunderte Male gesagt. Wahrscheinlich sind es jedes Jahr dieselben, und vermutlich entsprechen sie sonst auch immer der Wahrheit. Nur dieses Jahr nicht.

»Dafür werden wir Euch auf ewig dankbar sein, mein König.« Nesrin nutzt sofort die Redepause und senkt unterwürfig den Kopf. »Es ist mir eine Ehre, an den Spielen teilnehmen zu dürfen.«

König Arthur nickt mit einem zufriedenen Lächeln. »Selbst unter den erschwerten Bedingungen? Es ist sicher ungewohnt, ständig von so vielen Soldaten umgeben zu sein.«

Er meint uns. Wir sind die erschwerten Bedingungen.

Nesrin schüttelt ehrerbietig den Kopf. »Die Soldaten stören zu keiner Zeit. Ich bin sehr dankbar, dass wir sie haben. Besonders nach der letzten Prüfung.«

Ich werfe Inara über den Tisch hinweg einen bedeutungsvollen Blick zu. Offenbar wird das Essen heute noch angespannter als befürchtet.

»Wieso?«, hakt einer der Fürsten nach.

Wieder tauchen Diener auf und stellen den ersten Gang vor uns auf. Eine kalte Vorspeise in Form einer sämig-grünen Gemüsesuppe, in dessen Mitte geröstete Brotwürfel aufliegen.

Nesrin greift nach ihrem Löffel, nachdem die Diener gegangen sind. »Weil man einen Affen zu einem Haustier dressieren kann, er aber immer ein wildes Tier bleiben wird.«

Inara schnappt entsetzt nach Luft. König Arthur schmunzelt. Zwei der Fürsten lachen.

Und ich starre Nesrin über den neben mir sitzenden Fürsten hinweg an. Das kann sie doch nicht ernsthaft gesagt haben?

»Was ist mit Euch, Evette, fürchtet Ihr Euch?«, fragt einer der Fürsten die Kandidatin.

Diese betrachtet erst die vor sich stehende Suppe, bevor sie zu Inara blickt, die ihr schräg gegenübersitzt. »Nein. Die Kräfte der Nachtfae haben mich erschreckt. Jedoch tun es auch manchmal die der Fae. Es ist eine Art von Macht, die ich mir als Mensch nicht vorstellen kann. Doch solange die Person mir gegenüber sich unter Kontrolle hat, fürchte ich sie nicht.«

»Sie hatte eine kleine Wunde und schon die Kontrolle verloren«, erinnert Nesrin höhnisch.

»Die kleine Wunde hat jedoch ziemlich geblutet«, werfe ich nun ein. »Hoffentlich gehen die Flecken aus dem Holz raus.«

Marlon lacht unterdrückt.

Henri nickt. »Außerdem wurde niemand verletzt.«

»Richtig«, bestätigt König Arthur langsam und kalt. »Dieses Mal. Ihr glaubt, die Kontrolle zu haben, weil Ihr noch nie Eure wahre Kraft gesehen habt, die Ihr Euer ganzes Leben lang versteckt habt. Doch ich habe sie gesehen, die Zerstörung, die Ihr und Euresgleichen anrichten könnt. Ihr wollt Menschen sein, und ich gebe dem Volk die Möglichkeit zu entscheiden, ob es Euch als ebensolche anerkennen will.«

Er gibt uns eine Chance. Dass ich nicht lache. Diese Chance ist nichts als eine Farce, wenn alles versucht wird, um uns während der Spiele schlecht dastehen zu lassen.

Stille breitet sich aus, und ich schaue zu Fürst Nevan, ob er nicht auch etwas sagen möchte, doch er sitzt weiterhin entspannt in seinem Thron. Unsere Blicke kreuzen sich, und ich will ihn so viel fragen.

Warum hat er uns geopfert?

Hat er uns wirklich nur dafür am Leben gelassen?

Und wird er uns hier sterben lassen?

Doch ich bleibe stumm.

»Ich finde das alles äußerst spannend«, mischt sich nun auch die Prinzessin ein. »Wie genau unterdrückt man seine Kräfte so lange? Ich kann mir das überhaupt nicht vorstellen.«

»Es ist ganz einfach«, antwortet Inara vorsichtig und hebt leicht ihr Kinn, als wolle sie der Prinzessin beweisen, dass mehr in ihr steckt als die Schwäche, die sie vorhin demonstriert hat. »Man konzentriert sich darauf, sie zurückzuhalten, und irgendwann ist es so leicht wie atmen.«

»Und als ihr jünger gewesen seid?« Sie fragt es ganz beiläufig.

Inara lächelt und spielt Schüchternheit vor. »Da ist es wie bei den Fae, je jünger man ist, umso schwächer sind die Kräfte.«

Prinzessin Juliette nickt bedächtig, während sie einen Löffel voll Suppe in den Mund nimmt, bevor sie ihn wieder beiseitelegt und sich mit einer Serviette den Mund abtupft. Die ganze Zeit über ist es völlig still, weil alle ihre nächsten Worte abwarten. »Also, wo ein junger Fae vielleicht ein Blümchen wachsen lässt, wird ein junger Nachtfae nur ein Blümchen verwelken lassen?«

Inara stockt, doch jetzt ist es unmöglich, nicht mehr auf diese Frage einzugehen. Also nickt sie schließlich widerwillig. »Genau, oder es schwächt die Eltern.«

»Inwiefern?« Prinzessin Juliette lehnt sich auf ihrem Platz ein wenig vor, und alle am Tisch sind vollkommen still und warten gebannt auf Inaras Antwort.

Inara errötet unter der Aufmerksamkeit, und es wirkt, als würde sie unter dem Tisch die Hände zu Fäusten ballen. »Mein Vater sagte mir einmal, dass er früher ständig leichte Kopfschmerzen hatte, und mir ist erst später bewusst geworden, dass dies an meinen Kräften liegen muss. Aber das hat sich kurz vor meiner Einschulung geändert, in dem Moment, als ich mir meiner Kräfte bewusster geworden bin. Es muss ungefähr zur selben Zeit sein, wenn auch Fae stärker werden und ihr Training beginnen müssen. Wie es mit meinen aussieht, weiß ich nicht, eben weil ich sie nicht trainiert habe.«

»Faszinierend«, sagt einer der Fürsten, der eine leuchtend blaue Tunika trägt, und ein paar andere stimmen ihm leise zu.

»Nichtsdestotrotz müssen wir davon ausgehen, dass es immer Nachtfae geben wird, die ihre Kräfte zu ihrem eigenen Vorteil nutzen werden«, wirft ein anderer Fürst mit einem grünen Anzug ein.

»Gilt das denn nicht auch bei den Fae?«, wendet Marlon ein, der ungewöhnlich steif auf seinem Platz sitzt und aussieht, als wäre er lieber irgendwo anders. »Ich meine, Faekräfte lassen nicht nur Blümchen wachsen, wie Ihr es ausdrücken würdet, werte Prinzessin«, richtet er sich an Besagte, bevor er den Blick weiter wandern lässt. »Zu viel davon kann Menschen in den Wahnsinn treiben. Ist es nicht dasselbe?«

»Das ist, als würde man Äpfel mit Birnen vergleichen«, erwidert der Fürst in der Tunika.

»Nicht ganz. Wo es eine positive Seite von Kräften gibt, gibt es auch immer eine negative Seite. Natürlich können auch Faekräfte, bei bewusstem Einsatz, negative Auswirkungen haben«, stimmt ein Fürst mit einer silbern glitzernden Weste ein.

Der mit der Tunika wedelt mit einer Hand. »Das ist es. Kräfte von Nachtfae können auch bei unbewusstem Einsatz Schaden anrichten. Es beginnt mit Kopfschmerzen, aber wo hört es auf?«

Während der gesamten Diskussion sitzt Fürst Nevan entspannt in seinem Thron und beobachtet alles mit gelangweilter Miene. Wird er auch etwas sagen? Oder überlässt er uns jetzt einfach unserem Schicksal und lässt uns wie Monster dastehen?

Sein Blick begegnet meinem, und sein Mundwinkel zuckt kaum merklich.

Was soll das jetzt bedeuten? Findet er es witzig? Oder will er mir Mut machen? Ich verstehe diesen Fürsten nicht, und so langsam sinkt auch sein Ansehen bei mir. Für mich war er immer Fürst Nevan, einer der großen Zwölf. Jetzt ist er ein Fae, der uns wie Schachfiguren benutzt hat und sich prächtig über die Konsequenzen amüsiert.

Derweil dreht sich die Diskussion weiter, und egal wie positiv man sein will, im Grunde geht es nur darum, dass wir mit Kräften geboren wurden, die nun mal Schaden anrichten können. Offenbar spielt es keine Rolle, ob wir es wollen oder nicht. Es dreht sich immer wieder darum, dass wir irgendwann unweigerlich die Kontrolle verlieren werden. Wie bei Inaras gestrigem Zusammenbruch.

Evette hält sich größtenteils aus der Diskussion raus, während Nesrin natürlich die Gegenseite unterstützt und Henry hin und wieder ein paar Argumente für uns einbringt, jedoch ungewohnt still ist. Vermutlich schüchtert ihn die Anwesenheit des Königs, der Thronfolgerin und der Fürsten ein. Endlich zeigt er mal so etwas wie Überlebensinstinkt. Ich möchte wirklich nicht, dass ihm etwas passiert, nur weil er sich zu sehr auf meine Seite geschlagen hat. Das ist ein Kampf, den er nicht kämpfen sollte.

Ich spüre Prinzessin Juliettes Blick immer wieder auf mir. Etwas an ihr ist hypnotisch, als würde sie einen dazu bringen können, ihr mehr anzuvertrauen, bevor sie zuschlägt wie eine Schlange. Daran erinnert sie mich. An eine Schlange.

Sie beobachtet, wiegt in Sicherheit und greift dann blitzschnell an.

Ich erwidere ihren Blick nur kurz, aber so lange, dass ich nicht verängstigt wirke, bevor ich mich auf den Nachtisch konzentriere, der gerade eben serviert wurde. Eis mit einem Küchlein und fein drapierten Früchten drumherum. Während ich vorsichtig meine Gabel in das Küchlein bohre, ergießt sich sein heißer Schokoladenkern über dem Teller und umschließt das Eis, das zu schmelzen beginnt. Und zugleich streikt mein Magen, weil ich nur noch weg will.

Weg von dieser Prinzessin, die so schön ist, dass man sich nur zu schnell in Sicherheit wiegt. Weg von dem König, der keinen Hehl daraus macht, für wie gefährlich er uns hält. Weg von den Fürsten, deren Uneinigkeit mich viel zu sehr hoffen lässt, dass sie das Spiegelbild des Volkes sein könnten.

»Ich wollte Euch übrigens danken«, richtet der König nun das Wort an Fürst Nevan. »Für Euer Geschenk. Ihr hattet recht. Es ist äußerst interessant, die drei zu beobachten und über die neue Generation der Nachtfae etwas zu lernen.«

Bei dem Wort Geschenk muss ich mir Mühe geben, nicht zusammenzuzucken, weil es mir mitten ins Fleisch schneidet. Geschenk bedeutet, dass Fürst Nevan uns von Anfang an ausliefern wollte. Es bedeutet, dass wir nichts anderes sind als eine Opfergabe, mit der Fürst Nevan seinen eigenen Kopf retten will.

Dieser lächelt, ohne seine entspannte Haltung aufzugeben. »Es ist mir eine Ehre. Ich denke, diese Spiele werden viele Fragen beantworten und einiges an Neugier verstummen lassen.« Sein Lächeln wird schief und ein bisschen unheimlich.

Ren sagte mir, dass er daran arbeitet, uns zu befreien, und ich möchte ihm glauben, aber weiß auch Fürst Nevan davon? Oder arbeitet Ren in dieser Sache allein?

Als das Essen endlich beendet ist, bin ich dankbar für das dunkle Kleid, das nun von meinem Schweiß durchtränkt ist.

Wir Kandidaten verlassen den Raum zuerst und werden von Soldaten und Pearl zurück zum Haus eskortiert.

Henri lässt sich zurückfallen, sodass er neben mir herläuft. Seine Hand streift meine, ohne sie zu ergreifen. »Für mich wirst du niemals zu den Bösen gehören.«

Ich lächle ihn matt an und will ihn zugleich schütteln. Wie kann er nur so blind vor Liebe sein? »Danke«, sage ich dennoch leise.

»Ich werde dafür sorgen, dass die Welt dies auch so sieht.« Er betrachtet mich voller Liebe, und ich zucke innerlich zusammen.

Sofort schüttle ich den Kopf. »Lass es. Bitte. Du kannst nur verlieren, wenn du dich einmischst. Hast du den König nicht gehört?«

»Hast du die Fürsten nicht gehört?«, erwidert er. »Sie scheinen sich uneinig zu sein, und das sollten wir uns auch für das Volk erhoffen. Sie lieben dich. Das muss etwas bedeuten.«

»Vielleicht«, gebe ich widerwillig zu und schaue stur geradeaus. »Dennoch muss ich darauf bestehen, dass du dich nicht einmischst. Ich muss nicht gerettet werden. Nicht zu dem Preis, den du vielleicht zahlen müsstest.«

»Da hat sie recht.« Wir betrachten erstaunt Evettes Rücken, die vor uns herläuft, sich aber nicht umdreht. »Wir können mit ihnen mitfühlen, wie wir wollen. Wenn wir uns zu sehr auf ihre Seite schlagen und das Volk sich gegen sie entscheidet, werden wir mit ihnen untergehen.«

Henri öffnet schon protestierend den Mund, doch ich lege eine Hand auf seinen Unterarm. »Du solltest auf sie hören. Ich könnte es nicht ertragen, wenn dir etwas zustoßen sollte, nur weil du mir helfen wolltest.« Außerdem hätte er die Chance, sich um Ana zu kümmern, falls er es zurück in das Haus Nevan schafft.

Der Gedanke lässt mich kurz straucheln. Wieso bin ich nicht früher darauf gekommen? Wenn er die Wahrheit kennt, kann er bei seiner Rückkehr nach ihr sehen. Er würde mich hassen. Natürlich. Aber das wäre egal. Wichtiger ist, dass es Ana gut geht.

Ich öffne meinen Mund und schließe ihn sofort wieder, weil das hier weder der richtige Ort noch die richtige Zeit ist. Wir sind von Soldaten umgeben, und sobald jemand erfährt, dass ich einen lebenden Zwilling habe, werden sie nicht aufhören, nach ihr zu suchen, um sie …

Ich beiße mir auf die Unterlippe, um den Gedanken nicht zu beenden.

Zugleich wächst in mir Zuversicht. Ich werde Henri die

Wahrheit sagen. Sobald es sich ergibt. Er liebt sie so sehr, dass er sicher alles dafür tun wird, um zu ihr zu gelangen.

Hoffnung nistet sich in meine Brust, und ich lasse sie zu, weil sie das Einzige ist, an dem ich mich in diesem Moment festhalten kann.

32. Kapitel

Avi

Als Ren mich am nächsten Tag von den Stylisten zur Prüfung bringt, bin ich mehr als erleichtert, ihn zu sehen. Obwohl ich es mir eigentlich nicht vorstellen kann, nagte die ganze Nacht die Sorge in mir, dass sich für ihn vielleicht doch etwas geändert haben könnte. Wegen Inaras Ausbruch und dem, was der König alles gesagt hat.

Doch Ren verhält sich mir gegenüber genauso wie immer. Abweisend.

Ich werde ihn niemals verstehen. Und so langsam zerrt sein Verhalten an mir. Etwas hat sich zwischen uns verändert. Seit wir einander gerettet haben. Seit ich keine Angst mehr vor meiner Dunkelheit in seiner Nähe haben muss. Ich fühle mich … wohl in seiner Nähe. *Beschützt.* Beinahe hätte ich gelacht, weil das so gar nicht zu der Furcht passt, die ich bei unserem ersten Wiedersehen im Auktionshaus verspürt habe.

Während ich ihm nachdenklich folge, klimpern meine Fußkettchen und Armbänder. Heute wurde mir ein wadenlanges

Kleid angezogen, und ich trage hohe Schuhe mit dicken Absätzen. Mir wurde ungewöhnlich viel Schmuck angelegt, und ich bin mir fast sicher, dass mich das während der Prüfung ablenken soll.

Es sind nur noch Schmecken und Riechen übrig.

Das ist gut. Und zugleich schlecht. Es muss einfach schlecht sein.

Sie werden alles tun, damit auch Marlon und ich unsere Kontrolle verlieren.

»Was ist los?«

Überrascht schaue ich auf, als Ren das Wort an mich richtet und langsamer wird. Der dunkle Gang verschluckt seine Worte fast, doch ich höre darin die Sorge. »Ich denke nach. Über die Prüfungen. Über gestern. Alles einfach.« *Über die Prinzessin, mit der ich einen Handel eingegangen bin.* Ich öffne schon den Mund, um ihm davon zu berichten, doch sein ernster Gesichtsausdruck lässt mich schweigen.

»Nach gestern solltest du dich in Acht nehmen. Die Umfragewerte sinken, und vor allem das Essen mit dem König hat viele unentschlossene Meinungen beeinflusst.« Ein feiner Schauder rinnt mir über den Nacken, weil seine vertrauten Worte sich nach so viel mehr anfühlen. Zugleich hinterlässt das, was er sagt, einen faden Beigeschmack in meinem Mund.

Negativ beeinflusst. Er muss es nicht laut aussprechen. »Das habe ich befürchtet.«

»Aber du wirst das schaffen.« Sein fester Blick trifft meinen, und in meinem Magen flattert es. »Ich glaube an dich.«

Seine Worte kommen so überraschend, dass ich einen Moment lang erstarre. Mein Herz pocht. Nun etwas stärker als sonst. Als würde es auf etwas warten. Hoffen. »Danke.«

Er wendet sich ruckartig ab. »Und deine Beziehung zu

Henri hilft offenbar zusätzlich. Die Menschen mögen es, dass du dich so sehr um ihn sorgst.«

Widerwille steigt in mir auf, weil ich gerade nicht über Henri reden will. »Ja?«

»Ja. Eure Beziehung kommt dem Ganzen zugute.«

»Wir haben keine Beziehung«, stelle ich klar und sehe, wie ein Muskel an seinem Kiefer zuckt. »Das ist …« Ich weiß nicht, wie ich erklären soll, dass Henri und ich sowieso niemals eine Chance hatten. Ich weiß nicht einmal, wieso es mir so wichtig ist, dass Ren das weiß.

»Was auch immer es ist, es überzeugt.« Jedes seiner Worte ist eiskalt. »Das tut die Liebe immer.«

Ich liebe ihn nicht. Der Gedanke ist so laut, dass ich blinzeln muss. Tue ich das nicht? Nein. Nicht mehr. Ich war in Henri *verliebt.* Sehr sogar. Aber seitdem hat sich einiges verändert. Ich. Die Umstände. Alles.

Ich liebe ihn nicht.

Ein Lächeln breitet sich langsam auf meinen Lippen aus, und all die Schuld, die ich Ana gegenüber verspüre, wird kleiner. Ich liebe ihn nicht.

Ren wirft mir einen Blick zu, und als er mein Lächeln sieht, scheint er noch mehr zu versteinern.

Es macht ihm etwas aus.

Mein Herz hüpft einmal fest in meiner Brust, und mein ganzer Körper kribbelt. Etwas Neues baut sich in mir auf, etwas, das zuvor schon da gewesen ist und sich nun schnurrend aufbäumt.

Ren macht der Gedanke etwas aus, ich könnte Henri lieben.

Die Erkenntnis durchzuckt mich, und sie fühlt sich mächtig an. Schön. Erregend.

Kurz bevor wir das Ende des Tunnels erreichen und damit

den Bereich, in dem wieder Kameras auf uns gerichtet sind, überhole ich ihn und bringe ihn zum Stoppen.

Mein Blick trifft seinen, und Widerwillen spiegelt sich in seinem Gesicht, als er stehen bleibt und abwartet. Die Anziehung zu ihm ist so stark, dass es mich in den Fingern kribbelt, ihn zu mir zu ziehen. Doch ich weiß, dass ich dann die Kontrolle über meine Dunkelheit verlieren könnte, und das will ich nicht riskieren.

»Ich liebe ihn nicht«, sage ich leise und halte seinen Blick fest, ohne zurückzuweichen, ohne zu blinzeln, damit er versteht. »Nicht mehr. Vielleicht habe ich das nie, sondern nur das, was er symbolisiert hat.«

Sein Kiefer mahlt, und in seinen Augen blitzt es. »Wieso sagst du mir das?«

»Ich weiß es nicht«, gebe ich zu und beiße mir auf die Unterlippe, erfüllt von diesem neuen Gefühl, das schon da gewesen ist und plötzlich so sehr im Vordergrund steht, dass ich es nicht mehr ignorieren kann. Sehnsucht. »Die Dunkelheit in mir scheint zu wachsen. Doch du siehst mich an, als würdest du sie gar nicht bemerken.« Ich unterdrücke den Drang, seinem Blick auszuweichen, weil sich diese Worte nach so viel mehr anfühlen. »Das bedeutet mir etwas.« Er ahnt vermutlich nicht, wie viel.

Seine Lippen teilen sich, und er atmet schwer aus. In seinen Augen lodert es, und einen Moment lang steht vor mir kein Soldat, sondern ein Mann. Ein Mann, der eine Frau begehrt. *Mich.* »Nicht alles Licht ist gut. Nicht alles Dunkel ist böse.«

Etwas in meiner Brust zieht sich zusammen, und es ist mehr als die Anziehung, die ich sonst immer zu ihm gefühlt habe. Es ist zu viel. Ich werde nicht länger widerstehen können, und dann wird meine Dunkelheit alles ruinieren. Also mache ich einen Schritt zurück. »Danke.«

Einen Moment lang zögere ich, weil ich ihm von der Begegnung mit der Prinzessin erzählen will. Von dem Blutschwur. Doch etwas lässt mich zögern. Ich muss mich auf die Prüfung konzentrieren, und je nachdem, was Ren zu dem Schwur sagt, könnte es mich ablenken. Das kann ich nicht gebrauchen.

»Außerdem sehe ich deine Dunkelheit sehr klar«, sagt er leise, und ein Lächeln hebt seinen Mundwinkel.

Das Kribbeln in meinem Bauch explodiert, und bevor ich etwas Falsches sagen oder tun kann, erwidere ich das Lächeln und drehe mich um.

Ich muss hier weg. Weg von ihm, bevor ich einen Fehler begehe und ihn berühre, mir nehme, wonach ich mich sehne und uns beide ins Verderben stürze.

Hinter der letzten Ecke wartet Pearl auf mich, direkt vor der Tür und mit ernstem Gesichtsausdruck. »Heute ist wichtig«, beginnt sie sofort. »Ihr müsst glänzen. Auf allen Ebenen.«

Ich nicke, weil ich weiß, was sie mir sagen will. Ich kann mir keinen Fehltritt erlauben. Es geht für mich nicht darum, an erster Stelle zu bleiben oder diesen Wettkampf zu gewinnen, sondern darum, dass das Volk seine gute Meinung über uns beibehält. Es gibt nichts Wichtigeres als das.

Sie nickt knapp und schaut dann hoch zu dem roten Lämpchen. »Es ist aber nicht alles verloren. Die Werte sind ein wenig gesunken, aber das lässt sich wieder beheben.«

Wieder nicke ich, und die Anspannung in mir steigt. Hinter mir spüre ich Ren, und etwas an seiner Anwesenheit lässt mich Kraft tanken. Es fühlt sich gut an, ihn in meiner Nähe zu wissen, und mit einem Mal will ich nicht mehr, dass er geht.

Doch ich muss diese Prüfung alleine bewältigen, also straffe ich meine Schultern und atme lautlos durch.

Als das Licht ausgeht und ich in den Raum trete, begrüßt Spencer mich mit einem ungewöhnlich ernsten Gesichtsausdruck. »Aviana Bloom, wenn Ihr nicht aufpasst, werdet Ihr noch von Eurem Thron geschubst.«

»Es ist nicht der Thron, um den ich mich sorge, sondern eher mein Hals.«

Spencer lacht, als hätte ich einen unglaublich witzigen Scherz gemacht, und es fällt mir schwer, nicht wütend zu werden, weil ich genau weiß, dass das alles ein Teil der Show ist. »Heute geht es darum, Eure Dunkelheit zu enthüllen.« Seine Augenbrauen wackeln. Was erwartet er jetzt von mir? Soll ich etwa lachen?

»In der folgenden Prüfung müsst Ihr wieder von der einen zur anderen Seite gelangen, Geschenke einsammeln, erraten, welcher Sinn geprüft wird, und das innerhalb einer bestimmten Zeit.«

»Also wird wieder eine Uhr ticken?«

Spencer nickt und deutet auf eine der letzten beiden Türen, durch die ich noch nicht gegangen bin. »Wie immer wünschen wir Euch viel Erfolg!«

Das Einzige, was er sich wünscht, ist eine gute Show. Dennoch lächle ich matt.

Als ich die Tür öffne, ist mir sofort klar, um was für eine Prüfung es sich handelt. Ich stehe am Anfang eines Rosengartens, und direkt vor mir, hinter der Tür, steht ein Flakon auf einem Tisch.

Ich entkorke ihn. Als ich tief einatme, ist es kein Duft von Rosen, sondern etwas anderes, Bitteres. Aber was könnte das sein?

Ich bin mir ziemlich sicher, dass sie erwarten, dass ich diesen Geruch wiederfinde, auch wenn ich keine Ahnung habe, was das ist.

Aber was hat das mit der Dunkelheit zu tun?

Sicher steht sie wieder für etwas anderes, genauso wie bei den anderen Prüfungen.

Dennoch muss es zweifelsohne eine Prüfung des Riechens sein. Was seltsam ist, da die anderen Prüfungen nie das waren, wonach sie schienen. Vielleicht ist dieser Flakon ein Trick. Vielleicht ist diese Prüfung aber auch ganz anders.

Ich stelle den Flakon zurück auf den Tisch und blicke den einzigen Weg entlang, den ich nehmen kann. Hochgewachsene Rosenbüsche ragen rechts und links neben mir in die Höhe, sodass ich das Ende des Raumes nicht sehen kann. Die Decke ist strahlend blau, und es sieht aus, als wäre dort ein echter Himmel, auch wenn ich weiß, dass wir uns in einem Studio befinden und es nur eine bemalte Wand ist.

Der Boden ist mit dichtem Gras bewachsen, der leicht unter meinen Schritten einsinkt, und die Rosen rechts und links von mir sind dunkelrot. Noch immer habe ich den Nachhall des bitteren Geruchs in der Nase, auch wenn er jetzt von dem frischen Duft der Rosen verdrängt wird.

Langsam gehe ich weiter, bleibe aber auf der Hut. Nicht, dass plötzlich aus dem Gebüsch ein Pfeil auf mich zuschießt.

In der Ferne tickt eine Uhr, und sie wird lauter, je tiefer ich in den Rosengarten hineingehe. Meine Anspannung steigt mit jedem weiteren Schritt.

Das hier ist fast noch schlimmer als die Prüfung vor zwei Tagen, in der wenigstens meine Freunde in der Nähe waren.

Das hier ist die vorletzte Prüfung, was bedeutet, dass morgen die letzte Prüfung stattfinden wird. Es wird unsere letzte

Möglichkeit zur Flucht sein, und ich habe keine Ahnung, ob Ren schon irgendwelche Pläne hat. Das ist es, was ich ihn hätte fragen sollen, statt über meine Gefühlswelt nachzudenken. Aber jetzt ist es zu spät, und ich werde auf meine nächste Chance warten müssen.

Ich stocke und schnuppere. Da irgendwo in der Nähe ist etwas. Ich trete näher an die Rosenbüsche und halte mein Gesicht an die großköpfigen Blumen. Der bittere Geruch ist wieder da.

Ich greife nach der Blume, und ein stechend scharfer Schmerz durchzuckt mich. Sofort reiße ich meine Hand zurück, und Blut fließt aus meinen Fingern, dort, wo die messerscharfen Blüten mich berührt haben. Was ist das?

Die Rose sieht aus wie alle anderen auch, doch der Geruch geht eindeutig von ihr aus. Das muss einfach ein Zeichen sein.

Ich schlucke, greife nur nach dem Blütenkopf und reiße ihn mit einem Ruck vom Stiel. Noch mehr Klingen bohren sich in meine Haut, und ich lasse sie auf den Boden fallen, bevor ich mit einem festen Tritt den Rosenkopf zertrete. Er zerspringt zu hunderten Teilen, als wäre er aus feinstem Glas, obwohl er sich zuvor nicht so angefühlt hat – und zum Vorschein kommt eine vergoldete Rosenblüte.

Ich atme auf. Okay. Der erste Teil ist geschafft.

Ich bücke mich, greife nach ihr und merke im selben Augenblick, dass irgendwas anders ist. Nebel durchzieht meinen Kopf, und ich wanke, als ich mich wieder erhebe und die vergoldete Rosenblüte in meine Rocktasche schiebe. Meine Sicht verschwimmt, und leichte Übelkeit steigt in mir auf.

Gift. An den Blüten muss Gift gewesen sein!

Galle steigt in mir auf, doch ich schlucke sie herunter und

bleibe einen Moment lang ganz starr stehen, bis der schlimmste Schwindel verschwunden ist.

Mit einem Mal wankt die Welt, und doch zwinge ich mich weiterzugehen. Das ist also der Trick. Sie vergiften uns, damit wir nicht weitermachen können.

Nein. So werde ich nicht verlieren.

Ich balle die Hände zu Fäusten und strauchle weiter. Mir ist so schwindelig, dass ich immer wieder die Rosenbüsche streife. Messerscharfe Dornen bohren sich in meine Haut und zerreißen meinen Rock.

Atmen. Ich muss weiteratmen. Durch die Nase.

Riechen. Wo ist dieser bittere Geruch?

Blut tropft über meine Haut, und das Ticken schwillt unnatürlich laut in meinen Ohren an.

Immer wieder streifen Dornen meine Haut. Mit jedem weiteren Schritt wird mir schwindeliger, und plötzlich beginnen die Ranken nach mir zu greifen. Sie strecken sich mir entgegen, und Rosenköpfe verbeißen sich in meinem Kleid. Ich reiße mich los und wanke weiter.

Ich muss hier raus.

Ich muss hier dringend raus.

Mir ist übel, und ich beiße die Zähne fest aufeinander, um mich nicht davon überwältigen zu lassen.

Der Weg macht eine Biegung, und ich folge ihr, bevor ich ruckartig stehen bleibe und schwerfällig blinzle. Alles um mich herum ist schwarz. Die Büsche sind zusammengesunken, die Rosen verwelkt, und alles hier ist tot.

Eine Wahnvorstellung.

Meine Lider sinken immer wieder herunter, während meine Knie einknicken und der Boden zu Wasser wird. Als würde ich auf Matten laufen, die mitten im Ozean schwimmen.

Was ist das nur für ein Gift?

Ich versuche mich zu konzentrieren, und sehe plötzlich inmitten des verwelkten Rosengartens eine einzelne aufrechte Rose. Ihre Blütenblätter glänzen im Licht.

Sie kann nicht echt sein. Kein Leben kann unter so viel Tod bestehen.

Die toten Ranken greifen nach mir, umschlingen meine Arme und Beine und halten mich so fest, als würden sie mich nie wieder loslassen wollen. Sie wickeln sich um meine Glieder, wie tausende Schlangen, während sich ihre Dornen in meine Haut graben.

Als ich nach der Blume greifen will, verfehle ich sie immer wieder. Sie entwischt mir, entgleitet mir, bevor ich endlich den Stiel packen kann und die Rose ruckartig herausreiße. Die Blüten zerfallen unter meinem Griff zu Staub, und zum Vorschein kommt ein Edelstein. Er ist so tiefgrün wie ein Smaragd und blendet mich. Ich blinzle viel zu langsam und umfasse ihn, so fest ich kann, mit meiner Hand.

Doch auch der Griff der Ranken wird fester. Sie ziehen mich nach unten, und ich kann mich nicht mehr wehren. Irgendwas fließt durch meine Adern, schlängelt sich durch meine Venen, und plötzlich spüre ich nur noch Dunkelheit. Sie breitet sich in mir aus, bevor sie an meinen Nervenenden zupft und in meinen Augenwinkeln tanzt.

Ich falle. Falle. Falle.

Dann ist da nichts mehr als wunderschöne, warme Dunkelheit.

***

Ich erwache von Stimmen um mich herum. Sie sind leise und

eindringlich und zugleich so weit weg. Meine Muskeln sind schwer wie Blei. Mir ist übel. Alles tut weh.

Eine Nadel bohrt sich in meinen Arm, und einen Moment lang ist da nur Stille, bevor schlagartig tausende Ameisen durch mich hindurchrasen und ich die Augen aufreiße.

Schwer atmend starre ich auf eine Deckenlampe und weiß nicht, woher diese plötzliche Energie kommt. Bis ich meinen Kopf drehe und die zurückweichende Ärztin sehe, die eine Spritze hält. Sie wird mir irgendwas verabreicht haben.

Neben ihr steht Ren mit seinem unverkennbar stoischen Gesichtsausdruck. Doch in seinen Augen glänzt Sorge. Sofort rast mein Herz. Wenn er sich Sorgen macht, muss es schlimm sein.

Ein Krächzen verlässt meine Lippen, bevor ich mich räuspere. »Was ist passiert?«

»Das, was alle vermutet haben.« Die Ärztin wendet sich mit angewidert gekräuselten Lippen von mir ab.

Mein Hals verengt sich.

Panik macht sich in mir breit. Ich atme schneller. Meine Hände graben sich in die Liege unter mir, und ich starre zu Ren, der jedoch nur unauffällig den Kopf schüttelt.

Doch warum? Was will er mir sagen? Soll ich mir keine Sorgen machen? Soll ich nicht nachfragen? Ist es zu spät?

Mein Blick gleitet an ihm vorbei, und ich verstehe sofort. Hinter ihm stehen Soldaten, und es sind mehr als sonst.

Das ist ein schlechtes Zeichen.

»Könnt Ihr aufstehen?«, fragt er, kommt jedoch nicht näher.

Ich blinzle. Das Spiel. Ich muss auf die Bühne. Dann werde ich erfahren, was gerade passiert ist.

Als ich den Kopf senke und mich aufsetze, sind da meine

vollbandagierten Arme, jedoch spüre ich keinen Schmerz. Das wird sicher an der Spritze liegen.

Wenigstens fühle ich mich nicht mehr so benebelt. Was war das nur? Haben die Ranken sich wirklich bewegt, oder hat mir das Gift ganz einfach die Sinne vernebelt?

»Könnt Ihr laufen?« Rens Stimme hätte nicht gleichgültiger klingen können, doch ich höre eine feine Nuance darin, leichte Bitterkeit, unterdrückte Wut und Sorge.

Ich rutsche von der Liege und prüfe meinen Stand. Er ist fest. »Ja.«

»Gut. Kommt mit.« Ren geht voraus und verlässt den Raum. Als ich ihm folge, setzen sich auch die Soldaten in Bewegung und folgen uns mit etwas Abstand.

Gänsehaut kitzelt in meinem Nacken. *Oh nein.* Es ist richtig ernst.

Schweigend gehen wir in Richtung Bühne, und ich höre bereits Spencers Lachen. Pearl wartet auf mich. Ihr Lächeln ist ebenfalls verschwunden.

»Morgen, nach der letzten Prüfung, ist es vorbei«, sagt Ren auf einmal leise, und ich schaue verwirrt zu ihm hoch, doch seine Augen sind auf die Bühne gerichtet, wo wir von hier aus bereits Spencer und die anderen Kandidaten sehen können.

Um uns herum herrscht geschäftiges, aber fast lautloses Treiben der restlichen Mitarbeiter, und hinter uns sind die Soldaten.

Was meint er damit? Dass die Spiele vorbei sind? Oder dass er uns dann hier rausholt?

Ich kann nicht mehr riskieren nachzufragen, falls es Letzteres ist. Dennoch kann ich nichts gegen die Hoffnung machen, die plötzlich in mir aufwallt. Ren hat einen Plan. Er wird richten, was wir verbockt haben.

Ich versuche ihn nicht anzustarren und mir nicht anmerken zu lassen, wie viel es mir bedeutet, dass er jetzt an meiner Seite ist. Er hätte mich mit diesen Soldaten alleine lassen können. Doch das hat er nicht. Weil da etwas zwischen uns ist. Etwas, dem ich noch keinen Namen geben kann. Etwas zwischen Sehnsucht und Zurückhaltung.

Ren und Fürst Nevan haben uns hergebracht, doch sie werden uns hier nicht zurücklassen.

Ich vertraue Ren, und ich … ich *mag* ihn.

Das Wissen lässt mich etwas freier atmen. Pearl lächelt mich nun aufmunternd an und winkt mich auf die Bühne.

Spencer dreht sich im selben Moment in meine Richtung, als hätte er ein unsichtbares Zeichen bekommen, und erhebt sich. »Aviana Bloom!«

Die Zuschauer applaudieren, aber ich höre auch Buhrufe. Meine Schultern spannen sich an, und ich bringe kein Lächeln zustande, als ich zu Spencer und den anderen Kandidaten gehe.

Inara und Marlon sind genauso bandagiert wie ich, wobei Marlon völlig fertig aussieht. Seine Haltung ist angespannt, seine Hände zu Fäusten geballt, und unter seinen Augen zeichnen sich dunkle Schatten ab.

Inara sitzt mit stoischer Miene neben ihm. Ihr Kleid besteht aus Fetzen. So wie meins.

Henri, Nesrin und Evette scheinen hingegen unversehrt. Was wenig überraschend ist.

Spencer lotst mich zu dem Rand des Sofas, direkt neben sich, und beugt sich in falscher Vertrautheit zu mir vor. »Nun, das war wohl eine sehr aufschlussreiche Runde.«

»Ist das so? Ich weiß leider nicht mehr viel davon«, erwidere ich und versuche nicht bissig zu klingen. »Klärt mich doch bitte auf.«

Er grinst verschmitzt. »Habt Ihr denn Eure Geschenke gefunden?«

Oh. Keine Ahnung. Ich greife in meine Rocktasche und hole ein Blütenblatt sowie einen Edelstein heraus. »Offenbar schon.«

Spencer lacht erneut, und so langsam habe ich wirklich das Bedürfnis loszuschreien, wenn er noch einmal so falsch lacht.

»Wie wir bereits angekündigt haben, wollten wir heute Eure Dunkelheit herausholen und haben es sogar geschafft.«

»Mit Gift.«

»Oh nein!«, ruft er und gackert. »In den Blütenblättern und Dornen waren feine Dosen einer Droge, die Euch dazu bringen sollte, Eure sorgsamen Mauern fallen zu lassen.«

Ich kann ihn nur anstarren, während sich die Puzzleteile zusammensetzen und mit einem Mal alles einen Sinn ergibt. Natürlich. *Drogen.* Das erklärt meine Verwirrung und Desorientierung und auch die Wahnvorstellungen. Vermutlich haben die Ranken mich gar nicht angegriffen, sondern ich bin einfach reingefallen. »Und dann?«

»Dann hat sich Eure Dunkelheit gezeigt. Inara und Ihr seid unglaublich stark. Das erklärt, warum sie sich nur kurz offenbart hat. Augenscheinlich hat Inara seit gestern dazugelernt.« Er schaut an mir vorbei und zwinkert meiner Freundin zu. So ein Mistkerl.

Dann wird mir klar, dass er Marlon mit keinem Wort erwähnt hat, und meine Schultern spannen sich an.

»Nun. Bei Marlon sah dies leider anders aus. Die Drogen haben ihn wütend gemacht. Sehr. Er ist ausgeflippt, und seine Dunkelheit hat die Hälfte des Rosengartens gefressen.«

Gefressen. Als wäre es ein Tier. »Welken lassen?«

Spencer wedelt mit einer Hand. »Ist dasselbe. Er hatte sich nicht unter Kontrolle. Wäre ein Mensch in der Nähe gewesen, hätte das beträchtlichen Schaden anrichten können. Unsere anderen Kandidaten«, er deutet auf Henri, Nesrin und Evette, »haben hingegen ein wenig mehr gelacht.«

Ich schaue genauer hin und sehe hier und da ein Pflaster. Nichts von Bedeutung.

Natürlich haben sie nur gelacht. Sie sind Menschen, und vermutlich ist es eine Faedroge gewesen. Doch diesen Vorwurf kann ich nicht laut aussprechen, ohne mich lächerlich zu machen. Ich habe absolut keine Beweise.

Spencer wendet sich dem Publikum und den Kameras zu. »Eine spannende vorletzte Runde ist zu Ende gegangen, und, liebe Zuschauer, ich kann Ihnen versprechen, dass das morgige Spiel ein absoluter Höhepunkt wird. Also verpassen Sie bloß nicht einzuschalten!«

Das Publikum klatscht wie verrückt, und ich habe meine Chance vertan, etwas zu sagen, um uns zu verteidigen oder einfach nur *irgendwas* zu tun.

Aber hätten wir überhaupt noch eine Möglichkeit geradezubiegen, was in den letzten zwei Tagen so gründlich schiefgelaufen ist?

Ich blicke in die Gesichter meiner Freunde, und mir wird klar, dass wir nie eine Chance hatten. Nicht mal einen Moment lang. Egal wie toll das Publikum uns fand. Wir waren nie mehr als ein Experiment und eine Kuriosität.

Jetzt bleibt nur noch zu hoffen, dass Ren uns nach der morgigen Prüfung wirklich herausholt.

Er ist unsere letzte Chance.

33. Kapitel

Ren

Sie wird mich hassen. Aus tiefstem Herzen. Doch ich werde ihr in die Augen sehen, sobald sie herausfindet, dass sie nie mehr als eine Schachfigur in einem Spiel war, das bereits jahrhundertealt ist.

Ich werde mich ihrem Hass stellen und mitansehen müssen, wie das, was langsam in ihren Augen zu leuchten begann, wieder verblassen wird.

Weil es das Einzige ist, das ich tun kann.

Weil sie keine Feigheit verdient hat.

Weil sie zerbrechen muss, bevor sie heilen kann.

Weil ich meine Gefühle für sie nicht über das stellen darf, wofür wir seit so langer Zeit kämpfen.

34. Kapitel

Avi

Am nächsten Tag kommt Spencer uns im Haus besuchen. Er trommelt uns zusammen, und wir tun so, als hätten uns vorher keine Stylisten in unseren Zimmern zurechtgemacht.

Er trägt einen schwarz-weiß karierten Anzug, und auch seine Haare sind halb und halb in den Farben gefärbt.

Auf seine Anweisung hin haben wir alle unsere Rosenblüten und Edelsteine mitgebracht, die wir bereits gesammelt haben.

Als wir an den langen Tisch im Essbereich treten, liegen goldene Einfassungen in Form der vierblättrigen Blume auf den einzelnen Plätzen. »Heute werden wir Eure Geschenke für die letzte Runde zusammenfügen. Es fehlt Euch nur noch der Diamant für die Mitte, den Ihr im heutigen Wettkampf erspielen könnt.« Spencer bedeutet uns Platz zu nehmen und setzt sich selbst vor Kopf hin. »Fügt zuerst die Blüten ein, bevor Ihr in dessen Mitte die Edelsteine platziert.«

Ich wechsle einen Blick mit Inara, weil wir uns so etwas in der Art schon gedacht haben. Die Blüten ergeben gemeinsam das Wappen des Königs, von dem wir alle Einzelteile erspielen konnten, bis nur noch die Mitte für das große Finale fehlt.

Vorsichtig klemme ich die goldenen Blätter ein, bevor ich die einzelnen Edelsteine in die vorgesehene Erhöhung drücke. Daraus wird ein handgroßes Schmuckstück, das bei jeder Bewegung funkelt.

»Das bringt Ihr heute zur letzten Prüfung mit, und jeder, der sie besteht, wird vom König persönlich den Diamanten bekommen.«

Nesrins Kopf fährt herum. »Also ist es möglich, dass wir die heutige Prüfung nicht bestehen?«

Spencer nickt etwas übertrieben. »So ist es. Sollten mehrere von Euch weiterkommen, werden die Zuschauer entscheiden, wer von Euch die Sinnesspiele gewinnt und damit seinen größten Wunsch erfüllt bekommt.«

Nesrin lächelt, als hätte sie keinen Zweifel daran, dass sie das ist, während Evette unruhig auf ihrem Platz hin und her rutscht. Henri schaut zu mir und lächelt mir aufmunternd zu. Glaubt er wirklich, er würde gewinnen und mich befreien können?

Offenbar.

Ich muss ihm so schnell wie möglich die Wahrheit sagen, damit er sich selbst retten und zu Ana zurückkehren kann.

Inara, Marlon und ich hingegen bleiben stumm. Wir drei wissen, dass wir keine Chance mehr haben. Das wird der König nicht zulassen. Selbst wenn das Volk es so wollen würde – wir hatten nie die Aussicht auf den Sieg.

Als Spencer uns verlässt, bleiben wir in der Küche, um unsere letzte Mahlzeit zuzubereiten.

Überall stehen Soldaten, mehr als gestern noch, und beobachten jede unserer Bewegungen.

Nesrin ist alleine zum Pool gegangen, während Evette auf dem Sofa sitzt und ein Buch liest. Henri stellt sich zu uns, als wir schweigend kochen.

Er lächelt immer wieder aufmunternd, doch vermutlich weiß er selbst, dass es jetzt nicht klug wäre, allzu große Aufmerksamkeit auf sich zu lenken.

Meine Anspannung steigt mit jeder vergehenden Minute, und ich kriege kaum einen Bissen hinunter. Wie wird Ren uns wohl hier rausbringen? Und wie will er das überhaupt schaffen? Überall sind Soldaten. Vielleicht hat er hier Spione? Das wäre die einzige logische Erklärung.

Als wir schließlich geschminkt und hergerichtet zum letzten Spiel aufbrechen, liegt über uns allen eine bleierne Stille.

Von Ren ist nichts zu sehen. Meine Augen wandern von Soldat zu Soldat, doch sie alle tragen ihre blauen Rüstungen. Keiner von ihnen ist Ren. Und weil wir alle gemeinsam zur Prüfung gehen, gibt es dieses Mal keine Möglichkeit, dass er mich alleine hinbringen kann.

Mein Herz sackt tiefer, und ich versuche meinen zittrigen Atem zu beruhigen. Er muss sicher Vorbereitungen treffen. Er wird uns hier nicht sterben lassen.

Pearl empfängt uns sichtlich nervös und versucht sich ein Lächeln abzuringen, aber es will ihr nicht so richtig gelingen.

»Dieses Mal geht Ihr alle gemeinsam rein«, erklärt sie uns und umklammert ihr Klemmbrett. »Die Prüfung wird sofort stattfinden, und wie Spencer Euch bereits mitgeteilt hat, wird kurz danach der Sieger gekürt.«

Wir nicken alle, als Zeichen, dass wir verstanden haben.

»Gut.« Sie schaut hoch zu dem Lämpchen, das kurz darauf erlischt, und wendet sich noch ein letztes Mal uns zu, bevor sie zur Seite tritt und uns Platz macht. »Viel Erfolg.«

Ich wünschte, ich könnte ihr danken. Doch meine Anspannung ist viel zu groß. Als sich unsere Blicke kreuzen, schenkt sie mir ein trauriges Lächeln. Auch sie weiß, dass wir keine Chance haben und es hier um so viel mehr als nur das Spiel geht.

Als wir in den kariert gefliesten Raum eintreten, sind alle Türen, außer einer einzigen, verschwunden. Spencer steht wieder in der Mitte des Fliesenstrudels, doch dieses Mal sind sechs Stehtische im Halbkreis um ihn herum aufgebaut. Drei Weiße und drei Schwarze, auf denen jeweils fünf Fläschchen stehen.

»Sucht Euch einen Platz aus, werte Kandidaten.« Spencer macht eine große Geste zu den Stehtischen. »Heute erwartet Euch die finale Aufgabe unserer Sinnesspiele.«

Wir platzieren uns hinter den Stehtischen, und ich betrachte die fünf kleinen Fläschchen vor mir.

In zwei von ihnen ist eine durchsichtige Flüssigkeit, die schimmert wie Perlmutt. In den anderen dreien sind die Flüssigkeiten bunter. Pfirsichgelb, Grasgrün und Lavendelfarbe.

»Bisher habt Ihr alle erfolgreich die Sinnesprüfungen bestanden, und jetzt steht Euch noch die des Schmeckens bevor. Sie soll zeigen, wie viel Mut Ihr wahrhaftig besitzt … und wie viel Glück.« Spencer grinst verschmitzt und macht eine theatralische Pause. »Vor Euch stehen fünf Fläschchen. Wenn Ihr Glück habt, erwischt Ihr als Erstes, oder als Zweites das Fläschchen ohne Gift. Wenn Ihr Pech habt, wird es das letzte Fläschchen sein, jedoch habt Ihr bis dahin die beiden Gegengifte aufgebraucht, und damit keine Chance mehr auf einen Sieg.«

Nesrins Kopf ruckt herum. »Soll das etwa heißen, dass der Zufall bestimmt, wer gewinnt?« Sie deutet auf die fünf Fläschchen vor sich, die identisch zu unseren sind. »Wie unfair ist das denn?«

Spencer lacht laut, und dieses Mal bin wenigstens nicht ich diejenige, die dieses fürchterliche Lachen abbekommt. »Dieser Wettbewerb ist nichts als Glück, Können und Mut.«

Inara tritt von einem Bein auf das andere. »Also bedeutet es, dass zwei Fläschchen vergiftet sind und wir zwei Gegengifte haben?«

»Und ihr ein Fläschchen ohne Gift habt«, präzisiert Spencer. »Die beiden durchsichtigen Flüssigkeiten sind das Gegengift. Merkt euch das gut.«

Ich betrachte die Fläschchen erneut und bemerke, dass das Flimmern in den Fläschchen von Henri, Nesrin und Evette anders aussieht. Es ist nicht auffällig, nur so wenig, dass ich es erkenne. Vielleicht, weil meine Sinne sich verändern, nun, da ich meine Faekräfte immer öfter nutze? Keine Ahnung. Es kann auf jeden Fall nichts Gutes bedeuten. »Wer sagt denn, dass nicht alle unsere Fläschchen vergiftet sind?«

Alle starren mich an, und ich zucke mit den Schultern. »Alle Prüfungen waren bisher schwieriger für uns, und wer versichert uns, dass wir dieselben Chancen haben wie die anderen? Geht es dieses Mal wirklich um Glück, darf ihre Prüfung nicht leichter sein als unsere.«

Spencer schürzt die Lippen und schüttelt unzufrieden den Kopf. »Wollt Ihr etwa uns und Eurem König Betrug vorwerfen? So hört sich das nämlich an. Wenn wir sagen, dass Ihr alle die gleichen Chancen habt, ist das auch so.«

Ich presse die Lippen aufeinander und würde ihn am liebsten dazu auffordern, selbst von den Fläschchen zu trinken. Aber ich weiß, dass dies nichts nützen würde. Würde es irgendwen in diesem Reich noch interessieren? Oder geht es allen nur noch um die Spannung in diesem Finale?

»Ihr habt die Wahl.« Sein Blick wird berechnend. »Ihr könnt mitspielen oder sofort aussteigen.«

Wir alle wissen, dass das keine richtige Wahl ist. Wir sind nur hier, weil der König uns die Spiele als einzigen Ausweg vor der sofortigen Hinrichtung gegeben hat.

Ich greife nach einem der Fläschchen und entkorke es. »Na dann, worauf warten wir noch?«

Spencer lacht und klatscht in die Hände. »Also lassen wir die letzte Runde beginnen! Wählt Euren ersten Trank weise.«

Nun greifen auch die anderen Kandidaten nach einem Fläschchen, doch wie auch ich zögern sie beim ersten Schluck. Diese erste Runde wird darüber entscheiden, wer die Sinnesspiele gewinnt. Sie wird offenbaren, ob wir wirklich ein Gegengift bekommen haben oder gleich hier tot auf der Bühne zusammenbrechen.

Ich schaue zu Inara und Marlon, die ebenfalls ihre Wahl getroffen haben, und wir nicken einander zu. Meine Hand zittert leicht, als ich den Kopf in den Nacken lege und die Flüssigkeit meine Kehle hinabrinnt.

Zuerst passiert gar nichts, dann setzt ein Prickeln ein. Es beginnt auf meiner Zunge, wandert weiter meine Speiseröhre hinunter, bis in meinen Magen. Dann folgt ein Stechen, das in meinem Inneren einsetzt und dann über meine Haut jagt.

Einen Moment lang warte ich noch ab, warte, ob ich mir das Gefühl nur einbilde, bevor ich schlagartig keine Luft mehr bekomme.

Ich fasse mir an den Hals, japse und starre zu Inara, der Schaum aus dem Mund läuft. Marlon hält sich mit einem

Brüllen an seinem Stehtisch fest. Gleichzeitig greifen wir nach einem der Gegengifte und stürzen sie herunter.

Eine Sekunde lang durchzieht mich Panik. Was, wenn es nicht funktioniert? Was ist, wenn das hier eine Falle ist?

Dann setzt die Wirkung ein.

Ich atme so tief ich kann durch. Das Prickeln und das Stechen verschwinden. Zurück bleibt nur der Schweiß auf meiner Stirn.

Henri, Nesrin und Evette schauen uns erschrocken an. Natürlich. Keiner von ihnen hat ein Gift geschluckt. *Was für ein Zufall.*

Bitterkeit erfüllt mich, und ich funkle Spencer an, der mit einem erhobenen Mundwinkel lächelt. »Weiter geht's. Oder wollt Ihr aufgeben?«

Meine Finger umfassen das nächste Fläschchen so fest, dass es knirscht. Ich entkorke es und stürze den Inhalt herunter, ohne auch nur einmal den Blickkontakt zu Spencer zu unterbrechen.

Fast augenblicklich verliere ich das Gefühl in meinen Gliedmaßen. Die Welt kippt, ich falle und schlage auf karierten Fliesen auf.

Inara schreit und stürzt zu mir herüber. Sie verabreicht mir das Gegengift, noch während mir schwarz vor Augen wird.

Auch dieses wirkt.

Ich keuche, sitze auf dem Boden und starre Inara an, die mich besorgt mustert. »Alles okay?«

Ich schüttle den Kopf. Nichts ist okay. Der winzige Teil in mir, der gehofft hat, dass wir vielleicht doch noch eine Chance haben könnten, ist gestorben.

Die Sinnesspiele sind vorbei. Zumindest für mich.

Henri keucht, und ich drehe mich zu ihm um, sehe, wie er lila anläuft. Ich springe auf und will zu ihm rennen.

Doch er hat bereits das Gegengift in der Hand, und auch seins wirkt sofort.

Ich stehe mitten im Raum, ihm gegenüber und lächle erleichtert.

Er erwidert das Lächeln, während er nach dem letzten Fläschchen greift und mir zuprostet. Gleichzeitig umfasst er bereits das andere Gegengift.

Ich warte ab, bis er trinkt. Schwarze Pusteln erscheinen auf seiner Haut, und als er das Gegengift nimmt, verschwinden sie wieder.

Mein letztes Fläschchen steht auf dem Tisch. Unschuldig. Pfirsichgelb. Ich könnte es trinken. Ich könnte es allen beweisen. Da drin ist ganz sicher ebenfalls Gift.

Nein. Das Wort ist nur ein Flüstern in meinen dunklen Gedanken, und dennoch zucke ich zurück und schaue zu Inara, die eindringlich den Kopf schüttelt.

Ihre Augen bohren sich in meine, und ich höre ihre vernünftige und pragmatische Stimme in meinem Kopf. *Denk nach, bevor du handelst.*

Ich nicke langsam und mache einen Schritt von dem Tisch zurück. Das Bewusstsein, dass wir verloren und in den letzten Tagen vermutlich niemandem etwas bewiesen haben, brennt in meiner Kehle, genauso wie der bittere Nachgeschmack der Gifte.

Die Runde rauscht an mir vorbei, und ich bekomme am Rande mit, dass auch Nesrin und Evette alle drei Fläschchen trinken können und somit in der Endauswahl für den Sieger sind.

Spencer wendet sich der Kamera zu und macht noch eine

Ansprache darüber, dass die Zuschauer nun für ihren Favoriten abstimmen können. Doch auch das zieht an mir vorbei.

Ich warte nur darauf, dass es endlich endet.

Marlon, Inara und ich sind raus. Aber wir dürfen nicht gehen. Stattdessen müssen wir den anderen auf die Bühne folgen.

Ich hoffe, Ren hat das einberechnet. Ich hoffe, er holt uns schnell hier raus.

Als wir die Bühne betreten, wurde dort bereits der goldene Thron König Arthurs sowie eine schmalere Version davon für seine Tochter, Prinzessin Juliette, aufgestellt.

Und alles ist voll mit Soldaten. Als müsse man nun die maximale Sicherheit für den König bieten, nachdem klar geworden ist, wie gefährlich wir sind. Wie unkontrollierbar.

Wir verneigen uns vor den Monarchen, bevor wir uns rechts und links vor den Thronen aufreihen, sodass das Publikum noch freie Sicht auf sie hat. Meine Schultern sind so starr, dass sie wehtun. Ich spüre die Blicke der Monarchen in meinem Nacken wie Dolchspitzen, spüre das Blut der letzten Tage über meine Haut rennen, spüre die Dunkelheit, die versucht, mich zu retten.

Sie ist direkt in mir, ganz nah unter meiner Oberfläche. Ich muss nur nach ihr greifen.

Mein Blick zuckt umher. Soldaten. Überall Soldaten. Sie würden mich töten, wenn ich auch nur einen falschen Finger rühre.

»Willkommen zur Kürung der Sieger!« Auf Spencers Ruf dreht das Publikum förmlich durch. Der Jubel tost über mich hinweg wie eine Feuerwalze, und ich muss kurz die Augen schließen, um meinen zittrigen Atem zu beruhigen.

Mein Magen gluckst und gluckert, als würde es noch immer

darin gegen das Zeug kämpfen, das sie uns zu trinken gezwungen haben.

Gezwungen.

Dabei hatte ich eine Wahl. Ich hätte es auch sein lassen können. Aber ich wollte es mir und ihm beweisen, wollte beweisen, dass das hier alles nur ein Trick ist. Stattdessen habe ich niemandem etwas bewiesen. Nur mir selbst, dass es ein Fehler war, Fürst Nevan und Ren hierherzubegleiten.

Ren …

Ich bewege mich nicht, während ich versuche, möglichst viel von meiner Umgebung einzusaugen. Doch unter dem Publikum und den unzähligen Soldaten kann ich ihn nicht ausmachen.

»Drei unserer Kandidaten haben es in die Endrunde geschafft und warten nun auf die Ehrung. Überraschenderweise sind alle drei ganz normale Menschen.«

Das Publikum flippt aus. Als wären Henri, Nesrin und Evette der Beweis, dass auch der Mensch einmal über die Fae siegen kann. *Nachtfae.* Eine tote Gattung, die es zu besiegen galt.

Musik wird eingespielt, und die Lichter auf der Bühne flackern.

Mein Herz stockt.

Ist es so weit? Wird Ren uns jetzt rausholen?

»Gleich haben wir das Ergebnis!«

Mein Herz sinkt so tief, dass ich unter seinem Gewicht fast zusammenbreche. Die Hoffnung zerschlägt sich in mir so plötzlich, wie sie gekommen ist. Natürlich. Das hier ist alles Teil der Show.

Pearl kommt von der Seite auf die Bühne. Heute ganz in Blau, mit ihrem Headset und Klemmbrett. In ihrer freien

Hand hält sie einen goldenen Umschlag, den sie Spencer überreicht.

Meine Brust hebt und senkt sich langsam, während ich tief einatme und nach Inaras Hand greife. Sie umschließt meine Finger fest mit ihren, und wir sehen gemeinsam dabei zu, wie Spencer den Umschlag öffnet, einen Blick darauf wirft und zu König Arthur geht.

Dieser nimmt den Zettel an sich und erhebt sich.

Schlagartig wird es still, und das flackernde Licht ebbt ab. Scheinwerfer legen sich auf ihn und die Prinzessin, die ebenfalls aufsteht.

Die Anspannung steigt, und zugleich nehme ich alles nur durch einen Schleier wahr, während ich darauf warte, dass jemand kommt und uns rettet.

»Die diesjährige Siegerin der Sinnesspiele ist«, beginnt der König und macht eine kunstvolle Pause, bevor er mit lauter Stimme fortfährt, »Nesrin Gold!«

Musik setzt ein. Konfetti segelt von der Decke. Nesrin stößt einen Schrei aus und fällt Evette in die Arme, die dies mit einem gequälten Lächeln über sich ergehen lässt. Das Publikum rastet vor Freude aus.

Und wir stehen völlig steif da und warten, was als Nächstes kommt.

»Einen herzlichen Glückwunsch an unsere diesjährige Siegerin aus dem Hause Nevan!«, ruft Spencer, und es dauert noch eine ganze Weile, bevor sich der Lärm gelegt hat. »Wir dürfen natürlich nicht ihren Preis vergessen!«

Das Klatschen wird weniger, und zugleich bricht freudige Unruhe aus.

König Arthur setzt sich, und sofort wird es wieder still. »Nesrin Gold, kommt zu mir und nennt mir Euren Wunsch.«

Nesrin zittert richtig, als sie zu ihm geht, und vermutlich ist das die einzig echte Emotion, die ich jemals bei ihr gesehen habe. All ihr Kalkül fällt von ihr ab, und Freudentränen glitzern in ihren Augen.

Sie knickst erneut vor dem König und hält den Kopf gesenkt, als sie direkt vor ihn tritt.

»Nennt uns Euren Wunsch.«

Nesrin erhebt sich und atmet zittrig durch. »Mein Wunsch war es die ganze Zeit, dass die Welt sicher ist, und das ist er auch jetzt noch.«

König Arthur neigt mit einem amüsierten Schmunzeln auf den Lippen den Kopf. »Nun, dann sagt mir, wie ich die Welt für Euch sicherer machen kann.«

Sie dreht den Kopf, und ihre Augen treffen meine. »Lasst sie festnehmen. Alle drei.«

Das kann nicht ihr Ernst sein.

»So soll es sein«, erwidert der König, und Zufriedenheit lässt seine Züge weich werden, als er sich zurücklehnt und mit einer Handbewegung unser Schicksal besiegelt.

»Was?«, brüllt Marlon, doch da stürmen bereits Soldaten auf die Bühne.

Alles geht so schnell, dass ich kaum reagieren kann.

»Lasst mich los!« Marlon schubst die Soldaten weg und packt Inaras Hand. Dunkelheit flammt auf. Panische Schreie durchziehen die Halle.

Doch bevor Marlon überhaupt angreifen kann, trifft ihn ein Lichtblitz mitten in die Brust.

Er erstarrt. Inara schreit. Blut rinnt aus seinem Mundwinkel. Dann bricht Marlon mitten auf der Bühne zusammen.

Soldaten packen uns und schleifen uns hinter sich her.

Dann sehe ich die Prinzessin, deren Gesicht völlig ausdruckslos ist, während der König seine Zufriedenheit kaum verhehlen kann.

Von Jetzt auf gleich sind wir von Teilnehmern der Sinnesspiele zu Gefangenen geworden.

Und Ren ist nirgends zu sehen.

Oder hat er genau darauf gewartet?

Ich lasse mich abführen, weil ich keine andere Wahl habe, und gleichzeitig zwinge ich mich, nicht die Hoffnung aufzugeben.

Ren wird kommen.

Die gestohlene Krone

35. Kapitel

Avi

Ren kommt nicht.

Nicht, als wir abgeführt werden. Nicht, als wir in einen Kerker gebracht werden. Auch nicht, als meine Finger taub werden, weil ich die Gitterstäbe ganz fest umklammere und nicht aufhören kann, den Gang hinunterzuschauen.

»Es wird uns niemand retten.« Marlon spuckt Blut auf den Boden der Zelle. Sein Gesicht beginnt anzuschwellen, so fest haben die Soldaten auf ihn eingeschlagen, als er beim Abführen aufgewacht ist und sich erneut gewehrt hat. Er sieht grässlich aus, doch in seinen Augen liegt Klarheit. »Wir hätten uns nicht in diese verdammte Stadt abführen lassen, sondern den Fürsten und seinen Soldaten einfach vor den Toren abladen und abhauen sollen.«

Inara sagt nichts dazu, sondern steht schweigend neben ihm an den Gitterstäben gelehnt und hat die Arme vor der Brust verschränkt. Wir sind nicht in derselben Zelle, jedoch hat man uns direkt nebeneinander eingesperrt.

»Wir werden einen Weg finden«, widerspreche ich Marlon und klammere mich weiter an dieses kleine bisschen Hoffnung in meiner Brust. Ich drehe meinen Kopf wieder den Gang hinunter, an dem Soldaten stehen und uns genau beobachten, weshalb ich nicht wage, Rens Namen laut auszusprechen. »Irgendwie.«

Weder Marlon noch Inara sagen ein Wort, und als ich mich zu ihnen umdrehe, liegt da Mitleid in ihren Zügen. Sie glauben nicht daran, dass Ren uns retten wird. Aber sie wissen nichts über ihn. Nicht, dass etwas Gutes in ihm steckt, auch wenn er es vor der ganzen Welt verbergen will.

Ich stocke, als mir klar wird, dass auch ich so gut wie nichts über ihn weiß. Eigentlich weiß ich nur, dass es mir schwerfällt, in seiner Nähe die Kontrolle über meine Dunkelheit zu behalten und dass sich alles weniger schlimm anfühlt, wenn ich bei ihm bin.

Meine Kehle wird eng, und ich schlucke, weil ich mir mit einem Mal so töricht vorkomme. Doch ich will nicht aufgeben. Nicht, solange noch Hoffnung besteht.

Irgendwann kribbeln meine Hände, und ich muss die Gitterstäbe loslassen. Dann schmerzen meine Beine. Es dauert Stunden, bis ich mich zwinge, mich zu setzen, weil ich sonst gefallen wäre. Mein Magen knurrt wütend, weil ich schon so lange nichts mehr gegessen habe. Doch irgendwann hört auch das auf.

Meine Arme um die Beine geschlungen, sitze ich da und starre vor mich hin.

Ren wird kommen.

Er muss kommen.

Er hat es gesagt.

Doch vielleicht war das gelogen. Aber wieso sollte er lügen? Ren lügt nicht.

Mein Hals wird eng. Ren hat mich bereits belogen. Als er behauptete, wir wären nur ein Begleitschutz, und sie uns zu ihrem Pfand gemacht haben.

Plötzlich höre ich Schritte. Sofort springe ich auf und wanke leicht, weil mir schwindelig wird. Fest umklammere ich einen Gitterstab und drücke mich dagegen, um besser sehen zu können, wer da kommt.

Mein Atem stockt, als ich Henri entdecke, der von Soldaten begleitet wird. »Was machst du hier?«

Er wird schneller, bevor er direkt vor mir anhält und meine Hände umfasst, mit denen ich mich an den Gitterstäben festklammere. »Aviana.« Seine Augen gleiten sorgenvoll über mein Gesicht, dann über meinen Körper. »Es tut mir so leid.«

»Das muss es nicht«, hauche ich und dränge mich an die Gitterstäbe, näher an ihn. Jetzt oder nie. Das wird meine letzte Chance sein, ihm die Wahrheit zu sagen und Ana zu helfen. »Ich muss dir etwas sagen.«

»Was?« Er kommt mir so nahe, dass ich seinen Atem auf meiner Haut spüre. Unruhig kommen die Soldaten näher.

»Ich bin Avi. Ana ist noch in unserem Fürstentum.« Ich beiße mir auf die Unterlippe und warte auf seine Reaktion. Auf sein Verstehen.

Er stockt, blinzelt und runzelt dann die Stirn.

Doch zugleich … versucht er überrascht zu wirken? Aber er ist es nicht.

Mir wird eiskalt.

Die Soldaten reißen ihn zurück.

»Du hast es gewusst«, hauche ich, und mein Mund öffnet sich vor Entsetzen. »Du hast es gewusst!«

Seine Lippen pressen sich aufeinander, und er wird zurückgestoßen.

»Das reicht!«, ruft einer der Soldaten und zerrt ihn wieder den Gang zurück.

»Wieso hast du es gewusst?« Ich schreie. Einer der Soldaten schlägt so fest gegen die Gitterstäbe, dass es klingt, als würde der Kerker zusammenbrechen. Ich zucke zurück und presse die Hände auf die Ohren, während ich nicht aufhören kann, Henri hinterherzuschauen, der mir einen letzten, undeutbaren Blick zuwirft, bevor er verschwindet.

Er hat es gewusst.

Er hat es die ganze Zeit gewusst.

Aber wieso hat er nichts gesagt?

Wieso … Wieso hat er dieses Spiel gespielt?

Mein Atem geht laut und abgehackt. Meine Hände zittern. Mein Herz explodiert.

Wieso hat er es gewusst?

Dunkelheit zerrt an mir, und ich merke zu spät, dass ich die Kontrolle verliere. Erst, als Inara einen Schrei ausstößt und eine Kugel aus Licht meinen Kopf trifft.

Ich falle.

Ich lande auf Stein.

Blut.

Überall Blut.

Meine Augen flattern.

Meine Finger graben sich in kalten Stein.

Henri hat gewusst, dass Ana und ich zwei verschiedene Personen sind.

Wieso hat er nichts gesagt?

***

Als ich erwache, ist mir kalt und ich zittere. Das Blut auf meiner Stirn ist getrocknet. Das auf dem Boden ebenfalls. Zurück bleiben bohrende Kopfschmerzen.

Henri hat es gewusst.

Ich richte mich so schnell auf, dass mir schwindelig wird.

Wie kann er es gewusst haben?

»Was ist los?« Inara betrachtet mich besorgt.

Mein Blick fliegt zu den Soldaten, und ich senke die Stimme, während ich zu ihr gehe und mich an die Gitterstäbe zu ihrer Zelle drücke, damit sie mich bloß nicht hören. »Henri wusste, dass ich ein Zwilling bin. Dass ich nicht meine Schwester bin.«

Inaras Augen weiten sich. »Was? Wie?«

»Ich weiß es nicht«, flüstere ich, und meine Kehle ist so eng, dass ich kaum Luft bekomme. Ich weiß es wirklich nicht.

Plötzlich erhellt sich der Flur des Kerkers. Schritte kommen näher, und mein Herz pocht fest gegen meine Rippen. Ren?

Nein. Es ist nicht Ren, der kommt. Es ist ein Fremder. Er bleibt vor unseren Zellen stehen, drückt sich aber gegen die gegenüberliegende Wand, während er uns mit Faszination betrachtet.

»Was soll das?«, knurrt Marlon und macht einen drohenden Schritt auf die Gitterstäbe zu.

Gleichzeitig heben mehrere Soldaten ihre Hände und erzeugen Energiekugeln aus Licht. Marlon knurrt erneut, bleibt aber stehen.

»Faszinierend«, murmelt der Fremde, und erst jetzt bemerke ich seine feine, ziemlich teuer aussehende Kleidung.

Er dreht sich um und drückt einem der Soldaten Geldscheine in die Hand. »Danke.«

Mein Mund öffnet sich vor Entsetzen, während ich zusehe,

wie er wieder verschwindet. Hat er gerade dafür bezahlt, uns beobachten zu dürfen?

***

Es kommen immer öfter Leute, die uns begutachten wollen. Hin und wieder Fürsten, manchmal aber offenbar auch irgendwelche reichen Schnösel, die dafür bezahlen, uns angaffen zu dürfen.

Am Anfang machte mich dies noch wütend, doch nach Tagen ohne Essen und nur wenigen Schlucken zu trinken wird mir alles egal.

Marlon und Inara geht es ähnlich, und irgendwann können wir uns nur noch davor retten, komplett durchzudrehen, indem wir uns unterhalten. Über unsere vorherigen Leben, die sich weit weg anfühlen. Über unsere Zukunftswünsche, die nichts mehr wert sind. Über Rachepläne, die wir niemals würden ausführen können.

Die Gitterstäbe rechts von mir bohren sich in meine Seite. Wie so oft in den letzten Tagen erhellt ein Licht den Kerker, und ich blinzle erschöpft dagegen an. Ein weiterer unerwünschter Gast.

Doch die Schritte klingen anders, irgendwie entschlossener. Die Reichen, die noch nie hier gewesen sind, gehen langsamer angesichts des Elends hier unten. Sie nehmen sich Zeit, schauen sich um und saugen alles in sich auf.

Doch in diesen Schritten steckt kein Zögern.

Deshalb zwinge ich mich, hinzusehen und mich nicht abzuwenden, wie ich es bei all den Schaulustigen getan habe. Obwohl ich kaum Kraft habe, halte ich den Kopf erhoben, als wäre es eine Kriegserklärung, auch wenn ich weiß, dass ich nicht mehr gewinnen kann.

Die Schritte kommen näher, und ein kleiner Teil von mir hofft plötzlich, es könnte Ren sein. Gleichzeitig schelte ich mich dafür. Er wird nicht mehr kommen. Niemand wird kommen und uns retten.

Ich neige den Kopf, um besser zwischen den Gitterstäben hindurchsehen zu können, und mir entfährt ein erstickter Laut, als ich erkenne, wer da kommt.

»Fürst Nevan.« Marlons Stimme ist ein Grollen, eine Versprechung auf bittere Rache, sollte man ihn jemals freilassen.

Ich höre Inaras tiefes Durchatmen, als würde sie sich für einen Kampf wappnen, und weiß nicht, was ich empfinden soll.

In mir glimmt Wut, weil er uns in eine Falle gelockt hat und jetzt einfach verrotten lässt.

Aber da ist auch ein Funken Hoffnung, weil er nun hier ist.

Hinter ihm sind Soldaten in blauer Uniform, die die aktuellen Wachen ablösen. Alles geht reibungslos vonstatten, genauso wie die letzten Tage. Fürst Nevan schenkt ihnen nicht mal einen zweiten Blick, als er sich vor unsere Zellen stellt. Sein wacher Blick fliegt über uns hinweg. Wir tragen noch immer die Sachen des letzten Spiels, pompös und lächerlich schick in dieser Umgebung. Er selbst ist wie immer in einen schwarzen Mantel mit goldenen Verzierungen gekleidet. Doch etwas an ihm ist anders. Er presst kurz die Zähne zusammen und schluckt sichtlich, bevor er sich wieder fängt und diesen Hauch von Emotion aus seinem Gesicht wischt. »Ihr müsst mir jetzt genau zuhören.«

»Wir müssen gar nichts«, erwidert Marlon und schafft es, sich zu erheben, doch wankt er zugleich bedrohlich. »Ihr habt uns hergebracht und dem König zum Fraß vorgeworfen, und jetzt sollen wir auch noch Befehle befolgen?«

Fürst Nevan nickt langsam und wendet sich den Soldaten zu. »Bringt ihnen etwas zu essen.«

»Wir haben andere Befehle«, erwidert einer von ihnen, und keiner rührt sich von der Stelle.

»Dann werden sie tot umfallen, bevor König Arthur irgendwas Medienwirksames mit ihnen anstellen kann.«

Der Soldat zögert.

»Sprich mit Soldat Alden«, schlägt ihm der zweite Soldat vor und nickt in Richtung Zellen. »Wir kommen so lange klar. Nicht, dass sie tatsächlich in unserer Schicht sterben.«

Er zögert noch ein wenig länger, bevor er sich einen Ruck gibt und den Gang entlangeilt.

»Was soll der Unsinn?« Marlon muss sich an den Gitterstäben festhalten, als er es endlich geschafft hat, dort anzukommen. »Glaubt Ihr, mit dieser mitleidigen Geste werdet Ihr unser Vertrauen zurückerlangen?«

Fürst Nevan verzieht den Mund und zuckt mit den Schultern in einer für ihn typisch lässigen Geste. »Ich kann es zumindest versuchen.« Er wendet sich Inara und mir zu. »Ich benötige Eure Hilfe.«

Marlon spuckt auf den Boden, was wohl seine Antwort darauf ist.

Der Fürst seufzt, und mit einem Mal flackert Unsicherheit über seine Züge, während er den Gang hinunterblickt, in dem der Soldat verschwunden ist. »Wir wollen uns an dem König rächen, und dafür brauchen wir Euch.«

Sofort zuckt mein Blick zu dem verbliebenen Soldaten hinter ihm, der sich jedoch nicht rührt. Als hätte er es gewusst und würde absichtlich weghören. *Deshalb haben sie den anderen Soldaten weggeschickt.*

»Ich denke, wir haben genug getan.« Meine Stimme ist rau, und ich räuspere mich, habe aber nicht genug Kraft, um wie Marlon aufzustehen. »Wir haben getan, was Ihr verlangt habt. Seht doch nur, wohin es uns gebracht hat.« Mein Arm zittert, als ich eine Geste durch meine Zelle mache.

»Sie hat recht«, stimmt Inara mir zu und hustet leise. »Wir sind niemandem etwas schuldig.«

»Die Dinge haben sich nicht verändert. Ich hätte keinen von Euch geopfert. Ich wollte Euch sicher zu Euren Familien bringen.« Er zögert, und Bedauern flackert in seinen Augen.

Etwas Schweres legt sich auf meine Brust, und meine Fassade aus uninteressierter Härte bröckelt. »Ihr wolltet?«

»Die Soldaten des Königs haben sie gefunden.« Er zögert. »Es tut mir leid.«

Seine Worte dringen zu mir herüber, und doch ist es, als wäre eine Wand zwischen uns, als könnte ich sie nicht greifen, als würden sie wie Rauch im Wind verpuffen. »Was?«

»Nein!« Inaras Schrei hallt durch den Kerker und dringt mir bis ins Herz. Er klingt wie ein Dolch, der durch die Luft saust und mich mitten in die Brust trifft. »Nein«, keucht sie erneut und schlägt sich die Hand vor den Mund, während Tränen über ihr Gesicht laufen.

Inara, die sonst immer so beherrscht ist, die Klügste von uns allen, sieht aus, als würde sie zerbrechen.

Und ich? Ich fühle nichts. Nur Kälte und Taubheit, die alles in mir verdrängt.

Er lügt.

Seine Worte müssen einfach eine Lüge sein. »Wie?« Das Wort geht in Inaras Schluchzen unter, und ich wiederhole es, während ich mich zwinge, aufzustehen und auf den Fürsten zuzugehen. »Wie?«

Fürst Nevan presst seine Lippen zusammen, und das Bedauern in seinen Augen schneidet mir ins Fleisch und lässt mich blutend zurück. »Es war ein Überfall. Alles ging sehr schnell.«

Schreckensbilder von angreifenden Fae tauchen vor meinen Augen auf. Von Feuer und Schreien. Von Tod und Blut. »Meine Nana …«

Er senkt den Blick, als könne er meinen Fragen nicht mehr standhalten. Dann schüttelt er den Kopf. »Sie waren alle dort.«

Ich trete an die Gitterstäbe, direkt vor ihn, und klammere mich an ihnen fest. Meine Beine zittern, und die Taubheit weitet sich aus, bis sie mein Herz trifft. »Der König …«

»Seine Soldaten«, bestätigt er meine unausgesprochene Frage.

Der König hat dies veranlasst. Er hat sie getötet. Nana und … Ich kann nicht einmal ihren Namen denken.

Mein Atem geht schneller, und der Schmerz umklammert mein Herz wie eine Eisenfaust. »Wie lautet der Plan?«

»Ihr müsst mir vertrauen.« Seine Worte sind eindringlich, und ich erinnere mich daran, was er sagte, als er uns darum bat, bei den Sinnesspielen mitzumachen. Wir sind Bürger seines Reiches, und es ist ungerecht, jene zu bestrafen, die nichts für ihre Geburt können. Er sagte damals, dass es Zeit sei, etwas zu verändern, und wenn das unser Preis für die Veränderung ist, werde ich bereit sein, ihn zu zahlen.

Ich nicke und zögere nicht einmal mehr. »Jemand muss den König aufhalten. Er soll dafür bezahlen.«

Die Augen des Fürsten treffen meine, und in ihnen liegt pure Macht. Sie ist so hell wie Sonnenlicht und so stark, dass sie meine Dunkelheit zischen lässt. »Wie weit seid Ihr bereit zu gehen?«

»Ich würde alles tun«, flüstere ich und höre, wie Schritte sich nähern. Der Soldat kehrt zurück.

»Selbst sterben?«

Ich nicke, und wieder liegt kein Zögern darin, kein Nachdenken. Nur das kurze Gefühl von Macht, kurz bevor ich den Boden unter den Füßen verlieren werde.

Meine Sicht verschwimmt, und ich presse fest die Lider zusammen.

»Ich bin dabei«, stößt Inara aus.

Marlon knurrt. »Ich hatte sowieso nicht mehr erwartet, in was anderem als in einem Leichensack hier rauszukommen.«

Der Fürst nickt kaum merklich und tritt von den Zellen zurück, als der Soldat im selben Moment mit drei Scheiben Brot und drei Bechern mit Wasser zurückkehrt. »Das sollte reichen.«

Als er Marlon und mich an den Stäben sieht, stockt er kurz, bevor sein Ton zu einem Bellen wird. »Sofort zurück!«

Ich spüre meine Beine kaum, als sie mich zur Mitte der Zelle tragen und ich dort zusammensinke.

Ana …

Ein tiefes, dunkles Schluchzen entfährt mir. Es fühlt sich an, als würde jemand jegliches Licht aus mir heraussaugen. Als würde die Welt um mich herum zusammenschrumpfen und mich erdrücken.

Ich kann nicht mehr atmen.

Ana …

Meine Kehle wird eng. Ich greife mir an den Hals, aber es gibt keine Luft.

Ana …

Um mich herum wallt Dunkelheit auf. Unüberwindbar. Nachtschwarz. Tröstlich.

Jemand brüllt etwas.

Ana …

Ein Blitz aus Licht und Hitze trifft mich und wirft mich zur Seite.

Ich knalle gegen den kalten Boden. Hinter meiner Stirn explodiert Schmerz.

Ana …

36. Kapitel

Avi

Ein Schwall eiskalten Wassers reißt mich aus dem Schlaf. Ich schlucke, spucke und würge, halb in meinem Albtraum, halb wach. Meine Finger graben sich in den eiskalten Steinboden unter mir. Meine Nägel splittern.

»Aufstehen!« Der Befehl peitscht durch die Zellen. Ich hebe den Kopf. Vor meiner Zelle steht ein Soldat.

Inara und Marlon liegen bereits in Ketten, die Arme nah beim Körper und alle Muskeln angespannt.

Inaras Augen sind verquollen und rot.

Ana …

Der Schmerz droht mich zu überrollen, doch ich lasse ihn nicht zu. Stattdessen ist da nur Taubheit.

»Steht endlich auf!«

Ich beiße die Zähne zusammen und erhebe mich schwerfällig. Ein Stück Brot liegt mitten in meiner Zelle, als hätte es jemand einfach hineingeworfen.

Ich greife danach und beiße hinein. Es ist alt und trocken,

und in meinem Mund kribbelt es, als es den Geschmack von ungeputzten Zähnen und Staub verdrängt. Ich schiebe mir das ganze Brot in den Mund und gehe langsam weiter. Meine Beine zittern. Meine Kehle ist trocken. Als ich mich umsehe, entdecke ich den Wasserbecher dort, wo ich gerade gelegen habe. Das hat der Soldat also nach mir geworfen.

Ich kaue und schlucke. Dann drücke ich fest meine Zunge gegen meinen Gaumen und hoffe auf wenigstens ein bisschen Speichel. Es hilft jedoch nur wenig.

Mein Magen gluckert, verlangt nach mehr, und zugleich fühlt es sich an, als wäre es zu viel gewesen.

Der Soldat öffnet die Zellentür, und als ich in seine Nähe komme, packt er meinen Arm und zerrt mich raus.

Ich protestiere nicht. In mir ist nur noch Leere. Mein Blick trifft Inaras blutunterlaufene Augen, und ein Teil von mir fühlt ihren Schmerz, während der andere, stärke Teil mich dazu bringt, mich von ihr abzuwenden.

Mir werden Handschellen angelegt. Dann Fußfesseln. Ein anderer Soldat hält Eisenketten bereit, und erst als er sie an meinen Fesseln anlegt, begreife ich. Wir werden aneinandergekettet.

Meine Dunkelheit kratzt an der Oberfläche, bittet darum, ausbrechen zu dürfen, doch ich halte sie zurück. Nicht jetzt. Fürst Nevan versprach uns Rache, und die will ich haben.

Marlon und Inara sind vor mir, als wir im Gleichschritt losmarschieren. Der Weg scheint unendlich, und wir sind immer nur eine weitere Treppenstufe davon entfernt zusammenzubrechen.

Jetzt ist es so weit. Der König wird uns hinrichten lassen, und wir werden es zulassen. Um unserer Rache willen. Ich kann nur hoffen, dass Fürst Nevan nicht gelogen hat.

Mein Magen rebelliert, und mir wird schlecht. Das Brot drückt nach oben, und ich befürchte, mich gleich übergeben zu müssen.

Stattdessen gehe ich weiter und halte den Kopf erhoben.

Ich werde meine Familie rächen. Selbst wenn es nur diesen einen Weg gibt.

Je weiter wir gehen, umso mehr Soldaten stehen an den Wänden und beobachten uns.

Und dann landen wir in einem breiten Flur. Pearl steht mit ihrem Klemmbrett und heute in gelben Klamotten vor einer Tür, über der eine rote Lampe leuchtet. Doch ihr Gesicht ist uns zugewandt.

Ihre Augen weiten sich vor Entsetzen, ihr Mund öffnet sich, und einen Moment lang sieht es so aus, als würde ihre Unterlippe beben.

Ihr Mitleid trifft mich wie ein Hammerschlag, mitten in die Brust und ist so schmerzvoll, dass ich leise keuche. Die Taubheit verpufft, und einen Moment lang spüre ich all den Schmerz, den ich zu verdrängen versuche. Ich strauchle. Die Ketten ziehen sich stramm und klirren, als Inara und Marlon wegen mir ruckartig stehen bleiben müssen.

»Geht wieder«, murmle ich und senke den Blick, als die Soldaten sich anspannen und einen Schritt auf uns zu machen.

»Entspannt Euch!«, ruft Pearl dazwischen und kommt auf uns zu. »Sie liegen doch schon in Ketten.«

Ich werfe ihr einen warnenden Blick zu, denn sie soll sich bloß nicht einmischen.

Pearl presst ihre Lippen zusammen. Dann nickt sie langsam und wendet sich der Lampe über der Tür zu. »Ihr müsst gleich raus.«

Wir erwidern nichts. Was sollen wir auch? Sie werden unsere Hinrichtung zu einer Show machen.

Meine Beine tun weh. Ich habe schrecklichen Durst, und die Fesseln reiben schmerzhaft über meine Haut, die sich jetzt schon wund anfühlt.

Dann erlischt das rote Licht. Soldaten flankieren uns, während Pearl die Tür öffnet und wir hindurchgehen.

Sie sieht jedem von uns in die Augen, und ich spüre ihr Mitgefühl bis in meine Knochen. Sie weiß, was jetzt kommt.

Hinter der Tür befindet sich eine Bühne. Darauf sind mehrere Bänke und eine Kanzel aufgebaut. Es sieht aus wie …

»Werden wir jetzt etwa vor Gericht gestellt?«, fragt Inara leise und wendet sich demonstrativ von der Zuschauermenge ab, die sich zu unserer Linken auftut. Wir sind unter freiem Himmel. Zwar zwischen Hochhäusern, die alle Sonnenstrahlen verschlucken, aber dennoch sauge ich gierig die Luft ein, die trotz ihres eigentümlichen Geruchs frischer ist als die im Kerker.

Die Stimmen der Zuschauer sind laut und überlagern einander wie ein tosender Sturm. Überall sind Kameras und noch mehr Soldaten.

Wir werden zu einer Bank gedrängt, daraufgedrückt, und ich spüre, wie die Soldaten sich dicht hinter uns aufstellen. Vermutlich, um zu demonstrieren, dass sie alles im Griff haben. Ich schnaube. Wenn wir wollten, könnten wir diese Bühne zerstören, bevor sie uns auch nur ein Haar krümmen. Und doch bleiben wir alle still sitzen.

Mein Blick fliegt über die Hochhäuser, die sich auftürmen wie Berge aus Stahl und Glas. Es ist erstaunlich, wie hier eine für uns längst vergessene Welt einfach weitergemacht hat.

Ana hätte … Ich presse meine Lippen zusammen und verbiete mir den Gedanken an sie, verbiete mir, die Kontrolle zu verlieren.

»Willkommen, liebes Volk von Alteuropa!« Spencers Stimme hallt durch die Lautsprecher über den Platz, und sofort setzt Jubel ein.

Er kommt von der anderen Seite auf die Bühne gejoggt und trägt einen weiß glitzernden Overall und dazu passend weiße, zur Seite gestylte Haare. Seine Lippen glänzen, und er lächelt wie immer unnatürlich breit. »Willkommen zu dem vermutlich spannendsten Gerichtsurteil unserer Geschichte! Hier sind unsere drei Angeklagten!« Er wendet sich zum ersten Mal in unsere Richtung und deutet überflüssigerweise zu uns. »Aviana Bloom! Inara Reader! Marlon Destroyer! Alle angeklagt aufgrund ihrer Existenz als Nachtfae!«

Die Menge jubelt, und ich schließe die Augen, weil es sich so fürchterlich anhört, wie sie unseren Untergang anfeuern.

»Und jetzt begrüßen wir unsere werten Fürsten!« Musik ertönt plötzlich so laut, dass ich zusammenzucke. Dann treten die Fürsten nacheinander ein und nehmen auf der langen Bank gegenüber Platz. Ihre Mienen sind so unterschiedlich wie jeder von ihnen. Verschlossen. Fröhlich. Ernst. Gelangweilt. Interessiert.

»Sie werden gemeinsam mit unserem König die Entscheidung treffen, auf die wir alle schon seit über einer Woche warten!«

Fürst Nevan sitzt locker auf seinem Platz und unterhält sich leise und scheinbar abgelenkt mit einem der anderen Fürsten. Als wäre das hier alles nichts weiter als eine lästige Pflicht.

Fanfaren erklingen, und die Soldaten schubsen uns in den Rücken und zwingen uns zum Aufstehen. Auch die Fürsten erheben sich, und unter tosendem Applaus tritt König Arthur mit Prinzessin Juliette auf die Bühne. Während er sich hinter der Kanzel aufstellt, setzt sie sich auf einen weiteren Thron zu seiner Linken und betrachtet uns eingehend. Als ihr Blick mich streift, pocht die verblasste Stelle unseres Schwurs auf meinem Handrücken erwartungsvoll, doch es passiert nichts.

Der König lächelt angesichts seines Empfangs und hebt die ringbesetzten Hände, woraufhin der Lärm schlagartig erstirbt. »Mein wertes Volk! Es ist mir eine Freude, Euch an diesem strahlenden Tag begrüßen zu dürfen!«

Wieder folgt Beifall, den der König mit einem Lächeln in sich aufsaugt. Als wären wir bei einer Show. *Als ginge es hier nicht um unser Leben.*

»Wir werden heute das Urteil über die Nachtfae sprechen, die sich unerlaubterweise in unserem Königreich aufgehalten und damit die Sicherheit unseres Volkes in Gefahr gebracht haben.«

Ich will schreien, weil es so verflucht ungerecht ist. Stattdessen bleibe ich völlig starr stehen, bis ein Soldat seine Hand auf meine Schulter legt und mich runterdrückt.

Mein Blick fliegt fahrig umher, immer auf der Suche nach einer bestimmten Person. Doch er ist nirgends zu sehen. Mir entfährt ein leiser Seufzer, weil mit einem Mal jegliche Hoffnung erlischt. Zugleich wallt Sorge in mir auf. Ich habe ihn seit Tagen nicht mehr gesehen. Was ist, wenn ihm etwas passiert ist? Was ist, wenn er uns deshalb gar nicht retten konnte? Panik schnürt mir plötzlich die Kehle zu.

Ich fixiere Fürst Nevan, doch er ist zu sehr in seine Unterhaltung vertieft.

Der Blick des Königs trifft mit voller Härte auf uns. »Ihr drei seid angeklagt, den Gesetzen Alteuropas zuwiderzuhandeln. Auf Eure Existenz steht der Tod, und im Grunde gibt es da gar nichts mehr zu debattieren. Ihr werdet hingerichtet, so wie unsere Gesetze und das Volk es verlangen. Ihr seid eine Gefahr für unsere neue Welt und ein Beweis dafür, dass wir in aller Härte durchgreifen müssen, wenn wir unsere Sicherheit weiter gewährleisten wollen.«

Es ist vollkommen still um uns herum, und ich wage kaum zu atmen, als sich der König den Fürsten zuwendet. Sie alle sitzen auf ihren Plätzen, und obwohl sie Überlegenheit und vermeintliche Ruhe ausstrahlen wollen, sehe ich die Anspannung in ihnen.

»Fürst Nevan, Ihr seid es, den wir heute vor Gericht stellen. Obwohl Ihr mir weismachen wolltet, diese drei wären nur ein Experiment, kann ich solch einen Ungehorsam in meinem Königreich nicht dulden.«

Fürst Nevan verzieht keine Miene und behält seine lässige Haltung bei, als wäre der König nicht kurz davor, auch ihm ein Todesurteil auszusprechen.

»Tretet vor und verteidigt Euch«, befiehlt König Arthur mit dunkler Stimme, und ich fühle, wie seine Macht über uns hinwegfegt. Der Energieschub ist so stark, dass ich zusammenzucke und sich die Bäume auf dem Platz aufrichten.

Fürst Nevan neigt den Kopf zur Seite, als würde er darüber nachdenken, sich dieser Forderung zu widersetzen. Schließlich erhebt er sich und geht mit gefährlicher Ruhe auf die Kanzel zu. Ein halbes Lächeln liegt auf seinen Lippen. Seine Haltung ist entspannt, mit dem Gewicht auf einem Bein, das andere ein wenig ausgestreckt, die Hände liegen locker auf seinen Hüftknochen. Es ist eine herausfordernde Pose, die uns alle den Atem anhalten lässt. »Habe ich denn eine Chance, mich zu verteidigen, oder ist mein Todesurteil bereits gefällt, mein König?« Die letzten Worte klingen wie blanker Hohn.

König Arthurs Augenbrauen ziehen sich zusammen, und seine Lippen werden zu einer schmalen Linie. »Habt Ihr, oder habt Ihr nicht wissentlich die Regeln Alteuropas gebrochen und Nachtfae in Eurem Haus leben lassen?«

»Ich habe Unschuldige verschont und mir ihre Entwicklung angeschaut«, erwidert er, und seine Oberlippe kräuselt sich. »Nicht ein Einziger von ihnen hat sich einer Straftat aufgrund seiner oder ihrer Kräfte schuldig gemacht. Deshalb gab es keinen Grund für mich, sie zu bestrafen.«

»Wie viele dieser Nachtfae habt Ihr im Laufe der letzten Jahrhunderte versteckt?«, fragt der König, und sein Gesicht verschließt sich. Er wird nicht auf Fürst Nevans Sticheleien eingehen. Er will Fürst Nevan festnageln.

»Habt Ihr etwa Angst, ich könnte eine Armee aufgebaut haben?«

König Arthurs Oberlippe zuckt, worauf Fürst Nevan lacht. »Das ist Eure wahre Sorge, nicht? Dass der Feind sich neu formatieren könnte und Euch unterwandert? Diese Angst geht so weit, dass Ihr lieber Unschuldige opfert und uns Fürsten zu Euren Henkern macht. Soll ich Euch etwas gestehen?« Der Fürst neigt den Kopf leicht, als wolle er dem König ein Geheimnis erzählen.

Der gesamte Platz ist still, und es scheint, als würden alle den Atem anhalten und jedes Wort einsaugen.

Ich werfe einen beunruhigten Blick zu Inara, die ihre Lippen zu einem grimmigen Lächeln zusammengepresst hat. Was auch immer hier vorgeht, sie scheint etwas zu ahnen oder aber ihr gefällt die Entwicklung sehr.

Marlon hat sich vorgebeugt, als könne er nicht erwarten, was als Nächstes passiert.

Und in mir zieht sich die Anspannung derart fest zusammen, dass ich nicht weiß, wohin mit mir. Ich will ihn anfeuern und zugleich wissen, was genau sein Plan ist und wieso er den König derart provoziert.

»Ich habe entschieden, dass in meinem Fürstentum keine Unschuldigen mehr getötet werden sollen.«

Der König kneift seine Augen mit einem gefährlichen Blitzen zusammen. »Wer gibt Euch das Recht, solch eine Entscheidung zu treffen? Denkt Ihr etwa, Ihr könntet ohne die Königsstadt und die Zugänge zu all den wichtigen Ressourcen aus den anderen Fürstentümern überleben?« Er schnaubt spöttisch, und trotz der Ruhe, die er ausstrahlen will, umfasst er die Ränder der Kanzel fester. »Euer Haus wird untergehen und sterben, selbst wenn Ihr es irgendwie schaffen solltet, Euch von uns allen loszusagen. Denkt Ihr etwa, wir wissen nichts von dem Fieber, das bei Euch grassiert? Ist es diese Art von Fürst, der Ihr sein wollt? Einer von denen, die seine Leute sterben lassen, nur weil er glaubt, besser zu sein als alte Regeln?«

»Oh nein«, winkt Fürst Nevan noch immer gelassen ab und lächelt schief. »Wir haben natürlich die letzten Wochen genutzt, um uns mit allen Pflanzen einzudecken, die wir brauchen, um die Medikamente selbst herzustellen. Das Haus Nevan kann autonom existieren, und das wird es auch. Ohne dieses Regime, das uns zwingen will, Unschuldige zu töten und aus Angst an etwas festzuhalten, das einer fanatischen Idee entsprang.«

Unruhe bricht unter den Zuschauern aus, und auch die anderen Fürsten schauen einander an, als hätten sie keine Ahnung, was das hier werden soll.

»Das ist Verrat«, erwidert der König kalt.

»Nein«, antwortet Fürst Nevan langsam. »Wisst Ihr, was Verrat ist?« Sein sorgloses Lächeln verschwindet. »Verrat ist, wenn einem Nachtfae-Prinzen die Krone aufgesetzt werden soll und ein machthungriger Fae einen Krieg anzettelt, um sich diese Krone unter den Nagel zu reißen. Verrat ist, wenn man tausende tötet, nur um sich selbst auf den Thron setzen zu können. Verrat ist das, was Ihr getan habt, als Ihr Kronprinz Aleksander Kadar sowie seine gesamte Familie habt festnehmen und hinrichten lassen, nur um Euren idealistischen Traum eines vereinten Alteuropas wahr werden zu lassen.«

»Dem ist eine ganze Menge vorangegangen, und soweit ich mich erinnere, seid Ihr einer von jenen Soldaten gewesen, die bei der Festnahme ganz vorne dabei gewesen seid. Weil Ihr damals noch *für* diese Sache gekämpft habt. Seite an Seite mit den anderen. Ist es nicht heuchlerisch von Euch, mich nun als Mörder darzustellen? Als Verräter?« Spott umspielt die Mundwinkel des Königs, während Zorn in seinen Augen lodert.

»Das habe ich nur getan, um seinen Sohn zu retten. Prinz Auren Kadar, den rechtmäßigen Erben Nordeuropas.« Nun ist auch der letzte Hauch von Entspannung aus Nevans Haltung verschwunden, und er richtet sich auf, als würde er jetzt erst allen seine volle Größe zeigen. In seinem Gesicht liegt plötzlich eine Härte, die ihn vollkommen verändert. Seine Züge werden schärfer, und seine Präsenz füllt die gesamte Bühne aus.

»Was?«, fragt der König und ist kaum über die Unruhe im Publikum zu hören. Sein Ärger ist ihm nun deutlich anzusehen, und Macht pulsiert in Wellen um ihn herum. »Ihr habt einen Kadar gerettet?«

»Ich habe ihn sogar zur Party eingeladen«, erwidert Fürst Nevan und hebt seine Hände, als wolle er ein Feuerwerk starten.

Die Soldaten des Königs begeben sich sofort in Position,

und Lichtblitze funkeln dort, wo sie ihre Magie entfachen. Gleichzeitig zieht Dunkelheit auf wie ein unbezwingbarer Sturm. Sie breitet sich nebelartig aus, bis sie alles bedeckt und uns umhüllt.

Schreie werden laut, und es ist plötzlich so schwarz um uns herum, als wäre eine sternenlose Nacht hereingebrochen.

Es sind nur noch wir drei, die Kameraleute, der König, Fürst Nevan und Prinzessin Juliette zu sehen, während um uns herum ein Strudel aus Dunkelheit pulsiert.

Inara, Marlon und ich springen von unseren Plätzen, und ich schwanke und klammere mich an Marlon fest, weil ich für einen Moment vergessen habe, dass wir aneinander festgekettet sind.

Die Schreie aus dem Publikum werden lauter, qualvoller.

Prinzessin Juliette erhebt sich ebenfalls, und um ihre Hände pulsiert Licht. Ihr konzentrierter Blick wandert analytisch umher, und ihr scheint klarzuwerden, dass sie nichts ausrichten kann, weshalb sie zwar ihre Angriffsposition einhält, jedoch nichts weiter tut.

»Was wollt Ihr?«, zischt der König und tritt hinter der Kanzel hervor. Auch um seine Hände pulsiert Licht, doch er greift nicht an.

»Endlich stellt Ihr mal die richtigen Fragen«, ertönt es mit einem Mal, und eine Person tritt aus der Dunkelheit zu uns. Schwarze Kleidung, schwarzes Haar und mit Schatten, die seinen Körper umspielen wie lebendige Wesen.

»Ren«, flüstere ich und greife nach Inaras Hand. Er wirft mir einen Blick aus seinen schwarzen Augen zu, und ich meine ein Blitzen in ihnen zu sehen, bevor er sich dem König zuwendet.

»Wir wollen den Norden. Ohne Krieg. Ohne Einmischung. Ohne Eure schmutzige, blutbesudelte Hand darüber.«

»Ich mache keine Geschäfte mit einem Kadar«, spuckt der König aus und will auf ihn zugehen, doch die Prinzessin tritt neben ihn und stoppt ihn mit dieser simplen Geste. »Lass ihn ausreden.« Zugleich zuckt ihr Blick zu den Kameraleuten, die sich am Rande der Dunkelheit aufhalten und alles filmen.

Der König wirft ihr einen vernichtenden Blick zu, dem sie, ohne zu zögern, standhält. »Er wird sie alle töten, wenn wir nicht schnell etwas unternehmen.«

Da erst nehme ich wahr, dass die Angstschreie zu Schmerzensschreien geworden sind. Gänsehaut prickelt auf meinen Armen.

»Sie hat recht.« Der Prinz, *Ren*, lächelt dunkel. »Das hier ist keine Verhandlung. Wir wollen den Norden, der einst meiner Familie gehörte.«

»Wozu?«

»Um all jenen einen Platz zu geben, die Ihr gejagt und auszurotten versucht habt«, erwidert Ren. »Wir werden ihn so oder so übernehmen, doch es ist Eure Entscheidung, wie blutig dies vonstattengehen soll. Ihr hattet eine Chance, indem Ihr unsere drei Kandidaten hättet begnadigen können. Doch Ihr habt bewiesen, dass Ihr noch genau derselbe egoistische Narzisst seid wie vor dreihundert Jahren. Also lasst uns gehen, oder wir vernichten die ganze Stadt.« Er klingt, als würde er jedes Wort ernst meinen.

Inaras Nägel graben sich tiefer in meine Haut, doch ich spüre sie kaum, während ich Ren anstarre und das Gefühl habe, ihn zum ersten Mal wirklich zu sehen.

Ich sehe alles.

Seine Dunkelheit, so mächtig, dass sie alles in Schutt und Asche legen könnte.

Seine Kraft, die er zum ersten Mal nicht zurückhält.

Seine Schönheit, die mir schier den Atem raubt.

Ich sollte mich fürchten.

Stattdessen bebt mein Körper, weil mir jetzt alles klar wird.

In den letzten Wochen habe ich ihn niemals seine Kräfte benutzen sehen. Wenn er gekämpft hat, dann mit einem Schwert, oder er hat mich angehalten, meine eigenen Fähigkeiten zu trainieren.

Ich strecke meine Hand nach seiner Dunkelheit aus, die noch immer wie ein Sturm um uns herum pulsiert. Meine Finger versinken in ihr, und vertraute Wärme durchfährt mich. Ich kenne seine Dunkelheit und habe sie schon unzählige Male gespürt. Doch wie ist das möglich?

»Wir machen keine Geschäfte mit Nachtfae!«, spuckt der König aus.

Doch Ren lacht nur. »Noch einmal. Das hier ist kein Geschäft und keine Verhandlung. Das hier ist eine Drohung. Während Ihr Euch eine hübsche, kleine, technische Welt aufgebaut habt, war ich ebenfalls nicht untätig. Ich habe eine Armee auf meiner Seite, die nicht eine Sekunde lang zögern wird, Euch anzugreifen. Und dieses Mal werden wir uns nicht zurückziehen. Dieses Mal werden wir kämpfen, bis wir endlich unseren rechtmäßigen Platz eingenommen haben.«

Der König zittert vor Wut. Seine Hände sind zu Fäusten geballt, und das Licht in seinen Händen pulsiert unkontrolliert.

Prinzessin Juliettes Griff um seinen Arm wird fester. »Wir haben keine Wahl«, raunt sie ihm zu und fixiert Ren und Fürst Nevan mit zusammengekniffenen Augen. »Lass sie gehen. Wir können nicht riskieren, dass sie hier alle töten.«

»Es ist mir egal -«

»Nein«, faucht die Prinzessin, und ihre Augen zucken zur Seite, dorthin, wo eine rot blinkende Kamera auf die Bühne gerichtet ist. Ein Blinken, das uns beweist, dass diese Unterhaltung in der ganzen Königsstadt ausgestrahlt wird und vermutlich sogar darüber hinaus bis in die anderen Fürstentümer. Prinzessin Juliette hebt ihr Kinn und tritt nun an die Seite ihres Vaters. »Wir lassen Euch gehen. Dafür werdet Ihr all jene, die Ihr mit Eurer Dunkelheit bedeck, auf der Stelle freilassen. Wir wollen keine Toten.«

»Fantastisch«, erwidert Ren langsam und mit einem halben Lächeln, das ihn noch gefährlicher aussehen lässt. »Wie ich sehe, ist die nächste Generation vielleicht doch noch zu etwas zu gebrauchen.«

»Verlasst auf der Stelle die Königsstadt«, knurrt der König und sieht aus, als würde er jeden Moment die Kontrolle über sich verlieren. Dann bricht unter uns mit einem Mal die Bühne auf, und Ranken erheben sich um ihn herum, doch er ignoriert sie.

»Nur gegen ein Pfand.« Ren lächelt ein wenig breiter und hält seine Hand der Prinzessin entgegen. »Ihr werdet uns begleiten und mit jenen zurückkehren, die sich mit den neuen Regeln des Hause Nevan nicht anfreunden können.«

»Was? Nein!«, brüllt König Arthur und packt nun seinerseits die Prinzessin, um sie hinter sich zu ziehen.

Doch sie löst sich aus seinem Griff und tritt auf Ren zu. »Ihr werdet mich nicht töten. Glaubt mir, mich zu unterschätzen, wäre ein Fehler.«

»Keine Sorge«, erwidert Ren beinahe verführerisch und hält ihr seinen Arm hin. »Ich bin doch kein Monster.«

Sie lächelt schmallippig und stellt sich zu ihm, bevor sie sich ihrem Vater zuwendet. »Ich komme zurück. Sorge dich nicht um mich.« Ihre Worte sind liebevoll, und doch hören sie sich an, als wären sie eigens für die Kamera gedacht, für die Menschen, die in ihrem König einen liebenden Vater sehen sollen.

»Perfekt«, schließt Fürst Nevan ab und legt die Handflächen zu einem lautlosen Klatschen ineinander, während er sich umdreht. »Lasst uns gehen. Unser Zug wartet nicht.« Und dann tritt er mitten in die Dunkelheit hinein, die sich gleichzeitig vor ihm teilt.

Ren wendet sich mir zu und zeigt mir all seine Dunkelheit, all das, was ihn ausmacht.

Mein Mund öffnet sich, mein Herz rast, und ich will etwas sagen. *Irgendetwas.*

Doch dann wendet er sich ab und führt die Prinzessin vor sich her, während er dem Fürsten folgt.

Ich klappe den Mund zu und schlucke hart.

In diesem Moment tritt eine Gestalt mit langem grauem Mantel aus der Dunkelheit heraus und kommt auf uns zu. Es ist die Späherin.

»Ihr«, stoße ich überrascht aus, und sie hebt überheblich eine Augenbraue, während sie ihr Schwert zückt. »Dankt mir später.«

Inara stößt einen leisen Schrei aus, als die Späherin ihr Schwert heruntersausen lässt und damit erst die Eisenketten und dann unsere Fesseln trennt.

»Was denkt Ihr, was Ihr da tut?«, grollt der König, mit dem wir nun alleine in einer Blase aus Dunkelheit gefangen sind. Blutdurst glänzt in seinen Augen, und er macht einen bedrohlichen Schritt auf uns zu.

Die Späherin dreht sich langsam zu ihm um, neigt den Kopf, und ich weiß nicht, ob sie es als Hohn oder ernst meint.

»Entschuldigt diese kleine Störung, aber mein Prinz hat mir Befehle erteilt, die ich unmöglich ignorieren kann.« Damit wendet sie sich blitzschnell um und zerrt uns in den Strudel aus Dunkelheit.

Der König brüllt etwas, und ich sehe hinter mir Lichtblitze, die uns jedoch nicht folgen.

Wir rennen mitten in die Zuschauermenge hinein, die sich bereits zerstreut hat, und hier drinnen sehe ich viel klarer als von außen. Viele der Menschen liegen schreiend am Boden, die Gesichter ausgezerrt, die Körper qualvoll gekrümmt.

Mein Hals verengt sich. Das hier ist die Dunkelheit, die alle so fürchten. Es ist eine Dunkelheit, die tötet, während sie Macht erzeugt.

Ich wende den Blick ab und renne mit aller Kraft, die ich noch habe, der Späherin hinterher, die uns zielsicher über den Platz führt. Wir holen Ren, den Fürsten und die Prinzessin ein, als diese gerade in einem Gebäude verschwinden.

Ren macht eine einzige Handbewegung, er dreht sich nicht einmal um, und die Dunkelheit hinter uns verpufft.

Die Sonne in meinem Rücken ist plötzlich so hell, dass mir kurz heiß wird, bevor die Späherin die Tür hinter uns verbarrikadiert und wir alle gemeinsam weiterrennen.

Die ganze Zeit über starre ich auf Rens – Prinz Aurens? – Rücken.

Er hat seine Identität offenbart, doch das bedeutet nicht, dass alles zuvor von ihm gespielt gewesen ist. Oder?

37. Kapitel

Ren

Wir werden von den Soldaten des Königs verfolgt. Ich spüre sie, wie sie meine unsichtbaren Schranken aus Dunkelheit überwinden. Sie halten Abstand, doch sie sind unbestreitbar da. Es ist ein Risiko gewesen, derart öffentlich anzugreifen. Doch mir blieb keine andere Wahl. Prinzessin Juliette ist nun unser Pfand, und ich hoffe, der König mag sie genug, um sie nicht einfach mit uns zusammen anzugreifen.

Wir erreichen den Zug, der sich im Untergrund der Königsstadt befindet und uns zurück in unser Reich bringen wird. Meine Späher haben ihn bereits heute Morgen eingenommen und warten schon auf uns. Er ist randvoll mit Medikamenten und Pflanzen, die uns helfen werden, das Fieber in den Griff zu bekommen und unser Land noch selbstständiger zu machen.

Sie haben seit unserer Ankunft daran gearbeitet, die Trümmer im Tunnel wegzuräumen, die für einen Zug unbezwingbar gewesen sind. Der König hat sich einen schmalen Zugang gelassen, als er seine Soldaten in unser Fürstentum schickte und die drei Menschen für die Spiele herholte. *Ein Fehler, den er nun bitterlich bereuen wird.*

Die Zugtüren gleiten vor uns auf, und ich mache eine Handbewegung hinein, während ich die Prinzessin anschaue. »Nach Euch.«

Sie ist sich ihrer Schönheit und ihrer Kraft vollauf bewusst. Prinzessin Juliette ist eine Gegnerin, die man nicht zum Feind haben will, und doch wird es ab jetzt wohl nicht mehr auf Freundschaft hinauslaufen. »Was passiert jetzt?«

»Wir nehmen Euch mit zum Hause Nevan. Unsere Leute konnten von dieser Seite aus den Tunnel räumen, sodass unsere Rückreise etwas angenehmer sein wird als der Hinweg.« Ich lächle sie schmal an, denn sie wird sicher wissen, wovon ich rede. Sie erwidert es und schweigt. »Danach dürft Ihr im Fürstenpalast warten, während wir den Menschen die Wahl lassen, ob sie sich mit den neuesten Begebenheiten anfreunden oder lieber gehen wollen. In wenigen Tagen könnt Ihr uns wieder verlassen. Wir wollen Euch nicht töten. Ihr begleitet uns lediglich, um das Volk nicht in Panik verfallen zu lassen.«

»Gut. Damit kann ich arbeiten.« Sie nickt hoheitsvoll und steigt in den Zug, wo sie sich scheinbar wahllos einen Platz aussucht. Dennoch sehe ich ihren abwägenden Blick zu den Fluchtmöglichkeiten.

Meine Späher umschwärmen sie und lassen keinen Zweifel daran, dass sie angreifen werden, sollte sie auch nur einen falschen Finger rühren.

Ich spüre Aviana, als sie in den Zug steigt, und alles in mir drängt danach, mich zu ihr umzudrehen. Doch ich kann es nicht. Nicht, nachdem ich ihr Gesicht gesehen habe, in dem der Schock so überdeutlich war, dass es mir wie ein Messer ins Fleisch geschnitten hat.

Ich wusste, dass sie mich fürchten wird. Doch nicht, wie es sich anfühlen würde.

»Ich bin vorne«, informiere ich Nevan, der sich daranmacht sich neben die Prinzessin zu setzen und sie zu bewachen. Dann verlasse ich das Abteil, spüre noch immer Avianas Blick in meinem Rücken und zwinge mich, nicht schneller zu werden. Erst als ich ganz vorne im Führerraum des Zuges ankomme, halte ich an. »Fahrt los«, befehle ich, und mein Späher nickt und setzt mit einem Knopfdruck den Zug in Bewegung.

Auf den Überwachungskameras, die mit dem Bahnsteig verbunden sind, sehe ich die Soldaten, die unserer Abfahrt zuschauen. Unter ihnen ist König Arthur, und sein Blick verspricht Rache.

Soll er ruhig kommen.

Dieses Mal sind wir vorbereitet.

Der Zug wird immer schneller, und kurz darauf sind wir in Höchstgeschwindigkeit unterwegs.

Doch meine Anspannung verschwindet nicht.

Hinter mir öffnet sich die Tür, und ich kann Laurin spüren, die sich schief hinter mich stellt. Sie gehört zu meinen besten Späherinnen, und doch ist sie viel mehr als das. »Alle Kandidaten sind sicher im Zug, mein Prinz.«

Es ist ungewohnt, diese Anrede hier aus ihrem Mund zu hören, die sie sonst nur hinter verschlossenen Türen und unter anderen Umständen benutzt hat. Zugleich fühlt es sich gut an, als hätte ich endlich die Wahrheit rausgelassen, die sich nie wieder verbergen lässt. Ich drehe mich nicht zu ihr um, als ich nicke, und blicke weiterhin stur in die Dunkelheit vor uns, die nur von den Scheinwerfern des Zuges erhellt wird. Solange wir uns in diesem Tunnel befinden, sind wir nicht in Sicherheit. Solange wir nicht aus dem Gebiet des Königs raus sind, müssen wir immer damit rechnen, dass etwas passiert.

»So ein eindrucksvolles Spektakel wird der König nicht so schnell vergessen«, fügt Laurin leise hinzu, und der Späher, der den Zug steuert, tut so, als würde er sie nicht hören.

Nun wende ich mich ihr doch zu, und sie sieht mich mit demselben hungrigen Blick an, den ich nur zu gut von ihr kenne. Jetzt, da ich meine Macht voll offenbart habe, scheint ihr Begehren mir gegenüber nur noch stärker zu werden.

Es wäre so leicht, mich mit ihr abzulenken. Doch das hat schon damals nicht geklappt, als Aviana uns in die Arme gelaufen ist und ich dann mitansehen musste, wie sie diesen Henri küsste.

Vermutlich wird es auch heute nicht funktionieren. Nicht, solange sie mir so nahe ist und ich noch immer den Nachhall ihres Entsetzens in meiner Brust spüre.

Laurins Blick klärt sich, und Missfallen tritt anstelle des Begehrens in ihr Gesicht. »Es ist wegen *ihr*, oder?«

»Ich wusste nicht, dass wir einander in dieser Hinsicht Rechenschaft schulden«, erwidere ich langsam und versuche, die Härte meiner Worte mit einem Lächeln abzumildern. Mit meiner Hand streiche ich über ihre Wange, woraufhin sich ihre Lider flatternd schließen. Dunkelheit züngelt unter ihrer Haut, doch ihre Beherrschung ist zu gut, als dass sie sie rauslassen würde. Einzig eine rauchige Note macht sich auf meinen Fingerspitzen bemerkbar. Ich höre, wie sich erneut die Tür öffnet, doch ich konzentriere mich voll und ganz auf Laurin. »Lass uns bewahren, was wir uns so sorgsam erarbeitet haben. Wir sind Freunde, die einander Nähe geschenkt haben, als die Welt in Flammen stand.«

Sie öffnet die Lider und schluckt sichtlich. »Und doch bist du mein Prinz, dem ich Gehorsam schulde. Entschuldige meine Unverfrorenheit.«

Ihre Antwort lässt mich lächeln, denn sie ist genau das, was ich hören will. Laurin gehört zu den wenigen, die mein Geheimnis kennen. Zu den wenigen, denen ich mein Leben anvertrauen würde. Zwischen uns ist keine Liebe, nur eine positive Erinnerung zweier Körper, die einander kennenlernen durften. Ich nehme meine Hand von ihrer Wange, um mich schließlich der Tür zuzuwenden. Doch als ich aufsehe, fällt diese bereits in Schloss.

Schwarzes Haar mit hellen Spitzen. Ein schwarzes zerfetztes Kleid.

Mein Herz zieht sich zusammen, während ich Aviana durch das kleine Fenster der Tür davongehen sehe. Und sie blickt nicht mehr zurück. Was auch immer sie gesehen hat, es wird nicht schlimmer machen können, was sie sowieso schon bereits von mir denkt.

Ich war darauf vorbereitet, dass sie mich für ein Monster hält. Jedoch nicht darauf, dass es so wehtun würde.

Ich wende mich von der Tür ab, denn nun muss ich mich auf das konzentrieren, was jetzt vor uns liegt. Wir haben den ersten Schritt gemacht und sind aus dem Schatten getreten. Nun müssen wir unseren neuen Platz in dieser Welt festigen.

38. Kapitel

Avi

Mein Herz brennt, und es gibt nichts, was dieses Feuer löschen kann. Ich setze mich wieder neben Inara in das Abteil, das die Späherin uns zugeteilt hat. Es ist nicht dasselbe, in dem sich die Prinzessin und der Fürst aufhalten, und darüber bin ich froh. Beide strahlen eine Form von Macht aus, die ich jetzt nicht ertragen könnte.

»Ein Prinz«, wiederholt Inara leise, schüttelt immer wieder ihren Kopf und nimmt einen großen Bissen von einem Brötchen, bevor sie schnell kaut und dann weiterspricht. Dabei schiebt sie mir ebenfalls ein Brötchen zu, das ich dankbar annehme, auch wenn ich keine Ahnung habe, woher es kommt. »Unfassbar. In den Geschichtsbüchern ist nie die Rede von einem Thronfolger gewesen.«

»Er könnte auch irgendein Nachtfae sein.« Marlon schnaubt und liegt halb in seinem Sitz, während auch er isst. Seine Arme sind vor der Brust verschränkt, und er hat die Augen geschlossen. »Nicht, dass es mir wichtig wäre. Hauptsache er hat uns da rausgeholt. Wenigstens das haben er und der Fürst eingehalten.«

»Ich weiß noch nicht, was ich von dieser Entwicklung halten soll«, gesteht Inara, und ich spüre ihren forschenden Blick auf mir. »Du hast nichts geahnt, oder? Konntest du ihn jetzt sprechen?«

Ich schüttle den Kopf und betrachte das Innere des Zuges mit den breiten Sitzen, immer vier einander gegenüber und mit dunkelblauem Stoff bezogen. Der Boden ist grau, genauso wie die Wände, und an beiden Seiten sind große Fensterfronten, obwohl wir die ganze Zeit durch einen dunklen Tunnel fahren. Wenn ich genau hinschaue, kann ich die vorbeiziehenden Steinwände erahnen, von denen wir kaum eine Armlänge entfernt sind. »Nein«, antworte ich verspätet und drehe das Brötchen zwischen meinen Händen. »Beides nicht.«

»Nun, er wird sicher viel zu tun haben. Ich bin froh, dass er überhaupt an uns gedacht hat.« Inara atmet hörbar erleichtert ein. »Kurz dachte ich wirklich, wir müssten sterben.«

»Was machen wir jetzt?«, frage ich leise, und meine Kehle verengt sich mit jedem weiteren Meter, den wir in Richtung Heimat zurücklegen. »Ich kann nicht zurückkehren. Nicht dorthin, wo …«

Sofort kneift Inara ihre Augen zusammen, als hätte sie für eine wunderschöne Sekunde vergessen, was wir alles verloren haben.

»Ihr könnt mit mir kommen«, bietet Marlon an. »Es ist nichts Besonderes, aber es reicht. So lange könnt ihr euch überlegen, was ihr jetzt tun wollt.«

Inara und ich schweigen, und die Leere, die sich plötzlich in mir ausbreitet, legt sich schwer auf meine Brust.

Ana und Nana …

Sie wurden meinetwegen getötet. Weil ich an den Sinnesspielen teilgenommen habe und dadurch den König auf meine Familie aufmerksam gemacht habe. Ich bin es ihnen schuldig, ihnen wenigstens ein anständiges Gedenken zu bereiten. »Ich werde ihnen eine Kerze anzünden. Danach komme ich mit euch.«

Inara greift nach meiner Hand und drückt sie fest. »Das werde ich auch tun.«

»Dann komme ich mit euch«, entscheidet Marlon und öffnet seine Augen, die uns warm und voller Mitgefühl mustern. »Sicher wollt ihr noch ein paar Sachen aus euren Häusern holen. Wir kehren zwar zurück, aber das bedeutet noch lange nicht, dass es dort bereits sicher für uns ist.«

»Danke«, hauche ich nur. Dann atme ich tief durch.

***

Während der gesamten Fahrt denke ich an Ren und die Späherin. An ihre Vertrautheit. An seine Hand auf ihrer Wange. An ihren sehnsüchtigen Blick.

Es tut so verdammt weh. Doch der Schmerz und die Wut lenken mich von meinen Gedanken an meine Familie ab. Es hilft mir, mich auf etwas anderes zu fokussieren.

Eigentlich bin ich Ren nur gefolgt, um ihn zu fragen, was jetzt passiert. Um ihn zu sehen. Um mich zu vergewissern, dass sich nichts verändert hat, obwohl nun alles anders ist.

Zurückgekommen bin ich mit einem Dolch in meinem Herzen und einem Funken Wut, der sich inzwischen zu einem Brand entwickelt hat.

Er hat die ganze Zeit mit mir gespielt. Die ganze Zeit über hat er mich benutzt und mir vorgemacht, da wäre etwas zwischen uns. Ich habe mir diese Anziehung eingeredet, die vermutlich nur unseren ähnlichen Kräfte geschuldet ist.

Ich hasse mich dafür. Und ich hasse *ihn* so sehr, dass ich kaum stillsitzen kann. Dunkelheit umspielt meine Finger, doch weder Marlon noch Inara stören sich daran. Ich muss hier raus. Ich muss aus diesem verdammten Zug raus.

Als wir nach wenigen Stunden endlich ankommen, bin ich eine der Ersten, die den Zug verlassen.

Ich bleibe am Bahnsteig stehen, der sich unter der Erde befindet und wende den Kopf ganz automatisch nach rechts. Dorthin, wo Ren gerade aussteigt. Einen langen Moment starren wir einander an, und die Dunkelheit in mir zuckt erneut, als würde sie sich nach ihm sehnen. Zugleich weiche ich zurück. Tränen schießen in meine Augen, und ich wende mich ab, damit er sie nicht sieht.

»Aviana.«

Ich höre sein Rufen und beginne zu laufen. Weg von hier. *Weg von ihm.* Ich kann nicht eine Sekunde länger in seiner Nähe sein.

Es gibt hier nur einen Ausgang, und er befindet sich direkt vor mir. Ich renne die Treppen hoch, biege ab und folge einem Tunnel, ohne zu wissen, wohin er mich führt.

»Aviana!«

Rens Stimme peitscht durch den Tunnel, und ich fahre herum. Meine Brust hebt und senkt sich wütend, und ich balle die Hände zu Fäusten. Meine Dunkelheit zittert über meiner Haut, und ich kann sie nicht mehr zurückhalten.

Ren kommt auf mich zu und sieht in seiner schwarzen Uniform so aus wie immer und zugleich ganz anders. Seine Haltung ist erhabener, wie von jemandem, der sich seiner Stellung voll und ganz bewusst ist.

»Was willst du von mir?«, fauche ich und kann mich nicht zurückhalten. »Bist du nicht längst fertig mit mir?«

Seine Augen sind fast schwarz, und je näher er kommt, umso mehr Dunkelheit umspielt ihn. Dennoch sehe ich Sorge in seinen Augen. Sorge um mich. »Was ist los?«

Das ist zu viel. Er ist zu viel. Ich stoße ein wütendes Knurren aus und gehe auf ihn zu. Ich werde ihm niemals entkommen. Niemals von ihm loskommen. Niemals.

Mir ist bis zu diesem Moment nicht bewusst gewesen, wie stark ich mich nach ihm sehne, wie sehr ich mir wünsche, ihn berühren zu können und diese Spannung zwischen uns endlich rauszulassen.

Meine Hände umfassen seinen Kragen, und die Dunkelheit zwischen uns schnellt in die Höhe. Sie verdüstert den gesamten Tunnel. Doch ich sehe nur Ren.

»Was los ist? Du hast mir etwas vorgemacht«, stoße ich aus und ziehe ihn zu mir runter, obwohl er so viel stärker ist als ich, damit wir auf Augenhöhe sind. »Du hast mich benutzt. Du bist schuld, dass ich das alles fühle!«

»Was fühlst du?« Seine Stimme ist rau, und sein Gesicht ist mir so nahe, dass ich seinen Atem auf meiner Haut spüre.

Ich halte es nicht mehr aus. Dieses Spiel aus Sehnsucht und Zurückweisung.

Seit unserem ersten Treffen, als er mir seine Hand zum Einsteigen in die Kutsche reichte, sind wir uns nicht mehr so nahe gewesen.

Er hat mich immer auf Abstand gehalten. Weil wir es uns nicht leisten können, die Kontrolle zu verlieren. Zumindest hat er das behauptet.

Ich weiß nicht, ob das nur eine Lüge war. Und egal, ob er

nun Soldat oder Prinz ist, es ändert nichts daran, dass ich ihn begehre.

In seinen Augen pulsiert dunkle wunderschöne Magie. Und da ist noch etwas. Verlangen. *Nach mir.*

Mein Atem zittert, als ich ihn noch tiefer zu mir herunterziehe und meine Lippen auf seine presse. Hitze explodiert zwischen uns, und er stößt ein wildes Knurren aus. Seine Arme umschließen mich, und plötzlich berühren wir uns überall. Die Welt verschwimmt, und ich spüre nichts mehr als seinen Körper an meinem. Seine Hände in meinem Rücken. Seine Lippen auf meinen.

Unser Kuss ist nicht sanft. Er ist wild und verzweifelt. Er schmeckt nach Sehnsucht und Wut.

Ren umfasst mich so fest, dass ich keuche und meine Lippen sich teilen. Und dann berühren sich unsere Zungen.

Ein tiefes Stöhnen dringt meine Kehle empor.

Ren keucht und drängt sich gegen mich.

Meine Finger fahren über seine Jacke und reißen an den Knöpfen, so fest, dass die Naht reißt.

Ren stöhnt laut und löst sich von mir. Schwer atmend lehnt er seine Stirn an meine. Mein ganzer Körper pulsiert. Ruhelos starre ich zu ihm hoch, will berührt werden, will nicht, dass es aufhört und uns zurück in eine Realität katapultiert, die nur wehtut.

»Verdammt, du ahnst nicht, wie viele Male ich mir das ausgemalt habe«, raunt er mir zu, und seine Lippen finden meinen Hals.

Keuchend neige ich den Kopf zur Seite, um ihm mehr Platz zu geben.

Seine Lippen streifen über die empfindliche Haut meines Halses. »Du kannst dir nicht vorstellen, wie sehr ich dich will.«

Ich schüttle den Kopf und fühle mich schwach und stark zugleich. »Gut, dass wir dasselbe wollen.«

Er stöhnt erneut, und seine Zähne finden mein Ohrläppchen.

Ich stoße einen leisen Schrei aus und klammere mich an ihm fest, weil meine Knie nachzugeben drohen.

»Aber nicht hier. Wenn ich diesen letzten Schritt gehe, dann nicht vor Publikum.«

Ich zittere in seinen Armen und schaffe es, ihn anzusehen. Seine Augen verschlingen mich, und ich kann kaum atmen. Es dauert einen Moment, bis mir klar wird, was hier passiert, und ich zurückweiche. Die Dunkelheit um uns herum pulsiert wie mein Innerstes. »Ich habe die Kontrolle verloren.«

Ren packt mich und zieht mich wieder an sich. »Glaub nicht, ich lasse dich jetzt gehen.«

»Aber du hast mit mir gespielt.«

»Und ich werde für den Rest meines Lebens dafür büßen, wenn du mich lässt«, stößt er aus, und seine Hände umfassen meine. »Geh nicht.«

»Aber ich muss …«, flüstere ich, und Tränen bilden sich in meinen Augen. »Ana … Nana …«

Rens Stirn legt sich in Falten, und er schüttelt seinen Kopf, als könne er nicht begreifen, was hier gerade passiert. »Was ist mit ihnen?«

»Avi!« Ein Schrei durchdringt die Blase, in der wir uns befinden, und ich fahre herum. Die Dunkelheit verschwindet, zerplatzt wie eine große Seifenblase und bringt uns zurück in den Tunnel.

Mein Mund öffnet sich. Meine Augen weiten sich. Mein Herz setzt aus. Und ich starre auf das Mädchen, das am anderen Ende des Tunnels steht. »*Ana* …«

Meine Zwillingsschwester stößt ein ersticktes Lachen aus und rennt auf mich zu.

Ich löse mich von Ren und renne ihr entgegen. Tränen verzerren meine Sicht, und als wir aufeinandertreffen, werfen wir uns beinahe gegenseitig um.

»Wie kann das sein?«, stoße ich aus und weine so heftig, dass ich kaum Luft bekomme, während ich sie zurückschiebe und mich vergewissere, dass sie wirklich meine Schwester ist. Sie ist blass, wirkt geschwächt, und ihre Augen sind blutunterlaufen, doch sie lebt.

»Fürst Nevans Leute haben uns versteckt«, erklärt sie und zieht mich fest an sich. »Sie sind wie du. Nachtfae.« Das letzte Wort haucht sie nur. »Sie haben uns gerettet.«

Ich öffne die Augen und sehe plötzlich Nana hinter uns stehen. Mir entfährt ein erstickter schmerzhafter Laut, und ich ziehe sie mit in unsere Umarmung.

Nana lacht und tätschelt meinen Rücken. »Deine Reise hat dich sensibel werden lassen.«

»Ich dachte, ihr wärt tot«, stoße ich aus und muss sie immer wieder ansehen, um mich zu vergewissern, dass es wirklich sie sind. »Er sagte, ihr seid gestorben!«

»Was? Wer?«, fragt Nana verblüfft, und ich trete nur zögerlich von ihnen zurück, um die Tränen aus meinem Gesicht zu wischen.

Ich blicke mich um, und da entdecke ich Fürst Nevan, der von der Treppe gerade in den Tunnel tritt.

Als er uns sieht, hebt er eine Augenbraue, und sein Mundwinkel verzieht sich. Eine stumme Entschuldigung.

Er hat gelogen.

Er hat behauptet, unsere Familien seien tot, damit wir mitspielen.

Er hat uns benutzt!

Die Wut kocht so schnell in mir hoch, dass ich, ohne groß nachzudenken, auf ihn zumarschiere. »Dafür werdet Ihr bezahlen!«

Doch dann stellt sich Ren mir in den Weg. Er berührt mich nicht, sondern hebt nur seine Hände und bringt mich dazu, ihn anzusehen. »Was auch immer er getan hat, er hat sicher deinen Zorn verdient. Aber wir haben jetzt keine Zeit für Differenzen. Vergiss nicht, dass wir auf derselben Seite stehen.«

Ich starre an ihm vorbei und entdecke Prinzessin Juliette, die von Spähern umzingelt wird. Sie lässt sich nicht anmerken, ob sie meinen Wutausbruch mitbekommen hat, sondern mustert die Umgebung genau.

Ich zwinge mich, meinen Atem zu beruhigen, und nicke, während ich mich wieder auf Ren konzentriere. »Ich mache ihn fertig.«

Rens Mundwinkel zuckt. »Danach. Okay?«

Ich nicke langsam und atme tief durch die Nase ein. »Gut. Aber nur für dich.«

Auf Rens Gesicht breitet sich ein atemberaubendes Lächeln aus. Wie tausende Sterne in einer finsteren Nacht. Er greift nach meiner Hand und küsst sie. »Komm mit mir. Eure Familien wurden zu ihrem Schutz im Palast untergebracht. Und ich will dich bei mir. Wir haben viel zu besprechen.«

Mein Herz poltert, und ich kann nur nicken, weil es mich überwältigt, wie liebevoll er mich ansieht.

Ein Schrei ertönt, und als ich mich umwende, entdecke ich Inara, die einem Mann mit Brille um den Hals fällt. Das muss ihr Vater sein. Marlon steht neben ihnen und wirkt zugleich glücklich und unbehaglich. Doch als Inaras Vater sich von ihr löst, deutet sie auf ihn, und er zieht auch Marlon in eine feste

Umarmung. Dieser verzieht den Mund, erwidert sie dann jedoch.

Ren lächelt ein wenig breiter und macht einen Schritt zurück, bevor er sich meiner Nana und Ana zuwendet, die alles genau beobachtet haben. Sie scheinen verwirrt und ein wenig amüsiert.

»Nana, Ana«, beginne ich und deute auf Ren. »Das ist Prinz Auren Kadar, Sohn von Kronprinz Aleksander Kadar.«

Der Mund meiner Nana klappt auf, und sie packt Ana am Arm und zieht sie mit sich in eine Verbeugung. »Eure Hoheit. Es ist mir eine Ehre.«

»Erhebt Euch bitte.« Ren greift nach ihrer freien Hand und umfasst sie. »Es ist mir eine Freude, Avianas Familie kennenzulernen.«

»Avi«, berichtigt Ana ihn, und ihr erstaunter Blick verweilt an meinen dunklen Haaren und meinen spitzen Ohren. »Aviana gibt es nicht mehr.«

»Avi?«, fragt Ren und lächelt, als wäre er erfreut, dieses eine letzte Geheimnis über mich enthüllt zu haben. »Avi und Ana? Aviana?«

Ich nicke und lache, als sich ein Strick löst, den ich viel zu lange um meinen Hals getragen habe. »Ja. Avi und Ana.«

Aviana gibt es nicht mehr.

Ich bin Avi. Ein Nachtfae mit Dunkelheit in meinem Blut.

Ich. Bin. Avi.

39. Kapitel

Avi

Ein gut bewachter und unterirdischer Tunnel führt von dem Bahnsteig aus direkt zu Fürst Nevans Palast.

Gemeinsam mit Ana und Nana gehe ich zu dem Zimmer, das ich zuvor bewohnt habe, und wasche mir die Reise und die letzten Tage im Kerker von der Haut.

Als ich rauskomme, hat mir eine der beiden bereits Kleidung auf einen Hocker gelegt. Ein Kleid, das ich früher ständig getragen habe. Es fühlt sich seltsam an, es anzuziehen. Als wäre es ein Kostüm, weil es eines von den Sachen ist, das Ana und ich uns immer geteilt haben.

Als ich zurück in den Hauptraum komme, sitzt Ana auf dem Sessel neben dem Fenster, während Nana gedankenverloren nach draußen blickt.

»Oje.« Ana seufzt und steht auf, um auf mich zuzugehen. »Du siehst total verkleidet aus.« Ihre Finger greifen in mein dunkles Haar, und ein Lächeln umspielt ihre Lippen. »Du wirst eine neue Garderobe brauchen. Das bist nicht mehr du.«

Mir entfährt ein Lachen bei diesem banalen Satz, der nur deutlich macht, wie viel sich verändert hat. Die Person, die sie kannte, war nie wirklich ich, nur eine Kopie von ihr.

Dann wird mir klar, wie blass sie ist, und mein Lächeln verpufft. »Bist du wieder krank?«

Sie verzieht ihren Mund, und nun dreht Nana sich zu uns um. Ihr strammer Zopf hält ihr graues Haar zusammen, der auf der Schulter ihrer rosa Strickjacke liegt. Sie trägt dazu graue Hosen und eine weiße Bluse. »Es hat wieder angefangen. Kurz nachdem du gegangen bist.«

Mein Herz setzt einen Schlag aus. »Was sagte denn der Arzt, was es für ein Leiden ist?«

Nana und Ana wechseln einen Blick. Einen von der Sorte, bei dem sie überlegen, ob sie mir die Wahrheit sagen sollen oder nicht.

»Was?«, frage ich, schärfer als beabsichtigt, und schaue zwischen ihnen hin und her. »Wie schlimm ist es?«

Ana wendet für einen Moment den Blick ab, und mein Herz sinkt so tief, dass ich kaum atmen kann. »Es ist … weil wir Zwillinge sind. Er meinte, es wäre eine Krankheit, die alle Zwillinge irgendwann befällt. Einer von ihnen stirbt immer. Der, der ohne Magie ist.«

Meine Finger krallen sich in meinen Rock, und ich schüttle immer wieder den Kopf. »Was meinst du damit?«

»Wir verstehen es selbst noch nicht und haben gehofft, Fürst Nevan könnte uns nach seiner Rückkehr mehr Informationen geben. Oder Prinz Auren.«

Ren. Ich weiß nicht, ob ich mich jemals an seinen offiziellen Namen gewöhnen werde. »Ich frage ihn.« *Hoffentlich.* »Ren hat sicher eine Lösung.« Ich trete zurück, nur um innezuhalten.

Ich habe keinen Schimmer, wo sich seine Räumlichkeiten befinden.

Nana lacht leise, und ihre Augenbrauen hüpfen. »Ren, also?«

Meine Wangen werden rot, noch bevor ich mir eine unverfängliche Antwort ausdenken kann. »So hat er sich mir vorgestellt.« Ich zucke mit den Schultern und wende mich dem großen Fenster zu, weil mich das Zwinkern, das sie in Anas Richtung wirft, noch verlegener macht. »Er ist … er hat mir von Anfang an das Gefühl gegeben, dass meine Kräfte nichts Schlimmes sind. Er hat mich gesehen, wie ich bin.« Mir entfährt ein bitteres Lachen. »Jetzt weiß ich natürlich weshalb. Er ist selbst ein Nachtfae. Aber … na ja.«

»Oh!«, ruft Ana und kichert, während sie mich mit ihrem Ellenbogen anstößt. »Da ist jemand aber ganz schön verliebt.«

»Ich würde nicht sagen … also … er und ich sind nicht …« Ich verstumme und kneife die Augen zusammen. »Liebe ist ein ganz schön großes Wort.«

»Du brauchst gar nicht so verlegen zu sein.« Ana schlingt einen Arm um meine Schultern und drückt mich einmal fest an sich. »Ich freue mich nur so sehr für dich. Ich hätte nicht gedacht, dass ich das jemals erleben würde. Du hast immer alle von dir ferngehalten, und es macht mich so glücklich, dass du jemanden hast, der dir so rote Wangen und dieses Glänzen in die Augen zaubern kann.«

Henri. Sein Gesicht erscheint so plötzlich vor meinen Augen, dass ich beinahe zusammengezuckt wäre.

»Henri«, flüstere ich seinen Namen.

Anas Gesicht verschließt sich, und sie schluckt sichtlich. »Als die Soldaten des Königs kamen, haben sie ihn mitgenommen. Das haben zumindest Fürst Nevans Leute uns gesagt.

Soweit sie herausfinden konnten, wurden die Familien von euch dreien gesucht und zusätzlich noch mal drei andere Personen festgenommen. Nur weiß niemand weshalb.«

»Für die Sinnesspiele.« Ich spucke das Wort aus, und Wut verzerrt meine Stimme. »Sie haben uns gegeneinander antreten lassen.«

Ihre Augen weiten sich. »Was? Du hast ihn gesehen?«

»Ja, aber nicht mehr, seit sie uns nach den Spielen festgenommen haben. Sie wollten uns hinrichten lassen -«

»Was?«, stößt Nana aus und greift sich an die Brust.

»Ren und Fürst Nevan haben uns gerettet.« Und dann erzähle ich ihnen alles von den letzten Geschehnissen in der Königsstadt. Dabei schwebt die ganze Zeit der Gedanke in meinem Hinterkopf, dass Henri von Anas und meinem Schauspiel wusste. Was mich im Kerker derart schockiert hat, fühlt sich mit einem Mal ganz weit weg an. Ich weiß nicht, wo Henri sich aufhält, und so lange will ich Ana nicht beunruhigen. Sie liebt ihn, und es würde ihr das Herz brechen, wenn sie wüsste, wie er sich mir gegenüber verhalten hat, obwohl ihm klar war, dass wir zwei verschiedene Personen sind.

Gerade als ich meine Zusammenfassung beende, klopft es an der Tür.

Als ich sie öffne, knickst eine Bedienstete. »Ich soll Euch zu einer Besprechung bringen.«

Überrascht öffne ich den Mund und wende mich an meine Nana und Ana, als wüssten sie eine Antwort darauf, doch sie zucken nur mit den Schultern. »Oh. Jetzt?«

Die Bedienstete nickt und lächelt mich zögerlich an. Sie weiß, was ich bin. Sie muss es wissen. Und dennoch lächelt sie.

Also erwidere ich das Lächeln und verabschiede mich

schnell von Nana und Ana, bevor ich ihr durch den Palast folge.

Kurze Zeit später sitze ich in einem Besprechungsraum und habe keine Ahnung, was ich hier soll.

Weder Marlon noch Inara sind anwesend. Stattdessen sitze ich an einem langen Tisch mit Fürst Nevan, Prinzessin Juliette, zwei Spähern und Ren. Nein. Mit *Prinz Auren.*

Er ist ganz in Schwarz gekleidet, doch er trägt nicht mehr die Soldatenuniform, sondern einen schwarzen Kaftan, der ihm bis zur Hüfte geht und seinen Oberkörper betont. Die obersten Knöpfe des Mantels stehen offen, und an einer silbernen Kette blitzt das Sternenbild, das ich auf dem Kompass zur Königsstadt gesehen habe. Ich wünschte, ich hätte ihn noch bei mir. Doch er wurde mir bereits bei unserer ersten Festnahme abgenommen.

Meine Schultern sind gestrafft und mein Kinn selbstbewusst erhoben, während ich herauszufinden versuche, was ich hier überhaupt mache.

»Ist während unserer Abwesenheit etwas passiert?«, fragt Ren den Späher, während er mir ein Glas Wasser einschenkt und es vor mir abstellt, bevor er sich neben mich setzt.

Der Späher trägt genauso wie alle anderen einen grauen Mantel. Wäre er mir in einer Menge begegnet, hätte ich ihm kaum mehr als einen flüchtigen Blick geschenkt. Er hat dunkles Haar und sitzt vollkommen still auf seinem Platz, sodass er kaum Aufmerksamkeit erregt.

Die Späherin sitzt steif und mit angespannten Schultern neben ihm und wirkt um einiges gefährlicher. Ich begegne ihrem Blick und halte ihm stand, während in meinem Kopf immer wieder die Bilder von ihr und Ren abgespielt werden. Ihre

Hand auf seiner Brust. Seine Hand auf ihrer Wange. Verlangen und Sehnsucht.

Ich schaue weg und gebe vor, mich auf den Späher zu konzentrieren, der zu einer Antwort ansetzt.

»Bevor wir mit dieser Besprechung beginnen«, unterbricht Prinzessin Juliette und lächelt den Späher entschuldigend an, bevor sie sich an Ren wendet. »Mich würde interessieren, wie genau das hier zustande gekommen ist.« Sie macht eine umfassende Geste zwischen Ren und dem Fürsten. »Soweit ich verstanden habe, geht diese Zusammenarbeit schon seit dem Krieg so, als Nachtfae noch verhasst waren.«

Ren stützt sich auf eine Armlehne, näher an mich heran. Seine Nähe bringt die Dunkelheit in mir zum Beben. Ich spüre sie zwischen meinen Fingerspitzen und überall sonst direkt unter meiner Haut, als wolle sie sich ihm entgegenstrecken.

Unsere Kräfte lassen sich auch durch starke Emotionen beeinflussen.

Rens Worte flackern durch meinen Kopf, und ich presse meine Zähne zusammen, um nicht zu erröten.

»Fürst Nevan und ich waren Feinde und sind auf dem Schlachtfeld aufeinandergetroffen.« Rens Mund verzieht sich zu einem halben Lächeln, das mir schier den Atem raubt und genauso düster wie amüsiert wirkt.

Fürst Nevan erwidert es, und als ich ihn ansehe, erinnere ich mich wieder daran, dass er mich belogen hat. Er hat behauptet, unsere Familien seien tot, damit wir tun, was er von uns verlangt. Meine Zähne knirschen, so fest presse ich meinen Kiefer aufeinander.

Rens Hand legt sich so plötzlich auf meine, dass ich zusammenzucke. Sein dunkler Blick liegt auf der zuckenden Dunkelheit zwischen meinen Fingern, und in seinen Augen blitzt es amüsiert.

Die Dunkelheit wallt so heftig in mir auf, dass ich meine Hand wegziehe und zum Verständnis nicke.

Meine Wut hat hier nichts zu suchen.

Fürst Nevan stößt ein leises Lachen aus, und er wendet sich Prinzessin Juliette zu. »Prinz Auren rettete mir auf dem Schlachtfeld das Leben. Er wusste nicht, wer ich war, und doch hat er nicht gezögert, als er mich halb tot auffand. Anders als meine Kameraden, die mich einfach zurückgelassen haben, blutend und im Schlamm liegend. Er rettete mich, brachte mich in ein sicheres Versteck, wo man mich pflegte, und verschwand.« Sein Lächeln wird zu einem Grinsen, während er den Kopf schüttelt. »Kurze Zeit später trafen wir uns erneut auf dem Schlachtfeld wieder, und da rettete ich ihm das Leben. Er wurde von unseren Soldaten gefangen genommen und hätte hingerichtet werden sollen. Doch ich schuldete ihm etwas. Also holte ich ihn raus.«

»Das ging über mehrere Jahre so, bis wir Seite an Seite kämpften, obwohl wir auf verschiedenen Seiten standen. Und dann erschuf der König die Nebelgeister und änderte damit alles. Wir Nachtfae zogen uns zurück, und Nevan wurde zum Fürsten ernannt. Er bat mich, sein erster Soldat zu werden.«

Prinzessin Juliette schüttelt ihren Kopf, während sich feine Linien auf ihrer Stirn bilden. »Warum?«

Fürst Nevan lacht. »Weil ich im Laufe des Krieges gelernt habe, dass ein Sieg um jeden Preis falsch ist. Weil Prinz Auren mir bewies, dass Nachtfae und Fae gleich sind, auch wenn ihre Magie sich unterscheidet. Weil ich besser sein wollte als das Alteuropa, das Euer Vater erschaffen hat.« Fürst Nevan fixiert sie und lässt die Worte einen Augenblick lang sacken. »Ich habe ein Fürstentum erschaffen, in dem Nachtfae in Sicherheit sind. Prinz Auren hat sich um sie gekümmert und ich mich um das Fürstentum.«

»Interessant.« Die Prinzessin gibt einen verstehenden Laut von sich. »Deshalb diese scheinbar technische Rückständigkeit. Ihr habt alle glauben lassen, Ihr wärt altmodisch. Und deshalb wolltet Ihr keine Besucher in Eurem Fürstentum.«

Fürst Nevan nickt. »So ist es. Wir möchten ein freies Nordeuropa. Die Nachtfae hatten die Hetzjagd damals nicht verdient und heute erst recht nicht.«

»Aber wieso gebt Ihr Euch gerade jetzt zu erkennen?« Die Frage rutscht mir heraus, bevor ich sie aufhalten kann. Alle Augen richten sich auf mich, und ich gebe mir Mühe, möglichst nicht in mich zusammenzusinken. Ich sitze hier, also habe ich auch das Recht, Fragen zu stellen.

Der Fürst verzieht seinen Mund spöttisch in Prinzessin Juliettes Richtung. »Weil der König uns misstraut hat und unsere Versorgung abschnitt. Das Fieber, das aktuell durch das Fürstentum geht, ist außer Kontrolle. Wir brauchen Medikamente und auch die Pflanzen, um sie selbst herzustellen. Wisst Ihr vielleicht mehr darüber?«

Sie hebt rebellisch ihr Kinn. »Mein Vater hatte recht, indem er Euch misstraute. Er wollte immer nur die Menschen vor den Nachtfae beschützen.«

»Und wir wollen nur frei sein und das Leben haben, das wir verdienen«, erwidert Ren.

Die Prinzessin nickt und deutet auf den Späher. »Entschuldigt, Ihr könnt nun mit Eurem Bericht fortfahren.«

Der Späher neigt leicht seinen Kopf. »Vielen Dank, Eure Hoheit.« Er wendet sich Ren zu, das Gesicht in stoischer Gelassenheit, die absolut keine Regung andeutet. »Das Fieber hat sich ausgebreitet. Die ersten Unruhen konnten zwar eingedämmt werden, die Bevölkerung hat jedoch mitbekommen, dass etwas nicht stimmt.«

»Verdammt«, murmelt Fürst Nevan und tippt mit seinen langen Fingern auf der Tischplatte herum. »Wir müssen schnell handeln. Die mitgebrachten Medikamente sind bereits in Umlauf, jedoch werden wir einige Tage brauchen, bis wir selbst Nachschub hergestellt haben.«

Prinzessin Juliette schlägt unter dem Tisch die Beine übereinander. »Was ist das für ein Fieber?«

»Es beginnt mit einer harmlosen Erkältung, und die meisten unserer Bewohner sind stark genug, um sie ohne Hilfe zu überwinden. Doch bei Älteren, Erkrankten und kleinen Kindern greift es ohne entsprechende Behandlung den Organismus an und verursacht hohes Fieber. Werden sie nicht schnell behandelt, tritt innerhalb von wenigen Wochen der Tod ein. Die Ärzte sind informiert. Doch ohne ausreichende Medikamente können sie nichts tun.« Fürst Nevan seufzt schwer und beißt die Zähne zusammen. Nichts an seiner Reaktion ist gespielt. Sie ist unverfälscht und echt, wie die eines Regenten, der sich wirklich etwas aus seinem Volk macht. »Wir haben in der Königsstadt um Hilfe gebeten. Doch dann wurde der Tunnel blockiert, und die Kommunikation brach ab. Zunächst glaubten wir noch an einen Zufall, doch spätestens als unsere entsandten Soldaten nicht mehr zurückkamen, wurde uns klar, dass mehr dahinterstecken muss. Bis zu unserer Abreise sind knapp eintausend Bürger dieses Hauses gestorben, und seitdem sind es sicher mehr geworden.«

Die Prinzessin nickt nur leicht, und obwohl sie keine Regung zeigt, will ein Teil von mir glauben, dass es ihr etwas ausmacht. Dass ihr der Tod all jener etwas ausmacht, denen der König so einfach hätte helfen können.

»Wie lange wird es dauern, bis die Medikamente hergestellt und ausgeliefert werden können?«

Meine Frage bringt den Fürsten dazu, den Kopf leicht nach rechts und links zu neigen. »Wir haben bereits vor unserer Abreise eine Fabrik umrüsten lassen. Die Pflanzen werden mit Hilfe von Faemagie in zwei, drei Tagen erntereif sein. Die Herstellung wird dann noch mal drei Tage brauchen, bis wir die Medikamente ausliefern können. Also fünf bis sechs Tage. Und unsere mitgebrachten Medikamente reichen je nach aktueller Ausbreitung für drei bis vier Tage.«

Stille.

Die Prinzessin lehnt sich in ihrem Stuhl zurück. »Das ist fürchterlich. Könnte man nicht weitere Medikamente aus anderen Fürstentümern liefern lassen?«

Ren schnaubt, und in diesem Geräusch hängt so viel Wut, dass sich meine Dunkelheit erneut aufbäumt. »Der König hat den Fürstentümern im Osten verboten, uns zu beliefern, wie wir während unseres Aufenthaltes herausfinden mussten. Er will uns ausbluten lassen. Er hatte auch nie vor, uns gehen zu lassen.«

Ich kann der Prinzessin nicht ansehen, ob diese Information für sie neu ist, denn ihre Miene verschließt sich.

»Das hätten wir also geklärt. Unsere Leute sind bereits dabei, alles Nötige zu veranlassen. Nun können wir nur hoffen, dass es reicht. Der eigentliche Grund für diese Besprechung ist, dass wir das Volk nun aufklären werden.« Ren lehnt sich auf seinem Platz zurück und strahlt eine derartige Autorität aus, dass ich kaum glauben kann, dass er sich all die Jahre als Soldat ausgeben konnte. »Das Volk verdient eine Wahl, sobald wir die

Tore offiziell für Nachtfae öffnen. Die Frage ist, ob die Königsstadt Menschen aufnehmen wird. Jene, die nicht bleiben wollen, werden einen Platz in dieser Welt brauchen, und wir wollen sie nicht in die Tote Zone hinausschicken. Könnt Ihr diese Entscheidung treffen, Prinzessin? Wir hatten leider vor unserer Abreise keine Zeit, die Details mit König Arthur zu klären.«

Prinzessin Juliette reckt das Kinn ein wenig, als hätte Ren sie herausgefordert. »Sie werden selbstverständlich aufgenommen.«

»Gut. Dann haben wir ein Abkommen.« Als Ren sich erhebt, schaben die Stuhlbeine über den Boden. »Wir verlassen uns auf Euer Wort. Selbst wenn Ihr noch keine Königin seid.«

In den Augen der Prinzessin liegt Erhabenheit, als sie ebenfalls aufsteht. »Mein Vater würde niemals etwas tun, das seinem Volk schadet.«

Ren hebt spöttisch eine Augenbraue, geht jedoch nicht weiter darauf ein.

Fürst Nevan erhebt sich und deutet auf die Tür auf der anderen Seite des Raumes. »Gehen wir nach nebenan. Von dort wird die Übertragung stattfinden. Aktuell sind mehrere hundert Kutschen mit Leinwänden unterwegs, die sich überall im Fürstentum positionieren.«

Die Prinzessin schreitet hoheitsvoll an ihm vorbei. »Was genau werdet Ihr verkünden?«

»Dass ich zurücktrete und Prinz Auren sein rechtmäßiges Erbe annimmt. Nordeuropa soll frei sein und all jenen Schutz bieten, die sich über die Jahre hinweg verstecken mussten. Ich werde ihm zur Seite stehen und ein Bindeglied zu den Fae sein. Es soll nicht wie eine Machtübernahme wirken, sondern wie ein Miteinander, das bereits seit Jahrhunderten Bestand hat und nun öffentlich gemacht wird.«

Ren tritt zu mir und lächelt mich an, während seine Finger kurz meinen Arm streifen. »Wir reden später miteinander.«

Ich kann nur nicken, weil seine Berührung ein Kribbeln hinterlässt, das mich einen Moment lang von allem ablenkt.

Ren lächelt mich ein letztes Mal an, dann geht er, und kurz darauf stellt sich die Späherin mir in den Weg. »Ab hier wird Eure Anwesenheit nicht mehr benötigt.«

Ich blicke an ihr vorbei, doch Ren ist bereits im Nebenraum verschwunden, und da ich sowieso nicht weiß, weshalb ich überhaupt zu dieser Besprechung eingeladen wurde, nicke ich zögerlich.

Natürlich.

Ich war nichts weiter als eine Zeugin.

»Ihr könnt Euch die Übertragung vom Wehrgang aus ansehen. Direkt vor dem Palast wird ebenfalls eine Kutsche positioniert.« Selbstgefälligkeit schwingt in ihren Worten mit, während sie mich an meinen Platz verweist. Natürlich.

Sie will Ren, und ich stehe ihr im Weg.

Doch was sind Ren und ich überhaupt? Da war dieser eine weltbewegende Kuss. Aber wer weiß, mit wie vielen Frauen er solche Momente schon erlebt hat?

Deshalb trete ich zurück, murmle eine Verabschiedung und mache mich auf den Weg zum Wehrgang. Das Gesagte schwingt mir noch immer nach, und als ich oben ankomme, sind dort bereits Inara, ihr Vater, Marlon, meine Nana und Ana.

Mein Magen verkrampft sich, weil ich keine Möglichkeit hatte, mit Ren über Ana und diese Zwillingssache zu sprechen. Aber das werde ich nachholen. Bald.

Ich stelle mich zu ihnen und blicke auf den Palastplatz herunter, auf dem eine Kutsche steht, dessen Seitenwände mit riesigen Bildschirmen versehen sind.

»Mir wurde erzählt, dass die Übertragung nicht nur in diesem Reich läuft, sondern auch über unsere Grenzen hinaus. Angeblich haben die Techniker bereits seit Jahrzehnten an dieser Liveschaltung gearbeitet«, erzählt Inaras Vater ehrfurchtsvoll.

»Beeindruckend«, murmelt Marlon, worauf wir anderen nicken.

Unruhig steht die Menge zusammen, und ich stelle mir vor, wie unzählige andere dies genau jetzt ebenfalls tun.

Im selben Moment, als ein Bild über die Bildschirme flackert, wird es schlagartig still.

Fürst Nevan, Ren und die Prinzessin sind zu sehen.

»Wertes Volk aus dem Hause Nevan«, beginnt der Fürst in seiner typisch charismatischen Art und lächelt in das Bild. »Manchmal verändert sich die Welt. Mal zum Guten, mal zum Schlechten. Manchmal sind wir die Veränderung. Nach Jahrhunderten der Ungerechtigkeit werden wir ab heute den richtigen Weg einschlagen, und auf diesem begleitet uns Prinzessin Juliette.«

Diese lächelt, und ich hätte es für echt gehalten, wenn ich nicht wüsste, dass ihr keine andere Wahl bleibt.

»Vor dreihundert Jahren gewann König Arthur aufgrund von Hass und Angst den Krieg gegen die Nachtfae. Doch sie waren nie wirklich tot. Sie versteckten sich nur. Mitten unter uns.«

Unruhe bricht in der Menge aus, doch Fürst Nevan spricht weiter. »Einst schwor ich mir, immer das Richtige zu tun, und rettete deshalb Aleksander Kadars Sohn, Prinz Auren Kadar, vor dem Tod und schenkte ihm einen Platz in unseren Reihen.« Er deutet auf Ren, während in der Menge spitze Schreie des Entsetzens laut werden. »Er wurde zu meinem ersten Soldaten, nachdem er mir mehrmals das Leben rettete. Er wurde ein treuer Freund. Er wurde für mich der Beweis, dass der alte Hass keinen Bestand hat. Nun aber hat uns König Arthur keine Wahl mehr gelassen. Indem er uns lebensnotwendige Ressourcen vorenthielt, brauchte ich die Hilfe der Nachtfae, um diese wieder einzufordern.«

Die Luft schmeckt nach Verwirrung, und ich starre auf die Menschen und Fae dort unten herunter, die vor Angst und Entsetzen auf die Bildschirme starren. Mein Hals verengt sich, und ich spüre, dass dies hier nicht so einfach wird, wie der Fürst und Ren es sich erhoffen.

»Nun kennt Ihr die Wahrheit, und deshalb kann ich nicht weiter so tun, als würde mir ein Thron gehören, der rechtmäßig von einem anderen besetzt sein sollte. Vor dem Krieg, vor alldem Hass und der Ungerechtigkeit, gehörte Nordeuropa den Nachtfae, und so soll es wieder sein. Deshalb werde ich meinen Thron an Prinz Auren Kadar abgeben und ihm seinen Platz als Herrscher zurückgeben.«

Erneut ertönen Schreie des Entsetzens und der Wut.

»Doch ich werde an seiner Seite bleiben, als Beweis für die Einigkeit zwischen Fae und Nachtfae.«

Ren tritt vor. Sein Gesicht unergründlich, seine Haltung aufrecht. Er sieht aus wie ein König. Wunderschön und gefährlich. »Diese Neuigkeiten werden viele erschrecken. Und wir wollen niemanden dazu zwingen, mit Nachtfae zu leben, wenn sie es nicht wollen. Deshalb haben wir mit Prinzessin Juliette ein Abkommen geschlossen. All jene, die das Fürstentum verlassen wollen, können dies tun. Ab heute Abend und auch die kommenden sieben Tage, bis zu dem Zeitpunkt, an dem ich meinen rechtmäßigen Thron einnehme, werden Züge in die Königsstadt fahren, wo all jene aufgenommen werden, die nicht hierbleiben möchten. So lange werden keine weiteren Nachtfae das Fürstentum betreten. Wir möchten den Übergang so ruhig wie möglich vollziehen.«

Prinzessin Juliette nickt ernst und setzt dann ein sanftes Lächeln auf. »Ich werde bis zum Ende bleiben und dann mit dem letzten Zug das Fürstentum verlassen, nachdem ich Prinz Auren bei seiner Krönung beigewohnt habe. Fürchtet Euch nicht, denn die Königsstadt hat einen Platz für jeden von Euch.«

Es wird plötzlich so laut, dass ich nicht mehr höre, was Fürst Nevan sagt. Unruhe bricht aus. Die Zuschauer beginnen im Chaos davonzustürmen, und Soldaten rücken aus.

Sie bringen die Menge innerhalb weniger Minuten zur Ruhe, und als die Übertragung endet, ist der Platz leer, als hätten sich nicht gerade eben mehrere Dutzend Menschen hier befunden.

Ich atme zittrig aus.

»Ich befürchte, dass es nicht einfach werden wird«, sagt Inara leise, und ihr Vater nickt bestätigend, als ich mich zu ihnen drehe.

»Wir bleiben«, entscheidet Nana und lächelt mich an, während sie nach meiner Hand greift. »Diese Veränderung mag beängstigend sein. Aber das sind Veränderungen oftmals.«

»Also ich bin bereit für alles, was jetzt kommt. Hauptsache, ich muss nicht mehr verstecken, was ich wirklich bin«, sagt Marlon und wendet sich von dem leeren Platz ab.

Er hat mir noch nie derart aus dem Herzen gesprochen.

40. Kapitel

Avi

Meine erste Nacht zurück im Fürstentum endet damit, dass ich mich ruhelos hin und her werfe, bis ich in einen düsteren Traum sinke, in dem dornenbesetzte Ranken sich mir entgegenstrecken und meine Haut aufreißen. Pfeile durchbohren meine Arme, Gift kitzelt auf meiner Zunge, und Schreie tanzen in meinem Ohr. Ein paillettenbesetzter Mantel fliegt auf mich zu, seine Arme schlingen sich um meinen Hals und drücken. Drücken, drücken, drücken.

Ruckartig wache ich auf und ringe nach Luft. Mein Nachthemd ist von Schweiß durchtränkt, und ich bilde mir ein, den Nachhall des Gegengiftes auf meiner Zunge zu schmecken.

Die Sonne ist kaum aufgegangen, doch ich kann keine Sekunde länger im Bett liegen bleiben. Obwohl wir wieder zurück sind, fühlt es sich an, als wäre ein Teil von mir in der Königsstadt zurückgeblieben. Der Teil, der glaubt, noch kämpfen zu müssen. Als hinge mein Leben nur noch an einem seidenen Faden.

Meine Hand tastet nach meinem Hals, der so knapp davor gewesen ist, durchbohrt zu werden, dass ich mit einem Mal in Panik verfalle.

Ich strample die Decke von mir, bevor ich mir frische Sachen anziehe und aus meinem Zimmer gehe. Ich halte es nicht eine Sekunde länger in diesem Raum aus, obwohl ich eigentlich weiß, dass ich in Sicherheit bin. Meine Knie sind noch weich, als ich durch den stillen Palast gehe, und bis auf einzelne Soldaten, denen ich stumm zunicke, sind die Gänge leer.

Gestern hat Marlon noch gefragt, ob wir den Soldaten im Palast überhaupt vertrauen können. Wer versprach uns denn, dass sie uns nicht hinterrücks töten würden, nun, da mit absoluter Sicherheit durchsickern würde, dass wir drei Nachtfae sind. Der Späher, den er angesprochen hatte, teilte uns mit, dass alle Soldaten im Palast Nachtfae sind. Es immer gewesen sind.

Eine Information, die ich erst mal verdauen musste, weil sie nur deutlich macht, wie tief Fürst Nevans Vertrauen in Ren und die Nachtfae geht.

Ich ziehe meinen Morgenmantel fester um mich, als mir klar wird, dass ich mich vor der Bibliothek befinde. Da ich nicht weiß, wohin mit mir, trete ich in den großen Raum und lasse den Blick über die Bücherregale mit unzähligen Büchern schweifen, die in warmes Licht getaucht sind.

In dem Moment, als ich über die Schwelle trete, ertönt eine Stimme. »Kannst du auch nicht schlafen?«

Ren. Seine Worte jagen mir einen Schauder über meine Haut, voller Sehnsucht, und zugleich wecken sie das Bedürfnis nach Flucht. Unser Kuss prickelt auf meinen Lippen. Meine Dunkelheit regt sich und zieht mich automatisch zu ihm. Ich entdecke ihn in einer Sesselgruppe, wo er mehrere Karten auf dem niedrigen Tisch vor sich ausgebreitet hat. Seine Ellenbogen sind auf die Knie gestemmt, während sein Gesicht mir zugewandt ist. Er trägt nur ein lockeres Hemd und eine enge Hose, die seine muskulösen Beine umschmeichelt. Auf seiner Brust glitzert der Anhänger, der mir schon vorhin aufgefallen ist.

Langsam gehe ich auf ihn zu und unterdrücke den Drang, die Arme um mich zu schlingen oder sonst irgendein Anzeichen von Unsicherheit zu zeigen. »Manche Erinnerungen hinterlassen Narben.«

Sein Gesicht verdüstert sich für einen Moment, als wüsste er genau, wovon ich spreche. Dann deutet er auf den Sessel neben sich. »Trockene Strategiepläne können von schlechten Nächten ablenken.«

»Eine Strategie wofür?« Ich setze mich auf den angebotenen Sessel, der direkt neben seinem steht. Würde ich meinen Arm auf die Lehne legen, könnten wir uns berühren.

In diesem Moment tritt eine Gestalt aus den Schatten zwischen den Regalen hervor. Der Späher von vorhin. Er ist voll beladen mit weiteren Unterlagen und kommt auf uns zu, wobei er sich nicht anmerken lässt, ob er überrascht ist, mich zu sehen, oder mich längst wahrgenommen hat. Er legt die Unterlagen auf den Tisch. »Ich werde mich um einen Snack bemühen.«

Ren schmunzelt, aber kommentiert den Abgang des Spähers sonst nicht weiter.

Ich kneife meine Augen zusammen, während ich ihm hinterherschaue, und bin mir ziemlich sicher, dass das alles nur ein Vorwand ist, uns alleine zu lassen. »Prinz Auren also?«

»Ren für meine Freunde«, antwortet er, und Wärme liegt in seinen Augen.

»Gut. Ich habe mich an den Namen gewöhnt.«

Er lacht leise, und das Geräusch lässt meinen Bauch kribbeln. Doch dann wird er wieder ernst. »Es tut mir leid, dass wir euch ausgeliefert haben und ich dich die ganze Zeit im Ungewissen gelassen habe.«

»Wir waren nie mehr als Schachfiguren für euch. Und wir können von Glück sagen, dass ihr dieses Spiel gewonnen habt.« Mein Hals verengt sich, als ich mir das noch einmal vor Augen führe. Wären wir auf unserer Reise gestorben, hätte er uns dann als Kollateralschaden verbucht? Wie viel waren ihnen unsere Leben überhaupt wert?

Meine Gefühle für ihn haben sich in den letzten Tagen verändert, aber reicht es aus, um wiedergutzumachen, was er uns beinahe angetan hätte?

Sein Kiefer spannt sich an, als er die Zähne zusammenbeißt. »Wir hätten euch nicht zu Bauernopfern gemacht.«

Ungläubig hebe ich meine Augenbrauen. »In dieser ganzen Geschichte gab es zu viele Unwägbarkeiten. Der König hätte uns auf der Stelle hinrichten lassen können.«

»Nevan hat dafür gesorgt, dass er es nicht einfach so kann.«

»Mit dem kleinen Stoß gegen Marlon und Inara, sodass sich ihre Dunkelheit in der Öffentlichkeit zeigt?«

Als er nickt, bestätigt er meine Vermutung nur. »Sie hätten uns vor den Mauern der Königsstadt erschießen können.«

»Deine Dunkelheit hätte uns gerettet.« Sein Mundwinkel zuckt. »Du hast mehrfach eindrucksvoll bewiesen, dass du dich vor Angriffen verteidigen kannst.«

»Mein Leben ist kein Spiel«, erwidere ich hart.

Seine Augenbraue hebt sich, und plötzlich lächelt er.

»Was genau ist daran so amüsant?«, erwidere ich ein wenig sauer und zugleich verwirrt.

»Das bist *du.* Die Avi, die du vor der Welt versteckt hast.«

Ich schüttle meinen Kopf, weil ich nicht weiß, worauf er hinauswill.

»Du bist nicht Aviana, wie du allen anderen vorgespielt hast.« Seine Stimme wird ein bisschen rau, als er sich vorlehnt und eine meiner dunklen Haarsträhnen hinter mein Ohr streicht. »Du bist Avi, und du bist wütend.«

»Ich bin nicht wütend!«, erwidere ich, erneut ein wenig zu laut, und lehne mich zurück, weil seine Berührung mich ablenkt.

»In dir steckt so viel mehr als das brave Mädchen. Akzeptiere diese Wut, und du wirst dich selbst finden.«

Meine Nasenflügel blähen sich auf, während ich den Kopf schüttle und nicht weiß, was ich von seinen Worten halten soll. »Gut. Du wolltest uns also nie zu Bauernopfern machen. Was genau war dann euer Plan? Ihr wolltet mit unserer Hilfe durch die Tote Zone, obwohl wir eigentlich überflüssig waren. Vermutlich, damit ihr uns als Grund nennen könnt, wie ihr es dort hindurchgeschafft habt, oder?«

Er nickt und atmet hörbar ein. »Richtig. Wir wollten herausfinden, warum die Verbindung zur Königsstadt abgebrochen ist. Wir wollten meine Tarnung noch nicht aufgeben, nicht, solange wir nicht autonom leben können. Aber die Entscheidung wurde uns abgenommen.«

»Ihr wolltet also gar nicht von Anfang an einfach in die Königsstadt reisen, eine Show abliefern und dann mit großem Tamtam und einer königlichen Geisel zurückkehren?« Ich hebe vielsagend die Augenbrauen.

Ren wirft den Kopf in den Nacken und lacht schallend los. Das Geräusch füllt die Bibliothek und ein bisschen von meinem Herzen aus. Sein Lachen ist rau, aber echt. »Nein, das war tatsächlich nicht der Plan. Ursprünglich wollten wir irgendwann einfach das Fürstentum übernehmen.«

»Also König Arthur vor vollendete Tatsachen stellen?«

Er nickt, mit dem Nachhall eines Lächelns um seine Augen. »Wir wollten zunächst autonomer werden, doch König Arthur hat es geschickt eingefädelt, dass alle wichtigen Sektoren über die Fürstentümer aufgeteilt wurden. Allen voran die medizinische Versorgung hat uns Sorgen gemacht – das weißt du bereits. Aber dann ist alles anders gekommen. Wir werden es eben so schaffen müssen.«

Ren seufzt leise, und mit einem Mal sehe ich das unsichtbare Gewicht auf seinen Schultern, das er schon seit Jahrhunderten mit sich herumträgt. Eine Krone, die unsichtbar auf seinem Kopf thront. Einen Kampf, den er seit Ewigkeiten ausfechtet.

»Die Soldaten versuchen das größte Chaos einzudämmen, doch es haben sich bereits jetzt Unzählige beim Bahnhof eingefunden, die darauf warten, in den nächsten Zug einsteigen zu können.«

Bürger, die vor jenen fliehen, die so sind wie er und ich. »Bist du enttäuscht, dass so viele gehen wollen?«

Ein bitteres Lachen entfährt ihm, bevor er mich mit funkelnden Augen anschaut. »Ich bin eher erleichtert. Jeder, der jetzt geht, gehört zu denen, die uns hassen. Würden wir sie zwingen zu bleiben, um mit uns zusammenzuleben, würde es unweigerlich zu Mord und Totschlag kommen. Je mehr von ihnen gehen, desto besser. Ich mache mir nur Sorgen um die, die bleiben, und darum, dass vielleicht doch noch Chaos ausbrechen könnte. Ein Volk in Panik ist stärker als jede Sturmflut. Sie könnten das gesamte Fürstentum vernichten.«

Einen Moment lang kann ich ihn nur anstarren, weil es das erste Mal ist, dass er so viel von sich preisgibt. Ich streife die

Schuhe ab und ziehe meine Füße unter mich. Dabei bin ich mir überdeutlich bewusst, dass Ren jede meiner Bewegungen verfolgt. »Ich finde es genau richtig«, erwidere ich mit rauer Stimme und muss mich räuspern, bevor ich weitersprechen kann. »Es ist besser, dass du und Fürst Nevan ihnen die Wahl lasst.«

Ren lächelt halb, und dieses Lächeln fährt mir bis in den Bauch. »Haben wir denn eine Alternative?«

»Ihr hättet das Volk vor vollendete Tatsachen stellen können. Ihr hättet sie zwingen können, mit den Nachtfae klarzukommen. Ihr hättet das Fürstentum zur Nachtfae-Zone ernennen können.« Ich beiße mir auf die Unterlippe, und Rens Augen verdunkeln sich. Ein Gefühl von Macht steigt in mir auf, als es aussieht, als würde Ren kaum merklich die Luft anhalten. »Aber das unterscheidet einen guten Herrscher von einem großartigen. Du triffst wichtige Entscheidungen und verhinderst so den Tod Unschuldiger.«

Rens Blick bohrt sich nun regelrecht in meinen, und er schaut mich so lange an, dass es sich anfühlt, als würde er mich entblößen, Schicht um Schicht, bis nur noch meine nackte Seele übrig ist. Bis er direkt in mich hineinsehen kann und erkennt, wie viel Egoismus und Sehnsucht in mir ringen.

»Wie kann es sein, dass du mich nicht fürchtest?«

Ich lache so laut, dass das Geräusch die gesamte Bibliothek erfüllt. »Dasselbe habe ich mich auch bei dir gefragt. Natürlich ergibt jetzt alles einen Sinn. Du hast mich nie gefürchtet, weil du dieselbe Dunkelheit in dir trägst wie ich. Auch wenn deine gereifter ist.«

Ren hebt eine Augenbraue. »Soll das etwa eine Anspielung auf mein Alter sein?«

»Nun, wir können kaum verhehlen, dass du alterstechnisch

einen deutlichen Vorsprung hast«, erwidere ich unschuldig und ein wenig herausfordernd.

»Vielleicht glaubst du jetzt, dass es einen Unterschied machen könnte. Doch ich verspreche dir, in spätestens hundert Jahren wird die Zeit für dich ebenfalls zu verschwimmen beginnen.«

»Was?« Ich rücke auf meinem Sessel ein wenig von ihm ab, als würde der Abstand mir helfen, klarer zu denken. »Was meinst du damit?«

»Ich meine damit, dass du eine Nachtfae bist. Du bist in der Blüte deines Lebens und wirst ab jetzt nicht mehr so altern wie andere. Deine Kräfte lassen es nicht zu.«

»Wie soll das gehen? Ich bin halb Mensch, und damit meine Kräfte irgendetwas tun können, müssten sie doch von irgendwas zehren.«

Ren greift nach meiner Hand, und die Dunkelheit flammt unwillkürlich zwischen uns empor. Sie prickelt an meinem ganzen Körper, und mit einem Mal ist da diese tiefe Verbundenheit zwischen uns, die ich schon bei unserem Kuss gespürt habe. Es ist, als wäre ein Band zwischen uns gespannt, unsichtbar, doch zweifelsfrei vorhanden.

Rens Nasenflügel blähen sich, als würde er dasselbe spüren. »Du benutzt deine Magie bereits. Die ganze Zeit. So wie jeder Zwilling, der als Nachtfae geboren wurde.«

Mir wird eiskalt, weil ich mich plötzlich daran erinnere, dass ich mit ihm über Ana sprechen wollte. Darüber, dass ihr der Arzt gesagt hat, dass der menschliche Zwilling sterben wird. Und plötzlich wird mir alles klar.

»Ich zehre von Ana, weil mein Körper in die Unsterblichkeit übergeht.« Mein Atem geht schneller, und ich fühle mich, als würden sich eisige Klauen um ein Herz krallen. *Ich* bin der

Grund, warum Ana krank geworden ist. Und ich bin vermutlich auch der Grund, warum es Ana jetzt wieder schlechter geht. »Aber wie konnte der Arzt ihr dann helfen?«

Ren betrachtet mich sanft und zugleich mitfühlend. »Weil er ein Nachtfae ist. Er hat deine Magie in ihr neutralisiert.«

»Also wusstet ihr die ganze Zeit, was mit den Zwillingen passieren wird, sobald sie alt genug sind?« Meine Stimme wird schrill, und ich balle die Hände zu Fäusten. Weil es so viel gibt, was er zurückgehalten hat. Was er mir verschwiegen hat.

Ich denke an Marlon und seinen toten Zwilling und will mir gar nicht ausmalen, wie er reagieren wird, sobald er das alles erfährt.

Doch Ren schüttelt den Kopf, und ich empfinde tiefe Erleichterung. »Es gibt nicht viele Zwillinge, die es so lange geschafft haben wie ihr. Die meisten sind zuvor gestorben. Erst als Marlons Bruder starb, konnten wir ihn untersuchen und so herausfinden, was genau die Zwillinge miteinander verbindet.«

»Was genau soll das sein?«

»Ihre Lebenslinien.«

»Unsere Lebenslinien?« Stirnrunzelnd betrachte ich meine Handflächen. »Aber müsste Marlon dann nicht sterblich sein?«

Ren wiegt den Kopf hin und her und schaut zur Decke, als würde er seine Worte genau abwägen. »So funktioniert Nachtfae-Magie nicht. Sie zehrt die ganze Zeit aus ihrer Umgebung, aber nur kleine Stücke. Marlon hat einen Teil seines Lebensunterhalts mit Kämpfen verdient, und soweit unsere Späher beobachten konnten, hat er dabei Energie von seinen Kontrahenten gezogen. Diese hat ihm geholfen.«

»Das erklärt, warum er sich so schlecht unter Kontrolle hatte, als wir in der Königsstadt waren. Er hatte keine Möglichkeit, Energie zu sammeln, und das hat ihn so nervös gemacht.«

»Und Inara hat ihre Kraft, im Gegensatz zu Marlon, ganz intuitiv aus der Umgebung gezogen. Sie musste nichts verändern.«

»Aber was heißt das für Ana und mich?«

Rens Gesichtsausdruck wird wieder sanft. »Wir müssen einen Weg finden, dich von Ana abzukoppeln, damit sie leben und ihre eigene Magie entwickeln kann.«

Meine Augen weiten sich. »Ihre eigene Magie?«

»Sie könnte welche in sich tragen.« Ren schenkt mir ein schiefes Grinsen. »Wir werden gleich morgen mit dem Training beginnen. Du hast viel ungenutztes Potenzial, und es wird Zeit, dass wir dies hervorholen. Ich will, dass du alles lernst, was dir möglich ist.« In seiner Stimme schwingt etwas mit, das mein Herz zum Rasen bringt. Ich kann es nicht benennen, aber es fühlt sich wie Stolz und Aufregung zugleich an.

»Warum?« Ich will es wissen. Ich muss.

Seine Stimme ist leise und eindringlich, als er mir antwortet. »Weil du so viel mehr bist als der Schatten, zu dem dein Leben dich gezwungen hat. Ich will wissen, wer die Avi in dir ist. Ich will das Feuer sehen, das in dir brennt und das du noch immer zurückhältst.«

Plötzlich ändert sich die Stimmung im Raum. Mein Mund wird mit einem Mal trocken, und ich befeuchte meine Lippen, weil ich wieder an diesen Kuss denken muss, der so atemberaubend und unvergleichlich war.

Hunger blitzt in seinen Augen auf. Ich lehne mich ihm entgegen, weil ich einfach nicht anders kann, weil es sich anfühlt, als würde sich das Band zwischen uns spannen und mich dazu zwingen. Ich *will* ihn noch mal küssen. Die Luft knistert, während mein Körper voller Erwartung zittert. Wir kommen uns näher, und plötzlich treffen unsere Lippen aufeinander.

Ein Inferno entzündet sich. Flammen gleißen um uns herum wie ein Sturm.

Ren entfährt ein leises Knurren, und er schiebt seine Hand in mein Haar. Langsam zieht er mich zu sich, während unsere Lippen miteinander tanzen.

Dieser Kuss ist ganz anders als der erste. So voller Sehnsucht. Langsam und intensiv, sodass alles in mir ganz weich wird. Dunkelheit umgibt uns wie ein warmer Mantel, der uns von allem ausschließt und mich dazu bringen will, auch die letzten Schranken fallen zu lassen.

Rens Lippen auf meinen sind zärtlich, und ich greife nach ihm, weil es sich anfühlt, als wäre doch immer noch viel zu viel zwischen uns. Die Armlehnen der Sessel hindern mich daran, ihm noch näher zu kommen, was ich mit einem Grummeln quittiere.

Ren lacht an meinen Lippen und löst den Kuss langsam auf, bevor er mich aus seinen dunklen Augen anblickt. Seine Finger zeichnen sanfte Wellen auf meiner Kopfhaut. Und ich zerfließe vor Wonne. »Wieso können wir nie allein sein?«

Ich blinzle verwirrt, bis sich die Dunkelheit langsam auflöst und ich einen spitzen Schrei ausstoße, weil plötzlich Fürst Nevan und der Späher uns in den Sesseln gegenübersitzen.

Fürst Nevan lacht und schlägt seine Knöchel übereinander, während er ein wenig tiefer in den Sessel rutscht. »Entschuldigt, es war keine Absicht, Euch zu erschrecken. Wir dachten nur, wir setzen uns einfach neben den Wirbelsturm aus Dunkelheit und warten ab, was passiert.«

Der Späher neben ihm lacht leise.

Und ich werde knallrot. »Entschuldigt. Meine Dunkelheit …« Ich bringe den Satz nicht zu Ende, weil es mir so unangenehm ist, vor ihnen zuzugeben, dass meine Emotionen meine Dunkelheit beherrschen.

Der Fürst hebt beide Augenbrauen und starrt Ren mit einem Lächeln an, das Nationen hätte in den Krieg führen können. »Du lässt sie wirklich in dem Glauben, das wäre allein ihr Werk?«

Ren windet sich in seinem Platz und fixiert den Fürsten, als würde er ihn am liebsten für diese Bemerkung schütteln wollen. »Es ist nicht so, als hätten wir bisher viel Zeit zum Reden gehabt.«

»Was ist damit gemeint?« Mein Blick fliegt zwischen den dreien hin und her.

Ren stöhnt leise und seufzt dann, als der Späher und Fürst Nevan ihn auffordernd anblicken. »Es ist nicht nur deine Dunkelheit.«

»Was meinst du damit?«

Er stößt frustriert den Atem aus und kratzt sich verlegen den Nacken, während Fürst Nevan leise lacht. »Du hast dein Leben lang deine Kräfte versteckt und das so gut gemacht, dass sie wirklich nur in Extremsituationen rauskommen. Die Dunkelheit, die du siehst, wenn wir zusammen sind, ist fast immer meine.«

»*Deine?*«

Fürst Nevan prustet los und beugt sich vor, um Ren einen freundschaftlichen Klaps auf das Knie zu geben. »Was mein plötzlich so wortkarger Freund Euch zu sagen versucht, ist, dass er sich nicht unter Kontrolle hat, wenn Ihr in seiner Nähe seid. Was äußerst faszinierend ist, denn ich kenne ihn schon eine ganze Weile, und das ist wirklich noch nie vorgekommen.«

Ren sieht aus, das würde er ihn erwürgen wollen. »Dir gefällt das viel zu sehr.«

Der Fürst lacht noch lauter. »Mich in dem Leid meines besten Freundes zu suhlen, ist sozusagen mein Hobby.«

Mein Herz schlägt viel zu schnell angesichts dieser neuen Informationen, und zugleich kann ich nicht anders, als zu lächeln, während ich den beiden bei ihrem Schlagabtausch zuschaue. Es offenbart eine ganz neue Seite an ihnen.

Ren räuspert sich, als er sich mir zuwendet, und ein umwerfendes Lächeln auf den Lippen trägt. »Wir werden auf jeden Fall daran arbeiten, dass du dein volles Potenzial nutzen kannst. Du kratzt noch an der Oberfläche. In dir versteckt sich noch so viel Magie, dass es ein Wunder ist, dass du sie so lange geheim halten konntest.«

Fürst Nevan lehnt sich wieder auf seinem Platz zurück und schlägt ein Bein über, sodass ein Knöchel auf seinem Knie liegt. »Ja, ja, lenk ruhig ab.«

Der Späher lacht, ebenso wie der Fürst, und beide erhalten einen finsteren Blick von Ren, der sich nun ganz auf seine Unterlagen konzentriert. Ich beiße mir auf die Unterlippe, als mir klar wird, dass er versucht, seine Verlegenheit zu überspielen. Ren ist verlegen. *Meinetwegen.*

»Nenn mich ruhig Nevan. Es wäre mir eine Freude, dich zu meinen Freunden zählen zu können, nachdem ich dich und die anderen so schamlos angelogen habe.« Nevan streckt mir seine Hand entgegen.

Sofort wallt wieder Wut in mir auf. »Ihr habt behauptet, unsere Familien seien tot.«

Er hebt die Augenbrauen, hält aber die Hand weiterhin ausgestreckt. »Ich habe es zumindest angedeutet, auch wenn ich die Worte so nie ausgesprochen habe. Doch es war der einzige Weg, euch alle für unseren Plan zu gewinnen. Hättet Ihr einen Fluchtversuch unternommen, wäre unsere Rettungsmission und unser großer Auftritt nicht so eindrucksvoll gewesen.«

»Das wird das einzige und letzte Mal sein, dass ich mich derart belügen lasse.« Ich will nicht einfach nachgeben. Stattdessen gestehe ich mir ein, dass er recht hat. Seine Mittel waren falsch, und doch ist er ein Fürst, der dafür kämpft, dass meinesgleichen endlich die Freiheit bekommt, die wir verdienen. Also greife ich nach seiner Hand und schüttle sie einmal fest und kurz. »Nenn mich Avi.«

Er lächelt schief und nickt. »Natürlich. Es ist mir eine Freude.«

»Was genau sind das für Karten?«, frage ich, nun etwas mutiger, und gleichzeitig wird mir bewusst, dass ich offenbar in eine Besprechung geplatzt bin. Vielleicht sogar eine geheime Besprechung, weil sie mitten in der Nacht in der Bibliothek stattfindet und niemand sonst als die drei dabei sind. Ich will schon abwiegeln, dass es mich nichts angeht, doch Ren überrascht mich, indem er eine Karte näher heranzieht und auf verschiedene Punkte deutet, die sich um den groben Umriss des Fürstentums schmiegen. »Das sind unsere Lager. Hier haben wir sichere Bereiche für Nachtfae und ihre Familien errichtet. Lager, in denen sie leben können.«

Meine Augen weiten sich, weil es viele Punkte sind. »Da leben überall Nachtfae? Seit all den Jahren?«

Ren nickt und lehnt sich wieder auf seinem Platz zurück. »Manche von ihnen leben schon seit dem Ende des Krieges dort. Ein paar Lager haben wir neu errichtet, wobei wir zwischendurch auch welche an die Nebelgeister verloren haben.« Seine Stimme senkt sich, und er macht eine kurze Pause, als würde er über die Verluste nachdenken.

Mir kommt ein Gedanke, der so abwegig ist, dass er vielleicht schon wieder wahr sein könnte. »Könnte es sein, dass mein Vater ein Nachtfae war?«

Ren lächelt mich sanft an und schüttelt dabei seinen Kopf. »Zwillinge, wie ihr, sind das Ergebnis der Evolution. In euren Adern fließt zwar entfernt das Blut von Nachtfae, doch wäre eines eurer Elternteile ebenfalls ein Nachtfae, dann wärt ihr beide Nachtfae geworden.«

Meine Schultern sinken ein wenig herab, und ich nicke, weil es irgendwie Sinn ergibt. »Also stammen die Zwillinge, die momentan in den Fürstentümern geboren warden, zwar von Menschen ab, aber das geerbte Blut von irgendwelchen vorangehenden Generationen setzt sich bei ihnen durch?«

Es ist Nevan, der mir antwortet und dabei seine Beine überschlägt. »Genauso ist es. Das ist der Grund, warum der König Zwillinge derart fürchtet. Er kann die Natur nicht kontrollieren und versucht deshalb alles, um diese neue Art von Nachtfae zu vernichten.«

»Und du hast ihm geholfen.« Ich kann den Vorwurf und die Bitterkeit in meiner Stimme nicht verbergen.

Nevan zeigt keine Regung. Es ist das Gesicht eines Mannes, den nichts mehr aus der Fassung bringen kann. »Wir haben versucht, sie wegzuschaffen, wenn unsere Ärzte uns etwas gemeldet haben, und konnten damit so gut wie alle retten. Ren, die Späher und ich haben geborene Zwillinge weggeschafft. In die Siedlungen, wo sie in Sicherheit sein sollten. Wenn die Schwangeren von anderen Soldaten gefunden wurden, konnten wir sie jedoch nicht mehr retten, ohne die Aufmerksamkeit des Königs auf uns zu lenken. Doch das waren die wenigsten. Sobald eine Zwillingsschwangerschaft festgestellt wurde, haben Ärzte auf Anweisung des Königs den Frauen eine Tinktur verabreicht, wodurch sie die Ungeborenen verloren haben.« Er schaut kurz auf die ineinander verschränkten Finger in seinem Schoß und offenbart damit, dass ihm das alles doch etwas ausmacht. »Es sind Zwillingspaare unter meinem Regime und im Namen des Königs gestorben. Das kann ich nicht verleugnen. Deshalb haben wir besonders den Nachtfae das Medizinstudium ermöglicht, damit sie sich als Ärzte hier im Fürstentum ausbreiten konnten. So hatten wir zumindest die Möglichkeit zu helfen, wenn es nötig war.«

»Und wie viele konntet ihr retten?«

»Nur wenige. Es gibt nicht so viele von euch, wie man meinen möchte. In jeder Generation sind es nur ein paar, und die Überwachung des Königs wurde von Jahr zu Jahr besser. Allein die Gesundheitsinjektion, die den Neugeborenen kurz nach der Geburt verabreicht wird, greift jegliches Zeichen von Nachtfaeblut an. Hat man also das Pech, in der Verwandtschaft – und sei es auch achten Grades – entsprechendes Blut zu haben, und dieses ist so stark, dass es mit dem Serum reagiert, bringt dich die Gesundheitsinjektion um. Auch ohne, dass du ein Zwilling bist.«

Entsetzen breitet sich in mir aus, und ich blinzle gegen die Tränen in meinen Augen an. Ana hatte verdammtes Glück. Nur ein wenig mehr Nachtfaeblut in ihr, und sie wäre bei der ersten Injektion gestorben. »Und so wurde verhindert, dass diese Kinder zu Eltern werden, die möglicherweise Zwillinge zur Welt bringen.«

Nevan nickt langsam, während er sichtlich schluckt, das Bein von seinem Knie nimmt und sich vorbeugt. Dann räuspert er sich und deutet auf die Karten. »Weswegen wir aber eigentlich hier sind, ist, dass wir nach und nach die Camps auflösen wollen, um die Nachtfae hierherzubringen. Die Camps sind zwar relativ sicher, aber auch sie werden regelmäßig von Nebelgeistern überrannt.«

Der Späher, der sich die ganze Zeit kaum bewegt hat, beugt sich nun vor und schenkt allen Tee ein. Erst jetzt fällt mir das Tablett mit den Tassen, einer Kanne und belegten Broten auf. Er reicht mir den Tee.

»Danke. Und wer seid Ihr, wenn ich fragen darf?«, siegt nun meine Neugierde.

Er neigt leicht den Kopf, als würde er sich verbeugen. »Nennt mich ruhig Finnian. Rens Freunde sind auch meine.«

»Dann würde ich mich freuen, wenn du mich Avi nennst.«

Er nickt mit einem Lächeln und nippt dann an seinem eigenen Tee.

Ren und Nevan diskutieren die bestmögliche Strategie, und ich werfe hin und wieder einen Vorschlag ein, was sie sogar hin und wieder mit einbeziehen.

Während ich meine Tasse umklammere und ihnen zuschaue, wird mir bewusst, dass ich ganz plötzlich Teil dieser Gruppe geworden bin. Irgendwie bin ich hier reingerutscht, und obwohl es noch immer fremd ist, dem Fürsten – Nevan – so nahe zu sein, fühlt es sich zugleich richtig an, weil er Rens Freund ist.

Das Lächeln, das mit einem Mal an meinen Lippen kitzelt, hätte ich nicht aufhalten können, selbst wenn ich gewollt hätte.

Ich bin Teil einer Gruppe. Ich bin Avi. Und ich habe ein eigenes Leben.

Die Schlange

41. Kapitel

Avi

Mir ist heiß und kalt zugleich, als ich mich am nächsten Morgen mit Ana, Ren und Nana im Trainingsraum einfinde. Es fühlt sich an, als seien Monate vergangen, als ich hier mit Ren meine Dunkelheit entfacht habe.

Mir ist heiß, weil es seine Dunkelheit gewesen ist, die außer Kontrolle geriet, wenn wir aufeinandertrafen.

Mir ist kalt, weil ich nun weiß, dass ich die Schuld an Anas Zustand trage, daran, dass sie beinahe gestorben wäre.

Nana sitzt auf dem Boden, an die gepolsterte Wand gelehnt, und beobachtet alles scheinbar teilnahmslos. Doch ich kenne sie gut genug, um ihre angespannten Finger zu bemerken, genauso wie ihren Blick, der abwartend und beinahe lauernd auf Ren liegt. Sie sieht aus wie eine Löwenmutter, die bereit ist, ihre Kinder zu verteidigen, sollte der große böse Wolf auch nur versuchen, ihnen ein Haar zu krümmen.

Ich hingegen schöpfe Kraft aus seiner Anwesenheit. Gestern haben wir bis in die frühen Morgenstunden mit Nevan und Finnian zusammengesessen und über Strategien gesprochen. Ich war ein Teil ihrer Gruppe, und was auch immer das zwischen Ren und mir ist, es fühlt sich richtig an.

In diesem Moment schaut er mich an, und wir lächeln gleichzeitig, als würden wir beide an unseren Abschiedskuss denken, der nur wenige Stunden her ist und meine Knie noch immer weich werden lässt.

»Ich verstehe nicht ganz, was das für ein Training sein soll«, gesteht Ana mit diesem offenen und freundlichen Lächeln, das sie so auszeichnet. Es ist ein Lächeln, das ich mir oft genug auf die Lippen geklebt habe, weil ich weiß, dass die Leute sie in mir darin wiedererkennen würden. Es ist ein Lächeln, das ich seit Wochen nicht mehr benutzt habe. Es ist ein Lächeln, das mir abhandengekommen ist. Und irgendwie fühlt sich das gut an.

Ich schaue kurz zu Ren, der mir aufmunternd zunickt. Dabei versuche ich, so etwas wie Zuversicht auszustrahlen. Und das, obwohl ich keine Ahnung habe, ob ich reparieren kann, was ich bereits kaputt gemacht habe.

»Ren, also Prinz Auren, hat mich informiert, dass deine Krankheit daher rührt, dass ich fortwährend Energie von dir abzapfe. Das ist wohl so ein Zwillingsproblem.«

Ana nickt langsam. »So was hat der Arzt auch angedeutet. Aber wie ist das möglich?« Sie macht mir keine Vorwürfe. Natürlich tut sie das nicht. Sie ist Ana und von Grund auf gut und freundlich und liebenswürdig. Sie würde mir niemals Vorwürfe machen, selbst wenn ich ihr mit Absicht schade. Ich sehe sie an, und mit einem Mal kommt es mir unfassbar anstrengend vor, stets so wie sie sein zu müssen.

»Zwillinge, die wie ihr geboren werdet, haben in ihrem Blut Spuren ihrer Nachtfae-Vorfahren, das sich besonders hervortut. In diesem Fall tritt diese Magie speziell bei Avi hervor. Zu Anfang, in eurer Kindheit, hat sie noch keine Energie absorbiert. Erst jetzt, da ihr Blut gegen die Sterblichkeit ankämpft, braucht sie fortwährend Energie. Diese zieht sie sich von dem nächstbesten Punkt, also von dir, weil ihr beide eine so lange Zeit so stark miteinander verbunden gewesen seid«, erklärt Ren und deutet zwischen uns beiden hin und her. »Sie hat sich so sehr dir anzupassen versucht, dass ihre Magie sich stetig auf dich bezogen hat und nie lernte, ihre Umgebung anzuzapfen. Das schwächt dich nun und verhindert, dass du deine eigene Magie nutzen kannst.«

Anas Augen weiten sich. »Meine eigene Magie?«

Sie blickt zu mir, und ich kann nur mit den Schultern zucken. »Offenbar habe ich dich blockiert, und das wollen wir mit dem Training korrigieren.«

»Aber, was für eine Magie ist das? Bin ich auch eine Nachtfae?« Ana klingt, als wäre sie unsicher, ob ihr das gefallen würde, und ich zwinge mich, angesichts dessen nicht zusammenzuzucken.

»Nein«, erwidert Ren. »Du wärst weiterhin ein Mensch, jedoch mit zusätzlichen Fähigkeiten. Zumindest vermuten wir das. Wie genau diese aussehen, werden wir dann erfahren. Diese evolutionäre Entwicklung von Zwillingen ist auch für uns noch recht neu, aber wir konnten sie bereits beobachten.«

»Unglaublich«, flüstert Ana und strahlt ein wenig mehr. »Lasst es uns versuchen.«

Ich nicke, weil mich ihre Aufregung ansteckt und ich es unbedingt wiedergutmachen will. Immerhin zehre ich offenbar die ganze Zeit von ihr und schwäche sie damit.

Ren tritt auf mich zu und streckt mir seine Hand entgegen. »Zuerst müssen wir Avis Magie umleiten.«

Ich starre seine Hände an und zögere, während mein Blick zu Nana fliegt, die noch immer an der Wand lehnt und uns genau beobachtet. Mein Hals verengt sich. Sie hat meine Dunkelheit noch nie gesehen. Genauso wenig wie Ana.

»Sie werden es verstehen«, raunt Ren mir zu, und ich beiße mir auf die Unterlippe, weil er mich so gut lesen kann. »Und ich werde versuchen, mich zurückzuhalten«, fügt er mit einem verschmitzten Lächeln hinzu, was mich zum Lachen bringt.

Als meine Finger seine berühren, zuckt die Dunkelheit zwischen unseren Händen empor. Ich kann sie fühlen, jedoch auch, dass sie nicht mir gehört. Jetzt, da ich mich darauf konzentriere, kann ich wahrnehmen, dass meine Dunkelheit tief in mir vergraben ist.

Ich wage nicht, zu meiner Familie zu sehen und behalte meine Aufmerksamkeit stattdessen bei Ren. »Was jetzt?«

»Du musst deine Dunkelheit bewusst hervorholen. Fühle in dich hinein.«

Ich schließe die Augen, doch alles, was ich wahrnehme, sind die Blicke von Ana und meiner Nana. Zögernd öffne ich sie wieder und verziehe den Mund.

Rens Gesichtsausdruck wird sanft, bevor sein Daumen über meinen Handrücken streicht und ein wunderschönes Schaudern meinen Körper durchfährt. »Ich denke, das werden wir später noch einmal probieren.«

»Nein«, erwidere ich hart und schüttle den Kopf.

Er hebt eine Augenbraue, nickt jedoch, und wir versuchen es erneut. Und erneut. Und erneut.

Frustriert löse ich meine Hände aus seinen und fahre mir durch das Haar. »Wieso klappt es nicht?«

»Lass dir Zeit«, sagt Ana so verständnisvoll wie immer.

»Nein. Es muss einfach funktionieren«, erwidere ich hart.

Sie zuckt angesichts meines Tonfalls zusammen, und sofort fühle ich mich schlecht. »Entschuldige«, stoße ich aus und reibe mir die Stirn, bevor ich mich zu einem Lächeln zwinge. »Ich hasse es einfach, dass ich der Grund bin, weshalb es dir schlecht geht.«

»Sicher«, sagt Ana sofort und lächelt so sanft, als wäre es keine große Sache, dass ich sie umbringen könnte. »Wie wäre es, wenn wir erst mal etwas essen? Das wird sicher helfen.«

»Das ist eine gute Idee.« Mein Magen fühlt sich schon ganz klein an, und ich atme tief durch.

Ana wendet sich Ren zu, der mich die ganze Zeit beobachtet hat. Etwas blitzt in seinen Augen. Gefährlich und roh. Etwas, das nur für mich bestimmt ist, denn als er Ana anblickt, verschwindet es. »Außer natürlich Prinz Auren benötigt deine Aufmerksamkeit.« Ihre Stimme ist zuckersüß, und uns ist wohl allen in diesem Moment bewusst, was sie eigentlich meint.

Ich hebe eine Augenbraue, während Nana im Hintergrund lacht und sich von ihrem Platz erhebt. »Ana!«

»Was denn?« Sie zuckt mit einem unschuldigen Lächeln ihre Schultern. »War doch nur nett gemeint.«

»Natürlich«, erwidere ich mit einem Augenverdrehen und schiebe sie in Richtung Tür.

»Ich hole dich nach dem Essen ab!«, ruft Ren mir nach, und ich werfe einen Blick zurück zu ihm. Er steht mitten im Raum und sieht so düster und unnahbar aus wie immer. Sein Anblick löst ein Zittern in mir aus, das jedoch absolut nichts mit Angst zu tun hat.

»Ich erwarte dich«, erwidere ich, und ein Lächeln zieht einen seiner Mundwinkel nach oben, während sich seine Lippen kräuseln.

Als wir im Flur sind, stupst meine Nana mich mit der Schulter an. »Du erwartest also einen Prinzen?«

»Natürlich. Immerhin muss ich irgendwie meine Kräfte trainieren, und er ist einer der wenigen, der mir helfen kann«, erwidere ich selbstsicher und kann nicht aufhören zu lächeln, weil ich noch immer seinen Gesichtsausdruck vor mir sehe. Dieses Lächeln, das nur für mich bestimmt ist. Diese Dunkelheit, die so sehr zu meiner passt.

»Soweit ich verstanden habe, gibt es noch unzählige andere Nachtfae. Sie sind alle sicher mehr als bereit, einer neuen Generation zu helfen.« Anas Augenbrauen wackeln, als sie sich vor mir wie im Tanz dreht.

»Keine Sorge.« Nana tätschelt meinen Arm. »Uns ist allen mehr als bewusst, dass sich da eine Romanze zwischen euch anbahnt.«

Ana lacht glockenhell und lässt den Rock ihres Kleides hin und her schwingen. »Eine Romanze? Ich wette, die beiden haben sich mindestens schon geküsst.«

»Ana!«, zische ich und werde knallrot, während ich mich zu allen Seiten umsehe. »Wir kennen uns kaum.«

»Ihr seid zusammen durch die Tote Zone gereist und habt die Sinnesspiele überlebt«, erinnert meine Schwester mich und bleibt stehen. Ich zucke zusammen, als sie mir in die Haare greift. »Wunderschön. Ist das jetzt deine natürliche Haarfarbe?«

Ich ziehe eine Strähne zwischen meinen Fingern nach vorne. Die Spitzen sind noch blond, doch ich kann im Augenwinkel das schwarze Haupthaar erkennen. »Scheint so. Offenbar habe ich all die Jahre so sehr versucht wie du zu sein, dass ich mich auch äußerlich angepasst habe. Was natürlich von Vorteil war«, füge ich hinzu, als sie zerknirscht das Gesicht verzieht. »Sieht es blöd aus?«

Ana schüttelt den Kopf. »Es ist sehr schön. Und deine Ohren sind beeindruckend.« Hauchzart fährt sie mit den Fingerspitzen über meine Nachtfae-Ohren und lacht leise. »Und das hat sich nur entwickelt, weil du deine Kräfte rausgelassen hast? Wirst du dich wohl noch mehr verändern, je mehr du sie nutzt?«

»Möglich.«

Nana greift nach meiner Hand und drückt sie fest, während wir weiter durch den Palast gehen. »Scheue dich niemals davor, uns dein wahres Ich zu zeigen. Wir lieben dich genauso, wie du bist.«

Ich erwidere den Druck ihrer schlanken Finger. Natürlich hat sie mich durchschaut. »Danke, Nana.«

Den Weg zum Speiseraum finden wir am Ende nur mit Hilfe eines Wachsoldaten.

Als wir eintreten, versteife ich mich, weil ich Nevan und Prinzessin Juliette entdecke.

Ana und Nana sinken sofort in einen tiefen Knicks, während ich zögere, mich dagegen entscheide und nur leicht den Kopf neige. Ren, also Prinz Auren, ist jetzt mein Prinz.

Prinzessin Juliette schmunzelt, während sie mich beobachtet. »Erhebt Euch und nehmt gerne mit uns am Frühstück teil.«

Nevan grinst schief und lehnt sich am Tisch sitzend vor, während er das Kinn auf seiner Faust aufstützt und den Ellenbogen auf dem Tisch ablegt. »Ich hoffe, Euch hat die erste Nacht im Palast genauso gefallen wie der Prinzessin.«

Diese schnalzt mit der Zunge. »Wie überaus praktisch für Euch, dass ich nicht so viel Wert auf Schicklichkeit lege und es mir nichts ausmacht, wenn ein Fürst sich erdreistet, als Wache in meinem Wohnbereich zu übernachten.«

Ana und Nana reißen die Augen auf, während ich die Lippen zusammenpresse, um ein Auflachen zu unterdrücken. Schnell wende ich mich dem reichhaltigen Buffet zu und nehme mir einen Teller.

»Das ist tatsächlich äußerst praktisch«, erwidert Nevan langsam und mit einem zufriedenen Schnurren in seiner Stimme. »Meint Ihr nicht auch, dass Euer Aufenthalt die Freundschaft zwischen unseren Reichen zusätzlich stärken wird?«

»Eine Ehe würde eine Freundschaft stärken«, erwidert sie langsam, als wären ihr die Worte gerade in den Sinn gekommen.

»Oh«, macht Nevan in einem höchst angetanen Tonfall. »Zwischen uns?«

»Oder zwischen mir und Prinz Auren. Es würde die Reiche zusammenhalten.«

Ich erstarre in meiner Bewegung. Mein Herz pocht schneller. Meine Finger verkrampfen sich.

Ana, die sich gerade eine Traube in den Mund geschoben hat, verschluckt sich und hustet so laut, dass Nana ihr auf den Rücken klopfen muss.

»Alles in Ordnung?«, fragt die Prinzessin, worauf Ana die Hand hebt und abwinkt.

»Natürlich. Danke der Nachfrage.«

Mir hingegen ist eiskalt, während ich mechanisch den Teller befülle und mich dann mit Ana und Nana an den Tisch gegenüber der Prinzessin setze.

Diese beachtet uns kaum und schwenkt ihre Teetasse, als wäre Wein darin. »Ich denke, das könnte die Wut meines Vaters abmildern. Wir würden gemeinsam regieren und Alteuropa Einigkeit demonstrieren.«

»Euer Vater wollte uns tot sehen«, erwidert Nevan trocken und mit einem überheblichen Schmunzeln auf den Lippen. »Denkt Ihr wirklich, dies könne ihn besänftigen? Und wie sieht es mit Eurem Anspruch auf den Thron aus, sobald Euer Vater abdankt? Wollt ihr gemeinsam von hier aus Alteuropa regieren, oder soll Prinz Auren Euch in die Königsstadt begleiten?«

»Wir würden natürlich von der Königsstadt aus regieren.« Prinzessin Juliette nippt an ihrem Tee und blickt nachdenklich aus dem Fenster, während die Idee immer mehr Gestalt in ihrem Kopf anzunehmen scheint.

Und ich sitze wie gelähmt auf meinem Platz und zwinge mich etwas zu essen, während ich mich fühle, als hätte sie mir einen Kübel mit Eiswasser über den Kopf gegossen.

Natürlich schlägt sie eine Ehe vor. Es ist das Sinnvollste in dieser Situation, die kurz vor der Eskalation steht. Eine Ehe würde Frieden bedeuten, egal wie zweckmäßig sie ist.

Und dennoch.

Ren und die Prinzessin.

Er gehört mir. Der Gedanke ist raus, und mit einem Mal so laut, dass ich ihn nicht mehr aufhalten kann.

Ren gehört mir.

»Entschuldigt mich«, bringe ich heraus und fliehe kurz darauf aus dem Raum, weil ich nicht eine Sekunde länger bleiben und diesen Plänen zuhören kann, die sich anfühlen, als wären sie eine Kampfansage, der ich entgegentreten muss.

Als ich den Flur hinunter und dann um die Ecke eile, kann ich Ren fühlen, noch bevor ich ihn sehe. Es ist, als wäre mit einem Mal das Band zwischen uns straff gespannt und würde uns zueinander führen. Direkt nach oben auf den Wehrgang, von dem aus man das Fürstentum überblicken kann.

Ich werde langsamer und streiche meinen Rock glatt, bevor ich nach draußen trete. Die Sonne scheint warm auf mich herunter, und ein sanfter Wind weht durch mein offenes Haar.

Soldaten beobachten mich regungslos, als ich direkt auf Ren zugehe, der in der Mitte des Wehrgangs steht und hinunter auf die Stadt blickt.

Die Worte der Prinzessin schwirren in meinem Kopf umher, und ich weiß, ich sollte sie aussprechen. Doch ein Teil von mir befürchtet, Ren könnte ihr recht geben.

»Ich hätte dich abgeholt«, sagt er, noch bevor ich ihn erreiche und ohne sich vorher zu mir umzusehen.

Ich stelle mich neben ihn. »Wie kann es sein, dass ich weiß, wo du dich aufhältst?«

»Es geht alles schneller, als ich gedacht hätte«, gesteht er langsam, und seine wunderschönen Augen streifen mein Gesicht. »Du hast Zeit verdient. Zeit, dich an alles zu gewöhnen. An deine neue Identität. An deine Kräfte. An dein neues Leben.«

»Mein Leben wird noch aus genügend Zeit bestehen«, erwidere ich ernst. »Wie wäre es, wenn wir einfach mit den Antworten beginnen?«

»Erinnerst du dich noch daran, dass ich dir das Leben gerettet habe, als du ein Kind warst?«

Mein Hals verengt sich, und ich nicke. »Du auch?«

Er nickt und schaut wieder auf die Stadt. »Da hat sich das erste Mal ein zartes Band zwischen uns geknüpft. Und als wir uns gegenseitig unsere Leben retteten, festigte sich dieses Band.«

»Trägst du es auch mit Nevan? Ihr habt euch ebenfalls gegenseitig mehrfach gerettet.«

»So ist es.« Ren dreht sich nun zu mir und greift nach meiner Hand. Er dreht sie um und fährt sanft die Linien auf meiner Handinnenfläche nach. »Doch diese Bänder unterscheiden sich voneinander.«

Mein Herz klopft ganz laut, weil seine Berührung ein Prickeln bis in mein Innerstes sendet. »Inwiefern?«

»Gefühle verändern das Band und können es stärken oder auch schwächen. Wärst du mein Feind, wäre das Band nicht so stark.« Er tritt näher an mich heran, als würde es ihn zu mir ziehen, und ich erschaudere am ganzen Körper.

»Was bin ich für dich?« Meine Stimme ist nur ein Hauchen im Wind.

»Alles.« Sein Kopf senkt sich zu mir, und als seine Lippen auf meine treffen, schmilzt die Anspannung, die ich bis eben in mir trug. Ein Seufzen schwingt zwischen uns, und ich umfasse seine Hand fester, weil ich ihn nie wieder loslassen will.

Alles verschwimmt. Bis ich mit einem Mal einen leisen Schrei höre. *Anas Schrei.*

Ich zucke zurück und fahre herum.

Ren reagiert noch schneller und durchquert die Wehrmauer mit wenigen Schritten, um von der anderen Seite runterzuschauen. »Alles in Ordnung. Sie ist dort unten.«

Ich stelle mich neben ihn und brauche einen Moment, bevor ich sie entdecke. Mein Atem stockt, als ich beobachte, wie sie einem jungen Mann um den Hals fällt. »Ist das Henri?«

Ren antwortet nicht, und als ich zu ihm hochblicke, verschließt sich sein Gesicht, und er macht einen Schritt zurück. »Scheint so. Wir haben ihn und die anderen Kandidaten mit aus der Königsstadt gebracht. Auch wenn wir Nesrin zwingen mussten mitzukommen.«

»Ich wusste nicht, dass er hier ist«, stoße ich aus, und meine Finger krallen sich in den steinernen Wehrgang, der mich vom Abgrund trennt. »Oder dass er überhaupt noch lebt.«

»Du hängst noch an ihm?« Ren macht noch einen Schritt zurück und wendet den Körper von mir ab. »Dann solltest du ihn begrüßen.«

»Was? Nein. *Ren*«, betone ich seinen Namen und kann nicht verhindern, dass meine Augen sich weiten. »Er wusste die ganze Zeit, dass ich eine andere bin. Er wusste es.«

Rens Augenbrauen ziehen sich zusammen, und ein tödlicher Ausdruck legt sich über sein Gesicht. Hätte ich nicht gewusst, dass er nicht mir gilt, wäre ich zurückgewichen. »Was? Bist du dir sicher?«

»Ja«, hauche ich und erinnere mich noch ganz genau an seinen Gesichtsausdruck, als ich ihm die Wahrheit im Kerker gestanden habe.

»Ich muss Ana warnen«, stoße ich aus.

»Soll ich dir helfen?« Ren zweifelt nicht eine Sekunde lang an mir, und das fühlt sich unglaublich gut an.

»Nein. Ich muss das selbst machen.«

Er greift nach meiner Hand und haucht einen Kuss auf meinen Handrücken, der eine Feuersalve durch meinen Körper schickt. »Und ich habe keinen Zweifel, dass du das meistern wirst.«

Lächelnd trete ich zurück, bevor ich mich umdrehe und erst über den Wehrgang und dann quer durch den Palast eile.

Als ich unten ankomme, liegt Ana noch immer in Henris Armen. Tränen laufen über ihre Wangen, doch sie lacht.

Ich habe sie fast erreicht, als sie mich endlich bemerkt. Ihre

Augen weiten sich, und ich kann sehen, wie ihre Finger sich tiefer in sein Hemd graben. »Henri, ich muss dir was sagen.«

Doch bevor sie weitersprechen kann, dreht er sich um und entdeckt mich. Seine Augen weiten sich vor Überraschung und Entsetzen. »Es ist wahr …«

»Dass du es wagst, hier aufzutauchen!« Ich baue mich vor ihm auf und schüttle angewidert meinen Kopf. »Du bist ein verdammter Lügner!«

Henri öffnet den Mund, doch im selben Moment schiebt Ana sich zwischen uns, als müsste sie ihn vor mir beschützen. »Avi, was ist hier los?«

»Er wusste es. Die ganze Zeit. Er wusste, dass wir dieselbe Person sind.«

Anas Augen weiten sich, und sie schüttelt ungläubig ihren Kopf. »Was?«

»Das ist nicht wahr«, fährt Henri dazwischen und stellt sich neben Ana, als würde er mit ihr gemeinsam eine Mauer bilden wollen. »Du hast es mir im Kerker gesagt, und plötzlich hat so vieles Sinn ergeben, was mir immer seltsam vorkam.«

»Du lügst«, erwidere ich hart und balle meine Hände zu Fäusten, während meine Fingernägel sich tief in meine Handinnenfläche bohren. Meine Dunkelheit züngelt unter meiner Oberfläche. All meine Wut überrollt mich, und ich kann sie nicht mehr aufhalten. »Du hast mich geküsst und die ganze Zeit gewusst, dass ich nicht Ana bin. Du hast meine Gefühle ausgenutzt und mit mir gespielt. Wieso?«

»Ihr habt euch geküsst?« Anas tonlose Stimme lässt meine Dunkelheit sofort verpuffen. Der Verrat in ihrem Blick brennt sich tief in mich, während sie langsam vor mir zurückweicht. »Was für Gefühle?«

Ich schnappe nach Luft, und Tränen schießen in meine Augen. »Ich wollte nie, dass es so weit kommt …«

»Und wenn ich gewusst hätte, dass du eine Zwillingsschwester hast, hätte ich nie -« Henri bricht mitten im Satz ab und fährt frustriert durch das Haar. »Ich habe mich immer gewundert. Während der Sinnesspiele warst du so anders. Als sie«, er deutet auf mich und wendet sich Ana zu, »sich mir anvertraute, ergab plötzlich alles einen Sinn.«

Anas Unterlippe bebt, und sie weicht auch vor ihm zurück. »Ich … ich brauche einen Moment.« Dann rennt sie. Weg von mir. Weg von ihm. Als wären wir beide nun der Feind.

»Du bist ein verdammter Lügner!«, fahre ich Henri an und deute wieder mit dem Finger auf ihn, während Dunkelheit zwischen meinen Fingern tänzelt. »Du wusstest es die ganze Zeit!«

Er schüttelt den Kopf und ballt nun ebenfalls verärgert die Fäuste. »Nein! Du bist diejenige, die mit mir gespielt hat! Mit deiner Schwester! Versuch mir nicht die Schuld an deinen Fehlern unterzuschieben.« Damit fährt er herum und eilt Ana hinterher.

Und ich … ich stehe da und starre ihnen nach, weil plötzlich nichts mehr klar ist. Es kann nicht sein, dass er recht hat. Niemals.

Aber was ist, wenn doch?

Was ist, wenn ich mir das nur eingeredet habe, um meine Schuldgefühle loszuwerden? Um mir selbst nicht eingestehen zu müssen, was ich meiner eigenen Schwester angetan habe?

Ich versuche meinen Atem zu beruhigen und wende mich dem Wehrgang entgegen, auf dem ich bis gerade eben noch mit Ren gestanden habe. Doch ich sehe ihn nicht mehr. Nur noch seine Soldaten.

Mit einem Mal bin ich noch dankbarer, dass er nicht mitgekommen ist und mitangesehen hat, wie ich meiner Schwester das Herz herausgerissen und darauf herumgetrampelt habe.

42. Kapitel

Ren

Avis Wut und Verwirrung sind selbst über einige Entfernung noch spürbar. Sie brodeln in ihr wie Lava in einem Vulkan und pulsieren unter meiner Haut.

Ein Schauder überläuft mich, und ich muss an mich halten, um nicht wie ein Neandertaler zu ihr zu eilen und ihr meine Hilfe aufzuzwingen.

Avi ist stark und kann ihre Kämpfe alleine austragen.

Ihr wahres Ich bricht langsam Stück für Stück aus ihr heraus und lässt die Hülle zurück, die sie immer mit sich herumgetragen hat. Nichts an ihr ist klein, schwach oder zurückhaltend. Die wahre Avi ist stark und wütend auf das Unrecht, das ihr Leben beherrscht.

Ich bin froh, dass sich ihre Wut nicht gegen mich richtet. Und wenn ich ehrlich bin noch mehr, dass sie meine brodelnde Eifersucht nicht bemerkt hat. Verdammt, nur die Erwähnung seines Namens reicht, um einen bitteren Geschmack in meinem Mund auszulösen.

Dabei ist sie viel zu gut und stark für ihn. Für diese Frau, die trotz all unserer Späher noch immer dieses eine Geheimnis vor mir hatte bewahren können. Avi. Nicht Aviana.

Dabei hätte ich selbst draufkommen können, dass sie sich dieses eine kleine, gefährliche Zeichen von Individualität bewahrt hat.

»Wo sind deine Gedanken nur wieder?« Nevans leises Lachen reißt mich aus meinen Überlegungen, und ich funkle ihn an.

»Du hast keine Ahnung, wie schwer das ist.«

»Ist das so?« Er hebt eine Augenbraue, streckt seine Beine aus und legt die Knöchel übereinander, während er ein Glas mit Brandy schwenkt und es sich noch ein wenig gemütlicher auf seinem Sessel macht. Würde er sich noch tiefer hineinlehnen, könnte er ganz mit dem Sessel verschmelzen. »Es muss schrecklich sein, das Band mit einer so hübschen Frau zu teilen.«

»Fae«, erwidere ich und deute auf die Karte vor uns, während ich zu Finnian schaue, der wie immer mit der Umgebung eins wird und so tut, als wäre er gar nicht da. »Wie weit sind wir?«

Finnian lehnt sich leicht zur Seite und deutet auf die verschiedenen Punkte auf der Karte. »Die Späher sind ausgeschwärmt und auf ihren Positionen. Sie warten nur darauf, dass der letzte Zug abfährt.«

Ich nicke und richte meine Aufmerksamkeit wieder auf Nevan. »Wie sieht es damit aus?« Um keine Panik zu verbreiten, habe ich mich bisher nicht in der Öffentlichkeit blicken lassen, und wenn ich den Berichten zuhöre, ist dies wohl auch besser so.

Nevan schnalzt mit der Zunge und verzieht die Oberlippe.

»Wie zu erwarten. Ewig lange Schlangen am Bahnsteig. Doch unsere Soldaten können die Panik bisher eindämmen. Überraschenderweise sind weniger von ihnen desertiert, als zu erwarten gewesen wäre.«

»Warten wir ab, ob sie nicht am Ende ebenfalls alle im letzten Zug sitzen, wie ihr ihnen angeboten habt.« Finnians Stimme trieft vor Ablehnung. Für ihn gibt es nichts Schlimmeres als Feiglinge.

»Und wenn es so ist, haben wir genug Leute für eine zweite Armee.« Nevan lacht erneut und nippt an seinem Glas.

In diesem Moment betritt Laurin die Bibliothek und stellt sich neben unsere Runde, während wir zu ihr aufblicken. »Prinz Auren.«

Ich nicke, um ihr zu signalisieren, dass sie sprechen kann, worauf sie ihre Schultern strafft. »Wir haben nun die Information vom letzten Lager bekommen, dass sie zum Aufbruch bereit sind. Sie warten nur noch auf unser Zeichen.«

»Danke.«

Sie zögert, doch als ich nichts erwidere, arbeitet ihr Kiefer und sie neigt leicht den Kopf, bevor sie die Bibliothek wieder verlässt.

Nevan schnaubt belustigt.

Ich hebe eine Augenbraue. »Was?«

»Sie nimmt eure Trennung wohl nicht so gut auf, was?«

»Für eine Trennung hätten wir ein Paar sein müssen. Das zwischen uns war nur ein Zeitvertreib, und das wusste sie.«

»So wie sie dich gerade angesehen hat?« Wieder ein Schnauben. »Glaub mir, mein Freund, ich erkenne eine angepisste Person, wenn ich sie sehe.«

Ich runzle meine Stirn und schaue zu Finnian. »Sag ihm, dass das Unsinn ist.«

Finnians Augenbrauen heben sich. »Soll ich ihm das sagen oder die Wahrheit?«

»Was für eine Wahrheit?«

»Sie steht auf dich. Schon immer«, meldet Nevan dazwischen. »Bestimmt gefällt es ihr nicht, dass du nun eine Gefährtin gefunden hast.«

Ich schnalze mit der Zunge. »Laurin ist zu professionell, um nachtragend zu sein.« Weil ich keinen weiteren Gedanken daran verschwenden will, wechsle ich das Thema. »Wie sieht es mit der Prinzessin aus?« Sie mitzunehmen, ist nie mein Plan gewesen, doch jetzt erweist sich gerade dieses Detail als Glücksgriff. Das Volk schaut zu der Thronanwärterin auf, und solange sie den Anschein macht, auf unserer Seite zu stehen, kann diese ganze Machtübernahme friedlich ablaufen. *Kann.* Je nachdem, was der König nun unternimmt. Keiner von uns geht davon aus, dass er unseren Angriff inmitten seiner Königsstadt einfach so hinnehmen wird. Die Frage ist nur, wie blutig sein Gegenschlag ausfällt.

»Prinzessin Juliette ist überraschend handzahm. Sie erfasst die Lage und nimmt alles auf. Ich kann nicht sagen, ob man auf sie als Verbündete zählen kann, aber ich bin mir fast sicher, dass Verhandlungen mit ihr einfacher sein könnten als mit ihrem Vater.«

»Ich habe es immer gesagt«, murmelt Finnian. »Nieder mit dem König, und das Thema ist erledigt.«

Ich hebe eine Augenbraue, doch er zuckt nur mit den Schultern. Nicht, dass ich ihm widersprechen würde. Dennoch sind wir nicht in der Position, es uns zusätzlich mit dem Volk zu verscherzen.

Über das Band kann ich spüren, dass Avi näher kommt, und ich setze mich automatisch etwas aufrechter hin.

Nevan lacht feixend, weil er mich sofort durchschaut, und Finnians Lippen kräuseln sich amüsiert.

Mistkerle. Alle beide.

Ein Klopfen ertönt an der offenen Bibliothekstür, und als ich meinen Kopf drehe, steht sie da. Sie hat keine Ahnung, wie verdammt schön sie ist und wie sehr ich es hasse, wenn sie sich infrage stellt. »Komm herein.«

Sie lächelt, und ich kann noch immer ihren inneren Aufruhr spüren. Ihr ist gar nicht bewusst, wie viel sie mir mittlerweile preisgibt, und es wird Zeit, dass ich ihr zeige, wie sie sich vor mir abschirmen kann. Es steht mir nicht zu, sie wie ein offenes Buch zu lesen, während sie absolut nichts von mir empfängt.

»Störe ich?«

»Natürlich nicht«, erwidert Nevan mit einer ausschweifenden Geste. »Rens Gefährtin ist immer willkommen.«

Avis Stirn runzelt sich, und sie bleibt vor der Sitzgruppe stehen, während sie mir einen fragenden, beinahe argwöhnischen Blick zuwirft. »Wovon redet er?«

»Er«, betone ich mit bösem Blick zu meinem Freund und richte mich auf, »hatte wohl schon einen Drink zu viel.« Irgendwann werde ich ihr die Wahrheit sagen müssen. Doch nicht heute. Ein Schritt nach dem anderen. »Sollen wir trainieren?«

Sofort flammt wieder dieses Feuer in ihren Augen auf. Entschlossenheit und Mut. »Je schneller, desto besser.«

Nevan zwinkert mir zu, Finnian versteckt sein Schmunzeln, und ich tue so, als würde ich beides nicht bemerken, während ich mit Avi die Bibliothek verlasse.

»Wie lief es?«, frage ich, kaum dass wir alleine sind, und beobachte ihre Reaktion genau, für den Fall, dass ich vorweggreife.

»Keine Ahnung«, gesteht sie und atmet tief ein. »Henri behauptet, er habe es nicht vorher gewusst und erst während der Spiele etwas zu ahnen begonnen, weshalb er bei meinem Geständnis nicht überrascht wirkte. Und Ana ist verletzt. Zu Recht. Immerhin habe ich ihren Freund geküsst und hatte … nun …« Ihre Wangen röten sich, und sie streckt trotzig das Kinn voraus, während sie geradeaus schaut. »Ich hatte Gefühle für ihn, obwohl ich wusste, dass er mit ihr zusammen ist.«

»Sie liebt dich«, erwidere ich und merke selbst, dass es wie eine Floskel klingt. »Erkläre es ihr. Kämpfe darum, dass sie dir verzeiht.«

Avi nickt und kaut auf ihrer Unterlippe herum, was mich nur dazu verleitet, sie an mich zu reißen und wieder küssen zu wollen. Doch das hier ist wohl kaum der beste Moment dafür.

»Prinzessin Juliette strebt eine Ehe mit dir an«, sagt sie dann plötzlich und wirft mir einen kurzen, prüfenden Blick zu. »Das erwähnte sie beim Frühstück.«

Mir entfährt ein Lachen, das so laut ist, dass selbst ein paar Soldaten um die Ecke schauen. »Ist das so?«

Avi nickt, und nun liegt eine Herausforderung in ihren Augen. »Vielleicht wäre das klug.«

Ich schnaube und trete so schnell vor sie, dass sie strauchelt. Mit einer Hand drücke ich sie sanft gegen die Wand, und mit der anderen halte ich ihren Hinterkopf, damit sie sich nicht verletzt. Trotzig blickt sie zu mir auf, mit diesen wunderschönen, kämpferischen Augen und wartet darauf, dass ich rede. Ich neige den Kopf so tief, dass sich unsere Lippen beinahe berühren. Dieser Funken Eifersucht, den ich spüre, lässt alles in mir lodern. »Ich denke nicht, dass das klug wäre. Nicht, solange ich hier stehe und an nichts anderes denken kann, als dich zu küssen, bis nur noch ich all deine Sinne erfülle.«

Avi befeuchtet ihre Unterlippe, und zugleich spüre ich ihr Begehren aufwallen. Meine Dunkelheit explodiert um uns herum, weil ich sie so intensiv spüren kann, und ich halte nichts von mir zurück. Das habe ich noch nie vor ihr gekonnt, und das werde ich auch niemals fertigbringen. Sie weiß es noch nicht, aber vor ihr liegt meine Seele offen.

Ihre Finger graben sich in meinen Kragen, und sie zieht mich zu sich herunter, um die letzte Distanz zwischen uns zu überbrücken und mich zu küssen. Hitze wallt in mir auf, und ich will sie so sehr besitzen, dass mir ein tiefes Grollen entfährt.

Doch nicht hier. Nicht jetzt. Nicht, solange sie nicht die ganze Wahrheit kennt.

Mit einem frustrierten Stöhnen ziehe ich mich zurück und lehne meine Stirn an ihre, um noch einmal ihren Duft einzuatmen.

»Du hast deine Dunkelheit wirklich nicht im Griff, oder?« Sie klingt amüsiert, und ich öffne die Augen, um sie anzusehen.

»Nicht so, wie ich es sollte. Nicht bei dir.« Ich kann nicht lachen, kann nicht einmal lächeln, weil ich sie verschlingen will und es so verdammt schwer ist, mich zurückzuhalten.

»Das ehrt mich«, flüstert sie und beugt sich vor, um mir einen schnellen, neckenden Kuss auf den Mundwinkel zu drücken und dann unter meinem Arm hindurchzuschlüpfen. Sobald wir uns nicht mehr berühren, zieht meine Dunkelheit sich wieder zurück, auch wenn ich sie noch immer in mir lodern spüre. Sie sehnt sich nach ihr. Nach Avis Dunkelheit, die sie so gut versteckt, dass es harte Arbeit sein wird, sie hervorzuholen.

Wir schweigen, während wir uns zum Trainingsraum begeben, und ich kann die Blicke meiner Soldaten förmlich spüren, als wir sie passieren. Ich kenne sie alle schon mein Leben lang und würde jedem von ihnen mein Leben anvertrauen. Durch unser gemeinsames Geheimnis sind wir zusammengewachsen und haben stets aufeinander aufgepasst. Und jetzt ist der Zeitpunkt, an dem wir ins Licht treten können, beinahe gekommen. Keiner von uns will Krieg. Keiner von uns will Blutvergießen. Doch jeder von uns ist bereit zu kämpfen, sollte es der König darauf anlegen.

Als wir den Trainingsraum erreichen, wirft Avi mir einen nervösen Blick zu, und ich ergreife ihre Hand, um sie zu küssen. »Vergiss niemals, dass du mich nicht enttäuschen kannst. Wir tun das hier für dich und Ana. Für euer Leben.«

»Du hast recht.« Sie tritt in die Mitte des Raumes und stellt sich mit beiden Füßen fest in den Boden. »Was soll ich tun?«

»Ich werde deine Dunkelheit jetzt hervorholen, und du musst ihren Ursprung suchen.«

Sie nickt und greift nach meinen Händen, als ich sie ihr entgegenstrecke. Meine Dunkelheit flammt als Erstes auf, und ich spüre ihre, die sich dicht unter ihrer Oberfläche verbirgt und nur schemenhafte Schatten von sich gibt, als würde sie es nicht wagen, sich ganz zu zeigen.

Ich schließe meine Augen und umschmeichle sie, locke sie hervor, bis sie stärker wird und schließlich hervorbricht.

Ein raues Geräusch dringt zwischen meinen Lippen empor, als sich unsere Kräfte miteinander vermischen, und auch Avis Hände drücken fester zu.

»Suche den Ursprung deiner Kraft«, weise ich sie an und muss mich räuspern, weil meine Stimme so rau klingt.

Sie macht ein zustimmendes Geräusch, und als ich die Augen öffne, kann ich in der Dunkelheit um uns herum sehen, wie sie ihre Stirn runzelt. »Ich … ich glaube, ich spüre Ana.«

»Sehr gut. Und jetzt versuche die Verbindung zu lösen. Keine Angst, deine Dunkelheit wird sich ganz von selbst einen neuen Anker suchen.«

Sie presst die Lippen zusammen und hält meine Hände nun so fest, dass ihre Knöchel weiß hervortreten. Schweiß liegt auf ihrer Stirn, und ihre Muskeln zittern, so sehr strengt sie sich an. »Ich … ich weiß nicht, ob es klappt.«

»Versuche, erst nur einen Teil zu lösen. Einen kleinen Faden. Den Rest machen wir nach und nach.«

Avis Nicken ist knapp und angestrengt, bevor sie leise keucht und die Augen aufreißt. »Ich glaube, es hat geklappt. Nicht alles, aber ein Teil.« Sie bläst die Wangen auf und pustet Luft aus, bevor sie vor Erleichterung grinst. Inmitten unserer Dunkelheit ist ihr Lächeln wie das Licht tausender Sterne. »Danke.«

»Wir werden daran weiterarbeiten, bis du dich vollständig von ihr gelöst hast. Danach kannst du mir danken.«

Sie hebt eine Augenbraue und schmunzelt. »Achso? Und wie darf ich meine Dankbarkeit zeigen?«

Ich will sie an mich reißen und meine Hände in ihrem Haar vergraben. Ich will sie in meine Arme heben und nicht mehr loslassen, bis sie spürt, wie viel wir bereits miteinander teilen, und wie schwer es ist, das vor ihr zu verheimlichen. Stattdessen grinse ich ein wenig. »Wir finden schon einen Weg.«

Sie lächelt noch breiter, und es fühlt sich an, als würde ein strahlender Mond den Himmel erhellen, während unsere Dunkelheit nur noch stärker lodert. Dann runzelt sie die Stirn.

Ich möchte ihre Sorgen wegküssen. »Was ist los?«

»Ich weiß so gut wie nichts über dich«, sagt sie leise und lächelt schief. »Dennoch ist nichts an dir mir fremd.«

»Was möchtest du wissen?« Ich reiche ihr meine Armbeuge, damit sie sich unterhaken kann.

»Alles.«

Ich lache und führe sie nach draußen, um durch den Flur zu laufen, und es fühlt sich an, als würde all der Stress in den Hintergrund rücken. »Nun, ich wurde vor einer Ewigkeit geboren, als die Nachtfae noch nicht gejagt, aber bereits verachtet wurden.«

Ihre Finger verkrampfen sich um meinen Arm. »Das muss fürchterlich gewesen sein.«

Obwohl schon hunderte Jahre vergangen sind, spüre ich noch immer den Nachhall einer Zeit, in der ich ein Feind für die Welt gewesen bin. In der man mir jegliche Rechte aberkannt und mich auf die Stufe eines Tieres gesetzt hat. »Du hast es selbst gesagt. Manche Erinnerungen hinterlassen Narben. Der Krieg forderte jeden, den ich liebte. Selbst jene, die wir verstecken konnten, starben durch die Hand von Verrätern oder durch Angriffe, die wir nicht kommen sahen.«

»Das tut mir leid.«

»Es ist lange her. Ich sehe jetzt nach vorne und möchte eine Welt erschaffen, in der es keinen Hass mehr gibt. Es ist ein weiter Weg, aber ich hoffe, dass es in einigen Jahrzehnten leichter wird.«

»Bis dahin werde ich an deiner Seite kämpfen«, verspricht sie mir leise und geht so nah neben mir, dass ihre Wärme mich erfüllt. Wir schweigen einen Moment lang, bis sie ein Seufzen ausstößt. »Es gibt vermutlich nichts, was du nicht über mich weißt, oder?«

»Denkst du etwa, ich hätte dich so genau beobachten lassen?«, frage ich ein wenig beleidigt. »Es gibt vieles, was ich über dich nicht weiß. Immerhin hast du dich der Welt fast dein gesamtes Leben als Aviana präsentiert.«

»Stimmt«, murmelt sie. »Ich befürchte, ich muss ebenfalls noch einige Dinge über mich selbst herausfinden.«

Ich greife nach ihrer Hand und führe sie zu meinen Lippen. »Ich bin immer an deiner Seite, wenn du mich brauchst.«

Avi errötet ganz bezaubernd, während sie zugleich stolz ihr Kinn hebt. »Das wäre schön.«

43. Kapitel

Avi

»Aber ich habe tatsächlich noch eine Frage.« Ich bleibe mitten im Flur stehen und greife nach dem Anhänger von Rens Kette. »Was ist das für ein Sternenbild? Ist es dasselbe wie auf den Kompassen?«

»Ja, es ist ein altes Sternenbild, das schon lange nicht mehr in der Form existiert. Es lag über dem Zuhause meiner Familie, und wenn wir auf Reisen waren, hat es uns stets nach Hause geführt.«

Seine Familie, die schon lange tot ist. »Wie war deine Familie, falls ich fragen darf?« Zögernd schaue ich zu ihm auf, weil ich nicht weiß, ob ich mit dieser Frage alte Wunden aufreiße.

Doch er lächelt. Sanft und mit einem Blick, der in die Ferne geht. »Ich hatte drei Schwestern. Sie waren alle jünger als ich und die schrecklichsten Plagegeister, die du dir vorstellen kannst.« Die Liebe in seiner Stimme treibt mir die Tränen in die Augen, und dennoch muss ich lachen. »Sie waren so schön wie meine Mutter, die stets gelächelt hat und in allem etwas Positives gesehen hat. Selbst zum Schluss, bevor Arthur sie festnehmen ließ und ins Exil schickte, schaffte sie es immer, uns zum Lachen zu bringen. Mein Vater war mutig und stark. Er wusste zu allem eine Antwort und hat mich gelehrt, immer alles zu hinterfragen. Er war derjenige, der mich rettete. Bevor meine Familie festgenommen und weggebracht wurde, hat er mich durch seine Leibwächter wegschaffen lassen. Weil er wusste, dass ich bis zum Tode kämpfen würde.« Rens Kiefer verkrampft sich, bevor er sichtlich schluckt und durchatmet. Plötzlich spüre ich durch unser Band, wie viel Kraft ihn seine Worte kosten, und lehne mich an ihn. Wir bleiben mitten in einem leeren Flur stehen, vor Fenstern, die hinaus in den Innenhof zeigen, und ich ziehe ihn zu einer festen Umarmung an mich, schweige aber und warte, bis er weiterspricht. »Also hat er mich fortschaffen lassen. Als ich sie endlich fand, konnte ich sie nur noch begraben.«

Ich presse meine Augen zusammen, weil ich jedes seiner Worte bis in die Tiefen meines Herzens fühlen kann. »Oh nein …«

Ren legt sein Kinn an meiner Schulter ab, und ich höre, wie er tief einatmet. »Es war eine schreckliche Zeit. Der Krieg kam mir gerade recht, weil ich so viel Wut in mir trug, die ich loswerden musste. Ich hatte die Armee meines Vaters, zumindest den Teil, der davon nach den Jahrzehnten der Kämpfe noch übriggeblieben ist. Wir kämpften unerbittlich, doch die Soldaten von Arthur waren zu zahlreich, sodass ich irgendwann nur noch mit wenigen Männern an meiner Seite dastand. Und dann fand ich Nevan.«

»Wusstest du damals, wer er ist?«

»Nein. Ich wusste zwar, dass er der Feind ist. Aber ich

kannte ihn nicht. Doch als ich ihn sah, sterbend und im Schlamm liegend, während seine Kameraden einfach davonliefen und ihn mir überließen, siegte wohl der Teil in mir, der nach meiner Mutter kam.« Sein heiseres Lachen erfüllt die Luft. »Das war Nevans Glück.«

Ich muss lächeln und wische mir zugleich unauffällig Tränen aus den Augenwinkeln. »Es tut mir so leid.«

»Nichts davon ist deine Schuld. Und die Zeit hat viele Wunden heilen lassen. Ich bin nicht mehr wütend, sondern schaffe es, mich an die guten Dinge zu erinnern. Daran, wie wahnsinnig die drei mich gemacht haben und wie schön es war, wenn unsere Mutter mir durch mein Haar strich, obwohl ich natürlich schon viel zu erwachsen dafür war. Oder daran, wie viele Stunden ich schweigend mit meinem Vater in der Bibliothek verbringen konnte, die uns einander nähergebracht haben, ohne dass wir etwas sagen mussten.«

»Ist das der Grund, weshalb ihr eure Besprechungen immer dort abhaltet?«

Ren lacht und beginnt damit, sanfte Kreise mit seinen Händen über meinen Rücken zu malen. Mein ganzer Körper kribbelt, während diese Vertrautheit etwas mit meinem Herzen macht, das mich beinahe zerfließen lassen lässt. »Ja, irgendwie schon. Ein Arbeitszimmer engt mich ein, und das Wissen einer Bibliothek gibt mir immer das Gefühl, ich hätte alle Zeit der Welt, um eine Entscheidung zu fällen.«

Ich erzittere und schließe die Augen, mein Gesicht an seiner Brust, sein Herzschlag an meinem Ohr. »Hast du dich nicht einsam gefühlt?«

»Nein. Ich habe meine Späher, die meine Familie sind, und Nevan, der wie mein Bruder ist. Und nun habe ich dich.«

Mein Herz flattert, und ich löse mich so weit von ihm, dass ich ihn ansehen kann. »Ist das so?«

Sein Griff um meine Taille wird ein wenig fester, und er blickt ernst auf mich herunter. »Wenn ich dich gehen lassen soll, musst du nur ein Wort sagen. Ich werde dich niemals festhalten. Aber ich … seit wir …« Seine Worte stocken, und ich lache, weil mir bewusstwird, dass er nicht weiß, was er sagen soll.

»Was dachtest du, als du mich ersteigert hast?«

»Dass du mir in die Karten spielst«, antwortet er ehrlich. »Erst war ich genervt, doch dann habe ich es als Zeichen gesehen, einen anderen Weg einzuschlagen. Arthur hatte uns den Zugang zum Tunnel blockiert, und unsere Soldaten sind nicht mehr zurückgekommen. Es war ein Zeichen, dass wir unsere Geheimwaffe einsetzen müssen.«

Meine Augenbrauen schießen in die Höhe. »Wir waren eure Geheimwaffe?«

Schuldgefühle flackern über sein Gesicht, und sein Griff um mich wird wieder sanfter. »Ja. Unser Pfand, für den Fall, dass König Arthur irgendwann Verdacht schöpft.«

Mein Hals verengt sich. »Es war von Anfang an der Plan, uns zu opfern, nicht?«

»Ja«, gibt er unumwunden zu, legt den Kopf in den Nacken und lacht in Richtung Decke. »Und dann hast du mich gerettet. Einfach so. Du hast diesen verdammten Bären von mir gestoßen und mich gerettet.«

»Ich weiß auch nicht, wieso ich das getan habe. Es war, als müsste ich es tun, als müsste ich dich retten.« Meine Wangen werden warm. »Dabei kannte ich dich kaum.«

»Nun, das liegt vielleicht auch daran, dass unser Band immer stärker wurde.«

»Aber weshalb? Zuvor haben wir nicht viel Zeit miteinander verbracht.«

»Weil ich mich zu dir hingezogen gefühlt habe. Mit jedem Mal mehr. Weil deine Dunkelheit meine angezogen hat und es mich wahnsinnig gemacht hat, als ich dich und Rekrut Henri gesehen habe.« Seine Hand wandert über meine Seite, auf meine Schulter und zu meiner Wange. »Weil ich so fasziniert von dir war.«

»Oh«, entfährt es mir, und ich beiße mir auf die Unterlippe. »Wirklich?«

Seine Augen scheinen zu glühen, als er sanft mit seiner anderen Hand über meinen Rücken streicht. »Es begann vermutlich in dem Moment, als du nach der Auktion in diesem durchsichtigen Nachthemd vor mir standest. Du sahst aus wie eine Göttin, mit diesem fest entschlossenen Blick in den Augen. Als wärst du zu allem bereit, nur um jene zu retten, die du liebst.«

Meine Wangen glühen. »Wusstest du, wofür ich das Geld brauche?«

»Nein. Aber ich war mir sicher, dass es für deine Familie war, nachdem du das Geld sofort dorthin bringen wolltest.«

»Ich habe mich so töricht gefühlt, als du mich abgewiesen hast.«

»Weil du nicht wusstest, was auf dich zukommt. Aber glaub mir, es war eine verdammt harte Prüfung für mich.« Er grinst schelmisch, und in seinen braunen Augen funkeln goldene Punkte, bevor er wieder ernst wird. »Es tut mir leid, dass ich dich in der Königsstadt im Stich gelassen habe.«

Sofort schüttle ich den Kopf. »Das muss es nicht. Du hast getan, was du musstest, um deinem Volk eine Zukunft zu bieten. Ich möchte niemals dazwischenstehen.«

»Avi, ich weiß, ich verlange viel, und wir sind gerade dabei, uns erst richtig kennenzulernen, aber ich wünsche mir, dass du mit mir im Palast bleibst.«

Wärme macht sich in mir breit. »Zum Glück war das sowieso mein Plan.«

Rens Mundwinkel verziehen sich zu einem atemberaubenden Lächeln, bevor er seinen Kopf senkt. Meine Lippen prickeln erwartungsvoll, und ich lehne mich ihm entgegen.

»Prinz Auren?«

Ren knurrt, und wir lösen uns voneinander, um zu Finnian zu schauen, der grinsend am Ende des Ganges steht. »Entschuldige die Störung, aber unsere Besprechung beginnt gleich.«

»So ein verdammter Mist«, stößt Ren aus und lehnt seine Stirn an meine. »Willst du mich begleiten?«

»Natürlich«, flüstere ich und kann nicht sagen, wie viel es mir bedeutet, dass er mich an seiner Seite haben will. Dass ich Teil von etwas so Großem bin.

»Gut. Ich hatte schon Sorge, die Besprechungen langweilen dich.«

»Wieso hast du mich die letzten Male überhaupt dazu mitgenommen?«

Er nickt. »Du bist meine … Partnerin.« Das letzte Wort spricht er zögernd aus, als wäre es nicht das, was er sagen wollte.

»Gefährtin?«, frage ich leise, weil ich mich erinnere, dass Nevan das Wort genutzt hat. Als Ren nickt, hake ich nach, obwohl ich weiß, dass Finnian noch immer wartet. »Was bedeutet das?«

»Es bedeutet, dass wir mehr als nur unsere Gefühle füreinander teilen. Es bedeutet, dass wir im Herzen miteinander verbunden sind.«

Ich lächle, und mein Herzschlag verdoppelt sich. »Das klingt schön. *Gefährte.*«

Seine Finger verkrampfen sich um meinen Körper, und er stößt ein leises, sinnliches Knurren aus. »Verdammt, ich hasse es, dass wir jetzt zu dieser Besprechung müssen.«

Ich lache, auch wenn sich Hitze in meiner Mitte sammelt, und gebe ihm einen spielerischen Klaps auf seine Schulter. »Komm, mein Prinz, du hast ein Königreich zu führen.«

Seine Lippen verziehen sich amüsiert, und er nimmt meine Hand, um meinen Handrücken zu küssen. »Meine Gefährtin.«

***

Ren und ich schaffen es trotz seines straffen Zeitplans, immer wieder Momente für uns zu stehlen. Meistens enden sie jedoch damit, dass wir trainieren.

Mein *Gefährte* – ich weiß nicht, ob ich jemals kein Herzklopfen bekommen werde, wenn ich das Wort auch nur denke – steht mir im Ballsaal gegenüber und hebt eine Augenbraue. »Du schaffst das, verstanden?«

Ich imitiere seinen Gesichtsausdruck, während ich mit ausgebreiteten Armen auf die beiden Tische voll Geschirr rechts und links von mir deute. »Das ist keine gute Idee.«

Er wischt meinen Protest mit einem Lächeln fort und hebt beide Arme. Eine Kugel aus Dunkelheit bildet sich und schießt auf mich zu.

Schock rauscht mir durch die Adern, und ich reiße die Arme hoch, direkt vor mein Gesicht, während Dunkelheit um mich herum züngelt.

Das Klirren von berstendem Geschirr ertönt, und ich zucke zusammen, als es zu den anderen Bergen von zerstörtem Porzellan fällt, die sich bereits um mich herum auf dem Boden türmen.

Ren flucht und kommt mit langen Schritten auf mich zu. Seine Augen funkeln vor Zorn und vor Sorge. Doch als ich die Arme wieder sinken lasse, perlt ein Lachen über seine Lippen. »Wenigstens hast du es dieses Mal geschafft, dich selbst zu schützen.«

Ich schnalze mit der Zunge und reibe mir über die blauen Flecken am Rücken, die ich mir bei seinem letzten Angriff zugezogen habe, weil ich im hohen Bogen quer durch den Saal geflogen bin. »Richtig. Ich bin ein wahres Naturtalent.«

Er lacht erneut, und das Geräusch fährt mir direkt in den Unterleib. Seine Hände landen auf meinen Schultern, und er beginnt sie sanft zu kneten. »Alles braucht seine Zeit. Ich möchte nur, dass du dich bestmöglich verteidigen kannst. Du bist eine Nachtfae und hast viele Feinde. Irgendwann wird dich jemand angreifen, und es würde mich umbringen, wenn ich versäumt hätte, dich deinen Kräften näherzubringen.«

Ich versuche, nicht unter seiner Berührung zu schnurren, und schließe mit einem seligen Lächeln die Augen. »Es ist immer noch seltsam.«

Seine Daumen fahren sanfte Kreise direkt über meinen Schlüsselbeinen. »Was genau?«

»Es laut auszusprechen und zu hören. Ich bin eine Nachtfae.« Er schweigt, und als ich die Augen öffne, liegt Sorge in seinem Blick. »Und ich bin stolz darauf«, betone ich. »Ich habe keine Angst mehr vor meinen Kräften, und du hast dazu beigetragen. Du hast mich gelehrt, Energie aus meiner Umgebung zu ziehen, ohne jemanden zu verletzen. Ohne *Ana* zu verletzen. Dafür werde ich dir ewig dankbar sein.«

Einer seiner Mundwinkel hebt sich, während er mich weitermassiert und zugleich einen Schritt näherkommt, sodass wir uns beinahe berühren. »Das war nicht ganz uneigennützig. Ich werde bald König sein, und du -« Er unterbricht sich selbst, schluckt schwer und fängt sich wieder. »Ich bin dankbar, dass du dabei sein wirst, wenn es so weit ist.«

»Ich werde mit Stolz zusehen, wie du die Krone akzeptierst.« Alles in mir kribbelt. Ich will ihn küssen und so viel mehr tun, für das uns die Zeit fehlt.

Ren scheint es ähnlich zu gehen, denn er macht einen Schritt zurück und nimmt seine Hände entschieden von mir. »Lass uns weitertrainieren. Ich muss gleich weg und bin mir sicher, dass du den nächsten Angriff ohne Scherbenhaufen überstehen wirst.«

Ich stöhne, doch er ignoriert es und macht eine Handbewegung, worauf zwei Bedienstete mit weiteren Tellerstapeln heraneilen. Sie habe ich vollkommen vergessen.

Ren wartet, bis sie wieder auf Position neben der Tür gegangen sind, bevor er auf seinen Platz zurückkehrt und in Angriffsstellung geht. »Du kannst es. Die Kraft steckt in dir. Vergiss das nicht.«

Ich nicke, weil ich genauso an mich glauben will, wie er es tut. Dieses Mal hebe ich meine Hände und halte sie ihm entgegen, um sofort meine Kräfte abrufen zu können.

Er warnt mich nicht. Stattdessen schießt seine Dunkelheit so plötzlich auf mich zu, dass ich einen leisen Schrei ausstoße. Eine dünne Mauer aus Schatten baut sich vor mir auf und wehrt seinen Angriff ab. Gleichzeitig klirrt es rechts und links von mir.

Ich schnaufe genervt, während ein langsames Klatschen von der Tür aus folgt. Nevan schlendert auf uns zu und deutet auf das zerbrochene Porzellan zu meinen Füßen. »Kaum zurück, schon demoliert ihr die Einrichtung.« Er winkt den beiden Bediensteten zu. »Es wäre fantastisch, wenn Ihr das wegräumen könntet. Selbst, wenn dieser Akt mutwilliger Zerstörung zur Strafe haben sollte, dass sie es selbst tun.«

Die beiden Frauen verbergen ihr Schmunzeln durch das Zusammenpressen ihrer Lippen. Zugleich huschen ihre nervösen Blicke zu uns.

Ein Stich trifft mich in die Brust. Angst. Sie haben Angst vor uns.

Ich versuche mir nicht anmerken zu lassen, wie schmerzhaft diese Erkenntnis ist, und bedeute den beiden, den Ballsaal zu verlassen. »Wir sollten sie nicht stören. Nicht, dass noch mehr zu Bruch geht.« Es ist nicht so, dass ich ihnen ihre Angst übelnehme. Ich verstehe sie sogar. Dennoch kam es irgendwie unerwartet. Vielleicht, weil ich akzeptiert habe, was ich bin. Vielleicht, weil ich sogar ein bisschen Stolz empfinde.

Ren bekommt mein Unbehagen nicht mit. Womöglich, weil er solche Blicke bereits in der Vergangenheit ignorieren konnte. Er hält mir seinen Arm hin, damit ich mich bei ihm unterhaken kann. »Wir müssen jetzt vermutlich weiterarbeiten.«

Nevan macht ein zustimmendes Geräusch. »Wer ein Königreich führen will, muss auch was dafür tun.«

Ich lache, und die Beklemmung in meiner Brust löst sich, als wir in den Flur treten. »Da hat er wohl recht.«

»Willst du uns begleiten?«, fragt Ren, als er in Richtung Bibliothek abbiegen will.

Doch ich schüttle den Kopf und bleibe stehen. »Ich treffe mich mit Inara.«

Er lächelt, küsst meinen Handrücken und verneigt sich vor mir. »Dann sehen wir uns später?«

»Unbedingt.«

Nevan räuspert sich. »Ich bin auch noch hier. Ist ja kaum auszuhalten, wie schrecklich verliebt ihr seid.«

Rens Augen funkeln, doch er zwinkert mir nur zu, bevor er Nevan mit dem Ellenbogen anstößt. »Da spricht nur der Neid.«

Sein Freund schnaubt, kann ein Lächeln jedoch nicht verbergen, während er mir ebenfalls eine kleine Verbeugung schenkt. »Bis später, liebste Avi«, säuselt er, worauf Ren ihn leicht schubst. »Meine Liebste, klar?«

Nevan grinst frech und nickt den Flur hinunter. »Komm mit, bevor du noch dein Revier markieren willst.«

Ren lacht und gibt mir einen kurzen Kuss, bevor die beiden verschwinden. Und ich … ich stehe da und schaue ihnen hinterher, während Nevans Worte in meinen Ohren klingeln.

Verliebt.

Meine Wangen sind ganz warm.

Ich fürchte, er hat recht. Ich *bin* verliebt. In Ren, den Soldaten. In Auren, den Prinzen.

Mein Herz flattert.

Ich bin verliebt.

»Es wird nicht lange halten«, ertönt es plötzlich hinter mir, und ich zwinge mich, nicht zusammenzuzucken.

Langsam drehe ich mich zur Späherin herum, die neben der nächsten Biegung steht und mich mit verschränkten Armen und stoischem Gesichtsausdruck mustert. »Du hast gelauscht.«

Laurin hebt eine Augenbraue. »Es ist mein Job, informiert zu sein. Außerdem bin ich zufällig vorbeigekommen.«

Das glaube ich ihr. Dennoch hätte sie sich früher zeigen können und nicht erst, als ich alleine bin. »Was wird nicht lange halten?«

»Das mit Ren und dir. Du bist ein Spielzeug. Etwas Neues, Aufregendes.« Ihre Worte sind frei von Emotionen, wie eine Feststellung. »Er wird deiner überdrüssig werden.«

»Wir sind Gefährten«, erwidere ich und verschränke ebenfalls die Arme vor der Brust.

Sie erbleicht, und die Kälte in ihrem Gesicht wird von Unglauben ersetzt. »Unmöglich.«

»Er hat mir das Leben gerettet. Als Kind. Wir teilen ein Band, das mit der Zeit nur stärker wurde.«

Sie starrt mich an. Ihre Nasenflügel blähen sich, als sie tief einatmet und zur Decke schaut. »Das erklärt alles.«

Das Bild von den beiden im Zug taucht vor mir auf. Seine Hand an ihrer Wange. Die Sehnsucht in ihren Augen. Mein Magen wird zu einem Klumpen. Doch ich schüttle das Gefühl ab, weil nichts davon wahr ist. Ren und ich sind mehr füreinander, und ich werde nicht zulassen, dass die Späherin sich zwischen uns stellt. »Du wirst nicht zerstören, was uns miteinander verbindet. Ich werde nicht zulassen -«

Ihr verächtliches Schnauben unterbricht mich, und sie löst ihre steife Haltung auf, indem sie sich mit der Schulter an die Wand lehnt. »Oh bitte. Nichts und niemand kann ein Band zerreißen, das sich zwischen zwei Personen gespannt hat. Schon gar kein Gefährtenband.« Sie schluckt. Ihr Blick gleitet kurz ins Leere, dann wieder zu mir.

»Du wirst immer eine wichtige Freundin für Ren sein.« Die Worte schmecken wie rostige Nägel, und dennoch ist es die

Wahrheit. »Das möchte ich akzeptieren.« Das unausgesprochene Aber klingt laut zwischen meinen Worten mit.

Sie hörte es und schnauft, während sie halb lächelt. Dann nickt sie, stößt sich von der Wand ab und schlendert davon. Ich nehme es als Zustimmung.

Eine Konkurrentin weniger.

Jetzt muss nur noch die Prinzessin von ihren Heiratsplänen absehen.

Ich werde Ren nicht kampflos aufgeben. Nicht nur, weil meine Gefühle Tag um Tag stärker werden, sondern weil ich Teil seiner Revolution sein möchte. Ich will für das kämpfen, für das er steht, mit ihm und an seiner Seite.

44. Kapitel

Avi

Es dauert mehrere Trainingseinheiten, bis ich meine Dunkelheit vollständig von Ana lösen kann. Als es endlich so weit ist, fühle ich mich nicht nur innerlich verändert, sondern auch äußerlich. Mein Haar ist nun vollständig schwarz, meine Augen leuchten mich morgens im Spiegelbild regelrecht an, und meine Gesichtszüge sind schärfer, schöner als zuvor. Ich mag die Avi, die ich durch mein Spiegelbild sehen kann. Sie ist ihre eigene Person und keine Kopie ihrer Schwester mehr.

Ich zwirble an einer schwarzen Haarsträhne und schaue über den Tisch hinweg zu Ana, die mich noch immer ignoriert. Nana sitzt neben mir und stupst mich an. »Du solltest mit ihr reden.«

»Das habe ich bereits versucht«, antworte ich leise und beobachte Ana und Henri verstohlen, die gemeinsam aufstehen und den Speiseraum verlassen. Sie hat mich nicht ein einziges Mal während der letzten Stunde angeschaut. »Sie weigert sich, mit mir zu sprechen. Ich verstehe sie ja, aber …«

»Aber es ist Unsinn, euch wegen eines Mannes zu zerstreiten. Dann hast du ihn eben geküsst. Sie wird drüber wegkommen.« Nana schnalzt mit der Zunge und zupft einen Muffin auseinander. »Ihr seid Schwestern. Das wiegt mehr als alles anderes. Das wird auch sie bald einsehen.«

»Ich wäre an ihrer Stelle ebenfalls sauer.«

»Sie ist verletzt und nicht wütend. Das ist ein Unterschied. Sie fühlt sich von dir hintergangen, obwohl sie hätte wissen müssen, dass es so weit kommen kann.«

»Wie hätte sie das wissen können?«

Nana hebt ihre Augenbrauen und schaut mich an, als hätte sie Besseres von mir erwartet. »Weil ihr ein Leben miteinander geteilt habt, aber zwei unterschiedliche Personen seid. Jede von euch hat Gefühle, und während sie ihren freien Lauf lassen konnte, musstest du dich ihr immer anpassen. Es war klar, dass so was über kurz oder lang passieren würde. Auch wenn ich schwer enttäuscht bin, dass ihr mir diesen Henri verschwiegen habt. Er hätte eine echte Gefahr für uns werden können.«

Ich nicke, weil sie recht hat. »Was also rätst du mir?«

»Komm in einer Stunde in den Innenhof und setze dich in die prunkvollste Kutsche, die du finden kannst. Ich regle das schon.«

»Nana«, beginne ich warnend, weil sie mich mit diesem Blick ansieht, der nichts Gutes beinhaltet. Doch sie tätschelt mir nur den Arm und zupft weiter an ihrem Muffin herum.

Ich belasse es dabei, denn diesen Zustand des Ignorierens kann ich einfach nicht mehr ertragen. Ana und ich haben uns noch nie derart lange angeschwiegen. Im Grunde haben wir nie geschwiegen, weil wir ständig im Austausch sein mussten. Außer natürlich während meiner Reise zur Königsstadt. Doch der Graben, der sich nun zwischen uns aufgetan hat, wird mit jedem Tag unüberwindbarer, und ich will meine Schwester nicht verlieren.

In diesem Moment taucht Inara auf und lächelt mir zu, bevor sie sich am Buffet bedient und sich dann zu uns setzt. »Guten Morgen.«

»Guten Morgen«, flötet meine Nana und wird ein bisschen rot, als auch Inaras Vater in der Tür auftaucht. Der Altersunterschied zwischen den beiden ist bezeichnend, aber während ich die Tage mit Trainingseinheiten verbracht habe, scheint sich zwischen den beiden irgendwas entwickelt zu haben. Ich bin mir nur noch nicht so sicher, was genau.

Inara kräuselt ihre Lippen, als ihr Vater meiner Nana einen langen Blick zuwirft, und beugt sich dann mit vertraulich gesenkter Stimme zu mir herüber. »Mach, dass es aufhört.«

Ich lache hinter vorgehaltener Hand und neige mich in ihre Richtung, auch wenn meine Nana dennoch alles mitanhören kann. »Wir werden es überleben.«

»Das behauptet Marlon auch ständig, aber ich wäre mir da nicht so sicher«, grummelt sie leise und beißt ein großes Stück ihres Brötchens ab.

»Wie geht es ihm?« Seit unserer Ankunft habe ich ihn kaum zu Gesicht bekommen, weil er von Ren das Angebot angenommen hat, Teil seines inneren Soldatenstamms zu werden. Offenbar gab es einen inneren Kreis aus Nachtfae und einen äußeren Kreis aus Fae und Menschen, wie Ren mir bei einer unserer Trainingseinheiten erklärt hat.

»Fantastisch. Er blüht total auf in diesem Kämpfen und Trainieren. Richtig nervig.« Sie hebt die Schultern, als wolle sie das Thema nicht vertiefen, und doch sehe ich die kleine Falte zwischen ihren Augenbrauen.

»Was ist los?«

Inara beobachtet, wie ihr Vater sich meiner Nana gegenübersetzt, und ihre Oberlippe kräuselt sich ein wenig. Nicht weil sie meine Nana nicht mögen würde, sondern weil es ihr wohl Übelkeit bereitet, ihren Vater beim Flirten zu beobachten. Sie wendet sich mir zu und isst weiter. »Es ist seltsam, wieder hier zu sein. Alles ist vertraut und doch anders. Du und Marlon trainiert viel und scheint eine Aufgabe zu haben. Doch ich fühle mich irgendwie nutzlos.«

»Dann suchen wir dir etwas zu tun.« Ich drehe eine Traube zwischen meinen Fingern. »Oder möchtest du erst mal dein Studium beenden?«

»Das wäre wohl das Beste, weil ich kurz vor meinem Abschluss stehe. Prinz Auren hat mir eine Stelle im Palast angeboten, sobald ich so weit bin. Als Belohnung für meine Dienste am neuen Königreich.«

Meine Augenbrauen springen hoch. »Das klingt doch toll. Was für eine Stelle?«

»Das steht noch nicht fest.« Sie sammelt mit ihrer Fingerspitze einen Krümel vom Tisch.

»Ren hat mich gebeten, bei ihm zu bleiben. Hier im Palast.« Ich erröte, als Inara mit den Augenbrauen wackelt. »Natürlich hat er das. Er ist verrückt nach dir.«

Ich grinse, doch dann ertönen schwere Schritte im Saal, was nur bedeuten kann, dass die Prinzessin mit ihren Leibwächtern im Anmarsch ist.

Sofort verzieht Inara den Mund. »Oh nein, ich hasse diese Frau. Ich bekomme jedes Mal Gänsehaut in ihrer Anwesenheit.«

Und dann betritt besagte Prinzessin den Raum. Sofort erheben sich alle und sinken in einen Knicks, während ich nur ehrfurchtsvoll den Kopf neige.

Die Prinzessin schmunzelt und schlendert auf mich zu. Hinter ihr verschließen zwei Soldaten den Eingang des Raumes, als würden sie eine plötzliche Flucht ihrerseits verhindern wollen.

»Leistet mir doch bitte Gesellschaft, Miss Aviana.« Sie lässt es wie eine Bitte klingen, doch ich höre ganz klar die Aufforderung heraus.

Ich will schon verneinen, weil ich mit Inara frühstücke und ehrlich gesagt keine Lust habe, mit der Prinzessin zusammenzusitzen, die mir noch immer ein wenig Angst einjagt. Doch Nana antwortet für mich. »Das möchte sie sehr gerne, danke Prinzessin.«

Ich werfe ihr einen vielsagenden Blick zu, doch Nana zwinkert nur, bevor sie erneut knickst und den Raum gemeinsam mit Inara und dessen Vater verlässt. Inara wirft mir noch ein entschuldigendes Lächeln zu, aber es ist offensichtlich, dass sie dankbar für diese Fluchtmöglichkeit ist.

Ergeben setze ich ein Lächeln auf und neige erneut den Kopf. »Gerne.«

Die Prinzessin schmunzelt wieder und weist einen der anwesenden Diener an, ihr einen Teller zu beladen, bevor sie mir gegenüber Platz nimmt.

Ich greife nach meiner Teetasse und trinke einen Schluck, während ich sie nicht aus den Augen lasse. »Habt Ihr einen angenehmen Aufenthalt, Eure Hoheit?«

Sie schnaubt und dankt dem Diener, der ihr nun ebenfalls einen Tee einschenkt. »Wir wissen beide, dass ich nicht freiwillig hier bin. Aber dennoch muss ich zugeben, dass es mir gefällt, Einblicke in dieses neue Königreich zu gewinnen.«

Meine Augenbrauen heben sich vor Überraschung. »Also erkennt Ihr es als eigenständiges Königreich an?«

»Ihr wisst, dass meine Worte weniger Gewichtung haben als die meines Vaters. Ich würde dies nicht offiziell tun, solange er es nicht tut, aber ich erkenne Prinz Auren als ebenbürtigen Gegner an. Und ich werde ihn nicht unterschätzen. Das Letzte, was ich will, ist ein Krieg. Man kann von den Nachtfae halten, was man will, aber sie auszulöschen, oder es zumindest zu versuchen, war offenbar nicht der richtige Weg. Es wird Zeit, dass wir neue Wege einschlagen.«

Ich kann ihrem Gesichtsausdruck nicht entnehmen, ob sie es ernst meint, aber ihre Worte lassen Hoffnung in meinem Herzen aufsteigen. Hoffnung auf Frieden und Hoffnung auf eine neue Welt, in der nicht nur ich, sondern alle anderen Nachtfae frei sein können. »Das freut mich zu hören.«

Sie macht sich bedächtig daran, ein Stück Frühstückskuchen zu zerschneiden. »Mir ist aufgefallen, dass Ihr und Prinz Auren Euch nahesteht.«

Mein Herz schlägt ein wenig Schneller, und doch versuche ich, so unbeteiligt wie möglich zu wirken. Ich wusste, dass sie früher oder später wieder auf ihn zu sprechen kommen würde. Soweit ich mitbekommen habe, ist sie von ihren Heiratsplänen nicht abgewichen, obwohl Ren ihr zu verstehen gegeben hat, dass er keinerlei Interesse daran hat. »So ist es.«

»Ich habe ihm erst vorhin den Vorschlag gemacht, eine Allianz zu knüpfen, doch offenbar geht seine Zuneigung Euch gegenüber so weit, dass er dem nicht zustimmen wollte.«

In meinem Magen flattert es, und ich versuche ein Lächeln zu unterdrücken. »Ihr wollt nun, dass ich ihn diese Allianz eingehen lasse?«

Die Prinzessin nickt, auch wenn es dabei aussieht, als würde sie nur leicht den Kopf neigen. »Ihr werdet selbst erkennen müssen, dass dies der richtige Weg ist, um wahrhaftig Frieden zu finden.« Ihre Augen fixieren mich, als würden sie mich in die Knie zwingen und mich dazu bringen wollen, ihr zuzustimmen und ihr den Prinzen zu überlassen. Der Teil von mir, der ein Leben lang eine Rolle gespielt hat, der sanfte, weiche, unechte Teil, will ihr nachgeben, weil jedes ihrer Worte vernünftig klingt. Doch der egoistische Teil von mir will Ren nicht gehen lassen. *Ich* will ihn nicht gehen lassen. Er ist *mein* Gefährte.

Ich lege meinen Kopf schief und erwidere ihren harten Blick, ohne zu zögern oder zurückzuweichen. »Ich weiß es zu schätzen, dass Ihr Euch Frieden wünscht. Das wünschen wir uns alle. Doch ich befürchte, wir werden diesen Frieden ohne eine Hochzeit zwischen der Prinzessin Alteuropas und dem zukünftigen König Nordeuropas finden müssen.«

Ihre Augen bleiben hart, doch ihre Mundwinkel gehen langsam hoch, während sie erneut einen Bissen nimmt. »Verstehe.«

»Ich bin froh, dass wir einander verstehen.«

»Und ich muss sagen, als ich Euch das erste Mal sah, wusste ich sofort, dass eine Kämpferin in Euch steckt. Egal, was Ihr der Welt vorgespielt habt.«

Unsere erste Begegnung. Damals im Thronsaal des Königs, als wir vor ihnen knieten und glaubten, sie würden uns sofort töten. Das ist keine Erinnerung, die ich gerne hervorhole. »Wir hatten nie eine Chance bei den Sinnesspielen, oder?«

Sie presst kurz die Lippen aufeinander und wechselt dann das Thema, was Antwort genug ist. »Dafür kam das Ende umso überraschender. Es war reichlich dramatisch, aber ich schätze, es hatte eine gewisse Wirkung.«

Allerdings. Rens Auftritt hat sicher so einige zusätzliche Ängste geschürt. »Wie wird es weitergehen, wenn Ihr abreist?«

»Das hängt von vielem ab, und es kommt natürlich darauf an, was mein Vater geplant hat.«

Ich lasse mir nicht anmerken, dass ich ihre Offenheit überraschend finde, und nicke langsam. »Es freut mich jedenfalls, dass Ihr hier seid. Die Menschen schöpfen Hoffnung aus Eurer Anwesenheit, und es lindert ein wenig die Angst. Ich könnte mir vorstellen, dass die Panik weitaus größer sein würde, wäret Ihr nicht hier.«

»Ich mache mir nun mal lieber Verbündete als Feinde.« Sie lächelt halb, wie damals, als ich sie zum ersten Mal sah und mit einer Schlange verglich. Diese Fae wurde dazu geboren zu herrschen, und ich bin mir fast sicher, dass sie eine großartige Königin sein wird. »Doch leider muss ich in diesem Fall anders handeln.« Ihr Blick verfinstert sich, und plötzlich spüre ich ein Pulsieren, das von meinem Handrücken bis in meinen Arm strahlt und dann meinen gesamten Körper einnimmt. Ich spüre das Licht der Prinzessin in mir, wie es gegen meine Dunkelheit kämpft, und bin wie gelähmt. Heißes Blut strömt durch meine Adern. Schweiß rinnt über meinen Rücken. Meine Muskeln krampfen, und ich krümme mich. »Was soll das?«, stoße ich keuchend hervor.

»Ich fordere meinen Gefallen ein«, erwidert sie langsam und kaut genüsslich ihren Frühstückskuchen. »Erinnert Ihr Euch? Ihr steht in meiner Schuld, und ich möchte, dass Ihr Prinz Auren gehen lasst. Für den Frieden unseres Kontinents.«

In diesem Moment kommt Nevan in den Raum geschlendert. In den Augen der Prinzessin blitzt es, und ein angetaner Ausdruck bildet sich auf ihrem Gesicht. Sie schaut zu mir, und ohne auch nur zu zucken, versiegt der Hitzestrom in mir. Ich sacke auf meinem Platz zusammen und atme viel zu schnell. Meine Dunkelheit pulsiert wütend unter meiner Haut und will sie verschlingen, doch ich halte sie zurück. »Das könnt Ihr nicht tun.«

»Ich kann, wie Ihr seht. Und ich werde. Lasst Prinz Auren gehen, sonst seid Ihr tot. Sprecht Ihr mit ihm oder sonst wem über diesen Blutschwur, dann seid Ihr ebenfalls tot.«

Nevan kommt nun zum Tisch geschlendert, und als er meinen Gesichtsausdruck sieht, kneift er misstrauisch die Augen zusammen. »Was geht hier vor sich?«

»Nichts«, erwidert Prinzessin Juliette lieblich, ohne ihren Blick von mir zu nehmen. »Oder?«

Ich nicke knapp und erhebe mich. »Ich muss jetzt gehen.« Alles in mir zittert, und ich versuche krampfhaft, mir nichts anmerken zu lassen. Ich habe von Anfang an recht gehabt. Prinzessin Juliette ist eine Schlange, und nun hat sich ihr Gift bis tief in meine Venen ausgebreitet.

Nevan greift nach meinem Arm und hält mich zurück. Sorge blitzt in seinen Augen. »Rede mit mir.«

Ich setze ein Lächeln auf und schüttle den Kopf. »Irgendwas scheint mir nicht bekommen zu haben. Entschuldige mich.«

Und obwohl ich ihm ansehe, dass er mir kein Wort glaubt, lässt er mich los. Dennoch bleibt die Wachsamkeit, als er sich der Prinzessin gegenüber hinsetzt, in seinem Blick bestehen.

Ich verlasse den Raum so schnell wie möglich.

Mir ist schwindelig, und Tränen drücken gegen meine Lider, während zugleich die blanke Wut in mir hochbrodelt. Sie hat mich in eine Falle gelockt, und ich bin wie eine kleine Maus einfach hineingetappt.

Aber ich werde nicht zulassen, dass sie mich bricht. Ich werde nicht zulassen, dass sie zerstört, was sich zwischen Ren und mir langsam aufbaut.

Ich werde nicht zulassen, dass sie ihn mir wegnimmt!

Das Mädchen, das sie bei unserem ersten Aufeinandertreffen kennengelernt hat, gibt es nicht mehr. Ich habe bei den Sinnesspielen gekämpft und sie überlebt. Ich habe den König überlebt. Dann werde ich auch ihren Hinterhalt überleben.

Wenn du eine Schlange töten willst, schlag ihr den Kopf ab. Und genau das werde ich tun.

Ich kann Ren spüren, kann spüren, wo er sich gerade aufhält, und ein Teil von mir möchte zu ihm eilen. Doch das kann ich nicht. Nicht jetzt, da die Prinzessin mir gedroht hat und ich noch keinen Plan habe, wie ich sie besiegen kann.

Ich suche mir eine ruhige Ecke im Palast und lehne meine Stirn gegen eine Fensterscheibe, durch die ich in den Innenhof sehen kann. *Denk nach. Du musst eine Lösung finden!*

Es gibt sicher eine Möglichkeit, diesen Blutschwur zu brechen. Doch falls nicht, muss ich mir einen Plan überlegen, wie ich die Prinzessin von ihrem Vorhaben abbringen kann.

Mein Blick irrt ziellos über den Innenhof, und plötzlich entdecke ich Nana, die über die Rasenfläche eilt. Stimmt. Sie wollte mir ja mit Ana helfen.

Also mache ich mich auf den Weg nach unten und dränge die Gedanken an die Prinzessin von mir.

Es überrascht mich nicht, dass eine prächtige Kutsche ganz vorne in der Reihe aufbereitet ist und ein Stalljunge danebensteht. Er wirkt nur wenig älter als ich und hat vermutlich gerade erst die Schule beendet.

Als ich näher komme, sinkt er in eine so tiefe Verbeugung, dass ich nach seiner Hand greife und ihn aufrichte. »Das ist wirklich nicht nötig.«

Der Stalljunge starrt meine Hand an, als würden jeden Moment Schlangen aus ihnen emporsteigen, und schnell lasse ich ihn los, als mir bewusst wird, dass er ein Mensch ist. »Entschuldigt, ich wollte nicht -«

Sofort schüttelt er den Kopf, und ich unterbreche meine Entschuldigung, weil sie sich so jämmerlich angehört hätte. »Ich habe keine Angst vor Euch. Ich war nur überrascht.«

Ich starre ihn an. »Wieso nicht?«

Er wird von oben bis unten rot und weicht meinem Blick aus, während er die Nase kräuselt. »Weil man mir eine Anstellung gab, obwohl mein Vater ein Verbrecher ist. Sie haben mir eine Chance gegeben, und ich werde es ihnen nachtun.«

Mir wird ganz warm ums Herz, und zugleich spüre ich sein Unbehagen bei diesem Thema, weshalb ich nicht weiter nachhake und stattdessen auf die Kutsche deute. »Wurdet Ihr angewiesen, hier auf mich zu warten?«

»Richtig. Steigt bitte ein.« Der Stalljunge streckt mir seine Hand entgegen und hilft mir dabei. Sein Griff ist fest, und es liegt keinerlei Zögern darin.

Er hat tatsächlich keine Angst vor mir. Und zugleich spüre ich, dass ich ein klein wenig seiner Energie abzapfe. Nur minimal, kaum der Rede wert, und vermutlich bemerkt er es nicht einmal. Ich versuche die Schuldgefühle von mir zu schütteln, die sich augenblicklich in mir bilden, und nehme im Innern Platz. Hier ist Raum für sechs Personen, die Sitze sind mit feinem schwarzem Samt bezogen, und die Vorhänge schimmern im Licht, als wären goldene Fäden eingearbeitet worden. Der Stalljunge schließt die Tür hinter mir, und dann warte ich.

Es vergehen nur wenige Minuten, doch es fühlt sich wie eine Unendlichkeit an, bis sich die Kutschtüren erneut öffnen.

Anna lacht glockenhell und hat ihren Blick noch auf den Stalljungen gerichtet, während sie einsteigt, sodass sie mich erst bemerkt, als sie schon halb auf einem der Sitze sitzt. Ihre

Augen weiten sich, und sie will schon wieder aufspringen, doch der Stalljunge verriegelt die Tür hinter ihr.

»Was soll das?« Ergeben lässt sie sich auf den Platz sinken und richtet ihre pastellfarbenen Röcke. Wie immer sieht sie wunderschön und frisch aus, wie eine Frühlingswiese. Wohingegen ich nun mit meinen schwarzen Haaren eher gedecktere Töne bevorzuge, wie den dunkelroten Overall, den ich gerade trage.

»Das war Nanas Werk. Sie wollte sich nicht länger mitansehen, wie wir uns zerstreiten.«

»Du hast den Mann geküsst, den ich liebe. Meinen Freund«, stößt sie aus und presst ihre Lippen zu einer harten Linie. In ihren Augen schwimmt der Verrat. »Obwohl du wusstest, wie viel er mir bedeutet.«

»Ich weiß«, stoße ich mit gebrochener Stimme aus. »Und es war so falsch. Ich schäme mich unendlich, und es tut mir so leid.«

»Warum hast du das dann getan?« Ihre Finger krallen sich in ihren Rock, und Verzweiflung verzerrt ihre Worte, als hätten sie nur darauf gewartet, endlich ausbrechen zu können.

Ich zwinge mich, ihr in die Augen zu sehen, denn sie hat die Wahrheit verdient. »Weil ich mein Leben lang du war. Weil ich sicher war, es würde mich niemals jemand um meiner selbst willen lieben. Weil Henri mir wie der strahlende Ritter erschien. Ich wollte keine Gefühle für ihn entwickeln. Aber es ist irgendwie passiert, und während der Sinnesspiele war diese gespielte Romanze mit Henri meine einzige Möglichkeit, etwas Sympathie im Volk zu erlangen. Aber das soll keine Ausrede dafür sein, dass ich zu weit gegangen bin. Ich habe ihn geküsst und ihn genauso getäuscht wie dich.«

»Er ist weniger wütend als ich«, erwidert sie und schaut zu

den zugezogenen Vorhängen der Kutsche. »Weil er dich versteht. Er versucht es zumindest.«

»Und du?«

»Ich fühle mich, als hättest du mir etwas weggenommen, obwohl ich weiß, dass das nicht fair ist. Immerhin hatte ich ein Leben, während du immer im Schatten bleiben musstest. Ich war egoistisch, als ich von dir verlangt habe mitzuspielen, während ich einen Freund habe und du getan hast, als wäre er auch deiner.« Sie seufzt schwer, und ihre Finger lösen sich langsam aus dem Stoff. »Mir tut es auch leid.«

Hoffnung flattert in meiner Brust. »Ich habe während der Spiele erkannt, dass Henri nicht der ist, den ich wirklich liebe. Es war nur das, was er verkörpert hat. Der starke Ritter in glänzender Rüstung, der so gut und freundlich zu mir ist.«

In ihren Augen blitzt es, und für einen kurzen Moment sehe ich meine Zwillingsschwester vor mir, mit der ich alle Geheimnisse teile. »Und wen liebst du wirklich?«

»Mich selbst. Ich liebe mich selbst. Ich liebe die Frau, die ich nun bin, mit all meiner Dunkelheit und diesem Aussehen.« Demonstrativ fahre ich über mein schwarzes Haar und die spitzen Ohren. »Zum ersten Mal in meinem Leben habe ich das Gefühl, dass ich wahrhaftig ich selbst bin, und das fühlt sich fantastisch an.« Irgendwie schaffe ich es zu lächeln, auch wenn ich mich zugleich fühle, als würde ich durch einen Sumpf waten.

Ana starrt mich an. »Manchmal habe ich das Gefühl, dass ich gar nicht mehr weiß, wer du bist. Aber das wusste ich nie, oder?«

Mir entfährt ein freudloses Lachen. »Ich schätze, das wussten wir beide nie.«

»Die echte Avi ist anders. Stärker als ich«, sagt sie leise, als wäre es ein Geständnis. »Ich hätte die Spiele niemals überlebt.«

»Das weißt du nicht.«

Sie schnaubt, dann lächelt sie. Wie früher. Bevor all die falschen Entscheidungen sich zwischen uns drängen konnten. »Ich bin froh, dass ich dich endlich richtig kennenlernen darf.«

»Ich auch, und ich will nicht mit dir zerstritten sein. Du bist meine Schwester. Meine beste Freundin. Du bist meine Familie. Ich kann dich nicht verlieren. Und ich werde mich auch noch bei Henri entschuldigen. Bitte glaub mir, da sind keinerlei Gefühle mehr meinerseits für ihn.«

Sie nickt langsam, zögerlich. »Glaubst du immer noch, dass er uns belogen hat?« Ihr ist anzusehen, wie sehr der Vorwurf an ihr nagt, wie viele Zweifel ich in ihr säen konnte.

»Ich war so sicher, aber vermutlich wollte ich ihn nur als den Bösen sehen«, gebe ich leise zu und merke, wie ich nervös meine Finger knete, woraufhin ich sofort damit aufhöre. »Das war nicht richtig.«

Sie nickt langsam und atmet hörbar durch. »Okay. Henri trainiert momentan wieder mit den Soldaten. Ich sehe ihn weniger, als mir lieb ist.«

Ich erwidere nichts, weil ich ihn sowieso nicht so schnell wiedersehen möchte. Er steht für alles, was ich falsch gemacht habe, und obwohl Ana mir offenbar verzeiht, wird diese Geschichte immer zwischen uns stehen. »Und wie gefällt dir das Leben im Palast?«

Sofort leuchten ihre Augen, und sie streicht eine Strähne weg, die ihr vor die Brillengläser gerutscht ist. »Es ist fantastisch. Mir wurde eine Ausbildung als Schneiderin angeboten, und ich erwäge, sie anzunehmen.«

»Das ist wundervoll.« Sofort fällt mir Nanas Laden ein, den

wir eigentlich hatten übernehmen wollen. »Was meint Nana dazu?«

»Sie ist glücklich, wenn wir es sind.« Sie lächelt ein wenig breiter. »Außerdem ist sie momentan sowieso zu sehr mit ihrer neuen Bekanntschaft beschäftigt.« *Inaras Vater.*

Ich lache und genieße diese alte Vertrautheit, die zwischen uns wieder hochkommt. »Stimmt. Ist es nicht seltsam, sie flirten zu sehen?«

»Total!«, stößt Ana aus, und als wir gemeinsam lachen, fühlt es sich wieder so an wie früher, bevor sich ein Riss in unser enges Band schlich. Dennoch schenkt dieser Moment mir Hoffnung auf Normalität. Etwas, das ich dringend gebrauchen kann.

Anas Blick senkt sich, und sie runzelt die Stirn. »Was ist das?«

»Oh. Nichts.« Sofort höre ich auf, über die blassroten Flecken auf meinem Handrücken zu streichen, und will meine Hand verstecken, doch Ana greift nach ihr und zieht sie zu sich.

»Das sieht nicht wie Nichts aus.« Sie dreht meine Hand und schüttelt den Kopf. »Das solltest du untersuchen lassen.«

»Werde ich.« Ich nicke langsam und zwinge mich, ihren Blick zu erwidern, weil ich ihr alles sagen will. Doch das kann ich nicht. Die Wunde ist zu frisch, und ich weiß selbst noch nicht, wie ich damit umgehen soll. Ich ziehe meine Hand weg. »Hast du gespürt, dass ich mich von dir gelöst habe? Geht es dir besser?«

Ihr Lächeln ist so rein, dass es einem Frühlingshimmel Konkurrenz machen könnte. »Ja. Ich fühle mich so gut wie noch nie. Eine der Späherinnen hilft mir, nach meiner eigenen Kraft zu suchen. Falls ich überhaupt eine entwickeln sollte.«

Sofort denke ich an die Späherin, die im Zug so vertraut mit Ren gewirkt hat. »Das ist fantastisch. Ich drücke die Daumen.«

»Danke.«

Wir lächeln einander an, und für einen Moment vergesse ich den Sturm um mich herum. Ich habe Freunde und eine Familie. Irgendwie werde ich überleben. Das tue ich immer.

45. Kapitel

Ren

In drei Tagen wird der letzte Zug mit jenen abreisen, die nicht hierbleiben wollen.

In drei Tagen werde ich gekrönt.

Heute wurden die letzten Bestände des Fiebermittels aufgebraucht, und Nachschub kommt erst am Tag vor meiner Krönung. Viele der Erkrankten sind bereits mit den Zügen abgereist, aber es sind immer noch genug hier, die dringend Arzneimittel benötigen. Gestern haben wir eine Erklärung veröffentlicht, dass wir von der Versorgung der Königsstadt abgeschnitten wurden und es deshalb zu Verzögerungen kommen kann. Danach wurden die Apotheken überrannt. Unsere Soldaten konnten den Großteil des Chaos eindämmen, doch der Schaden ist bereits angerichtet. Meine Leute und ich werden für all jene verantwortlich gemacht, die das Fieber nicht überlebt haben.

Meine Kehle brennt, und als ich schlucke, fühlt es sich an, als würde sich eine Feuerspur durch meinen Hals brennen. Ich versuche nicht an die vergeudeten Leben zu denken. Nur daran, dass der König bald schon nicht mehr dazu fähig sein wird, je wieder eines von meinen zu nehmen.

Mein Blick wandert zu Avi, die mit Ana im Trainingsraum steht und gemeinsam mit Laurin versucht, Anas Kräfte hervorzulocken.

Ich selbst stehe in der offenen Tür und beobachte sie nur, weil ich es nicht länger ertragen kann, über Plänen zu brüten und mir eine Hiobsbotschaft nach der anderen anzuhören. So sollte die Übernahme nicht laufen. Nicht begleitet vom Tod Unzähliger, deren Angehörige mich und meinesgleichen für all das Leid verantwortlich machen werden.

Avi lacht, und mein Mundwinkel zuckt. Ich spüre ihre Freude durch unser Band und hasse es, dass ich sie noch immer nicht eingeweiht habe. Sie weiß, dass wir ein Band teilen, jedoch nicht, was es bedeutet.

Ihr Anblick reicht, um mich von der Welt um uns herum abzulenken. Es ist ihre Stärke, die mich immer wieder zu ihr zieht. Avi hat ihre Stärke versteckt, und nun bricht sie aus ihrer steinernen Hülle, erzeugt Risse und blendet mich nahezu. Sie trägt eine Energie in sich, die nichts mit ihrer Dunkelheit zu tun hat, eine, die sie selbst als einfacher Mensch von allen anderen abgehoben hätte.

Und sie gehört zu mir.

Als sie aufschaut, ihr Blick mich streift und sie sich schnell wieder an Ana wendet, verkrampft sich meine Brust. Avi geht mir aus dem Weg. Und ich bin so vereinnahmt von Terminen, dass ich bisher keine Möglichkeit hatte herauszufinden, wieso.

Doch das hat jetzt ein Ende. In drei Tagen werde ich gekrönt, und verdammt, ich hätte niemals gedacht, dass ich jemals wieder so denken würde, aber … ich brauche sie. Ich brauche das Wissen, dass sie an meiner Seite ist.

Nicht, weil sie für mich kämpfen soll.

Nicht, weil sie irgendetwas für mich tun soll.

Sondern weil ihre Nähe mir Kraft gibt. Avi ist der Beweis, dass alles im Wandel liegt. Sie und die anderen.

Sie sind Nachtfae, die dem König getrotzt haben und geboren wurden, obwohl es vor Jahrhunderten noch unmöglich erschien. Doch nun ist alles anders.

Wir haben sie beschützt, und bei Avi, Inara und Marlon ist es uns gelungen. Die drei sind der Beweis, dass Gerechtigkeit immer einen Weg findet.

Und … ich hätte niemals geglaubt, dass es jemals wieder jemand schaffen würde, mein versteinertes Herz zu erweichen.

Doch dann war da Aviana – Avi –, die in den Fluss stürzte und mit der ich von da an ein Band teilte. Daran war nichts Romantisches, doch ein Teil von mir war ihr von da an verpflichtet.

Avi, die mich in der Toten Zone rettete.

Avi, die mir verzieh, dass ich sie geradewegs in eine Falle lockte.

Avi, die etwas Liebenswertes in mir sieht.

Sie ahnt nicht, wie kostbar mir ihre Gefühle sind, wie sicher ich war, nie wieder lieben zu können, nachdem ich alles und jeden verloren habe.

Sie ist einfach in mein Leben getreten und hat all die verblassten Sterne zum Leuchten gebracht.

Und ich werde nicht zulassen, dass sich irgendetwas zwischen uns drängt.

»Das reicht für heute«, beschließt Laurin, tritt von den beiden zurück und reißt mich damit aus meinen Gedanken. »Sei nicht zu enttäuscht. Deine Kraft wird sich schon noch zeigen, falls du eine hast. Ihr beide habt euch erst kürzlich getrennt. Diese Wunde muss deine Seele erst einmal verheilen.«

Avi versteift sich. »Wunde?«

Laurin hebt eine Augenbraue, während der Rest ihrer Miene unbewegt bleibt. »Sie blutet nicht, aber sie muss sich erholen, und dann werden wir sehen, was Ana wirklich kann.«

Ich höre Schritte hinter mir, die langsamer werden, und ich stoße mich vom Türrahmen ab. Henri kommt auf mich zu, und sein Blick ist entschlossen, aber doch vorsichtig. Er ist für mich keine Konkurrenz, aber Freunde werden wir definitiv nicht mehr.

Henri schluckt sichtlich, als er bei mir ankommt. Dann neigt er den Kopf. »Eure Hoheit. Ich möchte Ana vom Training abholen.«

Ich nicke nur und trete zur Seite, um ihm Platz zu machen, und erwidere nichts, was ihn sichtlich nervös macht. Schweiß glänzt auf seiner Stirn, und doch hält er sich aufrecht, als er an mir vorbei in den Trainingsraum geht.

Ana lächelt verzückt bei seinem Anblick, während Avi die Stirn runzelt, bevor sie höflich die Lippen zusammenpresst.

Endlich schaut sie mich an, wenn auch zögerlich. Etwas in mir verkrampft sich, weil ich nicht verstehe, was passiert sein könnte, dass sie sich mir gegenüber so reserviert zeigt. Bin ich zu forsch? Will ich mehr, als sie zu geben bereit ist?

Ich würde auf sie warten. Jahrhunderte, wenn es nötig ist.

Laurin verabschiedet sich und kommt auf mich zu. Sie neigt ergeben den Kopf. Finnian und Nevan hatten unrecht. Ihr macht meine Zurückweisung nichts aus. *Professionell wie immer.* Ich nicke ihr zu und mache Ana und Henri Platz, die nun ebenfalls den Raum verlassen, sodass ich mit Avi zurückbleibe, die noch immer dasteht und aussieht, als wüsste sie nicht wohin mit sich.

Ihr Schmerz trifft mich wie ein Vorschlaghammer, und ich kann nicht länger an mich halten und gehe auf sie zu. Meine Dunkelheit lodert auf meiner Haut, und als Avis Blick darübergleitet und ihr ein Lächeln entlockt, will ich sie nur noch an mich reißen und küssen.

Doch kurz bevor ich sie erreiche, macht sie einen Schritt zurück. »Ich …«

Sofort stoppe ich, verwirrt und besorgt. »Was ist los? Du gehst mir aus dem Weg. Warum?«

Avi schluckt sichtlich. »Tut mir leid. Es war so viel los in den letzten Tagen, und ich dachte, du brauchst jetzt gerade keine Ablenkung.«

Ich lache hart. »Ablenkung? Du bist das, was mich in diesen Tagen dazu bringt, nicht vollkommen durchzudrehen. Es passiert da draußen so viel, was ich nicht kontrollieren kann und bei dem ich nur machtlos zuschaue. Doch mit dir an meiner Seite …« Ich schlucke hart und balle die Hände zu Fäusten, die sich ihr immer wieder entgegenstrecken wollen. »Es fühlt sich richtig an. Du und ich.«

Sie beißt sich auf die Unterlippe, und ich kann nicht anders und mache einen weiteren Schritt auf sie zu, bis wir uns beinahe berühren. Dieses Mal weicht sie nicht zurück, was ich als gutes Zeichen werte. Unsere Dunkelheit flammt um uns herum auf, und dieses Mal spüre ich deutlich, dass ihre sich mit meiner mischt, was dafür sorgt, dass wir beide wohlig erschaudern. »Dafür, dass du vorher der wortkarge, einschüchternde Soldat warst, findest du als Prinz nun immer die richtigen Worte. Und vielleicht zeigst du der Welt ja nun mehr als nur deine furchteinflößende Abgeklärtheit.«

»So wirke ich also? Furchteinflößend?«, frage ich mit einem leisen, spielerischen Grollen.

»Oh ja, ziemlich«, erwidert sie neckisch.

»Endlich kann ich dir zeigen, wer ich wirklich bin.« Ich greife nach ihrer Hand und hauche einen Kuss auf ihre zarte Haut. »Und du mir, wer du bist.«

Sie lächelt, und ich fühle mich, als würde ich unter ihrer Schönheit dahinschmelzen.

»Ich muss dir etwas sagen.«

»Ich dir auch«, bringt sie raus, und ich fühle ihr Zögern.

»Lass mich zuerst«, bitte ich sie, weil ich es nicht länger zurückhalten darf. Erst als sie nickt und Neugier in ihren Augen blitzt, spreche ich weiter. »Ich habe dir doch gesagt, dass wir ein Band teilen.«

»So, wie du mit Nevan ein Band teilst. Auch wenn es anders ist. Wegen unserer … Gefühle.« Sie beißt sich auf die Unterlippe, und ich kann diesen widersprüchlichen Empfindungen nicht folgen, die ich von ihr empfange.

»Richtig. Nur, dass unseres noch besonderer ist.«

Sie runzelt ihre Stirn, und ich will darüberfahren und die feinen Linien glätten. »Wie meinst du das?«

»Du und ich sind verbunden, auf einer Ebene, die tiefer geht. Unsere Dunkelheit zieht einander an, weil ich dich damals gerettet habe und dir einen Teil von mir gegeben habe.«

»Wie meinst du das?« Sie blinzelt irritiert und versteift sich.

»Du wärst gestorben, wenn ich dich nicht aus dem Wasser gezogen hätte. Du warst so gut wie tot. Doch ich konnte es nicht zulassen. Du warst ein Kind, noch weit entfernt von dem Bösen, zu dem alle dich machen wollten. Du hattest ein Anrecht auf ein Leben. Deshalb schenkte ich dir einen Teil von mir selbst. Einen Teil meiner Unsterblichkeit.«

Sie schüttelt verständnislos den Kopf. »Wie?«

Ich hebe ihre Hand und drehe sie so, dass ihre Innenfläche sichtbar wird sowie die beiden Punkte darin. »Das ist ein Blutschwur. Ich schwor damals, dich zu retten, und deine Dunkelheit hat eingewilligt, weil sie überleben wollte. Deshalb fühlen wir einander. Dir ist sicher aufgefallen, dass du mich wahrnehmen kannst.«

Sie nickt langsam und wird ganz blass. »Deshalb?«

»Richtig. Dieser Blutschwur verstärkt unser Band zusätzlich. Ich nehme dich wahr und du mich.«

»Also hast du während der Sinnesspiele alles gespürt?«, fragt sie besorgt, und ich möchte sie an mich ziehen, um diesen Gesichtsausdruck fortzuwischen.

Stattdessen nicke ich, denn vor ihr werde ich nichts beschönigen. »So ist es. Und ich spüre auch jetzt noch alles. Ich kann dir jedoch beibringen, wie wir uns voneinander abschirmen.«

»Deshalb spüre ich dich nur hin und wieder, oder? Du schirmst dich ab?« Avi wirkt weitaus weniger wütend, als ich gedacht hätte. Mehr interessiert. »Was würde passieren, wenn wir den Schwur lösen?«

Mein Hals verengt sich, und etwas Wütendes fährt durch meinen Körper, allein bei dem Gedanken, dass ich sie verlieren könnte. »Dann wirst du sterben.«

»Oh.« Sie atmet tief ein und greift nach meinen Händen. »Nun, das ist für mich keine Option.«

Ich lache so laut und plötzlich, dass sie die Nase krauszieht, bevor sie mit einstimmt. Dann ziehe ich sie fest an mich. »Dein Tod steht außer Frage.«

»Aber …« Sie löst unsere Umarmung auf, und wieder runzelt sie die Stirn. »Ist das der Grund für unsere Gefühle? Weil du mich gerettet hast und meine Dunkelheit sich deshalb zu deiner hingezogen fühlt?«

»Nein. Ich habe mich nicht in die achtjährige Avi verliebt«, stelle ich klar, was sie zum Schmunzeln bringt. »Sondern in die Frau, die aus ihr geworden ist. In dich. Weil du mutig bist. Und stark. Und wunderschön.«

Sie wird ein wenig rot, und ich will ihre Wangen küssen. »Du hast dich wirklich in mich verliebt?«

»Ja«, stoße ich leise aus und will nicht, dass sie es erwidert, nur weil ich es als Erster ausgesprochen habe. »Habe ich. Irgendwann im Laufe unserer Reise, als du mich gerettet hast, obwohl ich der Feind war.«

Sie beißt sich auf die Unterlippe und lächelt zugleich. Verdammt, sie ist so unfassbar schön. Ihr Herz flattert, und ich spüre das Glück, das sie durchströmt, so intensiv, dass es mich in die Knie zwingen will.

Irgendwo erklingen die Schritte von Soldaten, und ich weiß sofort, dass es Prinzessin Juliette mit ihrer Eskorte ist. Ich unterdrücke ein Knurren, denn diese Frau hat es sich offenbar zur Aufgabe gemacht, mich überallhin zu verfolgen und mich davon überzeugen zu wollen, eine Allianz mit ihr zu gründen.

Avi versteift sich und blickt an mir vorbei zum Ausgang des Trainingsraums. Sie wird blass, und all ihr Glück zerplatzt in nur einer Sekunde. Stattdessen tritt ein Unbehagen in den Vordergrund, das ich bei ihr zuvor noch nicht wahrgenommen habe.

In diesem Moment tritt Prinzessin Juliette vor die Tür. Wie immer ist sie tadellos gekleidet, was daran liegt, dass die fürstlichen Schneider ihr voll und ganz zur Verfügung stehen. Obwohl sie eine Geisel ist, wollen wir sie noch immer als Verbündete haben. Nun, da sie uns die ganze Zeit derart entgegengekommen ist.

Doch Prinzessin Juliette ist eine gute Schauspielerin, sie zeigt dem Volk, was es sehen will: eine Frau mit Stärke und Willen. Es ist die Berechnung in ihrem Handeln, die mich sie schätzen und zugleich auf Abstand halten lässt. Sie tut nichts ohne Plan, etwas, das sie mir vielleicht ähnlicher macht, als ich zugeben will.

Sie lächelt, als sie mich entdeckt, und wirft Avi nur einen kurzen Blick zu. »Eure Hoheit«, begrüßt sie mich. »Ich würde Euch gerne zum Mittagessen einladen, falls Ihr Zeit erübrigen könnt.«

Avi stößt ein leises Keuchen aus, und ich spüre so einen plötzlichen Schmerz durch unser Band, dass ich herumfahre. Sie hält sich die Hand und verzieht das Gesicht, auch wenn sie versucht es zu unterdrücken. »O Mann, ich muss mir wohl was verdreht haben«, stößt sie aus und lächelt angestrengt. »Ich werde das besser mal untersuchen lassen.« Sie gibt mir keine Gelegenheit, ihr zu antworten, sondern eilt an mir und der Prinzessin vorbei, wobei sie Letztere nur mit einem knappen Nicken begrüßt.

Ich schaue ihr hinterher, und ein schaler Geschmack breitet sich in meinem Mund aus. *Sie verheimlicht mir etwas.*

Prinzessin Juliette lächelt ein wenig breiter, voll und ganz auf mich konzentriert. »Ich würde gerne von den Nachtfae erfahren, bevor ich in drei Tagen abreise. Zudem sollten wir unsere Allianz besprechen. Ich weiß, Ihr wollt nichts davon hören, doch es ist töricht, irgendwelchen romantischen Gefühlen nachzuhängen, wenn es um das Wohl eines ganzen Kontinents geht.«

Ich hebe eine Augenbraue und schlendere auf sie zu, wobei

ich all meine Gefühle zur Seite dränge. Sie haben hier keinen Platz, nicht in Gegenwart dieser Frau, die zu meiner größten Verbündeten oder ärgsten Feindin werden könnte. »Ich weiß, was Ihr anstrebt. Doch eine Hochzeit zwischen uns beiden würde so oder so nicht den gewünschten Effekt erzielen. Sollte Euer Vater irgendwann abdanken, steht es für mich außer Frage, mit Euch in die Königsstadt zu ziehen. Ich werde hierbleiben, an dem Ort, an dem ich meinen Leuten die Freiheit schenke.«

Sie seufzt gespielt. »Das habe ich verstanden. Deshalb bin ich zu einem Kompromiss bereit. Wir erbauen eine neue Königsstadt, und überlassen die Alte dann einem Fürsten. Diese neue Königsstadt kommt direkt auf die Grenze der beiden Reiche, sodass wir beide regieren können. Wir müssen keine Liebhaber sein. Das hier ist rein geschäftlich. Ihr könntet Eure kleine *Gefährtin* sogar behalten.« Die Prinzessin lächelt gönnerhaft und deutet in Richtung Flur. »Lasst uns das beim Essen besprechen.«

Ich will die Augen verdrehen, weil sie so unfassbar hartnäckig ist. Selbst wenn es Avi nicht gäbe, würde ich einer solchen Allianz nicht zustimmen. Es steht außer Frage, dass ich meine Macht so kurz nach unserem ersten kleinen Erfolg mit ihr teile. Zudem stehe ich kurz davor, Nordeuropa zu übernehmen, und kann sicher keine Einmischung aus Alteuropa gebrauchen. Erst recht nicht, wenn ich dieser Fae vor mir nicht über den Weg traue. Sie tut zwar so, als würde sie eine Allianz eingehen wollen, doch ich sehe in ihr eine Gegnerin, die nur versucht, das Beste für sich selbst herauszuschlagen.

Ein Teil von mir möchte Avi hinterhergehen, doch ich spüre auch, dass ich nichts erreichen werde. Was auch immer sie vor mir verbirgt, bereitet ihr Sorgen. Und um diese Sorgen fortwischen zu können, muss ich alleine mit ihr sein.

Bis dahin bleibt mir nichts anderes übrig, Nevan damit zu beauftragen, sich noch öfter mit der Prinzessin zu treffen, damit sie mir nicht ständig über den Weg läuft.

46. Kapitel

Avi

Ich lasse mir von einem Späher sagen, wo ich Nevan finden kann und eile zu ihm, noch während ich den Nachhall von Prinzessin Juliettes Kraft in meinen Adern spüre.

Ren und ich teilen ein Band. Mein Leben ist an seins geknüpft. Er wird spüren, wenn ich sterben sollte, und es würde ihn brechen. Das kann ich nicht zulassen.

Nevan befindet sich in seinem Büro im obersten Stockwerk des Palastes, wo er gerade irgendwelche Unterlagen betrachtet. Ich trete ein, ohne zu klopfen, und schließe die Tür hinter mir. Er hebt seinen Kopf und lehnt sich mit einem Lächeln zurück. »Wie schön, dich zu sehen. Was kann ich für dich tun?«

»Wie kann ich meine Gefühle vor Ren abschirmen?« Meine Brust hebt und senkt sich hektisch, während Wut und Panik in mir miteinander kämpfen.

Einen Moment lang wirkt er überrascht. Dann zieht er misstrauisch seine Augenbrauen zusammen. »Weshalb?«

Ich presse die Lippen aufeinander, doch sein Blick fliegt zu meiner Hand, die ich sofort loslasse, als hätte ich mich daran verbrannt.

Doch Nevan springt auf und greift nach ihr, um sie näher zu begutachten. Sein Blick fixiert sofort die kleinen roten Punkte. »Was ist das? Mit wem hast du einen Blutschwur geteilt?«

»Ich darf nicht darüber sprechen.«

»Warum nicht?«, presst er zwischen zusammengebissenen Zähnen hindurch und wirkt mit einem Mal gefährlich. »Was verschweigst du?« Sein Griff um meine Hand wird fester.

Ich verziehe das Gesicht, und er lockert seine Finger, lässt aber nicht los. »Avi. Sprich mit mir!«

»Die Prinzessin«, stoße ich aus und wende mein Gesicht von ihm ab und hasse es, wie schwach ich mich fühle. »Sie hat während der Spiele Inaras Kräfte gesehen und uns erpresst. Ich bin einen Blutschwur mit ihr eingegangen, im Gegenzug zu einem Gefallen.«

»Was für einen Gefallen?« Seine Augen weiten sich, und er lässt mich los. »Sie will Ren?«

Ich nicke, und Verzweiflung schnürt mir die Kehle zu. »Er hat mir gerade gesagt, dass er durch unser Band all meine Empfindungen wahrnehmen kann. Die Prinzessin kann mich töten, wenn ich nicht tue, was sie sagt.«

»Dann töten wir sie zuerst«, stößt er aus, und in seinen Augen lodert es, während seine Finger zu leuchten beginnen.

»Damit würden wir einen Krieg entfachen. Sie steht für so viele Menschen als Hoffnungsträgerin da. Töten wir sie, würde alles, was ihr euch aufbauen wollt, auseinanderbrechen.«

Nevan fährt durch sein Haar und flucht laut, während er sich von mir abwendet und durch den Raum tigert. »Dieses Miststück!«

»Ich weiß nicht, was ich tun soll. Sie will Ren heiraten, und ich soll ihr den Weg freimachen. In den letzten Tagen bin ich alle meine Möglichkeiten durchgegangen, und ich habe versucht, mich von Ren fernzuhalten, bis ich eine Lösung finde. Aber mir ist nichts eingefallen.«

»Und du willst Ren nun von deinen Emotionen abschotten, damit er nicht merkt, wenn du leidest?« Er lacht bitter. »Glaub mir, das wird er merken. Ren *liebt* dich. Er wird immer spüren, wenn etwas falsch ist. Selbst wenn du es noch so gut zu verbergen versuchst.«

»Und was rätst du mir?«

Er blickt schweigend aus dem Fenster zum Fürstentum, das von hier aus so friedlich aussieht. »Du solltest gehen. Zumindest eine Zeitlang. Bis die Prinzessin weg ist und Ren gekrönt wurde. Danach werden wir Ren einweihen und mit ihm alles Weitere besprechen. Wir können nicht riskieren, dass die Prinzessin dir etwas antut und Ren dann ausflippt.«

Ich nicke, weil er recht hat, und zugleich verfluche ich, was für eine falsche Schlange sie ist. Prinzessin Juliettes Biss mag nicht tödlich sein, aber er vergiftet uns. Es vergiftet, was Ren und ich sein könnten. »Was soll ich Ren sagen?«

»Irgendwas. Egal was. Sag ihm, du kommst zur Krönung zurück, und bleib ihr dann fern. Ich werde meinen Kopf dafür hinhalten.« Nevan dreht sich zu mir um und sieht aus, als würde ihm jedes seiner Worte leidtun. »Lassen wir die Prinzessin glauben, sie hätte eine Chance. Ren darf nur nichts vorher erfahren, sonst könnte er unbedacht handeln.«

»Ich weiß«, stoße ich aus und drücke mir die Fäuste auf die Augen, weil sie sich gefährlich feucht anfühlen. »Ich weiß.«

Nevan durchquert den Raum mit wenigen Schritten und legt seine Arme um mich. »Es tut mir so leid.«

Ich versteife mich, weil es das erste Mal ist, dass wir einander berühren, aber nehme dann seine tröstende Umarmung dann an. »Danke.«

»Wir schaffen das. Okay?«

Ich nicke langsam und trete von ihm zurück, während ich versuche, mir ein Lächeln abzuringen. »Ja. Danke. Ich wusste nicht wohin, und dann …«

Ein Grinsen tanzt auf seinen Mundwinkeln. »Es ehrt mich, dass du mir so vertraust. Nach allem, was geschehen ist.«

»Dir ist vergeben«, erwidere ich und lache humorlos. »Du hast getan, was du tun musstest. Manchmal muss man den Schaden in Kauf nehmen, den man auf seinem Weg anrichtet.«

Er nickt und wirkt ein bisschen stolz. »Soll ich dir eine Kutsche rufen lassen?«

Sofort nicke ich. »Ja. Bitte.«

»Wohin wirst du gehen?«

»In mein altes Haus. Dort werde ich mich verbarrikadieren, bis alles vorbei ist.«

»Ich werde dir Soldaten mitschicken.«

»Nein«, erwidere ich sofort. »Die werden auf den Straßen gebraucht. Ich bin stark genug, um mich selbst zu wehren.«

Nevan zögert, doch ich sehe in seinen Augen, dass er langsam nachgibt. »Nun gut. Aber sollte irgendwas sein, zögere nicht, zurückzukehren. Wir werden mit Prinzessin Juliette fertig. Und mit Ren ebenfalls.« Bei seinen letzten Worten lacht er.

Ich versuche es auch, doch es klingt kläglich. »Danke. Für alles.« Ohne zurückzublicken, verlasse ich sein Büro, gehe sofort zu Nanas Zimmer und bin erleichtert, als ich sie dort tatsächlich auffinde.

Als sie mein Gesicht sieht, versteift sie sich sofort. »Was ist passiert?«

Ich dränge sie in ihr Zimmer und schließe die Tür hinter uns, bevor ich ihr alles erzähle.

Sie schnalzt mit der Zunge und wendet sich ihrem Schrank zu. »Dann sollten wir besser mal packen.«

»Aber es ist zu gefährlich.«

Sie funkelt mich über die Schulter hinweg an. »Ich werde schon klarkommen. Denkst du wirklich, ich lasse dich bei der aktuellen Situation da draußen alleine rumlaufen? Ganz sicher nicht.«

Ich will protestieren, doch schaffe es einfach nicht. »Was machen wir mit Ana?«

»Sie bleibt hier. In Sicherheit. Sie hat sich gerade erst erholt und sucht nach möglichen Kräften. Sie hat hier ihren Ausbildungsplatz. Wir hinterlassen ihr eine Nachricht und schreiben ihr dasselbe wie deinem geliebten Prinzen. Dass wir in drei Tagen passend zur Krönung zurückkommen.«

Ich presse die Lippen aufeinander, weil mir vor Rührung die Augen brennen, doch Nana wedelt mit der Hand. »Und nun los. Wir sollten uns beeilen. Schreib eine Nachricht. Die geben wir einem seiner Leute, kurz bevor wir abreisen, damit er dich nicht aufhalten kann. Und glaub mir, ich habe gesehen, wie er dich anhimmelt. So schnell würde er dich nicht gehen lassen, wenn wir ihm persönlich begegnen.«

Ich befürchte, dass sie recht hat, und obwohl dieses Gefühl eigentlich wunderschön sein sollte, bereitet es mir momentan nur Sorgen.

Also nicke ich.

Zehn Minuten später sitzen wir in einer Kutsche, die überraschenderweise von dem Stalljungen gefahren wird, der mir neulich mit Ana geholfen hat. Ich habe für Ren einen kurzen Brief verfasst, in dem steht, dass meine Nana unbedingt in den Blumenladen wollte und ich sie begleiten möchte. Dasselbe hat Nana in ihrem Brief für Ana geschrieben. Beide Briefe hat ein Dienstbote entgegengenommen, und während wir den Palast verlassen und uns auf die Straßen der Fürstenstadt begeben, ist dieser gerade unterwegs, um sie abzugeben.

In drei Tagen fährt der letzte Zug, direkt nach Rens Krönung. So lange muss ich nur durchhalten. Das sollte ein Kinderspiel sein. Wäre da nur nicht die Sehnsucht, die mit jedem Kilometer, den wir hinter uns lassen, größer wird.

Ich bereue meine Lüge schon in dem Moment, als wir die Innenstadt erreichen. Ren wird spüren, dass etwas los ist. Aber vielleicht kann Nevan ihn ablenken. *Und natürlich Prinzessin Juliette.*

Ein kurzer Funke Eifersucht entflammt in mir, doch er erlischt sofort, als ich mich daran erinnere, wie Ren mich geküsst hat.

Dann bemerke ich, wie verwaist die Innenstadt aussieht.

Nur wenige sind hier unterwegs, und die, die sich rausgetraut haben, hetzen mit gesenkten Köpfen und panischen Seitenblicken durch die Straßen. Die Geschäfte sind verbarrikadiert, und auch der Marktplatz, der sonst vor Leben vibriert, ist wie ausgestorben. Nur ein paar wenige Stände haben noch offen und trotzen der düsteren Stimmung, die sich über dem Fürstentum ausgebreitet hat.

Nana und ich werden in die Straße gebracht, die zu unserem Haus führt, und überraschenderweise fährt der Stalljunge nicht weg, sondern lotst die Kutsche in einen nahegelegenen Stall. Normalerweise kann man dort während seines Marktaufenthaltes die Pferde unterbringen. Doch heute ist niemand da, um die Tiere anzunehmen.

»Was macht Ihr?«, frage ich den Stalljungen, als dieser wie selbstverständlich die Kutsche unter dem Holzdach unterbringt.

»Ich bleibe bei Euch. Der Fürst hat mir aufgetragen, die ganze Zeit in Eurer Nähe zu sein, falls Ihr spontan zurückreisen müsst.« Er lächelt breit, und mir fällt eine Zahnlücke auf, die vorne seine Schneidezähne teilt.

Ich will schon abwinken, doch meine Nana nickt zufrieden und lächelt ihn an. »Gute Idee. Wie ist Euer Name?«

Der Stalljunge nimmt Haltung an und wird ein bisschen rot, als wäre es ihm unangenehm, sich nicht bereits selbst vorgestellt zu haben. »Ich heiße Tim.«

»Tim, es ist mir eine Freude, Euch kennenzulernen.« Nana neigt leicht ihren Kopf, was Tim dazu bringt, noch mehr zu erröten. Unsicher schaut er zu mir herüber, als wäre er nicht sicher, ob sie ihn auf den Arm nimmt. Doch ich lächle aufmunternd, weil das einfach meine Nana ist. Sie erweist jedem Menschen Respekt.

»Dann lass uns ins Haus gehen. Mal sehen, ob irgendwer uns ausgeraubt hat oder ich noch ein paar Pflanzen retten kann.«

Es sind nur ein paar Wochen vergangen, und obwohl es zunächst wie immer scheint, hat sich alles verändert. Ich bin nicht mehr dasselbe Mädchen wie damals, und das wird mir im selben Moment klar, als ich im Augenwinkel sehe, wie ein Vorhang in einem der Nachbarhäuser beiseitegezogen wird.

Ich habe schwarze Haare und die spitzen Ohren der Fae. Obwohl meine Gesichtszüge nun schärfer sind, sehe ich dem

Mädchen von damals immer noch ähnlich. Schnell senke ich den Kopf und schiebe meinen Schal über mein Haar.

»Diese Mistkerle«, stößt Nana aus, als wir bei der Haustür ankommen, vor der ein Absperrband angebracht wurde. Das Schloss wirkt intakt, doch der Rahmen ist verbogen, als hätte jemand die Tür mit einem Brecheisen aufgestemmt.

»Ich kenne jemanden, der sicher kurzfristig ein neues Schloss anbringen könnte, sodass die Tür abgeschlossen werden kann. Soll ich ihn holen?«, bietet Tim an, worauf Nana so aussieht, als würde sie ihm am liebsten um den Hals fallen.

»Sehr gerne. Das wäre wirklich nett«, sage ich, worauf er nickt und sich auf den Weg macht.

Derweil zerrt Nana das Band ab und knüllt es zu einem Ball zusammen. Dann schiebt sie die Tür auf, und mir entfährt ein Seufzen angesichts des Chaos, das uns entgegenschlägt.

Die Soldaten des Königs haben wirklich alles auseinandergenommen. Wir gehen von Raum zu Raum, in dem nichts an seinem Platz geblieben ist.

Selbst ganz oben haben sie unser Versteck auf dem Dachboden gefunden.

Es war immer nur eine Illusion, dass wir uns vor dem König hätten verstecken können.

Schweigend machen wir uns daran, aufzuräumen. Die Trümmer werfen wir aus den Fenstern in unseren Vorgarten, und alles, was noch halbwegs zu retten ist, räumen wir notdürftig weg. Die ganze Zeit über schweigen wir, und es liegt eine Schwermut in der Luft, die greifbar ist.

Irgendwann kommt Tim mit seinem Freund zurück. Ich verstecke mich oben, höre aber, dass aufgrund des verzogenen Rahmens nichts mehr zu retten ist und er eine notdürftige

Holztür vor der Haustür anbringen wird. Nana ist einverstanden. Natürlich. Als hätte sie eine andere Wahl.

Es dauert bis in den Abend, bis die neue Tür vor der alten steht und wir halbwegs Ordnung geschaffen haben.

Tim wird in dem Gästezimmer untergebracht, und ich koche uns ein Abendessen aus unseren Vorräten, während Nana sich dem völlig zerstörten Blumenladen widmet. Die Scheiben wurden eingeschlagen, und die gesamte Inneneinrichtung ist nicht mehr zu gebrauchen.

Während Nana also die Scherben zusammenfegt, klebt Tim die zerbrochenen Fensterscheiben mit Pappe ab. Es ist ein armseliges Bild, und doch habe ich nichts anderes erwartet. Die Hauptsache ist, dass Nana und Ana rechtzeitig von Rens Leuten weggebracht wurden. Ich will mir gar nicht ausmalen, wie es sonst geendet hätte.

»Und das waren wirklich die Soldaten des Königs?«, fragt Tim, als wir am Abend gemeinsam am Tisch in der Küche sitzen. Einige Schranktüren sind rausgerissen, und das meiste Geschirr ist zerschmettert worden. Doch wenigstens haben wir noch drei Stühle und den Tisch.

Nana nickt grimmig. »Sie wollten uns vermutlich als Druckmittel gegen ihre *Kandidaten*«, sie spuckt das Wort geradezu aus, »einsetzen. Zum Glück haben Fürst Nevans Soldaten uns frühzeitig rausgeholt.«

»Wo seid ihr dann gewesen? Im Palast?«

Sie nickt und schiebt sich einen Löffel Reis in den Mund, den sie bedächtig kaut. »Das sind gute Leute. Diese Soldaten. Sie alle. Ich habe vorher schon viel vom Fürsten gehalten, aber jetzt stehen wir wahrlich in seiner Schuld.«

»Tun wir nicht«, erwidere ich und lehne mich auf meinem Platz zurück, wobei ich meinen leeren Teller ein wenig von mir schiebe. »Nevan hat uns benutzt, und wir hätten dabei sterben können. Wir sind quitt.«

Tims Augen weiten sich. »Nevan?«

Ich lache leise und zucke mit den Schultern. »Na ja, die Reise hat uns wohl zusammengeschweißt.« *Nur, dass er mir das Du angeboten hat, weil er Rens bester Freund ist.* Aber das lasse ich unerwähnt. »Ich gehe jetzt schlafen, wenn das okay ist.«

»Natürlich, Liebes.« Nana tätschelt meine Hand, bevor sie sich an Tim wendet. »Lust auf eine Runde Schach?«

Erneut werden seine Augen groß, bevor er ein bisschen rot wird. »Danke, aber ich bin nicht sonderlich gut.«

»Hast du es schon mal gespielt?«

Er zögert, dann schüttelt er den Kopf.

Nana lacht und klopft nun auf seine Schulter. »Dann lass es mich dir beibringen. Falls du nicht zu erschöpft bist.«

Er lächelt leicht und wird sogar noch ein wenig dunkler im Gesicht. »Das wäre sehr nett.«

Ich erhebe mich mit einem Lächeln und hole ihnen noch das Spiel aus dem Wohnzimmer, bevor ich mich nach oben begebe. Als ich mich kurz darauf in einem meiner alten Schlafanzüge ins Bett fallen lasse, fühlt es sich fast an, als wäre niemals etwas gewesen. Als würde Ana noch oben in der Kammer liegen. Als müsste ich morgen zur Schule. Als wäre ich noch immer Aviana.

Aber das bin ich nicht.

Meine Mundwinkel verziehen sich, und ich denke an Ren, an unsere Küsse, an die Art, wie er mich anschaut. Obwohl mein schlechtes Gewissen noch immer in meinem Hinterkopf lauert, helfen diese Gedanken mir, schließlich einzuschlafen.

***

In den nächsten Tagen trainiere ich meine Fähigkeiten, wobei Tim mir besonders hilft. Seine Anwesenheit und Neugierde helfen mir, meinen Energiesog gezielt von ihm und Nana wegzulenken. So zieht meine Magie ihre Energie aus der weiteren Umgebung und nicht aus der Nähe.

Die kommenden Tage vergehen zäh. Doch dann steht Rens Krönung kurz bevor.

Ich erwache unter dem Rufen von Protesten. Sofort springe ich aus dem Bett und eile zum Fenster, von wo ich den Marktplatz im Blick habe. Er ist voller Menschen und Fae.

Meine Finger umklammern das Fensterbrett, und ich presse die Lippen zusammen. Obwohl ich ihre Rufe nur gedämpft hören kann, verknotet sich mein Magen, weil ich genau weiß, wogegen sie protestieren.

Sofort werfe ich mir Alltagskleidung über und eile nach unten, wo Tim und Nana bereits im Laden stehen und zwischen den notdürftigen Pappen hindurchspähen, die sie an die zerbrochene Fensterscheibe angebracht haben.

»Ich denke, es wäre besser, wenn wir zum Palast zurückkehren«, sagt Tim, und seine Haltung strafft sich ein wenig. »Die Stimmung wird sich nur aufheizen und bis zur Krönung heute Mittag nur schlimmer werden.«

»Das befürchte ich auch.« Nana presst ihre Lippen zu einer harten Linie, worauf feine Fältchen sich um ihren Mund herum bilden. Als sie sich zu mir umdreht, steht eine stumme Entschuldigung in ihrem Blick. »Wir sollten zur Krönung im Palast sein.«

Ich schaue an ihr vorbei, als Tim gerade eine Pappe zur Seite zieht und nur wenige Meter vor dem Laden ein paar der Demonstranten zu sehen sind. Ihre Rufe sind hier so laut, dass sie sich zu einem Stakkato aus Wut und Frustration vermischen.

»Wir wollen keine Nachtfae hier!«

»Nieder mit dem Fürsten! Tot für den Prinzen!«

»Freie Wahl für die Bürger!«

»Hoch lebe König Arthur!«

Eine der Demonstrantinnen dreht sich um, und als sie uns entdeckt, weiten sich ihre Augen. Es ist eine unserer Nachbarinnen. Sie stößt ihren Nebenmann an, doch bevor dieser uns ebenfalls entdeckt, mache ich einen Schritt vor und zwinge Tim, die Pappe loszulassen, sodass sie uns wieder verdeckt. »Ihr habt recht. Wir sollten los. *Jetzt.*« Meine Stimme ist fest, obwohl ich innerlich zittere. Sie hat mich gesehen, und ganz sicher hat sie mich erkannt.

Wir zögern nicht und nehmen nicht einmal irgendwelche Sachen mit, als wir quer durch das Haus laufen und die provisorische Haustür aufreißen. Dann eilen wir über die Straße in Richtung der Pferde, die noch immer in dem Stall untergebracht sind. So viel zu unserem Plan, bis nach der Krönung zu warten.

Gerade als Nana einsteigen will, höre ich jemanden rufen. »Da ist sie!«

Ich reiße den Kopf zurück. Mein Herz hämmert laut in meiner Brust, und mir wird eiskalt, als ich mehrere Leute auf uns zukommen sehe. Unsere Nachbarin ist ganz vorne dabei.

Verdammt.

»Sie ist eine Nachtfae!«, ruft sie und deutet mit dem Finger auf mich.

»Steigt in die Kutsche«, weist Tim uns an.

Ein hohles Lachen entfährt mir, als er sich ritterlich vor mich stellen will und ich ihn zur Seite schiebe. Meine Hände ballen sich zu Fäusten, und meine Dunkelheit zuckt unter der

Haut, während ich mich vor Tim und Nana schiebe. »Was wollt Ihr von uns?«

Meine Nachbarin verzieht angewidert ihren Mund. »Ihr und Euresgleichen sind der Grund, weshalb wir unser Zuhause verlieren werden.«

»Niemand zwingt Euch zu gehen«, erwidere ich und stelle mich aufrecht hin, während ich auf die immer größer werdende Menge hinter ihr schiele. »Ihr habt die Wahl.«

»Was soll das für eine Wahl sein, wenn man uns Nachtfae als Nachbarn vorsetzt?«, ruft einer aus der Menge.

»Genau! Wir sollen zusehen, wie die Häuser unserer Nachbarn von Nachtfae besetzt warden, und sie am besten noch fröhlich begrüßen?«, fragt ein anderer aufgebracht.

»Die bekommen nichts von mir!«

»Sie werden uns alle umbringen!«

»Wahrscheinlich zieht die da bereits Energie von uns, ohne dass wir es merken!«

Die Menge wird immer aufgebrachter, und es fehlt nicht mehr viel, bis die Stimmung vollständig kippt. »Wieso seid Ihr dann überhaupt hier? Die Nachtfae haben genauso ein Anrecht auf ein freies Leben wie Ihr.«

»Dann sollen sie sich eins aufbauen und nicht unser Zuhause übernehmen!«

Ich verstehe, was sie meinen, was vermutlich das Schlimmste ist. Wäre ich an ihrer Stelle, würde es mir genauso gehen. Ich wäre wütend und hätte Angst. Und dennoch muss sich etwas ändern. »König Arthur hat jeden Nachtfae getötet, den er in die Finger gekriegt hat. Wir haben einen Platz zum Leben verdient, und es tut mir leid, dass es so geschieht, aber König Arthur hat Prinz Auren keine andere Wahl gelassen. Er war derjenige, der uns die Medikamente gegen das Fieber und den

Zugang zur Königsstadt verwehrt hat. Er war derjenige, der das Fürstentum ausbluten lassen wollte.«

»Lügnerin!«, wird mir entgegengebrüllt. »Ihr wollt nur Eure eigene Haut retten und deshalb den König in Verruf bringen!«

»Das würde er niemals tun!«

Die geballte Wut der Menge schlägt mir entgegen, und ich spüre, dass ich so nicht weiterkommen werde.

Ich balle meine Hände, und als plötzlich ein Pfeil in unsere Richtung schießt, reiße ich die Hände hoch. Eine Wand aus Dunkelheit schießt vor mir hoch, und ich streue meinen Energiebezug ein wenig, sodass ich von niemand Bestimmtes zehre. *Dem intensiven Training mit Ren sei Dank.*

Entsetzte Rufe wallen auf, und ich zucke zusammen, als die Pfeile auf die Wand treffen und an ihr zerbersten. »Hört auf damit!«, rufe ich, doch werde von entsetzten Schreien übertönt.

»Passt auf, sonst saugt sie euch aus!«

»Sie wird uns umbringen!«

»Beten wir, dass König Arthur uns befreit!«

Ich will die Augen verdrehen, doch brauche meine ganze Konzentration auf der Wand aus Dunkelheit, die uns beschützt.

Da blitzt etwas in meinem Augenwinkel, und ich reiße automatisch meine Hand zur Seite. Ein Messer fliegt auf meine Nana zu, doch prallt an der Dunkelheit ab, die ich wie einen Vorhang vor sie ziehe. Ein Lachen will meine Kehle emporsteigen, doch ich unterdrücke es. Dunkle Macht durchzieht mich, und ich sauge das Gefühl ein. Zugleich starre ich mit blitzenden Augen in die Menge. »Hört auf, uns anzugreifen! Wir haben Euch nichts getan!«

»Ihr wendet Eure verfluchte Magie an!«, schreit eine Frau mir entgegen.

»Sie verteidigt uns«, erwidert meine Nana trotzig und will an mir vorbei, doch ich schiebe sie wieder zurück. Sie funkelt mich an, doch ich sehe in ihren Augen Stolz blitzen, bevor sie sich erneut dem Mob zuwendet. »Wir werden von Euch angegriffen! Ein Haufen Feiglinge gegen drei!«

»Sie ist eine Nachtfae!«

In diesem Moment schießt ein Lichtblitz gegen meine Dunkelheit, und ich zucke zusammen, weil ich es spüre, als hätte mir jemand einen Nagel in die Seite geschossen.

Weitere Lichtblitze schießen mir entgegen, und ich verstärke meine Dunkelheit. »Ihr müsst fliehen! Ich weiß nicht, wie lange ich dem standhalten kann.«

»Wir lassen dich nicht zurück«, erwidert meine Nana, und ich sehe im Augenwinkel, wie sie die Arme anwinkelt und die Hände zu Fäusten ballt.

Tim stellt sich neben sie. »Wir kämpfen bis zum Schluss.«

»Aber ich weiß nicht, ob ich uns alle alleine hier rausbringen kann«, erwidere ich und bin gerührt. Andererseits versuche ich nicht in Panik zu geraten, weil ein Teil meiner Dunkelheit beim nächsten Lichtblitz zerbersten könnte und sie dann ungeschützt sind.

Schweiß kitzelt in meinem Nacken, und ich will ihn wegwischen, doch wage es nicht, meine Hände zu bewegen. Dunkelheit fließt aus ihnen wie hungrige Schlangen, und obwohl ich schon vor Anstrengung zittere, ist es das Schönste, was ich jemals gesehen habe.

Die Leute da draußen fürchten mich für meine Kraft, während ich Ren unbedingt erzählen will, wie viel mir unser Training gebracht hat.

Er hat recht.

Ich bin nicht gefährlich. Genauso wenig wie meine Kraft. Das einzig Gefährliche hier sind diese Leute, die uns tot sehen wollen.

Meine Arme zittern, als ich einen weiteren Angriff abwehre. »Ihr müsst fliehen. Ich weiß nicht, wie lange ich das noch aushalte.«

Nana legt ihre Hand auf meinen Arm. »Dann nimm meine Energie.«

»Und meine«, sagt Tim und legt seine Hand auf meinen anderen Arm.

»Nein«, erwidere ich und hätte gelacht, wäre ich nicht bereits am Ende meiner Kräfte. »Ich nehme ihre«, sage ich leise und ziehe noch mehr Kraft aus meiner Umgebung, von all diesen Personen um uns herum, nur so viel, dass sie es nicht spüren.

Magie durchströmt mich, und ich wandle sie in Dunkelheit. »Wir gehen jetzt. Tim, sattle die Pferde. Die Kutsche müssen wir zurücklassen.«

»Wird gemacht.« Tim verschwindet aus meinem Sichtfeld, und ich halte die Mauer aufrecht.

»Fertig!«, ruft er dann, und ich ziehe mich zurück, ohne mich umzudrehen.

Wir eilen auf die Pferde zu, und Nana und ich teilen uns das eine, damit ich hinter ihr die Möglichkeit habe, uns weiter zu verteidigen.

Die Menge brüllt vor Wut, während weitere Angriffe folgen, doch wir schlagen uns eine Schneise durch die Leute, die vor der Dunkelheit und unseren Pferden zurückweichen.

Mit donnernden Hufen durchdringen wir die Stadt, und als

wir sie abgehängt haben, kann ich die Dunkelheit fallen lassen, aber sicher fühle ich mich erst, als der Palast in Sichtweite ist.

Wir umrunden die Menge, die sich vor dem Palast aufgebaut hat, und schaffen es durch einen Nebeneingang hinein. Ich will gemeinsam mit Nana und Tim nach oben zu dem Wehrgang eilen, von wo aus wir die Übertragung der Krönung sehen können, doch Finnian erwischt mich und zieht mich mit sich.

»Ich kann nicht dabei sein«, erwidere ich und versuche mich aus seinem Griff zu befreien, während er mich quer durch den Palast zieht.

»Er ist schon außer sich, weil du einfach verschwunden bist. Willst du wirklich dein Versprechen brechen und seiner Krönung nicht beiwohnen? Weißt du eigentlich, wie viel ihm deine Anwesenheit bedeutet?« Finnian knurrt die Worte, und seine sonst so neutrale Haltung fällt komplett von ihm ab. Übrig bleiben nur Wut und Unglaube.

Das schlechte Gewissen schnürt mir die Kehle zu, und ich nicke knapp.

»Ich weiß alles«, erwidert Finnian, und seine Miene wird ein wenig weicher. »Ren muss dich nur sehen, damit er weiß, dass alles gut ist.«

»Danke«, stoße ich aus, denn ich will nicht riskieren, dass er den fragilen Frieden zwischen sich und Prinzessin Juliette dadurch zerstört, dass er mich ihr vorzieht.

Finnian führt mich durch den Palast, bis wir uns im obersten Stockwerk befinden. Soldaten stehen vor einer unscheinbaren Tür und öffnen sie für uns.

Mir stockt der Atem, als mir klar wird, dass wir uns im oberen Bereich des Thronsaales befinden.

Von hier aus kann ich auf den Thron hinunterblicken. Wir

kommen in dem Moment, als Ren kniend von Nevan die Krone auf den Kopf gelegt bekommt.

Soldaten stehen hinter ihnen Spalier, und Prinzessin Juliette posiert in einer wunderschönen Robe daneben, während mehrere Kameras vor ihnen aufgebaut sind und jede Handbewegung filmen.

Sonst ist niemand im Saal, und es hätte traurig sein müssen. Stattdessen durchfährt mich eine Woge aus Stolz, als Ren sich mit seiner Krone auf dem Kopf erhebt. Sein Blick fliegt wie von selbst hoch zu unserer Empore, direkt zu mir. Ich sehe all seine Zuneigung, und Tränen schießen mir in die Augen, als sein Mundwinkel leicht zuckt.

Finnian greift nach meiner Hand, als im selben Moment Prinzessin Juliette Rens Blick folgt. Er zieht mich zurück, bevor sie uns entdecken kann, und ich atme hörbar aus, als die Soldaten im Flur wieder die Tür hinter uns schließen. »Danke.«

»Wir sind alle froh, wenn sie weg ist«, gesteht er mir und schmunzelt. »Komm, uns wurde von Ausschreitungen im Fürstentum berichtet, und da ihr gerade so spontan zurückgekehrt seid, gibt es sicher Interessantes zu erzählen.«

»Oh ja«, stoße ich aus und lache atemlos. »Jetzt könnte ich wirklich einen Tee vertragen.«

Er grinst mich von der Seite her an und nickt in Richtung Ausgang. »Ich kümmere mich darum. Die Stimmung da draußen war sicher unentspannt.«

»Allerdings«, murmle ich und atme tief durch, während mich endlich Ruhe überkommt, weil ich hier bin. Im Palast, der sich anfühlt, als wäre er mein Zuhause. Doch vielleicht liegt es nur daran, dass ich wieder in Rens Nähe bin. Ren, der jetzt nicht mehr Prinz, sondern König Auren ist.

47. Kapitel

Ren

Dass etwas vor sich geht, wusste ich in dem Moment, als ein Diener mir Avis Nachricht überreichte. Angeblich wollte ihre Nana unbedingt zurück nach Hause und nach dem Rechten sehen. *Natürlich.* Dabei war es ein offenes Geheimnis, wie sehr sie und Inaras Vater sich zueinander hingezogen fühlen und ständig umeinander herumscharwenzeln.

Avi hat mich angelogen, und es macht mich rasend, nicht zu wissen, weshalb. Ich will wissen, was passiert ist, was sie dazu bringen könnte, sich von mir abzuwenden. Ich *muss* es wissen.

Kaum habe ich meine Rede als neu gekrönter König von Nordeuropa zu Ende geführt, mache ich mich auf die Suche nach ihr. Es ist eine willkommene Ablenkung von Prinzessin Juliette, die mir noch immer nachstellt, und der Tatsache, dass wir es geschafft haben. Ich bin König und trage nun die Krone, die mein Vater einst trug. Sie gehört zu den Kriegsschätzen, die Nevan damals als verschollen erklärte und für mich versteckt hat.

Sie fühlt sich schwerer auf meinem Kopf an, als ich mir vorgestellt habe. Und zugleich durchströmt mich ein Gefühl von Macht und Ruhe. Endlich werde ich meinen Leuten Frieden schenken und hoffentlich auch jenen, die zurückgeblieben sind.

Meine Schritte hallen durch die Flure des Palastes, und ich erkundige mich bei meinen Wachen über Avis Aufenthaltsort. Sie alle wissen immer über jeden im Palast Bescheid, genauso wie ich es angeordnet habe.

Ich finde sie und Finnian gemeinsam in der Bibliothek. Sie lacht gerade lauthals über etwas, was mein Späher und einer meiner besten Freunde gesagt hat. Sie wirkt entspannt. Ihr dunkles Haar hat sie zu einem Zopf hochgebunden, sodass ihre spitzen Ohren gut zu sehen sind. Avi trägt ihr neues Aussehen mit Stolz.

Ich bleibe stehen und lasse die Aufregung des Tages von mir abfallen, während ich sie beobachte und mich innere Ruhe überkommt. Ihre Nähe hat mir gefehlt, und über die Distanz war unsere Verbindung nur schwach spürbar. Dennoch habe ich all ihre Aufregung, ihre Angst und ihre Wut wahrgenommen. Irgendetwas ist passiert. Etwas, das mich beinahe dazu gebracht hätte, zu ihr zu eilen. Doch sie muss nicht gerettet werden. Nicht Avi, deren Kräfte mit etwas Training meinen irgendwann ebenbürtig sein werden.

Als hätte sie meine Anwesenheit gespürt, wendet sie in diesem Moment den Kopf. Ihre Lippen teilen sich wie zu einem sinnlichen Kuss, während Schuld über ihre Züge zuckt. Sie erhebt sich in einer fließenden Bewegung und kommt sofort auf mich zu, den Blick fest auf mich gerichtet, als würde sie mit einem Mal nichts anderes mehr wahrnehmen. »Es tut mir so leid«, stößt sie aus und bleibt kurz vor mir stehen.

Ich greife nach ihrer Hand und ziehe sie zu mir, weil ich nicht länger warten kann. Meine Lippen liegen auf ihren, und sie stößt ein leises Summen aus, während sie sich an mich schmiegt. »Mach das nie wieder«, stoße ich zwischen zwei Küssen hervor und ziehe sie noch fester an mich. Unser Band spannt sich, und ich fühle all ihre Sehnsucht, die sich mit meiner mischt.

Voller Erleichterung wäre ich beinahe in die Knie gegangen. Avi war verschwunden – jedoch nicht, weil sich etwas an ihren Gefühlen für mich geändert hat. Doch wieso dann?

Ich beende den Kuss und entziehe mich ihr so weit, dass wir einander ansehen können. »Wieso bist du gegangen?« Die Worte kommen vorwurfsvoller heraus, als sie sollten, und einen Moment lang fühle ich mich schwach, weil ich sie so sehr begehre.

Sie weicht meinem Blick nicht aus, hebt ihr Kinn, und ihre Finger umfassen meinen Kragen fester. »Es gibt ein Problem«, antwortet sie leise. »Eines, das ich noch lösen werde. Es war wichtig, dass ich Abstand halte.«

»Nichts, was ein Problem darstellt, sollte uns jemals trennen dürfen«, erwidere ich mit grollender Stimme. Ich will alles niederreißen, jeden zerstören, der Avi und mich voneinander fernhalten will. »Wer oder was ist das Problem?«

Ihre Augen verdunkeln sich, und ihr Verlangen kommt so plötzlich, dass ich leise knurre und mich zwinge, auf ihre Antwort zu warten. »Deine Reaktion ehrt mich«, haucht sie, beinahe verspielt. »Aber es ist nichts, was ich nicht alleine bewältigen kann.«

Wir starren einander an. Ich will ihr widersprechen. Stattdessen zwinge ich mich zu einem Nicken. »Gut.«

Einer ihrer Mundwinkel zuckt, und ich will sie so dringend küssen, dass ich nicht weiß, wohin mit mir. Ich sollte nicht derart genießen, wie schwach ich mich manchmal in ihrer Nähe fühle.

»Ich will ja nicht stören«, unterbricht uns Finnian amüsiert von der Sitzgruppe aus. »Aber Avi hat Interessantes aus der Stadt zu berichten. Offenbar formieren sich die ersten Demonstranten. Jene, die bleiben wollen und offenbar nicht mit dem letzten Zug fahren werden.«

Widerwillig lösen wir uns voneinander, und ich runzle meine Stirn, während ich Avi mustere und automatisch nach Verletzungen absuche. »Haben sie euch angegriffen?« Ich kann das Grollen in meiner Stimme nicht verhindern.

Avi schmunzelt. »Ja, aber ich konnte uns beschützen.«

»Natürlich konntest du das«, erwidere ich voller Stolz und widerstehe dem Drang, sie erneut zu küssen.

Sie lacht und hebt ihre Hand, um die Krone zu berühren. Ich halte völlig still und sehe das Staunen in ihren Augen, bevor sie blinzelt und irgendetwas ihr Unbehagen bereitet. Sofort tritt sie zurück und deutet auf die Sesselgruppe. »Möchtest du auch einen Drink? So eine Krönung ist sicher aufregend.«

Die Krone ist ihr unangenehm. Ist das der Grund, weshalb sie gegangen ist? Weil sie nicht weiß, wie sie mit mir und dieser neuen Rolle umgehen soll?

Etwas in mir verengt sich, doch ich dränge diese Spekulationen zurück. Wenn mich etwas all die Zeit gelehrt hat, ist es, dass nichts so ist, wie es scheint, und man sich niemals anmaßen sollte, die Gedanken eines anderen zu lesen.

»Allerdings«, stimme ich ihr zu und setze mich in den Sessel neben ihrem, während Finnian mir einen Drink einschenkt. »Nun, da der offizielle Teil vorbei ist, können wir mit dem Rest starten.«

Avi setzt sich ebenfalls und zieht ihre Beine an. Es müsste wie eine unsichere Geste wirken. Stattdessen sieht sie anmutig aus. Die Wandlung zur Fae hat ihr alles Weiche genommen, lediglich ihre Augen strahlen noch immer Wärme aus. »Ihr müsst vorsichtig sein. Das Volk ist unruhig. Sie haben Angst vor den Nachtfae und werden gegen sie kämpfen«, ergreift Finnian das Wort.

Das habe ich befürchtet. Dennoch. »Dann werden wir gewappnet sein.«

»Wir werden ihnen beweisen müssen, dass wir ohne Gewalt Teil des Volkes sein wollen«, sagt Avi nun, und als mir bewusst wird, dass sie sich selbst miteinschließt, muss ich lächeln. »Ich konnte meine Kräfte heute Früh zur Abwehr nutzen und musste nicht einmal angreifen, um uns zu beschützen. Sie wollten nicht sehen, dass unsere Kräfte auch ohne Gewalt funktionieren. Aber das werden sie, wenn wir versuchen, weiterhin deeskalierend zu arbeiten. Wir sollten nicht aktiv angreifen, egal wie sehr sie versuchen, uns aus der Reserve zu locken.«

Dem kann ich nur zustimmen, weshalb ich ihr zuproste. »Gesprochen wie eine wahre Anführerin.«

Sie lächelt mit einem neugewonnenen Selbstbewusstsein, das in den letzten Wochen gewachsen ist, und beugt sich vor, um nach ihrem Glas zu greifen und ebenfalls einen Schluck zu nehmen. »Ich wünsche mir nur Frieden. Für alle.«

»Wie wir auch«, stimme ich ihr zu und lächle sie an. »Die Prinzessin wird in einer Stunde abreisen und mit ihr der letzte Zug in Richtung Königsstadt.«

»Was passiert danach mit dem Tunnel?«

»Wir werden ihn zum Einsturz bringen. Unsere Leute in der Toten Zone errichten seit Tagen Barrikaden, um ein Durchkommen zusätzlich zu erschweren, sollte der König es dadurch versuchen.«

Avis Augen weiten sich. »Würde er das tun? Wäre das nicht viel zu gefährlich für seine Leute? Ich meine, für uns hätte es beinahe tödlich geendet, die Tote Zone zu durchqueren, und wir sind Nachtfae.«

»Allerdings.« Ich schwenke die bernsteinfarbene Flüssigkeit in meinem Glas, trinke jedoch nicht weiter, weil ich einen klaren Kopf behalten will. »Doch er ist zu allem fähig.«

Ihre Lippen werden zu einer harten Linie, weil sie nur zu gut weiß, dass ich recht habe.

Schweigen senkt sich über uns, was Finnian ausnutzt. »Willst du die Prinzessin weiterhin zum Bahnsteig begleiten?«

Ich nicke. »Es soll offiziell sein und nicht mehr so wirken, als würde ich mich verstecken. Wie angekündigt, soll mit Abfahrt der Prinzessin meine Amtszeit beginnen.«

Finnian neigt den Kopf und lässt sich zugleich deutlich anmerken, dass er nichts von meinen Plänen hält. Doch ich werde nicht davon abweichen. Das Volk soll sehen, dass ich zu meinem Wort stehe. Egal, ob es ihnen gefällt oder nicht.

Avi gibt mir mit einem Schmunzeln zu verstehen, dass sie hinter meiner Entscheidung steht.

Mein Herz schwillt an, und ich will ihr immer wieder sagen, was ich empfinde, doch ich schweige. Sie weiß, was ich für sie fühle, und ich spüre, dass sie es erwidert. Aber ich werde sie zu nichts drängen. Nicht, solange diese Welt so neu für sie ist. Nicht, solange sich irgendetwas zwischen uns gedrängt hat, was sie zu bewältigen versucht. Sollte ich jedoch herausfinden, wer uns voneinander fernhalten will, ist mir eines klar: Ich werde ihn zerstören.

***

Der Zug ist zum Bersten gefüllt. Obwohl bereits in den letzten Tagen unzählige Menschen und Fae abgereist sind, scheinen die Kurzentschlossenen sich heute im Zug aneinanderzudrängen.

Sie verlassen Nordeuropa, und ich hoffe für jeden von ihnen, dass der König ihnen einen Platz in den anderen Fürstentümern gibt. Seit den Geschehnissen in der Königsstadt haben wir keinen Kontakt mehr zu den anderen Fürsten, und um ehrlich zu sein, ist mir ihre Meinung auch egal. Jeder von ihnen war Teil des Krieges und auch noch stolz darauf, mein Volk zu vernichten. Es hat mich Jahrzehnte gekostet, um halbwegs selbstbeherrscht auf ihre Anwesenheit zu reagieren, und ein weiteres Jahrhundert, um meinen Hass gegen sie abzulegen.

Eine frische Brise zieht über das Bahngleis hinweg, und ich kann die unzähligen Blicke der Zuginsassen auf mir spüren. Ich selbst stehe mit meinen Spähern und Soldaten neben der Prinzessin und warte darauf, dass sie abreisen und wir unseren Plan fortführen können.

»Unser vorläufiger Abschied ist wohl nun gekommen.« Prinzessin Juliette stellt sich dicht neben mich, und ich bin mir der Kameralinsen um uns herum nur allzu deutlich bewusst. Sie lächelt wie eine Herrscherin, überlegen und zugleich elegant. Alles an ihr ist gut kalkuliert. Jedes Lächeln. Jeder Augenaufschlag.

Ich neige meinen Kopf leicht in ihre Richtung, nur so weit, dass es ehrfurchtsvoll, aber nicht unterwürfig wirkt. Dabei gebe auch ich mein Bestes, charmant zu wirken. Etwas, das wahrlich nicht meine Stärke ist. Dennoch möchte ich den Menschen da draußen nicht nur meine *furchteinflößende Abgeklärtheit* präsentieren, wie Avi es mir einst vorgeworfen hat. »So sieht es aus.«

»Es war mir überraschenderweise eine Freude, Eure Geisel zu sein.« Sie spitzt ihre Lippen zu einem sinnlichen Lächeln und sieht wie immer wunderschön und gefährlich aus.

»Mir ebenfalls.« Ich nehme ihre Hand, und obwohl sicher alle nun einen Handkuss erwarten, schüttle ich sie kurz und fest. Ein Zeichen, dass wir einander gleichgestellt sein könnten. Selbst jetzt, da ich der König bin. »Ihr habt Euch gut geschlagen, und es wäre mir eine Freude, Euch als Verbündete zu sehen.«

Sie schmunzelt nur, weil wir beide wissen, dass sie nichts zu sagen hat. Dennoch ist sie die zukünftige Königin Alteuropas. Ihr Vater wird nicht ewig leben. »Ich danke Euch, dass Ihr all jenen eine Möglichkeit gegeben habt, das Reich zu verlassen, bevor Ihr es für Euch beansprucht.«

»Und ich danke Euch, dass Ihr all jenen einen Platz gebt, die sich entscheiden zu gehen.« Ich halte ihre Hand einen Augenblick lang fest, als Symbol dafür, wie gut wir uns verstehen, und hoffe, dass das Volk Alteuropas es genauso wahrnimmt.

Die Prinzessin lässt ihre Wimpern flattern und lächelt anmutig, während sie den Kopf neigt. »Wir werden uns wiedersehen.«

»Darauf hoffe ich«, erwidere ich und weiß genau, worauf sie selbst hofft. Eine Ehe. Ein nicht brechbares Bündnis. Nur, dass ich ihr dieses nicht geben werde.

Unweigerlich spüre ich in mich hinein, zu Avi, die sich ganz in der Nähe befindet und doch im Hintergrund. Sie hat darauf bestanden, und nun befürchte ich, dass sie sich mir nicht gleichgestellt fühlt. Das werde ich ändern.

»Ich wünsche Euch eine gute Reise«, füge ich an und trete zurück, um ihr zu bedeuten, dass sie nun einsteigen kann. Die Maschinen des Zuges sind beinahe lautlos. Dennoch lässt der Zugführer auf ein Handzeichen von mir einen lauten Ton los, der signalisiert, dass die Abfahrt gleich beginnt.

Endlich.

Prinzessin Juliette wendet sich um und geht mit erhobenem Haupt und gestrafften Schultern auf den Zug zu.

In diesem Moment ertönt ein Dröhnen.

Erst ist es ganz leise, doch meine Fae-Sinne schlagen sofort Alarm.

Auch die Prinzessin wendet ihren Kopf in Richtung des schwarzen Tunnels, in dem der Zug eigentlich gleich verschwinden sollte. Irritiert zieht sie ihre Augenbrauen zusammen, weicht jedoch nicht zurück, als das Dröhnen lauter wird.

Einen Augenblick lang neige ich den Kopf, um besser hören zu können, bis mir klar wird, dass ich das Geräusch kenne. Es ist das Dröhnen von hunderten Füßen, von Schritten, die im Gleichklang sind. *Das Dröhnen einer sich nähernden Armee.*

Sofort hebe ich einen Arm und signalisiere dem Zugführer zu warten. »Irgendwer kommt durch die Tunnel!«

Hinter mir treten meine Soldaten näher, und auch Nevan stellt sich neben mich. »Sie müssen unsere Leute im Inneren des Tunnels überwältigt haben.«

Ein Jubeln geht durch den Zug, als hätten alle diese Worte gehört.

Natürlich. Der König kommt, um sie alle zu retten. Solche Dummköpfe.

Dieser verdammte Bastard lässt uns nicht einmal genug

Zeit, die letzten Reisenden wegzuschaffen, bevor er hier auftaucht.

Meine Finger zucken vor Wut. Wir müssen die Leute hier wegbringen. Sie sitzen in diesem Zug wie Gefangene und würden einen Angriff des Königs nicht überleben.

»Ihr müsst die Leute da rausschaffen«, weise ich die Prinzessin an, die sich dem Tunneleingang zugewendet hat. Die Anspannung in ihren Schultern macht deutlich, dass sie nichts von diesem Vorstoß wusste.

Sie zögert. »Wären sie dann nicht in Gefahr?«

»Sie sind jetzt in Gefahr«, erwidere ich und sehe ihr an, dass sie nicht auf mich hören wird.

Verdammt.

Plötzlich höre ich einen dumpfen Laut. Leise. Dann lauter. Ein Zischen.

»Alle runter!« Mein Brüllen mischt sich mit dem Aufprall einer Rakete im vorderen Teil des Zuges. Die Erde bebt. Alle werfen sich zu Boden. Schreie hallen aus dem Zug, der alle Türen gleichzeitig öffnet.

»Schafft sie hier raus!«, brülle ich meinen Soldaten zu, als Menschen und Fae hinaus auf den Bahnsteig strömen. »Weg hier!«

Prinzessin Juliette wankt auf den Tunneleingang zu. Das Führerhaus brennt, und blanke Wut lässt meine Muskeln krampfen. Ich kannte jeden einzelnen Soldaten, der dort drinsaß.

Menschen und Fae strömen an mir vorbei, lassen sich von Soldaten aus dem Bahnhof führen. Panik mischt sich mit blankem Entsetzen.

Ein erneutes Zischen.

»Auf den Boden!«, brülle ich und schiebe eine Frau hinter

mich, als die nächste Rakete in den Rumpf des Zuges einschlägt. Trümmer regnen neben mir nieder, und ich ziehe eine Hand hoch, um die Fliehenden mit einer Wand aus Dunkelheit abzuschirmen. Gleichzeitig wende ich mich meinen Soldaten zu. »Formiert euch. Wir dürfen sie nicht durch den Tunnel einlassen. Zur Not sprengen wir den Eingang.«

Ich schiebe einen der Kameraleute zur Seite, die noch immer neben mir stehen, und fasse die Prinzessin am Handgelenk. »Kommt mit. Ihr seid hier nicht sicher.«

»Das sind die Leute meines Vaters!«, ruft sie mir entgegen und reckt ihr Kinn. »Sie werden mir nichts tun.«

»Im Eifer des Kampfes kann es sein, dass sie Euch nicht erkennen!«, versuche ich ihr begreiflich zu machen und ziehe leicht an ihrem Arm. »Kommt mit. Ihr müsst mir bei der Evakuierung helfen.«

Wieder schlägt eine Rakete ein, und selbst ich zucke angesichts ihrer Intensität zusammen.

Im nächsten Moment strömen die Soldaten aus dem Tunnel. Verdammt. Ein Ablenkungsmanöver. »Rückzug! Alle raus aus dem Bahnhof! Riegelt ihn ab und lasst niemanden in unsere Stadt!«

Die letzten Passagiere strömen aus dem Zug und hechten an uns vorbei in Richtung Ausgang. Prinzessin Juliette wird von zwei meiner Späher weggebracht.

Ich errichte eine weitere Wand aus Dunkelheit, indem ich meine Hände hochreiße, und platziere sie direkt vor den königlichen Soldaten. Dann weise ich meine eigenen Soldaten stumm an, den Bahnhof zu verlassen.

Wir rennen auf die Straße und hüllen das Gebäude in eine so tiefe Dunkelheit, als wäre um es herum die Nacht hereingebrochen.

Unzählige Menschen und Fae haben sich inzwischen auf dem Platz versammelt und protestieren. Gegen uns. *Für den König.*

Sie unterschätzen den Ernst der Situation vollkommen.

»Weg hier!«, brülle ich, doch zeitgleich schlagen Lichtblitze aus der Menge auf mich ein. Ich reiße meine Hände hoch und schirme mich gegen die Angriffe ab. Ein wildes Knurren entfährt mir, und ich will sie anschreien, weil ihre Dummheit mich so wütend macht. Sehen sie denn nicht, dass sie alle in Gefahr sind?

Avi drängt sich durch die Menge zu mir vor und schirmt sich dabei selbst mit ihrer Dunkelheit von den Angriffen ab. »Was sollen wir tun?«

»Wir müssen die Zivilisten hier wegbringen. Irgendwann wird der König es aus dem Bahnhof schaffen, und dann sind sie alle in Gefahr!«, rufe ich ihr über den Lärm hinweg zu. Ich zehre von meiner Umgebung und versuche den Radius so weit wie möglich auszudehnen, damit ich nicht die Menschen in meiner Nähe schwäche. Zeitgleich spüre ich die Angriffe auf meine Mauer aus dem Innern des Bahnhofs. Laurin und Finnian stellen sich neben mich, und ich nehme wahr, wie sie die Mauer mit ihrer eigenen Dunkelheit kommentarlos stärken.

»Ich gebe dir Rückendeckung«, erwidert Laurin, hebt ihre Hände, und schon strömt ihre Kraft in den Schutzschild um uns herum. Er ist so stark, dass ich mich vollständig zurückziehen und um den Bahnhof kümmern kann.

Plötzlich berstet Licht direkt vor uns. So grell, als hätten Dutzende Fae ihre Kräfte gebündelt auf uns einschlagen lassen. Die Erde bebt. Avi stößt einen Schrei aus und sinkt in die Knie. Ihr Schmerz schießt durch unser Band und wird zu meinem.

»Avi!« Einen Augenblick lang wankt meine Konzentration, und die königlichen Soldaten schaffen es, einen Riss in das Schutzschild zu jagen. Die Menge jubelt, doch plötzlich schlägt ein Geschoss mitten auf dem Platz vor dem Bahnhof ein.

Die Explosion ist so stark, dass Körper durch die Luft geschleudert werden. Entsetzen breitet sich in der darauffolgenden Stille aus, bevor die Menschen und Fae zu rennen beginnen. Ihre Panik lässt sie blind werden, während sie übereinanderstolpern und versuchen, so schnell wie möglich zu fliehen.

»Bringt die Leute weg!«, brülle ich Finnian zu, der knapp nickt und dann zu den Soldaten eilt, die versuchen, dem Chaos auf dem Platz Herr zu werden.

Avi fährt herum und konzentriert sich nun ebenfalls auf die dunkle Wand um den Bahnhof herum.

Sie ist bleich, als sie sich dicht neben mich stellt, und ich widerstehe dem Drang, sie zu fragen, ob alles gut ist. Denn nichts ist gut. Nicht in diesem verdammten Krieg, den der König offenbar erneut heraufbeschwört. Wir sind zwar darauf vorbereitet, nicht jedoch all diese unschuldigen Leute.

Das Kamerateam ist noch immer da und nimmt alles auf. Ich will sie anweisen, ebenfalls zu fliehen, doch dann wird mir bewusst, dass sie die Welt zu unseren Zeugen machen. Die Bilder, die sie ausstrahlen, werden beweisen, dass wir nicht der Feind sind.

Der Platz leert sich zusehends, und als endlich die letzten Zivilisten verschwunden sind, lösen uns die Nachtfae-Soldaten ab.

Ich wische mir den Schweiß von der Stirn und vergewissere

mich, dass es Avi gutgeht, bevor ich einen Bericht von Finnian fordere.

»Wir haben die Zivilisten weggedrängt, aber viele warten in der Nähe, in der Hoffnung, dass der König sie rettet. Prinzessin Juliette haben wir im Auktionshaus untergebracht. Sie wartet darauf, als Vermittlerin eintreten zu können. Die Opferzahl beläuft sich auf aktuell zwanzig Personen. Die Verletzten werden gerade in die umliegenden Krankenhäuser gebracht.«

Ich nicke knapp und wende mich Avi zu. »Wir müssen Prinzessin Juliette dazu bringen, die Leute wegzuschicken.«

Avi zögert, und auch wenn sie es zu verbergen versucht, merke ich es ihr dennoch an. Zugleich spüre ich ein kurzes Unbehagen in ihr aufkommen, das sich jedoch anders anfühlt als sonst. »Natürlich.«

»Ist was zwischen dir und der Prinzessin vorgefallen?«

»Erkläre ich dir später«, stößt sie nur aus und hebt entschlossen ihr Kinn. »Lass uns gehen. Diese Mauer wird den König nicht ewig aufhalten, und bis dahin sollten wir zumindest die Innenstadt räumen.«

Sie hat recht. Und was auch immer ihr Unbehagen bereitet, werden wir später klären können.

»Geht. Ich überwache die Mauer und lasse sofort jemanden kommen, sobald es Neuigkeiten gibt.« Finnian baut sich neben Laurin auf, die noch immer dabei ist, ihre Magie abzugeben und nun von einem Soldaten abgelöst wird. Ihre Muskeln zittern, und Schweiß glänzt auf ihrer Stirn, doch sie lässt sich die Erschöpfung nicht anmerken.

Wir nicken einander zu, und dann wende ich mich gemeinsam mit Avi von meinen engsten Vertrauten ab. Sie wissen, was zu tun ist.

48. Kapitel

Avi

Seite an Seite laufe ich mit Ren über den leeren Platz, auf dem reglose Körper verstreut liegen. Ich wage nicht hinzusehen, weil immer wieder Übelkeit in mir hochkommt. Das Kamerateam folgt uns und nimmt jede unserer Bewegungen auf.

Gemeinsam mit Marlon und Inara habe ich in der Nähe gewartet, bis der letzte Zug abfährt, um notfalls den Soldaten mit den Demonstranten vor dem Bahnhof helfen zu können. Doch als die erste Explosion losging und Rauch in den Himmel stieg, war uns allen sofort klar, dass etwas schiefgelaufen ist. Meine Freunde sind zur Unterstützung bei den Soldaten geblieben, während ich nur noch zu Ren wollte. »Der König hat also wirklich angegriffen, bevor der letzte Zug abfahren konnte?«

In Rens Augen lodern Hass und Wut. »Er hat seine Chance genutzt, und wir waren dumm genug zu glauben, er würde wenigstens warten, bis seine Tochter außer Gefahr ist.«

»Was ist mit den Soldaten im Tunnel?«

Ren schüttelt den Kopf, und mein Magen verknotet sich. Bilder von toten Soldaten, wie wir sie auf der Reise in die Königsstadt gefunden haben, steigen in mir auf, doch ich dränge sie zurück.

Es ist gespenstisch leer in den Straßen, in denen sich zuvor noch Menschen und Fae tummelten. Dennoch höre ich das Summen ihrer Stimmen und fühle ihre Aufregung. Sie können nicht mehr weit sein.

Vor dem Auktionshaus erblicken wir die Soldaten, und weiter hinten wird die Menschenmenge zurück in Richtung Palast gedrängt. »Was tun sie?«

»Der Palast ist der sicherste Ort. Von dort aus können wir Angriffe am besten abwehren. Es ist zu spät, die Bewohner zu evakuieren, und wer sich jetzt in seinem Haus verschanzt, könnte von Trümmern begraben werden, falls wir es nicht schaffen sollten, den König und seine Soldaten zurückzuhalten.« Ren knurrt leise und bedrohlich. »Ich hätte meine gesamte Armee schon viel früher herbringen sollen.«

»Das hätte nichts geändert. Dann wäre der König über den Landweg gekommen«, erwidere ich und werde langsamer, als wir das weiß gestrichene Auktionshaus erreichen, in dem ich Ren zum ersten Mal nach Jahren wiedergesehen habe. Damals, als er mich ersteigert hat und ich glaubte, das wäre mein Todesurteil.

Die Soldaten öffnen uns die Türen, und ich höre bereits die Stimme der Prinzessin, die uns entgegenschlägt. »Das ist ein Missverständnis! Wenn mein Vater wüsste, wie viele Leben er bereits genommen hat -«

»Dann würde er trotzdem nicht aufhören«, unterbricht Ren sie und schreitet auf die Prinzessin zu, die in der Mitte der Empfangshalle steht und vor Wut die Hände zu Fäusten geballt hat. Mehrere Soldaten stehen an den Fenstern und bewachen sie, was meiner Meinung nach eine totale Verschwendung von Ressourcen ist.

Sie presst ihre Lippen zu einer harten Linie zusammen und fixiert erst mich und dann Ren. »Schickt die Kameraleute raus. Wir können sie hier nicht gebrauchen.«

Ren nickt den beiden Männern zu, die daraufhin das Auktionshaus wieder verlassen.

»Ich will sofort mit dem König sprechen«, fordert die Prinzessin, als die Türen sich hinter ihnen schließen.

Ren schüttelt den Kopf. »Wir müssen erst die Bürger evakuieren. Helft uns dabei. Sie wollen kämpfen. Für den König und für Euch. Aber sie sehen nicht, dass dies nur ihr Tod wäre.«

Prinzessin Juliette stößt ein hartes Lachen aus. »Das wollt Ihr nur so sehen, weil für Euch mein Vater der Feind ist.«

»Er hätte Euch töten können«, mische ich mich ein, weil ich einfach nicht fassen kann, dass sie das nicht selbst erkennt. »Ihr hättet vorne im Zug sitzen und bei der Explosion sterben können.«

»Und Euch habe ich gesagt, dass Ihr Euch mir nicht mehr in den Weg stellen sollt.« Ihr wilder Blick trifft mich, und sie hebt eine Hand. Im selben Moment durchschießt mich ein so blendender Schmerz, dass ich in die Knie gehe. Unter zusammengebissenen Zähnen unterdrücke ich nur mit aller Kraft jeglichen Schmerzenslaut.

Ren fährt zu mir herum. Innerhalb weniger Augenblicke hat er die Situation erfasst. Sein Arm streckt sich in die Richtung der Prinzessin, und ein Strang aus Dunkelheit umschließt ihren Hals. »Lasst sie los!«

Die Prinzessin keucht und versucht die bebende Fessel um

ihren Hals zu fassen, die sich wie eine wütende Kobra immer fester zusammenzieht. Zeitgleich erlischt ihre Kraft um mich, und ich schnappe nach Luft.

»Was geht hier vor sich?«, verlangt Ren zu wissen und streckt mir seine Hand entgegen, um mir beim Aufstehen zu helfen, ohne jedoch den Blick von der Prinzessin zu lösen.

Diese verzieht wütend ihr Gesicht und hebt trotzig das Kinn. »Lasst mich frei!«

Ren löst die Fessel um ihren Hals, und sie atmet hörbar aus, auch wenn sie versucht ihre stoische Miene beizubehalten. »Eure kleine Gefährtin ist mit einem Blutschwur an mich gebunden. Sie wollte ihre Mitstreiterin retten und hat sich mir verpflichtet. Und *ich* will *Euch.*«

Rens Lachen hallt so laut durch das Auktionshaus, dass selbst seine Soldaten sich anspannen. Seine Finger schließen sich fester um meine, während er mich an seine Seite zieht. »Wie Ihr vielleicht schon festgestellt habt, besteht meinerseits kein Interesse an Euch oder einer Allianz. Glaubt ihr wirklich, ich würde mich mit der Tochter des Feindes vermählen? Wie habt Ihr Euch das vorgestellt? Denkt Ihr, ich könnte euch auch nur einen Augenblick lang vertrauen, nachdem Euer Vater an dem Tod meines Volkes schuld ist?«

Prinzessin Juliettes Gesichtszüge werden hart. »Es ist Eure einzige Chance auf Frieden.«

»Ist sie nicht«, erwidert Ren hart. »Euer Vater würde diese Allianz nur nutzen, um uns weiterhin zu schaden. Er würde nicht einmal vor Eurem Tod zurückschrecken. Also hört auf, so blauäugig zu sein, und helft uns! Wir müssen die Bürger dazu bringen, sich im Palast zu verschanzen. Nur von dort aus können wir sie beschützen. Alles andere ist jetzt unwichtig.«

Die Prinzessin starrt ihn an, lange und eingehend, und

mein Herz sackt tiefer, weil ich sicher bin, dass sie sich weigern wird. Doch dann nickt sie langsam. »Versprecht mir Eure Hand, dann tue ich, was Ihr verlangt.«

»Nein.« Ren zögert nicht einmal. »Eher werde ich die Leute da draußen zu ihrer Sicherheit zwingen, als mich von Euch erpressen zu lassen.«

»Dann überlasst mir Avi.« Ihr berechnender Blick fällt auf mich.

»Was?«

»Sie wird Botschafterin zwischen unseren Reichen und in Alteuropa arbeiten. Überlasst sie mir, und ich werde tun, was Ihr wollt.« Ihr Mund verzieht sich zu einem boshaften Lächeln. Dieser Vorschlag ist nichts anderes als ihre Rache für Rens Zurückweisung. Wenn sie ihn nicht haben kann, will sie offenbar auch nicht, dass ich ihn bekomme. Dieses Miststück.

Ren setzt zu einem Konter an, und ich weiß, dass er mich beschützen will. Doch das kann er nicht immer. Ich habe dieses Problem verursacht und muss es nun irgendwie selbst lösen.

»Ich mache es«, stoße ich aus, bevor Ren etwas erwidern kann.

Er starrt mit loderndem Blick zu mir herunter. »Nein!«

»Wir brauchen sie«, erwidere ich sanft. Wir beide wissen, dass ich recht habe. Die Mauer wird nicht ewig standhalten, und wenn die Bürger noch immer auf den Straßen herumlaufen, werden sie tot sein. »Über alles Weitere machen wir uns später Gedanken.«

»Dann ist es entschieden«, säuselt die Prinzessin, und am liebsten hätte ich sie angesichts ihres selbstgefälligen Gesichtsausdrucks angefunkelt. Doch ich erwidere ihren Blick kalt, um ihr zu zeigen, dass sie keine Macht über mich hat.

Sie schreitet mit erhobenem Haupt an uns vorbei in Richtung des Ausgangs. »Lasst uns die Bürger in Sicherheit bringen, und dann werde ich Euch beweisen, dass mein Vater mich nicht geopfert und auch niemals den Tod all dieser Menschen und Fae in Kauf genommen hätte.«

Ich will ihr folgen, doch Ren hält mich fest. In seinen Augen tobt ein dunkler Sturm. Dunkelheit zuckt über seine Hände und schlängelt sich über meinen Arm. Sie ist warm und wunderschön, und meine eigene Dunkelheit streckt sich ihr sehnend entgegen. »Bist du jetzt völlig wahnsinnig geworden?«

Ich erwidere unnachgiebig seinen lodernden Blick. Einst wäre ich darunter zusammengezuckt. Doch dieses Mädchen bin ich nicht mehr. Ich fürchte nichts an Ren oder der Dunkelheit, die sich zwischen uns aufbäumt. Vielmehr ziehe ich Stärke daraus, dass er mir alles von sich zeigt. Selbst seinen Zorn. »Lass uns ein Problem nach dem anderen lösen, in Ordnung?«

»Ich werde nicht zulassen, dass sie uns auseinanderreißt«, erwidert er knurrend.

»Darauf baue ich.« Dann wende ich mich ab und ziehe ihn in Richtung Ausgang. »Aber jetzt müssen wir unser Volk beschützen.«

»Diese Diskussion ist noch nicht beendet«, erwidert er, doch gibt den Widerstand dann endlich auf.

Ich werde tun, was nötig ist, genauso wie Ren und Nevan es getan haben. Für die Nachtfae, die vor mir gelebt haben, und alle, die nach mir kommen werden. Solange das Volk die Nachtfae derart hasst und fürchtet, werden sie uns nicht folgen. Aber bei Prinzessin Juliette sieht es anders aus. Egal wie sehr ich sie verachte, es ist, wie es ist.

Von Soldaten flankiert, verlassen wir das Auktionshaus, und sofort umringen uns erneut die Kameraleute. Überall hört man Kampfgeräusche in den Straßen, und zuerst bricht in mir Panik aus, weil ich glaube, der König hätte die Barriere durchbrochen. Dann wird mir klar, dass es Kämpfe zwischen Soldaten und den Fae sind, die sich gegen uns wehren.

»Die Übertragungen laufen noch immer in der ganzen Stadt«, informiert uns einer der Soldaten, als wir an einer ramponierten Kutsche vorbeilaufen, auf der wir in Echtzeit zu sehen sind.

Sofort stoppe ich. »Dann lass die Prinzessin eine Botschaft aufnehmen«, dränge ich Ren und wende mich ihr zu. »Sagt den Bürgern, sie sollen sich zum Palast begeben. Wenigstens den Frauen, Kindern, Kranken und Alten. Hier auf den Straßen zu bleiben, ist aussichtslos.«

»Sagt ihnen, dass Ihr sie erwartet«, fordert Ren von ihr.

Die Prinzessin atmet hörbar ein und nickt dann, während sie sich den Kameramännern zuwendet und ein Lächeln aufsetzt, das sie geradezu strahlen lässt.

Sie bittet Ren zu sich, während ich mich im Hintergrund halte und ihrer Rede nicht zuhören kann, weil mich die Kämpfe in den umliegenden Straßen derart ablenken.

Doch als sie beginnt, wird es nach und nach leiser.

Es hilft. Sie hören ihr zu. Jetzt müssen sie nur noch auf sie hören.

Als sie endet, streicht sie über den Rock ihres Kleides, als hätte ihr diese Rede alles abverlangt, und wendet sich demonstrativ dem Palast im Hintergrund zu. Sie streckt ihre Hand nach Ren aus, und dieser nimmt ihre widerwillig, worauf sie sich auf den Weg zum Palast machen.

Einige Soldaten folgen ihnen, und es ist ein nahezu episches Bild. Zwei Feinde, die sich zusammentun, um ihre Bürger zu retten.

Ich dränge den Funken Eifersucht von mir, weil ich Rens

Aufmerksamkeit nicht so sehr auf mich lenken will, und setze mich ebenfalls in Bewegung.

Als wir den Palast erreichen, haben sich bereits hunderte davor versammelt, und weitere strömen aus den Seitenstraßen. Als sie die Prinzessin sehen, folgen sie uns. Auch wenn die Kampfgeräusche nicht verklingen – sie werden weniger.

Ren löst auf dem Weg seine Hand aus ihrer, und sie macht keine Anstalten, wieder danach zu greifen.

Wir schreiten durch die offenen Pforten, worauf Fae und Menschen jubeln. Prinzessin Juliette winkt ihnen, weil ihre Stimme den tosenden Applaus nicht hätte übertönen können, und schreitet demonstrativ durch die weit geöffneten Palasttore.

Gemeinsam mit den Soldaten folge ich ihnen, und viele andere tun es uns nach. Sie strömen in den Palastinnenhof, wo bereits Bedienstete warten und sich besonders den Verletzten annehmen. Überall im Innenhof sind Liegen und Sitzgelegenheiten aufgestellt. Dampfende Töpfe stehen auf langen Tischreihen, und unzählige Teller warten darauf, befüllt zu werden.

»Hier seid ihr in Sicherheit vor den Kämpfen. Ruht euch aus. Trinkt und esst!«, ruft die Prinzessin und wird von allen Seiten umjubelt, als wäre das hier *ihr* Werk. Sie lächelt sanft und deutet dann doch noch auf Ren. »Niemand wird Euch hier drin etwas zuleide tun. Das ist ein Versprechen, das wir beide Euch geben.«

Ren neigt den Kopf und schweigt weiterhin, vermutlich um keinen Unmut auf sich zu ziehen.

Die Bürger verteilen sich langsam im Innenhof, und nach kurzem Zögern nehmen sie sich auch etwas zu essen.

Ren nickt mir zu, als er und die Prinzessin sich zurückziehen, und ich schließe zu ihnen auf. Er greift nach meiner

Hand und hält sie so fest, dass ich nicht weiß, ob er es für sich oder für mich tut.

Die Prinzessin nimmt diese Geste schmallippig entgegen, schweigt jedoch.

Das Kamerateam folgt uns, während sie die Bürger filmen, bevor wir uns in einer ruhigeren Ecke des Innenhofs befinden. Ich löse meine Hand sanft aus Rens und lächle ihm zu, bevor ich mich neben die Kameraleute stelle.

»Die Tore bleiben offen, so lange wie möglich«, beginnt Ren und hat es offenbar satt, nur danebenzustehen und zu nicken. »Ich lade alle Bewohner unseres Fürstentums ein, sich hierherzubegeben. Euer Schutz ist mein größter Wunsch. Auf den Straßen seid Ihr derzeit nicht sicher. Bitte. Denkt an Eure Liebsten und an Euch selbst. Wir müssen unsere Differenzen überwinden und nun gemeinsam stark sein. Für Nordeuropa.«

»Ich werde hier verweilen, bis ich mit König Arthur sprechen konnte«, sagt nun die Prinzessin. »Eure Sicherheit ist das Wichtigste. Also lasst Euch nicht von alten Ängsten beherrschen, und lasst uns gemeinsam hier ausharren, bis diese Unstimmigkeit aus der Welt geschafft ist.« Sie glaubt jedes ihrer Worte, das sieht man ihr an. Sicher denkt sie noch immer, der König hätte nicht angegriffen, wenn er nicht von all den Zivilisten gewusst hätte. Doch das ist Unsinn. Er weiß genau, was er tut, und jeder Angriff ist ein weiterer Versuch, Ren, den neuen König von Nordeuropa, zu vernichten.

Ren gibt den Kameraleuten ein Zeichen, dass sie noch einmal im Innenhof filmen sollen, bevor er sich mir zuwendet. »Ich werde an den Bahnhof zurückkehren und die Mauer überprüfen.«

Sofort öffne ich den Mund, weil ich ihn begleiten will, doch er schüttelt den Kopf. »Du musst hierbleiben. Du bist stark, und deshalb brauche ich dich hier. Zum Schutz unserer Bürger. Sollte etwas schiefgehen, musst du eine Mauer um den Palast errichten.«

Meine Augen weiten sich. »Was?«

Er greift nach meiner Hand, und Dunkelheit züngelt zwischen uns, während er sich mir durch unser Band öffnet. Ich spüre all sein Vertrauen, seine Liebe, seine Zuversicht und auch seine Angst. »Du weiß, wie es geht, und gemeinsam mit meinen Spähern und Soldaten bist du dazu fähig. *Bitte*, Avi.«

Ich will ihn nicht gehen lassen. Doch den Funken Angst, den er mir zeigt, lässt mich meine Selbstsucht vergessen. Ich nicke, auch wenn mein Hals sich dabei verengt und sich meine Augen verdächtig feucht anfühlen. »Ich liebe dich auch«, flüstere ich, auch wenn es der denkbar schlechteste Augenblick dafür ist. »Und ich mache dich einen Kopf kürzer, sollte dir etwas passieren.«

Er lacht und zieht mich für einen kurzen, jedoch festen Kuss an sich. »Ich weiß. Und du ahnst nicht, wie glücklich mich das macht«, stößt er dann aus und schenkt mir einen letzten liebevollen Blick, bevor er mit langen Schritten durch den Innenhof eilt.

Die Menschen und Fae teilen sich, um ihn vorbeizulassen, und ich will sie angesichts ihrer offenen Angst und Verachtung allesamt ohrfeigen. Sie wollen einfach nicht sehen, dass Ren zu den Guten gehört. Nicht nach all den Jahrhunderten im Glauben, dass die Nachtfae böse sind.

Nevan kommt auf uns zugejoggt, und dieser Anblick wäre beinahe komisch, wenn es nicht so ernst wäre. »Wo geht er hin?«

Meine Brust zieht sich vor Sorge zusammen. Er ist ein Fae. Er ist ein Soldat. Doch er ist auch derjenige, der nun mein

Herz mit sich trägt, und ich weiß nicht, ob ich es ertragen könnte, ihn zu verlieren. »Zum Bahnhof.«

Nevan schnaubt und betrachtet die Prinzessin. »Kommt, wir gehen ein wenig.« Es ist offensichtlich, dass er sie fortschaffen will, und dafür bin ich dankbar.

Sie hakt sich bei ihm unter und lässt sich glücklicherweise wegführen. Sie hat keinen Blick mehr für mich übrig, als wäre sie sicher, diesen Kampf gewonnen zu haben. Doch Ren und ich werden das schaffen.

Ich schaue mich im Innenhof um und entdecke Ana. Sie steht an einer der Tafeln und verteilt Essen an eine lange Schlange von Wartenden. Henri ist neben ihr.

Mir werden seltsame Blicke zugeworfen, als ich mich zu ihnen stelle, doch die ignoriere ich. »Geht es euch gut? Wo ist Nana? Und habt ihr Marlon und Inara gesehen?«

Ana legt mir ihre Hand auf den Arm und lächelt mich beruhigend an, bevor sie sich den nächsten Wartenden zuwendet.

Henri ist derjenige, der mir antwortet. »Eure Nana ist in der Küche. Sie wollte dort helfen. Marlon und Inara haben wir vorhin noch getroffen. Sie müssten jetzt auf dem Wehrgang sein.«

Ich zögere. »Danke. Und … es tut mir leid.«

Henri hebt einen Mundwinkel und nickt. Er sieht noch immer gut aus, doch im Gegensatz zu früher rührt sich in mir nichts. Meine Gefühle für ihn sind Vergangenheit. *Wenn sie denn jemals wirklich echt waren.*

Ich drücke Anas Schulter, dann mache ich mich auf zum Wehrgang, wo ich tatsächlich Marlon und Inara finde. Gemeinsam mit den Spähern observieren sie die dunkle Mauer rund um den Bahnhof, der von hier aus gut zu erkennen ist.

Inara atmet hörbar aus, als sie mich sieht. »Wir haben dich aus den Augen verloren. Geht es dir gut?«

Ich nicke und stelle mich neben sie. »Ja. Ich bin froh, dass wir die Bürger dazu bewegen konnten, sich evakuieren zu lassen.«

»Es sind aber noch genug da draußen«, brummt Marlon und deutet auf die Lichtblitze in den Straßen, die auf Kämpfe hindeuten. »Allesamt hirnrissig.«

»Was passiert da hinten?«, stößt Inara aus und deutet mit ausgestreckter Hand auf den Bahnhof, der noch immer von einer Kuppel aus Dunkelheit umgeben ist, damit die königlichen Soldaten nicht die Stadt stürmen können.

Ein Flackern geht über die Oberfläche, und helle Blitze zucken immer wieder wellenartig darüber.

Plötzlich zerbirst die Dunkelheit, und eine Feuerwalze zerstört alle Gebäude rund um den Bahnhof herum. Schwarzer Rauch drängt sich zu dicken Wolken in den klaren Himmel.

Mein Herz setzt für einen Schlag aus, und meine Finger graben sich in die steinerne Mauer des Wehrgangs.

Ren ist dort unten. Genauso wie seine Späher und seine Soldaten.

Ich bekomme keine Luft mehr.

Ren.

»Schließt die Tore!«, brüllt jemand, und kurz darauf bricht Unruhe hinter uns im Innenhof des Palastes aus.

Im nächsten Moment drängen sich Nevan, die Prinzessin, das Kamerateam und unzählige weitere Personen auf den Wehrgang, um auf das Geschehene hinabschauen zu können.

Es zeigt sich ein Bild der Verwüstung. Überall brennt es, Rauchsäulen steigen empor, und Lichtblitze durchzucken die Dunkelheit.

Der König hat es durch die Mauer geschafft.

Ich kann kaum atmen, und ich versuche verzweifelt, nach dem Band in meinem Innern zu tasten. Ren. Er muss irgendwo sein. Mein Hals verengt sich. Meine Finger krallen sich noch fester in das Mauerwerk.

Plötzlich spüre ich ihn. Ich spüre seine Aufregung. Spüre seine Entschlossenheit. Seine Zuversicht.

Vor Erleichterung zittern meine Knie, und ich muss mich gegen den Wehrgang lehnen, um mir nichts anmerken zu lassen.

Ren lebt.

Plötzlich tauchen die ersten Bürger auf, die auf den Palast zurennen. Unter ihnen sind Soldaten, und dann entdecke ich ihn endlich. *Ren.*

»Öffnet die Tore!«, ruft Nevan nach unten, ohne seinen Blick von den Fliehenden zu nehmen, die immer zahlreicher werden und auf den Palast zuhalten. Hinter ihnen gehen die Explosionen weiter.

Um uns herum drängen sich immer mehr Personen zusammen, und keiner hält sie auf.

Und dann sehe ich sie. Panzer, mindestens zwei Dutzend, die sich ihren Weg durch die Stadt bahnen und alles niederwalzen, was sich ihnen in den Weg stellt.

»Der König kommt, um uns zu retten!«, ruft eine Frau neben mir.

In diesem Moment feuert einer der Panzer ein Geschoss auf die Flüchtenden ab und trifft mitten in sie hinein. Schreie erklingen, als Körper durch die Luft geschleudert werden und nur noch Trümmer zurückbleiben, wo der Panzer getroffen hat.

Und dann dämmert den Leuten endlich, was hier gerade

passiert. Selbst Prinzessin Juliette schlägt eine Hand vor den Mund und kann ihr Entsetzen nicht verbergen.

Wie von selbst sammelt sich Dunkelheit in meinen Fingern, und dieses Mal weichen die Leute um mich herum nicht zurück. Sie sind viel zu gebannt von dem Anblick vor uns. Ich sammle all meine Dunkelheit und begegne den Blicken der Späher und der Soldaten um mich herum.

»Errichtet eine Mauer!«, rufe ich so laut, dass ich selbst die aufkommende Unruhe um uns herum übertöne. Ich sehe im Augenwinkel, wie sich Köpfe zu mir umdrehen. Gleichzeitig hebe ich mit allen anderen Nachtfae die Hände gen Himmel. Dunkelheit stobt aus uns heraus und formiert sich zu einer Mauer aus Schwärze, die sich fest um den Palast schmiegt. Sie führt direkt am Wehrgang entlang und umschließt den Palast wie ein Wasserfall. Ein fließender Strom aus Schwärze.

Plötzlich durchzuckt ein Schuss die Mauer. Die Panzer zielen in unsere Richtung, und ihre Geschosse zerschellen in der Dunkelheit.

»Wieso greift er uns an?«, ruft ein Mann in Prinzessin Juliettes Richtung, doch diese kann nur immer wieder mit entsetzt geweiteten Augen den Kopf schütteln und findet keine Worte.

Ich wechsle einen Blick mit Nevan, der sie sogleich von der wütenden Menge abschirmt und näher an die Soldaten heranführt. Inara und Marlon stehen dicht neben mir, und auch sie helfen, die Mauer mit ihren Kräften zu stärken.

Egal wie lange es dauert – wir werden die Mauer aufrechterhalten.

49. Kapitel

Ren

Dieses verdammte Piepen in meinen Ohren lässt nicht nach. Ich sehe meine Soldaten, sehe all die Menschen und Fae, die mit uns gemeinsam rennen, und müsste eigentlich ihre Schreie hören, das Trampeln ihrer Schuhe auf dem Kopfsteinpflaster, das Dröhnen der Panzer, die uns verfolgen. Stattdessen höre ich nur das Piepen, das seit dem ersten Einschlag direkt neben mir nicht mehr aufhören will.

»Schneller!«, brülle ich und habe keine Ahnung, ob ich laut genug bin, aber es treibt alle um mich herum an. Wir müssen die Leute wegbringen.

Es waren nicht nur Soldaten, die der König durch die Tunnel geschickt hat. Es waren auch noch verfluchte Panzer.

Der Palast vor uns liegt in Schwärze, und dennoch zögert keiner, durch die offenen Tore zu rennen. Ich stoppe abrupt, dränge die Leute dazu weiterzulaufen, ohne auch nur ein weiteres Wort zu hören.

Das Piepen wird immer stechender, und es fühlt sich an, als würde mein Trommelfell jeden Moment platzen.

Ich wende den Kopf und fluche laut, als weitere Panzer ihre Geschosse abfeuern, die an der von Dunkelheit umhüllten Mauer zerschellen. Funken regnen auf uns nieder, und Finnian stößt mich zur Seite, als sich etwas in meinen Ohren löst und der Lärm explosionsartig zurückkehrt.

»Rein!«, höre ich noch, als er meinen Arm packt und in das Innere des Palastes zerrt, während sich hinter uns die Mauer schließt.

Der Innenhof ist zum Bersten gefüllt. Über eine Kutsche werden die Angriffe übertragen, und oben auf dem Wehrgang befinden sich so viele Personen wie noch nie zuvor.

Eiserne Stille liegt über dem Innenhof, während die Palastmauern zu beben scheinen und immer wieder Explosionen an ihr zerschellen.

Nur Minuten später erreichen Finnian und ich ebenfalls die Wehrmauer.

Die Leute machen uns Platz. Entsetzen und Angst verzerren ihre Züge, und ich will sie wieder wegschicken, doch bringe es nicht über mich. Sollen sie ruhig mit eigenen Augen sehen, was ihr geliebter König tut, um sie zu *retten*.

Ich taste nach meinem Band zu Avi und lasse mich so zu ihr führen. Sie steht am Rand der Wehrmauer, die Hände erhoben, und sendet ihre wunderschöne Dunkelheit in einen perfekten Schutzschild. Ich klopfe Marlon auf die Schulter, dann Inara, bevor ich mich neben Avi stelle.

Wir brauchen keine Worte, als sie mir einen schnellen, prüfenden Blick zuwirft, nur um zu sehen, ob ich verletzt bin. Ihre Erleichterung, die ich durch das Band spüre, fährt mir direkt ins Herz.

Dann wende ich mich Nevan zu, der die Prinzessin stützt. Ihre Augen sind geweitet, und der Schock steht ihr ins Gesicht geschrieben. »Du weißt, was als Nächstes kommt.«

Nevan nickt und verzieht verächtlich den Mund.

Die Prinzessin reißt ihren Kopf herum. »Was?«

»Sie werden uns einkreisen und angreifen. Entweder wir brechen unter ihrem Beschuss zusammen, oder sie machen uns mürbe und warten, bis uns die Ressourcen ausgehen und wir unweigerlich den Palast verlassen müssen.« Eine Taktik, die der König nur zu gerne während des Krieges eingesetzt hat.

»Wir müssen sie bekämpfen, bevor sie es schaffen, uns einzukesseln.«

Da kann ich Nevan nur recht geben. »Ich werde gleich rausgehen. Sollte ich es nicht schaffen -«

»Untersteh dich weiterzusprechen«, knurrt er mich an, doch wir beide kennen den Plan.

»Ich bin dein König«, erwidere ich hart und schaue meinen ältesten Freund an. »Und ich werde diesen Kampf zu Ende bringen.«

Avi legt ihre Hand auf meinen Arm. Ich kenne ihren Gesichtsausdruck, ohne sie ansehen zu müssen, spüre ihre Entschlossenheit durch unser Band. »Und ich begleite dich.«

Alles in mir verkrampft. »Nein.«

»Doch.« Sie zögert nicht. »Unsere Dunkelheit ist stärker, wenn wir sie gemeinsam einsetzen.«

Ich weiß, dass sie recht hat. Aber mir das einzugestehen würde bedeuten, ihr zu erlauben, sich mit mir dort raus, direkt in das Schussfeld, zu begeben.

Finnian stellt sich an meine andere Seite. »Ich begleite dich ebenfalls.«

Laurin ist dicht hinter ihm. »Ich auch.«

Mehrere Späher und Soldaten in der Nähe melden sich.

Ein Mann tritt vor, großgewachsen und breitschultrig. Eindeutig ein Fae. Seine wütenden Augen sind auf mich gerichtet, doch sein Hass gilt nicht mir. »Ich komme ebenfalls mit. Ich lasse nicht zu, dass irgendjemand meine Stadt zerstört.«

Weitere Stimmen werden laut. Zustimmung hallt von allen Seiten wider, und ich merke nicht, dass ich wanke, bis Avi meine Hand fest drückt.

Etwas, das ich nicht benennen kann, schnürt mir die Kehle zu. »Jeder, der kämpfen will, ist willkommen.«

Der Mann nickt entschlossen, und weitere folgen seinem Beispiel. Sie wollen kämpfen. An unserer Seite. An der Seite von Nachtfae.

Ich wende den Kopf ab, als meine Augen plötzlich zu brennen beginnen, und richte meine Aufmerksamkeit auf Finnian. »Lasst allen Freiwilligen eine Schutzausrüstung aus den Soldatenlagern geben.«

Finnian nickt und brüllt dann. »Freiwillige mir hinterher!«

Der Mann zögert, dann neigt er seinen Kopf vor mir, bevor er Finnian folgt. Viele andere tun es ihm nach, und ich gestatte mir nicht, über das Gefühl in meiner Brust nachzudenken, das sich langsam ausweitet.

Avi drückt noch immer meine Hand und zuckt nicht einmal mehr zusammen, als ein weiterer Einschlag die Mauer trifft. »Lass uns gehen. Wir müssen schnell sein, wenn wir sie noch überraschen wollen.«

Sie hat recht, und ich bin dankbar, dass sie das Kommando in dem Moment übernimmt, in dem ich es nicht kann. Meine Stimme finde ich erst nach einem lautlosen Räuspern. Ich lege meine freie Hand auf Nevans Schulter, der mich ansieht, als würde er sie sofort wegschlagen wollen. »Nordeuropa soll für Freiheit stehen. Für Gleichheit aller.«

Er greift mir ebenfalls an die Schulter, und der Druck seiner Berührung steht im harten Kontrast zu seiner beherrschten Miene. »Das wirst du sie selbst lehren, verstanden?«

Mein Schmunzeln fühlt sich falsch an, doch ich kann es nicht zurückdrängen. »Pass auf dich auf.« Worte, die ich vor hunderten Jahren schon viel zu oft gesagt habe und doch noch immer ernst meine.

»Wir sehen uns«, erwidert er, wie damals schon, und lächelt halb. Wieder eine Explosion, nun dicht bei uns. Er schließt die Augen, sammelt sich kurz, und als er mich wieder ansieht, lodert Wut darin. »Mach sie fertig.«

Prinzessin Juliette tritt vor und sieht trotz ihrer geröteten Augen königlich aus. »Ich komme mit.«

»Das wäre Selbstmord.«

Hochmütig reckt sie ihr Kinn. »Er ist mein Vater. Er wird mich nicht töten.«

Sie will es einfach nicht verstehen. »Was ist, wenn Ihr im Gefecht sterbt? Wer wird die Thronfolge übernehmen?«

»Wenn mein eigener Vater bereit ist, mich zu opfern, weiß ich nicht, ob ich weiter unter ihm Alteuropa dienen kann«, erwidert sie tapfer, und ihre Nasenflügel beben, als sie tief einatmet. »Ich will mit dort raus. Ich will mit ihm sprechen und will allen beweisen, dass er nicht das Monster ist, als das er sich gerade präsentiert. Ich werde ihn zum Aufhören bewegen.«

Ich will verneinen, doch Avi macht ein nachdenkliches Geräusch. »Hmm. Lasst es uns versuchen.«

»Wieso?« Die Prinzessin wäre nur eine Last, eine weitere Person, die wir schützen müssten.

»Lass uns sie vorschicken. Sie stellt sich den Panzern entgegen und versucht ihren Vater zum Aufhören zu bewegen. Wir werden sie natürlich beschützen und wieder reinbringen, sollte etwas schiefgehen. Wenn sie hingegen Recht hat, wäre das eine Möglichkeit, den Kampf ohne weiteres Blutvergießen enden zu lassen.«

»Ich tue es«, stimmt die Prinzessin sofort zu, und es liegt kein Zögern in ihren Worten. Sie glaubt tatsächlich, ihr Vater würde sie verschonen. Nach allem, was sie gesehen hat, benötigt sie offenbar einen unwiederbringlichen Beweis.

»Wir versuchen es.« Ich wende mich Nevan zu. »Du sorgst dafür, dass das Tor hinter uns verschlossen bleibt. Sollten wir versagen, lässt du alle über die Tunnel wegbringen.«

Nevans Antwort ist ein Schwall aus Flüchen, doch er widerspricht nicht. Nur er, ich und einige wenige andere Späher kennen die Tunnel, die wir bei Errichtung des Fürstentums für genau diesen Notfall erbaut haben. Sie führen direkt in die Tote Zone, sind aber unsere einzige Möglichkeit, all diese Leute hier lebend rauszubekommen. Übrig bleiben dann nur noch die Camps und die Hoffnung, dass wir in ihnen all die Zivilisten vor den Gefahren da draußen beschützen können. Doch darüber will ich mir keine Gedanken machen. Nicht jetzt.

Avi umarmt Nevan einmal fest, dann Inara und Marlon. Ich danke ihnen stumm, und sie neigen ihre Köpfe, als Zeichen, dass sie meinen Dank annehmen.

Wir verlassen die Wehrmauer, und als wir unten ankommen, warten bereits unzählige Freiwillige in Sicherheitsausrüstung ausgestattet auf uns.

Stille liegt weiterhin über uns, durchbrochen von dem stetigen Knall der Einschläge. »Der Plan ist folgender«, beginne ich und ziehe damit sämtliche Aufmerksamkeit auf mich. »Prinzessin Juliette tritt nach draußen, dicht gefolgt von allen, die bereit sind, sie zu beschützen. Am besten von Fae, die die Einschläge mit ihrem Licht aufhalten können. Vielleicht bewegt das den König dazu, die Angriffe einzustellen, wenn er sieht, dass sie wohlbehalten in der Hand von Fae ist. Der Rest nutzt die Ablenkung und kommt mit uns raus, damit wir die Panzer einkesseln können, bevor sie es sich allzu gemütlich machen.«

»Ich bin dabei!«, ruft der Mann, der sich schon vorhin als erster Freiwilliger gemeldet hat. Dann folgen weitere.

»Danke!«, rufe ich zurück. »Das gilt allen, die sich unserem Kampf anschließen.«

Zustimmendes Gemurmel folgt, bevor wir uns auf unsere Positionen begeben. Mehrere Fae bleiben bei der Prinzessin, aber auch vier meiner Späher, um gegebenenfalls eingreifen zu können. Währenddessen führe ich die anderen zu den geheimen Nebenausgängen, durch die wir den Palast verlassen. Wir bleiben in den Schatten der Häuser, während wir uns verteilen und uns den Panzern nähern, die sich mittlerweile auf dem Vorhof des Palastes aufgestellt haben.

Der König ist hier, um zu zerstören. Ihm sind die zivilen Opfer egal. Sonst hätte er niemals so viele Panzer mitgebracht und in so kurzer Zeit derartigen Schaden angerichtet. Ich kenne diesen Mistkerl, kenne seine Art zu kämpfen und den unbändigen Hunger nach Vergeltung, der ihn schon früher angetrieben hat.

Doch das wird enden. Heute. In *meinem* Reich.

Ich werde nicht zulassen, dass er es zerstört. Dass er uns zerstört.

Stumm gebe ich Anweisungen und bedeutete meinen Leuten, sich zu verteilen. Die Einschläge konzentrieren sich noch immer auf den Eingang des Palastes. Der König hat nur wenige weitere Soldaten mitgebracht. Und diejenigen, die als erste aus den Tunneln gestürmt sind, befinden sich mittlerweile in den Panzern. Es sollte nie ein fairer Kampf werden.

Dann öffnen sich die Palasttore.

Sofort enden die Angriffe.

Prinzessin Juliette tritt mit erhobenem Kinn hinaus, begleitet von einem Dutzend Fae, die ihr Licht nutzen, um sie zu beschützen.

Vollkommene Stille macht sich auf dem Platz breit.

Dann ein Klicken.

Der Ausstieg eines Panzers wird geöffnet, und heraus kommt König Arthur selbst.

Meine Hände zucken. Dunkelheit faucht zwischen meinen Fingern.

Doch Avi hält mich zurück, als ich unbewusst einen Schritt auf ihn zumachen will. »Warte. Lass sie es versuchen.«

»Vater«, hallt Prinzessin Juliettes Stimme über den Platz. »Ich bitte dich, mit dem Angriff aufzuhören. Wir haben unzählige Unschuldige hinter diesen Mauern versteckt, die nichts mit diesem Krieg zu tun haben.«

»Ebenso wie Nachtfae«, erwidert der König. Sein weißes Haar glänzt in der Sonne, und ich kann sein Gesicht nicht sehen, doch kenne diesen Tonfall, der keine Kapitulation zulassen wird. »Du hast dich mit dem Feind verbündet, Tochter. Das kann ich nicht tolerieren.«

Selbst aus der Entfernung ist die Irritation der Prinzessin wahrnehmbar. Sie öffnet ihren Mund.

Im selben Moment hebt der König die Hand, und zwei Panzer, rechts und links von ihm, feuern jeweils einen Schuss ab. Direkt auf sie zu.

Schreie werden laut.

Dunkelheit und Licht pulsieren wie eine Kuppel über ihren Leib, kurz bevor die Geschosse eintreffen. Feuer explodiert auf dem Platz, bevor es verpufft. Die Kuppel um die Prinzessin flimmert, und der Boden um sie herum ist vollkommen zerstört. Nur sie steht noch dort, mit fassungslos geweiteten Augen und der Gewissheit, dass sie ihrem Vater nichts mehr wert ist.

Der König hatte seine Chance. Diese Demonstration reicht, und Avi löst ihre Hand von meinem Arm.

Im selben Moment hebe ich ihn, und meine Dunkelheit schießt wie ein Pfeil auf den König zu.

Zehn Meter.

Fünf Meter.

Gleich.

Zwei Meter.

Lichtblitze zucken um ihn herum und wehren meinen Angriff ab.

Zwei Soldaten erscheinen hinter ihm. Soldat Alden und Soldatin Veda. *Natürlich.*

»Angriff!«, brülle ich, bevor die Panzer ihre Zielrohre in unsere Richtung drehen können.

Unzählige Nachtfae, Fae und Menschen strömen aus den Gassen auf den Platz zu.

Dunkelheit und Licht schießen auf die Panzer ein, und ich greife nach Avis Hand, bevor unsere Dunkelheit den gesamten Platz einnimmt.

König Arthur umgibt sich selbst mit einer Kugel aus Licht und klettert aus dem Panzer, als hätte er nicht vor, sich weiter zu verstecken.

Ein grimmiges Lächeln erscheint auf meinen Lippen.

Die Dunkelheit umgibt uns wie Nebel und verdichtet sich

zwischen den Panzern, damit sie keine Ziele mehr anvisieren können.

Gemeinsam mit Avi halte ich auf den König zu. Sein Licht ist wie ein Leuchtfeuer in der Nacht. Er fixiert mich. Wartet auf mich.

Um uns herum öffnen sich die Ausstiege der Panzer. Soldaten strömen heraus, viel mehr, als ich erwartet hätte. Königliche Soldaten prallen auf meine Kämpfer.

Nur noch wenige Meter. Wenige Schritte.

Ich hebe meine Hände, bereit zum Angriff.

Soldat Alden und Soldatin Veda kommen auf mich zu.

»Verschwindet«, knurre ich, doch sie greifen an, ohne auch nur einen Atemzug zu verschwenden.

Avi reißt ihre Arme hoch und wehrt ihren Angriff aus Licht mit ihrer Dunkelheit ab. »Ich kümmere mich um sie. Konzentriere dich auf den König!«

Ich zögere, doch im nächsten Moment schleudert Avi ihre Dunkelheit nach vorn und verletzt Veda mit einem tiefen Schnitt an der Wange.

Mein Mundwinkel zuckt, und ich drücke ihre Schulter, bevor ich sie ihrem Kampf überlasse.

Der König zögert nicht eine Sekunde. Er greift mich an, und sein Licht trifft mich an der Seite.

Seine Magie lässt etwas in mir wachsen, bis ich mich fühle, als würde ich bersten. Ein unterdrücktes Knurren entfährt mir, während ich mich zwinge, stehen zu bleiben und einem weiteren Angriff standzuhalten.

Der König ist noch genauso stark wie vor dreihundert Jahren. Doch ich habe ebenfalls trainiert.

Ich warte eine Pause zwischen seinen Angriffen ab, reiße

die Arme nach vorne und schieße einen Schwall Dunkelheit auf ihn ab. Dann springe ich zur Seite und schieße erneut.

Ein Schrei ertönt. Hell und schmerzerfüllt. Das Band in meiner Brust spannt sich, und ich fahre herum, zu Avi, die blutend am Boden liegt.

Ihr Gesicht ist von mir abgewandt. Eine Blutlache breitet sich unter ihrem Kopf aus. *Nein. Nicht sie. Nicht Avi.*

Entsetzliche Panik überkommt mich, während ich automatisch einen Schritt auf sie zugehen will.

Zwei meiner Späher überwältigen die beiden ersten Soldaten des Königs, als diese sich mir nähern wollen. Doch ich sehe nur noch Avi.

Plötzlich ist überall Schmerz. Licht trifft mich mit voller Wucht, und ich taumle, lande auf den Knien und kann nicht aufhören, Avis leblose Gestalt anzustarren.

Nein!

Für einen unendlich langen Augenblick werden meine Rache und all die Jahre des Planens unwichtig. Weil sie Vergangenheit sind. Weil Avi meine Zukunft sein soll.

»Nun bringe ich zu Ende, was schon vor Jahrhunderten hätte geschehen müssen.« Die Stimme des Königs dröhnt hinter mir, während sein Schatten über mir aufragt und ich spüren kann, wie er zum letzten Schlag ansetzt. Alles in mir will sich widersetzen, will zu Avi eilen, doch ich habe ein Königreich, das mich braucht.

Mit all meiner Willenskraft drehe ich mich zu ihm herum, und meine Augen weiten sich, als ich Prinzessin Juliette hinter ihm stehen sehe. Tränen rinnen über ihre Wangen, und ein stummer Schluchzer schüttelt ihren Körper, als sie ein Schwert auf den König niedersausen lässt.

Einen Moment lang ist er wie erstarrt. Dann senkt sich sein

Blick auf die Schwertspitze, die aus seiner Brust ragt. Blut rinnt über seine Mundwinkel, und er wankt, als er sich umdreht. »Du?« Seine Stimme bricht. Er ringt nach Luft und sinkt in die Knie.

»Du darfst so nicht weitermachen«, stößt Prinzessin Juliette aus, während weitere Schluchzer sie schütteln. »Du darfst all diese Leute nicht töten.«

Ein Röcheln dringt über die Lippen des Königs. Dann bricht er zusammen.

Ich verschwende nicht eine weitere Sekunde an ihn und eile zu Avi.

Finnian kniet bereits neben ihr und hat sie umgedreht. Blut benetzt ihre Stirn und ihr Haar. Ihre Augen sind geschlossen, und ich spüre in unser Band hinein, doch kann sie nirgends finden.

Panisch lasse ich mich neben ihr in die Knie sinken und ziehe ihren leblosen Körper an mich. Mit zitternden Fingern fahre ich über ihr Gesicht. »Avi. Wach auf. Wach auf. Bitte. Bitte, wach auf.«

Erneut fühle ich nach dem Band, das sich sanft um mein Herz geschlungen hat. »Komm schon. Bitte. Wach auf.« Sie reagiert nicht. Panik erfüllt mich, und ich schließe die Augen, umfasse unser Band und konzentriere mich. Wie damals, als sie beinahe gestorben ist.

Mein Atem bebt, während ich ein Messer aus meiner Hosentasche ziehe.

Das Band erzittert. Ich spüre, wie es zu reißen droht. Avi wird blasser. Das Licht in ihr erlischt.

Ich bekomme Panik. *Nicht sie!*

Finnian flucht neben mir und reicht mir sein eigenes Messer. »Verdammt, beeil dich, sonst tue ich es!«

Ich knurre wütend und entreiße es ihm, bevor ich erst mir zwei Mal in den Unterarm steche und dann ihr. Ohne zu zögern, drücke ich unsere blutenden Wunden aufeinander. Im selben Moment reagiert unsere Dunkelheit. Sie zischt, bevor sie einander erkennt und sich umschmiegt.

Das Messer fällt mir aus der Hand, und ich schließe die Augen. Sie soll leben. Verdammt, sie *muss* leben!

In ihr herrscht nur Düsternis, und ich sehe innerlich die Flamme in ihr, die so kurz davor ist zu erlöschen. Sie stirbt.

Das werde ich nicht zulassen.

Mit einem wütenden Laut entreiße ich mir selbst einen Teil meines Lichts und schiebe es gewaltsam über das Band.

Avi bäumt sich in meinen Armen auf, und ich öffne die Augen, schwer atmend, verzweifelt, *hoffend*.

Plötzlich zucken ihre Muskeln. Sie ringt nach Luft, und mein Herz bleibt stehen. Doch sie wacht nicht auf, sondern erschlafft in meinen Armen.

Ich kann nicht atmen, klammere mich an unser Band, durch das ich ihr Lebenslicht noch immer fühlen kann. Es ist da. Doch wieso wacht sie nicht auf?

Um uns herum ist der Kampf zum Erliegen gekommen. Die königlichen Soldaten starren auf ihren toten König.

Prinzessin Juliette scheint sich dessen ebenso bewusst zu werden, und ihr tränenverschwommener Blick wandert über die Panzer, die Soldaten, all das Blut.

»Der König ist tot!«, ruft sie erstickt.

»Lang lebe die Prinzessin«, erwidert ein Soldat, und seine Worte werden zu einem Widerhall aus unzähligen Mündern, worauf alle königlichen Soldaten in die Knie gehen.

Ich umfasse Avis Körper noch ein wenig fester und richte

mich auf, weil ich sie dringend in die Krankenstation bringen muss.

Auf dem Weg begegne ich dem Blick der zukünftigen Königin von Alteuropa, und wir nicken einander still zu. Eine stumme Übereinkunft. Ein Funken Hoffnung. Vielleicht finden wir am Ende doch noch unseren Frieden.

50. Kapitel

Avi

Wärme. Sie ist überall um mich herum. Doch vor allem spüre ich sie tief in mir drin. Zugleich fühlt sich alles schwer an, als würde ich durch Wasser waten.

Ich erinnere mich an den Kampf. Bruchstücke davon schwirren in meinem Gedächtnis. *Ren.* Wo ist er?

Ich versuche meine Augen zu öffnen. Doch es geht nicht. Es ist … zu schwer.

Mein Kopf tut weh. So unendlich weh.

Ich will wieder schlafen, dem Schmerz entkommen. Doch diese Wärme … sie verhindert es.

Ren. Ich spüre ihn. Spüre seine Sorge und seine Angst.

Wenn ich gekonnt hätte, würde ich lächeln.

Stattdessen sauge ich das Gefühl ein, das durch unser Band in mich dringt. Ein stetiger Strom. Liebe. Geborgenheit. Hingabe. Sehnsucht.

Es tut weh, als ich mich zwinge, ein kurzes Zucken durch das Band zurückzuschicken.

Ein erstickter Laut ertönt neben mir.

Ren. Er ist hier.

»Wach auf«, höre ich ihn wie aus weiter Ferne sagen, und ein kleiner Energieschub drängt durch unser Band.

Ich reiße meine Augen auf und ringe nach Luft. Es ist dunkel um mich herum, und nur eine Kerze auf dem Nachttisch und das Kaminfeuer in der Ecke erhellen den Raum. Meine Stimme ist rau, und ich muss mehrmals ansetzen, bis ich etwas herausbringe. »Haben wir gewonnen?«

Rens Gesicht erscheint über mir, und er lacht, während es in seinen Augen schimmert. »Das ist deine erste Frage?«

Die Antwort ist für einen Moment egal. Ihn zu sehen, so vor mir, lachend und erleichtert, löst etwas in mir aus, das Tränen in meine Augen schießen lässt. »Ich bin so froh, dass es dir gut geht.«

Seine rauen Finger streichen über meine Wange, und ich schmiege mich an diese Berührung. »Und ich, dass du endlich erwacht bist. Aber vielleicht sollte ich dich einen Kopf kürzer machen, weil du mich so lange hast warten lassen.« Das Lächeln verfliegt. »Ich dachte du stirbst.«

»Bin ich nicht unsterblich?«, frage ich scherzhaft, um die Qual zu vertreiben, die ich durch unser Band spüre.

»Nicht, wenn man dir den Schädel spaltet«, erwidert er und legt sich vorsichtig neben mich, sodass wir einander anschauen können. Ein flüchtiger Blick zeigt mir, dass wir uns in der Krankenstation befinden. Die anderen Betten sind alle belegt, und Ärzte eilen hin und her. »Wir müssen mehr trainieren. Das darf nie wieder passieren.«

»Bitte nicht. All das Geschirr«, stöhne ich gespielt, was ihn lachen lässt. Meine Lider flattern, als Müdigkeit wieder an mir zupft. »Gibt es denn einen Grund zu trainieren?«

»Vorerst nicht. Prinzessin Juliette hat den König getötet, bevor dieser mich besiegen konnte.« Er sagt die Worte, als würden sie in seiner Kehle brennen. »Ich habe nur noch dich gesehen und mein Ziel völlig aus den Augen verloren. Aber die Vorstellung, dich zu verlieren, hat alles andere in den Schatten gestellt.«

Ich versteife mich. »Du kannst mich nicht über dein Königreich stellen. Du hast viel zu lange dafür gekämpft und kannst es nicht wegen mir wegwerfen.« Allein die Vorstellung, was er wegen mir alles beinahe verloren hätte, verursacht mir Übelkeit.

Ren streichelt weiter sanft meine Wange. »Ich habe alles erreicht, was ich wollte. Das hier ist ein Zuhause für Nachtfae, Fae und Menschen gleichermaßen.«

»Aber -« Er bringt mich zum Verstummen, indem er seinen Daumen auf meine Lippen legt.

»Es ist nicht die Krone, für die ich gekämpft habe. Und dich zu gewinnen, ist das größte Glück für mich. Ich würde dich immer dem Thron vorziehen.«

Tränen brennen in meinen Augen. »Ich liebe dich.«

Er beugt sich vor, und kurz bevor sich unsere Lippen berühren, haucht er: »Und ich liebe dich, für den Rest unseres unsterblichen Lebens.«

Ich will ihn küssen, doch dann werden mir seine Worte bewusst, und ich ziehe mich ein wenig zurück, um ihn ansehen zu können. »Was meinst du damit, dass ich nicht unsterblich bin, wenn man mir den Schädel spaltet?«

»Du warst fast tot.« Ren hebt meine Hand, und ich entdecke zwei neue Male auf meiner Haut.

Meine Augen weiten sich. Ein Blutschwur. Ich hätte tot sein müssen. »Was hast du getan?«

Sein Gesicht verschließt sich. »Ich habe dir gegeben, was nötig war.«

Entsetzen kocht in mir hoch, und ich will aufspringen, doch mein entkräfteter Körper lässt es nicht zu. »Was bedeutet das? Wie viel von deiner Unsterblichkeit hast du mir gegeben?« Es kann nicht so einfach sein.

»Es ist nicht der Rede wert.« Seine Augen werden dunkel, bedrohlich, wie eine Warnung, nicht seine Handlungen zu hinterfragen.

Etwas, das mich natürlich nicht beeindruckt. »Sag es mir!«

Seine Nasenflügel blähen sich, und er will meinem Blick ausweichen, doch ich schaffe es, meine Hand auf seinen Arm zu legen.

»Sag es mir. Wir sind Partner. Gefährten. Und wir werden einander nie wieder etwas verheimlichen.«

Er fixiert mich stoisch, wie eine Weigerung nachzugeben. »Ich habe einen Teil meiner Kräfte eingebüßt.«

»Was meinst du damit?«, frage ich, plötzlich atemlos.

»Ein Teil meiner Dunkelheit ist nun in dir.«

Ich starre ihn an und brauche einen langen Moment, bevor ich seine unfassbaren Worte begreife. Er hat einen Teil seiner Kraft an mich abgegeben, damit ich leben kann. Ren hat das wohl Wichtigste für einen Nachtfae einfach so mir überlassen. Damit ich leben kann. »Du hast …« Ich verstumme, als ich sehe, wie sich sein Kiefer anspannt. Er bereut es nicht einmal. So viel bedeute ich ihm. Ich lächle, erstaunt und ein wenig überfordert, bevor ich nicht anders kann, als zu grinsen. »Ich bin dann wohl jetzt stärker als du, oder?«

Ren lacht, so laut, dass ich es ebenfalls tue. »Ich würde sagen, wir sind nun ebenbürtige Trainingspartner.« Und dann küsst er mich, und der Rest der Welt wird unbedeutend.

51. Kapitel

Avi

Rens Widerwille tost durch unser Band, und ich greife nach seiner Hand, um ihn zu beruhigen. Nach dem Angriff des Königs sind die Schienen im Tunnel derart zerstört, dass ein Zug nicht mehr hindurchfahren kann. Deshalb sitzen wir in Kutschen, deren Räder schienentauglich gemacht wurden und nun von Pferden gezogen werden. Der Weg dauert bereits ein paar Tage, und ohne die hellen Scheinwerfer wären wir vermutlich alle in der Dunkelheit verrückt geworden. Ren und ich sitzen alleine in der zweiten Kutsche. Die erste wird von Soldaten und Spähern angeführt. Hinter uns folgen Nevan, Inara, Marlon, Henri und Ana in weiteren Kutschen, sowie zusätzliche Soldaten und Späher. Wir kommen in Frieden, doch Ren wollte kein Risiko eingehen. Ich hätte ja keinen von meinen Freunden mitgenommen, aber leider sind sie genauso dickköpfig wie ich.

»Wir finden eine Lösung«, wiederhole ich erneut und sehe zu, wie Ren seine Lippen zu einer harten Linie verzogen hat.

»Es ist alles anders, oder? Sie braucht mich nicht, und sie kann mich nicht zwingen, als Botschafterin zu arbeiten, wenn ich es nicht will.«

»Dieser verdammte Blutschwur!« Rens Daumen streicht über die blassroten Punkte auf meiner Hand, so fest, als könne er sie so ausradieren.

»Wenn ihre Magie in mir ist und sie meine in sich trägt, könnte ich sie dann nicht ebenso beeinflussen?« Den Gedanken hatte ich bereits in den letzten Tagen, in denen ich mich von meinem Schädelhirntrauma und der riesigen Platzwunde in der Krankenstation hatte erholen müssen. Da ich Nachtfaeblut in mir trage, erhole ich mich schneller als einfache Menschen – vor allem dank Rens Dunkelheit in mir –, doch gebrochene Knochen heilen offenbar auch bei uns vergleichsweise langsam und schmerzvoll.

»Ja. Und genau das werde ich dich lehren, sobald wir zurück sind«, knurrt er leise.

Seine Sorge bringt mich zum Lächeln, und das meiste meiner Ruhe ist gespielt, denn die Prinzessin ist für mich noch immer genauso unberechenbar wie vorher. Natürlich haben wir gemeinsam gesiegt, und nun sind wir zu ihrer Krönung eingeladen, doch das bedeutet nicht, dass sie mich aus unserer Abmachung entlässt.

Plötzlich wird es hell hinter den Vorhängen, nur wenig, aber so viel, dass wir uns gleichzeitig in unseren Sitzen aufrichten.

Mein Herz pocht schneller. »Wir sind bald da.«

»Was auch immer passiert -«

»Wir erkämpfen uns notfalls den Weg zurück«, führe ich zu Ende, was er in den letzten Tagen immer wiederholt hat. Das hier wird unsere vorerst letzte Reise in die Königsstadt sein, und wir bestreiten sie nur, weil Prinzessin Juliette mit unserer Anwesenheit ein Zeichen des Friedens setzen möchte. Zumindest waren das die Worte in ihrer Nachricht, die sie uns durch einen Boten hat übermitteln lassen.

Es dauert noch eine Weile, bis wir endlich aus dem Tunnel heraus ins Licht fahren. Währenddessen schlüpfen wir in offiziellere Kleidung. Ren trägt nun einen schicken schwarzen Kaftan mit gold-roten Verzierungen. Ich habe mich von ihm zu einem passenden Kleid überreden lassen, das sich eng um meine Taille schmiegt, bevor es an der Hüfte weiter wird, mir jedoch durch einen langen Schlitz genügend Beinfreiheit verschafft.

Schlussendlich setzt Ren seine Krone auf, gerade als die Kutsche hält. Die Vorhänge sind zugezogen, doch wir können erkennen, dass sich Rens Soldaten in Position begeben.

»Was auch immer geschieht«, beginnt Ren und greift nach meiner Hand, um meinen Handrücken zu küssen. »Ich lasse nicht zu, dass jemand meine Gefährtin unter Druck setzt.«

Ich nicke und nehme seine Hand, um ihm ebenfalls einen Kuss auf den Handrücken zu drücken. »Es hört sich mit jedem Mal besser an.«

Seine Augen funkeln, während er an die Kutschtür klopft und uns augenblicklich von draußen geöffnet wird.

Ren geht vor und tritt in gleißendes Sonnenlicht, das den Bahnhof durch eine große Fensterfront erhellt. Applaus ertönt, so laut, dass ich ein Zusammenzucken unterdrücken muss. Meine Augen weiten sich, als ich unzählige Menschen und Fae sehe, die hinter einer Absperrung stehen und klatschen. Für uns.

Ren dreht sich zu mir um und reicht mir seine Hand, um mir beim Aussteigen zu helfen, und ich blinzle gegen die Tränen an, die in meinen Augen schwimmen. »Sie sind wegen dir hier«, hauche ich.

Ren schluckt sichtlich und nickt, unfähig, etwas zu sagen.

»Herzlich willkommen«, begrüßt uns plötzlich eine viel zu bekannte Stimme.

Ich drehe mich um und entdecke Spencer in einem grün funkelnden Outfit, der uns mit einem strahlenden Lächeln begrüßt. »Was macht Ihr denn hier?«

Er verneigt sich vor Ren. »König Auren, Lady Avi, es ist mir eine Ehre. Ich bin nun Teil des königlichen Stabes und hier, um Euch zum Palast zu bringen.«

»Das ist nicht Euer Ernst«, entfährt es mir, und Lacher folgen von dem Publikum, das uns gebannt beobachtet.

Spencer grinst. »Tatsächlich ist es mein Ernst, und es ist mir eine Freude, dass wir uns so schnell wiedersehen.«

Mein Gesicht muss Bände sprechen, denn nun sind die Lacher noch größer.

Selbst Ren grinst und nimmt meinen Arm, damit ich mich bei ihm unterhaken kann. »Es ist mir eine Freude. Wir sind schon sehr gespannt auf die Krönung der Prinzessin.«

»Es wird ein Spektakel«, kündigt Spencer an und bedeutet uns den Bahnsteig hinunterzugehen. Wieder jubeln die Zuschauer, und dieses Mal lächle ich und winke ihnen zaghaft zu. Ren folgt meinem Beispiel zögerlich, aber der Jubel bricht nicht ab.

Spencer geht neben uns, und wir werden von Soldaten flankiert, während unsere Freunde uns mit Abstand folgen. »Sind das Schauspieler?«, frage ich Spencer leise, als wir uns ein wenig von den Zuschauern entfernt haben.

»Nein. Wir haben Plätze an jene verlost, die Euch begrüßen

möchten, und keine Sorge. Wir haben alle nach möglichen Waffen durchsucht.«

Ich nicke, weil ich mir so was schon gedacht habe. Nur weil der König nun tot ist, heißt das noch lange nicht, dass das alte Denken einfach verschwunden ist. Es wird noch genug Leute geben, die uns Nachtfae hassen und fürchten.

»Danke«, sagt Ren, was Spencer zum Strahlen bringt, während er uns durch die Bahnhofstunnel führt und zum Palast bringt.

Wir haben Zimmer für eine Übernachtung abgelehnt und werden noch am selben Tag abreisen, weshalb wir direkt zu dem Thronsaal gebracht werden, der bereits brechend voll ist.

Ich erschaudere, als ich daran denke, wie ich ihn zum ersten Mal betreten habe und glaubte, sofort hingerichtet zu werden. Und nun bin ich hier, an der Seite des Königs von Nordeuropa.

Getuschel und Blicke folgen uns, als Spencer uns durch den Mittelgang bis nach ganz vorne führt. Ich sehe im Augenwinkel, dass unsere Freunde weiter hinten Plätze bekommen, was aber zu erwarten war. Nur Nevan, als letzter Fürst Nordeuropas, folgt uns noch.

Als die anderen Fürsten uns sehen, beobachten sie uns mit stechenden, neugierigen Blicken. Sie sitzen in der ersten Reihe, auf der rechten Seite. Spencer weist uns die linke Seite zu, dessen Bank noch völlig leer ist und offenbar nur für uns bestimmt ist.

Überall sind Kameras angebracht, die das gesamte Spektakel filmen und in alle Teile des Kontinents ausstrahlen. Selbst zu uns nach Nordeuropa, weil Ren entschieden hat, dass das technikfreie Zeitalter ein Ende hat und sein Volk dieselben Ressourcen nutzen dürfen sollte wie alle anderen.

Noch stehen überall Kutschen mit Leinwänden, auf denen alles übertragen wird, und Techniker aus den anderen Fürstentümern sollen angeworben werden, damit Nordeuropa sich dem Wandel der Zeit anpassen kann.

Ich sitze zwischen Nevan und Ren, dessen Schultern angespannt sind, während Nevan den Fürsten ein knappes Nicken und ein schiefes Grinsen zuwirft.

Das Getuschel hinter uns ignorieren wir, auch wenn ich die Feindseligkeit spüren kann, die in der Luft liegt.

Dann beginnt die Musik, und alle erheben sich. Prinzessin Juliette schreitet wie eine Braut durch den Mittelgang, begleitet von verschiedenen Ministern und in einer wunderschönen weißen Robe mit blau-rotem Samtmantel.

Sie lächelt, als sie uns entdeckt, und neigt leicht ihren Kopf. Es ist eine kleine Geste, die von allen Kameras aufgenommen wird. Eine Geste, die mehr bedeutet als nur eine Begrüßung. Es ist eine Anerkennung als Bündnispartner.

Während sie vorne steht und eine lange Litanei von den Ministern wiederholt, die alle an die Pflichten einer neuen Monarchin erinnert, halte ich die ganze Zeit über Rens Hand. Wir sehen zu, wie die Prinzessin ihr Gelübde spricht und ihr dann eine goldene Krone mit Rubinen aufgesetzt wird. Sie strahlt, und wir klatschen im Takt mit allen anderen Anwesenden.

Beim nachfolgenden Bankett bleiben wir unter uns und werden ganz offensichtlich von den anderen geschnitten, was mir persönlich jedoch nichts ausmacht.

»Die Stimmung hier ist der Hammer«, murmelt Inara in ihren Drink, während sie die Hüften leicht zur Musik wiegt.

»Bin ich froh, wenn wir wieder abhauen können«, stößt

Marlon aus und zupft an seiner Krawatte herum, wie schon unzählige Male zuvor.

»Hör auf, dich so anzustellen. Es hat dich niemand gezwungen mitzukommen«, erwidert Inara mit einem Augenrollen.

»Was ist das zwischen den beiden?«, fragt mich Ana leise, während Marlon zu einer Erwiderung ansetzt.

»Ich verstehe es auch noch nicht so ganz«, gebe ich zu und lächle Henri an, als dieser sich neben Ana stellt. »Wie findet ihr es hier?« Ich erwähne mit keinem Wort, dass ich ihre Anwesenheit immer noch für eine schlechte Idee halte. Immerhin könnte es gefährlich sein. Doch Ana ließ sich nicht abbringen, und seltsamerweise fand Ren ihre Anwesenheit nicht unangebracht. Sie wollte unbedingt ihre einzige Chance nutzen, um die Königsstadt persönlich zu sehen, bevor wir die Grenzen wieder schließen. Einige Bürger Nordeuropas haben sich nachträglich entschlossen, doch zur Königsstadt zu gehen, andere sind zurückgekehrt. Doch mit der heutigen Reise werden die Grenzen vorerst geschlossen und nur in Ausnahmen freigemacht, sodass Ruhe auf beiden Seiten einkehren kann.

»Es ist unglaublich, schön, einschüchternd und viel glitzernder, als ich erwartet hätte.« Ihr Blick fällt auf die aufwendigen Roben der anwesenden Damen. »Meint ihr, diesen Stil sollten wir bei uns ebenfalls ausprobieren?«

»Du darfst probieren, was du möchtest«, erwidere ich mit einem Lachen. »Mein Kleid hast du schon mal großartig hinbekommen.« Ich streiche über den feinen Stoff meines Rocks.

Sie grinst verschwörerisch. »Ren«, beginnt sie und zögert kurz, weil es für sie offensichtlich immer noch komisch ist, ihn so zu nennen, »hat mir genaue Anweisungen dafür gegeben.

Glaubst du, es ist Zufall, dass ihr passend zueinander gekleidet seid?«

Ich öffne den Mund. »Oh.« Irritiert schaue ich mich um. Das Fest ist im vollen Gange, und unzählige Paare drehen sich auf der Tanzfläche im Kreis. Wir haben gemeinsam mit Königin Juliette die Tänze eröffnet, uns danach aber zurückgehalten. Der letzte Tanz, den ich hier führen musste, endete in einer Katastrophe. Die Erinnerungen daran werden wohl so schnell nicht verblassen.

Ren stellt sich neben mich. Er und Nevan haben sich die letzten Stunden mit den anderen Fürsten beraten, und ich brenne darauf zu erfahren, ob sie weitere Bündnisse schließen konnten. »Bin ich froh, wenn wir wieder gehen können.«

»Ich auch«, gebe ich zu und grinse zu ihm hoch. »Nur wir zwei in einer Kutsche für mehrere Tage.«

Ihm entfährt ein leises, sinnliches Knurren, während seine Hände sanft über meine Arme streichen. »Bring mich nicht in Versuchung.«

Ich zwinkere ihm zu und wende den Kopf, als Gemurmel in unserer Nähe laut wird und Königin Juliette uns endlich mit ihrer Anwesenheit beehrt.

Ren strafft seine Schultern leicht. »Bringen wir das hinter uns, und dann können wir gehen.«

Als die frisch gekrönte Königin vor uns tritt, lächelt sie strahlend. Sie ist genauso schön wie zuvor, doch nun umgibt sie eine Aura von Macht, die vorher nur zu erahnen war. Macht, die mir nur zu bekannt ist.

Ich knickse vor ihr, weil sie nun eine Königin ist, und sie nimmt dies mit einem Lächeln auf. »Herzlichen Glückwunsch zur Krönung, Eure Hoheit.«

»König Auren, Lady Avi, es ist mir eine Freude, Euch bei meiner Krönung begrüßen zu dürfen.«

»Wir danken für die Einladung und das Zeichen der Einigkeit, das wir damit setzen«, erwidert Ren höflich, aber distanziert.

»Apropos Einigkeit.« Die Königin betrachtet mich, und ein warmes Flimmern breitet sich auf meiner Hand aus. Im Hintergrund höre ich Ana leise keuchen, doch ich kann mich nur auf die immer stärker werdende Hitze konzentrieren. »Ich denke, wir werden uns einig sein, dass es sinnvoll ist, eine Botschafterin zu haben, die zwischen unseren Reichen vermittelt. Ich habe bereits in meinem Palast geeignete Büro- sowie Wohnräume herrichten lassen. So bleibt immer ein Kommunikationsfluss bestehen.«

Ich versteife mich. Das kann sie nicht ernst meinen. Und doch sehe ich in ihrem Gesicht keinen Funken Freundlichkeit. Sie ist noch immer eine verdammte Schlange, die sich gehäutet und mit einer Königinnenrobe getarnt hat. Sie mag zwar nicht so grausam gewesen sein wie ihr Vater, doch genauso kalkulierend.

Ren spannt sich an. »Ihr werdet meine Gefährtin in Ruhe lassen. Sie ist die zukünftige Königin von Nordeuropa und sicher nicht Eure Angestellte.«

Mein Mund klappt auf, und ich starre Ren an. *Zukünftige Königin?*

Er dreht sich zu Ana um und nickt ihr zu. Sie tritt zwischen uns. Ihr Blick ist entrückt und ihre Stirn gefurcht. Alle starren sie an, als sie ihre Hand hebt und eine unsichtbare Linie zwischen der Königin und mir nachfährt.

»Kannst du es sehen?«, fragt Ren angespannt.

»Was ist hier los?«, fragt Königin Juliette und kneift misstrauisch die Augen zusammen. Die Hitze in meiner Hand weitet sich aus, und ich unterdrücke ein Keuchen.

»Ja …« Anas Stimme ist voller Verwirrung, während sie die unsichtbare Linie in meine Richtung nachfährt, bis sie an meiner pochenden Hand landet. »Eine Fessel«, flüstert sie und blickt mir ins Gesicht. Ihre Augen weiten sich, und ohne zu zögern, greift sie meine Hand und zupft daran.

Augenblicklich verschwindet das Brennen.

Die Königin keucht leise und hörbar entsetzt. »Das ist unmöglich!«

»Was war das?«, fragt Ana und blinzelt. »Was habt Ihr mit meiner Schwester gemacht?«

Verwirrt starre ich zu Ren, der grimmig lächelt. »Ana, offenbar kannst du Bände sehen.«

»Woher wusstest du das?«, frage ich ihn irritiert und reibe mir den Handrücken, auf dem nur noch die kleinen Punkte an den Blutschwur erinnern.

»Nevan und ich sind ihr kürzlich begegnet, und da hat sie zwischen uns hin und her geschaut, als würde sie eine Verbindung wahrnehmen.«

»Deshalb habt ihr mich so angestarrt«, murmelt Ana und schaut nun zwischen Ren und mich, während sie langsam ihre Hand ausstreckt. »Faszinierend.«

»Nicht anfassen«, knurrt Ren und zieht mich näher zu sich.

Sofort zuckt Anas Hand zurück, und sie wird rot. »Was hat das zu bedeuten?«

»Ich denke, du hast deine Kraft gefunden«, sagt nun Henri und zieht sie ein wenig aus dem Kreis. »Das ist etwas, worüber wir zuhause sprechen sollten.«

»Sehe ich auch so«, stimmt Ren ihm zu und wendet sich

Königin Juliette zu. »Nun. Ich denke, die Verhandlungsbasis hat sich verändert.«

Diese starrt meine Schwester entsetzt an. »Das sollte nicht möglich sein.«

»Unsere Existenz sollte nicht möglich sein«, erwidere ich und versuche, ihre Aufmerksamkeit von Ana zu mir zu lenken. Glücklicherweise klappt dies, denn sie reißt ihren Blick widerwillig von ihr los. »Ich fände einen Botschafter oder eine Botschafterin ebenfalls sinnvoll. Wir sollten eine Stellenausschreibung veranlassen.«

»Es wäre mir lieb, wenn wir jemanden hier hätten, den das Volk bereits kennt und an den es gewöhnt ist«, erwidert die Königin und hat sich schnell wieder gefasst. »Jemanden, der die Sympathien des Volkes hat und natürlich ein Nachtfae ist.«

»Ich mache es«, ertönt es auf einmal, und wir alle drehen uns zu Inara um, die mit erhobenem Kinn an uns herantritt und die Königin fixiert. »Das Volk kennt mich, und ich war vielleicht nicht so beliebt wie Avi im Wettkampf, jedoch auch nicht unbeliebt. Ich würde diese Aufgabe mit Freuden übernehmen, jedoch unter anderen Bedingungen.«

»Hmm«, macht Königin Juliette überrascht.

Ich starre Inara an. »Bist du dir sicher?«

Sofort grinst sie. »Es klingt nach genauso einer Aufgabe, wie ich sie gesucht habe.«

»Nun gut«, willigt die Königin ein. »Dann würde ich Euch bitten zu bleiben, damit wir morgen alles Nötige besprechen können.«

»Dann lassen wir Soldaten mit ihr hier«, veranlasst Ren und nickt Inara hoheitsvoll zu. »Ich erwarte dich dann in einer Woche, sonst lasse ich nach dir schicken.« Eine Drohung, die der

Königin gilt, für den Fall, dass sie uns irgendwie austricksen möchte.

Doch diese lächelt nur. »Fantastisch.«

»Ich bleibe ebenfalls hier«, mischt Nevan sich ein, der die Königin mit einem spielerischen Lächeln betrachtet. »Nur zur Sicherheit.«

»Ich ebenfalls«, wirft Marlon ein und hat die Stirn gefurcht.

Inara blickt ihn an, als wäre er wahnsinnig geworden, doch kann natürlich nichts dagegen einwenden. Ich beiße mir auf die Unterlippe, um nicht loszulachen. Ich habe keine Ahnung, was das für eine komplizierte Geschichte zwischen den beiden ist, aber es wird niemals langweilig.

»Danke für Eure Einladung. Wir anderen würden uns nun auf den Rückweg machen. Es ist eine lange Reise.« Ren lächelt sie an.

Königin Juliette erwidert dies hoheitsvoll. »Ich freue mich schon auf unser nächstes Wiedersehen.«

Wir verabschieden uns nacheinander, und es teilt sich eine Schneise durch die Gäste, als wir uns in Richtung Ausgang bewegen. Ich kann ihr Starren beinahe körperlich spüren und muss mich konzentrieren, nicht darauf zu reagieren.

»Bist du sicher, dass du das willst?«, frage ich Inara, die neben mir hergeht, während Ren und Nevan vorausgehen.

»Ja. Außerdem passt die Stellenbeschreibung doch wie angegossen. Natürlich werde ich definitiv nicht dauerhaft hier wohnen, sondern zwischen den Reichen wechseln, aber das werde ich morgen noch verhandeln. Würdest du meinen Vater informieren, damit er sich nicht so viele Sorgen macht?«

»Natürlich«, sage ich sofort und bin beeindruckt von ihrer Entschlossenheit.

»Außerdem tue ich meiner zukünftigen Königin nur einen

Gefallen«, fügt sie im Singsang hinzu. Unsere Gruppe erreicht den Bahnhof, und wir schlagen den Weg zu unserem Tunnel ein.

Meine Wangen werden warm, und ich betrachte Rens Rücken. Er hat es ernst gemeint. Und obwohl es nicht überraschend sein sollte, bin ich dennoch überwältigt. »Verrückt, oder?«

»Eher ziemlich fantastisch.« Inara lacht und hakt sich bei mir unter, während Ana zu meiner anderen Seite auftaucht. Ihre Augen leuchten, als sie sich ebenfalls bei mir unterhakt. »So, meine zukünftige Königin, ich habe ein paar Entwürfe für ein Krönungskleid, die wir uns nach unserer Rückkehr gerne anschauen können.«

»Ana«, zische ich und lache dann doch. »Du konntest doch gar nicht wissen, ob er mich überhaupt zu seiner Königin machen will.« Die letzten Worte flüstere ich nur noch, weil es sich vermessen anfühlt, auch nur daran zu denken. Ich als Königin? Wie soll das zu dem Mädchen passen, das sich die Hälfte seines Lebens versteckt hat?

»Also bitte! Er hat mir quasi befohlen, für dich ein Kleid zu nähen, das zu seinem Kaftan passt. Wenn das mal keine schreiende Erklärung ist, weiß ich auch nicht«, erwidert sie gespielt empört und lacht dann los. »Glaub mir, das wird großartig!«

Ich beiße mir auf die Unterlippe, als in genau diesem Moment Ren einen Blick über seine Schulter wirft. Auf seinen Lippen liegt ein schiefes Lächeln, das mein Herz zum Stolpern bringt.

»Ja, ich glaube auch, dass es ziemlich großartig wird.«

Epilog

Avi

»Ich kann das nicht«, stoße ich aus und lasse mich auf alle viere sinken, um rückwärts zurück zur Mitte des Steges zu krabbeln.

Doch Ren, dieser Verräter, hält mich fest und lacht leise. Seine warmen Hände legen sich an meine Schultern, während er mir Kraft durch unser Band schickt. »Dir kann nichts passieren. Ich bin bei dir.« Seine Stimme ist sanft, und der rationale Teil von mir weiß, dass er ihm vertrauen kann. Doch der andere ist voller Panik.

»Ich will das nicht«, stammle ich und starre auf das Wasser vor mir, auf dem die Sonne glitzert und sich die Hitze des Tages spiegelt. »Lass uns wieder nach Hause gehen.«

»Wir sind die letzten zehn Male nach Hause gegangen!«, ruft Ana aus dem Wasser heraus und beobachtet mich mit einem aufmunternden Lächeln. Wassertropfen auf ihrer Haut lassen sie glitzern. »Du wolltest es heute probieren«, erinnert sie mich. »Eine letzte Mutprobe, bevor du morgen zur Königin gekrönt wirst. Erinnerst du dich?«

Ich stöhne laut. »Ich kann auch eine feige Königin sein.«

Wieder lacht Ren. »Du bist alles, nur nicht feige. Aber wenn du nicht willst, werde ich dich nicht zwingen. Versprochen.« Er massiert mir sanft den Nacken, der schon ganz warm von der Sonne geworden ist. Ich trage einen Badeanzug und bin froh, dass meinem kläglichen Versuch, diese Angst loszuwerden, nur Ren und Ana beiwohnen. Alle anderen wollen gleich nachkommen, doch ich befürchte, dass ich bis dahin vor Angst ohnmächtig geworden oder barfuß nach Hause gelaufen bin. Dieser kleine See befindet sich geschützt in der Nähe des Palastes, und Ren hat ihn heute eigens für uns für die Öffentlichkeit sperren lassen. Die Leute werden ihn hassen, wenn sie das herausfinden. Aber für mich nimmt er dies gerne in Kauf.

»Ich will gehen«, bringe ich heraus und lasse mir von Ren aufhelfen.

Als ich zu ihm aufschaue, ist dort keine Enttäuschung, nur Liebe. »Dann nächstes Mal. Vielleicht sollten wir vorher noch ein paar Mal in der Badewanne üben.«

Meine Wangen werden heiß, und in meinem Körper sammelt sich Hitze, die all meine Angst verdrängt. »Üben kann man das nicht nennen.«

Er knurrt leise und spielerisch und küsst meinen Mundwinkel. Alles in mir zieht sich zusammen, und mit einem Mal bin ich von mir selbst enttäuscht. Ich wollte es probieren. Für mich, weil ich morgen eine Krone aufgesetzt bekomme, die mich neben Ren zur Regentin Nordeuropas machen wird. *Königin Avi.* Das fühlt sich noch immer total surreal an.

Ich werde Königin. Ich habe so viel hinter mich gebracht. Wie kann ich mich dann noch von meiner Angst lähmen lassen?

Ich löse mich von ihm. »Wehe, du ziehst mich da nicht raus.«

Er runzelt die Stirn. »Was?«

Im selben Moment renne ich los und springe mit einem Satz ins Wasser.

Ich sinke ein, und Wellen schlagen über mir nieder. Panik will sich in mir ausbreiten. Im selben Moment greifen Hände nach mir und ziehen mich nach oben.

Ich sehe Ana, dann Ren, an dem ich mich festklammere, während wir im Wasser zu schweben scheinen und ich nach Luft ringe. »Ich bin drin!«

Ana lacht schallend los, während Ren mich fest an sich zieht. »Ich sagte doch, dass du nicht feige bist.«

Ich nicke abgehackt und spüre das Wasser um mich herum, während meine Beine Rens Mitte umklammern. Überall wo wir uns berühren, wird mir warm. Meine Dunkelheit züngelt unter der Oberfläche, und ich halte mich an diesem Gefühl fest. Ich bin auf keinen Fall schon so weit, alleine schwimmen zu gehen. Aber es ist ein erster Schritt. Irgendwann werde ich diese Angst überwinden.

Ana strahlt mich an, während Ren mich im Wasser herumwirbelt. Ich lache laut und höre die Rufe unserer Freunde, die gerade am See ankommen.

Nevan. Henri. Finnian. Inara. Marlon. Und noch ein paar weitere, die ich nach und nach kennenlernen durfte.

Sie sind alle hier, um die Freiheit zu genießen, die wir uns erkämpft haben.

Wir sind Nachtfae.

Und wir sind endlich frei.

Danksagung

Stolen Crown ist eine von diesen Geschichten, die einen überrollen, kurz bevor man ein Telefonat mit seiner Lektorin hat und die man mal eben pitchen muss, weil man sie einfach nicht aus dem Kopf bekommt.

Und ich bin so unfassbar dankbar, dass meine Lektorin Anni sie sofort mochte und sogar noch Feuer und Flamme war, als die Geschichte sich immer mehr zu einem Brocken entwickelte.

Sehr danke ich auch meiner Agentin Frau Härle, ohne die ich nicht das tun könnte, was ich am liebsten tue: mich ganz meinen Geschichten widmen.

Ganz viel Dank geht an meine wundervollen Kolleginnen Lana Rotaru, Leonie Lastella, Tonia Krüger, Verena Bachmann und Francesca Peluso, die immer ein offenes Ohr für mich hatten.

Meiner Familie danke ich ebenfalls von ganzem Herzen, weil ihr einfach die Besten seid.

Und der größte Dank gilt natürlich meinen Lesern – ohne euch wäre ich nicht da, wo ich gerade bin ♥

Ich wünsche euch allen ganz viel Spaß mit Avi und ihrer Geschichte!

Eure Valentina

Inhaltsinformation

(Achtung: Spoiler!)

Stolen Crown enthält Elemente, die unter Umständen triggern können.
Explizit beschrieben werden Panikattacken, sowie Anwendung von Gewalt in Kampfszenen.
Erwähnt werden Tod und Verlust geliebter Menschen.

Band 2 der Secret Academy-Dilogie: spannend, fulminant und hochromantisch!

Valentina Fast
SECRET ACADEMY
Gefährliche Liebe
Band 2

496 Seiten
ISBN 978-3-8466-0117-4

Alexis hat Hochverrat begangen – am MI20, ihren Freunden und ihrer großen Liebe. In einem Hochsicherheitsgefängnis wartet sie nun auf ihren Prozess und trifft dort auf einen Feind, der sie an ihre körperlichen und emotionalen Grenzen bringt. Und auch an der Akademie braut sich ein Sturm zusammen: Alexis' Schwester Cassie geht es nach ihrer Rettung immer schlechter, und Dean fasst einen Entschluss, der ungeahnte Folgen hat. Die Lage spitzt sich zu, und ein Wettlauf gegen die Zeit beginnt. Wird Alexis es schaffen, freizukommen und die geheimen Machenschaften ihrer Gegner aufzuhalten?

ONE

„Alles begann mit einer Lüge, und ich war eine Närrin, weil ich mir so sehr wünschte, sie wäre wahr gewesen."

Valentina Fast
ELIZA MOORE
Flüsternde Schatten

400 Seiten
ISBN 978-3-8466-0143-3

Die 18-jährige Eliza Moore lebt in Dublin, wo das letzte intakte Tor zur Seelenwelt steht. Ein Portal, das einst das Böse aus der Welt der Menschen verbannt hat, und das nun von der mächtigen Liga bewacht wird – einer Organisation, die Eliza zutiefst verabscheut. Doch dann wird sie eines Nachts von etwas angegriffen, und ihr kommt ausgerechnet die Liga zu Hilfe. Als wäre das nicht genug, wird Eliza nun auch noch zur Hüterin berufen – dabei hat sie sich geschworen, niemals Teil von alldem zu werden. Mit an ihrer Seite ist Conor: Elizas Seelenpartner, der sie in ihrer Aufgabe unterstützten soll. Aber Seelenverwandtschaft gibt es doch gar nicht? Oder etwa doch?

Das packende Finale der Urban-Fantasy-Dilogie!

Valentina Fast
ELIZA MOORE
Steinernes Herz

400 Seiten
ISBN 978-3-8466-0152-5

Eliza ist am Boden zerstört: Sie hat nicht nur ihre Rolle als Hüterin des Portals verloren, auch die Verbindung zu ihrem Anamaite wurde gekappt. Schuldgefühle und eine dumpfe Sehnsucht quälen sie. Deshalb stürzt sie sich in die Jagd nach den Sluagh, die durch das geöffnete Portal in ihre Welt eingedrungen sind. Als plötzlich ihre verräterische Schwester Sadie wieder auftaucht, die sich mit dem Feind verbündet hatte, wird Eliza klar: Das ist ihre Chance, Fehler wiedergutzumachen und ihren Namen reinzuwaschen. Gemeinsam mit der Liga will sie Sadie eine Falle stellen, um sie zu überführen. Doch der Feind ist mächtiger als sie ahnen und scheint Eliza immer einen Schritt voraus zu sein. Schon bald liegt das Schicksal der ganzen Welt in ihren Händen ...

ONE